자전하며 공전한다

Spinning Around My Whirl by Fumio Yamamoto

JITEN SHINAGARA KOTEN SURU by YAMAMOTO Fumio

Copyright © Fumio Yamamoto 2020
All rights reserved
Original Japanese edition published in 2020 by SHINCHOSHA Publishing Co., Ltd.
Korean translation rights arranged with SHINCHOSHA Publishing Co., Ltd.
through BC Agency, Korea
Korean translation copyrights © 2022 by Straight line & Curve, Korea

이 책의 한국어판 저작권은 BC에이전시를 통해
저작권자와 독점계약을 맺은 도서출판 직선과곡선에 있습니다.
저작권법에 의해 한국 내에서 보호를 받는 저작물이므로 무단전재와 복제를 금합니다.

• 표지 사진 / 고하라 다케루(コハラタケル)

자전하며 공전한다

自転しながら公転する

야마모토 후미오 지음

김현화 옮김

직선과곡선

일러두기
- 본문의 주는 모두 옮긴이가 독자의 이해를 돕기 위해 붙인 것입니다.
- 이 작품은 픽션입니다. 실재하는 인물, 단체 등과는 아무런 관련이 없습니다.

차례

Prologue	6
1	15
2	45
3	89
4	140
5	174
6	232
7	259
8	307
9	361
10	377
11	436
12	476
Epilogue	516
옮긴이의 말	532

Prologue

나는 오늘 결혼한다.

서류상으로는 아직 번거로운 수속이 남아 있지만, 오늘 지금부터 결혼식을 올리고 오늘 밤부터 그의 집에서 살게 되었다.

불안하지 않을 리가 없다. 오히려 생각하면 할수록 불안감밖에 없는 듯하다. 하지만 새로운 소용돌이에 뛰어들겠다는 결심에서 튀는 불꽃은 파랗고 고요하게 일고 있었다.

웨딩드레스를 동경한 적은 없다.

하지만 지금 나는 캐리어에서 꺼낸 하얀 드레스를 입고 있다. 헤어메이크업을 받고 머리를 생화로 꾸미자 거울 속의 자신을 몰라볼 정도여서 이 세상에 드레스라는 옷이 존재하는 의미를 처음으로 이해했다.

이 의상은 인터넷 렌탈 사이트에서 저렴한 것으로 빌렸다. 집에서 입어봤을 때는 어린아이의 재롱잔치 같다며 웃어넘겼지만, 이렇게 5성급 호텔 대기실에서 입으니 고급스러운 드레스처럼도 보였다. 하지만 그건 엄마가 선물해준 아름다운 베일 덕분일지도 모른다.

헤어메이크업을 담당하는 남성은 현지인으로 내 흰 피부를 입이 마르게 칭찬했다. 메이크업이 필요 없을 만큼 당신 피부는 투명하고 아름답다고, 이른 아침에 피기 시작한 연꽃 같다고 했다. 나에게 외모 콤플렉스라면 차고 넘치지만, 외국인에게 그런 소리를 들으니 현실감이 없었던 탓인지 순순히 받아들였다.

그때 문을 살며시 열고 어시스턴트로 보이는 청년이 무언가 다급한 말투로 말을 걸었다. 그는 혀를 살짝 차더니 미안해요, 얼른 돌아올게요, 라며 바쁜 걸음으로 바깥으로 나가버렸다.

나는 메이크업룸에 홀로 남겨졌다.

BGM도 흐르지 않았고 바깥에서도 소리가 들리지 않았다. 이쯤 되는 정적에 휩싸이는 건 오랜만이라서 거울 속의 나는 한심할 만치 당황하고 있었다.

가라앉은 공기 중에 홀로 앉아 있는 자신의 모습을 바라보았다.

베트남 사람인 연인과 결혼을 하기로 결정하고 나서 어수선하고 소란스러운 하루하루를 지내왔다. 가까스로 결혼식날을 맞이했지만, 이게 정말 현실인지 아닌지 여전히 실감나지 않았다.

사흘 전에 부모님과 함께 일본에서 출발했다.

나는 비교적 어디서든 잘 자는 타입이라 일본과 베트남을 오가는 비행기에서 뜬눈으로 보낸 적은 한 번도 없었다. 익숙한 항로인데 생각보다 긴장했는지 전혀 눈을 붙이지 못했다.

어두운 기내에서 창문 스크린을 걷어내는 버튼을 눌렀다. 그러자 눈앞에 짙은 군청색 하늘이 펼쳐졌다. 우주적인 파랑이다. 머나먼 수평선은 희미하게 둥그스름한 모습을 띠고 있었다. 옅은 구름이 지구에 들러붙은 듯 유랑했고, 그 틈 사이로 육지가 보였다.

다 왔어, 나는 속으로 말했다.

나고 자란 나라를 떠나 친숙한 생활을 버리고서 날아왔어, 잘 부탁해, 잘 부탁해, 하고 반복해서 마음속으로 읊조렸다.

내가 일본에서 가져온 것은 지극히 적다. 여권과 앱이 담겨 있는 단말기, 평소에 입는 청바지, 셔츠와 원피스, 속옷 몇 벌, 스니커즈와 샌들. 그것 말고 필요한 것은 이제부터 갖춰나갈 셈이지만, 홀가분한 걸 좋아해서 소지품은 딱히 늘리고 싶지 않다.

새로운 생활에 대한 기대감은 크지만, 그 이면에는 크기가 똑같은 초조함이 자리했다.

식전에 갑자기 홀로 남겨지자 거울 속 자신이 갈수록 새파래져가는 것을 알 수 있었다. 두려웠다. 아슬아슬한 낭떠러지 끝에 서 있는 듯한 강렬한 불안감이 솟구쳤다.

무심코 일어나 창가로 다가갔다. 오래된 타입의 창문 걸쇠를 끙끙대며 열었더니 살짝 열린 창문에서 뜨거운 공기가 밀려들었다.

높은 경적 소리가 멀리서 들렸고 희미하지만 화약 냄새가 감돌았다. 눈앞에는 콜로니얼 스타일의 정원이 있었지만, 건물 건너편은 소음과 원색이 흘러넘치는 호치민 거리다.

오늘 최고 기온은 40도를 넘는다고 들었다. 도쿄였다면 이런 날에는 아무도 바깥을 걸어다니지 않는데, 이곳 사람들은 태연한 얼굴로 거리를 돌아다니며 웅성대는 소리를 만들어내고 있었다.

그러던 차에 등 뒤의 문이 열리는 기척이 들어 돌아보자 그곳에 엄마가 서 있었다.

"어머나, 창문을 왜 열고 있어?"

오늘 엄마는 외할머니에게 물려받았다는 구로토메소데(기혼 여성이 입는 격식 높은 검은색 기모노)를 입고 있었다. 옷자락에 송죽매 자수만 들어간 기모노는 조금 수수했지만, 평소에 젊게 입고 다니던 옷보다도 나이에 걸맞아서 어울려 보였다.

나는 어중간하게 고개를 젓고서 창문을 닫았다. 엄마는 아무 말도 하지 않고 머리끝에서 발끝까지 훑듯이 나를 보았다.

옛날부터 이 시선을 여러 번 받아야 했다. 엄마는 하루가 멀다 하고 내 옷차림을 체크하고, 티셔츠와 청바지라는 단출한 차림일 때도 핏이 이렇다는 둥 유행이 저렇다는 둥 했다.

"엄청 예쁘네."

부정적인 말을 퍼붓지 않을까 싶었는데 엄마는 그리 말했다.

"베일, 딱 어울리네. 아, 프랑스에서 조달하길 잘했지. 엄마 말 듣길 잘했지? 앤틱 스타일 레이스가 정말 예쁘잖아."

엄마가 황홀한 표정으로 그리 말해 나는 무심코 웃고 말았다.

하지만 웃으니 바짝 조여 왔던 정체를 알 수 없는 공포심의 흔적이 방 안에서 싹 걷혔다.

새하얀 웨딩드레스를 입고 나는 교회 스테인드글라스를 올려다보고 있었다.

곁에는 베트남인 연인이 미소 지으며 서 있었다.

그는 늘 즐거운 표정을 짓는다. 일이 고될 때도 슬픔에 잠겨 있을 때도 조용히 웃는 사람이다. 밝다기보다는 젊은데 어째서인지 성숙한 티가 제법 난다.

일본에서 일하던 그를 만나 어느새 사귀기 시작했다. 그의 귀성에 맞춰 처음 이 나라에 놀러 왔을 때 나는 그의 스쿠터 뒤에 타고서 시골길을 달렸다.

그때를 경계로 모든 것이 달라졌다. 이제껏 어중간하게 흔들리던 자신의 인생이 또렷한 방향성을 띠었다.

큼직한 스쿠터에 둘이 타고서 바람을 가르고 이글대는 뜨거운 공기 속을 달렸다. 그가 좋아하는 개발되지 않고 남겨진 지역에서는 호치민이라고 생각할 수 없는 풍경이 펼쳐졌다. 국도 양쪽 가장자리에는 거친 수풀이 우거져 있었고 소가 길을 가로지르고 있었다.

일본의 시골에 있음직한 논밭과 남국의 분위기를 풍기는 야자수가 혼재해 있고, 도로의 포장이 여기저기 벗겨져 있었으며, 일본에서는 이제 보기 힘든 철탑과 송전선이 한없이 이어졌다. 어쩌다 지나가는 아담한 부락에는 아직도 베트남 삿갓인 넝라를 쓴 노인이 있었고, 낡은 버스가 흙먼지를 일으키며 달리고 있었다.

본 적도 없는 경치인데 강렬한 그리움이 솟구쳐서 현기증이 나는 듯했다. 습기와 짙은 공기. 나고 자란 간토 평야의 건조한 공기와는 판이하게 달랐다.

그가 정말 맛있다며 데리고 가준 가게는 판잣집으로 착각할 만한 오두막으로, 테이블에 씌운 비닐 테이블보는 빈말로도 예쁘다고 할 수 없었다.

플레이팅이라는 말을 찾아볼 수 없는, 그냥 접시에 담았을 뿐인 채소 볶음이 나왔다. 하지만 코를 간질이는 허브 향에 식욕이 폭발적으로 일었다. 눈앞의 연인은 일본에 있을 때와 달리 입을 큼직하게 벌리고 요리를 허겁지겁 욱여넣었다. 덩달아

나도 입에 넣자 감칠맛이 톡톡 튀었다.

　일본에서 먹은 베트남 요리와는 전혀 달랐다.

　채소도 고기도 신선했기 때문이기도 하고, 허브나 향신료가 여러 종류나 사용되었기 때문이기도 할 것이다. 화학조미료가 아주 조금 들어가 있기 때문일지도 모른다. 그 요리에는 내 상식을 뒤덮고 그때까지의 자신을 해방시키는 것이 담겨 있었다.

　정신없이 몇 접시나 주문해서 먹었다. 연신 맛있다는 말만 나왔고 배가 빵빵해져도 혀와 이가 멈출 줄 몰랐다. "어쩌면 이렇게 깊은 맛이 날까" 하고 혼잣말처럼 읊조리자, "양념이 다르잖아" 하고 그가 대수롭지 않게 말했다. 양념장의 배합도 가게에 따라 다르고 어간장인 남쁠라도 소금도 새우 페이스트도 본고장에서 만든 거니 일본에서는 구하기 힘들지라며 웃었다.

　달디단 디저트도 먹어치우고 계산을 했다. 가게에서 일하는 사람은 의외로 젊은 사람뿐이었다. 모두 말쑥한 차림으로 스스럼없는 태도로 접객했다. 탁 트인 주방에서는 젊은 여성이 프라이팬을 흔들고 있는 모습이 보였다.

　그가 점주와 이야기하고 있어, 나는 먼저 가게 밖으로 나갔다.

　티셔츠 가슴 부근에 지금 먹은 음식의 기름이 조금 묻어 있었다.

　그걸 보면서 나는 경험한 적 없는 감각에 온몸이 아찔해져 방심하고 있었다는 사실을 깨달았다.

　여기서 산다면 어떨까, 하는 생각이 솟구쳤다.

　치장하지 않고 화장도 하지 않고, 이런 곳에서 일하고 이런 음식을 먹으며 하루하루 살아가고 싶다.

나고 자란 나라의, 조금이라도 실수를 저지르면 말꼬리를 잡고 늘어지는, 표정만 웃고 있는 속 좁은 사람들에 둘러싸여 생활하는 느낌. 그렇게 살아가는 걸 어째서인지 의문으로 여기지도 않았다.

외국에서 살아가는 것에 대해 생각한 적은 있다. 하지만 그건 어디까지나 자국에 거점을 두고 중국이나 인도에 돈을 벌러 가는 것도 괜찮겠다 정도였다. 그런 막연한 생각과는 전혀 다른 열망이라 해도 좋을 마음이 치밀어올랐다.

그래서 결혼 이야기가 나오기까지 시간은 걸리지 않았다.

파트너로서 살아가는 방식은 결혼이라는 방법을 택하지 않아도 얼마든지 있다. 하지만 그와 나는 결혼이라는 방법을 택했다.

그 이유를 나는 아직 부모님이나 가까운 사람들에게 제대로 설명하지 못한다. 퇴로를 차단하겠다는 각오와도 조금 다르다. 그저 균형만 잡고 있을 뿐인, 위험을 분산하고 있을 뿐인 삶에서 벗어나고 싶었을지도 모른다.

오래된 호텔 안의 교회는 아담하지만 엄숙했다.

이곳 베트남에서도 일본과 마찬가지로 서양식 결혼식을 올리는 사람이 많다고 한다.

식순에 따라 선서를 하고 반지를 교환했다. 결혼반지는 필요 없다고 생각했고, 그도 같은 의견이었지만, 엄마가 "그럼 결혼식이 허전하잖아"라며 마음대로 사버렸다.

디자인이 촌스럽다고 내가 화를 내자 연인이 나를 달래주었다. 부모님께 받는 선물은 감사한 법이라며 미소 지으며 말했다. 동남아시아 쪽은 아직 부모님의 의향을 존중하는 경향이 강해서 납득은 가지 않았지만, 그의 의젓한 태도에 아무럼 어때 싶은 생각이 들었다.

묵직하고 클래식한 백금 결혼반지, 엔틱한 레이스를 깐 바닥에 질질 끌리는 긴 베일. 둘 다 엄마가 원했던 거라는 생각이 들었다.

맹세의 키스를 나누고 식은 수월하게 끝났다. 퇴장하기 위해 하객 쪽을 돌아보다 제일 앞줄에 앉아 있던 엄마와 눈이 마주쳤다.

엄마는 눈물을 글썽이고 있었다. 눈시울이 붉어져 작은 손수건으로 눈가를 찍어누르고 있었다.

눈물에 어떤 의미가 담겨 있을까, 하고 나는 남의 일처럼 생각했다.

기쁨일까, 슬픔일까, 분노일까. 아빠와 결국 결혼식을 올리지 못했으니 딸인 나에게 자신을 투영하고 있을까. 기뻐하고 있을까, 질투하고 있을까. 엄마의 속마음은 정말 알 수 없었다.

끝내 포기한 모양이지만, 엄마는 최근까지 이 결혼을 계속해서 반대했다.

베트남 사람인 연인과 결혼하겠다고 하자 이상하리만치 평정심을 잃었다. 언어도 모르는 나라 사람과 결혼한다며 엄마는 한탄했다.

그게 그렇게 놀랄 일인가, 하고 나는 어안이 벙벙해졌다.

엄마는 옛날부터 내 옷차림 말고 다른 일에는 딱히 관심을 보이지 않았던 사람이며, 진학이나 아르바이트에 대해서도 의견을 전혀 내지 않았다. 굳이 따지자면 아빠가 반대하지 않을까 싶었지만, 아빠는 그저 "축하해"라며 웃기만 했다.

그렇게 관심이 없었는데 갑자기 집착하다니.

울고 있는 엄마를 왜 저러지 싶은 심정으로 보고 있는데, 엄마 옆에서 당황한 표정을 짓고 있던 아빠와 눈이 마주쳤다.

아빠는 나를 보고 어깨를 으쓱했다. 네 심정을 이해한다는 듯이.

나는 이제 막 남편이 된 연인의 팔짱을 끼고 리스트 피아노 곡이 흐르는 가운데 하객 사이를 걷기 시작했다.

하객은 적었다.

일본 친구는 아무도 부르지 않았기 때문에 예배당 의자에는 거의 그의 친척들이 앉아 있었다.

식을 마치고 나면 그의 삼촌이 경영하는 레스토랑으로 자리를 옮겨 파티를 한다. 그곳에는 많은 사람들이 모일 것이다.

지금은 태풍이 찾아오기 전처럼 고요하다.

하지만 이 문을 열면 소란스러운 거리가 펼쳐진다.

도로에 차가 늘었지만, 여전히 오토바이가 경적을 울리며 탁류처럼 흐르는 거리가 그곳에 자리한다.

시장과 포장마차에서 들리는 웅성거림. 밝게 웃는, 햇볕에 그을린 사람들. 색채가 강렬한 꽃과 과실, 알루미늄 식기가 내는 소리.

나는 그곳에 뛰어들었다.

1

 매일 아침, 미야코는 우시쿠 대불을 바라본다. 오늘 아침에는 늦잠을 자 주차장에 차를 주차하고서, 재빨리 메이크업을 하고 앞유리 너머로 대불을 보며 두유를 빨대로 마셨다. 집 냉장고에서 꺼내온 두유는 이미 미지근해지고 종이팩이 조금 불어 일그러져 있었다.

 2년 전까지만 해도 아침 습관은 역 건물 카페에 들르는 거였다. 옆 사람과 어깨가 닿을락말락한 답답한 카운터 자리에서 바삐 오가는 도시 사람들을 바라보며 소이 라테를 마셨다. 붐비는 거리에 파묻혀 사람들의 옷차림이 얇아지거나 두꺼워지며 변화해가는 모습을 보는 걸 좋아했다. 머지않아 잡목림 너머로 우뚝 서 있는 대불을 차에서 매일 보게 될 줄은 꿈에도 몰랐다.

 우시쿠 대불은 미야코가 어릴 적에 세워졌다. 받침대를 포함한 높이가 120미터로, 크기가 어마어마해서 송전선이 쳐진 큰 철탑보다도 훨씬 높다. 자유의 여신상 높이에만 비해도 3배는 된다고 한다.

 논밭밖에 없었던 깡촌 한가운데에 말도 안 되는 크기로 홀연히 나타난 불상에, 어른 아이 할 것 없이 재미있어하거나 인상을 찌푸리곤 했다. 외부에서 온 사람은 누구나 입을 떡 벌렸다. 다들 당혹스러워하는데 태연한 자세로 분위기 파악을 못하는 불상이라고 미야코는 생각했다. 거슬리게 느껴져 미야코는 대불을 늘 외면했지만, 끝내 시선에 들어와도 별다른 느낌이 들지 않았다.

하지만 도시에서 독립생활을 청산하고, 고향으로 돌아오고 나서부터 어째서인지 눈에 들어올 때마다 일일이 "아, 대불"이라며 넋을 놓고 보게 되었다. 도쿄에 살았을 때 도쿄타워를 볼 때마다 문득 멈춰 섰던 심정과 언뜻 보아 비슷하나 다르지만 말이다. 대불은 여전히 무슨 소리를 들어도 태연한 얼굴로 우아한 포즈를 취하고 있다.

차 시동을 끄자 오디오에서 흐르던 보사노바와 에어컨 냉기가 멈췄다. 가방을 가지고 밖으로 나왔다. 9월이 되었지만 햇살은 여전히 한여름과 변함없이 강렬했고 얼굴을 손으로 가려 차양을 만들었다.

걸어가면 그곳에 대불과 마찬가지로 갑작스럽게 만들어진 새로운 동네가 있다.

거대한 평면 주차장 건너편에 파스텔컬러 담장에 둘러싸인 아울렛이 펼쳐져 있다. 야자수와 분수가 배치된 입구는 해외 테마파크 같았다. 이 아울렛은 미야코가 도쿄에 살던 동안에 세워졌다. 하늘을 푹 찌르는 대불과 대조적으로 넙죽 엎드리다시피 한 단층짜리 매장이 늘어서 있다. 이쪽은 너무 넓어서 거리감이 느껴지지 않는다.

평평한 간토평야에 들러붙은 듯이 펼쳐진 논밭과 잡목림, 그 안에 느닷없이 만들어진 대불과 아름다운 쇼핑몰.

시골이라고 해도 실은 도심에서 전철로 1시간 정도밖에 떨어져 있지 않다.

이 뒤죽박죽인 장소에서 미야코는 일하며 살아가고 있다.

종업원용 주차장은 고객용과는 별도로 조금 떨어진 장소에 있다. 쇼핑몰을 둘러싼 벽은 바로 눈앞에 보이지만, 걸어가면 의외로 시간이 걸린다. 개점 전 시간에는 출입구로 이어지는 포장된 좁은 길을 종업원들이 일렬로 줄줄이 걸어간다. 아무것도 가로막는 게 없어서 햇빛에도 비바람에도 그대로 노출된다.

내리쬐는 태양 아래를 계속해서 걸어가다 마침내 매장에 도착하자, 사원 중에서 제일 어린 안나가 청소기를 돌리고 있었다. 나시티에 핫팬츠로 아직 여름옷 차림이다.

"미야코 씨, 오셨어요? 덥죠?"

그녀는 고개를 들고 붙임성 있게 웃었다.

"좋은 아침이에요. 정말 덥네요. 주차장에서 오는 것만으로도 땀범벅이에요."

"에어컨 세게 틀어놨으니 열 좀 식히세요."

천장에 매립돼 있는 에어컨 바로 밑에 서서 먼지 나는 냉기를 얼굴에 뒤집어쓰고, 웃옷 단추를 하나 풀어서 목 언저리를 펄럭였다. 가을겨울용 두꺼운 셔츠 차림으로 와서 땀을 뻘뻘 흘렸다. 단층짜리 매장은 기후의 영향을 바로 받기 때문에, 출입구와 마찬가지로 여름에는 무덥고 겨울에는 뼛속까지 추위가 스며든다. 지금까지 일했던 매장이 있던 임대 빌딩은 하나같이 실내 온도가 적당했기 때문에 처음에는 놀랐다.

오전 근무를 서는 스태프들이 모여서 계산대를 열거나 청소를 하고 있는데 업자가 납품하러 왔다. 목장갑을 끼고 커터칼로 연달아 큰 박스를 열어나갔다. 오늘은 아직 주초라서 양이 그다지 많지 않다. 계산서를 체크하면서 다 같이 능숙하게 진열해 나가다보니 개점 전에 숍 안이 정리되었다.

미야코는 바깥에서 쇼윈도를 체크하려고 마른걸레를 들고 밖으로 나갔다. 좌우로 즐비한 매장 앞에 손님의 모습은 보이지 않았다. 햇살은 하얬고 바둑판무늬를 본뜬 통로가 빛나고 있었다. 건너편 매장에서 일하는 여성이 접사다리에 올라타 디스플레이되어 있던 조화인 해바라기를 떼어내고 있었다.

오봉(8월 15일로, 일본의 전통 명절)의 성수기가 끝나면 본격적으로 가을겨울 옷이 들어올 때까지 쇼핑몰은 잠시 잠잠해진다. 오늘은 한가로운 하루가 될 듯하다.

그날 점심 전에 본사 여직원이 갑자기 매장에 찾아왔다.
"어머나, 하세베 씨! 깜짝이야! 어쩐 일이세요?"
안나가 인사에 앞서 얼빠진 목소리로 말했다. 그녀는 본사 머천다이저로 주말부터 다음 주에 걸친 판매 전략을 전달하기 위해 목요일이나 금요일에 늘 찾아온다. 주초 오전 중에 나타나는 일은 우선 없기 때문에 미야코도 조금 놀랐지만, 그것보다 본사 MD에게 거리낌 없이 말하는 안나를 보고 조마조마했다.
"쓰쿠바점 쪽에 용건이 있어서 들렀어요. 이거 간식이요."
와, 감사합니다, 하고 안나가 양과자 봉투를 받아들었다.
하세베는 미야코에게 "점장은 휴식 중이에요?"라고 작은 목소리로 물었다.
"아, 그게 바로 조금 전에 전화가 왔는데 자녀분이 수두일지도 몰라 병원에 들렀다가 오신대요. 오늘은 한가할 것 같아서 쉬실지도 모르겠네요."

"……아, 자녀분이."

하세베는 김이 샜다는 표정을 지었다.

"무슨 용건이라도 있으세요? 휴대전화로 연락해볼까요?"

"아, 괜찮아요. 특별한 용건은 아니에요. 휴대 전화번호라면 나도 알고 있고요. 정말 어쩌다가 들렀을 뿐이니 괜찮아요."

그런 소리를 하자 갈수록 무슨 일이 있어서가 아닌지 의심스러워졌지만, 그 이상 아무 말도 하지 않아 분위기가 어색해졌다.

"요노 씨, 점심, 도시락 싸왔어요?"

질문의 의도를 파악하지 못한 채 미야코는 고개를 가로저었다.

"오늘은 아니에요. 싸오는 날도 있지만요."

"그럼 점심 같이 먹을래요? 여기 회전초밥집 있죠? 더우니 초밥이 당기네요."

하세베가 묘하게 열심히 권했다.

"아, 근데."

옆에서 듣던 다른 스태프가 "가게도 한가하니 천천히 다녀와요"라고 말해주었다. 왠지 모르게 석연치 않은 마음으로 미야코는 그녀를 따라 매장을 나섰다.

쇼핑몰에는 역시 사람이 적었다. 반려견을 데리고 온 사람이나 연세가 지긋한 부부가 쇼핑이라기보다 산책을 하는 듯한 여유로운 표정으로 걸어가고 있었다. 오봉 때 사람으로 북적거리던 모습이 꿈같았다.

초밥집도 비어 있어서 붙어 앉으면 여섯 명은 앉을 수 있을 만한 큰 테이블로 안내받았다.

이 가게에 오는 건 처음이었다. 입구에 비해 안은 널찍했다. 카운터석에는 요리사 몇 사람이 있었고, 가게 안에는 별도로 조리대가 있는 듯했으며, 플로어에서 일하는 여직원도 많았다. 테이블에 놓인 메뉴판을 보자 가격이 결코 저렴하지 않았고, 동네에 있는 터치 패널을 눌러 주문하는 가족끼리 가는 회전초밥집보다 고급스러운 느낌이 들었다. 둘 다 서비스런치를 주문했다.

직원은 쇼핑몰 내의 음식점에서 식사를 해서는 안 된다는 규칙은 딱히 없다. 인파가 많을 때는 매장이 바빠서 갈 수 없고, 그럴 때가 아니더라도 보통 가게보다 가격이 비싸서 딱히 가지 않을 뿐이다. 이따금 푸드 코트에는 가지만 그것도 이렇게 본사 사람이 왔을 때나, 고향 친구가 쇼핑을 하러 왔을 때 휴식 시간을 얻어 같이 들르는 정도다.

하세베와 둘이서 식사를 하는 건 처음이었다. 회의를 할 때도 점장이나 다른 직원들이 함께였기 때문에 얼굴을 맞대고 무슨 대화를 나눠야 할지 알 수 없었다. 미야코는 테이블 옆에서 돌아가는 초밥을 무료하게 보고 있었다.

"요노 씨는 매장에서 일한 지 이제 1년 정도 지났죠?"

그녀가 갑자기 입을 열었다.

"네, 작년 6월부터 일했으니 1년 하고 3개월 정도 됐네요."

"그렇군요. 이제 완전히 익숙해졌어요?"

"익숙해진 부분도 있지만, 아직 부족한 부분도 있는 것 같아요."

말을 골라가며 답했다. 실적 평가를 받고 있을지도 모른다고 생각하자 긴장되었다. 그리고 하세베는 말문을 닫았다. 무슨 이야기를 해야 하나 생각하며 가루 녹차를 홀짝였다.

"올여름에도 그 프릴 셔츠가 잘 나갔어요. 마카롱컬러 시리즈는 전 색상이 들어온 날에 다 나갔고요."

"그러게요. 추가 분량도 예정보다 빨리 완판됐죠. 내년에는 프렌치 슬리브도 만들어보고 싶다고 디자이너가 말하더군요."

"와, 저도 그거 기대되네요."

몇 해 전에 폭발적으로 팔렸고 지금도 지속적으로 팔리고 있는 봄여름 셔츠 이야기를 했다.

"주문하신 요리 나왔습니다."

그때 미야코 일행 앞에 끼어들 듯이 초밥 접시가 나왔다. 고개를 들자 젊은 요리사가 어째서인지 다른 쪽을 쳐다본 채 이쪽이 초밥 접시를 받아들기를 기다리고 있었다.

이 사람 뭐야, 하고 반사적으로 생각했다. 초밥집 요리사가 손님의 얼굴을 보고 싱긋 웃을 필요는 없다지만, 어쨌거나 태도가 불량했다. 쑥스러워서인지 일하기가 싫어서인지 얼굴을 계속 옆으로 돌리고 있었다.

어쩔 수 없이 받아들자 연달아 접시를 건네주었다. 하세베와 서로 나누어 젓가락으로 집어서 입에 넣어 천천히 음미했다. 초밥을 먹는 건 오랜만이어서 확실히 이렇게 더우면 식초 풍미가 달갑게 느껴진다. 밥알은 크고 재료는 그럭저럭 실했다. 서비스런치는 초밥 열 개에 김말이와 된장국이 곁들여지며 남자라도 만족스러워할 양이다. 하지만 맛을 기대했던 만큼 낙담이 컸다. 마트의 반찬코너에서 파는 것과 별반 다르지 않았다.

예전에 먹은 아오야마의 고급초밥 맛이 문득 떠올랐다. 행복한 기억이라고는 말하기 힘들지만, 귀중한 초밥이었다. 그렇게 아름답고 충격적으로 맛있는 초밥을 먹게 되는 일은 이제 평생 없을지도 모른다.

오늘은 왠지 도쿄에서의 기억을 자주 떠올리게 되는구나, 하고 미야코는 입가를 손으로 가리며 커다란 밥알을 씹었다. 떠올랐다는 건 좋은 일일지도 모른다. 돌아왔을 당시에는 정신적인 방어 본능 같은 것이 발동하여, 갔던 가게 등을 일절 떠올리지 않았다.

허기를 조금 채우고 나자 회전초밥은 회전초밥일 뿐이며, 이건 이것대로 괜찮다는 식으로 마음을 고쳐먹었다.

하세베는 늘 비교적 최신 유행하는 빈틈없는 스타일을 추구하지만, 오늘은 베이지색의 헐렁한 오버 블라우스에 검은 스키니진과 역시 검은 발레슈즈로, 심플하다기보다는 꽤 캐주얼한 차림을 하고 있었다. 마흔은 넘었다고 누군가가 말했다. 평소에는 그 연령보다 훨씬 젊어 보이는데, 오늘은 머리도 푸석하고 파운데이션이 콧방울에 뭉쳐 있어서 제 나이대로 보였다. 아무래도 컨디션이 나쁜 듯했다. 그런데 본사에서 두 시간은 걸리는, 오기 불편한 아울렛까지 일부러 찾아와서 딱히 친하지도 않은 자신에게 식사를 하자고 권한 것은 역시 무언가 하고 싶은 말이 있어서가 아닐까, 미야코는 생각했다.

"저기, 점장님께 뭔가 하실 말씀이라도 있으신가요?"

조금 전과 같은 질문을 했다. 멍하니 산만해져 있던 그녀의 시선이 미야코의 얼굴로 돌아왔다. 그녀가 희미하게 웃었다.

"……좀 전하고 싶은 말이 있어서요."

"저라도 괜찮으면 전해드릴까요?"
"실은 나, 애가 생겼어요."
"네?"
"아직 다른 사람들한텐 말하지 말아줘요. 일할 수 있을 때까진 일할 예정이고, 출산휴가가 끝나면 다시 복귀할 생각이니까요."
"아, 저기, 축하드려요."
하세베가 결혼했다는 이야기는 들은 적이 없어서 미야코는 순간 멈칫거리고 말았다.
"고마워요. 그런데 정말 축하할 일일까요?"
"당연히 축하해야 할 일이죠."
"가와자메 점장처럼 앞으로 애가 열이 났다는 둥 이런저런 일로 점점 일정이 꼬여가겠죠."
굳은 표정으로 그녀가 말했다. 쑥스러워서가 아니라 정말 그다지 기쁘지 않아 보여, 어떤 대답을 해야 좋을지 당혹스러웠다.
"컨디션은 괜찮으세요? 입덧은요?"
"괜찮다고 하고 싶은데 저번 주에 이틀 정도 쉬었네요."
"그러세요? 지금은 몸부터 챙기세요."
"고마워요. 요노 씨는 다정하네요."
그때 "오래 기다리셨습니다" 하고 거친 목소리가 떨어지며 또다시 요리사가 초밥 접시를 내밀었다. 고개를 들자 역시 그는 다른 쪽을 쳐다보며 팔만 움직여 아무렇게나 참치가 올라간 접시를 내밀고 있었다.
이번에는 그걸 받아들지 않았다. 어째서인지 거대한 분노 덩어리가 뱃속에서 솟구쳐 올라오는 것을 느꼈다.

보통은 가게 사람의 태도에 위화감을 느껴도, 오랜 세월 판매원으로 일하는 미야코는 점원의 심정을 알기 때문에 화를 내거나 클레임을 거는 일이 한 번도 없었다.

하지만 지금은 이상하리만치 불쾌한 기분을 다스릴 수 없었다. 미야코가 접시를 받아들지 않고 요리사를 노려보고 있는 것을 알아차린 하세베는 당황하며 그와 미야코를 번갈아 보았다. 그리고 그녀가 대신해서 손을 내밀려고 했을 때 미야코는 강한 어조로 말을 내뱉었다.

"아까부터 어딜 보시는 거예요?"

요리사가 흠칫 고개를 돌렸다. 미야코는 정면으로 그 남자의 얼굴을 쳐다보았다. 생각보다도 젊었다. 말상이라는 게 미야코의 머릿속에 제일 먼저 떠오른 인상이었다. 키가 크고 조금 구부정하고 가볍게 다문 입은 크고 입술이 두꺼웠다. 눈은 크지만 눈꺼풀이 나른해 보였다. 콧날이 오뚝해서 비교적 좌우 대칭을 잘 이룬 얼굴이지만, 전체적으로 인상이 부루퉁했다.

"아무리 그래도 실례잖아요. 아르바이트생이세요?"

옆 테이블에 있던 손님이 미야코 쪽을 힐끗 쳐다보았다. 그의 해쓱한 뺨이 서서히 붉은 기를 띠기 시작했고 귀 끝까지 색이 변했다. 이윽고 "죄송합니다"라고 우물거리며 미야코 앞에 초밥 접시를 내려놓았다. 그리고 도망치다시피 등을 돌리고 카운터바로 가버렸다.

"요노 씨, 괜찮아요?"

하세베가 달래듯이 말했다. 미야코는 그 말을 들은 순간 그와 마찬가지로 자신의 얼굴에 열이 올라 있다는 사실을 깨달았다. 심장이 쿵쾅쿵쾅 소리를 냈다. 왜 그런 소리를 한 걸까, 심란하고 창피해서 소리를 지르고 싶었다.

감정을 다스리지 못했던 것, 그 수치심과 굴욕감과도 닮은 기분이 뒤섞여 사실은 울고 싶었지만, 상사 앞이라서 간신히 참았다.

"죄송합니다. 식사 중에 분위기를 망쳐서."

수습하듯이 간신히 웃으며 미야코는 고개를 숙였다. 하세베는 "괜찮아요. 신경 쓰지 마요"라며 얼굴 앞에서 손을 흔들었다.

"아울렛 안에 있는 레스토랑은 다 그렇죠."

위로하는 말투로 그녀는 말했다. 미야코는 순간 움직임을 멈췄다.

자신이 일하는 매장도 뭔가 부족한 점이 있으면 "아울렛이니까"라는 소리를 역시 듣는 걸까. 식욕이 완전히 사라져 미야코는 젓가락을 내려놓았다.

일을 마치고 운전해서 집으로 돌아갔다. 본가로 돌아와 아울렛 일이 정해졌을 때 아빠가 절반을 보태줘서 산 중고 경차다.

20분 정도 되는 거리지만, 일을 마친 후에 운전하는 건 언제나 우울하다. 좌우지간 시골이라서 가로등이 적어 역에 가까워질 때까지 어두컴컴한 길이 이어진다. 도쿄에서 빈틈없이 붐비던 지하철 안, 꼼짝도 하지 못하고 모르는 남자의 술냄새 풍기는 숨결을 맡으며 돌아가는 것과는 또 다른 종류의 스트레스다.

아빠가 휴대전화로 장보기 리스트를 보냈기 때문에 길가의 커다란 쇼핑센터에 들렀다. 아울렛에 비하면 작지만, 그런데도 휘황찬란하게 불이 켜져 있는 데다 다양한 매장이 들어서 있어서 다소 기분이 밝아졌다.

점심에 초밥집 점원에게 클레임을 걸었던 일로 생긴 동요하는 마음이 아직 수그러들지 않았다. 분명 다른 사람에게 말하면 클레임을 받은 쪽이 아니라 건 쪽이면서 왜 끙끙대고 있냐고 이상한 취급을 받을 것이다. 자신이 이치에 어긋나는 일로 우울해졌다는 사실은 미야코도 알고 있다. 다만 하고 싶은 말을 한다고 해서 반드시 기분이 풀어지는 게 아니라는 사실을, 최근에 미야코는 뼈저리게 느낄 때가 늘었다. 마음을 억누르고 잠자코 있는 쪽이 편한 일도 많다.

기분 전환 삼아 잡화점과 서점을 들여다보고 싶었지만, 딴 길로 새면 한도 끝도 없을 것 같아서 마트에만 들렀다가 쇼핑센터를 나섰다. 조반선(동일본 여객철도 노선 중 하나) 역을 지나 대형 아파트가 들어선 거리를 빠져나가면 미야코 집이 있다. 새로 개발된 주택지라서 주위의 집은 모두 새롭다. 집에 도착해 아빠의 승용차 옆에 차를 천천히 주차했다.

현관을 열어 2층으로 올라가자 에이프런을 한 아빠가 거실로 얼굴을 내밀었다.

"다녀왔어, 아빠. 배도 사 왔어. 엄마가 좋아했던 것 같아서. 엄마는?"

비닐봉투를 건네면서 미야코는 말했다.

"오늘은 벌써 잠들었어."

"벌써? 컨디션이 또 안 좋아?"

"아니, 오늘 더웠는데 산책을 꽤 했더니 피곤한 모양이야. 졸릴 때는 자는 편이 좋다고 선생님이 말했으니 괜찮겠지."

"그래? 우선 옷 갈아입고 올게."

방에서 실내복으로 갈아입으며 내일은 휴무일인데다 엄마가 자고 있으니 역시 다른 길로 샐 걸 그랬다는 생각이 들었다. 일단 귀가하고서 다시 나가는 건 기분이 내키지 않는다. 밤길 운전이 무섭기도 하고 아빠도 달가워하지 않는다.

아빠와 마주보고 식사를 했다. 음량을 최대한 낮춘 텔레비전 화면을 쳐다보았다.

"아, 이거, 맛있네?"

치킨소테가 평소와 풍미가 달라서 미야코는 그리 말했다.

"요플레에 재워봤어. 맛있지?"

"어라, 아빠. 그런 건 어디서 배웠어?"

"아침방송에서 하더라고. 더 있으니 내일 도시락에 싸가도 돼."

아빠가 의기양양한 얼굴로 웃었다.

"내일은 휴무일이야. 엄마 병원 가야지."

"아, 그러네. 고마워."

아빠는 아직 50대인데다 최근에 캐주얼한 옷차림이 잘 어울려서 예전보다 젊어 보인다. 둘이서 외출하면 나이차가 나는 부부로 오해받을 때도 있을 정도다.

미야코는 예전보다 훨씬 아빠와 마음이 잘 맞다는 생각이 들었다. 예전에는 거북했지만, 지금은 엄마의 간병이라는 같은 사명감을 가진 동지 의식도 있어서 수다도 떨게 되었다.

"아빠, 내가 정리할 테니 먼저 씻어."

"응, 부탁할게."

아빠가 사라진 부엌이 갑자기 어색해져서 미야코는 재빨리 뒷정리를 했다.

불을 끄려고 하다가 과일 바구니에 담긴 배를 잠시 바라보았다. 손에 하나를 들고 과일칼로 반달 모양으로 썰어 껍질을 깎아서 용기에 담았다. 냉장고 앞에 붙어 있는 마그네틱식 작은 화이트보드에 엄마에게 메시지를 썼다.

'엄마에게. 핑크색 뚜껑 덮인 용기에 배 들어 있으니까 먹어. 미야코가.'

보름달 같은 자신의 초상화와 하트도 곁들였다.

벽시계를 올려다보자 아직 10시 전이었다. 텔레비전과 전등을 끄자 심야처럼 고요해졌다. 자신의 방으로 가서 침대를 보자마자 미야코는 빨려들다시피 그곳에 너부러졌다.

미야코 방은 3층짜리 집의 1층에 있다. 정원에 접한 이 방은 원래 부부 침실로, 이 집에서 거실 다음으로 넓다. 하지만 엄마는 3층의 박공지붕 아래 다락방을 마음에 들어 해 그곳을 방으로 삼았고, 아빠는 2층 거실 옆 다다미방에서 일상생활을 한다.

1층 침실의 붙박이 수납장이 커서 미야코가 가진 대량의 옷들이 전부 들어가 처음에는 기뻤다. 혼자 살던 집에서 가지고 온 싱글용 침대나 소형 텔레비전, 1인용 소파를 수납해도 아직 꽤 여유 공간이 있었다.

도쿄에서 지내던 방보다도 훨씬 넓은 침실에서, 미야코는 밤을 주체하지 못하고 있었다. 점심 때 초밥집에서 맛본 최악의 기분이 겨우 옅어져, 이불을 깐 침대 위에서 잠이 들었다.

이튿날은 엄마의 통원날로 이웃한 시에 있는 종합병원으로 갔다. 자택에서 병원까지 직선거리로 가면 그다지 멀지 않지만, 전철과 버스 양쪽을 다 탈 필요가 있어서 시간과 체력을 상당히 소모하게 된다. 엄마는 운전을 못해서 미야코나 아빠가 차를 몰아서 데리고 가는 게 일상이다.

아스팔트길과 자갈길을 넘나들며 최단거리로 병원으로 향했다. 논의 벼 이삭이 물들고 있었고 백로가 그 위를 훌쩍 날고 있었다.

예약을 해도 종합병원의 대기 시간은 무척이나 길다. 어차피 1시간 이상은 차례가 돌아오지 않을 테니 차라도 마시러 가자고 권했지만, 엄마는 "갑자기 부를지도 모르잖니"라며 진찰실 문이 보이는 긴 의자에서 움직이려고 하지 않았다.

"매점에 가서 잡지라도 사올게. 엄마도 마실 거나 다른 거 필요해?"

일단 물었지만 엄마는 고개를 저었다. 엘리베이터를 향해 복도를 걷다가 습관적으로 뒤를 돌아보았다. 엄마는 가만히 앉아서 눈을 감고 있었다.

더 젊어진 아빠와 반대로 엄마는 부쩍 늙어버렸다. 살이 찐 정도는 아니지만 전체적으로 몸이 부어올랐고 입꼬리가 처져 주름이 늘었다. 커트도 염색도 가끔씩만 하러 가기 때문에 흰머리가 눈에 띄게 수북했다. 환자라서 어쩔 수 없다고 생각하면서도 직시하고 싶지 않아 미야코는 외면했다.

건강했을 무렵, 엄마는 아주 평범한 중년여성이었다. 기본적으로는 전업주부였지만, 복식과 간단한 바느질에 능해서 근처 미용실에서 부탁받으면 성인식이나 시치고산(3세, 5세, 7세가 되는 어린이들의 성장을 축하하기 위해 신사나 절을 참배하는 행사) 때

옷매무새 손질을 도우러 가곤 했다. 꼬인 면도 짓궂은 면도 없는 평범하게 밝은 엄마였다.

그런 엄마가 병으로 다른 사람이 되어버렸다. 엄마의 병은 간단히 말하자면 갱년기장애다.

아빠에게 전화로 엄마 상태가 좋지 않다고 처음 들은 건, 일과 유흥으로 매일 눈코 뜰 새 없이 바쁘게 지내느라 부모의 존재는 떠올리지도 않던 하루하루가 이어지던 차였다. 사회인이 되고 아빠에게 직접 전화가 온 건 그게 처음이었다. 정밀검사를 한다는 걸 듣고, 느닷없이 뺨을 맞은 것처럼 충격을 받았다.

엄마는 전화를 받지 않았다. 아빠가 그때 한 말에 귀를 의심했다.

"엄마는 지금, 다른 사람이랑 이야기할 기력이 없대."

다른 사람이라고? 미야코는 생각했다. 엄마의 뱃속에서 태어난 자신은 엄마와 이 세상에서 가장 타인이 아닌 관계일 텐데, 언제 그렇게 멀어져버렸는지 놀랐다.

검사 결과는, 역시 아빠로부터 전화로 갱년기장애라고 들었다. 그때 미야코는 안도한 나머지 웃었다. 뭐야, 갱년기장애였어? 그럼 괜찮겠네, 라고도 말했다. 20대인 미야코에게는 그건 중년여성이 걸리는 홍역 같은 것이라는 인식밖에 없었다. 차분히 있으면 조만간 나을 거라고 생각했다.

하지만 그렇지 않았다. 엄마는 원인 불명의 통증을 계속 호소했고, 정서가 심하게 불안정하여 증상은 나빠지기만 했다. 다양한 치료를 시도해봤지만 개선되지 않고, 산부인과 담당의의 권유로 정신과에도 통원하게 되었다.

미야코는 태어나서 처음으로 갱년기장애에 대해 직접 조사해서 증상의 개인차가 얼마나 심한지, 나을 때까지 기간이 길어지면 10년 이상에 달하는 경우도 있다는 사실이나 우울증과의 경계가 어중간하다는 것도 알게 되었다. 엄마의 몸과 정신 상태는 복잡하게 얽혀 있어서 사태는 가족이 상상했던 것보다 심각해졌다.

아빠는 엄마를 간병하기 위해 일을 임시 휴직했고, 미야코도 결국 일을 관두고 본가로 돌아오게 되었다. 미야코가 일을 관둔 이유는 엄마 때문만이 아니었지만, 큰 계기는 되었다. 아빠는 최근에 복직했지만, 잔업도 적고 휴가를 받기 쉬운 부서로 이동을 희망했다. 아빠는 확실하게 말하지 않았지만, 그게 한직이라는 사실은 미야코도 알고 있다.

가족이 병에 걸린다는 게 어떤 건지 미야코는 전혀 몰랐다. 가장 괴로운 것은 병에 걸린 본인이며, 자신보다도 아빠가 더 힘든 일을 겪고 있다는 사실도 알고 있다. 하지만 그건 지나가지 않는 태풍 속에 갑자기 내던져진 듯한 일이었다.

너무 괴롭고 너무 우울해서 너무 견디기 힘들어, 미야코는 여전히 이 사실을 다른 사람에게 자세히 말하지 못했다.

엄마가 옛날로 돌아와 미야코가 자신의 일만 생각해도 되는 나날을 되찾는 건 얼마나 지나야 할까. 그런 날이 오지 않을지도 모른다고 생각하면 등줄기가 오싹해진다. 엄마를 싫어하는 게 아닌데 그런 생각을 하면 기분이 납덩이처럼 무거워진다.

어두워진 기분을 떨쳐내려고 미야코는 패션잡지를 샀다. 그것을 가지고 엄마가 있는 곳으로 돌아오다가 평소와 다른 광경을 접하고 멈춰 섰다.

대기실 소파, 조금 전과 같은 위치에서 엄마가 스스로 가지고 온 듯한 문고본에 시선을 떨어뜨리고 있었다. 진찰받기를 기다리던 동안에 무언가를 읽는 엄마를 미야코는 처음 봤다.

"엄마?"

조심스럽게 부르자 엄마가 책에서 고개를 들더니 고개를 갸웃거렸다.

"왜? 무슨 일 있어?"

미야코가 대답하기 전에 접수처 여성이 엄마의 이름을 불렀다.

진찰실로 들어가서 의사의 정면에 엄마가 앉고, 뒤편의 보조 의자에 미야코가 앉았다.

담당의는 체격이 좋고 다부진 장년 남성이었다. 흰머리를 짧게 깎아서 서리가 내린 겨울의 잔디처럼 보였다. 백의보다 유도복이 어울릴 것 같았다. 예전에는 다른 선생님에게 진찰을 받았지만, 그 선생님이 병원을 옮겨 봄부터 그가 담당의가 되었다.

엄마가 진찰을 받을 때, 그게 부인과든 정신과든 아빠나 미야코 둘 중 한 사람이 따라온다. 엄마가 자꾸만 "선생님이 하는 말 뜻을 모르겠어. 들어도 기억이 안 나"라고 불안감을 호소했기 때문이다. 확실히 의사가 하는 설명은 쉽게 풀어서 말하고 있다고 해도 전문 용어가 섞여 있어 집중하지 않으면 이해하기 힘들 때가 있다.

진찰을 마치자 선생님은 함박웃음을 지어 보였다.

"꽤 호전되어 안정을 찾은 것 같군요."

엄마가 어떤 표정을 지었는지 미야코의 위치에서는 보이지 않았다. 고개를 꾸벅 끄덕이는 엄마의 턱 끝을 숨을 죽이고 지켜보았다.

"약은 이번부터 슬슬 줄여가도록 하죠."

분명 엄마보다도 미야코 쪽이 놀란 얼굴을 하고 있었던 게 틀림없다. 의사는 미야코에게 고개를 돌려 "다음부터 따님은 따라오지 않으셔도 괜찮습니다"라고 부드럽게 말했다.

엄마의 상태가 호전되었다. 그리 생각하자 몸 깊숙한 곳에서 기쁜 마음이 솟구쳐올랐다. 엄마와 손을 맞잡고 웃고 싶었고 당장이라도 아빠에게 전화를 걸고 싶었다. 하지만 헛된 기쁨으로 나중에 낙담하는 것도 두려워서 미야코는 얼굴에 힘을 한껏 실어서 무표정으로 가장했다.

정말? 정말로? 이제 드디어 우울한 나날로부터 해방되는 거야?

수납을 하고 약국에 들른 동안 마음속으로 쭉 계속 중얼거렸다. 엄마도 똑같은 기분인지 기쁨을 드러내지 않고 평정심을 유지하고 있었다.

병원에서 나와 차로 스타벅스에 들렀다. 병원에서 돌아가는 길에 엄마의 컨디션이 좋으면 아주 잠시 드라이브를 하고 어딘가의 카페에 들르는 게 습관이 되어 있었다. 케이크와 음료를 사서 마주앉자 엄마의 표정은 집에서 나왔을 때에 비해 몰라보게 밝았고 미야코는 더 이상 기쁨을 참지 않고 말했다.

"엄마, 약이 줄어서 정말 다행이야!"

엄마가 쑥스러워하며 고개를 끄덕였다.

"응, 고마워. 저번 주부터 컨디션이 쭉 괜찮아. 아침에도 일어날 수 있고."

엄마는 포크를 손에 든 채 케이크를 먹는 것도 잊은 모습으로 이어서 말했다.

"지금 선생님이 담당하고서 약도 꽤 바꿔줬고 이야기도 잘 들어주니까."

"그러게. 좋은 선생님인 것 같아."

"예전 선생님은 별로였어. 카랑카랑하게 말해서 무섭기도 하고 배려심도 부족했거든."

"그러게. 너무 씩씩해서 탈이었지."

예전 담당의는 젊은 여의사로 엄마와는 확실히 궁합이 나빴을지도 모른다. 하지만 미야코에게는 그렇게 나쁜 사람으로는 보이지 않았다. 엄마는 사람을 좋아할 것 같은 겉모습과 달리 의외로 깐깐한 면이 있었다.

엄마가 한숨을 쉬더니 정색을 하고 말했다.

"저기, 미야코, 엄마 말이야."

미야코는 간담이 서늘해졌다. 고심하는 얼굴로 엄마가 무언가를 말할 때는 좋은 일이었던 전례가 없다.

"나 이제 괜찮아진 것 같아."

"……정말?"

"미야코한테도 아빠한테도 신경 쓰게 하고 시간도 빼앗고 정말 미안하게 생각하고 있어."

"무슨 그런 소릴 해."

미야코는 말에 힘을 실었다.

"그러니 이젠 아르바이트가 아니라 풀타임으로 일해도 돼. 아빠한테도 그렇게 말할 생각이야. 회사까지 관두게 해서 미안해. 지금까지 고마웠어."

기쁠 터인 그 말에 어째서인지 날카로운 통증을 느끼고서 미야코는 입을 다물었다. 동요하는 마음을 들키지 않도록 소녀처럼 입술을 삐죽 내밀었다.

"엄마 때문에 회사 관둔 거 아냐. 게다가 지금 회사, 그냥 아르바이트가 아니라 계약직이라서 일단은 사원이야. 사회보험도 가입돼 있고."

"그렇구나, 엄마가 세상 물정을 너무 몰라서 미안해."

미야코는 고개를 다급히 가로저었다.

"아냐. 내가 제대로 설명한 적도 없는데 뭘. 근데 초조해하지 말고 천천히 나아가도록 해. 나도 아빠도 엄마 곁에 있으니까. 그럼, 케이크 먹자!"

엄마는 미소 지으며 고개를 끄덕였다. 미야코도 웃음으로 답했다. 기쁨과 아픔이 접시 위의 마블 케이크처럼 뒤섞여 있었다.

9월 연휴, 쇼핑몰에서는 바겐세일이 기획되어 미야코가 일하는 매장에서도 여름옷을 처분하기 위해 재고가 산더미로 도착했다.

이 아울렛에는 고급 브랜드는 거의 입점해 있지 않아서 유명한 대형 아울렛에 비해서는 어설프다. 하지만 널찍한 주차장이 무료라는 점에서 휴일에는 이웃 주민이 휴식 겸 일상용품을 쇼핑하러 와서 혼잡하다.

연휴에 날씨 덕도 톡톡히 봐서 쇼핑몰에 지나갔을 터인 여름이 돌아온 것처럼 인파가 몰려 매일 녹초가 될 때까지 일했다. 하지만 연휴 마지막 날 불운하게도 태풍의 직격탄을 맞았다.

매장과 매장 사이에는 쭉 크게 천막이 쳐져 있어서 가게를 도는 데 우산은 필요 없었지만, 그럼에도 비바람이 심한 가운데 아울렛에 찾아오는 손님은 지극히 적었다.

매장 문을 열어도 손님이 전혀 없어서 미야코와 점장은 이제 막 도착한 가을 상품을 마네킹에 입히기로 했다. 어제 기준으로 연휴 매상 목표치는 달성했기 때문에 점장은 기분이 좋았다.

"그러고 보니 하세베 씨, 임신했다고 하던데?"

점장이 얼굴을 가져다대고 그렇게 말했다.

"아, 네, 들었어요."

"몸이 별로 안 좋아서 일찌감치 출산휴가에 들어갈지도 모르겠네."

"그래요?"

"사귀던 사람이랑 얼른 혼인신고를 할 건가봐. 상대는 섬유회사에 다니는 매니저래. 매니저라면 나이가 꽤 있단 건가? 남의 남자를 빼앗은 건 아니겠지? 그래도 경제적으로 든든할 테니 안심하고 애는 낳을 수 있겠네."

미야코는 "그거 다행이네요"라고 그녀의 눈을 보지 않도록 하며 대답했다.

점장은 젊었을 때 사내 결혼해서 이미 두 딸이 있다. 일이라면 열심인 사람이지만, 본사에 근무하는 남편이나 그 주변에서 사내 정보를 알아내 뒷담화를 해서 받아치기 곤란할 때가 있다. 소문에 관심이 없는 건 아니지만, 그녀의 이야기에는 대개 뭔가 의도나 불만이 담겨 있기 때문에 미야코는 깊이 주의하고 있다.

"본사에서도 말이지, 얼른 후임을 안 정해주면 우리가 곤란한데."

그녀가 동의를 구하자 미야코는 "그러게요"라며 어중간하게 고개를 끄덕였다.

하세베는 컨디션이 좋지 않아 연달아 2주간 매장에 오지 않았다. 그녀의 대리로 젊은 직원이 와서 판매 전략에 대해 회의하거나 주말에 돕고는 있지만, 점장은 그에 대응하기 위해 근무 시간표의 휴무일을 반납하고 연휴 내내 꼬박 근무해야 했다. 부모님과 2세대 주택에 살고 있는 그녀는 갑작스런 출근에도 쉽게 대처할 수 있어, 그 점은 다행이었다.

"다음 달에 아르바이트생 한 명 관두잖아. 보충해준다는 이야기가 있긴 하던데 그것도 흐지부지고 말이지."

점장은 혼잣말처럼 말했다. 미야코는 마네킹에 긴 숄을 두르면서 흘려들었다.

"요노 씨가 주 5일 일하는 건 역시 버거우려나?"

확실한 질문에 미야코는 점장 쪽을 쳐다보았다.

"이런 상황에 물어서 미안해. 사정이 있어서 시간제로 근무하는 거지? 그런데 요노 씨한텐 뭐든 안심하고 맡길 수 있으니 풀타임으로 뛰어주면 정말 좋을 것 같아. 일단 고려해봐 줄래? 안 되면 안 된다고 해도 되니까."

"저기."

미야코는 점장에게 돌아섰다.

"근무 시간을 좀 더 늘려도 될지도 몰라요."

"어머, 정말?"

점장의 얼굴이 활짝 빛났다. 미야코는 다급히 얼굴 앞에서 손을 저었다.

"지금 당장엔 대답 못 드리지만, 실은 가족이 건강이 안 좋아서 주에 네 번 일했던 거예요. 그런데 꽤 회복돼서요."

"그랬구나. 그러면 가족이랑 확실히 의논하는 편이 좋겠네. 그래도 조금 일찍 결론을 내려주면 고마울 것 같아."

점장은 미야코의 팔뚝 부근을 친근감을 담아 토닥이더니 계산대 쪽으로 돌아갔다.

미야코는, 그녀가 건드린 부위에 시선을 떨어뜨리고는 직장 상사에게 말하는 건 성급했을지도 모르며, 상황을 좀 더 지켜보다 엄마가 일시적인 기분으로 "이제 괜찮아"라고 한 게 아니라는 걸 확인하고 말하는 편이 나았을지도 모른다고, 잠시 생각했다. 하지만 말하지 않고서 견딜 수 없었다.

그날은 오후 근무라서 점심시간 휴식도 마지막에 얻었다.

아울렛은 부지가 넓고 매장 수도 많기 때문에 직원용 휴게실이 한 곳만 아니라 여러 군데나 있다. 미야코의 매장에서 가까운 휴게실은 그중에서도 가장 넓어, 음료수뿐만 아니라 컵라면이나 과자 등 다양한 종류의 자동판매기가 설치되어 있고, 이곳에서 식사를 간단히 때우는 사람도 많았다.

점심식사 시간은 이미 지났기 때문에, 휴게실에는 서류를 펼치고 회의하는 사람들 한 무리만 있었다.

그들로부터 떨어진 창가 자리에 앉아서 미야코는 휴대전화를 체크했다. 고등학교 시절의 친구에게 술자리 연락이 왔다. 때마침 휴무일이라 망설이지 않고 나가겠다고 답했다. 최근에 놀러 나가는 일도 별로 없었기 때문에 기대감에 부풀었다.

갑자기 비가 창문을 때리는 소리가 거세져서 미야코는 움찔했다. 태풍이 꽤 가까이 온 것 같았다. 이 비바람 속에서 운전해서 퇴근한다는 생각을 하니 침울해졌다. 악천후니까 아빠에게 데리러 와달라고 할까 싶었다.

미야코는 반다나로 둘러싼 도시락을 펼쳤다. 아빠가 저녁으로 만들었던 반찬 여유분이 있으면, 거기에 자신이 만든 어설픈 달걀프라이를 합쳐서 도시락에 담아온다. 요리라면 질색인 미야코는 그것만으로도 너무 귀찮았지만, 매일 편의점에서 점심을 사먹으면 출혈이 장난이 아니었다.

점장은 두 아이의 도시락을 매일 싼다고 한다. 아직 결혼 전망이라곤 조금도 없는데 벌써부터 그게 울적하다. 만약 결혼한다면 반드시 요리를 잘하는 남자가 좋다. 그리고 점장처럼 부모님 댁 근처에 살면 도움을 받을 수 있는 일도 많을지도 모른다며 머리에 떠오르는 대로 유심히 생각했다.

주에 닷새 일하게 되면 계약 사원에서 정규 사원이 될 수 있으려나? 그러면 월급도 오를 테고 상여금도 받을 수 있고 커리어에도 도움이 될 것이다.

미야코는 젓가락 끝을 가볍게 깨물며 자신이 그걸 정말로 바라는지 생각했다.

지금의 매장에서는 젊은 사회인 여성을 타깃으로 한 깔끔한 옷을 다루고 있다. 회사나 데이트에 입고 갈 수 있는 여성스러운 디자인으로 소재도 다루기 편한 게 많다. 미야코가 예전에 일하던 마와 유기농 코튼을 주 소재로 한 브랜드와는 고객층이 전혀 다르다.

미야코는 열여덟 살 무렵에 자연소재를 사용한 그 브랜드의

포로가 되었다. 언뜻 수수해 보이지만, 실은 디자인이 섬세해서 고가 제품이었다. 단순한 고객으로서는 한 달에 한 벌 사는 게 고작이다 싶어, 고등학교를 졸업하고서 도쿄에서 아르바이트 점원이 되었다. 내추럴한 원피스나 헐렁한 울 니트가 예쁘장해서 너무 좋았다. 좋아서 미칠 것 같은 브랜드 옷을 시즌 초반부터 입을 수 있어서 미야코는 행복했다. 식비를 아껴가면서 그 가게의 신상을 한 벌이라도 더 사는 걸 망설이지 않고 선택했고 이윽고 노력이 결실을 이루어 사원으로 채용되었다.

지금의 미야코는 그 무렵과 달리 자신이 일하는 매장에서 파는 옷에 딱히 관심이 없다. 업무 때문에 유니폼처럼 입고 있을 뿐이다. 하지만 입어보면 좋은 점도 많았다. 화학 섬유라고 한마디로 표현해도 얇지도 않고 주름도 지지 않아서 세탁하기도 편했고 삼베 등에 비교해도 거짓말처럼 가볍다. 염가라서 유행하는 스타일을 구입하기 쉽다는 점도 좋다. 시즌 초에 단정하고 사이즈가 딱 맞는 걸 골라두면 전문 매장만큼 깐깐하지 않아서 다음 시즌에도 가게에서 입을 수 있다.

하지만 정사원이 되면 어떻게 되려나, 하고 미야코는 도시락을 먹으면서 생각했다. 좋아하지도 않는 의류 매장에서 계속 근무할 수 있을까. 좋아하는 브랜드 의류도 마지막에는 손사래 칠 정도였으니 말이다.

아니, 그 브랜드가 싫고 좋고 따질 때가 아닐지도 모른다. 일이 있는 것만으로도 고마울 따름이다. 지금은 무사하지만 조만간 이 매장에서 일하기 어려워질 것이다. 하지만 정사원이 되면 내근이나 같은 그룹 내의 연령층이 높은 브랜드로 이동할 수 있어서 계속 일할 수 있다.

내년에도 입을 수 있는 옷과 정사원이 돼서 승진하려면 어떻게 해야 하나를 생각하는 반면, 미야코는 반년 후의 자신이 어떻게 되어 있을지 상상이 잘 가지 않았다. 결혼은 사실 우주여행이나 마찬가지로 현실미가 없는 머나먼 일이었다.

그때 휴게실 문이 열리고 키가 크고 흰 옷을 입은 남자가 들어왔다. 의류 매장 점원과는 명백하게 분위기가 달라서 미야코는 바로 그 초밥집 점원이라는 사실을 깨달았다.

반사적으로 시선을 돌리고 고개를 숙였다. 그는 미야코 쪽으로 시선을 돌리지 않고 자판기 코너로 걸어갔다.

두근거리는 마음으로 상황을 살펴보자 그는 자판기에서 다코야키를 사고 있었다. 미야코가 앉아 있는 자리에서 사각형 형태의 휴게실 대각선상 위치에서 그는 고개를 돌리고 앉았다. 팻트병에 담긴 차를 마시며 다코야키를 집어들고 있었다.

건너편 시야에 자신이 담겨 있지 않다는 사실을 알고서 미야코는 살짝 안심하고 그를 관찰했다. 짤막하고 수수한 머리에 얇고 흰 작업복을 입고 있었다. 목덜미에서 어깨에 걸친 몸선이 의외로 예쁘장했다. 요전번에는 호리호리한 사람이라고 생각했는데, 새삼 다시 보니 가슴과 팔이 상당히 근육질인 듯했다.

그는 다코야키를 다 먹더니 바지 뒷주머니에서 책을 꺼내 읽기 시작했다. 아, 책을 다 읽네, 책 따윈 전혀 안 볼 것 같이 생기고선, 이라고 미야코는 생각했다.

그가 문득 미야코 쪽을 돌아보았다. 다급히 아래를 내려다보았다. 도시락을 끌어안고 미야코는 일어났다.

휴게실 문에 손을 뻗자 건너편에서 문이 열리며 안경을 낀 남자가 들어왔다. 고개를 숙인 채 곁을 스쳐지나갔다. 의류 매장에서 일할 법하게 생긴 남자다운, 디자인이 과한 안경이었다.

"오, 간이치, 오랜만이네?"

그 사람이 누군가에게 불리자 힐끗 돌아보았다. 안경 쓴 사람이 초밥집 점원에게 다가가는 게 보였다.

태풍의 영향으로 영업시간이 단축되나 싶었는데 결국 쇼핑몰은 평소대로 폐점 시간에 문을 닫았다.

점장은 아이를 데리러 가야 한다며 일찌감치 퇴근했다. 미야코는 아르바이트생을 먼저 돌려보내고 혼자 매장을 닫고 주차장으로 서둘렀다.

매장을 나서자 굵은 빗방울이 정면으로 세차게 불어와서 우산을 쓰고 있는데도 순식간에 발밑과 스커트 자락이 흠뻑 젖었다. 바람이 웅웅대며 심겨 있던 나무가 심하게 휘어졌다.

종업원들은 몸을 움츠리고서 줄줄이 주차장으로 향했다. 펌프스 깔창이 물을 먹어 헐렁헐렁해져 찝찝했지만, 앞을 걸어가는 사람의 발꿈치 부근만 응시하며 감각의 스위치를 억지로 끄고 묵묵히 걸었다.

마침내 차에 도착해서 타려고 우산을 접는 순간에 어깨에서 등까지 흠뻑 젖고 말았다. 왜 우비를 입지 않았는지 혀를 차고 싶은 심정이었다.

젖어서 얼룩덜룩해진 가죽 가방을 조수석에 내던지고 차 키를 꽂았다. 평소대로 키를 돌렸지만, 아무 반응이 없었다. 어라? 싶어서 한 번 더 꽂아서 돌렸다. 전혀 반응이 돌아오지 않았다. 젖은 앞머리가 이마에 들러붙은 채 몇 번이나 키를 돌렸지만, 시동이 걸리지 않았다.

"아! 짜증나게 왜 이래?!"

미야코는 핸들에 엎드렸다. 비바람은 더더욱 심해졌고 앞유리에는 폭포처럼 비가 흐르고 있었다. 추워서 등줄기가 떨렸다.

해결책이 전혀 떠오르지 않아서 미야코는 휴대전화를 꺼내 아빠에게 전화를 걸었다. 이미 퇴근했을 시간일 텐데 전화를 받지 않았다. 집전화에도 엄마의 휴대전화에도 걸어봤지만 아무도 받지 않았다. 그사이에 주변 차들이 한 대씩 사라졌다. 멀리 조명등이 비에 번지는 것을 미야코는 멍하니 바라보았다.

머릿속이 새하얘져서 움직일 수 없었다. 이럴 때 누구에게 연락해야 할까. 견인차를 부르면 좋겠지만, 그건 너무 호들갑스럽게 느껴졌다. 도쿄에서 지낼 때 사귀던 남자친구가 머릿속을 스쳐지나갔지만, 연락처를 삭제해버렸고 이럴 때 그를 떠올리는 자신에게 짜증이 났다.

한숨을 푹 쉬었다. 진정하자, 진정해, 라고 읊조렸다.

손목시계를 보고 쇼핑몰에서 역으로 나가는 셔틀버스가 떠올랐다. 서둘러 가면 마지막 셔틀에 시간에 맞춰 탈 수 있을 듯했다.

결심하고서 미야코는 차 밖으로 나갔다. 주차장에도 쇼핑몰 길에도 가로등이 적어서 주변은 몹시 어두웠다. 여전히 조명이 켜져 있는 쇼핑몰 매장의 불빛만이 하늘에서 내려앉는 거대한 UFO처럼 빗속에서 희미하게 빛나고 있었다.

굵고 싸늘한 빗방울에 등과 어깨가 더욱 젖었고 가까스로 출입구에 도착했을 때, 먼 건너편 로터리에서 사각으로 빛나는 버스가 멀어져가는 것이 보였다. 아, 이젠 달려가도 다 틀렸어. 그렇게 생각한 순간 무릎에서 힘이 빠져나갔다. 멈춘 순간 돌풍을 맞아 우산살이 소리를 내며 부러졌다. 무심코 손에서 놓자 허무하게 우산이 멀리 뒤로 날아가버렸다. 묵직한 빗방울이 요란하게 얼굴에 퍼부어댔다.

그때 자신의 곁에 큼직한 비닐봉투 같은 게 지나가서 미야코는 흠칫했다. 쳐다보자 이런 날씨에 누군가가 얇디얇은 비닐 우비를 입고 자전거를 타고 있었다. 그 사람이 미야코 쪽을 돌아보았다.

"무슨 일 있어?"

경비원인가 했더니 말상에 졸린 눈을 한, 그 초밥집 점원이었다.

"왜 울어?"

울고 있지 않았다. 얼굴이 젖은 건 비 때문이라고 말하고 싶었지만, 미야코는 한마디도 내뱉을 수 없었다.

2

 가을은 느닷없이 찾아왔다. 바로 저번 주까지만 해도 매장에서 입는 가을겨울 옷 밑으로 땀을 흘렸는데, 오늘 아침에는 갑자기 싸늘해져 티팟에서 따른 홍차에서 나는 김이 얼굴을 희미하게 덮었다.
 미야코는 거울 앞에서 몇 번이나 옷을 갈아입고 있었다.
 오늘 밤에는 고등학교 시절 친구들과 술자리가 있는데, 갑작스런 쌀쌀한 날씨에 입고 갈 예정이던 더블가제 블라우스가 영 내키지 않아, 수중에 있는 이 옷 저 옷 뒤지기 시작했다.
 옷장에는 미야코가 '유니폼'이라고 부르는 지금 일하는 브랜드 의류가 늘어나, 서서히 '사복' 공간이 위협받고 있었다.
 최근 휴무일에는 엄마 병원을 따라가거나 근처 슈퍼 정도밖에 나가지 않아서 꾸밀 기회가 없어 구입하는 건 업무용 옷뿐이었다. 그래서 당연한 결과지만, 미야코는 왠지 크게 가치가 하락한 것 같은 초조함이 느껴졌다.
 작년 시즌 초에 인터넷에서 보고 너무나도 갖고 싶어서 샀던 주름이 잔뜩 잡힌 플란넬 원피스를 입었다. 트위드 조끼를 맞춰 입고 니트 레깅스에 기하학 무늬가 들어간 레그워머를 겹쳐 신고서 거울 앞에 섰다. 신발은 가죽 앵클부츠가 어울릴 듯했다.
 거울을 들여다보다 머리를 내릴지 묶을지 망설였다.

미야코의 짧은 머리는 원래 곱슬이라 꼬불했고 파마를 하면 멋지게 풍성해졌다. 지금의 직장에서는 옷과 어울리지 않아서 땋거나 묶고 있지만, 실루엣이 헐렁한 옷을 입으면 머리도 귀엽게 꾸미고 싶었다.

최근에는 파마도 염색도 게을리하고 있었다. 헤어 아이론을 꺼내 머리끝을 말았다. 화장은 이미 했지만, 볼터치 브러시로 뺨 한중간에 로즈핑크를 둥그스름하게 한 겹 더 칠했다.

거울에서 떨어져 전신을 비추어 보았다. 예쁘게 완성된 것 같기도 했고 서른두 살인 자신에게는 왠지 주책맞은 느낌도 들었다. 충분히 괜찮은지 이젠 자제해야 하는지 객관적으로 알기 힘들었다.

미야코는 자신의 얼굴을 빤히 쳐다보았다. 미인은 아니다. 개성 넘치는 부류라고 본다. 보름달 같은 얼굴에 사이가 조금 벌어진 눈, 코는 아담하지만 살짝 들려 있다. 얼굴 전체에 옅은 주근깨가 흩어져 있다. 좀 더 예뻤으면 좋았을 텐데 싶을 때가 없던 건 아니다. 하지만 보기에 따라서는 귀여운 얼굴이기도 하다.

시계를 올려다보았다. 슬슬 나갈 시간이다.

오늘은 이걸로 됐어, 라며 미야코는 수공예 스타일의, 하지만 놀랄 만큼 값비싼 엔틱 비즈 브로치를 옷깃 언저리에 달면서 생각했다.

그 초밥집 점원과 외출할 때는 사복과 유니폼 중 어느 쪽을 입으면 좋을까.

오늘 밤 친구들에게 물어볼까. 하지만 묻기 전부터 어떤 소리를 듣게 될지 거의 상상이 갔다. 미야코는 거울 속에서 입술을 삐죽거렸다.

 가게는 최근에 생긴 모양인 베트남 요리점이었다.

 여자들만의 모임이라고 하면 늘 무난하게 이탈리아 레스토랑이나 서양식 술집에 가는지라 별일이네 싶었지만, 지도상 거리를 걸어가다 보니 카페 같은 멋스런 가게가 나타나서 놀랐다. 문을 열자 토벽 한 면이 선명한 파란색으로 칠해져 있었고, 타일이 군데군데 박혀 있었으며 코끼리나 범 그림도 그려져 있었다. 이렇게나 개성 넘치고 예쁜 가게를 이 부근에서는 본 적이 없었다.

 오늘은 미야코를 포함해 다섯 명이 모인다고 들었다. 점원에게 안내받아 절반은 개인실로 되어 있는 안쪽 테이블 자리를 들여다보자 두 사람이 먼저 자리에 앉아 있었다.

"미야코, 오랜만이야!"

 늘 리더 역을 자처하는 에리가 한 손을 들었다.

"와, 에리, 잘 지냈어? 이 가게 너무 좋아 보여! 어머?"

 그녀의 정면에 앉아 있던 쇼트커트를 친 여자아이가 미소를 지으며 가볍게 인사했다.

"어머! 소요카!"

"미야코 언니, 오랜만이에요."

"뭐야, 소요카! 이게 어쩐 일이야, 어쩐 일이야, 놀랐잖아!"

"에리 언니가 초대해줬어요."

"진짜? 너무 반갑다."

 미야코와 소요카는 서로 손을 맞잡고 소리를 높였다. 에리가 만족스럽게 고개를 끄덕였다.

"요전번에 조반선 안에서 딱 마주쳤지 뭐야. 그랬더니 이번 봄부터 쓰쿠바에서 근무하게 돼서 돌아왔다잖아. 미야코가 좋아할 것 같아서 불렀지."

"그랬구나, 너무 잘됐어."

"미야코 언니는 여전하시네요."

"그런가? 소요카는 어른스러워졌네."

소요카는 미야코보다 한 살 어린 소꿉친구였다. 같은 단지에 살았고 초등학교부터 고등학교까지 같은 학교에 다녔다. 고등학교에서는 동아리까지 같았다. 가족끼리 서로 어울리기도 했지만, 미야코가 일하기 시작하면서부터 집을 나가고, 그 후 본가가 지금의 집으로 이사하면서 어느새 관계가 소원해져버렸다.

다니던 고등학교에서는 모두가 운동부에 소속되어야 하는 영문을 알 수 없는 교칙이 있어서 미야코는 재미있어 보였기 때문에 탁구부에 가입했는데, 실제로는 너무 혹독해서 미야코와 마찬가지로 만만하게 보고 입부한 아이들과 서로 위로하면서 간신히 버텼다. 그때의 친구가 지금도 가장 친해서 오늘은 그들과 만나는 모임이었다.

얼마 지나지 않아 나머지 두 사람도 와서 건배를 했다. 인원수가 많아서 코스 요리를 주문했는데, 서빙되어 나온 요리가 하나같이 맛있어서 다들 연신 맛있다는 소리를 했다.

미야코가 이 모임에 참가하는 것은 오랜만이어서 이야기의 주인공은 자연스레 미야코가 되었다.

"그런데 미야코는 여전히 어려 보인다고 할까, 자연스럽네."

"그거 유치원생 옷 같아서 귀여워."

"모리걸 패션은 아직 유행하나보네?"

저마다 한소리씩 해도 미야코는 반론하지 않고 어깨를 으쓱했다. 그녀들에게 노골적으로 지적받는 건 익숙했다. 옛날부터 모두 미야코만 별종 취급을 했다. 미야코 말고 다른 친구들은 퇴근길이었기 때문에 옷차림이 비교적 반듯했다. 옛날에는 수수한 여자아이들의 모임이었지만, 지금은 모두 나름대로 화려함을 지니고 있었다. 그중에서 미야코만이 소녀로 퇴행한 듯한 모습이었다.

모리걸이라는 건 옛날이야기에 등장하는 숲속에 있을 법한 판타지스럽고 소녀 같은 여자아이를 뜻하며, 굳이 따지자면 야유하는 뉘앙스로 퍼진 말이다. 미야코는 자신의 패션을 두고 그런 소리를 듣는 건 유감스러웠지만, 반면 모리걸이라는 단어를 처음 들었을 때는 참 묘하다 싶었다.

"그런데 지금은 평범한 의류 매장에서 일하잖아."

에리가 웃으면서 거들 듯 말했다.

"응, 일로 딱 구분지어서 아울렛 매장에서 단정한 옷을 팔고 있어. 다들 사러 와."

"요전번에 슬쩍 가봤더니 얘가 시폰 블라우스에 타이트한 스커트를 입고 있어서 처음엔 못 알아봤잖아. 미야코, 늘 그런 차림으로 지내면 더 인기 좋지 않을까?"

"딱히 인기 없어도 돼. 날 위해서 꾸미는 거니까."

그쯤부터 이야기는 소개팅이라든가 결혼정보업체라든가 누가누가 결혼했다든가 하는 걸로 옮겨갔다.

미야코가 소속돼 있던 여자 탁구부 동기는 여덟 명이었지만, 그중 네 사람은 20대 초반에 결혼해서 이미 아이가 있어서 술

자리에 나오는 일이 드물었다. 아이가 있는 친구들은 자기들끼리 점심을 먹는 모양이었다.

오늘 모인 동기 네 사람 중 에리만 2년쯤 전에 결혼했지만 맞벌이에 아이도 없어서 독신 때와 전혀 달라지지 않았다. 결혼 준비를 시작했을 무렵의 에리는 다이어트를 하고 머리를 길러 놀랄 만큼 예뻐졌다. 옷도 몸에 붙게 입는 데다 하이힐까지 맞춰 신고 있어, 네 사람 중에서 제일 유부녀 같지 않았다.

미야코가 살고 있는 곳 주변은 도쿄와 그다지 떨어져 있지 않기도 해서, 뭐가 어떻든 무조건 20대 안에 결혼해야만 한다는 분위기가 그다지 강하지 않았다. 다만 독신으로 지내면 애가 딸린 친구들이 모임에 부르지 않아, 교우 관계가 갈수록 좁아져가는 건 확실하기에 그래서 결혼해야 한다고 초조해하는 사람도 많았다. 고향 친구와 밀착된 정도로 인해 결혼에 대한 바람도 상당히 달라지곤 했다.

에리네 일행이 연애담으로 신이 나 있는 것을 곁눈질로 보고 미야코는 곁에 앉은 소요카에게 말을 걸었다.

"소요카도 아직 결혼 안 했지?"

"그럼요. 남자친구도 없어요."

"어머, 나도 그래."

"미야코 언닌, 이렇게 예쁜데도요?"

"그리 말해주는 건 기쁘지만, 조금 전에 말한 대로 이런 옷차림이면 인기 없어."

"남자들은 다들 자연스러운 거 좋아하잖아요."

"그건 괴담이나 마찬가지야. 남자들 대부분은 허리가 잘록하고 가슴이랑 엉덩이가 볼록 튀어나온 여잘 좋아해."

미야코의 말에 그녀는 아하하, 하고 웃었다.

"소요카, 지금은 여기서 살아? 본가에서?"

"네, 본가에서 살아요. 그런데 독립하고 싶어요."

소요카는 도쿄에 있는 대학교 입학을 계기로 본가에서 나왔고, 취직해서 그대로 도쿄에서 살았지만 전근하게 되는 바람에 우선 본가로 돌아왔다는 경위를 말했다.

"나도 마찬가지야! 도쿄에서 일했는데 이런저런 일 때문에 본가로 돌아왔어."

"본가에 있는 건 편한데, 가끔 버거워요."

"맞아. 금전적으로는 여유로운데 숨 돌릴 곳이 없다고 할까, 일단 자유를 이미 맛봤으니까."

처지가 비슷하다는 사실을 발견하고 둘은 더욱 화기애애해졌다. 미야코는 옛날부터 소요카에게 호감을 가지고 있었다. 분위기가 차분해서 같이 있으면 마음이 놓였다.

"소요카, 다음번에 둘이서 만나자."

"꼭 만나요! 언니, 조만간 옷 사러 가도 돼요?"

"언제든지 와도 돼!"

"전 옷 고르는 눈이 너무 없어서요. 골라주실래요?"

확실히 소요카는 취업준비 중인 학생처럼 밋밋한 흰 셔츠와 회색 바지 차림이었다.

"그럼! 일하러 갈 때 입을 옷 사려고?"

"일하러 갈 때라고 해야 하나, 놀러 갈 때라고 해야 하나."

그녀는 잠시 머뭇거렸다.

"아, 데이트?"

"아니에요. 아직 데이트라고 할 만한 수준은 아니에요."

"아직이라는 말은 그렇게 될 전망이 있단 소리네?"

"뭐야뭐야, 누가 누구랑 데이트한다는 건데?"

말술을 들이켜던 에리 일행이 소란스럽게 끼어들었다. 소요카는 추궁받아 앞뒤 종잡을 수 없는 모습으로 설명했다.

회사 선배가 최근에 잔업 후 식사를 하자고 했다. 말도 잘 통하고 음식 취향도 잘 맞아서 이번에 쉬는 날에 외출하게 되었다. 데이트 신청인가 싶었는데 유심히 들으니 다른 메이커 전시장을 보러 간다고 한다.

"업무라고 해야 하나, 놀이라고 해야 하나, 무슨 의도인지 저도 잘 모르겠어요."

"뭐야, 휴일에 일이라니⋯⋯. 좀 이상하지 않아?"

미야코는 인상을 찌푸리며 말했지만, 모두의 신난 목소리에 지워져버렸다. 에리 일행은 "쑥스러워서 그러는 거 아냐?" "쉬는 날에 만나자는 건 마음이 있단 소리야"라고 흥분하고 있었다.

큰 소리로 웃는 아이들 사이에서 미야코는 잠자코 와인을 홀짝였다. 에리가 그 모습을 알아차리고 얼굴을 들여다보았다.

"응? 미야코, 왜 그래? 관심 없는 연애담이 나와서 심기가 불편해?"

아이를 어르듯이 에리가 말했다. 미야코는 고개를 갸웃거리며 에리의 얼굴을 가만히 들여다보고서 말했다.

"저기 있잖아. 그럼 나도 만나는 사람 이야기 해도 돼?"

그 한마디에 아이들은 저마다 와인잔을 든 손과 춘권을 집은 젓가락을 멈추었다.

"나도 얼마 전에 어떤 남자가 나한테 술 한잔하자고 했거든.

들어볼래?"

 모두 일제히 미야코의 얼굴을 쳐다보았다. 흥미로워하며 반짝이는 그녀들의 눈을 미야코는 조금 제정신으로 돌아오고서 바라보았다. 그리고 9월의 태풍이 불었던 그날의 이야기를 하기 시작했다.

 태풍이 불었던 그 밤, 초밥집 점원은 자전거에서 홀로 내리더니 바람에 날아가버린 미야코의 우산을 따라갔다. 그 틈에 미야코는 손등으로 얼굴을 닦았다. 울고 있었다고 지적받아서 창피하고 굴욕적이었다.
 "이렇게 태풍 부는 날에 왜 접이식 우산을 가지고 다녀?"
 우산을 붙잡아서 돌아온 그는 뒤집힌 우산살을 뚝뚝 소리를 내며 고쳐서 건네주었다. 나무라는 듯한 말투에 미야코는 발끈했다.
 "왜냐뇨, 차로 출퇴근하니까요……."
 "근데 왜 아직 안 갔어?"
 "그게 차 시동이 왠지 몰라도 안 걸려서 버스로 퇴근하려고 했어요."
 "버스도 이미 갔잖아."
 "그럼 택시로 가야죠."
 "이런 날엔 택시 불러도 안 오지 않을까?"
 일일이 태클을 걸자 미야코는 짜증이 났다.
 "올 때까지 기다리면 돼요. 가던 길 그냥 가세요."
 등을 돌리자 "배터리 때문인가?"라고 그가 말을 걸었다.
 "뭐요? 글쎄요. 난 모르죠."

"내가 한 번 볼게."

그는 자전거를 스태프 전용 통로 옆에 세워두고 열쇠로 잠그더니 빠른 걸음으로 걸어가기 시작했다.

"저기, 됐어요. 신경 쓰지 마요. 전화해서 아빠 부르면 되니까요."

큰 소리로 그리 말해도 초밥집 점원은 성큼성큼 걸어가버렸다. 비닐 비옷을 입은 등 뒤를 미야코는 접이식 우산을 들고 열심히 쫓아갔다. 걸음이 빠르다기보다 보폭이 넓은 걸까. 태풍 속에서 그는 침착하게 걸어가고 있었다.

널찍한 주차장에는 미야코의 차를 포함해 이젠 네다섯 대밖에 남아 있지 않았다. 아무 말도 하지 않았는데 그는 검붉은 색깔의 경차로 곧장 향했다.

차 앞에서 기다리던 그를 겨우 쫓아가서 키를 건네자, 그는 문을 열어 비닐 비옷을 벗어서 뒷좌석에 넣고 운전석에 들어갔다. 그 모습을 멀뚱히 서서 지켜보고 있는데 "옷 젖으니까 타"라고 해서 우산을 접어 조수석에 슬쩍 앉았다. 왜 이 사람은 명령조로 말하는 걸까, 하고 미야코는 인상을 찌푸렸다.

운전석에서 그는 시동을 걸거나 계기판을 보기도 했다. 그리고 음음, 하고 고개를 끄덕이더니 갑자기 휴대전화를 꺼내 누군가에게 전화를 걸기 시작했다.

"야, 나야. 아직 매장이지? 아니, 네 차, 아직 주차장에 있길래. 미안한데 지금 바로 주차장으로 와줄래? 아는 사람 차 배터리가 다 나가서. 너 케이블 쌓아뒀잖아. 응? 잔말 말고 얼른 와."

거친 말투로 그는 말하더니 무자비하게 전화를 끊었다.

으악, 이 사람 분명 전직 양아치구나, 아니 현역으로 양아치

세계에 몸을 푹 담그고 있는 사람일지도 몰라.

미야코는 이마에 손을 갖다 대고 고개를 털썩 떨어뜨렸다. 시골에 만연한 양아치 문화를 정말 싫어한다. 싫다기보다 창피해서 외면하고 싶어진다. 하지만 우리 지역에 사는 이상 악담을 하면 난처한 일이 크게 벌어지기에 입 밖으로 내지 않도록 하며 조심해왔다.

리폼하거나 페인트를 칠한 차나 패밀리 레스토랑이나 쇼핑몰에서도 제 집인 양 트레이닝복 차림으로 활보하는 모습이나 디자인만 명품을 흉내 낸 싸구려 부츠와 같은 그런 것에서 우시쿠 대불을 대하듯 외면하고 무시해왔다.

매장에 오는 고객이라면 어쩔 수 없지만, 최대한 엮이지 않도록 했다. 그런데 방심하고 말았다고 미야코는 후회했다. 전화 상대에게 '아는 사람'이라고 말한 것도 화가 났다.

그는 전화를 끊고 차 밖으로 나가 보닛을 열기 시작했다. 미야코도 다급히 밖으로 나가 그에게 우산을 씌어주려고 하자 "그냥 타고나 있어"라고 무뚝뚝한 소리를 들었다.

"자기가 뭔데 명령하는 거야? 짜증나게."

터벅터벅 차로 돌아간 미야코는 혼잣말을 했다. 올라간 보닛 그림자에 가려져 그가 무엇을 하고 있는지는 알 수 없었다. 자신의 손으로 차 보닛을 열어본 적은 운전 교습소에서 말고 없었다.

이윽고 쇼핑몰 쪽에서 비닐우산을 쓴 남자가 모습을 드러냈다. 초밥집 남자에게 손을 들더니 가까이 다가왔다. 유심히 보자 둥근 테 안경을 쓴, 저녁 무렵 휴게실에서 본 멋스런 안경을 쓴 남자였다. 둥근 안경은 그와 두세 마디 나누더니 주차장 안

쪽으로 가서 주차돼 있던 자신의 차를 운전해서 미야코의 차와 마주보도록 세웠다. 차종은 알 수 없지만 차체가 낮은 양아치들의 차가 아니라 평범한 소형차인 듯했다. 헤드라이트가 눈부셔서 미야코는 눈을 감았다.

둥근 안경 쪽의 차 보닛도 열렸고 무언가 케이블 같은 것으로 연결하는 모양이었다.

이윽고 차가 흔들리며 둥근 안경이 운전석에 탔다. 안경 렌즈와 긴 앞머리가 빗방울에 젖어 있었다.

"안녕하세요. 완전 재난이네요."

그가 미야코를 향해 웃으며 말했다. 피부가 깨끗하고 어깨가 가느다란 요즘 시대의 여성스러운 느낌의 멋쟁이였다. 양아치 초밥집 직원과 전혀 친구로 보이지 않는 가벼운 느낌을 주는 사람이었다.

"저기, 일을 크게 만들어서 죄송해요."

"괜찮아요. 신경 쓰지 마요. 옛날부터 간이치한테는 꼼짝도 못하거든요. 것보다, 저녁 무렵에 휴게실에서 스쳐지나갔었죠?"

"······네."

"간이치가 저 친구 귀엽다고 해서, 저 녀석이 그런 소릴 하는 건 흔치 않으니 다시 봤거든요. 어디 매장에서 일해요? 트뤼플?"

"아, 네."

저 친구 귀엽다고 해서, 라고 미야코는 속으로 읊조렸다. 너무 의외라서 순간적으로 믿을 수 없었다. 정말 그렇게 말했냐고 되묻고 싶었지만, 그것도 이상한가 싶어서 말을 꾹 삼켰다.

"난 블루십에서 일해요. 여긴 봄부터 일하기 시작했고요. 시골이라서 힘들어요."

그의 근무처인 편집숍은 정문 근처에 있고, 숙녀복까지 합치면 의류 매장 중에서는 제일 점포 면적이 넓어 이 쇼핑몰의 중심이라고 해도 될 정도였다.

"초밥집 직원분이랑은 친구세요?"

"중학교 때 같은 반 친구였어요."

"같은 반 친구요?"

"같은 쇼핑몰에서 일하게 될 줄은 몰랐어요."

그때 초밥집 직원이 앞유리 건너편에서 손을 들어 신호를 보냈다. 둥근 안경이 키를 몇 번인가 돌리자 힘없이 시동이 걸렸다.

"와, 대단해! 걸렸다!"

이기적이게도 달갑지 않은 친절이라는 마음이 순식간에 날아가버렸다. 차 밖으로 나와 두 사람에게 고개를 꾸벅꾸벅 숙여서 감사 인사를 했다. 또다시 빗줄기가 거세어져서 두 사람은 "그럼 가볼게요" "가볼게"라고 말하더니 쇼핑몰 쪽으로 돌아가려고 했다.

"저기, 죄송한데요!"

갑자기 불안해져서 미야코는 다급히 그들을 불러세웠다.

"이거 이대로 운전해서 가도 될까요? 도중에 엔진이 멈추진 않겠죠?"

두 사람은 미야코의 다급한 모습에 얼굴을 마주보았다. 기껏 시동이 걸렸지만, 미야코는 불안해서 견딜 수 없었다. 길에서 멈춰버리면 그거야말로 어찌해야 할 바를 알 수 없다. 그러자 둥근 안경이 초밥집 직원을 팔꿈치로 쿡쿡 찌르더니 "간이치, 운전해서 바래다줘"라고 말했다.

"아니, 그건 괜찮아요. 죄송하니까요."

미야코가 다급히 물러서려고 하자 초밥집 직원은 잠시 생각에 잠긴 표정을 짓고서는 그럼 그럴까, 하고 중얼거렸다.

"아뇨, 진짜 괜찮아요! 미안해요. 고마웠어요."

"괜찮아. 나도 걱정되니까."

그리 말하더니 그는 다시 운전석에 탔다. 둥근 안경은 등을 휙 돌려 멀어져갔다. 미야코는 주뼛거리며 조수석에 앉았다. 솔직히 곤혹스럽다기보다 다행이라는 심정 쪽이 더 컸다.

"일이 이렇게 돼서 죄송해요."

"괜찮다니까. 불안한 건 이해하니까. 집은 어느 부근이야?"

막무가내로 의지한 게 창피해져서 모기만 한 목소리로 주소를 말하자 뭐야, 우리 집 근처잖아, 라며 그가 웃었다. 아, 웃는 얼굴은 처음 본다고 미야코는 생각했다.

차는 밤 속을 달렸다. 비바람이 또다시 거세어져 와이퍼가 바삐 움직이고 있었다. 콘솔박스가 없는 벤치형 좌석으로 된 경차였기에, 운전석과 조수석 사이의 거리가 가까워 낯선 남자의 몸이 닿을까 말까 한 느낌에 안절부절못했다. 생각해보면 최근에는 일터에서든 어디에서든 여자들 하고만 접하고 있어, 아빠 말고 다른 남자를 이만큼 가까이 하는 게 오랜만이었다.

"이 차 중고로 샀어?"

앞을 쳐다본 채 초밥집 직원이 물었다.

"네? 네, 맞아요."

"출퇴근할 때만 써?"

"네."

"최근에 시동이 잘 안 걸릴 때 없었어?"

"네, 아침에도 한번에 안 걸렸어요."

"가끔씩 좀 멀리까지 안 나가면 배터리가 나가. 이 차 연식도 오래됐으니 조심하는 편이 좋고. 어쨌거나 딜러나 수리공장에 연락해서 바로 검사받아봐. 이제 곧 차량 검사도 받아야 하잖아."

"어? 차량 검사 받아야 하는 거 어떻게 알았어요?"

"저기에 붙어 있어."

그는 앞유리 구석에 붙어 있는 스티커를 가리키고 "차량 검사 스티커"라고 말했다. 미야코는 "아아"라고 대답했다. 그의 무표정한 옆모습이 이 여자 뭘 아는 게 없구나, 라고 말하고 있는 듯했다.

"늘 자전거로 출퇴근하세요?"

그러고 보니 이 사람 이름도 모른다 싶어 미야코는 물었다.

"응."

"우리 집 근처라고 했으니 쇼핑몰까지 자전거로 가려면 힘들겠어요."

"그럭저럭. 그래도 1시간은 안 걸려."

"이렇게 태풍이 부는 날에도 자전거라니 대단해요! 접이식 우산은 갖다댈 게 아니네요."

그는 미야코를 힐끗 쳐다보고 한쪽 눈썹을 치켜올렸다.

비아냥거려도 그리 후련해지지 않았고, 대화가 끊겨 오히려 자리가 불편하게 느껴질 지경이었다. 이 부근은 밭 안에 민가가 여기저기 흩어져 있어서 가로등도 적다. 스쳐지나가는 차도 적어 헤드라이트가 중앙선을 부각시키는 것 말고는 새까맸다. 비로 젖은 발밑이나 어깨가 서늘해져서 미야코는 팔을 문질렀다. 그 모습을 알아차렸는지 그가 난방 스위치를 켰다.

"난방 켜도 괜찮아요?"

"시동만 걸려 있으면 괜찮아."

"그래요?"

"여자들은 이런 걸 잘 모르긴 하겠네. 것보다 흥미가 없겠지."

"모르면 차 몰면 안 돼요?"

"안 되는 건 아니지만."

"남자들은 왜 차에 관심이 많을까요? 어릴 적부터 남자애들은 기차나 차에 대해 묘하게 잘 알잖아요. 뭔가 성별적인 차이가 있는 걸까요?"

왠지 입이 멈추지 않았다. 좀 무난한 말을 하면 좋을 텐데 대체 무슨 소릴 하고 있냐고 스스로도 혼란스러워하고 있었다.

"글쎄, 뇌 구조적인 문제가 아닐까?"

"여자는 바보라는 소리예요?"

"설마, 오히려 여자 쪽이 영리하잖아. 현실적이고."

미야코가 시비를 걸어도 초밥집 직원은 신경 쓰는 내색도 없이 대답했다.

"하필이면 오늘따라 왜 배터리가 나갔을까요?"

"실내등을 켜놓고 간 거 아니야?"

"아!"

그러고 보니 오늘 아침에 늦잠을 자서 차안에서 화장을 했다. 그때 주변이 어두워서 실내등을 켰던 것 같다.

"실내등이라든가 비상등은 의외로 전기를 많이 먹어. 스마트폰이랑 같아서 앱이 가동되면 점점 배터리가 줄어들잖아. 그래서 오래되면 풀로 충전시켜도 배터리가 바로 닳게 되고."

태도가 불량한 미야코에게 초밥집 직원은 불쾌해하는 기색도 없이 설명해주었다. 입을 다물고 고개를 끄덕였다. 무슨 생각을 하는지 속을 알 수 없는 사람이다. 둥근 안경처럼 가벼운 사람 쪽이 훨씬 대하기 쉽게 느껴졌다.

그는 그쯤에서 하품을 크게 했다. 분명 지쳤을 것이다. 미야코는 안쓰러운 마음이 들었다.

"저기, 전 요노 미야코라고 해요. 도와줘서 고마워요. 매일 타고 다니는데도 차에 대해선 잘 몰라요."

"어, 미야가 이름이야?"

그가 깜짝 놀란 듯 그리 되물었다. 왜 놀라는지 알 수 없었다.

"미야가 아니라 미야코예요. 그런데 왜요?"

"난 간이치라고 하거든. 하시마 간이치."

"네에?"

"간이치, 오미야라고 하면 '금색야차'잖아(한국에서는 '이수일과 심순애'로 널리 알려져 있으며, 심순애가 돈과 사랑을 놓고 고민하다가 돈으로 상징되는 김중배의 다이아몬드를 선택, 이로 인해 충격을 받은 이수일은 냉혈한 고리대금업자가 된다는 줄거리)."

"금색야차가 뭐였죠?"

"아타미 해변을 산책하고 다이아몬드에 눈이 먼 그거 말이야."

미야코는 갈수록 고개를 더 갸웃거렸다.

"소설인가요?"

"응, 아마 메이지 시대 소설일걸. 나도 읽은 적은 없어. 유명하긴 하지."

"흐음."

어렴풋이 들은 적은 있지만, 이해하기 힘들어서 어떻게 반응해야 할지 알 수 없었다. 참 특이한 사람이다.

"내 이름은 딱히 거기서 따온 건 아니지만. 초밥집 아들이라서 간이치貫—(초밥 1개 또는 2개를 一貫라고 함)야. 너무하지 않아? 주인공 하자마 간이치랑 한 음 차이라서 어릴 적에 할아버지 손님들한테 놀림받았어."

그렇구나 집안에서 초밥집을 운영하는구나, 그렇다면 회전초밥집에서 수행 중인가, 그런데 회전초밥집에서 수행이 되긴 하나, 하고 생각하던 차에 얼마 전에 가게에서 그에게 클레임을 걸었던 것을 갑자기 떠올렸다. 예상 밖의 전개로 여유가 없었기 때문에 까맣게 잊고 있었다.

이 사람, 그때 일을 기억하고 있을까. 그런데 그렇다면 귀엽다는 말은 안 했을 것 같다. 단순히 휴게실에서 봤을 뿐인 사람이라고 생각해주면 좋을 텐데.

"요전번에 가게에 왔었지?"

역시 기억하고 있구나 싶어 미야코는 몸이 경직되었다.

"그때는 미안. 숙취 때문에 태도가 불량했지?"

그가 선뜻 사과를 하는 게 의외였다.

"……아뇨. 저야말로 그때 건방지게 행동해서 죄송해요."

"별로 안 건방졌어."

"그래요?"

"내가 불량한 느낌이었지."

"음, 그럴지도 모르겠네요."

그가 또다시 어, 하는 얼굴로 미야코를 보았다. 그리고 히죽거리며 웃기 시작했다. 뭔가 싶어서 불쾌했다. 길가에 조금씩 대형 점포 불빛이 늘었고 길이 밝아졌다. 조금 더 달리면 철도역이다.

"우리 집은 선로를 넘어 조금 더 가면 되는데 간이치 씨 댁은 어느 부근이에요? 이렇게 비가 오는데 갈 수 있어요? 제가 데려다드릴까요?"

"집 앞까지 가줄게."

"차도 괜찮으니 염려마세요."

"그래? 그럼 역에서 교대하자. 우리 집은 걸어서 갈 수 있는 거리니까."

조반선 역 로터리에 그는 차를 세웠다. 밖으로 나가더니 그는 뒷좌석에 넣어 둔 비닐 우비를 꺼내 걸쳤다. 버스 정류장 처마 밑에서 마주보았다. 그렇게 정면에서 보자 그는 꽤 커 보였다.

"정말 고마워요. 다시 사례할 기회를 주세요."

"됐어."

"그래도요."

"그럼 괜찮으면 한잔하러 갈래?"

간이치의 입에서 나온 말이 너무 의외라 미야코는 입을 뻐끔 벌렸다. 휴대전화를 꺼내 "연락처 물어도 돼?"라고 그가 무뚝뚝하게 물었다.

쑥스러워하는 그 모습이 중학생 남자아이 같아서 미야코는 가벼운 우월감을 느꼈다. 연락처를 교환하자 간이치는 빗속을 가뿐하게 달려갔다.

  한잔하러 가자니.

  그럼 난 그때 뭘 입고 가지? 미야코의 머릿속에 떠오른 것은 우선 그 생각이었다.

  미야코가 이야기를 마치자 모두 잠잠해졌다. 그리고 서로의 얼굴을 살피며 누구부터 발언하는지를 견제하고 있는 듯한 모양새가 되었다.

  "이 이야기 대체 뭐야!"

  물꼬를 튼 것은 에리였다. 그 순간 모두가 와자지껄 웃었다.

  "미야코! 대체 뭐야?"

  "완전 웃겼거든?!"

  저마다 말하며 모두 웃었다. 옆구리를 부여잡고 눈물까지 글썽이고 있었다. 딱히 웃을 만한 이야기는 아닐 테지만, 옛날부터 그녀들은 미야코가 진지하게 말하면 말할수록 폭소했다. 곁에 앉은 소요카만 곤란해하는 모습이었다.

  "미야코, 여전히 엉뚱하네."

  "그 녀석 꽃미남이야?"

  "귀엽다고 해주면 양아치라도 상관없어?"

  미야코는 잠자코 모두의 웃음이 잠잠해지기를 기다렸다.

  "애초에 그 초밥집에 미야코가 건 클레임이 뭐였어?"

  에리의 질문에 초밥집에서 태도가 불량했던 그에게 불만을 부리게 된 전말을 설명했다. 모두가 다시 미야코의 이야기를 귀 기울여 들으며 눈이 휘둥그레져서 서로의 얼굴을 쳐다보았다.

"일하고자 하는 의욕도 없는 회전초밥집 점원!"

한 사람이 큰 소리로 말하자 모두가 와, 하고 웃었다.

"미야코, 상대가 좀 친절히 대해줬다고 해서 그런 사람이랑 한잔하러 갈 필요 없어. 차에 대해 좀 아는 양아치의 자랑질일 뿐이잖아."

"버젓한 초밥 장인이라면 그렇다 쳐도, 회전초밥집 점원이잖아?"

"너한텐 더 근사한 남자가 생길 거야. 그런 사람으로 타협하면 안 돼. 간이치 오미야가 뭐라고. 그 녀석 단순히 하고 싶어서 그러는 거 아냐?"

미야코가 예상했던 대로 초밥집에 대한 모두의 반응은 냉담했다.

"애초에 그 녀석이 네 타입이야? 좋아질 가능성이 있을 것 같아?"

얼굴을 쓱 가까이 들이대고 에리가 물었다.

"음, 딱히 내 타입은 아니야."

친절히 대해준 건 기쁘다. 생각보다 듬직해 보이는 사람이기도 했고, 어째서인지는 모르지만 대화도 편안했다. 하지만 될 대로 되라는 행동거지도 봤고, 양아치 같은 스타일은 미야코가 치를 떨며 싫어하기도 한다. 다만 갑자기 알고 싶으니까 신경이 쓰였다.

"너, 남자 보는 눈이 진짜 없구나."

누가 말해서 미야코가 흠칫했다.

"맞아 맞아, 고2 때는 물리였던 쓰쓰미를 좋아해서 초콜릿까지 줬었지."

"그래 그래. 쓰쓰미! 정말 경악했었지."

"미야코는 정말 엉뚱하다니까."

모두가 신나 있는 와중에 미야코는 확실히 그렇다고 고개를 끄덕였다. 쓰쓰미 선생님은 인형탈을 쓴 것 같은 아담한 몸집에 외모가 시원찮았다. 아저씨로 보였지만, 실은 아직 상당히 젊었고 입고 있는 건 늘 오래되고 촌스러운 셔츠였지만, 다림질이 꼼꼼하게 되어 있었다. 종종 원예부 여자아이들과 즐겁게 화단을 가꾸었다. 미야코는 느긋한 캐릭터인 쓰쓰미 선생님이 어째서인지 좋았다. 하지만 선생님이 좋아하는 타입의 여성은 섹시한 아이돌이었다.

패션 감각은 있지만, 남자 보는 감각은 없다고 미야코는 생각했다.

"그래서 한잔하러 갈 거야?"

질문에 미야코는 고개를 천천히 끄덕였다. 결국 마시러 가는 거냐고 에리가 말했고 모두 또다시 배를 잡고 웃었다.

최근 들어 미야코는 버스로 쇼핑몰에 다니고 있다.

태풍이 찾아온 후 차 상태가 좋지 않다고 아빠에게 말하자 정비 공장에 연락해주었다. 차는 바로 점검을 받기 위해 인수되었고, 아빠한테서는 '겉만 보고 차를 고르니 이렇게 된 거'라는 소리를 들었다.

미야코의 차는 이제 판매 중지가 된 경차로 어차피 자신의 차를 산다면, 그리고 능력상 고급차를 살 수 없다면 엉성해도 귀여운 차가 좋다며 인터넷에서 찾은 것이었다. 차량 검사까지 기간이 얼마 남지 않았다는 사실이나 배터리 수명이 짧을 수도 있다는 건 생각지도 않았다.

 차량 점검도 받아야 하고 공장이 바쁘기도 해서 일주일 정도 걸린다고 했다. 그사이에는 옆 동네 역까지 한 정거장 타고 가서, 그 역에서 출발하는 쇼핑몰 셔틀버스를 타고 통근했다.

 집에서 제일 가까운 역까지 15분이나 걸어야 하고 전철은 도시와 다르게 배차 수가 적다. 차로 출퇴근하는 것보다는 시간이 꽤 걸리기 때문에 집에서 나서는 시간도 일러졌다. 하지만 정신적으로는 홀가분했다. 그냥 타고 있으면 되고 버스에서는 스마트폰을 보거나 앉아서 졸 수도 있었다. 차를 되찾아오더라도 미야코는 이대로 버스로 계속 출퇴근해서 이제 차를 팔아버릴까 싶은 기분마저 들었다. 다소 불편하게 되겠지만, 유지비도 세금도 남게 된다.

 아침 이른 시각의 버스에는 직원들이 타고 있지만, 앉지 못할 정도로 붐비지는 않는다. 깊어지기 시작한 가을 경치를 미야코는 멍하니 바라보았다. 나무숲 위에는 빨려들 듯한 투명한 하늘이 펼쳐져 있었다. 저 멀리 보이는 우시쿠 대불도 어딘가 졸린 듯했다.

 흔들리는 버스에 몸을 싣고 꾸벅꾸벅 졸고 있는데 휴대전화가 진동했다. 화면에는 메시지가 표시되어 있었다. 간이치로부터 온 것이었다.

 '오늘 오전 근무야? 오후 근무야? 난 오후 근무야. 주고 싶은 게 있으니 휴식 시간에 그쪽 매장에 들러도 될까?'

 읽고서 가슴이 철렁했다. 매장으로 오는 건 사양이었다.

 '오늘은 오전 근무예요. 휴식 시간이나 일 마치고서 제가 갈까요?'

'그럼 끝나면 가게 잠깐 들러.'
'주고 싶다는 건 뭔가요?'
'딱히 대수로운 건 아니야.'

대수로운지 아닌지를 묻는 게 아니거든? 하고 미야코는 인상을 찌푸렸다. "진짜 이상한 사람이야"라고 중얼거리고서 휴대전화를 닫았다.

술자리 날짜는 아직 정하지 않았다. 몇 번인가 메시지를 주고받았지만, 그는 그 나름대로 용건이 있는지 좀처럼 서로의 시간이 맞지 않았다.

뭐 아무래도 상관없다고 미야코는 생각했다. 온갖 사정을 맞춰가면서까지 반드시 둘이서 만나고 싶은 건 아니었다. 이쪽이 좋아하는 것도 아니고, 라고 대수롭지 않게 생각했다.

그날 매장에 새 머천다이저가 왔다.

하세베는 출산휴가가 아닌 퇴직을 했다고 한다. 점장이 말했다시피 남편의 수입으로 충분히 먹고 살 수 있기 때문일까. 아니면 하세베는 우수하기에 출산을 계기로 어딘가로 이직할 생각일지도 모른다. 물어보고 싶었지만, 본인에게 직접 연락할 만큼 친한 건 아니었다.

신임 MD는 남자였다. 상당히 꽃미남이라고 사전 정보로 들었지만, 매장에 나타난 그는 소문 이상으로 남자다웠다.

훤칠하고 듬직하며 전임이었던 하세베보다 꽤 젊었다. 인사를 하며 도는 날이어서인지 단정한 슈트를 입고 있었다. 짙은 이목구비에 턱에는 거친 느낌의 수염을 기르고 있었다. 살짝 내린 앞머리가 균형감을 이루고 있었다. 소매에서 들여다보이는 셔츠나 바지 기장도, 산뜻하게 띠고 있는 미소도 나무랄 데가 없었다.

어째서 이런 사람에게는 관심이 생기지 않을까, 하고 미야코는 의아한 생각이 들었다. 어째서 서글서글한 캐릭터나 양아치가 신경이 쓰이는 걸까. 그래서 친구들이 황당해하거나 비웃는 걸지도 모른다.

그날 오전 근무를 마치고 초밥집을 밖에서 들여다보았다.
그러자 흰 근무복 차림에 아직 학생으로 보이는 남자아이가 건너편에서 문을 열며 "어서 오세요, 한분이신가요?"라고 미야코에게 말을 걸었다. 외모는 일본인으로 보였지만, 미묘하게 말의 악센트가 달랐다. 최근에 쇼핑몰에서도 동남아시아 계열이나 중국인 계열의 종업원이 늘고 있었다. 이름표를 은근슬쩍 쳐다보자 '냥'이라고 쓰여 있었다. 냥? 이라고 고개를 갸웃거리고 가만히 쳐다보고 말았다.
"카운터석에 앉으시겠어요?"
활짝 웃는 얼굴로 말을 걸어와 미야코는 다급히 손을 저었다.
"아뇨, 저기 식사 하러 온 게 아니라 그게 말이죠."
그때 안에 있던 간이치가 미야코의 존재를 알아차리고 카운터 안에서 손을 들었다. 그리고 턱으로 가게 밖을 가리켰다. 여전히 태도가 거만하다. 미야코가 바깥에 서 있으니 간이치가 바로 나왔다.
"영업 중에 나와도 돼요?"
"괜찮아. 이런 어중간한 시간엔 손님도 없으니까."
그가 이끄는 대로 쭉 나열된 매장이 끊어지는 부근까지 걸어갔다. 날이 저물기 시작하고 있어서 차가운 바람이 부는데 간이치는 얇은 근무복 한 장만 걸치고 있었다. 미야코는 울 머플러를 돌돌 말고 있는데 그는 조금도 추워하는 것 같지 않았다.

"저 아르바이트 학생은 어느 나라 사람이에요?"

"베트남. 쓰쿠바 대학교 유학생이라네."

"똑똑하네요."

"우리랑 다르게 말이지."

"동급으로 취급하지 마세요."

"오미야는 학력이 어떻게 돼?"

"고졸이요."

"충분하네."

그는 '스태프 온리'라고 적힌 철문 앞에 기대다시피 서서 바지 뒷주머니에서 문고본을 꺼냈다.

"자 이거. 난 이미 읽었으니 줄게."

그가 내밀어서 받아들자 두꺼운 문고본 제목은 《금색야차》였다.

"어떤가 싶었는데 의외로 재미있었어."

책은 그가 엉덩이 주머니에 넣고 있었던 탓인지 조금 일그러져 있었고 체온으로 희미하게 따스했다.

"어라? 이게 뭐예요? 주고 싶다는 게 이거였어요?"

"관심 없을지 몰라도 한가할 때 팔랑팔랑 넘겨봐. 안 돌려줘도 되니까."

이런 걸 받아봤자 뭐하나, 라고 미야코는 생각하면서 받아들였다.

"……고마워요. 책 좋아해요?"

"음, 그럭저럭."

"난 딱히 안 좋아해요."

미야코가 노골적으로 기뻐하고 있지 않아도 그는 신경 쓰는 기색 없이 웃었다. 활짝 웃자 눈가가 주름져서 인상이 상당히 달라졌다. 양아치인데 책을 좋아하나보네. 정말 종잡을 수 없는 인간이다. 건네받은 문고본을 가방에 넣기 위해 시선을 떨어뜨렸는데 맨발에 스니커즈를 신은 그의 발 언저리가 눈에 들어왔다. 발이 컸다. 복사뼈가 거목의 혹처럼 투박했다.

"오미야는 오전 근무일 때가 많아?"

넋을 놓고 보고 있던 미야코는 질문을 받고 고개를 들었다.

"저요? 토일 빼고는 거의 오전 근무예요."

"그럼 한잔하러 가는 거 다음 주 월요일이나 화요일은 어때?"

"다음 주 월요일은 휴무일예요."

"따로 스케줄 있어?"

"아뇨. 점심에는 병원에 가야 하지만, 저녁에는 비어 있어요."

"병원? 어디 아파?"

"아, 저 아니에요. 엄마 따라가는 거예요."

"그래? 그럼 월요일로 할까? 내가 오전 근무 설 테니까."

"흐음."

"그럼 다시 연락할게. 수고해."

간이치는 그리 말하더니 미야코의 어깨를 가볍게 두드리고서 가게 쪽으로 돌아갔다. 두드리는 그 모습은 이성을 대하는 태도가 아니라 상사가 부하를 격려하는 듯한 느낌이었다.

갑자기 홀로 남겨진 미야코는 석연치 않은 마음으로 잠시 서 있었다.

단 둘이서 마시러 가는 것이, 구체적으로 정해진 것이 기대되기도 하고 귀찮기도 한, 복잡한 심경이었다. 남자와 둘이서 외출하는 건 고향으로 돌아와서 처음이었다.

퇴근하는 버스 안에서 문고본을 펼쳐보았다. 이런 두꺼운 책은 읽은 적이 없었다. 앞부분을 조금 읽어보았지만, 현대어와 달라서 일본어인데도 뭐가 쓰여 있는지 머리에 전혀 들어오지 않았다.

'엄마, 일어났어? 슬슬 점심인데 뭐라도 먹을래?'

휴무일 점심이 다 되어도 엄마가 일어날 기미를 보이지 않아서 미야코는 휴대전화로 메시지를 보냈다.

잠시 기다려보았지만 대답이 없었다. 어쩔 수 없이 3층의 가파른 계단을 올라갔다. 애초에 직접 가면 될 테지만, 미야코는 엄마 방에 들어가는 게 꺼려져 가능하면 피하고 싶었다.

일부러 발소리를 내며 계단을 올라가 문을 두드렸다. 대답이 없어서 문을 살며시 열어보았다.

엄마가 침대 옆 1인용 소파에 앉아 텔레비전에 고개를 돌리고 있었다. 헤드셋을 끼고 있는 뒤통수가 보였다. 텔레비전에 비치고 있는 건 아무래도 한국 드라마인 듯했다. 옆에 있는 침대는 어지럽혀져 있었고 여기저기에 옷이나 잡지가 산더미를 이루고 있었다.

엄마 방은 지붕이 경사져 있는, 이른바 다락방이다. 지어서 팔고 있던 이 집을 구경할 때부터 엄마는 이곳을 몹시 마음에 들어 해서 꽃무늬 벽지를 바르고 양쪽으로 열리는 작은 창문과 천장에 뚫린 창문틀을 하얗게 칠했다. 처음에는 '소공녀 아줌마'라며 놀려댔지만, 그 꿈꾸는 공간에 틀어박혀 있는 엄마를 볼 때마다 미야코는 건넬 말을 잃어갔다. 깔끔하게 정리해서 귀엽게 꾸민 것은 처음뿐, 갈수록 어지럽혀져갔고 방구석에 앉은 솜먼지가 눈에 띄어도 스스로 청소도 하지 않고 남에게도 시키지 않았다.

"엄마, 일어나 있었어?"

말을 걸자 엄마가 돌아보았다. 미야코를 보더니 귀찮은 듯 헤드셋을 벗었다.

"왜?"

"뭐라도 안 먹을래?"

그러자 엄마는 텔레비전을 가리키며 "이거 이제 10분 정도면 끝나"라고 말했다. 미야코가 2층으로 내려가 식사를 차리고 있자 5분도 채 지나지 않아 엄마가 나타났다.

"드라마 다 봤어?"

"아니, 시시해서 안 보려고. 가시야마가 재미있다며 한국 드라마 DVD를 빌려줬는데 어디가 재미있는지 전혀 모르겠네."

가시야마 씨는 엄마와 옛날부터 알고 지내던 사이로 지금도 컨디션이 좋을 때는 차를 마시거나 전화로 대화를 주고받는 여성이다. 최근에 엄마는 심기가 불편해지면 그 사람을 유난히 나쁘게 말한다.

미야코가 잠자코 있으니 엄마는 테이블에 팔꿈치를 괴고 한숨을 크게 쉬었다. 잠옷 차림에 보풀이 잔뜩 붙은 카디건을 걸치고 있었다.

엄마의 컨디션은 가을이 깊어지면서 하락하고 있었다. 9월에 병원에 갔을 때 이제 엄마는 괜찮다, 앞으로 나아지기만 할 거라고 생각했던 미야코는 자신이 느낀 낙담을 제대로 숨기지 못했다.

"볶음밥 괜찮지? 어제 먹다 남은 돼지불고기 넣을게."

"양파는 조금만 넣어."

아빠가 어제 사온 돼지불고기와 채소를 잘게 썰어서 찬밥에다 볶았다. 뭐가 잘못됐는지 옛날에 엄마가 만들어준 것처럼 되지 않고 질척해졌다. 제 손으로 만들어놓고도 맛없어 보인다 싶었다. 그것을 국과 함께 내놓았다.

"이 된장국 뭐야, 걸쭉해선."

그릇에서 입을 떼고 엄마가 말했다.

"인터넷에서 보고 마를 갈아서 넣어봤어."

"흐음, 별론데."

"참마는 호르몬 균형을 맞춰준대."

다정하게 말하려고 했는데 그만 따지는 말투가 되고 말았다. 상대가 짜증을 내면 이쪽도 그게 전염된다. 엄마는 입을 다물었다.

식사가 끝나고 차를 끓였다. 분위기가 이럴 때 말하기 껄끄러웠지만, 점장에게 대답을 해야 했기에 미야코는 일 이야기를 꺼냈다. 되도록 목소리가 부드럽게 나오도록 주의했다.

"엄마, 나, 12월에는 근무하는 날을 한 주에 닷새 넣어도 될까?"

엄마는 옆을 쳐다본 채 무미건조한 목소리로 답했다.

"그걸 왜 나한테 묻는데? 네 일이니 마음대로 하면 되잖아."

"엄마, 혼자서 병원 갈 수 있어?"

"갈 수 있어."

"처음에는 택시로 가도 되겠지만, 다음 주에는 시험 삼아 같이 전철이랑 버스로 가볼까? 30분 정도 일찍 나가면 괜찮을 거야."

뭐라 대꾸하지 않을까 싶었는데 엄마는 그길로 시선을 떨어뜨렸다. 긴 머리가 옆모습을 가렸다. 몹시 심술을 부리는 것 같은 기분이 들었다.

그릇을 씻고 있으니 주방 건너편에서 엄마가 "있잖아, 미야코" 하고 말했다. 조금 전까지만 해도 날이 서 있던 목소리가 기력을 잃고 있었다.

"어제 잡지에서 읽었는데 호르몬 치료는 암 발생률뿐만 아니라 협심증에 걸릴 확률도 높인대."

"……무슨 잡지?"

"무슨 건강 잡지였어. 역시 한방치료로 바꾸는 편이 나으려나?"

또 그 소린가 싶어서 미야코는 입술을 깨물었다. 호르몬 치료를 시작하기 전에 그건 아빠가 실컷 조사해서 설명하여 엄마도 납득했을 터였다. 주치의에 따르면 그런 단점이 있다는 설에는 아직 명확한 증거는 없지만, 그렇지 않다고 단언할 수도 없다고 했다. 엄마의 경우 거센 분노나 권태감이 호르몬 치료로 극적으로 완화되고 있었다. 치료는 아직 한동안 계속해야 하기에 엄마는 그게 불안해서 견딜 수 없는 모양이었다. 미야코도 엄마가 생명을 위협받는 병에 걸릴 위험성이 높아지는 게 무척이나 걱정이다. 그래서 너무 불안하면 관둬도 된다고 늘 말하지만, 엄마는 자신의 의견을 정하지 못했다.

"이번에 부인과 선생님한테 한 번 더 상담해보자. 나도 같이 갈 테니까."

"그런데 몇 번씩이나 같은 걸 물으면 선생님이 싫어할 것 같아."

딸에겐 몇 번이나 같은 소릴 해도 미움받지 않을 거라고 생각하는가. 발끈할 뻔했지만 가장 괴로운 건 병을 앓는 본인이라며 자신을 타일렀다. 자신도 뭔가 문제가 생기면 친구에게 불평을 털어놓지 않는가.

엄마의 눈가에 눈물이 번지는 것을 미야코는 보고서도 못 본 척했다.

간이치와 한잔하러 간 날 미야코는 고민한 끝에 '사복'을 입기로 했다.

오랜만에 미용실에 가서 파마를 하고 트리트먼트를 받았다. 전날 밤에 팩을 하고 손톱도 다시 칠했다. 《금색야차》도 4분의 1 정도는 읽었다.

약속 장소인 편의점에서 간이치는 미야코를 보더니 노골적으로 흠칫하는 기색이었다.

"평소랑 느낌이 다르네."

"쉬는 날이니까요."

태연한 표정으로 미야코는 말했다. 그는 딱히 별다를 것 없는 모습이었다. 체크무늬 면 셔츠에 청바지, 그리고 낡은 가죽 재킷을 걸치고 있었다. 촌스럽기는 했지만, 그다지 양아치 같아 보이지 않는다는 사실에 우선 마음을 놓았다.

"어디로 가요? 이 부근 가게예요?"

어차피 어딜 갈지 고민하지도 않았겠지 싶으면서 물었더니 "최근에 생긴 가게가 이 부근에 있다던데"라고 말했다.

"아, 알아봐온 거예요?"

"우리 가게에서 일하는 애한테 물어봤어. 인기가 많은 듯해서 일단 예약은 했고."

"와, 대단한데요?"

아무것도 기대하지 않았기에 미야코는 그를 조금 새삼스럽게 보았다.

"베트남 요리라던데. 흔치 않지."

"어라, 그거 혹시 호이안 카페 아니에요?"

"아, 알고 있었어? 다른 데가 좋아? 그런데 내가 아는 가게라면 지인을 만날지도 모르는데. 난 괜찮지만 오미야는 싫잖아."

"괜찮아요. 거기 맛있어서 가고 싶어요. 그리고 오미야라고 그만 불러요."

어슬렁어슬렁 걸어서 가게로 향했다. 월요일 밤인데도 이미 테이블 자리는 만석이어서 두 사람은 카운터석에 앉았다. 아직 잘 모르는 사람과 식사를 하는 건 카운터 쪽이 편해서 마음을 놓았다. 에스닉 요리는 잘 모른다고 해서 미야코가 음식을 주문했다. 춘권이나 청채 볶음이나 베트남식 부침개인 반쎄오를 주문했다. 호랑이 얼굴 라벨이 붙어 있는 맥주로 건배했다.

입을 열자마자 그가 "평소엔 늘 그런 차림이야?"라고 물어서 미야코는 쓴웃음을 지었다.

"어지간히 마음에 안 드나 보네요?"

오늘은 스스로도 지나치다 싶을 만큼 모리걸 차림을 했다.

원피스 두 겹에다 옷자락에 레이스가 풍성하게 달려 있었다.
"일할 때는 평범하더니 왜 그렇게 되는 거야?"
"이게 제 평범한 모습이에요."
"허리도 기껏 가는데. 태풍 불었던 날 브래지어가 좀 비쳐서 섹시했어."
"왜 느닷없이 야한 소리를 하고 그래요!"

흘겨보자 그는 크게 웃었다. 간이치가 너무나도 즐겁게 웃었기에 미야코도 덩달아 웃고 말았다.

음식이 왔고 간이치는 한 입 먹더니 "뭐야, 이거 너무 맛있는데?"라고 크게 말했다. 요전번에는 모임이었던지라 맛을 차분히 볼 수 없었지만, 미야코도 이 가게 요리가 특출하게 맛있다고 새삼 느꼈다. 곁들여져 있는 고수는 신선하고 부드러워 재료도 좋은 것을 사용한다 싶었다.

"오미야는 쭉 의류 쪽 일을 해왔어?"
"네, 고등학교를 졸업하고 나서 바로요. 좋아하는 브랜드 옷을 산더미처럼 사고 싶었는데, 그러려면 그냥 일하는 편이 빠르겠다 싶어서 알바로 들어갔어요. 정직원이 되고 10년 일하고서 관두고, 지금은 딱 일로써만 옷을 팔고 있어요."
"알바에서 정직원까지 되다니. 대단하네."
"간이치 씨는요?"
"나? 난 그냥 알바생이야."
"본가가 초밥집을 한다고 했잖아요."
"예전에 그랬지. 지금은 폐업해서 이제 없어."

느낌이 싸해서 아, 그렇구나, 하고 중얼거렸다. 받고 싶지 않은 질문일지도 모른다 싶어서 미야코는 화제를 바꾸었다.

"그건 그렇고 간이치 씬 몇 살이에요?"
"이제 막 서른이 된 차."
"어라? 서른? 뭐야, 난 서른둘인데."
"말도 안 돼. 오미야, 연상이었어?"
"연하였단 말이야?"
미야코는 무심코 소리를 내며 잔을 내려놓았다.
"쭉 존댓말 써서 손해만 봤네! 열 받아!"
"오미야가 원해서 쓴 거잖아."
그는 또다시 우습다는 듯 소리를 내며 웃었다.
"아, 진짜 짜증나! 더 마셔야겠어!"
"오, 마셔 마셔."

간이치는 지나가던 점원에게 술을 한 잔 더 주문하더니 갑자기 일어나서 "담배 좀 피우고 올게"라며 가게 밖으로 나가버렸다.

미야코는 숨을 돌리며 주변을 둘러보았다. 만석인 점내는 시끌벅적했지만, 느낌이 불쾌하지는 않았다. 다들 즐겁게 마시며 먹고 있었다. 나도 즐기고 있구나 싶었다.

"안녕하세요."

갑자기 누군가 말을 걸어서 돌아보자, 젊은 남자아이가 빙긋이 웃으며 미야코를 내려다보고 있었다.

에이프런을 걸치고 있어서 점원이라는 사실은 알았지만, 추가 주문한 술이나 요리를 가지고 온 건 아닌 모양이었다. 게다가 어딘가에서 본 적 있는 듯한 얼굴이었다.

"요리, 맛있으세요?"
"네? 아, 네."

"저 기억하세요?"

누구였더라, 하고 미야코는 어리둥절해했다.

"얼마 전에 초밥집에 오셨잖아요. 간이치 씨 여자친구되시죠?"

"아, 냥 씨!"

먼젓번에 회전초밥집에 간이치를 만나러 갔을 때 가게에 있던 아르바이트생인 베트남 남자아이였다. 그는 미소의 채도를 성큼 끌어올렸다.

"네, 냥이에요! 이름표 보셨어요?"

"네, 제 별명이 먀라서 인상에 남았어요."

"먀? 고양이 울음소리?"

"이름이 미야코예요. 어릴 적에 나를 먀, 먀, 라고 해서 그대로 먀가 됐죠."

설명한 순간 엄청 유치한 소리를 하고 있는 듯해서 창피한 마음이 솟구쳤다.

"일본인들은 다들 고양이를 좋아하죠. 저도 이름 때문에 덕보고 있어요. 상대가 바로 외워주기도 하고 친근감을 가져주죠. 우리 고양이끼리 사이좋게 지내요."

그가 오른손을 내밀어서 미야코는 순간 당혹스러웠다. 아니, 단순한 악수라며 자신도 조심스럽게 손을 내밀었다. 손이 서로 맞닿은 순간 그는 왼손도 곁들여 양손으로 미야코의 손을 꼬옥 잡았다. 타인의 손에 닿은 건 오랜만이라서 동요하고 말았다.

"여, 여기서도 아르바이트하세요?"

물으면서 손을 빼려고 했지만, 그가 빈틈없이 붙들고서 놓으려고 하지 않았다.

"여긴, 저희 형 가게예요. 그래서 바쁠 때 도와주고 있어요."

"아, 그래요?! 저 요전번에 여러 명이서 왔어요. 다들 맛있다면서 엄청 흥분했어요. 멋스럽고 근사한 가게네요."

"그 말 들으니 기쁘네요! 형도 좋아할 거예요."

"어이."

그때 돌아온 간이치가 어깨를 부딪치다시피 하며 냥 씨를 쿡 찔렀다. 가까스로 손이 떨어져서 미야코는 안심했다.

"왜 손을 잡고 그래?"

"간이치 씨, 여자친구 예쁘세요."

조금도 주눅 드는 기색 없이 냥 씨가 말했다.

"여친 아냐."

"그럼 상관없잖아요."

그때 다른 테이블에서 불려 냥 씨는 미소를 지은 채 사라졌다. 간이치는 혀를 차면서 의자를 잡아당겨 앉았다.

"냥이 먼저 말 걸었어?"

"응, 놀랐어. 이 가게, 저 친구 형이 운영한다며?"

"그런가 보더라고. 부인은 일본인인 모양이야. 냥이네 꽤 부자라서 일본에서 여러 장사를 한대."

"와, 왠지 대단하네."

"그러게"라고 그는 대수롭지 않게 말했다. 그리고 미야코의 얼굴을 들여다보더니 "저기 말이야, 세상에는 왜 그렇게 옷만 팔아대?"라고 갑자기 물었다. 느닷없이 화제가 바뀌어 미야코는 고개를 갸웃거렸다.

"왜냐니······."

"조금 전에 담배 피우다가 생각했는데, 아울렛뿐만 아니라 새로운 쇼핑센터가 생기면 70퍼센트는 옷가게잖아? 옷장사를 하면 돈을 그렇게 많이 벌어? 그거 전부 다 팔리긴 해?"

다시 질문받자 제대로 된 대답이 떠오르지 않았다. 새 옷을 사면 새로운 문이 열리고 그 건너편에는 나쁜 게 전혀 없을 법한 느낌이 들잖아, 라고 해도 이 사람이 납득해줄 것 같지 않았다.

"그렇게 많이 못 벌어. 시즌 상품이 다 팔리는 것도 아니고."

"그래, 그렇겠지."

"그런데 초밥집도 발주한 생선이 전부 다 팔리는 건 아니잖아. 옷도 신선도가 생명이야. 유행을 안 타는 기본 상품도 있지만, 라인은 해마다 미묘하게 달라지거든."

"왠지 매장마다 다 비슷한 것만 팔지 않아?"

"그건 그래. 유행하는 걸 일제히 파니까. 유행은 의도적으로 만들어지거든."

"그래?"

"2년쯤 전에 그 해 전 세계에 유행하는 색이 정해지고 각국의 스타일링 회사서 소재랑 실루엣을 정해서 통지해. 각 회사가 실이나 옷감이라든가 여러 가지를 정하지만, 결국에는 비슷해지는 구조지."

"흐음, 흥미롭네."

"그래?"

"각 회사마다 전혀 다른 디자인 옷을 출시하고 싶어 하진 않나?"

"미세하게 보면 얼마든지 다르고, 명품 같은 건 독자적인 디자인 세계가 있지만, 대중적인 브랜드는 다른 곳이랑 비슷해야지 안정적으로 매상을 올릴 수 있어. 일본인은 다들 비슷한 옷을 좋아하거든."

"멋이란 건 타인이랑 다른 게 좋지 않나?"

"겉돌지 않는 게 무엇보다 중요해. 모두랑 비슷하면서 세부적으로는 조금 다른 게 중요하지."

"그럼 옷가게가 그렇게 많지 않아도 되지 않나?"

"그런데 예를 들어 차 같은 경우 나한텐 거의 디자인이 똑같아 보여. 다들 뾰족한 얼굴에 쭉 찢어진 눈을 하고서 말이지. 그런데 여러 회사에서 조금씩 다른 걸 팔고 싶어 하잖아. 그게 장사잖아. 그거랑 마찬가지야."

"그렇구나. 흥미로운 이야기네."

그가 몹시 감탄하자 미야코는 마음이 간질간질해졌다.

"그럼 오미야는 그런 획일적인 의류 세계가 싫증나서 회사를 관뒀어?"

"흐음, 그런 점도 있을지도 몰라. 그런데 그것 말고 다른 건 할 수 있는 게 없으니까."

"아, 그건 나도 마찬가지야. 바로 돈이 될 만한 기술이라곤 초밥밖에 없어. 아, 초밥만 있는 건 아닌가. 갓포요리점(고급요리인 가이세키와 선술집인 이자카야의 중간에 속하는 요리점)에서 허드렛일을 했으니 일식이라면 어떻게든 만들 수 있을지도."

"대단하네. 난 요리를 별로 안 좋아해."

"일이니까 딱히 대단할 것도 없어. 나도 옷이라든가 유행은 전혀 모르니까. 오미야는 재미있네. 자기가 하는 일을 그렇게 보는 여자는 흔치 않잖아?"

"무슨 소리야. 일에 남녀 구분을 왜 해. 네 주변에는 그런 여자애들만 있었어?"

스스로도 취했다 싶으면서도 미야코는 그의 머리를 툭 쳤다.

"미안, 실언했네. 오미야는 열심히 살고 있어."

"뭐야, 이 멍청이가."

그는 카운터에 팔꿈치를 괴고 미야코의 얼굴을 히죽거리며 바라보고 있었다.

"내가 열심히 사는지 네가 어떻게 알아. 나는 말이지, 이제 평생 일 따윈 2순위면 돼. 진심을 다해 일하면, 난 다른 일은 아무것도 하기 싫거든."

"안 해도 뭐 어때."

"그럴 순 없어. 난 여자니까 집안일을 해야 해. 외동이라서 나밖에 없거든. 저기, 몇 년 전부터 우리 엄마가 아파서."

알고 지낸 지 얼마 되지도 않는 사람에게 무슨 소리를 하는 거람. 그렇게 생각해도 입이 멈추지 않았다.

"병이라 해도 갱년기장앤데. 아, 그런데 갱년기장애라고 해도 너무 심해. 중병이야. 며칠이나 잠만 내리 자고 가사일도 일절 못하거든. 내버려두면 목욕가운 끈을 고리로 만들어서 봉에 매달아 가만히 보고 있기도 하고 말이지. 눈을 뗄 수가 없어."

역시 간이치도 히죽대던 표정을 감추고 진지한 얼굴을 했다.

"그래서 아빠가 말하더라. 자기가 일을 관둘 수도 없고, 아직 집 대출도 남아 있으니 엄마랑 나를 위해 자긴 좀 더 돈을 벌고 싶다고. 그래서 미안하지만 내가 일을 관두면 안 되겠냐고. 그야 그렇지. 아마 내 월급은 아빠 월급의 절반 이하일걸. 나도 엄마가 너무너무 걱정되니까 나았으면 좋겠고 죽지 않아줬으면 해."

"그렇구나."

"그런데 최근에 상태가 좋아져서 엄마가 풀타임으로 일해도 된다고 해서 드디어 앞날에 빛이 보이는 듯해서 기뻤어. 그런데 막상 그렇게 되니 나 역시 엄마 일이나 집안일을 외면하고 싶더라고. 내가 왜 이렇게까지 해야 하나, 불평불만이 폭발할 것 같아. 집안일을 하면서 가족의 건강 상태도 살피면서 일도 전적으로 열심히 하는 거, 난 그렇게 능수능란하게 못 해내. 그런데 예를 들어서 말이지, 세상에 애가 있는 사람은 다들 그렇게 하고 있잖아. 저글링이라고 해야 하나, 볼링의 핀 같아. 네 개도 다섯 개도 일제히 돌아가고 있는 듯한 생활을 매일 해내고 있잖아. 그런데 난 이까짓 일로 머리가 왠지 빙글빙글 도는 것 같아."

"그래? 그건 자전하면서 공전해서야."

"뭐?"

간이치는 카운터 너머로 자신과 미야코 몫의 술을 주문했다.

"오미야, 잘 들어."

그는 얼굴을 가까이 가져와서 미야코에게 속닥였다.

"지구가 얼마나 빠른 속도로 자전 공전할 것 같아?"

"알 게 뭐야."

"지구는 초속 465미터로 자전하고, 그 기세를 몰아 초속 30킬로미터로 공전해."

미야코가 입을 떡 벌렸다.

"지구는 말이야 엄청난 속도로 태양 주위를 돌고 있는데, 단순히 원을 그리며 돌지 않고 이렇게 나선 형태로 우주를 빠져나가고 있어."

간이치는 볶음 요리가 담긴 접시에 남아 있던 메추리알을 이쑤시개로 찔러 그걸 얼굴 앞에서 빙글빙글 돌렸다.

"태양도 가만히 있지 않고 하늘의 은하수에 소속된 2천 억 개의 붙박이별 중 하나라서 소용돌이 형태로 돌고 있고 말이지. 그러니 우리는 똑같은 궤도에 한순간도 되돌아갈 수 없어."

"조금 전부터 무슨 소릴 하는 거야?"

"잘 들어봐. 흥미롭잖아. 우리는 엄청난 속도로 돌면서 어딘가 우주 끝으로 향하고 있어."

미야코는 간이치의 얼굴을 들여다보았다. 눈동자가 흐리멍덩했다. 얼굴에 드러나지 않지만, 상당히 취했을지도 모른다.

"오미야, 게다가 지구 축은 조금 기울어져 있는 거 알아?"

그는 이쑤시개에 꽂은 메추리알을 미야코의 얼굴 앞에 쑥 내밀었다.

"갓 탄생한 지구의 지축은 일직선이었던 모양이야. 그러던 어느 날 무지 큰 화성 정도 되는 소행성이 지구랑 쾅 부딪쳐서 그 충격으로 23도 기울어졌다고 하더라. 거대충돌설. 이런 느낌으로."

이쑤시개를 기울여서 그는 빙글빙글 돌았다.

"그때의 충격으로 우주로 날아간 파편이 지구 주변을 돌다 그중 모인 게 달이 되었지. 그 거대충돌설 덕분에 기울어져서 지구에는 구석구석 추위와 더위가 생겼고 생명이 탄생했지. 기울어진 채 자전공전 하고 있어서 계절이 있고 여름에는 티셔츠가 팔리고 겨울에는 코트가 팔리는 거야. 그 덕분에 오미야가 월급을 받는 거고."

"조금 전부터 대체 무슨 소리가 하고 싶은데? 과음한 거 아나?"

"나도 영문을 모르겠네."

간이치는 갑자기 순순히 인정했다. 메추리알을 접시에 버려두더니 눈을 감고 고개를 떨어뜨렸다. 미야코도 거센 잠기운을 느꼈다. 대체 몇 잔을 마셨는지 알 수 없었다. 이렇게 마신 건 오랜만이었다.

"오미야, 이제 갈까?"

"응."

미야코는 옆에 놓아둔 계산서를 집어 들어 계산하겠다고 하고서 점원에게 건넸다. 가게를 내다보았지만 냥 씨의 모습은 없었다.

"내일 일해?"

"응."

"오전 근무? 오후 근무?"

"음, 아, 내일은 오후 근무야. 근무 시간표를 바꿔달라고 점장한테 부탁받았거든."

"오미야, 그럼 이다음에 우리 집에서 마시자."

미야코는 눈을 감은 채 말하는 간이치를 뚫어져라 보았다.

"싫어. 안 갈래."

"왜? 가자."

"안 사귀는 남자 집엔 안 가."

간이치는 고개를 천천히 들어 눈을 떴다. 의외로 속눈썹이 길었다.

"그럼 사귀자."

"그럼이라니 무슨 소리야?"

"이제 냥이랑 손잡지 마."
 머리가 멍하니 마비되어가는 것을 느꼈다. 그리고 "웅" 하고 고개를 끄덕였다.

3

 소요카와 함께 쇼핑을 하러 나선 건 새해가 되어 정월 분위기도 거리에서 사라져갈 무렵이었다.
 만나자는 말은 서로 연신 해댔지만, 좀처럼 만날 수 없었다. 12월에 들어서서는 크리스마스 세일, 연말 바겐세일, 그리고 그해 첫 마수걸이인 복주머니 준비로 숨 돌릴 틈 없이 아침부터 저녁까지 종일 일하는 날이 이어졌다. 조금 일찍 퇴근하는 날은 결국 간이치와 만났기에 귀가하는 건 연일 심야였다.
 1월도 중순이 다 되어 오랜만에 토요일에 휴무를 받아서 가까스로 만날 수 있게 되었다. 옷을 골라달라고 했지만, 솔직히 말해 아울렛에는 팔다 남은 옷밖에 없어서 미야코는 어딘가 도심에 있는 숍의 봄옷을 정가로 사자고 제안했다. 소요카는 도쿄까지 안 나가도 된다, 가시와에서 사도 된다, 그 정도가 자신에게는 딱 적당하다고 했다.
 가시와는 미야코가 사는 동네에서 도쿄로 가는 도중에 자리한, 커다란 터미널 역이다. 쇼핑몰이나 백화점도 몇 군데 있어서 고등학생 때까지는 자주 쇼핑을 하러 나갔다. 하지만 어른이 되고 나서부터는 가시와는 단순히 통과하는 지점에 지나지 않았다.
 소요카에게 어울릴 법한 브랜드숍을 몇 군데 점찍어두고 역 빌딩에 들어서 있는 백화점에 왔다. 어떤 매장이든 하나같이 쇼윈도에 커다란 할인딱지가 붙어 있었다. 인파가 엄청났지만, 바겐세일은 막바지에 접어들었고 역시 눈에 띄는 건 남아 있지 않았다.

"미야코 언니, 어때요?"

탈의실 커튼을 살며시 걷어 소요카가 얼굴을 내밀었다.

"오, 괜찮네. 괜찮아. 엄청 잘 어울려."

"진짜요? 가슴 부분이 너무 파이지 않았어요?"

"전혀 신경 쓸 거 없어. 자, 이거 해봐. 목걸이 하면 파인 부분도 신경 안 쓰여."

"바지도 이 길이면 될까요?"

"통바지는 키 큰 사람이 입는 게 정석이지."

호리호리하면서도 키가 크고 어깨가 넓은 소요카에게는 깊게 파인 브이넥 하이게이지 니트에 요새 유행하는 통바지가 잘 어울렸다. 반가격으로 할인하는 코튼펄 목걸이는 얼굴 주변을 화사해 보이게 했다. 접객하던 여성 점원도 "정말 멋스러워요"라고 손뼉을 쳤다. 소요카는 수줍어하면서도 허리 주변에 손을 대고 거울을 쳐다보았다. 사람은 자신의 신체에서 신경 쓰는 부분에 무의식적으로 손을 댄다. 허리가 분명 다소 굵긴 했지만, 신경 쓸 정도는 아니었다.

"바지, 그것도 괜찮지만 좀 더 헐렁한 것도 어울릴지 모르겠네."

미야코가 무심코 말하자 "아, 같은 소재에 주름이 들어간 것도 있어요. 잠시 기다려주세요"라며 점원이 바로 반응했다. 그 옷으로 갈아입더니 소요카는 거울에 자신의 뒷모습을 비춰보고 안심하는 표정을 지었다.

소요카와 쇼핑이 끝나자 각자 잠시 자유롭게 돌아보기로 했다.

 오늘 미야코는 코트 아래에 무난한 원피스 차림을 하고 있었다. 딱히 무언가 사고 싶은 욕구도 일지 않아서 통로를 어슬렁거리고 있었다. 입점해 있는 매장은 미야코의 기억과 달리 도심의 백화점과 별반 다르지 않았다. 여기라면 집에서도 다닐 수 있으니 아울렛보다 이쪽이 더 낫지 않았나 싶은 생각마저 들었다.

 하지만 거기까지 생각하다 갑자기 떠올랐다. 지금의 근무지를 선택한 건 예전에 일한 브랜드 그룹이 아울렛몰에 입점해 있지 않아서였다. 국내 주요 브랜드 대부분이 입점해 있는 백화점에서는 확률이 낮긴 하지만, 예전 직장과 엮인 지인과 마주칠 가능성도 있었다. 만난다 한들 신경 쓰지 않아도 되지만 그때는 그런 마음이 들지 않았다.

 눈에 띈 속옷 가게에 들어가 저렴하게 파는 모피 소재의 실내복을 집어 들었다. 옛 생각을 잊고 싶어서 그 베이비핑크색의, 고급스럽다고는 할 수 없는 옷을 샀다.

 돌아다니며 옷을 같이 골라준 보답으로 저녁을 대접하고 싶다고 소요카가 말해 거리로 나섰다. 가끔 가는 가게가 있다며 데리고 가준 곳은 골목 안에 있는 통나무집 스타일로 꾸며진 스튜 가게였다.

 "가게가 예쁘네."
 "그죠? 엄청 맛있어요. 그런데 요전번에 남자친구를 데리고 왔더니, 창피하니까 또 가긴 싫다고 하더라고요."

확실히 점원도 고객도 대부분이 젊은 여성이다. 스튜 세트에 곁들여진 음료 가운데 글라스와인이 있어서 미야코는 화이트와인을 주문했다.

"미야코 언닌 술 세요?"

"글쎄. 전에는 별로 안 마셨는데, 최근엔 덩달아 마시는 습관이 생겨서."

"근사해요. 둘이서 마시는 술."

"소요카는 어때?"

"전 잘 못 마셔요. 근데 남자친구가 와인을 좋아해서 가끔 와인바 같은 가게엔 가요. 남자친구는 별 상관없다고 하는데, 정장 말곤 티셔츠나 후드 같은 옷밖에 없어서 아무래도 좀 더 깔끔하게 차려입는 편이 좋지 않을까 싶어서요."

"남자친구가 어른스럽네."

"그냥 아저씨예요."

"연상이면 데이트 장소는 그쪽이 고르겠네?"

소요카의 남자친구는 다섯 살 연상에 돌싱이라고 했다. 미야코의 전 남자친구는 띠동갑 연상이었기에 데이트를 할 때면 늘 어른스러운 레스토랑에 데리고 갔다. 처음에는 근사하다는 생각에 들떴지만, 언제부터인가 부담스러워졌다. 시간이 없을 때나 대충 때우고 싶을 때도 미식가인 그는 체인점이나 인터넷에 호평이 실려 있지 않은 가게에는 들어가지 않았다. 소요카의 남자친구는 그런 사람은 아닌 듯했지만, 미야코는 조금 걱정스러웠다.

미야코와 소요카는 같은 시기에 시작된 서로의 연애에 대해서 보고를 주고받았다. 에리네에게는 무슨 소릴 해도 비웃거나 어처구니가 없어할 테고, 도쿄에 있던 시절의 친구와는 최근엔 만날 기회도 줄었기에 소요카가 고민을 들어줘서 무척이나 도움이 되었다.

소요카는 문구 회사에서 영업직 사원으로 일하고 있다. 서로의 업무 이야기나, 고등학교를 졸업하고 나서 만나지 않았던 동안의 일이나, 새로운 남자친구 이야기를 하며 미야코와 소요카는 웃었다. 동성인 여자친구와 맛있는 음식을 먹으며 어깨에 들어간 힘을 빼고서 마음껏 수다를 떨자 마음이 누그러들었다. 간이치와 사귀기 시작한 지 약 3개월, 한창 즐거울 때인 건 분명하지만 미야코는 왠지 어렴풋이 기분이 개운치 않았다. 하지만 여자친구와 보내는 시간은 활짝 갠 하늘처럼 기분이 상쾌했다.

"아, 참, 저 이제 곧 독립해요."

"어머, 그래?! 좋겠다, 부러워. 나도 독립하고 싶어."

"언니도 해요."

"글쎄."

미야코는 엄마 이야기를 할까 말까 망설였다. 소요카는 다정하니 조금 이야기한다 해도 부담스러워하지 않을 것이다.

"독립하고 싶은데 실은 우리 엄마가 몸이 좀 안 좋으셔."

"네? 아주머니가요?"

소요카는 어릴 적 내내 같은 단지에 살아서 집에도 놀러 왔기 때문에 미야코의 엄마를 몇 번이나 본 적이 있다.

"아, 그런데 괜찮아. 걱정할 거 없어. 큰 병은 아니야."

"……진짜예요?"

"단순한 갱년기장애니까."

"그래요?"

"병세가 안정되면 다시 혼자 살 생각이긴 해. 이미 서른이 넘었는데 집에 늦게 가면 부모님이 언짢아하시거든."

"아, 저도 그 심정 이해해요."

"소요카는 남자친구랑 동거하거나 결혼할 마음은 없어?"

"음, 이제 막 사귀기 시작했는걸요. 상대는 돌싱이기도 하고요."

"그렇구나."

"곰곰이 생각하는 편이 좋겠지만, 왠지 구체적으로 따져볼 마음이 안 들어요. 애를 낳으려면 여러모로 서둘러야겠지만, 제 마음도 확실하지 않아서요."

"응, 나도 그런 느낌이야."

디저트를 먹으면서 차를 마시는데 테이블 위에 놓여 있던 스마트폰이 진동했다. 눈길을 떨어뜨리자 메시지가 표시되어 있었다.

'일 마치고 이제 목욕탕 왔어, 지금 올래?'

오늘은 소요카와 헤어지면 집으로 서둘러 돌아갈 생각이었다. 그런데 '오늘은 집에 갈래'라고 답장하지 못했다. 소요카가 부드럽게 "간이치 씬가요?"라고 물었다. 미야코는 시선을 떨어뜨린 채 고개를 끄덕였다.

집 근처 역 개찰구를 나와 서쪽 출입구로 향하면 자택, 동쪽 출입구로 향하면 간이치네 집이다. 인적도 드문 밤의 개찰구를 나선 미야코는 걸음을 조금도 멈추지 않고 동쪽 출입구 계단을 뛰어내려갔다. 찬바람이 휘몰아치는 길을 어깨를 움츠리고서 머플러에 얼굴을 파묻고 빠른 걸음으로 걸었다. 초겨울의 찬바람이 앞머리를 들어 올려 이마를 때렸다.

다리가 마음을 따라가지 못해 점점 달리게 되었다. '어라? 나 이 사람을 이렇게나 좋아했나?' 하고 맑은 정신이 스쳐지나갔지만 다리 속도는 누그러들지 않았다.

연립주택 옆에는 간이치의 자전거가 세워져 있었다. 문을 열면 바로 가파른 계단이 2층으로 이어져 있다. 어둡고 서늘한 현관에서 부츠를 벗어던지고 계단을 단숨에 올라갔다. 스타킹을 신은 발끝이 그것만으로 얼음장처럼 차가워졌다.

노크하자 "안 잠겼어"라는 소리가 들렸다. 얇은 나무문을 열자 단숨에 다시 국물의 냄새와 수증기에 휩싸였다. 그는 가스레인지에다 대고 무언가를 만들고 있었다.

달려온 기세를 몰아 그의 등을 부둥켜안았다. "위험해"라고 간이치가 돌아보며 반려견의 머리를 콕 쥐어박듯이 미야코의 머리를 흔들었다. 냄비 안의 내용물은 오뎅이었다.

"이거 친구가 줬어."

간이치는 미야코가 그리 말하며 내민 봉지를 들여다보더니 "비싼 빵이네"라고 말했다. 헤어질 때 소요카가 보답이라며 건네준 것이었다.

"오뎅이랑 빵은 안 어울리겠네."

"뭐 어때. 맛있겠다."

최근 들어 그의 집에 완전히 익숙해졌다. 여기서는 꾸미고서 얌전을 떨면서 앉아 있을 필요가 없다. 얼마 전까지 간이치에게 트레이닝복을 빌려 입었지만, 오늘은 조금 전에 산 털 소재의 실내복으로 갈아입었다. 머리를 느슨하게 트윈 테일로 묶자 눈 깜짝할 사이에 양아치 커플의 일원 같아졌다.

고타쓰 위에 냄비째 담긴 오뎅과 독일빵과 물에 탄 소주잔 두 개가 놓였다. 잔은 내열용으로 미야코가 요전번에 사서 선물했다. 그 전까지 간이치는 본가에서 옛날에 사용하던 초밥집의 오래된 찻잔으로 마셨다.

잔을 짠하고 입을 갖다댔다. 향이 짙은 고구마소주가 처음에는 싫어서 마시지 않았지만, 집이 몹시 추워서 조금씩 입에 대게 되다 점점 맛있게 느끼게 되었다. 차가워진 발끝은 고타쓰 안에서 순식간에 데워졌다. 석유난로 위에 놓인 주전자가 수증기를 뻑뻑 내뿜었고, 커튼이 쳐져 있지 않은 부엌 창문은 새하얘져 있었다.

소요카와 저녁을 갓 먹은 차였지만, 무가 너무 먹음직스럽게 익어서 먹었다. 역시 깔끔하게 썰려 있었다. 입안이 뜨거워서 화상을 입을 듯했다.

"오, 이 빵 맛있네."

소요카가 준 건과일과 견과류가 듬뿍 반죽되어 구워진 독일빵을 한입 베어먹더니 간이치가 그리 말했다.

미야코는 일이 바쁜 와중에도 한 주에 두세 번은 이 집에 들렀다. 이튿날 갈아입을 옷을 가지고 와서 묵고 이 집에서 출근한 적도 몇 번인가 있었다. 에어컨도 욕실도 없는 이 집이 어째서인지 포근했다.

"자고 갈래?"

"오늘은 가야 돼."

"그럼 나중에 바래다줄게."

"됐어. 택시 타고 갈게. 자전거 추워."

간이치는 손을 뻗어서 미야코의 뺨을 어루만졌다. 얼굴을 가져와서 입술을 포개었다. 목욕탕에 갔다온 간이치의 목덜미에서는 비누 냄새가 났다.

베트남 요리점에 갔던 날, 미야코는 결국 그길로 간이치의 집으로 갔다. 가게를 나와 어느 쪽이 먼저라고 할 것도 없이 손을 잡고 입술을 맞추었다. 그건 진한 키스가 아니라 고양이끼리 코를 대고 인사하는 듯한 느낌이었다. 그런데 그랬더니 간이치와 자신의 손에 갑자기 강력한 자력이 발생한 듯 떼어놓을 수 없게 되어버렸다.

연애가 서툰 미야코는 이제껏 주변 사람보다 훨씬 신중했다. 고등학교를 졸업하고 나서 바로 사귄 사람도, 그 후 오래 사귀게 된 연상의 연인도 육체관계를 가질 때까지 시간을 들였다. 자신을 값싼 여자로 만들지 않기 위해서가 아니라, 돌이킬 수 없는 한 걸음을 내딛을 용기가 좀처럼 나지 않았다. 그런데 그날은 이상하리만치 두렵지 않았다.

처음 간이치와 한잔하러 갔던 그날, 미야코는 간이치의 집에 와서 무척이나 놀랐다.

쓸쓸한 상점가 외곽, 셔터가 닫힌 철물점 2층에 간이치의 집이 있었다. 건물 뒤편의 나무문을 열면 귀틀 앞에 느닷없이 가파른 계단이 2층을 향해 뻗어 있었다. 연립주택이라기보다 하숙집 같은 느낌이었다.

방 안은 생각보다 넓었다. 대략 2평 정도 될 법한 판자가 처진 부엌에 3평 정도 되는 다다미방으로 욕실도 세탁기도 없었다. 오전 근무일 때는 목욕탕에 갔다가 그 김에 동전세탁기로 세탁을 하고, 목욕탕 영업시간 외에 샤워를 하고 싶으면 바로 근처에 있는 인터넷카페에 간다고 했다.

집 안에는 가구다운 가구랄 게 거의 없었다. 부엌에는 냉장고뿐 찬장도 없었고 다다미방에는 이불이 깔린 채 구석에는 컬러 수납장이 세 개 정도 놓여 있었고 그 안에는 정리되지 않은 책이 비집고 들어가 있었다.

그날 밤 미야코는 취했다고는 하지만, 그 집을 보고 이상하게도 꺼림칙한 느낌을 받지 않았다. 생활비가 거의 안 들 법한 삶이구나 싶었다. 그리고 아직 사귀기 시작하지도 않았는데 자신이 이 사람과 엮이면, 그의 어딘지 모를 충족된 생활을 침범하게 될 것 같다고 뜬금없이 죄책감을 느꼈다.

늘 펴져 있는 이부자리에서 미야코는 간이치와 몸을 합쳤다. 건조한 몸이 자신을 감싸자 샤워도 할 수 없다는 사실이나 언제 빨았을지 알 수 없는 이불도 신경 쓰이지 않았다. 단지 취해서일지도 모른다.

자고 나니 그의 생활에 변화를 가져왔다는 죄책감보다, 이 사람에게 좀 더 다가가고 싶다는 초조함과도 흡사한 충동이 머리를 쑥 치켜들었다.

미야코는 그 충동을 자제하지 못하고, 이튿날에도 그 또 이틀날에도 일이 끝나면 간이치를 만나러 갔다. 일이 바빠서 시간이 없었기에 차를 다시 운전하게 되었다.

처음부터 지금에 이르기까지 좋아하는지 아닌지 서로 말로 꺼낸 적은 없다. 미야코가 예전에 사귄 사람은 말수가 많았다. 그가 하는 말에 마음이 들떴을 때도 있었다. 그런데 익숙해져 보니 간이치는 말수도 비교적 적고 나이보다 훨씬 차분했다.

간이치는 미야코가 와도 딱히 개의치 않았다. 어느 날 밤, 일을 마치고 그의 집에 가자 작은 액정 텔레비전이 놓여 있었고, 오미야를 위해서 재활용센터에서 샀다며 그가 웃었다. 미야코에게는 텔레비전을 보여주고 그는 벽에 기대 책을 읽곤 했다.

그는 역 앞에 있는 중고서점에서 책을 적당히 골라 사는 모양이었다. 소설은 적었고 나머지는 논픽션이나 과학계열 책으로, 읽고 나면 그길로 보관함에 처박아 넣고선 쌓이면 끈으로 묶어 쓰레기 버리는 날에 내놓았다.

담배를 피울 때는 아무리 추워도 집에서 나갔다. 복도 모퉁이에 미닫이가 있었고 그 밖에는 베란다라고 부를 정도는 아닌 아담한 빨래걸이 공간이 있었으며 간이치는 그곳에서 담배를 피웠다.

미야코는 졸려서 고타쓰에서 깜박 잠이 들었다. 텔레비전이 켜져 있어도 이곳은 고요했다.

"오미야, 슬슬 가야지."

간이치는 그리 말하며 미야코를 흔들어 깨우고, 위아래 트레이닝복에서 스웨터와 청바지로 갈아입고 가죽점퍼를 걸쳤다.

"안 바래다줘도 된다니까."

"됐어. 얼른 옷 갈아입어."

"아, 가기 싫다."

밖으로 나간 순간 어느새 냉기가 온몸에 스며들어 위장 밑바닥에서부터 떨려오는 듯했다. 간이치의 자전거 뒤에 타고서 "추워!!!" 하고 큰 소리를 질렀다.

등 뒤에 매달리자 간이치는 자전거를 밟기 시작했다. 현 도로를 나서자 "빠라빠라빠라바" 하고 폭주족 경적을 입으로 흥내 냈다. 미야코도 웃으며 빠라빠라빠라바, 하고 장단을 맞추었다.

얼굴에 무언가 닿았다 싶어서 고개를 들었더니 눈이 나풀나풀 내리고 있었다.

"눈이다!"

"눈이다! 오예!"

"덤벼라, 눈!"

즐겁고 너무나도 즐거워서 미야코는 소리를 질렀다.

미야코가 집에 있는 시간은 더욱 줄어들었다. 자신의 방이 자리한 1층에 욕실도 세탁기도 있었기에 2층 거실에 올라가지 않고 보내는 하루하루가 이어지고 있었다. 휴무일에는 평소에 부족한 수면을 보충하려고 오후까지 잤고 저녁이 되면 차를 몰아 간이치의 집으로 향했다. 엄마와 얼굴을 마주하고 싶지 않아서 휴대전화로 '친구 만나고 올게'라고만 메시지를 보내고 집에서 나섰다.

그 후로 엄마는 혼자서 병원에 가고 있는 모양이었다. 요리나 그 외의 다른 집안일도 하고 있는 듯했다.

뭐야, 하면 되는 거였잖아, 라고 미야코는 생각했다.

해주는 사람이 없으니 스스로도 하잖아.

생각해보면 자신은 집에서 이미 한 번 독립한 적 있는 딸이다. 적게나마 방세를 대신해서 매달 집에 생활비를 내고 있다. 지금은 어쩌다보니 같이 살고 있을 뿐이다. 자신의 시간을 어떻게 사용하든 자유다. 그러니 죄책감에 시달릴 필요가 없다.

미야코는 허세를 부리듯 그리 생각했다.

2월이 되자 쇼핑몰은 본격적으로 비수기에 돌입했다.

본사 매장에서는 가볍고 색상이 화사한 봄옷이 진열되는 계절이지만, 아울렛 매장의 봄은 아직 멀었다. 동네에서 팔다 남은 니트나 코트가 초겨울의 찬바람에 운반되어 논과 밭에 둘러싸인 쇼핑몰에 쌓여 있었다.

겨울의 비수기는 여름과 달리 무척이나 길다. 밸런타인데이나 봄맞이를 위한 행사가 열리지만, 황금연휴까지는 주말이 되어도 혼잡하다고 할 만큼 고객이 방문하지 않는다. 연말에서 연초까지 파도가 매섭게 밀려오듯 혼잡하다가 갑자기 한가해지기에 이 시기에는 정말 맥이 탁 풀린다.

"저기, 이거 S밖에 없나요?"

졸음이 가시질 않아 멍하니 상품을 진열하고 있는데 어느새 매장에 들어선 고객이 말을 걸어와서 미야코는 화들짝 놀라며 뒤를 돌아보았다.

"아, 네! 어서 오세요!"

"……이 스웨터 말인데요, L 있어요?"

조금 불쾌한 표정을 지으며 그 여성이 물었다. 그녀가 내민 것은 터틀넥 풀오버 니트로 올겨울 각 점포에서 팔다 남아 대량으로 들어온 상품이었다.

"죄송합니다. 검정색은 걸려 있는 게 다라서요. 다른 색이라면 원하시는 사이즈가 있습니다."

"흠, 밝은 색은 별론데."

30대 후반에서 40대 초반으로 보이는 여성이었다. 이 지역에 사는 주부일까, 화장도 하지 않았고 옷도 대충 차려입었다.

브랜드 타깃층은 20대지만, 아울렛이라서 다양한 연령대의 사람이 방문하며 무난한 상품이라면 엄마 정도 되는 연령의 사람이 사가는 경우도 있었다.

"오렌지색이라면 L 사이즈가 있습니다. 벽돌색에 가까우니 색이 차분할 거예요. 그리고 베이지라면 M 사이즈도 있고요."

선반 아래에 개어져 있는 것을 꺼내 건네주자 그 사람은 거울 앞에서 몸에 갖다대 보았다. 아, 오렌지색도 잘 어울리네. 다행이라고 생각했다.

"베이지색이 무난하려나?"

"오렌지색, 얼굴에 정말 잘 받으세요. 한 번 입어보세요."

"그런데 베이지색은 M밖에 없다고 했지."

"어떤 스타일의 바지에 맞춰 입으시려는 건가요?"

"청바지라든가 트위드 스커트라든가요."

"트위드 스커트라면 오렌지가 잘 어울릴 것 같아요."

"흐음."

"지금, 두 벌을 사면 10퍼센트 더 할인 행사 중이니 양쪽 다 구입하시는 건 어떠세요? 캐주얼한 느낌이나 정장 느낌을 내기도 정말 편해요. 집에서 세탁도 가능하고요."

"그렇군요."

"입어보시기만 해도 돼요. 입어보면 느낌이 또 다르거든요."

"흐음."

고객의 미적지근한 태도에 그러면 안 된다고 생각하면서도 마음이 조급해지는 것을 느꼈다. 그렇게 고민할 정도의 가격도 아니잖은가.

그만 발끈하는 마음에 끈질기게 권해 탈의실로 데리고 갔다.

비슷한 타입의 다른 니트도 건네서 입어보게 했지만, 결국 그녀는 아무것도 사지 않고 좀 더 다른 것도 보고 오겠다며 매장을 나갔다. 미야코는 허탈감에 한숨을 쉬며 풀오버를 개었다.

어제 저녁에는 또 늦게까지 간이치네에 있었고 한밤이 되어서야 집으로 돌아갔다. 네 시간 정도밖에 자지 않아 몸이 납덩이처럼 묵직했다. 컨디션이 나쁘면 고객을 어떻게 대해야 할지 알 수 없어질 때가 있다.

그때 카운터 쪽에서 남자 목소리가 들려서 흠칫했다. 새로 부임한 머천다이저 도마가 다른 직원과 이야기를 나누고 있었다. 뒤쪽 출입구에서 들어온 모양이다. 조금 전의 모습이 보였을지도 모른다고 생각하자 고동이 살짝 빨라졌다.

성수기가 끝나고 도마는 직원 한 사람 한 사람과 면담을 실시했다. 오늘은 미야코 차례였다.

미야코는 새 MD인 도마에 대해 아직 잘 모르고 있었다. 무뚝뚝한 건 아니지만, 어딘지 모르게 사람을 내려다보는 듯한 느낌을 받았다.

전 MD였던 하세베는 여성이었기 때문인지 다 같이 함께 매장을 꾸려가자는 분위기를 느끼게 해주었다. 반면 도마는 상사라는 태도로 거침없이 직언을 날렸다. 처음에는 꽃미남이 왔다고 기뻐하던 직원들도 곤혹스러워하며 반감을 가지게 되었다. 최근에는 다들 모였다 하면 그의 험담을 했다.

미야코는 되도록 험담 대잔치에 끼지 않도록 하면서도 젊은 직원들의 불만을 부정하지 않도록 어중간하게 맞장구를 치고 있었고 그 일로도 꽤 지쳐 있었다. 어째서인지 점장은 도마가 마음에 드는지, 듣고 있기에도 창피스러울 만큼 애교스런 목소리를 냈다. 그 모습을 본 직원들 사이에서 싸한 분위기가 감돌았고 뒤에서 점장을 욕하는 사람도 나오고 있었다.

도마는 꽤 빈번히 점내 디스플레이나 마네킹 스타일링을 교체하도록 지시했다. 그런 것치고는 직접 나서서 도우려고는 하지 않았다.

아울렛 매장은 도심의 점포에 비해 매장 면적이 넓고 특히 쇼윈도의 폭이 넓다. 장식이 많이 필요한 데 비해 회사에서 좀처럼 보내주지 않아, 하세베는 종종 본사 매장에서 불필요해진 인테리어 소품을 직접 모아 가지고 와주었다. 그것들을 다 같이 디스플레이했고, 바빠도 학교 축제처럼 분위기가 즐거웠다. 하지만 도마가 담당자가 되고서부터 매장 분위기는 명백하게 나빠졌다.

휴게실에 마주앉자 도마는 다음 달부터의 판매계획 등을 설명하기 시작했다. 올해는 인터넷 사이트에서 봄 코트와 관혼상제에 입을 정장을 예약받고 있는데 상당히 평가가 좋아, 아울렛 매장에도 기간 한정으로 들일 예정이라고 했다. 그 판매 코너를 미야코에게 맡긴다고 해서 무심코 "어" 하고 소리를 내고 말았다. 도마는 서류에서 고개를 들더니 미야코를 한 번 쳐다봤지만, 아무 말도 하지 않았다.

맡긴다는 것은 책임져야만 하는 매상도 덩달아 따라온다는 뜻이다. 할당된 매상이라고 해도 반드시 채워야 하는 것은 아니지만, 달성하지 못하면 정기적으로 무언가 마이너스가 따라올 가능성도 있었다. 정사원도 아닌데 짊어지게 된 짐이 버겁다는 심정과 어느 정도 성과를 보이면 커리어에 뭔가 도움이 될지도 모른다는 기대감이 서로 다투었다.

그는 미야코 쪽으로 태블릿 화면을 돌려서 봄 페스티벌 상품 일람을 보여주었다. 입하 날짜나 도마가 설명하는 포인트를 짚어가며 들으며 미야코는 메모를 했다.

그는 서류 말고 다른 노트를 몇 권인가 테이블에 펼쳐놓고 있었고, 그곳에는 숫자나 대충 그린 그림이 빼곡하게 기록되어 있었다. 소문에 따르면 그는 얼마 전에 다른 회사에서 전직했다고 하는데 예전에는 영업부에 있었다고 한다. MD는 점장 경험자가 대부분이지만, 디자이너나 영업부 출신인 MD도 간혹 있다. 영업부 출신인 MD는 숫자만 알지 의류에 대해서는 눈이 어둡다고 들었는데, 만약 그렇다고 해도 공부에 열심인 것은 분명하다는 생각이 들었다.

몸을 기울여서 태블릿을 들여다보며, 다가온 도마의 얼굴을 훔쳐보았다. 갑자기 그도 이쪽을 보았고, 매우 가까운 거리에서 눈이 마주치고 말았다. 미야코는 다급히 몸을 떨어뜨렸다. 희미하지만 강한 향수 냄새가 났다. 눈썹이나 수염이 짙어서 이목구비가 또렷한 도마에게 어울렸다. 이런 건 직접 고르는 걸까, 아니면 여자친구가 골라주는 걸까.

"요즘 들어 계속해서 매장을 살펴봤습니다. 몇 가지 궁금한 걸 물어도 될까요?"

"네."

"우선 조금 전 말입니다만, 풀오버를 구입하지 않은 고객 말이죠."

"아, 네."

역시 봤구나 싶어서 미야코는 몸을 움츠렸다.

"입어보고서까지 구입하지 않았던 건 왜라고 생각하십니까?"

"……죄송합니다."

"사과하라는 게 아니라 이유가 뭐라 생각하는지 묻고 있습니다."

고객 응대 방식이 건방졌나. 그렇다 쳐도 말투가 불쾌하다. 아울렛인데 정식 매장 수준의 접객을 요구하나 싶어서 속으로 발끈하고 있었다.

"색상보다 디자인이 고객님의 체형에 어울리지 않았다고 봅니다. 가슴 아래가 바로 조여드는 스타일이라서 가슴이 부각되니까요. 그 디자인은 옷걸이에 걸려 있으면 예뻐 보이고, 체형도 커버될 듯하지만, 마른 분이 아니면 세련되게 소화해낼 수 없기 때문에 남아 있었을지도 모르고요."

"그렇군요."

그는 고개를 천천히 끄덕이더니 턱 부근을 어루만지고 나서 다시 한 번 끄덕였다.

"그랬군요. 이야길 듣고 보니 그럴지도 모르겠네요. 70퍼센트까지 세일하는 데다 입어보기까지 했는데 왜 안 샀는지 궁금했거든요."

그가 몹시 감탄하자 미야코는 당혹스러웠다.

"가슴이 부각되는 디자인을 선호하는 여성은 적은 것 같아요. 특히 이 쇼핑몰에는 일상생활에서 입기 좋은 옷을 사러 오는 분들이 많아서요. 패션보다는 실용성을 중시하죠."

흠, 하고 그가 또다시 고개를 끄덕였다. 시선은 미야코의 얼굴이 아니라 고개 아래 부근으로 향해 있는 듯해서 머리를 다듬는 동작을 취하면서 몸을 떨어뜨렸다. 도마는 서류에 시선을 되돌렸다.

"그것 말고도 궁금한 게 몇 가지 있습니다."

"네."

"가와자메 점장한테도 전달한 사항인데, 매장 뒤편이 너무 난잡합니다. 되도록 빨리 정돈해주세요. 이래선 아무리 온라인으로 재고관리를 해도 소용없지 않을까요."

"……네."

"하야시 씨와 오쿠보 씨가 나누는 사적인 대화가 여전히 눈에 띄더군요. 고객님을 대하는 태도도 조금 불친절해 보입니다."

"네, 알겠습니다."

아르바이트생인 여자아이 둘을 지도하는 일은 저번 달에도 주의를 받았다. 그 아이들은 아직 어리고 아르바이트 경력이 짧다. 부드럽게 주의를 줬지만, 딱히 개선되지 않았다.

하지만 여긴 아울렛 매장이라서 정식 매장처럼 입사할 때 연수를 받지 않아 접객 지도를 웬만해선 철저히 할 수 없다. 미야코에게도 이 매장에서 판매원을 길러내겠다는 의지가 약했다. 오히려 뭐라 주의를 주는 바람에 심기를 건드려 매장을 쉬겠다고 나오는 쪽이 곤란했다. 정사원도 아닌데 미움받는 역할을 자처하고 싶지 않은 것도 솔직한 심정이었다.

"그리고 나카이 안나 씨 말입니다. 나카이 씨와는 친한가요?"

질문을 받고서 바로 대답하지 못했다. 안나와 이야기를 주고

받는 편이지만, 나이도 열 살이나 차이가 나고 그쪽은 정사원이라서 서로 어딘가 거리를 두고 있었다.

"그 직원이 블로그에 매장에 대해 이런저런 글을 쓰고 있다는 건 알고 계셨나요?"

"네? 블로그 말인가요?"

"저번 주에 발견했는데, 매장에 불만이 꽤 많은지 여러모로 악의적으로 썼더라고요."

"……그랬나요? 전 전혀 몰랐어요."

"업무에 대한 불만을 개인 블로그나 SNS에 쓰는 일은 종종 있겠지만, 제가 발견했을 정도니 매장도 쉽게 특정할 수 있을 거라 바람직하지 않을 듯합니다. 이번에 관두게 해주세요."

관두게 하라는 말투에 미야코는 마음이 메말라가는 것을 느꼈다

"자, 이것 보세요."

태블릿 화면을 보여주었기에 미야코는 순간적으로 손을 앞으로 내밀어 거부했다.

"아뇨. 안 볼래요. 도마 씨께서 본인에게 직접 말씀하시는 게 어떨까요?"

"제가 안다면 그 직원에게 치명적이지 않을까요?"

"그럼 점장님께 말씀드리는 건 어떨까요."

미야코가 이렇게나 거부할 줄은 몰랐는지 도마는 불쾌한 표정을 지었다.

"요노 씨."

"아, 네."

"마지막으로 한 가지 더요. 당신이 매장에서 입는 복장 말입

니다."

핏기가 싹 가셨다. 오늘 아침에 늦잠을 자서 근처에 있던 카디건을 대충 집어서 입고 왔는데, 이건 '사복'이라서 매장 의류와는 취향이 상당히 달랐다.

"그거 우리 브랜드 상품이 아니죠? 오늘뿐만 아니라 최근 들어 복장도 헤어메이크업도 좀 소홀히 하고 있지 않나요?"

명백히 최근 들어 딱히 옷에 신경을 쓰지 않았다. 간이치네에 머물고 난 이튿날에는 상의만 바꿔 입고 머리도 그냥 뒤로 질끈 묶기만 했다.

"아울렛 매장인데 잔소리가 심하다 싶나요? 개인적인 자리였다면 여성분의 몸치장에 이런저런 소릴 늘어놓을 마음이 없지만, 업무니까 말씀드립니다. 예전 직장에서 점장도 하셨다고 하시니 제가 무슨 소릴 하는지는 아시겠죠? 분명 저흰 드레스 코드가 있는 건 아니지만, 콘셉트를 표현하는 건 오히려 정식 매장 직원보다 더 꼼꼼히 해야 합니다. 아울렛 매장이니 상관없다든가 정사원도 아닌데 무슨 상관인가 싶은 건 아닌가요?"

미야코는 말문이 막혀 무릎 위에서 양손을 꼬옥 쥐었다. "죄송합니다. 주의하겠습니다"라며 고개를 숙였다. 그길로 도마의 얼굴을 쳐다볼 수 없었다.

얼어붙을 듯한 밤이다. 쇼핑몰 전체가 냉동고 안처럼 냉기에 휩싸여 있었다. 주차장까지 걸어가는 동안에 몸의 심지까지 얼어붙어 내장이 파르르 떨리기 시작할 듯했다. 별이 평소보다 반짝여 실루엣이 어렴풋이 보이는 우시쿠 대불 건너편에 연기가 낀 듯한 은하수가 보였다.

차에 올라타 난방을 세게 틀어도 세차게 불어온 바람이 좀처럼 데워지지 않았다. 집으로 돌아가고 싶지 않지만, 이곳에 계속 있을 수도 없는 노릇이라 미야코는 차를 출발시켰다.

운전에 집중하려고 해도 도마의 얼굴이 아른거리며 사라지지 않았다. 그가 자신에게 건넨 말 하나하나가 틀린 게 없었고, 어조도 강하지 않았는데 왠지 매도당한 듯한 느낌이 들어서 견디기 힘들었다. 착각이기를 바라지만, 계속 가슴을 처다본 것 같은 느낌도 들었다.

간이치를 만나서 기분이라도 전환하고 싶었지만, 오늘 밤에 그는 친구네에서 하룻밤 묵는다며 집을 비웠다.

싸늘한 양손으로 핸들을 쥔 채 친구는 어떤 사람인지 의아한 느낌도 들었다. 그러고 보니 간이치와 늘 둘만 만나서 그의 교우 관계가 어떤지 전혀 몰랐다. 어차피 친구도 하나같이 양아치겠지라며 흥미를 가진 적이 없었다.

차 안이 조금 따스해지자 허기가 솟구쳤다. 뭐든 좋으니 따듯한 게 먹고 싶어져서 도로가에 자리한 큰 마트에 차를 세웠다. 마트 자체는 24시간 영업을 하지만, 푸드 코트는 앞으로 30분 후에 폐점한다. 그 탓인지 고객은 드문드문 보였다. 그곳에서 우동을 주문했다. 젓가락을 정확하게 이등분하는 데 실패해, 쥐기 힘든 젓가락으로 식사를 했다. 조명이 밝고 테이블도 청결한데 어쩐지 쓸쓸했다.

허기진 배를 채우고서 스마트폰을 꺼내 업무 중에 온 메시지를 읽었다. 소요카에게서 이사한 곳의 주소와 근황, 에리에게서는 또 한잔하자는 술자리 제안, 도쿄에서 일할 때 알고 지내던 동성 친구로부터 쇼룸 전시 소식이 와 있었다. 간이치는 미야코가 보낸 메시지를 읽지도 않은 듯했다. 기분이 우울해서 견딜 수 없어 스마트폰 화면을 무심코 내렸다.

"어라, 미야코 씨."

누군가 갑자기 말을 걸어서 놀라 스마트폰에서 고개를 들었다. 환한 미소를 지은 남자아이가 미야코를 내려다보고 있었다.

"······아, 냥 씨."

"이런 우연이 다 있네요! 이런 곳에서 뭐하고 계세요?"

"뭐하다니······, 우동 먹고 있었어."

"혼자서요?"

매우 놀란 표정으로 물어서 미야코는 발끈했다.

그때 그의 일행으로 보이는 남성이 냥 씨에게 영어인 것 같지는 않은 언어로 무언가 말을 걸더니 매장 쪽으로 걸어가 버렸다.

"저분, 혹시 형님이셔?"

"네, 쇼핑 좀 하고 온대요"라면서 냥 씨는 미야코의 맞은편에 앉았다. 예전에 베트남 요리점에서 만났을 때와 헤어스타일이 달라져 있었는데 앞머리가 덥수룩한 버섯머리를 하고 있었다. 요즘 잘나가는 한류 아이돌 같았다. 그것보다도 그가 입고 있는 코트에 눈길이 고정되었다.

"간이치 씨는요?"

"오늘은 친구네 집에 갔어. 아니, 것보다 그 코트 말이야."

냥 씨는 한눈에도 고급스럽다는 것을 알 수 있는 황갈색 모피 코트를 입고 있었다. 만화에 나옴직한 부잣집 마나님 같은 긴 모피 코트였다.

"대단한데? 이거 어디서 났어?"

놀란 뒤에 웃음이 솟구쳐서 미야코는 참지 못한 채 웃음을 팍 터뜨렸다. 홑꺼풀 아시아인 남자아이가 제일 안 입을 법한 스타일이었다.

"좀 웃겨요?"

"아냐. 그 모피 코트, 멋지네! 폭신폭신해 보이는 게."

"이거 근사하죠? 따듯해요!"

"어디서 난 거야? 누가 줬어?"

"구제 옷가게에서 샀어요. 러시안 세이블이라고 한대요."

"세이블을 산 거야?! 처음 봤어. 저기, 만져 봐도 돼?"

"그럼요. 만져 봐요, 만져봐."

미야코가 너무 웃어서 냥 씨도 덩달아 웃기 시작했다.

"좋네. 폭신하면서도 매끈한 게!"

"네, 베트남에선 더우니까 이런 건 못 입잖아요. 입어보는 게 꿈이었어요."

"와, 꿈! 근사하네! 100만 엔 정도 할 것 같아."

"그렇게까진 안 했어요. 절반 정도예요."

"아니! 그럼 50만 엔? 대박! 냥 씨 부자구나!"

웃음보가 터진 미야코는 옆구리를 붙잡고서 데굴데굴 구르며 웃었다. 눈가에 눈물까지 번져 있었다.

"그렇게 마음에 들면 미야코 씨한테 줄게요."

냥 씨는 기분이 상한 기색도 없이 테이블에 양 팔꿈치를 대고 미야코를 싱글벙글 웃으며 보고 있었다.

"못 받아! 아니 필요 없어!"

"저, 베트남에 돌아가게 돼서 이제 이거 필요 없어요."

"어, 그래?"

"네, 둘째 형이 자국에서 하는 사업이 바빠서 돕게 됐거든요."

"아, 그렇구나······."

한바탕 웃고서 잠잠해지자 어째서 이렇게 정신없이 웃어댔는지 갑자기 창피스러운 기분이 들었다. 정서가 불안정해서일지도 모른다고 생각했다.

"일본에 좀 더 있을 거니, 귀국하기 전에 미야코 씨랑 데이트하게 해주세요."

"뭐? 데이트?"

미야코는 놀라서 되물었다. 아무도 없는 푸드 코트에 황당해하는 목소리가 울려 퍼졌다. 냥 씨가 무슨 의도로 말하고 있는지 전혀 이해할 수 없었다. 어딜 어떻게 봐도 열 살 이상은 나이 차가 날 것 같았다.

"연락처, 알려주세요."

그는 스마트폰을 꺼내면서 그리 말했다.

"아."

"안 돼요?"

"그건 아닌데, 나한테 관심 있어?"

"엄청 귀엽잖아요. 제가 좋아하는 타입이에요."

귀엽다는 소리를 듣고 미야코는 눈을 깜박였다.

"다음번에 혼자서 밥 먹을 땐 꼭 저 불러요."

"꼭?"

"제가 쓴 일본어 틀렸어요?"

"아냐, 맞아. 하하하."

푹 꺼져 있던 기분이 그 덕분에 조금 들뜬 듯했다. 미야코는

"슬슬 가야겠다"라며 일어났다. 모피를 걸친 한류 아이돌 같은 냥 씨는 늦은 시간에 위험하다며, 주차장까지 따라와서 차를 몰고 가는 미야코에게 손을 흔들며 배웅해주었다.

그럭저럭 나쁘지 않은 기분으로 집으로 돌아오자 그곳에는 심기가 불편해 보이는 아빠가 기다리고 있었다.

아빠 차는 아직 차고에 없었다. 엄마보다도 아빠와 얼굴을 마주하기가 더 껄끄러웠기 때문에 미야코는 안도했다. 며칠 만에 2층 계단을 올라갔다. 예전에 사둔 캔 츄하이(소주에 탄산과 과즙을 섞은 술)가 아직 냉장고에 있을 터였다. 느긋하게 샤워를 하고 그걸 마시고서 아무 생각 없이 푹 자자.

거실 문에서 빛이 새어나오고 있었다. 엄마가 아직 깨어 있나 보다 싶어 열어 보니, 식탁에 아빠가 앉아 있어서 미야코는 흠칫했다. 아빠는 와이셔츠 차림이었고, 끌러낸 넥타이가 테이블에 내팽개쳐져 있었다. 난방이 몹시 세서 집 안은 오히려 더울 정도였다. 아빠는 미야코 쪽으로 고개를 천천히 돌렸다. 손 언저리에는 캔 음료가 있었다. 눈꺼풀이 몽롱한 것을 보아 조금 취한 듯했지만, 얼굴에 핏기가 없고 새하얬다. 몸 전체에서 피로감이 감돌고 있었다.

"다녀왔어? 늦었네."

아빠는 그리 말하더니 희미하게 웃었다. 왠지 꺼림칙한 느낌이 드는 웃음이었다. 2층으로 올라온 것을 미야코는 몹시 후회했다.

"응, 다녀왔어. 아빠 차 없어서 아직 퇴근 안 한 줄 알았어."

미야코는 자연스러움을 가장해 그리 말했다. 부엌으로 걸어가 냉장고에 손을 뻗었다. 음료를 가지고 서둘러 물러나려고 했다.

"차 문, 심하게 긁혀서 정비소에 맡겼어."

"어, 아빠답지 않게 무슨 일이야? 다치진 않았어? 괜찮아?"

"괜찮아. 당황하기는 했지만."

"운전도 잘하는 아빠한테 이런 일이 생기기도 하구나."

"그러게. 일은 여전히 바빠?"

"세일 끝나서 그렇지도 않아. 그래도 봄 행사가 있으니까."

냉장고를 연 순간 아빠가 말했다.

"아, 미야코가 사놓은 술, 맥주가 다 떨어져서 내가 마셨어. 미안."

테이블 위에 놓인 캔을 들어 올려서 보여주었다. 미야코가 사다놓은 과일맛이 나는 캔 츄하이다.

"괜찮아. 그런데 아빠한텐 너무 달지 않아?"

"아니? 꽤 맛있던데? 아직 한 캔 정도 남아 있지? 너도 마시지 그래?"

"응, 난 샤워하고 나서 마실래. 아빤 안 씻어? 내가 먼저 씻어도 돼?"

미야코는 자연스레 거실을 나가려고 했다.

"오늘 엄마가 말이지."

아빠는 될 대로 되라는 듯한 어투로 말했다. 미야코는 멈춰섰다. 돌아보자 아빠는 테이블에 팔꿈치를 괸 채 무표정하게 미야코를 보고 있었다.

"엄마가 왜?"

"엄마한텐 관심 없어?"

"관심 없을 리가 없잖아. 왜 이상한 소리를 다 하고 그래. 엄마가 왜? 상태가 또 안 좋아졌어?"

심각하게 들리지 않도록 미야코는 밝게 물었다. 등줄기가 뻣뻣해졌다.

"점심이 지났을 무렵이던가 휴대전화가 걸려왔어. 기분이 안 좋아서 일어설 수가 없었대. 혼자 병원에 갔다가 돌아오던 길에 말이야."

"응……."

"역 플랫폼 벤치에 쭉 앉아 있다고 해. 누구든 좋으니 그 주변에 있는 사람한테 말을 걸어, 택시 승강장까지 데리고 가달라고, 하며 달랬는데 계속 울기만 하더라고."

머리 위에서 양동이가 뒤집어져 물을 푹 뒤집어쓴 것 같았다.

또다. 다시 시작됐구나 싶어서 미야코는 멀거니 서 있었다.

엄마가 밖에 나갔다가 컨디션이 나빠져 걸을 수 없다고 연락이 온 건 고향으로 돌아오고 나서 몇 번인가 있었다. 바깥에서 상태가 나빠지면 엄마는 정신적으로 몰려서 패닉을 일으킨다. 미야코는 두 번 정도 일을 빼서 데리러 간 적이 있다.

"죽고 싶다며 울어대니까 회의하다가 빠져나와 데리러 갔지. 그래서 나도 경황이 없었어. 차, 회사 주차장에서 긁힌 거야."

"……엄만 지금은?"

"신경안정제 먹고 자. 내일 아침 일찍 병원에 데리고 갈 생각이고."

"아빠 일은?"

"괜찮아. 내일은 반차 낼 수 있을 것 같으니."

미야코는 무슨 말을 더 해야 좋을지 몰라서 고개를 숙였다. 아빠도 입을 다물고 있어서 긴 침묵이 흘렀다. 난방이 세서 숨이 막혔다. 지금 당장 계단을 내려가 바깥으로 뛰쳐나가고 싶었다.

침묵을 견디지 못해 미야코가 먼저 입을 열었다.

"엄마 최근에 건강해 보였는데……."

"최근? 최근의 엄마 상태, 넌 모르잖아."

아빠가 코웃음 치며 말했다.

"연말 때부터 해서 이걸로 세 번째야. 새벽에 가출해서 찾아다닌 적도 있어. 그때도 넌 집에 없었지. 상태가 나쁘면 집에서 푹 자면 좋을 텐데. 갱년기가 아니라 치매가 아닌지 의심될 지경이야."

아빠는 노골적으로 짜증을 냈다.

"엄마를 같이 간병하겠다고 약속한 건 빈말이었어? 엄마 엄마 하면서 울어댔던 건 일시적인 감정이었냐고. 역시 귀찮아진 거야?"

"그런 거 아냐."

"넌 뭘 위해 회사를 관둔 거니? 본가에서 예전이랑 다름없이 살아가면서 꾸미고 놀러 다니기 위해서였어?"

엄마가 처음으로 자살 시늉을 했던 날, 미야코는 충격을 크게 받아 병원 복도에서 아빠 소매를 붙잡고 울었다. 처방받은 약을 전부 먹고 위세척을 받은 엄마도, 일까지 쉬어가며 헌신적으로 곁을 지켰는데 그런 처사를 겪는 아빠도, 안쓰러워서 어쨌거나 부모님에게 힘이 되어줘야겠다고 생각했다.

신체적, 정서적 양쪽 다 불안정해서 엄마는 잠시 입원했다. 퇴원을 이틀 앞둔 날 밤, 쓰쿠바의 고급 호텔 레스토랑에서 아빠와 단 둘이서 가족회의를 열었다. 그때 아빠에게서 도쿄에서 하던 일을 관두고, 본가로 돌아와 주지 않겠냐는 말을 들었다. 자기 혼자서는, 예를 들어 엄마가 제정신이 아닌 상태로 약을 먹지 않도록 제어하는 게 힘들다며, 지금 자신이 일을 관두면 부부 둘 다 무너지게 된다고, 아빠는 씁쓸한 표정으로 말했다. '나이스 타이밍'까지는 아니더라도 미야코는 '때마침 좋은 기회'라고 생각해서 고개를 끄덕였다. 일을 관두고 싶었다. 관두는 데 합당한 이유가 생겼다는 사실에 안심했다.

"네 인생에 가족이 필요 없다면 앞으로 죽을 때까지 혼자 살아가. 이 집을 나가 결혼해서 새 가정을 꾸린다 해도 넌 무슨 일이 생겼다 하면 도망치겠지."

그렇지 않다는 말이 목구멍까지 나왔지만, 미야코는 어째서인지 꾹 삼켰다. 그렇게 매정하지 않다고 자신 있게 말할 수 없는 자신에게 놀랐다.

아무 말도 못하는 딸에게 아빠는 한숨을 크게 쉬었다.

"사귀는 사람이라도 생겼니?"

미야코는 망설이다가 고개를 끄덕였다.

"나이도 먹을 만큼 먹었으니 남자친구가 있는 건 좋은 일이지. 그런데 괜히 들떠서 네 모든 걸 잊지는 마."

"……"

"그 녀석이랑 결혼할 생각이니? 할 거면 그것도 괜찮지. 한번 데려 와봐."

"결혼까지는 아직 생각 안 해봤어."

"그러니."
아빠는 무표정으로 말을 이어나갔다.
"가망 없는 남자한테 빠져서 시간을 낭비하진 마."

미야코는 엄마에게 최근에 집을 빈번히 비운 것을 사과했다. 엄마는 "네가 사과할 일도 아닌데 뭘"이라고 별다른 기색 없이 말했다.

아빠는 그 후 바로, 매일 저녁식사 재료가 배달되는 서비스를 찾아냈다. 이미 썰려 있는 채소나 고기나 생선이 저녁 무렵에 도착해, 딸려온 간단한 레시피를 따라서 재료를 볶거나 삶기만 하면 번듯한 반찬이 완성되었다. 메뉴를 생각하거나 장을 보러 가지 않아도 되어서 편했다.

휴무일이거나 오전 근무라서 일찍 귀가할 때는 미야코가 그 반찬 키트를 사용해 요리했다. 엄마는 컨디션이 좋으면 직접 하기도 했다.

엄마는 최근에 말수가 부쩍 줄어, 미야코가 컨디션을 물어도 그냥 "괜찮다"고만 하고, 더는 이야기하고 싶어 하지 않았다. 아빠가 일찍 귀가하면 셋이서 식사할 때도 있었다. 아빠도 그 이후부터 미야코에게 아무 말도 하지 않아서 언뜻 보면 집은 예전과 같은 상태로 돌아온 듯했다. 하지만 무난한 이야기를 하며 웃어도 싸한 분위기는 가시지 않았다.

집에 있는 게 너무너무 싫어서 견딜 수 없었다. 그래도 인연을 끊고 싶을 정도로 나쁜 부모도 아니다. 엄마는 병에 걸린 것이다. 병에 걸린 건 엄마 탓이 아니다.

일요일 밤, 간이치와 미야코는 둘 다 오전 근무였기에 쇼핑몰에서 같이 그의 집으로 돌아왔다.

근처에 자리한 정식집에서 저녁을 간단히 먹고, 빨랫감을 가지고 목욕탕으로 향했다. 옆에 있는 동전세탁소에서 세탁기를 돌리고 목욕탕 카운터에서 좌우로 헤어졌다. 얼마 전부터 미야코는 목욕 용품 세트를 간이치네에 두게 되었다.

미야코가 목욕을 마치고 동전세탁소로 갔는데도 간이치는 여전히 나오지 않았다. 그는 목욕을 좋아하는지 탕에 몸을 오랫동안 담그는 모양이었다. 오후 근무 날은 반드시 인터넷 카페에서 샤워를 하고서 출근했고, 세탁도 부지런히 하는 게 의외로 깔끔한 걸 좋아한다. 하지만 목욕비와 인터넷 카페에서 하는 샤워비, 동전세탁소 세탁비를 합쳐서 욕실이 딸려 있고 세탁기를 놓을 수 있는 연립으로 이사하는 편이 저렴하게 치이지 않을까 미야코는 생각했다.

한기가 들지 않게 미야코는 후리스 소재의 옷에 두꺼운 양말을 신고 간이치에게 빌린, 옷깃에 털이 달린 방한용 작업복을 입고 있었는데, 바닥이 콘크리트여서 발바닥이 서늘해 양쪽 발을 의자 위에 올린 채 무릎을 끌어안았다. 건조기 안에서 빙글빙글 돌아가는 옷을 바라보는데, 미야코의 핑크색 실내복도 간이치의 셔츠와 속옷과 더불어 돌고 있었다. 최근에 끌어안고 있던 고민이 눈앞에서 빙글빙글 돌고 있는 듯해서 가벼운 현기증이 느껴져 미야코는 시선을 돌렸다.

"어, 아직 다 안 말랐어?"

그리 말하며 간이치가 들어왔다. 한 손에는 타월과 비누가 담긴 바구니, 다른 한쪽 손에는 하이볼 두 캔을 들고 있었다. 손이 참 크구나 생각하고 있는데, 그가 자, 하고 내밀었기에 "난 됐어" 하고 고개를 가로저었다.

"오미야, 기운이 없는 것 같네. 또 자전공전 하고 있는 거야?"

"딱히."

그만 쏘아붙이다시피 대답했지만, 간이치는 특별히 신경 쓰는 기색도 없었다. 콧노래를 섞어가며 캔 따개를 땄다.

"안 마셔?"

"운전해야 하니까."

"아, 그렇지."

간이치는 어깨를 으쓱했다. 그때 간이치의 스마트폰이 울리기 시작했다. 그는 전화를 받더니 "어, 괜찮아. 잠시만" 하고 둥근 의자에서 일어나려고 했다. 미야코는 반사적으로 소매를 당겼다.

"여기서 통화해도 돼. 바깥은 춥잖아."

간이치는 순간 겁을 집어먹은 듯한 표정을 지었지만, 미야코의 말에 대꾸할 수 없다는 것을 느꼈는지 들었던 엉덩이를 의자로 되돌렸고 등을 지고서 누군가와 이야기하기 시작했다.

"응, 요전번에는 수고했어. 응, 까먹은 물건? 아, 그건 버려도 돼. 응, 그래, 다음 달 말이지? 괜찮아. 쉴 수 있어, 정말 쉴 수 있어. 일이 많이 한가하거든."

잠시 듣고 있는데, 스마트폰에서 새어나오는 목소리는 남자였다. 상대가 무언가 말하고 있었고 간이치는 맞장구를 적당히 치고 있었다. 남자들끼리도 이렇게 수다스럽게 통화를 길게 하는구나 싶었다.

그가 둥글게 말고 있는 등을 바라보면서 미야코는 최근의 자신의 일진이 얼마나 나빠졌는지를 뼈저리게 느꼈다.

직장에도 가기 싫고, 집에도 가기 싫다. 새 남자친구는 다정하지 않은 건 아니지만, 별 생각도 없는 듯하다. 아빠 말을 빌리자면 가망 없는 남자인 걸까.

전화 상대와 폭소하는 간이치를 보며, 이 사람이 좀 더 버젓한 초밥집에서 일해주면 어떨까 싶었다. 또는 적어도 좀 더 출세해서 점장이라든가 지역 담당자라든가 하는 본사 근무를 하게 된다든가 말이다. 이대로 집에 데리고 가면 아빠는 비웃을 테고, 간이치는 딱히 조롱당할 이유도 없는데 비웃음을 사게 되어 화를 낼지도 모른다. 그러면 자신도 상처받을 뿐만 아니라 다른 사람까지도 불쾌한 일을 겪게 될 것이다. 아빠는 옛날에 아사쿠사에 있는 튀김집에 나를 몇 번인가 데리고 가서 그 가게의 요리사를 무척이나 칭찬했다. 그런 생각을 하면 간이치의 일을 그렇게까지 낮춰 보지는 않을지도 모르지만, 그래도 회전초밥집이니…….

거기까지 생각하다 미야코는 자신 위주로 하는 생각에 어처구니가 없어 한숨을 쉬었다. 자신도 아울렛 매장에서 일하는 보잘 것 없는 판매원일 뿐인데 말이다. 내가 할 소린 아닌 듯하다.

결혼을 생각하지 않는다면 간이치는 좋은 연인이다. 하지만 앞으로 결혼을 전혀 생각하지 않고 살아갈 수 있을 것 같지 않았다. 싱글로 평생을 살아간다. 그럴지도 모른다고 생각하면서도 실은 내심 그것을 두려워하고 있었다. 언젠가 부모님이 돌아가셨을 때 형제가 없는 자신은 가족 없이 혼자 나이를 먹어가야 한다. 그런 생각을 하다보면 타협을 해서라도 결혼하고 싶은 게 본심에 가까웠다.

그때 아빠의 저주 같은 말을 떠올렸다. 넌 새로운 가정을 꾸린다 해도 거기서 분명 도망칠 거다. 자기중심적이고 끈기가 없고 배려심이 부족한 자신이라면 정말 그럴지도 모른다 싶어서 오싹해졌다.

간이치가 하는 긴 통화에 귀를 기울이는 것도 질려서 미야코는 목욕 용품 세트가 담겨 있는 에코백에서 자신의 스마트폰을 꺼냈다. 늘 보던 별자리 운세 사이트를 켰다. 다음 주 자신의 운세를 보자 '운명의 사람을 만날지도 모릅니다'라고 쓰여 있었다. 그럼 눈앞에 있는 남자는 운명의 사람이 아닌가 하고 운세 점쟁이에게 따지고 싶어졌다.

스마트폰을 가방이 아닌, 습관적으로 상의 주머니에 넣으려고 하다가 그곳에 무언가 들어 있다는 사실을 깨달았다. 손에 닿은 것을 꺼냈다. 캐릭터가 그려진 유아틱한 무늬가 들어간 봉투였다. 쭉 그곳에 들어 있었는지 봉투 모서리는 닳아 있고 곱게 접혀 있었다.

만져본 느낌으로 내용물이 바로 인화한 사진이라는 사실을 직감했다. 미야코는 생각이 먼저 앞서 간이치에게 등을 돌리고서 닫혀 있는 봉투 내용물을 끄집어내보았다. 예상대로 사진이었다. 몇 장 가운데 제일 위에 있는 사진을 보니 여섯 명 정도가 나란히 찍혀 있었다. 가장 끄트머리에 간이치가 있었다. 공사장 아르바이트를 했는지 모두 작업복 같은 차림에 머리에 타월을 두르고 있었고, 긴 장화의 발 언저리는 진흙으로 더럽혀져 있었다. 한가운데의 두 사람은 흔히 폭주족 사진에서처럼 쪼그리고 앉아 있었고 전형적인 양아치였다. 간이치의 곁에 서 있는 키가 작은 사람은 자세히 보니 여자였다. 마찬가지로 작업복을 입고 있었지만 화장이 짙었다.

알겠어, 다음 달 말이지? 그럼 끊을게, 라고 간이치가 등 뒤에서 말해서 미야코는 서둘러 사진을 봉투로 되돌려놓고 상의 주머니에 넣었다.

"어, 건조기 다 돌아갔네. 가자."

"……응."

"왜 그래? 진짜 기운 없는 것 같네."

"아, 그게, 엄마 상태가 다시 좀 안 좋아져서."

간이치는 건조기에서 옷을 꺼내던 손길을 멈추고 미야코를 돌아보았다.

"그렇구나. 걱정되겠네."

"응, 그렇지 뭐. 앞으로 자주는 못 올 것 같아."

"어쩔 수 없지. 지금 집에 가는 편이 낫지 않겠어?"

"아니, 오늘은 묵고 갈게. 엄마, 오늘은 상태가 안정돼 있으니까. 그리고 아빠도 있고."

"너무 애쓰는 거 아냐?"

"아냐."

간이치는 웃었다. 미야코는 간이치가 뒤죽박죽 집어넣으려고 하는 세탁물을 꺼내서 재빨리 갰다.

"오, 역시 옷 개는 데 프로네."

손을 잡고 동전세탁소를 나왔다. 주차장에 세워져 있던 차를 탔다. 미야코가 시동을 걸자 간이치는 조금 전에 미야코가 마시지 않았던 하이볼을 따서 마시기 시작했다. 간이치는 태풍이 불었던 그날에 운전해준 이후 운전석에 앉으려 한 적이 없다.

조금씩 쌓여가는 위화감에서 시선을 돌리듯이 미야코는 액셀을 밟았다.

그날 밤 간이치가 잠든 후 미야코는 일어나 그의 상의에서 사진이 담긴 봉투를 살며시 빼냈다.

비수기에는 근무 시간표도 자유롭게 바꿀 수 있어서 달력에 적혀 있는 엄마의 통원날에 맞춰 다음 휴무일을 잡았다. 그런데 엄마가 친구인 가시야마 씨와 병원에 가겠다고 해서 놀랐다. 가시야마 씨가 차를 몰고 와서 진찰을 받고 둘이서 영화를 보러 가겠다고 해 더욱 놀랐다. 예전에 한류 사랑이 지극한 그녀를 나쁘게 이야기했는데 어떻게 된 거지?

기운을 다시 차렸나 싶었지만 그렇지는 않았고 말을 걸어도 반응이 무디고 얼굴은 무표정에 부어 있었다. 그런데도 외출복으로 갈아입고 화장을 하고 나갔다.

예상치 못하게 집을 지키게 되어 집 청소를 하기로 했다. 요전번에 아빠에게 들은 말을 떠올리며 자신도 가정을 소중히 여기고 있다는 태도를 표명해야겠다 싶었다. 부엌, 욕실, 화장실을 박박 닦고 계단도 정성을 다해 걸레질했다. 독채를 돌아다니며 청소하는 게 생각보다 버거워 저녁 무렵에는 진이 다 빠져 거실 소파에서 뒹굴었다. 오늘은 아빠도 귀가가 늦어진다고 했다. 집에 혼자 있는 건 드문 일이라서 따분했다.

부모님께서 산 이 집은 젊은 건축가가 설계했다는데 상당히 세련되었다. 하지만 솔직히 우리 집 같은 느낌이 들지 않았다. 이곳이야말로 우리 집이라고 생각되는 거처를 언젠가 마련할 수 있을까.

자신의 방도 청소하려고 내려갔다가 침대 옆 테이블에 놓여 있던 봉투에 또다시 손을 뻗고 말았다. 요전번에 간이치의 상의에서 꺼내온 사진이다. 벌써 몇 번이나 봤는데 다시 꺼내서 보게 된다.

사진 다섯 장은 모두 같은 날에 촬영된 모양이었다. 맨 처음에 본 사진 말고는 여럿이 술자리를 하고 있는 모습이었다. 간이치는 지금보다 조금 앳돼 보였다. 머리가 살짝 길어 앞머리가 이마를 덮고 있었다. 사진마다 하나같이 옆에는 같은 여성이 찍혀 있었다.

어째서 그때 바로 이 사진에 대해 간이치에게 묻지 않았는지 미야코는 후회하고 있었다. 아무 말 없이 가지고 와버렸으니 이것저것 억측하게 되는 것이다.

그때 청바지 뒷주머니에 꽂아 놓았던 스마트폰이 울려서 미야코는 흠칫하고 고개를 들었다. 간이치한테서 온 연락인가 싶어서 보자 점장한테서 온 전화라 인상을 찌푸렸다. 쉬는 날에 오는 연락은 대부분 시원찮은 일이다.

의논하고 싶은 게 있으니 이 사이트를 훑어봐줬으면 한다고 무슨 URL이 첨부되어 있었다. 상품인가 싶어서 페이지를 열었다.

흔한 개인 블로그인 모양이었다. 가장 최신 글에는 팬케이크 사진이 업로드되어 있었다. 뭐지, 하고 고개를 갸웃거리다가 곧바로 도마에게 들었던 안나의 블로그라는 사실을 깨달았다. 휘말리고 싶지 않다, 읽지 말자, 라는 마음도 있는 반면 무슨 글이 쓰여 있는가 하는 호기심을 억누를 수도 없었다.

블로그 글 일람에는 '오늘도 열받았다' '일 진짜 때려치우고 싶다' '상사도 알바생들도 쓸모없는 인간들이다'라는 제목이 나란히 있었다. 하나를 읽게 되자 더 이상 멈출 수 없어서 연달아 글을 읽어나갔다.

등장인물이 이니셜로 쓰여 있어도 자신의 직장이기에 누군지 바로 알 수 있어서 그 장면이 생생하게 떠올랐다. 미야코에 대해서도 '금세 자기랑 상관없다는 표정을 짓는다' '제대로 하는 게 없는 인간'이라고 쓰여 있었다. 안나는 미야코에게 그다지 관심이 없는지 글 자체는 적었다. 업무로 제일 많이 적혀 있는 것은 점장에 대한 험담으로, 그것 말고는 자신이 아울렛에 소속돼 있다는 것이나 회사에 대한 불평불만이 많았다.

저녁을 먹는 것도 잊고서 결국 글을 전부 거의 다 훑어보았다. 미야코는 암담한 기분으로 스마트폰을 껐다.

안나는 의외로 글을 잘 썼다. 시니컬하지만 정곡을 찌르는 유머스러움도 있었다. 이게 모르는 사람이 쓴 글이었다면 동종 업계 사람으로서 흔히 있는 이야기라며 재미있어했을 것이다. 게다가 친구와 놀러간 모양인 놀이공원 사진이나 다른 브랜드에서 구입한 옷을 코디한 사진도 상당히 많았다. 업무에 대한 불만만 늘 생각하며 하루하루를 보내는 건 아닌 듯했다.

안나는 평소에 딱히 불만이 많은 타입이 아니다. 점장이나 MD의 욕을 다른 사람들이 더 많이 한다. 미야코에게도 싱글거리며 대하기 때문에 속으로 그렇게 악담을 해대고 있을 줄은 꿈에도 몰랐다.

업무 내부 사정을 인터넷에 쓰는 건 이 업계에서는 금기사항이다. 몰랐다, 안 들킬 줄 알았다로 끝나지 않는다. 만약 회사에 알려지면 무언가 처벌을 받게 될 것이다.

이튿날 점장의 제안으로 점심을 같이 먹었다. 아침부터 진눈깨비가 섞인 비가 내리고 있어서 쇼핑몰은 오싹할 만큼 고객이 없었다. 봄 리뉴얼을 맞이해 푸드 코트는 3분의 1 정도 가게가 닫혀 있어 점심인데도 텅텅 비어 있었다.

점장은 안나의 블로그를 두고 딱히 화를 내지 않았다. 그녀가 쓴 험담보다도 번거로운 일을 떠안게 되었다는 사실이 귀찮고 불쾌한 기색이었다.

"정말이지 이 짓도 못해먹겠다니까."

점장은 벌레라도 씹은 듯한 표정으로 말했다.

"내가 대놓고 꾸짖어도 그 앤 반발할 게 뻔해."

"설마요."

"차라리 관둬줬으면 하는데 억지로 관두게 못하잖아. 알바가 아니니까."

"……그러게요."

정직원이라는 건 역시 보호받는 존재구나, 하고 미야코는 생각했다. 분명 이쯤 되는 일로 사직까지는 가지 않을 테다.

"요노 씨가 넌지시 말해주면 안 될까?"

"네?"

"도마 씨도 그랬잖아. 요노 씨를 제일 신뢰하고 있는 것 같고."

"그런데 제가 말하면 사태가 괜히 더 복잡해지지 않을까요?"

"흠, 동료한테서 은근슬쩍 주의받는 편이 그 애도 난리를 피우지 않지 않을까."

"좀 어려울 것 같아요."

"도마 씨도 일을 되도록 시끄럽게 만들지 말라고 하더라고."

눈치를 살피듯 말하는 점장의 표정을 보고 미야코는 어렴풋이 느끼고 있던 사실에 확신을 가졌다. 아무래도 점장은 진심으로 도마에게 마음이 있는 것이다. 반사적으로 역겹다고 생각했다.

"그런데 지역 담당자니까 그거야말로 도마 씨가 해야 할 일이 아닌가요?"

"흠, 근데 도마 씨, 지금 정말 바쁜 것 같아. 되도록 매장 내에서 해결하는 편이 낫지 않을까 싶은데."

"예전 MD는 점원 사이에서 일어나는 문제도 잘 보살펴줬잖아요."

"그랬지. 그래도 도마 씨는 엘리트니까 사정이 다르잖아. 쓰쿠바점 리뉴얼도 겹쳤고 회의에 나가는 횟수도 다를 거야. 임원이랑 골프도 치러 가나 보더라도. 금방 승진할 것 같아."

전혀 답 같지도 않은 대답에 미야코는 아연실색했다. 점장은 뺨을 붉히며 10대 소녀처럼 교태를 부리고 있었다.

두 사람이 바람이 났는지 아닌지는 모른다. 다만 점장이 일방적으로 열을 올리고 있는 것처럼 느껴지지만, 어찌됐거나 도마는 이 뒷담화를 좋아하고 기분파인 점장에게 마음이 있는 척해서 능수능란하게 컨트롤하고 있을지도 몰랐다.

"저기, 부탁이야. 조금이라도 말해주면 안 될까? 만약 잘 해결되면 이 신세 꼭 갚을게. 정직원이 되고 싶으면 인사부 사람도 소개시켜주고 추천 서류도 써줄게."

이게 대체 뭔가 싶었다. 이건 바로 일종의, 직장상사가 권력을 남용하는 것이지 않은가. 무슨 소릴 해도 소용없다는 생각에 미야코는 힘이 빠졌다.

오랜만에 도쿄로 향하고 있었지만, 미야코의 기분은 설레지 않았다.

예전 매장에서 같이 일하던 여자아이가 이직한 새 브랜드에서 쇼룸 전시회가 있다고 초대를 해주었다. 요즘 들어 기분이 가라앉기만 해서 오랜만에 꾸미고 도시 공기를 만끽하려 했지만, 집을 나서기 전부터 미야코는 풀이 죽었다.

최근에 유니폼인 매장 옷밖에 사지 않아서 본래 자신이 좋아하는 천연 소재의 옷 신상을 구입하지 않았다. 옷장에 있는 걸로 이것저것 바꿔가며 코디를 해봤지만, 느낌이 오지 않아서 어쩔 수 없이 온통 검정 일색인 차림으로 집을 나섰다. 세일할 때 구입한 검은 고급 브랜드 원피스를 입고 머리를 뒤로 묶으면 의류업계에 종사하는 사람이 바쁜 틈을 내서 온 것처럼 보일 것이다.

전철을 연달아 갈아타고서 지하철인 오모테산도역에서 지상으로 나가자 한때 익숙하고 친숙했던 거리 공기에 휩싸였다. 전시장은 뒷골목에 있는 오래된 상가 빌딩 3층에 있었고, 엘리베이터도 없는 그 빌딩 계단을 올라가자 때마침 문을 열고 나온 친구와 마주쳤다.

"미야코!"

그녀가 환하게 웃으며 달려왔다.

"와줘서 고마워! 일부러 이렇게 다 와주고!"

"린코, 오랜만이야. 초대해줘서 고마워."

"바쁠 텐데 미안. 와줘서 너무 기뻐."

그녀와 한때 아침부터 밤까지 같이 일하고 가족보다 연인보다 친밀한 시간을 보냈던 것을 떠올리자 그리움이 솟구쳤다.

"저기 말이야, 1시간 정도만 지나면 나갈 수 있으니 차라도 마시자. 시간 돼?"

"그럼. 오늘은 휴무이니까."

"지금 때마침 사람들이 빠져나간 차니까 천천히 둘러봐."

그녀에게 이끌려 안으로 들어갔다. 그리 넓지 않은 공간이었다. 밖으로 드러난 콘크리트벽에 노출된 배관, 근사한 창틀이 멋스러운 분위기를 자아내고 있었다. 선반에는 색상이 선명한 옷이 느슨하게 걸려 있었다. 매장이 아니라서 디스플레이를 꼼꼼하게 하지는 않았지만 근사하게 장식돼 있었다. 아울렛에 빽빽하게 걸려 있는 옷에 익숙해져 있어서 미야코는 넋을 놓고 있었다.

"어른스러워. 광택이 엄청나네."

"응, 절반 정도는 실크거든."

금속성의 금은빛 실이 들어가 있는 것도 아니고 스팽글도 비즈도 달린 게 아닌데 보는 옷마다 큼직하게 뚫린 창에서 비쳐 드는 보드라운 햇살을 받아 반짝이고 있었다. 싼티가 전혀 나지 않았다.

그녀는 다른 직원에게 불려 창고로 갔다. 미야코 자신 말고 고객이 세 명 정도 있었고 모두가 세련된 차림을 하고 있었다.

미야코는 혼자서 천천히 전시된 옷을 보았다. 정성스러우면서도 타협하지 않고 만들어진 옷이 예술 작품 같았다.

자신의 체형과 이미지에 어울릴 법한 원피스 하나를 발견해 이거라면 비싸도 갖고 싶다는 생각을 하며 미야코는 가격표를 보았다. 그리고 얼어붙었다. 자신의 매장에서 파는 것보다 자릿수가 하나 더 많았다.

바로 따라갈 테니 먼저 가 있으라고 린코가 말해서 근처 편의점에서 잡지를 넘기고 있었지만, 그녀는 좀처럼 나타나지 않았다. 분명 엄청 바쁜 모양이다. 역시 이제는 가야겠다 싶었을 때 투명한 자동문이 열리더니 린코가 달려왔다.
"미안, 정말 미안."
"바쁘지? 나야말로 미안해. 그냥 갈 테니까 신경 쓰지 마."
"30분 정도 자리 비운다고 했으니 괜찮아. 나도 여기서 뭐 먹어도 돼?"
"그럼."
둘이서 취식 코너에 앉았다. 그녀는 미야코마저 놀랄 만큼 옷에 돈을 쏟아 붓기 때문에 늘 돈에 허덕여 스타벅스조차 들어가지 않는다.
"지금 안 먹으면 언제 먹을 수 있을지 몰라. 미안."
"힘들겠네."
"그렇지 뭐. 입사한 지 얼마 안 됐으니 어쩔 수 없지. 제일 막내니까."
린코는 검은색 니트에 검은색 스키니진으로 미야코와 마찬가지로 전신이 새까맸지만, 성실히 일하는 사람의 열기가 흘러 넘치고 있었다.
"홍보팀이지? 대단해."
그녀는 삼각김밥을 정신없이 먹으며 고개를 저었다.
"이름만 홍보팀이야. 회사가 작아서 온갖 심부름이랑 사무랑 육체노동까지 해!"

투덜거리는 것치고는 즐거워 보였다.

"이번에는 꽤 성숙한 브랜드로 갔네."

"응, 타깃이 40대 전후니까."

그녀는 미야코가 점장으로 지낼 때 매장으로 전직을 와 2년도 지나지 않아 또다시 전직했다. 고용된 입장인데도 어딘가 '야무지게 일해내는' 분위기를 가진 아이였고 당당했다. 동갑이기도 했지만, 점장인 미야코에게 거침없이 말했다. 하지만 나쁜 의도 없이 솔직한 것이었다. 미야코는 어느새 그녀와 친해져 그녀를 의지하게 되었다.

"조금 전에 빨강 여름 원피스, 유심히 봤지?"

"아, 더 봤다간 살 뻔했잖아."

"가격 괜찮게 나왔어. 가지고 싶으면 연락해. 이집트 섬유목화라서 탄력도 있고 부드러워서 좋아. 그런데 미야코가 원피스를 다 갖고 싶어 하다니 별일이네. 남친 생겼어?"

"응? 왜?"

"왜냐니, 저런 건 데이트 때 입잖아."

그렇다. 만약 조금 전의 원피스를 샀다면 자신은 그걸 언제 어디서 입을 작정이었을까. 미야코의 눈동자가 흔들렸다. 그런 옷이 필요했던 건 예전 남자친구와 사귀고 있었을 때다. 고급 레스토랑이나 리조트에 갈 때 필요한 옷이다.

"그러고 보니 와타나베 씨, 도쿄로 돌아왔대."

그녀도 같은 타이밍에 미야코의 옛 연인을 떠올렸는지 그 말을 꺼냈다. 미야코는 대답할 타이밍을 놓쳤다.

"아, 쓸데없는 정보지, 미안."

"괜찮아. 어떻게 지내나 싶었는데."

미야코는 어색하게 웃었다.

"그래? 그쪽 회사 관두고 예전 회사 총무가 뭔가로 돌아온 것 같더라고. 연줄이 있으면 다르긴 다르네. 무슨 낯짝으로 돌아왔는지 뻔뻔해."

"그러게."

"간사이에서 맛있는 걸 너무 먹어대서 엄청 불어서 왔대."

"사람이?"

"배 둘레 말이야."

미야코는 웃었다.

"미야코는 최근에 어때? 아울렛에서 일하지?"

"응. 왠지 골치 아픈 일들만 생기고 있어."

"그 심정 이해해. 나도 그래."

린코는 손목시계에 시선을 떨어뜨리더니 이제 일어나야 하는지 안절부절못했다.

기껏 아오야마까지 갔으니 여러 매장을 둘러보자, 우리 동네에는 없는 카페에서 저녁도 먹고 돌아가자 싶었는데 미야코는 그럴 마음을 완전히 상실하고 말았다.

지하철을 타고 우에노역에서 내려 귀가하는 사람들로 붐비는 지옥철이 되기 전에 비어 있는 조반선을 탔다.

미야코는 멍하니 차창에 시선을 던졌다.

오랜만에 옛 연인이던 와타나베의 이야기를 들었다. 달리 기분이 상하지는 않았지만, 도쿄에 돌아왔다는 소리를 듣고 역시나, 하는 허탈감이 들었다.

살집이 조금 있고 사람이 괜찮아 보였다. 대범해 보였다. 첫사랑인 고등학교 선생님과 조금 닮았었다.

부잣집 도련님이었다.

부자는 돈이 드는 생활을 하고 있다. 그런 당연한 사실을 아는 교제였다.

독신이었지만 미야코에게 결혼에 대한 의사를 비춘 적이 없었다. 인기가 없다고 타령했지만, 어울려 노는 여자는 그 외에도 있었다.

지진이 심하게 일어나고서 비상사태를 두려워하며 회사를 관두고 간사이로 가버렸다. 미야코는 같이 가겠냐는 소리도 못 들었다.

주택이나 아파트만 펼쳐져 있던 창밖에 어느새 초록의 비율이 늘어났다. 이윽고 석양을 받아 노을빛으로 물들어가는 커다란 컵라면 조형물이 시야로 들어왔고 뒤로 흘러갔다. 그 컵라면으로 유명한 식품공장을 지나면 이바라키현으로 마침내 돌아왔다는 느낌이 든다.

오늘 눈에 담아둔 원피스는 아마 와타나베의 취향인 듯했다.

지금의 자신에게는 업무 유니폼 말고는 청바지와 셔츠만 있으면 된다.

옷에는 그 옷을 입을 필요성이 요구된다. 만약 멋진 옷이 좋아서 그게 입고 싶다면 그런 옷을 입을 필요가 있는 생활을 하는 수밖에 없다. 린코처럼 고급 브랜드 세계에 뛰어든다든가, 근사한 옷과 어울리는 연인을 만든다든가.

미야코는 엄청난 권태로움에 눈을 감고 한숨을 쉬었다.

그날 밤 미야코는 옷장 정리를 했다.

필요한지 아닌지 하는 시점에서 생각하면 비집고 들어가 있는 옷이 모두 빛바래 보였다. 전부 자신이 음미해가며 좋아서 산 것인데 급속도로 쓸모없어 보였다.

몽땅 내다버리고 싶은 욕구를 억누르고서 우선 업무에 필요한 옷만 골라냈다. 그것 말고 다른 옷은 대형 쓰레기봉투에 계속해서 쑤셔 넣었다.

비싼 옷도, 너무 좋아서 자주 입었던 옷도, 추억이 담긴 옷도 제대로 개지 않고 쌓아갔다. 비닐봉투를 부엌에서 가지고 와서 명백하게 값나가지 않을 법한 저렴한 옷이나 알록달록한 숄이나 스타킹도 뭉쳐서 집어넣었다.

스위치가 켜지자 멈출 수 없었다. 무언가에 화풀이를 하는 듯한 심정으로 옷이 담긴 봉투를 몇 뭉치나 만들었다.

침대 밑에 신발장에 미처 다 들어가지 않았던 신발이 잔뜩 놓여 있어서 그것들도 쓰레기봉투에 담아가고 있을 때 방 안에 전자음이 울렸다.

흠칫 고개를 들었다. 스마트폰을 들고 보니 간이치가 보낸 라인(LINE)이었다.

'아직 안 자?'

어, 아직 잘 시간이 아닌데 싶어서 시계를 보자 자정이 진즉에 지나 있었다. 계속해서 착신음이 울렸다.

'오미야, 잠시 창문 좀 열어봐.'

의아해하며 커튼을 걷어 창문을 살짝 열었다. 차가운 밤공기가 불어 들어와 얼굴에 닿았다. 실눈을 뜨자 대문 기둥 건너편에 자전거를 탄 간이치가 있어서 말문이 막혔다.

히죽히죽 웃으며 손을 흔들고 있었다. 취한 모양이었다.

"좀! 뭐 하는 거야?!"

목소리를 낮추고서, 하지만 고함을 지르다시피 말했다. 자전거를 대강 세워두더니 그는 가뿐하게 문을 넘었다. 뻔뻔한 도둑고양이처럼 정원을 가로질러 미야코의 방에 다가왔다.

"오미야, 들여보내줘."

"무슨 소리야, 바보 아냐?!"

"큰 소리 내면 부모님 깨셔."

"너 우리 아빠한테 걸리면 죽어!"

이쪽으로 다가온 간이치는 먼지를 쓸어내는 창문용 밖에 만들어진 작은 테라스에 훌쩍 올라와 어느새 신발을 벗었다. 그러더니 미야코의 곁을 스쳐지나 마술처럼 방 안에 섰다. 술 냄새와 인간 수컷의 활기에 압도당했다.

"여기가 오미야의 방이구나."

"목소리, 목소리 낮춰."

"보고 싶었어."

그에게 안기자 놀랍고 당혹스러웠지만, 역시 솟구치는 듯한 기쁨에 휩싸였다. 뺨에 간이치의 차가운 가죽점퍼의 감촉을 느끼면서 자신도 이 남자를 만나고 싶었다는 사실을 통감했다.

"보고 싶었다고 할까, 하고 싶었어."

"이 멍청아! 나가 죽어!"

"어라, 오미야, 이사해?"

바닥을 채우다시피 놓인 대량의 봉투를 가리키며 그가 말했다.

"음, 미니멀라이프."

"흐음."

미야코는 불을 끄고 간이치를 끌어당겨 웅크리게 하고서 머리끝에서부터 깃털이불을 뒤집어썼다.

"오, 한 번 할까?"

"착각하지 마! 부모님한테 들키면 진짜 장난 아니거든?"

둘 다 자그맣게 웅크리고 무릎을 끌어안고서 이불을 뒤집어쓴 채 어깨를 맞댔다.

"꽤 마셨나보네."

"아니. 이제 다 깼어."

"거짓말."

속닥속닥 이야기하고 있으니 이불 안이 바로 따스해졌다. 간이치의 냄새가 충만해 있었다.

"오미야, 어디 가자."

"어, 지금?"

"아니. 4월이 되면."

"난 3월이 더 한가한데."

"우리 가게, 3월 말로 폐점된대."

"뭐?"

"4월부터 무직이라서 나 한가하거든."

그가 하는 말에 담긴 의미가 머릿속에 들어오지 않아서 미야코는 이불을 뒤집어쓰고 새까만 시야 안에서 눈을 크게 떴다.

"응? 그래서?"

"그러니까 가게가 없어진다니까."

"그럼 일은?"

"해고지 뭐. 일단 퇴직금이 조금 나오긴 해. 조만간 다음 일

찾을 거야. 그런데 나 중졸이라서 취직하기가 힘들어."

하하하, 하고 작게 웃은 후 기대어오는 그의 어깨에 담긴 무게가 더 묵직해졌다. 아무래도 꾸벅꾸벅 졸기 시작한 모양이다.

중졸이구나. 무직이구나.

아, 그렇구나, 하고 미야코는 중얼거렸다. 간이치는 쌔근쌔근 숨소리를 내고 있었다.

4

 갱년기장애는 병일까, 병이 아닐까.

 모모에는 자신의 컨디션 저하를 갱년기장애라고 진단받았을 때 남편과 딸이 "병이 아니라서 다행이야. 한시름 놨어"라고 한 말을 입 밖으로 꺼낸 적은 없지만 마음속 깊이 간직하고 있었다.

 위로할 심산으로 한 말이겠지. 하지만 그 말은 매일 죽고 싶다고 생각하게 하는 컨디션 저하를 기분 탓이라고 부정당한 느낌이 들었다.

 지금은 이제 남편도 딸아이도 모모에를 '병이 아니라'고 생각하지 않는다는 건 안다. 하지만 가족들이 자신의 병을 왠지 모르게 가볍게 치부하는 것도 모모에는 알고 있다.

 갱년기장애는 길어지고 있었다.

 모모에는 여성으로서의 지식을 다소 가지고 있었다. 심한 사람도 가벼운 사람도 있고 증상이 거의 없는 사람도 있다. 하지만 이렇게까지 일상에 지장을 초래하리라고는 생각지도 못했다.

 언제쯤 끝날까.

 남편의 얼굴에도 딸아이의 얼굴에도 늘 그렇게 쓰여 있다.

 모모에 자신도 언제 끝날지 매일같이 생각한다. 평생 지속되지 않으리라고 자신을 타이르지만, 갱년기장애에 동반되어 발생하는 우울증이 그대로 노인성 우울증으로까지 이어진 예를 잡지에서 읽고 등줄기가 얼어붙었다.

컨디션이 좋을 때도 있다. 멀리서나마 출구의 빛이 조금 보여 이제 곧 끝난다며 안도하다가도 그다음 주에는 최악의 몸 상태가 되어 일어날 수 없을 때도 몇 번씩 반복되고 있었다.

간단한 집안일조차 제대로 할 수 없다. 만약 직업을 가지고 있었더라면 분명 계속 일하지 못했을 것이다. 일하지 않아서 다행이다 싶었다. 그렇게 생각한 바로 다음에, 아니 직업이 있어서 제 힘으로 돈을 벌었더라면 얼마나 다행이었을까, 하고 마음을 고쳐먹었다.

자신이 저축한 돈으로 치료에 전념했더라면 이렇게까지 비참한 경험을 하지 않아도 되지 않았을까. 하지만 후회한들 이미 돌이킬 수 없는 나이가 되었다.

마음은 짙은 안개 속에서 교착하고 있어도 바깥 시간은 째깍째깍 나아가서 다시 봄이 찾아왔다.

딸아이가 운전하는 차 조수석에서 벚나무 가로수를 올려다보았다. 꽤 지고 말아 벚나무에 어린잎이 나 있었다.

병원에 혼자 간다고 했는데 기껏 엄마의 통원날에 맞춰 휴무를 받았다며 오늘 아침에 딸이 생색내듯이 말했다. 하지만 차를 타고 가면 편한 게 사실이다. 환절기에는 얼굴이 화끈거리거나 현기증이 심해지고 그럴 때 택시를 타면 멀미가 난다.

모모에는 운전면허를 가지고 있지 않았다. 전문대에 다니던 시절, 같은 학년 학생들과 마찬가지로 자신도 면허를 따려 했더니 아버지가 위험해서 안 된다고 막았다. 쇼와 한 자릿수 시대(1926~1935년)에 태어난 아버지는 운전은 남자나 하는 거라는 가치관의 소유자였다. 아르바이트도 금지였기에 부모님이 비용을 대주지 않으면 학원에도 못 다녔다.

결혼했을 때 남편도 모모에가 운전면허증을 가지고 있지 않다는 것에 대해 별다른 소리를 하지 않았다. 자신의 엄마가 그러했듯 어딘가에 갈 때는 버스를 탔고, 무거운 것을 살 때는 휴일에 남편에게 차를 얻어 탔다. 시골 버스는 배차되는 차량이 적어서 멀리 돌아갔고, 남편이 반드시 흔쾌히 장을 보는 데 따라가 주는 것도 아니지만, 그리 많이 곤란할 정도는 아니었다. 늘 누군가의 조수석에 앉아 있는 게 당연하다고 생각했다.

모모에는 몸 상태가 나빠지고서 오히려 가족에게 부탁하기가 어려워졌다. 아무 일도 없었을 때 더 태연히 이것저것 부탁할 수 있었다.

운전하는 딸아이의 옆모습을 훔쳐보았다. 심드렁한 표정으로 핸들을 쥐고 있었다. 엄마와 병원에 가는 게 즐거운 일이 아니라는 건 분명하지만, 그 때문만이 아니라 최근 들어 침울해하는 듯했다.

신호를 받아 멈추더니 고개를 귀찮은 듯 돌리고 좌회전해서는 한숨을 쉬었다.

요즘에는 쉬는 날에도 직장에서 전화가 걸려오는 일이 늘어서 작년에 생긴 남자친구와 만나는 횟수도 줄어든 모양이다.

봄인데 모녀 둘 다 짜증이 나 있구나 싶어서 모모에는 쓴웃음을 지었다.

딸에게 남자친구가 생겼다는 건 바로 알아차렸다.

눈에 띄게 들떠 있었고 귀가가 늦어지는 일이 잦아졌으며 이윽고 외박까지 하게 되었다.

고등학생 때 딸이 물리 선생님을 좋아한다고 해서 밸런타인에 초콜릿 케이크를 만드는 것을 도왔다. 선생님 사진을 보여주었는데 머리가 덥수룩하고 조금 통통해 보이는, 시원찮은 남자라서 놀랐다. 이 아이는 자신의 패션에는 깐깐한데 상대에게는 그걸 요구하지 않는다는 데 놀라서 자신도 모르게 웃어버렸다.

그 후 미야코는 독립을 했고 누가 좋아졌다든가 교제하는 상대가 있다는 이야기를 들은 적은 없었다. 연애하는 티는 났지만, 딸에게 남자친구를 소개받은 적은 한 번도 없었다.

2월에 처음으로 딸아이의 남자친구를 보았다.

요즘 들어 밤중에 집 주변에서 자전거 소리가 들린 적 있어서 커튼 틈으로 내다봤더니 문 앞에 자전거에 걸터앉은 젊은 남자가 있었던 적이 여러 번 있었다.

수상한 사람인가. 남편에게 말하는 편이 나을까 싶었다.

그날 밤에도 잠자리에서 몸을 여러 번 뒤척이고 있는데 창문 밑에서 자전거 브레이크 소리가 희미하게 들렸다. 일어나 작은 창문을 살며시 열었다. 현관이 바로 밑에 있고 외등이 비추고 있었기에 형체가 또렷이 보였다.

예전에도 본 호리호리한 젊은 청년이었다. 그 청년이 자전거를 세우더니 갑자기 날렵한 몸놀림으로 문을 뛰어넘어서 놀랐다. 신고를 해야겠다며 휴대전화를 다급히 찾았다. 그러자 딸아이의 목소리가 들렸다.

"너 우리 아빠한테 걸리면 죽어!"

억누른 목소리였지만 확실히 그렇게 들렸다. 그리고 청년이 딸아이의 방에 들어가는 기척이 났고 주변이 조용해졌다.

열어놓은 창문에서 냉기가 방으로 숨어들었다. 모모에는 남자가 딸의 연인이라는 사실을 이해했다.

발소리를 내며 계단을 내려가면 남자가 놀라서 돌아갈지도 모른다고 생각했지만, 창을 닫고 침대로 기어들어가 눈을 감았다. 남편은 한 번 잠이 들면 어지간한 일이 아니고선 깨지 않기 때문에 분명 알아차리지 못했을 것이다.

조만간 딸이 집을 다시 나가겠다는 생각이 들었다. 그건 늙어서 호르몬의 균형이 깨지는 것과 마찬가지로 생물이 살아가는 과정으로써 어쩔 수 없는 일이다.

하지만 남편은 그렇게 생각하지 않을 듯했다.

정신과는 여전히 기다려야 한다. 환절기라서인지 평소보다 환자가 더 많은 듯했다.

컨디션이 망가지기 시작했을 무렵에는 내과, 이비인후과, 한의원 등 수많은 병원에 다니고 있었지만, 지금은 다른 병원의 부인과와 이 정신과 두 개로 좁혀서 다니고 있다.

뭘 그렇게 보고 있는지 곁에서 딸은 스마트폰을 내내 만지작거리고 있었다. 두 시간 가까이 기다렸다가 가까스로 이름이 불려 진찰실로 들어갔다. 뒤에서 따라온 딸은 "잘 부탁드립니다"라고 의사에게 인사만 하고 문밖으로 나가버렸다.

의사와 둘이서 딸의 등을 시선으로 배웅했다. 흰머리를 거의 승려에 가깝게 깎은 주치의가 그 머리를 자신의 손으로 슬쩍 어루만지더니 "따님이 왠지 어두워 보이네요"라고 말했다.

모모에는 어깨를 으쓱하며 살짝 웃었다. 의사도 씨익 웃었다. 왠지 모르게 공범이 된 듯했다.

"그런가 봐요. 연애랑 일이 힘든가 봐요."

"혼자 끙끙 앓는 타입인가 보네요."

"네, 오늘도 저 혼자 가겠다는데 바래다주고 말이죠."

"이제 안 와도 된다고 했는데. 어머니한테 응석을 부리고 싶은가 보죠."

모모에는 고개를 갸웃거렸다. 오히려 이쪽이 딸에게 응석을 부리는 느낌이었는데, 그랬었나.

"그래서 최근에는 어떠신가요? 잠은 좀 주무시나요?"

"잠은 여전히 설쳐요. 그런데 아침 일찍 깨는 건 줄었어요. 오히려 점심까지 못 일어난다고 해야 할까요."

의사는 그렇군요, 하고 고개를 끄덕였다.

"식욕은요?"

"있을 때도 있고 없을 때도 있고요."

"다른 증상은 어떠신가요?"

"무기력함은 여전해요. 두통도 구역질도 나고요. 꽤 따뜻해져서 피가 솟구치기도 해요. 땀이 난 후에 한기가 심하게 들어서 몸이 떨리기도 하고요. 미열도 좀처럼 내려가질 않아요. 몸 상태는 그렇다 쳐도 짜증이 좀 조절이 안 돼요. 그리고 왠지 아랫배가 아파서……."

연달아 원인 불명의 증상을 호소하는데도 의사는 표정을 바꾸지 않고 듣고 있었다.

모모에가 이 의사에게 호감을 가진 것은 이야기를 가로막지 않아서였다. 실은 그 정도로 진지하게 듣지 않는다는 건 알고 있다. 도움되는 조언도 딱히 해주지 않았고, 약도 바꾼 보람이 없었다. 하지만 하소연을 마지막까지 가로막지 않는 의사는 드물다. 그래서 환자가 많아 붐비는 듯했다.

"그렇군요. 그랬었군요"라며 진료 기록 카드에 줄줄이 기입해나갔다. 책상 위에 컴퓨터가 있지만, 이 의사는 수기로 진료 기록 카드를 쓴다.

"약은 이번 달에도 이대로 쭉 가도록 하죠."

의사는 무난하게 미소 지으며 말했다.

진찰이 끝나고 약을 타고서 딸아이를 따라 차로 스타벅스로 갔다.

달콤한 음료와 케이크를 사서 마주했다. 조금 전에 의사에게 장황하게 원인 불명의 증상을 하소연했지만, 오늘은 비교적 컨디션이 좋다. 카페 의자에 앉아 있을 수 있을 정도라면 모모에로서는 상당히 긍정적인 상태라고 볼 수 있었다.

작년에 이 가게에 딸과 같이 왔을 때 기적적으로 몸 상태가 좋았다. 이제 이대로 좋아지기만 한다고 착각할 만큼 기분이 화창했다. 그 후 바로 미끄러지다시피 몸 상태가 급락했다. 자신도 미야코도 그때 느낀 낙담이 컸다.

딸과 핑크색 케이크를 나눠서 절반씩 먹었다.

"사쿠라 시폰 케이크면 벚꽃이 반죽돼 있으려나."

미야코가 진지한 얼굴로 말해서 모모에는 웃었다.

"벚꽃에 맛이 날 리가 없잖아. 게다가 이런 복숭아색도 아니고."

입술을 삐죽대며 딸은 얼른 스마트폰을 검색했다.

"아, 진짜 벚꽃이랑 잎을 사용한다고 나와 있어."
"어머, 그래?"
"위에 놓여 있는 건 벚꽃 소금절임이래."
"어머, 어느 거 말이야?"
작은 복숭아색 덩어리를 입에 넣었다. 그리운 짠맛이었다.
"벚꽃 소금절임 오랜만에 보네. 결혼식 때 대기실에서 벚꽃차를 대접받은 게 생각나."
"엄마 결혼식 말이야?"
"그럼 당연하지."

타인과 음식을 나눠먹기 꺼려지지만, 역시 딸과는 그런 게 아무렇지도 않아서 편하다. 한때 자신의 뱃속에 있었고 태어나서부터는 침이나 배설물도 손으로 직접 만졌다. 하지만 반대는 어떨까. 자신이 더 늙어 알츠하이머나 병으로 자리보전하게 된다면 딸은 엄마의 그것을 지저분하다고 생각하지 않고 돌보아줄까.

딸은 여전히 한숨을 쉬었다. 침울한 표정으로 창문에 시선을 돌리고 있었다.

병원에 따라와 줄 때의 딸은 당연한 소리지만 딱히 치장하지 않고 청바지 차림을 한다. 머리에 쓴 형광 오렌지색의 커다란 방울이 달린 니트모자가 눈길을 끌지만 연령을 고려한다면 어떤가 싶다.

20대 초반 정도일 때 미야코가 모리걸 패션이라고 할까, 풍성한 비현실적인 옷차림을 하고 있을 무렵, 부모라서가 아니라 정말 사랑스럽게 느껴졌다. 동그란 얼굴 윤곽에 조금 먼 양쪽 눈, 희미하게 흩어져 있는 주근깨, 오동통한 뺨과 입술. 그리고 보드라운 곱슬머리가 서양식 복장과 절묘하게 어울려서 그림책에서 튀어나온 듯했다. 미인이 아니라는 점에서 오히려 귀엽게 느껴져 잡지의 길거리 모델 사진 같은 것에도 몇 번인가 실렸다.

하지만 서른이 가까워지자 그 인형 같은 느낌이 옅어져갔다. 지금도 가끔 동화 속 소녀 같은 패션을 하고 외출하지만 예전만큼 이젠 어울리지 않는다. 일이라서 입고 있는 회사원 같은 차림이 더 그 나이대의 성숙함을 드러냈다.

"최근엔 어때?"

딸이 늘 엄마에게 묻는 질문을 모모에 쪽에서 말해보았다. 딸은 의아한 듯 눈을 동그랗게 떴다.

"어떠냐니? 뭐가?"

"일 말이야."

"음, 그냥 평범해."

말해봤자 모르잖아, 하는 표정이다.

"그러고 보니 엄마. 소요카, 기억해? 어릴 적 소꿉친구였던."

"아, 고지마 씨 댁의 따님?"

"응, 작년에 우연히 만나서 최근에 다시 어울리게 됐거든."

"어머 그래?"

"그래서 다음 주에 소요카랑 온천에 가자는 말이 나왔는데."

그쯤에서 딸아이는 한 박자 뜸을 들이고 부자연스럽게 눈길을 피했다. 모모에는 그 사실을 알아차리지 못한 척했다.

"온천 좋네. 어디로 가려고?"

"나스 쪽으로 갈까 싶어."

"어머 근사하네."

남자친구랑 가는구나, 하고 모모에는 직감했다. 뭐가 그러고 보니람. 말할 계기를 조금 전부터 찾고 있었겠구나 싶었다.
　"괜찮네. 다녀와."
　딸은 안심한 듯 미소를 지어보였다.
　모모에는 융통성 있는 엄마였다. 딸이 무언가를 하겠다고 했을 때 전적으로 반대한 적이 한 번도 없었다. 고졸로 일하는 것도, 독립하는 것도 남편과 달리 모모에는 반대하지 않았다. 자신의 엄마가 엄격한 사람이었기에 자신은 그렇게 되지 않겠다고 다짐했다. 하지만 이제 와서 이렇게 해온 게 정말 괜찮았나 싶다.
　딸의 관심을 끌기 위해 기대고 있을 뿐이지 않을까. 친딸인데도 거리감이 느껴지는 것이다. 의사는 딸아이가 모모에에게 응석을 부린다고 했지만, 역시 반대가 아닐까.
　"엄마."
　"응?"
　"결혼할 때 말이야."
　말을 멈추었다. 딸아이가 정면으로 모모에의 눈을 지그시 보고 있었다. 무슨 소릴 하려나 싶어서 순간 긴장했다.
　"결혼할 때 망설였어?"
　모모에는 질문에 대해서 생각했다.
　"망설이다니?"
　"이 사람이어도 괜찮은가 하고."
　"별로 안 망설였어."
　"그렇구나."
　낙담한 듯 미야코는 남은 케이크를 포크로 찔렀다.

딸이 온천에 간 날 남편이 정시에 퇴근한다는 문자가 와서 마지못해 부엌에 섰다.

남편이 인터넷으로 찾아낸, 재료가 썰려 있어서 볶거나 찌기만 하면 되는 반찬 키트는 찬거리를 고민하며 장을 보고 밑준비를 하는 수고가 들지 않는다. 그런데도 버젓하게 요리를 한 느낌이 들어서 처음에는 감동했다. 하지만 계속 먹다 보니 식단도 맛도 획일적이라서 질렸다. 별소리하지 않지만 남편도 분명 그렇게 생각하고 있을 것이다.

"미야코는 퇴근 안 했어?"

마주본 채 식탁에 앉아 텔레비전을 곁눈질하며 식사를 하다가 남편이 말했다.

"친구랑 온천에 다녀온대요."

남편의 눈동자가 흠칫 흔들렸다. 분명 남편도 그 친구라는 사람이 이성이라는 사실을 알아차린 것 같다.

"온천에 안 간 지 꽤 됐네요."

"그러게."

"온천은 막상 가면 의외로 한가로운 것 같아요."

"그러게."

그릇에 남은 된장국을 들이켜고 남편은 일어나 자신의 식기를 정리했다. 그리고 소파로 가서 신문을 펼쳤다. 그 뒤에서 숱이 꽤 줄어든 뒤통수를 바라보았다.

나이를 먹긴 먹었구나 싶었다. 둘 다 마찬가지로 나이를 먹었다. 그것만큼은 평등하다.

남편과는 친척 소개로 알게 되었다. 제약회사에서 일한다는 그는 지식인이었고, 그 무렵에 이어지던 호경기와는 전혀 관계 없다는 양 수수한 양복을 입고 있었다. 아직 학생 같은 풋풋함이 묻어나는 사람이었다.

"전 인기가 없어서 여자랑 무슨 이야기를 해야 할지 잘 모르겠어요."

그는 그리 말하며 머리를 긁적였다. 그리고 모모에가 입고 있던 기모노를 조심스럽게 칭찬해주었다.

이 사람이면 괜찮지 않을까라기보다 이런 좋은 만남은 앞으로 없지 않을까, 하고 모모에는 생각했다. 연애가 서툴고 그때까지 남자와 거의 사귄 적이 없었다. 전문대에 들어가자마자 유행하기 시작한 미팅이라는 것에 나가 자신에게 접근한 남성과 사귀어보았지만 석 달도 가지 않았다.

앞으로 결혼하고 싶었고, 아이도 갖고 싶었다. 그러려면 우선 연애라는 허들을 넘어야 한다며 망연자실하고 있었기에 친척 소개라는 거의 맞선에 가까운 만남이라면 딱히 연애 같은 걸 해내지 않아도 결혼으로 진전시킬 수 있겠다 싶었다.

그리고 놀라울 만큼 결혼이 착착 진행되었다. 전업주부가 되었고 아이도 바로 생겼다.

어디에나 있을 법한 이야기라기보다 상당히 행운이 따른 이야기라고 모모에는 생각했다.

하지만 맨 처음에 만났을 때 "저는 인기가 없어서"라는 남편의 말이 딱히 겸손이 아니었다는 사실을 몇 해가 지나지 않아 알 수 있었다. 이래선 인기가 없긴 하겠다 싶었다.

어딘지 모르게 거만한 것은 자신감이 없음의 이면이라는 사실을 깨달았다. 사람에게 압박감을 주면서도 의지하려 든다.

여자는 하위 생물이라고 생각한다. 그런 주제에 여자에게 호감을 사고 싶어 한다. 최근에 텔레비전에서 정신적 학대라는 말을 보고서 아, 바로 이거였구나, 하고 짚이는 구석이 있었다.

물론 좋은 점도 많다. 아내를 간병하려고 휴직까지 했다. 지금도 모모에가 자리보전을 하면 요리든 뭐든 해준다. 아내의 속옷을 정성스럽게 개기도 한다. 책임을 억지로 떠맡기는 것 같긴 하지만.

이 사람이 아닌 다른 사람과 결혼하고 싶었다. 그런 생각을 한 적도 몇 번 있었지만, 이제 와서 이혼할 만한 이유가 없어서 지금까지 오고 말았다.

모모에는 어릴 적부터 잠투정이 심했다. 하지만 잠을 설치다가도 한 번 잠들면 이번에는 일어나기가 힘들다.

의사에게 처방받은 수면제가 잘 안 듣긴 하지만, 그날은 우연찮게 용케도 노곤히 잠이 들 것 같았다.

그런데 갓 잠이 들 때쯤 찌르는 듯한 전자음이 울려 퍼져서 모모에는 눈을 떴다.

침대 옆에 충전해둔 스마트폰으로 손을 뻗었다.

'엄마, 몸은 어때? 온천 너무 좋아. 엄마 컨디션 좋아지면 같이 가자.'

딸아이가 고양이 일러스트 이모티콘과 더불어 그렇게 메시지를 보냈다.

기껏 잠이 꾸벅꾸벅 들려 했는데. 모모에는 몸을 일으켜 머리를 신경질적으로 긁적였다. 차가운 대접을 받지는 않지만, 가끔 딸이 하는 이런 유의 배려가 짜증난다.

모모에는 이불을 다시 덮고 눈을 꾹 감았다. 하지만 조금 전에 붙잡았던 잠기운은 이미 어디에도 없었다. 언제 청소했는지 기억도 나지 않는 공기가 가라앉은 방에서 잠에서 방치된 몸을 힘겨워했다.

몸이 갈수록 뜨거워져 이불을 발로 걷어찼다. 자신도 모르게 신음이 나왔다.

어쩐지 덥다. 아직 5월이 되지도 않았는데 이 상태로 여름이 찾아오면 어떻게 되려나. 누운 채 겨울부터 쭉 베개 맡에 내동댕이쳐 놓았던 에어컨 리모컨을 찾았다.

남편과 같은 방에서 잤던 오랜 세월, 실내 온도 조절도 할 수 없어서 힘에 부쳤다. 하지만 지금은 마음대로 에어컨을 쓸 수 있어서 그것만으로도 정말 다행이었다.

그렇게 생각하는 동안에 더위의 강도가 점점 올라가 순식간에 이마뿐만 아니라 겨드랑이나 등에서까지 땀이 쏟아져 나왔다.

상열감이다.

몸을 벌떡 일으키자 얼굴에서 솟구친 땀이 턱을 타고 내려와 뚝뚝 떨어졌다. 오싹할 만큼 온몸이 땀으로 흠뻑했다. 잠옷뿐만 아니라 시트도 눅눅해져 있었다. 단지 누워 있었을 뿐인데 무언가에 내몰려 전력으로 도망친 것처럼 숨이 찼다.

소리를 지르고 싶었다.

짜증이 몸을 파열시킬 만큼 부풀어 올라 있었다. 비명을 질러 폭발시키고 싶었다.

하지만 남편이 알게 되면 일이 번거로워지기에 입술을 깨물고 베개를 잡고서 온힘을 다해 벽에 집어던졌다. 장식장 위의 인형이 요란한 소리를 내며 떨어졌다.

시트와 베개커버를 거칠게 벗겨서 말았다. 발소리를 죽이는 것도 잊고 계단을 뛰어내려왔다. 잠옷과 속옷을 벗어 시트와 함께 드럼 세탁기에 쑤셔 넣고 버튼을 눌렀다.

샤워 온도를 뜨겁게 해서 머리끝에서부터 뒤집어썼다. 이런 시간에 머리를 말리는 건 귀찮지만, 머리에서도 땀을 잔뜩 흘려 어쩔 수 없었다. 차라리 머리를 밀어버리고 싶다고 농담이 아니라 진담으로 생각했다.

기분이 풀릴 때까지 뜨거운 물을 뒤집어쓰고 욕실 밖으로 나왔다. 세면대 거울에 자신의 모습이 비쳐서 오싹했다.

숱이 적어지고 있는 머리카락이 젖어서 두피에 들어붙어 있고, 기미가 도드라지는 늘어진 피부에서 핏기가 가신 여자가 그곳에 있었다. 목도 어깨도 물렁물렁하고 허옇고 군살이 붙어 초라했다. 서둘러 시선을 돌려 벽에 걸려 있던 목욕 가운을 걸쳤다. 끈을 허리에 감으려다가 손길을 멈추었다.

세탁물을 잠시 걸어두기 위한 긴 봉이 세탁기 위에 설치되어 있어서 모모에는 가운 끈을 거기에 걸어보았다. 그리고 고리 형태로 느슨하게 묶었다. 실제로 그곳에 목을 넣어 보려고까지는 생각하지 않았지만, 모모에는 잠시 그 고리를 응시했다. 보기만 해도 속이 조금 시원해졌다.

가족에게서 떨어져 홀로 있고 싶다고 모모에는 생각했다. 남편이나 딸아이가 하는 걱정이 오히려 중압감을 들게 했다.

그러고 보니 내일 토요일에 가시야마 도키코와 점심 약속을 했었다는 사실이 떠올랐다. 기분 전환이 될지 안 될지는 모르지만, 병원 말고 다른 용건이 있는 건 조금 도움이 되었다.

이튿날 거실에서 텔레비전을 보던 남편에게 지인과 점심을 먹으러 간다고 말하자 "차로 바래다줄게"라고 말을 꺼냈다. 교통편이 불편한 곳은 아니니 괜찮다고 사양했지만, 얼른 차 키를 가지고 집에서 나가버렸다.

최근 들어 갑자기 성격이 급해진 남편의 재촉에 예정보다 일찍 집에서 나섰기 때문에 약속 시간보다 훨씬 전에 레스토랑에 도착했다.

그곳은 오래된 와인 양조장으로 넓은 부지 내는 정원으로 가꾸어 놓았고 레스토랑이나 카페, 기념품숍이 있어서 이 부근에서는 유명한 관광지이기도 했다.

부지 안을 잠시 산책했다. 하늘은 시원하게 탁 트인 듯 푸르렀고 신록을 지나가는 바람이 포근하게 느껴졌다.

예약 시간이 다가와서 레스토랑으로 들어가 먼저 자리에 앉았다. 예전에 한 번 온 적이 있지만, 그때는 동네 부인들과 함께여서 실내 장식을 차분히 보지 못했다. 혼자 앉아 있으니 와인 저장고를 리폼한 레스토랑은 기억하던 것보다 훨씬 널찍했다. 천장이 높고 개방적이었고, 오래된 벽돌벽이 차분하고 아늑한 분위기를 자아내 편안했다.

얼마 지나지 않아 도키코가 나타났다.

"미안, 오래 기다렸어?"

"아니, 내가 일찍 도착한 거야. 남편이 바래다줬거든."

"그래? 자상하기도 해라. 우리 남편은 아직 잠옷 차림으로 뒹굴거리고 있는데. 나만 또 맛있는 거 먹으러 가냐고 투덜거리더라고. 모모에, 오늘은 안색이 좋아 보이네?"

유난을 떨며 앉으면서 그녀가 말했기에 모모에는 아무 말 없이 어깨를 으쓱했다. 몸 상태가 이런데 안색이 좋을 리 없다. 남편이 바래다준 것도 자상해서가 아니다. 단순히 나한테 떨어지지 않으려는 것뿐이다. 부정적인 감정이 솟구쳤지만, 일일이 말해봤자 소용없다.

런치 코스를 주문하고 도키코는 화이트 글라스와인을, 체질 때문에 술을 못하는 모모에는 탄산수를 시켰다.

"도키코, 생일 축하해."

"고마워! 경사스런 나이는 아니지만 친구한테 축하받는 건 기쁘네."

딱히 친구도 아니다. 모모에는 미소 지으면서 또다시 속으로 그녀의 말을 부정했다.

요전번에 도키코를 만났을 때 그녀의 생일이 조만간 다가온다는 소리를 듣고 모모에는 뭔가 보답하고 싶어서 가지고 싶은 게 있으면 선물하고 싶다고 했다. 그녀는 나에게 DVD를 빌려주거나 차로 병원에 바래다주거나 해서 그녀에게 여러모로 신세를 지고 있어서 진심에서 우러나온 것이었다. 그러자 도키코는 상상 이상으로 기뻐하며 "선물은 괜찮고 근사한 곳에서 점심이라도 먹자"며 신난 목소리를 냈다.

이 부근에도 최근에 근사한 숨은 맛집이 늘고 있었다. 하지만 모모에는 그런 가게를 거의 몰라서 생일 축하를 할 만한 곳은 레스토랑밖에 떠오르지 않았다.

"이렇게 낡은 곳이라서 미안."

"응? 뭘 새삼스럽게 사과하는 거야?"

"요즘 시대에 어울리는 근사한 곳을 고르고 싶었는데 못 찾겠더라고."

"별소릴 다 하네. 분위기 있어서 좋은데? 이렇게 근사한 줄 알았더라면 와볼 걸 그랬어. 아늑해서 마음이 놓여. 이제 젊지도 않으니 이런 곳이 더 좋아."

전채 요리가 담긴 접시를 가지고 온 웨이터에게도 도키코는 "가게가 근사하네요, 다음에는 결혼기념일에도 와야겠어요" 하고 기운차게 말을 걸었다. 무표정이던 웨이터가 싱긋 웃었다.

냉 토마토조림을 입에 넣자 채소에서 짙은맛이 났다. 최근에 배달되는 반찬의 단조로운 맛만 접하고 있다가 사용되지 않았던 혀 부분이 자극받았는지 놀라고 말았다.

"맛있어."

무심코 읊조렸다.

"와! 엄청 맛있네! 감격했어! 이런 요린 집에선 못 먹잖아!"

도키코가 큰 목소리로 동의해서 모모에는 그만 웃어버렸다

이목구비가 또렷하고 입이 큰 그녀는 표정이 풍부하다. 온몸으로 즐거운 분위기를 발산하는 도키코를 앞에 두고 무뚝뚝하게 있는 자신이 어리석게 느껴졌다.

그녀와 있으면 처음에는 짜증이 나지만, 10분 정도 지나면 마음이 개운해지고 갑자기 즐거워진다. 활발하고 단순하고 생각이 얼굴이나 말로 바로 드러난다. 타인이 어떻게 느끼고 있는지 딱히 고려하지 않는 듯해서 그게 부아가 치밀어오를 때도 있지만, 탐색당하는 느낌이 아니라서 편하기도 하다.

그녀와는 초등학교 학부모 총회에서 알게 되었다. 미야코와 같은 학년인 아들이 있는데 이미 진즉에 결혼해서 독립했다고

한다. 같은 반이 된 것은 초등학교 저학년 때로 그다음에는 지역 모임에서 가끔 얼굴을 마주치는 정도여서 관계가 자연스레 소원해졌다.

그러다 몇 년 전에 한방치료전문 병원에서 우연히 재회했다.

그 무렵 모모에는 컨디션이 오랫동안 저조해서 추천을 받아 한방치료를 시작한 차였다. 도키코도 갱년기 증상이 있어서 그곳에 통원하고 있어 모모에는 그녀의 제안에 차를 마시러 갔다. 도키코는 갱년기장애에 대해 꼼꼼히 조사해서 다양한 치료법이 있다는 사실을 가르쳐주었다. 서로 힘내자며 같이 바람도 쐬러가자며 격려받아 휴대전화 번호를 교환했다.

하지만 그게 빈말이 아니었다는 사실에 놀랐다.

한약이 거의 효과 없었던 모모에에 비해 도키코는 점차 건강을 되찾았는지 점심이나 쇼핑이나 문화센터에 가자고 종종 권했다. 컨디션이 좋지 않아 거의 거절했지만, 그런데도 도키코로부터 권유가 끊이지 않았다. 계속 거절하기만 하면 미안해서 가끔 외출하게 된다. 전혀 거북한 사람은 아니지만, 친절한 건지 둔감한 건지 어느 쪽인지 잘 모르겠다.

요사이에도 최근에 딸아이가 바빠서 혼자 병원에 통원 치료를 받고 있다고 하자 그럼 다음번에는 같이 가자며 돌아오는 길에 영화라도 보자며 밝게 내게 말했다. 딸아이에게 말했더니 놀라워했다. 딸은 엄마한테는 친구가 없다고 생각한 모양이다.

아니, 분명 친구는 없다. 모모에는 새삼스럽게 그리 생각했다. 젊은 시절에는 보통 사람들처럼 친구가 있었다. 같이 놀고 여행하고 고민을 털어놓고 깔깔대며 웃었다. 한 사람 한 사람 결혼하게 되자 우선순위가 가정이 되고 동성 친구는 2순위가 되었다. 그게 나쁘다고도 생각하지 않고 다들 그렇지 않나 싶다. 대체 친구란 뭘까, 그 정의가 뭘까, 그런 단순한 것도 언제부터인지 알 수 없어졌다.

도키코는 화려하게 네일아트한 손가락으로 잔을 들어 기분 좋게 와인을 비웠다.

"저기 말이야. 다음 주 일요일에 시간 돼? 지인이 플로리스트 수업을 시작했는데, 같이 안 갈래? 처음에는 재료비만 내면 된다고 하더라고."

그녀의 물음에 모모에는 생선 푸알레에 나이프를 꽂은 채 애매하게 고개를 갸웃거렸다.

"약속했다가 컨디션이 나빠져서 못 하게 되면 미안하니까 난 관둘래."

"섭섭하게 무슨 소리야, 그런 건 신경 쓰지 마. 나도 컨디션이 안 좋은 건 마찬가진데 뭘."

"그래도 최근엔 상태가 별로 안 좋거든."

"컨디션뿐만 아니라 다들 이 나이엔 집안일이 갑자기 생기기도 하니까 약속 직전에 취소해도 괜찮아. 피차일반인데 뭐. 우리도 시어머니가 최근에 치매기가 있어서 언제 불려갈지 몰라."

넌지시 거절했지만 그녀에게는 '넌지시'가 통하지 않는다.

일하지도 않는데다 집안일도 전혀 하지 않는다. 그렇게 아무것도 하지 않는 자신이 노는 거나 다름없는 수업을 들으러 가도 된다는 기분이 들지 않았다. 더구나 꽃을 장식할 마음 따위는 도무지 들지 않았다.

그리고 이제 한 입만 먹으면 생선을 다 먹어가는 와중에 어째서인지 갑자기 뺨이 뜨거워져서 모모에는 커트러리를 내려놓았다.

"괜찮아? 뺨이 붉어진 것 같은데?"

"상열감인 것 같아."

"어머, 괜찮아? 손수건 있어?"

그리 말하면서 그녀가 가방에서 타월 재질의 손수건을 꺼냈다.

"가지고 있으니 괜찮아."

"그렇게 얇은 손수건으로는 안 돼. 이거 써."

턱 내민 그것을 받아들고 뿜어져 나오는 땀을 닦아냈다. 참을 수 없어서 카디건을 벗으니 반팔 블라우스 한 장 차림이 되었다.

"자, 이것도 있어."

큼직한 가방에서 부채도 나왔다. 그걸 펼쳐서 모모에를 향해 부치기 시작했다. 창피해서 모모에는 고개를 가로저었다.

"괜찮아. 신경 쓰지 마."

"사양할 거 없어."

"정말 괜찮다니까."

"창피스러워할 일 아냐. 어차피 아줌마 단 둘인데 뭐. 나도 상열감 때문에 오래 고생했어. 그런데 생리가 끝나니 딱 가라앉더라고! 모모에도 생리가 끝날 때까지는 잘 견뎌야 해! 조급해하지 말고, 알았지?"

그리 말하더니 그녀가 웃었다. 도키코의 어깨 너머로 건너편 테이블 사람들이 힐끗 돌아보는 것이 보였다. 그녀가 큰 소리로 '생리'라든가 '끝난다'했던 게 들린 게 분명하다. 하지만 어쩔 수 없이 모모에는 그녀가 해주는 부채질을 계속해서 받았다.

갑자기 눈물이 왈칵 쏟아졌다. 이런 곳에서 울면 안 된다 싶었지만 멈추지 않았다.

"모모에? 왜 그래? 컨디션 안 좋아? 혹시 내가 거슬리는 말이라도 했어? 미안, 미안해."

테이블 건너편에서 도키코가 곤란해하고 있었다.

덜렁거리기는 하지만 나쁜 사람은 아닌 것이다. 그녀는 어째서 이렇게 남을 번거롭게 만드는 사람을 감싸주는 걸까, 하고 울면서 묘하게 차분한 머리 한구석으로 생각했다.

그러고 나서 일주일간 앓아누웠다.

나이도 먹을 만큼 먹어서 레스토랑에서 울음을 터뜨리다니 엄청난 실수였다. 도키코는 연달아 위로해주었지만, 분명 불쾌했을 것이다.

외출한 곳에서 혼자 있다가 패닉을 일으킨 적은 몇 번인가 있었지만, 다른 사람 앞에서 감정이 벅차오른 것은 처음이었다. 정신적인 손상이 커서 그 탓에 호르몬 상태가 불균형해졌는지 두통과 권태감도 심해서 앓아누웠다.

일주일 후 겨우 일어날 기력이 나서 옷을 갈아입고 거실로 내려가니 아무도 없었다. 밖에서 무슨 소리가 나서 창문에서 내다보자 남편이 정원에서 무언가 작업을 하고 있었다.

소파에 앉아서 대충 접힌 조간신문의 광고 전단지를 펼쳤다. 제 손으로 장을 보러 가지 못하게 된 지 꽤 되었다. 그런데 오랜 습관으로 그만 마트 광고 전단지를 응시했다.

광고지 안에 지역 구인광고 전단이 들어 있었고 모모에는 가만히 바라보았다.

청소, 비즈니스호텔 침구 정리, 반찬공장, 영업사무, 모모에의 나이대에 할 수 있는 일이 몇 가지 있었다. 하지만 늘 같은 곳에서만 사람을 구하고 있었다.

모모에는 남편에게서 "조금이라도 좋으니 당신도 일했으면 좋겠어"라는 말을 확실히 들은 적이 있다. 이 집을 살 때였다.

모모에는 엄마에게 배워 간단한 재봉과 복식이 가능했기에 결혼하고서 근처 미용실에서 복식 도우미를 한 적이 있다. 그 미용실은 폐업했기 때문에 또 어딘가 일할 수 있는 미용실을 찾아야겠다고 생각하던 차에 고령인 시부모님이 연달아 병에 걸렸다. 간병까지는 아니지만 입원과 퇴원할 때 거들거나 시설을 찾느라 동분서주하며 몇 년에 걸쳐 두 분을 떠나보냈다. 그게 끝나고 나니 모모에의 어머니가 세상을 떠나 정신이 없어 아르바이트를 할 경황이 없었다.

그게 겨우 매듭이 지어졌을 무렵 살고 있던 단지가 낡아 재임대해서 사는 외국인들이 늘어났다. 소음이나 쓰레기 분리수거로 주민과 마찰을 빚는 일이 늘어서 이곳에 평생 살기는 어렵겠다고 남편과 상의해 이사를 결심했다. 그때 이미 갱년기 증상이 나타나기 시작해서 모모에는 기력이 없었다. 집을 보러 갔을 때 예산을 크게 넘어섰지만, 모모에는 청결하고 세련된 이 집이 한눈에 마음에 들어 이곳에 살면 기운이 날 것 같다, 절약해서 검소하게 살고 자신도 일해서 은행 대출을 상환할 수 있도록 노력하겠다고 남편에게 말했다.

하지만 결국 모모에는 아르바이트 면접조차 나갈 수 없었다.

어째서인지 공포심이 앞섰고 컨디션 난조가 한술 더 떴다.

은행 대출은 아직 남아 있다. 남편이 정년 때까지 일한다고 해도 상환할 수 없다. 퇴직금을 다 쏟아 부으면 어떻게든 되겠지만, 가능하면 그건 노후 자금으로 되도록 건드리고 싶지 않았다.

일하는 것에 대한 공포. 그리고 경제적으로 여유가 없다는 공포. 회복될 가망이 보이지 않는 건강 상태. 상호 작용의 결과로 불안감은 부풀어가기만 했다.

모모에는 창문으로 시선을 돌렸다. 뭔가 이상하다 싶었다.

모처럼 머리가 맑고 고요했다.

갱년기장애에 걸리기 전에는 자신은 이 정도로 겁이 많지 않았고 까다롭지도 않았다. 성격은 굳이 따지자면 차분했고 전업주부라는 처지에 딱히 갑갑함을 느끼지도 않았다.

가치관이 갑자기 흔들린 것은 몸 상태가 나빠지면서부터다.

나이를 먹는다는 것은 젊음과 바꾼 안정된 마음을 얻는 것이라고 생각해왔지만, 그런 인식이 착각이었을지도 모른다.

젊을 때 만든 토대가 하나씩 하나씩 썩어 균형 감각이 무너져갔다.

그렇다면 조급해서는 안 된다. 모모에는 그리 생각했다.

도키코가 늘 말했다. "조급해하면 안 돼. 안달 내면 안 돼!" 하는 말이 머릿속에 메아리쳤다.

시간이 아직 무한하게 느껴졌을 무렵에는 조급하지도 않았다. 하지만 집안 어른들의 병시중을 들고 나서 자신의 시간도 카운트다운되기 시작했다 싶으니 다급해질 수밖에 없었다. 다급해한다는 자각조차 없었다. 발버둥 치며 가라앉는 게 아니라

몸에서 힘을 빼고 떠올라야 한다.

요 일주일간 거의 누워 지내며 가족을 위해 아무것도 하지 않았다. 적어도 남편에게 점심이라도 차려주려고 현관에서 슬리퍼를 신고 밖으로 나갔다. 오랜만에 바깥 공기를 쐬자 스커트에서 드러난 발목이 시원했다.

"여보, 점심 먹을까?"

뒤에서 말을 걸자 남편이 돌아보았다.

"뭐야, 깼어?"

"재료가 아무것도 없어서 우동 정도밖에 못 만들긴 해."

"응, 그거면 돼."

옆집과 경계를 이루는 펜스가 어느새 드문드문 벗겨져 남편은 쇄모로 페인트를 칠하고 있었다. 묵묵하게 펜스를 칠하는 남편의 옆얼굴을 바라보았다. 관자놀이에 흰머리가 늘었고 눈매가 고집스러워졌다. 역 플랫폼에서 갑자기 공황이 덮쳐와 눈물을 멈출 수 없게 되어 남편을 불렀을 때도 이런 표정을 짓고 있었다. 남편의 화난 듯하면서도 걱정스러운 얼굴. 이런 얼굴로 해야 할 일을 해내는 사람이다.

"저기, 당신, 이거 좀 봐봐."

남편이 철문을 가리키고 있었다.

"이런 곳에 발자국이 찍혀 있네. 누가 장난이라도 쳤나?"

살펴보니 검은 문 일부에 발자국 형태로 진흙이 말라서 들러붙어 있었다. 모모에는 몸이 굳어졌다. 한밤중에 미야코 방에 찾아온 남자의 모습이 떠올랐다.

"악질이네. 술주정뱅이인지 도둑인지."

"……동네 초등학생이 아닐까?"

"어린애치고는 크잖아. 이 동네도 뒤숭숭하네. 당신도 조심해."

"그러게."

"방범 카메라를 다는 편이 나으려나?"

그리 읊조리더니 남편은 장갑을 낀 손으로 발자국을 털어냈다. 하얗게 남은 발자국이 긁혀나갔다.

미야코의 방에 밤중에 남자아이가 찾아오는데 그 애가 문을 타고 넘어오는 바람에 그때 생긴 발자국이 아닐까. 그리 말하면 분명 남편은 안색이 변하지 않을까. 도저히 말할 수 없었다.

그렇게 생각한 순간 모모에는 새삼스럽게 서늘해지는 것을 느꼈다.

그러고 보니 딸의 남자친구로 보이는 사람이 찾아온 것을 본 건 2월이었던 듯하다. 석 달씩이나 발자국이 남아 있을 수 있을까. 설마 그 뒤에도 몇 번쯤 찾아온 걸까. 갑자기 오싹해졌다.

별일 아니라고 생각했지만, 딸의 남자친구는 정말 제대로 된 사람일까.

딸아이의 남자친구 일로 불안감이 솟구치는 걸 남편에게 말할 수 없어 모모에는 태연하게 등을 돌려 현관을 열었다. 그 순간 집 안에 큰 소리로 벨이 울려서 "어" 하는 소리가 나오고 말았다. 집전화가 울리고 있었다. 최근에는 휴대전화만 써서 집전화가 울리는 일은 드물다. 신발장 위에 놓인 전화기를 허둥지둥 받았다.

"어, 엄마?"

딸의 목소리가 들려서 더더욱 놀라고 말았다.

"미, 미야코?"

"응, 왜 그리 놀라?"

"왜냐니…… 늘 휴대전화로 걸면서 어쩐 일이야?"

"그게 말이야!"

미야코가 큰 소리를 냈다.

"휴대전화가 안 보여서 말이지! 가방에 넣었다 싶었는데! 오늘 아침에 나올 때 허둥대느라 집에 두고 왔을지도 몰라. 찾아봐주면 안 돼?"

거의 비명에 가까운 소리였다. 고작 휴대전화 하나로 요란을 떤다 싶었지만, 딸아이의 세대에 있어서 스마트폰은 단순한 기기가 아니라 한순간도 손에서 놓을 수 없는 소중한 파트너일 것이다. 모모에는 수화기를 든 채 딸아이의 방에 들어갔다. 침대는 막 일어난 그대로 흐트러져 있었고 1인용 소파나 의자 등받이에 벗어던진 옷이 걸려 있었다. 자신의 방도 어질러져 있긴 하지만, 딸아이도 어지간하다.

거울 앞에 화장품이 너저분하게 놓여 있었고 그중에 핑크색 케이스가 씌어 있는 스마트폰을 바로 찾을 수 있었다.

"있어."

"진짜? 아, 다행이야! 엄청 졸았어."

바로 돌변해서 명랑해진 딸아이 목소리에 모모에는 미소 지었다.

손에 든 순간 스마트폰이 진동해서 수첩형태의 케이스를 열어보았다. 보고 있자니 라인 알람이 표시되었다. '간이치'라고 적힌 아이콘에서 뭔가 메시지가 왔다. 모모에는 그걸 가만히 보았다. 이런 이름을 가진 여자친구가 있을 리 없다. 내용까지는 표시되지 않아서 조심스럽게 터치해봤지만, 당연하게도 비밀번호가 걸려 있어서 읽을 수 없었다.

"없으면 곤란하지? 아울렛으로 가져다줄까?"

"응?! 엄마가? 컨디션 안 좋아서 자고 있었던 거 아냐?"

"일주일이나 누워 있었더니 이제 괜찮아."

"무리하는 거 아냐?"

"그럴 리가. 이거 없으면 너 곤란하잖아."

"응. 저기 그럼 정말 미안한데, 가져다주면 너무 고마울 것 같아! 업무 연락도 스마트폰으로 오고 밤에 친구랑 만날 약속도 있거든."

지금 막 라인을 보낸 간이치라는 사람이 남자친구로, 오늘 밤에 둘이서 만난다면 가지고 가지 않는 편이 나을지도 모른다. 모모에는 잠시 생각에 잠겼다. 하지만 딸아이의 얼굴이 잠시라도 보고 싶어서 견딜 수 없었다. 전화기 건너편에서 잘 있다는 건 알고 있지만, 얼굴을 보지 않으면 불안감이 가라앉지 않을지도 모른다.

"알겠어. 지금 점심 먹어야 해서 그 후에 가져다줄게. 매장으로 가면 돼?!"

"진짜?! 엄마 덕분에 살았어! 엄마, 고마워!"

2시 반부터 휴식이니 푸드 코트에서 만나자고 딸아이는 말하더니 전화를 끊었다.

우동을 삶고 있는데 밖에서 남편이 돌아와 모모에는 딸아이의 직장까지 지금부터 물건을 가져다준다고 전했다. 뭐라 하지 않을까 싶었지만 남편은 잠자코 아무 말 없이 우동을 호로록거렸다. 식사를 마치더니 "그럼 차로 바래다줄게"라고 말을 꺼냈다.

"괜찮아. 버스로 갈게."

"홈센터에 모자란 페인트를 사러 가야 하니 그 김에 태워다 줄게."

"……그래? 정말 고마워. 모처럼 가는 거니 아울렛 좀 구경하고, 올 때는 버스 탈게."

모모에는 부엌을 재빨리 정리하고 나갈 채비를 했다. 아직 이르다고 했는데 늘 그렇듯 재촉받아 화장도 제대로 하지 못한 채 차에 탔다. 차는 익숙한 길을 달리기 시작했다. 날씨가 쾌청해서 차 안이 더울 정도였다. 창문을 조금 여니 상쾌한 바람이 뺨에 닿았다.

"휴대전화 따윌."

남편이 갑자기 입을 열었다.

"밤에 집으로 오는데 왜 가져다줘야 하는지 참."

"요즘 애들은 전화랑 문자만 쓰던 우리 때랑 달라서 휴대전화로 뭐든 하니까 없으면 엄청 곤란하지 않을까? 업무 연락도 스마트폰으로 온다고 했고."

"뭘 위해 유선전화기가 있는데. 직장에도 전화가 있을 거잖아."

"그러니까 스마트폰은 전화기가 아니라니까. 전화도 걸 수 있는 컴퓨터야."

"그럼 컴퓨터로 하면 되잖아."

남편은 코웃음 쳤다. 모모에는 한숨을 내쉬고 반론하기를 멈췄다. 왠지 늙은이와 대화하는 기분이다. 남편은 딸아이가 본가로 돌아오고서 딸이 고른 옷을 입고 살짝 회춘한 듯 보였지만, 알맹이는 그에 반해 노화한 것 같았다. 40대 끝물까지는 간신히 남아 있던, 남편의 내면에 자리한 청년의 느낌이 완전히 결핍된 느낌이 들었다. 내가 할 소리는 아니지만 말이다.

젊은 시절에는 기계를 잘 다루는 사람이라는 인상을 받았는데, 지금은 아무리 딸아이가 권해도 고집스럽게 스마트폰으로 기종을 변경하려고 하지 않았고 모모에가 스마트폰으로 바꿨더니 당신은 쓸데도 없잖아, 하고 불쾌한 기색을 드러냈다. 어쩌면 자신은 이과생이라는 자부심이 있었기에 따라갈 수 없는 테크놀로지에 자존심을 상처받고 싶지 않아서 다가가고 싶지 않을지도 모른다.

"미야코는 언제까지 일할 작정이려나."

길 끝에 우시쿠 대불이 보였고 멍하니 그 얼굴을 바라보고 있는데 남편이 갑자기 그렇게 말했다.

"응?"

"아울렛 같은 곳에서 일하고나 있고."

"미야코는 처음부터 옷가게 일을 했으니 괜찮지 않을까?"

"일은 그냥 관두면 될 것을."

단호히 말하는 남편의 얼굴을 모모에는 무심코 보았다. 핸들을 쥐고 진지한 표정으로 앞을 응시하고 있었다.

"근데 나이도 젊고 건강한데 무직인 것보다 낫잖아. 장래를 위해 저축할 필요도 있고."

"저축을 하기나 하겠어? 옷이나 잔뜩 사대고."

분명 그렇긴 하다고 모모에는 어깨를 으쓱했다.

"얼른 결혼하면 돼."

"요즘엔 결혼해도 일해."

"돈 잘 버는 녀석을 잡아다 먹여 살리게 하면 돼. 그리고 젊고 건강할 때 애를 낳아야지."

"……안 낳으면 어떻길래."

"행복해질 수가 없지."

망설임 없는 말투로 남편은 단언했다.

모모에는 운전석에 앉아 있는 남편이 다른 사람으로 뒤바뀐 듯한, 공포에 가까운 놀라움을 느꼈다. 이렇게 구석기 시대에 태어난 사람 같은 가치관을 가지고 있을 줄은 몰랐다.

남편과 자신 사이에 딸이 태어나 둘이 길렀다. 남편은 생각 이상으로 자식이라면 끔찍이 여겨, 아기일 때는 목욕도 시켜주고 기저귀도 갈아주고 딸이 조르면 피곤해도 디즈니랜드든 어디든 데리고 갔다. 그래서 딸아이에 대한 애정을 의심한 적은 없다. 하지만 남편과 자신이 딸아이가 장차 어떻게 살아줬으면 하는지 구체적으로 대화를 주고받은 적은 없었던 듯하다. 단지 막연하게 평범해도 좋으니 행복해지길 바란다고만 서로 확인했다.

이런 사고방식을 가진 사람이었구나. 놀라는 것과 동시에 그래서 자신과 결혼해줬을지도 모른다 싶었다.

'나는 돈 잘 버는 남편과 결혼해서 생활비를 받아쓰며 젊고 건강할 때 아이를 낳았지만, 지금 딱히 행복하지 않아.'

그리 말하고 싶었다. 하지만 그가 온힘을 다해 지키려 하고 있는 약한 무언가를 망가뜨릴 것 같아서 말로 하는 게 망설여졌다.

"미야코는 어떤 남자랑 사귀고 있어?"

"몰라."

"엄마면서 몰라?"

"직접 물어봐."

"딸이 걱정도 안 돼?"

아픈 곳을 찔린 듯해서 모모에는 무릎 위에서 주먹을 꼭 쥐었다.

차는 아울렛 로터리로 진입했다. 논밭과 아직 아무것도 없는 조성지가 펼쳐지는 와중에 나타나는 파스텔 색깔의 담장으로 둘러싸인 거대한 쇼핑센터는 여전히 낯설다.

차에서 내리자 남편은 아무 말 없이 가버렸다. 또 약속 시간보다 훨씬 일찍 도착하고 말았다.

연휴 때문인지 예전에 왔을 때에 비하면 사람이 많이 걸어다녀 활기를 띠었다. 모모에는 이 쇼핑몰에 온 게 지금까지 두 번밖에 없다. 개업했을 때와 미야코가 일하기 시작했을 때 두 번이다.

모모에는 정처 없이 걷기 시작했다. 인파를 이루었지만 혼잡할 정도가 아니어서 축제에 온 듯해 조금 전에 차 안에서 나누었던 대화에서 느낀 껄끄러운 뒷맛도 옅어져 조금 즐거운 기분이 들었다. 눈에 띄는 매장으로 들어가 운동화와 주방용품을 손에 들어보기도 했다.

처음에는 경쾌했던 기분이 걸어서 몇몇 매장을 보던 사이에 가라앉는 것을 알 수 있었다.

딱히 가지고 싶은 게 없었다. 예전에는 쇼핑몰이나 백화점에 가면 모든 게 반짝여 보여 이것저것 할 것 없이 다 가지고 싶은 기분이었지만, 병 때문인지 단순히 늙어서인지 모르지만 이거다 싶어 사고 싶은 게 보이지 않았다.

돌아다니기도 지쳐서 모모에는 딸이 일하는 매장 건너편에 있는 벤치에 앉았다. 여기서 있으면서 딸아이가 나오기를 기다리자 싶었다.

그리고 문득 딸이 일하는 매장 앞에 니트모자를 쓴 키 큰 남자가 있다는 사실을 알아차렸다.

조심스럽게 쇼윈도 끄트머리에서 고개를 쭉 뻗더니 매장 안을 들여다보고 있었다. 젊은 여성을 타깃으로 한 브랜드인데 어째서 남자가 들여다보고 있을까. 안에서 여자친구가 쇼핑이라도 하나.

그 남자의 화려한 니트모자가 딸아이가 쓰던 오렌지색 니트모자와 비슷하다는 사실을 알아차렸다. 커다란 방울이 달려 있었다.

여기저기 파편처럼 떠오르는 기억이 겹쳐지며 갑자기 머릿속에서 퍼즐의 조각이 딸깍 끼워지는 소리가 들렸다.

눈앞의 남자의 키와 몸집이 2월 한밤중에 본, 집에 숨어든 남자의 실루엣과 포개어졌다.

설마 싶었지만 보면 볼수록 그런 느낌이 들어서 모모에는 숨을 죽였다.

어쩌지.

진정해, 진정하라고. 서두르지 마, 조급해하지 마.

입안이 바짝 타는 것을 느끼며 모모에는 자신에게 그리 타일러 심호흡을 하고 일어났다. 이쪽으로 등을 지고 있는 남자에게 천천히 다가갔다. 바로 뒤에서 멈춰 섰다.

"저기, 실례해요."

귓가에서 말을 걸었다. 남자는 펄쩍 뛰어오르다시피 놀라며 돌아보았다.

"죄송한데, 잠시 물어볼 게 있어서요."

그는 좌우를 두리번거리며 둘러보았다.

"어, 저 말인가요?"

모모에는 의아할 만큼 자신이 차분하다는 사실을 자각했다. 남자는 키가 크고 어깨가 다부졌다. 남편에 비하면 한 아름 컸고 젊어서 뼈대가 튼튼하다는 사실을 알 수 있었다. 얼굴은 단정해 보이기도 언밸런스해 보이기도 하는 신기한 느낌을 주었다. 눈꺼풀이 묵직하고 얼굴이 갸름하고 입술이 도톰했다. 20대 후반으로 보이지만, 어딘가 아이 같은 장난스러운 느낌이 남아 있었다. 모모에는 미소 지었다.

"사람을 잘못 봤다면 죄송한데, 우리 미야코 친구가 아닌가요?"

남자의 눈이 휘둥그레졌다.

5

미야코는 엄마와의 약속 장소를 푸드 코트로 정한 것을 후회했다. 이미 점심도 지났으니 괜찮겠지 싶었지만 테이블이 쭉 늘어선 푸드 코트는 만석이었고 아이가 환호성을 지르며 뛰어다녔으며 그 아이를 혼쭐내는 엄마의 목소리가 울려서 어마어마하게 소란스러웠다.

시끌벅적한 점내를 몇 번이나 왕복하며 엄마를 찾았지만 보이지 않았다. 사람이 북적대는 곳을 꺼려해서 다시 컨디션이라도 나빠져 돌아갔을지도 모른다. 입구에 멍하니 서 있는데 뒤에서 누군가 어깨를 두드렸다.

"아, 엄마."

"만나서 다행이야. 자리가 없어서 서성거리고 있었어."

"이렇게 붐빌 줄 몰랐는데 미안."

엄마는 미소 짓더니 손에 든 가방에서 미야코의 스마트폰을 꺼냈다.

"자, 여기."

"고마워! 엄마 덕분에 살았어! 잃어버린 줄 알고 울 뻔했어."

"있어서 다행이야. 그럼 난 갈게."

"벌써?"

"연휴라서 바쁘지 않아?"

"점심 휴식시간이니까 괜찮아. 안쪽 카페라면 여기보다 조용할 테니 같이 가자. 난 뭐라도 먹고 싶어."

잠시 생각에 잠긴 표정을 짓고 나서 엄마는 고개를 끄덕였다. 데리고서 쇼핑몰을 걸으니 오늘 엄마는 왠지 얼굴이 고양된 것처럼 보였다. 오랜만에 쇼핑몰에 와서 신이 난 건가 싶었다. 후미진 곳에 있는 테라스 카페에서 서로 마주보고 앉았다.

"황금연휴라 안 바빠?"

엄마는 조금 전과 같은 질문을 했다.

"이제 마지막 날 오후니까 그렇지도 않아. 연휴에는 본사에서 우릴 도울 사람이 몇 명이나 오니까 오늘은 일손이 남아돌아서 오히려 편해."

"그렇구나."

"엄마, 몸은 좀 어때?"

"음, 오늘은 기분이 꽤 좋네. 잠을 푹 잔 것 같아."

"흐음."

기분은 좋아 보였지만 왠지 모르게 위화감이 느껴졌다. 상태가 좋으면 반드시 나중에 반동이 찾아오기 때문에 그게 더 두려웠다.

"저기, 미야코."

"왜?"

"아빠가 말하던데 미야코, 사귀는 사람 있지?"

샌드위치를 덥석 물었던 차였던 미야코는 무심코 그대로 움직이다 멈췄다. 빵을 입에 넣은 채 눈을 크게 뜨고 엄마의 얼굴을 바라보았다.

"조만간 집에 데리고 와봐. 엄마가 오랜만에 뭐라도 만들어 줄 테니까."

"갑자기 왜 그래?"

"어떤 사람이랑 미야코가 가까운지 그냥 그게 궁금해서. 아빠도 그런 걸 거야. 집에 오는 게 부담스러우면 바깥에서 만나도 돼. 아빠한테 보여주는 게 아직 꺼려지면 우선 엄마한테만 소개시켜줘도 되고. 얼굴 정도는 알고 싶으니까."

"그, 그렇긴 한데."

"결혼하라고 재촉하는 게 아냐. 강요하는 것도 아니고. 차 한 잔이라도 하면서 잠깐 이야기 나누는 거라도 괜찮아."

아빠가 말했다면 이해하겠지만 엄마가 그런 말을 꺼낸 게 의외였다. 예전부터 엄마는 미야코의 인간관계에 딱히 관심이 없었고 요즘에는 몸 상태가 좋지 않아 버거워했기에 평소보다 더 다른 일에는 세심하게 신경 쓸 여력이 없는 상태였다.

당황하는 미야코를 개의치 않고 엄마는 홍차를 들이켜더니 "버스 시간이 다 돼서 먼저 갈게" 하고 일어났다. 남겨진 미야코는 엄마의 등이 인파 속에 사라져가는 것을 멍하니 배웅했다.

왜 갑자기 평범한 엄마 같은 소리를 꺼낸 걸까. 아빠한테 무슨 소리라도 엄청 들었나. 왠지 조금 상태가 이상한 느낌이 들었다.

고개를 갸웃거리며 반나절 동안 보지 못했던 스마트폰을 열어보았다. 몇 건인가 알림이 들어와 있었다. 그게 간이치로부터 온 메시지라서 서둘러 열었다.

'지금 쇼핑몰에 뭐 사러 가.'

'점심 같이 먹을래? 휴식은 몇 시야?'

정오 전 무렵에 온 메시지였다.

미야코는 다급히 스마트폰을 깜박하고 놓고 와서 읽지 못했다는 사실을 답했다.

일이 끝나고 미야코는 간이치네 집으로 왔다.

간이치는 미야코가 올 때는 문을 잠그지 않아서 노크를 하고는 "나 왔어"라며 말을 걸고 문을 열었다. 그는 다다미에 엎드려 누워서 텔레비전을 보고 있었다. 평소에는 벽에 기대 책을 읽고 있기에 조금 놀랐다. 간이치는 고개를 들어 미야코를 보더니 힘없이 웃었다. 다다미에는 방울이 달린 니트모자가 떨어져 있었고 그것과 마찬가지로 간이치가 녹초가 된 것처럼 보였다.

"먹음직스런 냄새가 나네."

가스레인지에 올려놓은 냄비 뚜껑을 열어보니 탁한 황금색에 먹음직스러워 보이는 양념장이 발라진 방어 무 조림이 담겨 있었다.

"와, 맛있겠다. 나, 배고파."

간이치는 아무 말 없이 미야코의 얼굴을 바라보고 있었다.

"왜 그래? 피곤해서 그래?"

"아니, 아무것도 아냐. 밥 먹자, 밥. 냉장고에 어제 만든 톳나물이 들어 있으니 꺼내."

3월 말이 지나자 백수가 된 간이치는 부탁하지도 않았는데 미야코가 오전 근무를 서는 날에는 이렇게 저녁을 차려주게 되었다. 반찬은 건어물이나 콩을 졸이거나 생선을 단지 굽기만 하는 소박한 것뿐이었지만, 엄마나 아빠가 만드는 것보다 맛있었다.

"오늘 스마트폰 깜박한 거 있지. 라인 못 읽어서 미안. 엄마가 가져다줬어."

 조금 전에 라인으로 썼던 것과 같은 소리를 미야코는 했다. 읽음이라고 되어 있었지만 간이치로부터 그에 대한 대답이 없었다.

"응, 좀 전에 봤어."
"아울렛까지 왔댔지? 뭐 샀어?"
"신발."
"어떤 신발?"
"가죽구두. 너무 낡아서."

 취업준비용 구두? 라고 물으려다가 질문을 멈췄다.

 냉장고에서 톳나물이 담긴 작은 그릇을 꺼내 테이블에 놓았다. 다 지은 지 시간이 딱히 지나지 않았는지 아직 따스한 흰밥을 자신의 밥그릇에 폈다. 간이치는 싱크대 밑에 놓여 있던 병에 담긴 쌀겨된장에 손을 넣어 절임을 꺼내고 있었다.

"맛있겠다. 잘 먹을게."
"응, 많이 먹어."

 취업준비에 대한 이야기를 미야코는 제대로 묻지 못하고 있었다. 간이치는 미야코에게 돈을 빌리지 않고 살고 있었고, 오히려 저녁까지 차려서 대접한다. 결혼 약속을 한 것도 아니니 경제적인 사안에 대해서는 말을 꺼내기가 어려웠다.

 간이치가 취업준비를 하는 기미는 보인다. 가끔 벽에 걸린 슈트를 입은 흔적이 있고, 요전번에는 길게 자란 머리를 갑자기 짤막한 스포츠머리로 깎았다. 그래서 머리가 썰렁하다고 해서 미야코는 자신의 니트모자를 그에게 주었다. 형광 오렌지색인 그 모자를 간이치는 '멍청해 보이는 색'이라며 웃었던 것치고는 마음에 들었는지 요즘에 늘 쓰고 다녔다.

고타쓰 이불을 걷어낸 테이블에서 텔레비전을 보며 식사를 했다. 미야코는 흰밥에 간이치는 소주에 방어 무 조림을 찍어 먹었다. 틀어놓은 방송은 소란스러운 퀴즈 프로그램이었다. 간이치는 퀴즈 프로그램을 보면 도쿄대 출신인 연예인 못지않게 정답을 맞춘다. 오늘도 그는 텔레비전에 나오는 도전자가 화이트보드를 카메라에 대기 전에 답을 말했다. 대부분 정답으로 그때마다 미야코와 그는 "예에!"라며 주먹을 맞부딪치며 웃었다.

사실은 웃음을 멈추고 마음에 걸리는 점을 모두 털어놓고 싶은 심정이 한가득이었다.

취업준비는 어떻게 돼가고 있어? 저축은 어느 정도 했어? 우리 부모님이 널 집에 데리고 오라고 했는데 어떻게 할래? 직장이 정해지고 나서 만날래? 아니면 무직이더라도 당당하게 갈래? 아니면 안 갈래?

말을 꺼내면 멈출 수 없을 것 같아서 미야코는 마음을 삼키듯이 요리를 계속해서 입에 넣었다.

"왜 그래? 얼굴이 무서워 보여."

"저기, 간이치."

"왜?"

"우리 부모님이 사귀는 사람을 한 번 데리고 오라고 하는데."

아, 말하고 말았다. 미야코는 테이블에 시선을 떨어뜨린 채 그리 생각했다. 간이치의 얼굴을 볼 수 없었다. 테이블 건너편에서 질색하고 있을지도 모를 표정을 보고 싶지 않았다. 잠시 텔레비전 소리만 방 안에 울렸고 광고로 전환된 타이밍에 간이치가 입을 열었다.

"괜찮은데? 난 언제든지 좋아. 한가하니까."

의외의 답에 미야코는 고개를 들었다.

"응? 뭐라고? 괜찮아?"

"오미야도 우리 아빠 만나줬잖아."

"……아, 그랬지."

4월에 온천여행을 갔다가 돌아오는 길에 간이치 아버지를 만났다. 만났다고 해야 할까, 면회를 간 것이었다.

4월에 간 온천여행은 고작 1박 2일이었지만, 간이치에 대해서 몰랐던 과거와 사정을 알게 되어 놀라움으로 가득한 짧은 여행이 되었다.

그가 지인에게서 숙박권을 얻어 나스에 옛날부터 있는 큰 관광호텔에 묵으러 가게 되었다. 어릴 적 텔레비전 광고로 자주 보던 호텔이었다.

가족 동반이나 연세가 지긋한 사람들, 연회가 목적인 단체 손님이 대거 묵으러 오는 온천 호텔이다. 볼링장이나 수영장까지 있다. 밤에는 가요 무대가 펼쳐지고 출연하는 엔카 가수의 열렬한 팬인 아주머니들이 전국에서 모여든다고 한다. 예전이었다면 모처럼 가는 여행이니 조금 더 나은 곳에서 묵자고 말했을지도 모른다. 하지만 간이치와 함께라면 유별나게 멋스런 호텔보다 그런 곳이 더 즐거울 테고, 지금의 자신에게도 격에 맞지 않나 미야코는 생각했다.

자신이 운전해서 현 밖으로 나간 적이 없는 미야코는 자신이 없어서 간이치에게 운전을 해달라고 부탁했지만 "피곤하면 바꿔줄게"라며 히죽히죽 웃기만 하고 운전석에 앉으려고 하지 않았다. 고속도로를 타는 건 운전교습소 이후 처음이라서 긴장했지만 평일이라 한산한 도로는 운전하기 쉬웠고 김이 샐 만큼 금방 나스에 도착했다.

예정보다 훨씬 빨리 체크인했기 때문에 인기만점이라는 가족탕을 빌릴 수 있었다. 노천탕에서 산들이 내다보였고 지저귀는 새소리를 들으며 둘이서 느긋하게 뜨거운 물에 몸을 담갔다. 등을 서로 씻어주고 머리를 서로 감겨주었다. 간이치는 알몸으로 바위에 엎드려 눕거나 큰 소리로 노래를 부르기도 했다.

마른 것치고는 근육이 다부진 간이치는 유카타가 잘 어울렸다. 탕에서 수다를 떨 때는 초등학생 같았는데 유카타를 걸치자 갑자기 색기가 뿜어져나와 미야코는 쑥스러워서 고개를 숙이고 말았다.

상대의 유카타 차림에 허둥대는 것은 남자 쪽일 텐데 이래서는 반대가 아닌가 하고 미야코는 자신의 반응에 조금 분했다.

방으로 돌아오자 간이치는 맥주를 한 손에 들고 책을 읽기 시작했지만, 미야코가 머리를 말리거나 얼굴에 크림을 바르는 동안에 싱겁게 잠이 들고 말았다. 다다미 위에서 굴러다니는 그에게 벽장에서 담요를 꺼내 덮어주면서 미야코는 흐뭇하기도 하고 서글프기도 한 복잡한 심정을 맛보았다.

나스에는 예전 연인과 숲속에 세워진 숙박시설을 갖춘 레스토랑에 묵으러 온 적이 있다. 도시에서는 생각할 수 없을 만큼 공간을 널찍하게 활용한 레스토랑이나 룸 테라스에서 바라보는 녹음의 정원이 꿈처럼 멋져서 놀랐다. 하지만 즐거웠는지 아니었는지는 잘 모르겠다. 그가 거금을 내고 구입한 그 비일상에서 자신도 아름다운 광경의 일부가 되어야 한다는 생각에 계속 신경이 곤두서 있었다.

그때에 비하면 자신은 진심으로 편안하다. 하지만 그때와는 또 다른, 오히려 지금이 더 말로 표현할 수 없는 위화감이 마음 구석에 찰싹 들러붙어 있는 듯했다.

저녁 식사인 뷔페는 미야코가 상상했던 것보다 훨씬 호화로웠다. 거대한 접시에 산더미처럼 담긴 요리가 끝없이 펼쳐져 있었다. 양식도 일식도 중식도, 샐러드도 고기도 생선도 디저트도, 일반적으로 생각나는 요리들의 진수성찬이 나란히 놓여 있었다.

푹 자고 난 간이치는 신이 나서 연달아 요리를 가져와 테이블에 늘어놓았다. 튀김이나 로스트비프, 회나 카레라이스, 자신이 직업으로 다루는 초밥도 태연한 얼굴로 가지고 왔다. 조합이 뒤죽박죽이라서 맨 처음에는 당황하여 뭐부터 즐겨야 할지 알 수 없었지만, 널찍한 레스토랑 안에서 여러 사람들이 똑같은 유카타 차림으로 욕망대로 요리를 먹는 그 열기에 압도당해 점점 죄책감과 같은 게 마비되어 가는 것을 느꼈다. 진즉에 배가 불렀을 텐데 다른 맛, 다른 식감으로 이어지는 욕구가 멈추지 않게 되어 얼마든지 위로 들어갔다.

진이 빠질 정도로 먹고서 레스토랑에서 나와도 아직 초저녁이었다. 소화시키려고 산책이라도 갈까 이야기하는데 간이치는 기념품 가게 안에서 탁구장을 발견해 같이 하자고 졸라댔다. 유카타에 슬리퍼를 신은 채 입구에서 라켓을 빌렸다.

그는 미야코가 경험자라고 생각하지 않았는지 라켓을 쥐는 법까지 어린 딸에게 가르치는 것처럼 알려주었다. 미야코는 일부러 아무 말도 하지 않고 순순히 따랐다. 그리고 간이치가 힘을 조절해서 탁구공을 천천히 쳐서 보내자 미야코는 채를 크게 휘둘러 힘껏 되받아쳤다. 엔드라인에 아슬아슬하게 공이 탁 소리를 내고 튕겨나갔다. 간이치가 눈을 끔벅거렸다.

"꾸물대지 마! 얼른 쳐!"

미야코가 소리를 지르자 간이치가 놀란 얼굴로 이번에는 강하게 서브를 넣었다. 손 언저리로 날아온 탁구공에 라켓을 덮어씌우다시피 해서 거세게 반격했다.

뷔페에서 술도 무제한이었기에 상당히 취해 있던 간이치는 어딘가로 날아가 버린 공을 허둥지둥 찾으러 가서는 맥없이 서브했다. 그때마다 미야코는 그가 되받아칠 수 없는 곳을 노려 공을 재빨리 내리쳤다. 간이치는 결국 웃음이 터져 웅크리고서 웃기 시작했다.

라켓을 반납하고 엘리베이터를 타고서도 여전히 웃음이 사그라지지 않던 간이치는 "오미야 최고야"라고 몇 번이나 말했고, 그에게 그런 소리를 듣자 상당한 우월감에 자극을 받았다. 한숨 돌리고서 공용 온천에 가자고, 그리고 이번에는 볼링 대결이라고 말하며 슬리퍼 소리를 내며 걸어가는데 룸 앞에 젊은 남자가 서 있었다.

"간이치 씨!"

돌아본 그 남자가 소리를 높여 미소를 지으며 달려왔다. 와이셔츠에 넥타이, 그 위에 호텔 이름이 들어간 핫피(기장은 허리와 무릎 사이이며 등에 커다란 상호명이 적혀 있는 일본의 전통의상)를 입고 있으니 종업원일 것이다.

"오, 마사루!"

"간이치 씨, 얼굴 봐서 다행이에요."

그 남자는 마치 강아지처럼 눈을 반짝반짝 빛내며 간이치를 올려다보고 있었다. 아직 스물 남짓 되어 보이는 청년이었다. 헤어스타일이 요즘에는 흠칫할 만한 펀치파마로 이마에 면도날 자국이 남아 있어서 앳된 티가 남아 있는 얼굴과 균형이 맞지 않았다.

"이 녀석이 숙박권을 준 마사루."

미야코는 다급히 고개를 숙였다. 간이치는 미야코를 가리키더니 "이 친구는 오미야"라고 말했다. 무성의한 소개에 인상을 찌푸리자 마사루가 "안녕하십니까!" 하고 고개를 깊이 숙였다.

"여자친구분, 묵으러 와주셔서 정말 기쁩니다! 전 간이치 씨에게 쭉 신세를 져온 마사루라고 합니다. 여기 일도 간이치 씨가 찾아줘서 정말 감사히 여기고 있습니다!"

마사루는 키가 작고 웃는 입가에서 들여다보이는 치열이 고르지 않았다. 정면에서 마주하면 어딘가에서 본 적 있는 얼굴 같은 느낌이 들었다.

"딱히 직업적으로 도와준 적 없어. 모집하나 보다라고 말했을 뿐이잖아."

"그게, 저는 일을 찾을 마음이 없었기도 하고 고향이 아닌 곳에서 일하기 싫다고 고집을 부리고 있었는데 간이치 씨가 타일러줘서 정말 다행이었죠."

"타이른 적 없거든?"

"간이치 씨한테 가업을 잇고 싶거든 밖에서 일해 보는 편이 분명 낫다는 소리를 못 들었으면, 전 그대로 낙담했을 거예요. 다들 망연자실해하면서 이제 어째야 하나 하고 있는데 진흙투성이가 된 집을 간이치 씨 일행이 정리해주고 밥도 쭉 차려줘서 아버지도 어머니도 누나도 정말 부처님이나 마찬가지라고."

"부처는 얼어 죽을 무슨! 죽고 싶냐? 누나는 건강해?"

"네! 아 맞다! 애가 생겼다고 연락 왔어요!"

"어, 그래? 요전번에 만났을 때는 아무 말도 없더니만."

"간이치 씨라서 말 못한 거 아닐까요? 흠모하는 남자니까."

두 사람이 웃으며 이야기하는 것을 미야코는 굳은 미소를 띤 채 듣고 있었다. 무슨 소리인지는 모르지만, 어쨌거나 이 남자아이는 간이치에 심취된 모양이다.

"전 지금부터 야근이라서 아침엔 비번이에요. 방해가 되지 않는다면 이 부근 안내해드릴게요!"

"아니, 내일은 아버지가 있는 곳에 들렀다 갈 거야."

어, 하고 미야코가 간이치 쪽을 쳐다보았다. 아버지가 있는 곳?

"그래요? 기껏 오랜만에 만났는데 아쉽네요. 아버지, 건강 안 좋으세요?"

"아냐, 그냥 어떻게 지내는지 보러 가는 거야. 숙박권, 줘서 기뻤어. 마사루가 잘 해나가고 있다는 것도 알았고. 또 한잔하자."

"네! 그럼 다음번에는 여자친구분이랑 같이 집 쪽에 오세요!"

"응, 알겠어. 수고해!"

몇 번이나 돌아보면서 마사루는 복도에서 사라져갔다. 그가 모퉁이를 돌아 보이지 않게 되자 간이치는 아이고, 라는 듯이 자신의 어깨를 두드리며 방으로 들어갔다. 미야코는 그 뒤를 쫓아갔다. 간이치는 "몸이 식었어. 온천에 가자"라고 노래하듯 말하더니 타월을 손에 들었다.

"잠깐만!"

따라잡은 미야코는 간이치의 등을 두드렸다.

"왜?"

"나한테 설명할 게 많을 텐데."

"설명이라니?"

"지금 저 아이, 무슨 관계야? 아니, 내일 어딜 간다고 지금 말한 거야?"

"음, 아버지가 계신 곳?"

미야코는 한 걸음씩 나아가 그의 유카타 목 언저리를 쥐고 흔들었다.

"아버지라니 누구?"

"아버지라면 아버지지. 우리 아버지."

"아버질 만나러 가는 거야? 나도 같이?"

간이치는 고개를 갸웃거리더니 잠시 생각하는 표정을 지었다.

"싫으면 나 혼자 갈 테니 괜찮아."

"싫다는 게 아니라 들은 적이 없다는 소리야! 왜 말 안 했어?"

"아니, 나중에 말하려고 했어."

"그런 말이라면 더 일찍 해! 난 그럴 마음의 준비가 안 돼 있단 말이야. 선물도 안 샀고 옷도 청바지밖에 없고."

"무슨 소리야. 그딴 건 아무래도 상관없어. 아니, 이 이야긴 온천 다녀와서 천천히 하자."

"지금 말해!"

"지금 온천에 안 가면 난 졸린단 말이야. 몸을 지지고 나서 천천히 대화하자. 기껏 온천에 왔으니까, 오, 미, 야."

간이치는 다정하게 머리를 한 번 쓰다듬어주었다. 더 이상 추궁하지 못하고 석연치 않은 기분으로 미야코는 잠자코 간이치의 옷깃을 놓아주었다.

말없이 둘이서 공동 온천으로 갔다가 남탕과 여탕으로 나뉘어진 포렴을 빠져나왔다. 방으로 돌아오자 먼저 돌아와 있던 간이치는 깔린 이불에 들어가서 푹 잠들어 있었다.

미야코는 무심코 그의 등을 걷어찼지만, 한 번 잠이 든 간이치는 몇 번을 걷어차도 일어나지 않았다.

"뭘 비밀로 한 적 없다니까."

아침식사 자리에서 미야코는 불편한 심기로 낫토를 휘저었다. 어젯밤과 같은 레스토랑에서 먹는 똑같은 뷔페였지만 꿈에서 깬 것처럼 현실적인 식사가 놓여 있었다.

"간이치는 자기 이야긴 아무것도 안 하니까."

"오미야가 안 물으니까 그렇지."

"안 물은 내가 잘못했단 소리야?"

"잘못했다곤 안 했어."

줄곧 뚱한 표정을 짓고 있는 미야코를 보고 간이치도 불쾌해졌는지 거친 태도로 밥공기의 밥을 급히 먹었다. 어젯밤에 그렇게나 배를 잡고 웃었던 게 거짓말 같았다. 어색한 분위기로 두 사람은 돌아갈 채비를 하고 체크아웃을 했다.

오늘이야말로, 하고 미야코는 재빨리 조수석에 앉았다. 간이치는 하는 수 없다는 얼굴로 운전석에 앉았다.

"아버지, 어디에 살고 계셔?"

"살고 있다고 할 수 있으려나, 요양시설이니까. 치매라서 이젠 날 잘 모르셔."

"어, 그랬어?"

"미토니까 두 시간 정도 걸리겠네."

내비게이션을 보지 않고 간이치는 익숙한 모습으로 차로 달렸다. 도로가 상점조차 없는 시골의 일반도로를 담담하게 나아가면서 그는 드문드문 이야기하기 시작했다.

자신은 아버지가 쉰 때 낳은 자식으로, 그래서 아버지는 이미 여든을 넘었다는 것. 누나가 한 명 있는데 아버지와 전처 사이의 딸이라고 간이치는 말했다.

아버지는 초밥 장인으로서의 실력은 나쁘지 않았지만, 좌우지간 애주가로 일단 마셨다 하면 제어가 되지 않아서 만취하여 가게를 열지 못할 때도 있었다. 허세가 심해 살림에 여유가 없는데도 마시러 가면 친구의 술값까지 전부 계산했다. 몰래 사채로 끌어다 쓴 돈은 어느새 눈덩이처럼 불어났고 가게에 빚쟁이들의 전화가 걸려오는 건 일상다반사였다.

전처는 아직 어린 딸을 팽개치고 가출했고 아버지는 망연자실해하면서도 딸을 주위 사람들이 놀랄 만큼 성실하게 보살폈다. 하지만 남자 혼자서는 한계가 있어서 간이치의 엄마와 만나 바로 재혼을 했다. 간이치가 태어나고 한동안은 아버지의 방탕한 삶도 안정을 되찾았고 술만 입에 대지 않으면 사람 좋고, 맛있는 초밥을 만들어내기에 동네 사람에게 존경받던 아빠를 간이치 또한 존경하기도 했다. 자신이 가업을 잇는 건 자연스러운 일이라고 생각하며 자랐다.

하지만 회전초밥이나 초밥배달 전문점에 고객을 빼앗기게 되어 아버지의 음주량이 다시 늘었다. 후일 아버지는 오랜 세월에 걸쳐 거나하게 음주를 한 탓인지 기억에 이상 증상이 나타나 주문이나 계산을 잘못해서 단골을 몇 번이나 화나게 만들었다. 이 시점에서 간이치의 엄마는 전처와 마찬가지로 아빠에게 오만 정이 다 떨어져 집을 나갔다. 간이치는 자신이 밖으로 수행하러 나갔다가 돌아와서 가게를 이을 테니 그때까지 가게를 쉬어달라고 부탁했다. 지칠 대로 지친 아버지는 순순히 그가 하는 말을 들었지만, 가게를 닫자 순식간에 치매가 진행되었다. 집이 딸린 가게를 팔아 아버지가 시설로 들어갈 돈을 마련했다.

거기까지 단숨에 말한 간이치는 뜸을 들인 후 "끝"이라고 말했다. 미야코는 단지 "응"이라고 고개를 끄덕였다.

무슨 말을 해야 좋을지 알 수 없었다. 자신의 어머니의 갱년기장애는 축에도 못 낄 심각한 이야기가 아닌가. 미성년자인 아이를 두고 나가버린 엄마가 현실에 존재한다는 사실에 미야코는 충격을 받았다. 간이치는 지금까지 그런 말을 한 번도 한 적이 없었고 그런 분위기를 풍긴 적도 없었다.

미야코는 "편의점 있으면 쉬다가자"고 읊조리듯이 말했다.

길가에서 편의점을 발견하고 간이치는 차를 세웠다. 미야코는 캔커피를 사서 가게 앞 재떨이 앞에서 담배를 피우는 간이치에게 건넸다. 그리고 가방에서 사진이 들어 있는 봉투를 꺼내 그에게 내밀었다.

어젯밤 간이치가 잠든 후 예의 사진을 보고 그 안에서 마사루를 발견했다. 어제 본 모습보다 훨씬 귀염성은 없었지만, 특징적인 삐딱한 치열로 마사루라는 사실을 알았다.

"이 옆에 찍힌 사람, 어제 그 애지?"

"오, 그리운 사진이네. 어라, 오미야가 왜 이걸 가지고 있어?"

"전에 빌린 상의 주머니에 들어 있었어. 왠지 신경 쓰여서 쭉 내가 가지고 있었어. 허락 없이 가지고 가서 미안."

"별 상관없어."

"별 상관없다고?"

"상관없어, 딱히."

간이치는 한쪽 뺨으로 웃었다.

"이 사람들이 어떤 친구인지 나 왠지 못 묻겠더라고."

"흠, 물어도 되는데."

"그래? 어떤 관계야?"

"흠."

"거봐, 뜸들이잖아! 왠지 그런 면 때문에 너한테 뭘 묻기가 그래."

"알겠어. 말할게. 그 녀석들 봉활 동료들이야."

"봉황? 새?"

"지진 봉사활동. 도호쿠 지진 때 이바라키도 해안가는 해일로 심각했거든. 마사루 부모님이 우리 아버지 후밴데 바다 근처에서 민박을 하고 있다가 파도가 덮쳐서 난리도 아니었어. 그래서 부탁을 받아 정리하러 갔어. 사진에 찍혀 있는 그 여자는 마사루 누나고. 그리고 현지에 봉사활동 하러 온 사람들이고."

"뭐어어어어?!"

생각지도 못했던 소리를 듣고 미야코는 무심코 큰 소리를 내고 말았다.

"저기. 오미야. 그런 반응을 보일 줄 알아서 말하기 힘들었어."

"그야."

"이제 그만 가자."

옆을 처다보더니 간이치는 담배를 비벼서 껐다.

미토 시내에 있는 요양 시설에는 점심 전에 도착했다. 주택가 안에 평범하게 자리한 그다지 크지 않은 건물이었다. 콘크리트 벽에 시설 명칭만이 파스텔 색으로 쓰여 있어, 그 위화감이 미야코에게 불안감을 불러일으켰다.

미야코는 고령자용 시설에 발 디딘 적 없어서 이런 장소에서 어떻게 행동해야 할지 몰라 긴장하고 있었다. 미야코의 할아버지나 할머니는 이미 돌아가셨다. 어릴 적에는 놀러 간 적도 있지만 정이 돈독하지는 않았다.

간이치는 접수를 마치더니 엘리베이터에 타지 않고 가벼운 발걸음으로 계단을 3층까지 올라갔다. 미야코는 오로지 열심히 따라갔다.

3층 엘리베이터 홀을 빠져나가자 널찍한 거실 같은 공간이 있었고 몇몇 노인이 휠체어를 탄 채 테이블 주변에 모여 앉아 있었다. 인테리어는 병원과 별반 다르지 않았다. 어디서부터인지 다싯물 냄새가 감돌고 있어서 점심시간이 가까워졌구나 싶었다.

노인들은 미야코와 간이치가 들어와도 아무도 그쪽을 보지 않았다. 저마다 가만히 엉뚱한 방향으로 고개를 돌리고 있었다. 간이치는 곧장 창가에 있는 노인을 향해 걸어갔다.

다른 노인에 비해 큰 사람이었다. 그 커다란 등을 웅크리고 멍하니 있었다. 간이치가 "나 왔어"라고 말을 걸자 천천히 고개를 들었다. 얼굴이 검붉어서 미야코는 흠칫했다. 피부가 타서 검은 것과는 달랐다. 검은 얼굴 안에서 큼직한 주먹코가 불길하게 빨갰다. 그 사람은 대답도 하지 않고 미소도 짓지 않았다. 간이치는 휠체어 앞에 쪼그리고 앉아 그의 팔 부근을 가볍게 두드렸다.

"아버지, 잘 지냈어?"

그 사람의 뺨이 살짝 누그러든 것처럼 보였다.

"잘 지낸 것 같네. 누나는 최근에 왔어?"

답이 돌아오지 않아도 간이치는 평범하게 그 사람에게 말을 걸었다. 문득 일어나더니 방구석에 포개어져 놓여 있던 둥근 의자를 가져와서 미야코 앞에 놓았다. 그리고 앉으라고 했다. 미야코는 살포시 앉았다.

"아버지, 이 사람은 오미야야."

그 사람이 미야코 쪽으로 고개를 살짝 돌렸다. 주름 속에 매몰될 듯한 코끼리 같은 눈이다.

"간이치랑 오미야 할 때의 오미야 말이야. 금색야차야, 엄청나지?"

미야코는 고개를 어색하게 숙였다. 그때 폴로셔츠 차림의 남성 직원이 다가와 간이치에게 말을 걸었다. 두 사람은 안면을 튼 사이인지 거리낌 없이 인사를 나누고 있었다.

때마침 점심이 나와서 간이치는 이유식처럼 걸쭉한 음식을 한 술 한 술 아버지 입으로 떠넣었다. 그는 먹는 데 집중하지 못하고 아기처럼 도중에 멍하니 있거나 입에서 흘리기도 했다. 간이치는 끈기 있게 말을 걸거나 아버지 입가를 닦아주며 한 시간 이상에 걸쳐 그릇에 담긴 식사를 먹어치우게 했다. 미야코는 오로지 양손을 꼭 쥐고 그 모습을 지켜보는 수밖에 없었다.

그리하여 1박 2일 여행으로 미야코는 모르고 지내던 간이치의 과거를 알았다.

그가 만든 저녁을 다 먹고 미야코는 허름한 부엌에서 그릇을 씻었다.

간이치는 어느새 또다시 다다미에 엎드려 잠이 들어버렸다. 사귀기 시작할 무렵에는 몰랐지만, 참 잘 자는 사람이다. 시선을 잠시 떼고 나면 고양이처럼 어디서든지 잠이 든다.

미야코는 젖은 손을 닦고서 간이치의 곁에 살며시 웅크렸다. 감고 있는 속눈썹이 의외로 길다. 숨을 쉴 때마다 오르락내리락 거리는 가슴이 처음 만났을 때보다 얇아진 느낌이 들었다.

그 나름대로 다음 일이 구해지지 않는 것이나 아버지 일로 끙끙 앓았을지도 모른다. 하지만 고민이 있어서 몸을 뒤척이는 일은 없는 듯해서 살짝 열이 받았다.

자신이었다면 연인이 와 있을 때 잠드는 일은 없을 것이다. 그처럼 타인을 배려하지 않을 수 있다면 얼마나 홀가분하겠나 싶었다.

하지만 간이치는 배려심이 없는 게 아니다. 오히려 자신보다 타인을 위해서 훨씬 온힘을 다 한다.

치매에 걸린 부모님을 돌보는 일뿐만 아니라 재해 봉사활동을 가서 타인을 위해서도 활동하고 있다. 자신의 시간을 남을 위해 아낌없이 쓰고 그것에 불평을 부린 일은 한 번도 없었다.

요전번 여행으로 간이치의 그런 면을 알게 되어 마음이 움직였다. 감동했다기보다는 동요했다. 예전 연인이 경제적으로 풍족해도 냉혈한이었기에 그 꾸밈없는 온기에 놀라고 말았다.

그 놀라움은 시간이 지나면서 그에 대한 애정을 깊어지게 하는 작용에서 자기혐오로 변모하여 서서히 스며들었다.

미야코는 주변 사람을 세심하게 신경 쓰며 배려심도 가지고 살아가고 있다고 생각해왔다. 하지만 막상 가족이 병에 걸리자 자신의 시간을 바쳐서 보살피는 일이 정말 싫어서 견딜 수 없었다. 친부모에게도 그러하니 생판 남에게 무상으로 무언가를 하는 건 생각해본 적도 없다. 간이치에 비하면 자신은 매정하다. 충치에 물이 스며드는 것처럼 마음속이 삐걱댔다.

손을 뻗어 간이치의 뺨을 조심스럽게 어루만졌다. 조금 자란 수염이 손끝에 까칠하게 닿았다. 몸을 구부려 웅크려 그의 메마른 입술에 자신을 입술을 가져갔다. 그가 숨을 내쉬자 담배 냄새가 코를 찔러 입술이 닿기 직전에 미야코는 움직임을 멈추었다.

테이블 건너편에 빈 소주병이 쓰러져 있다는 사실을 알아차렸다. 거무스름한 얼굴을 하고 있던 그의 아버지가 뇌리에 스쳤다.

간이치는 여차할 때 분명 누구보다도 자상할 것이다.

하지만 살아가는 긴 시간 속에서 '여차'는 어느 정도의 길이일까.

"저기, 나 갈게."

어깨를 쥐고 흔들었다. "흐음" 하고 그의 목소리가 새어나왔다.

"이불에서 제대로 자."

"……응, 운전 조심해."

간이치는 몸부림을 쳐서 등을 말고 또다시 숨소리를 쌔근쌔근 내기 시작했다. 최근에 그는 더 이상 미야코를 배웅해주지 않는다.

혼자서 방에서 나와 근처 유료 주차장까지 천천히 걸어갔다. 동전을 기계에 넣자 인적 없는 주차장에 그 소리가 몹시 크게 울렸다.

차에 올라타서 스마트폰을 쥐었다.

집으로 돌아가기 전에 누군가와 이야기를 나누고 싶었다. 지금 간이치와 즐거운 시간을 보냈는데 즐거웠다는 뒷맛이 느껴지지 않아서 누군가와 실없는 소리를 하면서 웃고 나서 하루를 마치고 싶었다.

소요카? 에리? 벌써 늦은 시간이니 둘 다 잠들었을지도 모른다. 그렇게 생각하면서도 "오랜만이네. 잘 지내?" 하고 짤막한 메시지를 보냈다.

소요카에게는 최근에 간이치와 있었던 일을 왠지 모르게 말하기 꺼려져서 보고하지 않게 되었다. 두 사람 다 읽었다는 표시가 어지간히 뜨지 않았다. 포기하고 시동을 걸어 출발하려는

데 라인 착신음이 울렸다. 답장인가 싶어서 보니 냥 씨이었다.
 '나의 미야코 씨, 잘 지내요? 다음 주에 데이트해요. 무슨 요일이든지 오케이예요.'
 미야코는 어둠 속에서 빛나는 스마트폰 화면을 빨려들다시피 계속해서 응시했다.

 연애가 잘 풀리지 않을 때는 적어도 일만이라도 순조롭게 풀렸으면 하지만, 그렇지 않을 모양이었다.
 이튿날 아침 출근하자 점장이 성큼성큼 걸어와서 느닷없이 미야코의 팔을 붙들고 "잠깐 와봐" 하고 뒤로 끌고 갔다. 눈초리가 치켜 올라가 있어서 무언가 상당히 어처구니없는 실수를 저질렀나 싶었지만 짚이는 구석이 없었다.
 "왜 그러세요?"
 "나카이 씨가 블루십에서 일하는 거 알고 있었어?"
 미야코의 위팔을 붙든 채 숨죽인 목소리로 점장은 말했다.
 "네?"
 "옆 매장 사람한테 듣고서 지금 보고 왔어. 그랬더니 태연한 얼굴로 상품 진열을 하고 있더라고."
 미야코는 입을 떡 벌렸다.
 나카이 안나의 문제는 진즉에 해결됐다고 생각했다.
 미야코는 MD인 도마와 점장에게 부탁을 받아 거절하지 못하고 안나를 불러내 블로그에 대해 이야기를 꺼냈더니 그녀는 딱히 동요하는 기색 없이 "알겠어요"라고 고개를 끄덕였다. "요노 씨까지 신경 쓰게 만들어서 죄송해요"라고 미소마저 띤 채 고개를 숙였다. 다행이다, 이해해주었구나, 라고 안도했던 것도 찰나, 그다음 주에 본사에 사표를 제출하고 유급휴가를 쓰겠다고 말하더니 인사도 대강하고 출근하지 않았다.

그래서 솔직히 놀랐다. 그녀의 기분을 상하지 않게 말했다 싶었는데 그녀도 그 마음을 이해해준 것처럼 보였는데. 딱히 관둘 필요까지는 없는데 싶어서 안나의 사고방식이 이해되지 않았다.

점장은 "관둬주는 게 차라리 홀가분하지"라고 말했으면서 막상 정말 안나가 관두니 근무 시간표가 엉망진창이 되어 자신의 휴무일이 없어졌다고 불쾌한 기색을 노골적으로 드러냈다. 하지만 옷가게에서 사람이 갑자기 그만두는 일은 일상다반사다. 더 이상 신경 쓰지 말자고 미야코는 마음가짐을 바꾼 차였다.

"정말인가요?"

"요노 씨, 알고 있지 않았어?"

"설마요. 몰랐어요."

점장은 한숨을 쉬고 아래를 쳐다보았다.

"요즘 애들은 대체 무슨 생각으로……."

말끝이 흐려지며 들리지 않았다. 오른손으로는 미야코의 팔을 매달리다시피 붙잡고 있었다.

같은 쇼핑몰이나 쇼핑센터 안에서도 고용주는 매장마다 달라서 가게를 옮겨도 위반은 아니다. 하지만 같은 업종으로 근처에 있는 매장으로 옮기는 것은 확실히 매너 위반이었다. 미야코는 자신이 매장에서 점장을 맡고 있었을 때 같은 일을 겪은 적이 있다. 이런 일을 당하면 상당히 정신적으로 버겁다.

"……요노 씨도 관둘 거면 일찌감치 말해."

197

"안 관둬요."
"다른 사람은 어떠려나. 관두고 싶다고 하려나?"
"걱정 마세요. 나카이 씨가 이상한 거예요."
점장의 옆얼굴은 긴 머리카락에 가려져 보이지 않았지만 어깨를 떨고 있었다.

일을 하고 있어도 왠지 동요하는 마음이 가라앉지 않아 안절부절못한 상태로 휴식 시간이 되었다.
안나 일은 원래부터 꺼림칙했지만 근본적으로 양립하기 힘들다는 것을 잘 알았다. 짜증나는 일이지만 이제 엮일 일도 없고 자신이 침울해해도 별수가 없다.
그렇게 자신을 타이르면서 도시락을 가지고 휴게실 문을 열었더니 자판기 앞에 키가 큰 여자의 등이 보였다. 구입한 음료를 몸을 숙여서 집어들더니 이쪽으로 돌아보았다. 안나였다. 미야코는 반사적으로 문을 닫고 발걸음을 되돌려 복도를 걸어가기 시작했다.
널찍한 쇼핑몰에는 휴게실이 여러 개 있어서 어디든 자유롭게 사용할 수 있었다. 그런데 안나가 예전과 같은 휴게실을 사용하고 있다는 사실에 놀랐다. 예전 매장 사람과 맞닥뜨리면 거북하다는 감각이 없는 걸까.
"요노 씨."
놀라서 돌아보자 안나가 웃으며 서 있었다.
"왜 제 얼굴을 보고 도망치세요?"
숨을 죽이고 그녀의 얼굴을 바라보았다.
"그렇게 귀신이라도 본 것 같은 표정 짓지 마세요. 저도 지금부터 점심 먹을 거예요. 같이 먹어도 될까요?"

거절해도 되는 건 알지만, 미야코는 조금 전에 점장이 자신에게 그러했듯이 그녀의 팔을 붙들고 통로 안쪽으로 잡아당겼다. 점장도 곧 휴식 시간이기에 우연히 마주치게 하고 싶지 않았다.

매장에서 제일 먼 휴게실로 안나를 데리고 가서 테이블을 사이에 두고 마주보았다. 미야코는 가지고 온 도시락을, 안나는 편의점에서 사온 모양인 샌드위치를 펼쳤다.

"요노 씨는 재미있는 사람이네요. 거북해서 숨어야 하는 건 저잖아요."

명랑하게 말해서 미야코는 발끈하는 기분이 들었다.

"그럼 거북해하며 숨으면 되잖아요?"

"그런데 전 딱히 거북하지 않은걸요. 아무 잘못도 없으니까요."

식욕이 싹 달아났지만, 먹지 않는 것도 분해서 미야코는 볶은 소시지나 계란프라이를 연달아 입에 넣었다. 그리고 도시락에 시선을 떨어뜨린 채 말했다.

"어디서 일하든 그건 개인의 자유지만, 이건 좀 너무하네요. 우리 쪽에서는 불쾌하고 이직한 매장에서도 이 사람은 배신한데다 민폐까지 끼치고 관두고 온 사람이니 우리 매장에서도 그런 일을 벌이고 관둘지도 모른다고 볼 수도 있고요."

"그렇게 생각하는 사람도 많이 있긴 하죠. 제 이직 위험부담까지 걱정해주셔서 감사합니다."

"점장님 우셨어요."

"아니, 그게 울 일이에요? 울 바엔 좀 더 할 수 있는 일이 있지 않았을까요?"

미야코가 단호하게 말해도 그녀는 태연했다. 말이 너무 안 통해서 지치는 기분이었다.

잠시 말을 주고받지 않고 식사를 했다. 안나는 빨대로 주스를 빨아 마시며 작게 콧노래마저 부르고 있었다. 불쾌해서 무심코 미야코 쪽이 먼저 입을 열었다.

"블로그로 주의받은 게 그렇게 마음에 안 들었어요? 정사원이니 관둘 것까진 없었잖아요."

"어머, 아니에요. 그 일로 관둔 건 아니에요. 계기가 되긴 했지만, 원래부터 불만이 가득했거든요."

"그건 이미 블로그에서 읽었으니 알아요."

"MD한테 들켰으면 좌우지간 이제 신용은 잃은 거잖아요. 다른 매장으로 이동 제출서를 내도 먹힐지 안 먹힐지 모르고요. 점장님도 다른 사람도 정이 안 가니 일하기 힘들었다고 할까, 매일 정말 따분했어요."

"그건 자초해서 일하기 힘들어지게 만든 거 아닌가요?"

"요노 씨, 오늘은 가차 없이 말하시네요. 평소에도 그 정도는 의견을 내는 편이 좋지 않아요? 잘하는 거 하나 없이 빈둥거리지 말고요."

안나는 놀리듯 미야코의 얼굴을 가리켰다. 이런 상황인데 그녀의 가느다란 손가락이 예쁘다며 응시하고 말았다. 네일아트도 반지도 패션 감각이 좋았다.

"그럴지도 모르지만, 나카이 씨한테서 그런 소릴 듣고 싶진 않네요."

안나는 "그렇겠죠?"라며 일부러 큰 소리로 웃었다. 도발하는 듯했다.

"나카이 씨, 부끄럽지도 않아요?"

"뭐가요? 부끄러울 게 하나도 없는데요? 오히려 요노 씨가 더 내 입장에서는 보고 있기에 부끄러워요."

미야코는 안나의 얼굴을 응시했다. 입가가 올라가 있었지만 눈은 웃고 있지 않았다.

"요노 씨도 블루십으로 옮기는 게 어때요? 사람 얼마든지 구하고 있어요. 블루십은 지방에서 채용해도 바로 정사원이 되니까 그 편이 이득이에요. 포와르 그룹은 전근을 받아들여야 정사원이 될 수 있어요."

포와르라는 건 미야코가 일하는 브랜드의 본사 이름이다.

"네?"

"그런 것도 몰랐어요?"

"……채용될 때 계약서를 읽어보긴 했지만."

"대놓고는 그런 말 안 하죠. 게다가 포와르는 관리직이 못 될 것 같은 사람은 정사원으로 안 뽑아요. 거품경제 전부터 있던 회사니까 경영진들이 낡은 사고방식을 그대로 가지고 있죠. 만약 추천을 받는다 해도 임원 대부분이 신사복이나 빼입은 영감들이라서 판매 실적이 있고 논리적으로 말할 수 있는 사람이 아니면 면접도 통과 못한대요. 점장이 뭐라 했는지 모르지만, 그 사람이 하는 말 완전 설렁설렁이에요. 정사원 채용 이야기를 언뜻 꺼내서 유리한 쪽으로 비정규직 사원을 부리고 싶을 뿐이죠."

안나는 테이블을 긴 손톱으로 톡톡 두드렸다.

"게다가 요노 씨, 애초에 정작 중요한 의욕이 없잖아요? 시스템 이전의 이야기예요. 주의받지 않을 정도로는 일하고 있지만, 무난하게 생각해도 어떤 직종이든 의욕이 없는 사람을 정사원으로 뽑을 리가 없죠."

안쪽에 앉아 있던 사람들이 돌아보며 이쪽의 상황을 살피고 있는 것을 알 수 있었다. 안나는 그 사실을 알아차린 모양인지 입술을 살짝 깨물고 고개를 숙이고 나서 머리를 천천히 쓸어올렸다.

"정사원이 되고 싶은 게 아니라면 미안해요. 애초에 지금의 옷가게에선 도중에 사원이 되었다 한들 뻔하잖아요. 계속 계약 직원인 편이 홀가분할 거예요. 포와르는 구식이지만 자본이 탄탄해서 그것도 괜찮죠."

"……나카이 씨는 우리 브랜드가 좋아서 회사에 들어온 게 아니었어요?"

"싫진 않지만 딱히 이 정도 가격대의 옷은 셀프서비스 커피나 마찬가지지 않아요? 스타벅스든 도토루든 큰 차이는 없어요."

"네?"

"사람이 옷에 대해 어떤 마음가짐을 가지는지는 제각각이라고 생각하지만, 저한테 이 정도 되는 옷은 패션이라고 할 정도는 아니고 그냥 일용품이에요. 그 정도 생각으로 마시는 커피나 양말이나 문구류랑 마찬가지죠. 그래요. 멋스런 노트 같은 거예요. 요노 씨는 학생 때 어떤 노트를 썼어요? 전 부지런히 도큐 핸즈에 가서 귀여운 노트를 찾아다녔어요. 100엔 숍에 파는 노트라도 딱히 문제없지만, 매일 쓰니까 좀 더 예쁜 노트가 갖고 싶어지기 마련이잖아요. 친구한테도 그거 괜찮네 라는 소리도 들을 수 있고 말이죠. 그거랑 다르지 않아요. 정말 고급에 디자인이 근사한 노트가 긴자 같은 곳에서 판다는 건 알아요. 하지만 그걸 사서 뭘 쓰겠다는 거죠? 2천 엔짜리 노트를 사면 성적이 좋아지나요? 전 고작 일용품에 돈을 들이는 건 멍청하다고 봐요. 저한테는 노트도 옷도 소모품이죠. 소모품이니까 계속해서 저렴하게 팔아도 된다고 생각해서 전 아울렛을 좋아해요. 전 의욕을 가지고서 싸게 팔고 있어요."

왠지 압도당한 채 듣고 있었다. 아울렛에서 파는 옷을 제대로 코디해서 감각 있게 소화해내고 있는 그녀가 하는 말이기에 설득력이 있었다.

"요노 씨는 지금 매장에서 파는 옷 좋아하지도 않죠? 그래도 그건 뭐 흔한 일이죠. 파는 건 어떤 매장에서든 별 차이 없어요. 만약 카페에서 아르바이트를 한다면 시급이 높고 일하기 편한 곳으로 가지 않을까요? 100엔 숍이라면요? 마트의 계산대 직원이라면요? 옷가게라는 이유만으로 갑자기 자존심이랄까 특별한 기분이 드는 건 어째서죠?"

거기까지 말하더니 안나는 남아 있던 샌드위치를 입에 넣었다. 미야코의 눈을 보면서 천천히 씹고 있었다. 미야코는 이미 도시락을 먹을 마음을 상실해 손에 들고 있던 젓가락을 내려놓았다.

"저만 하고 싶은 말을 해서 죄송해요. 요노 씨도 저한테 하고 싶은 말이나 쌓인 거 있죠? 말해도 돼요."

미야코는 잠시 생각했다.

"딱히 없어요."

"에이, 설마요."

"나카이 씨가 하는 말 하나하나 맞는 말이니까요. 뭔가 틀렸다 싶어도 무슨 소릴 해도 논리적으로 반박 받을 테고요."

"우와, 포기가 빠르네요."

미야코는 쓴웃음을 지었다.

"조금 전에도 말했지만 미야코 씨도 블루십으로 옮겨요. 비아냥대는 소리가 아니라 조건이 진짜 좋으니까요. 판매원으로 쭉 일할 거라면 편집숍이 더 낫잖아요. 정장만 입는 건 질리잖아요."

"하긴 질리긴 했지만요."

"아, 그래도 도마 씨가 마음에 들어 하고 있으니 말하면 월급은 조금 인상해줄 것 같네요. 그 사람 임원 후보니까요. 예전에 한잔하러 갔을 때 요노 씨가 가슴이 커서 땡긴다고 했고요."

"……뭐라고요?"

"한 번 하고 싶댔어요. 조심하는 게 좋을 거예요."

그쯤에서 테이블에 놓아둔 미야코의 스마트폰이 진동했다. 눈길을 떨어뜨리자 그걸 계기로 안나는 불쑥 일어났다.

"그럼 시간이 다 돼서 전 갈게요. 여러모로 실례되는 말을 해서 죄송해요."

안나의 가녀린 등이 문 밖으로 사라져가는 것을 배웅하고서 미야코는 느릿느릿 스마트폰을 열어보았다.

'미야코, 오랜만이야. 라인 고마워. 얼굴 못 본 지 오래됐네. 한잔하러 가자.'

에리였다. 미야코는 답장을 쓰려다가 잠시 생각하고서 에리에게 전화를 걸었다.

'어머? 전화를 다 하다니 별일이네?!'

그녀가 바로 전화를 받았다. 오랜만에 듣는 목소리였다.

"지금 전화받아도 돼?"

'응, 괜찮아. 오늘 토요일이라서 휴일이니까. 너도 휴일이야?'

"아니 일해. 지금은 휴식 중."

'음, 목소리가 왠지 이상한데? 감기 걸렸어?'

"감기 기운이 좀 있을지도 모르겠네."

'아니, 왠지 이상해. 우는 거 아냐? 그렇지? 울고 있지? 왜 그래? 무슨 일 있어? 업무로 힘든 일이야? 아니면 남자 일?'

그녀의 추궁에 미야코는 힘없이 웃었다.

"울기는. 좀 피곤한 일이 있어서 녹초가 된 것뿐이야."

'오늘 지금부터 시댁에 가던 참이야. 늦어져도 괜찮으면 이야기 들으러 갈 수 있어.'

"아냐, 괜찮아, 신경 쓰지 마."

'정말?'

"정말 괜찮아. 왠지 지금 마음이 놓였거든."

'그럼 조만간 얼굴 보자.'

"그래. 고마워."

전화를 끊고 미야코는 가방에서 티슈를 꺼내 코를 풀었다.

냥 씨와 둘이서 외출하는 건 바람에 속할까 하고 망설이기도 했다. 하지만 간이치와 뭔가 확고한 약속을 주고받은 것도 아닌데 앞으로 아무와도 데이트를 하지 않는 것도 왠지 아닌 느낌이 들었다.

데이트 신청을 받아들여 나가기로 정한 건 좋지만, 또다시 입고 갈 옷을 정하지 못해 미야코는 고민하고 있었다.

온라인 쇼핑몰에서 산 블라우스를 거울 앞에서 입어보고 2분도 지나지 않아 벗어던졌다. 내일은 여름 같은 날씨일 거라고 했는데 옷이 생각보다 두껍고 색이 탁해서 이래서는 숨 막힐 듯 더워 썩 내키지 않았다.

요즘 들어 옷은 죄다 온라인으로 사고 있었다. 의자 위에는 이미 벗어놓은 옷더미가 쌓여 있었고 그것들의 대부분은 택배 상자에서 이제 막 꺼내서 상표도 아직 달려 있었다. 겨울에 옷을 대거 처분했는데 그 후 인터넷으로 연달아 사고 말아 텅 비었던 옷장이 다시 서서히 채워졌다. 왠지 굉장히 어리석은 짓을 하고 있다는 느낌이 들어 풀이 죽었다.

안나가 한 소리가 갑자기 떠올랐다.

소모품이니 싸게 판다고 했다. 의욕을 가지고 저렴하게 판다고.

옷도 신선도가 관건이라고 간이치에게 말한 건 자신이었다. 신선한 기간은 짧고 시간과 더불어 점점 오래되어간다.

즉 유행에 맞는 옷을 사서 입고 있는 한 유행이 흐르는 속도와 같은 속도로 유행이 지난 옷이 산더미가 된다. 당연한 사실을 새삼스럽게 실감하고서 미야코는 오싹해졌다.

전에 일하던 브랜드는 남한테 모리걸이라고 놀림을 받아도 유행에 좌우되지 않는 독특한 디자인을 한 옷이 많았다. 그래서 5년이나 10년 전의 옷이라도 코디에 따라 신선하게 느낄 수 있었다.

하지만 쇼핑몰이나 역 빌딩 등에서 대량으로 파는 옷은 그렇지 않다. 최신 유행에서 디자인을 저렴하게 베낀 옷만 쌓여 있고 다음 해에는 고객이라면 둘째 치고 점원은 그것을 입는 게 허용되지 않는다.

옷가게에 처음 일하게 되었을 무렵 일본은 2주마다 기후가 바뀌기에 그에 앞서 매장 앞의 디스플레이를 계속 바꿔나가야 한다는 소리를 들었다. 기후와 행동에 딱 맞으며 유행에 따른 옷을 입자고 생각했더니 옷을 산더미처럼 가지고 있을 필요가 있었다.

계절별로 새로운 옷을 손에 넣을 수 있는 경제력, 그게 들어갈 옷장, 용량을 넘지 않도록 관리하는 능력. 시대와 어긋나지 않도록 옷을 대체할 수 있는 번거로움을 즐길 수 있는 힘. 지칠 때도 시간이 없을 때도 남한테 어떻게 보이고 싶은지 남에게 어떻게 보여주고 싶은지 강인하고 꿋꿋한 자기 관리 능력이 필요하다.

자신은 그게 가능하며 재능이 있다고 생각했던 게 큰 착각이라는 느낌이 들었다.

빙빙 돌며 생각하고 있는데 노크 소리가 들려 미야코는 흠칫하고 일어났다.

"미야코, 일어났어? 잠깐 괜찮아?"

엄마가 문을 살짝 열어서 들여다보고 있었다. 브래지어 차림이었던 미야코는 벗어던져둔 티셔츠를 서둘러 뒤집어썼다.

"응, 괜찮아. 왜?"

벗어던진 옷더미에 엄마는 시선을 힐끗 보냈지만, 그에 대해서는 아무 말도 하지 않았다.

"요전번 이야기 말인데, 저기, 남자친구 데리고 오라는 이야기."

"아, 응."

"아빠가 미야코가 토요일이나 일요일에 쉴 수 있는 날이 있으면 그날로 하자고 하네."

어영부영 넘기려 하고 있었는데 그렇게 되지는 않으려나 보다.

"……알겠어. 근무 시간표 확인하고 남자친구한테도 스케줄 물어볼게."

"점심이든 저녁이든 괜찮아. 그럼 부탁할게."

문을 닫으려고 하는 엄마를 미야코는 "엄마!" 하고 불러 세웠다.

"왜?"

"혹시 따님을 제게 주십시오, 하고 남자친구한테 말하게 하려는 자리는 아니지?"

"별소릴 다 하네."

엄마는 깔깔대며 웃었다. 최근에 엄마는 표정이 밝아진 것 같았다. 컨디션이 나빠서 앓아눕는 날도 있지만, 불쾌한 기색을 드러내는 일은 확연히 줄었다.

"벌써 그런 이야기도 나왔어?"

"그건 아닌데 아빠가 오해하지 않았나 싶어서."

"아냐, 엄마가 아니라고 못 박아둘 테니 염려 마."

문을 닫고 엄마가 사라지자 미야코는 다시 침대에 천장을 보고 드러누워 그럼 그때는 어떤 옷을 입어야 하나 생각했다. 그것 말고 해야 할 생각이 따로 있을 텐데 그만 습관적으로 생각하고 만다.

아니, 하고 미야코는 감으려던 눈을 떴다. 그건 자신에게 있어서 역시 가장 중요한 일이 아닐까 하고 생각을 고쳐먹었다.

무엇을 기대 받고 있고 그에 어떻게 응해야 할까. 무엇을 주장하고 싶은지, 주장을 목청 높여 말하고 싶은지, 분위기를 풍기는 정도로 하고 싶은지. 그런 걸 결정하는 게 미야코에게 있어서 '입는다'는 것이다.

간이치는 분명 입을 옷으로 고민하지는 않을 테지만, 그가 가지고 있는 몇 안 되는 옷 가운데 낡지 않은 빳빳한 셔츠를 고르겠지. 생각해서 입는다는 건 배려와 주장의 균형을 뜻한다.

그 옆에 자신은 어떤 모습으로 앉아야 할까. 상상이 잘 되지 않았다.

마음이 내키지 않는 반면 될 대로 되라는 기분도 들어서 미야코는 다음 달 근무 시간표를 보고 비번인 토요일을 확인했다. 라인으로 엄마가 한 말을 그대로 간이치에게 보냈다. 그러자 5분도 지나지 않아 '오케이'라고만 대답이 왔다.

냥 씨는 우시쿠 대불을 보러 가고 싶다고 했다.

불상 안은 위까지 올라갈 수 있도록 되어 있어서 전망이 멋지다고 다른 사람에게서 들었다고 한다. 기껏 찾아온 휴무일에 엎어지면 코 닿을 데 있는 대불에 가고 싶지 않았지만, 그가 간절히 말해서 함께하기로 했다.

냥 씨를 태우고 아울렛 못지않을 만큼 널찍한 주차장에 차를 세웠다. 입구 바로 앞은 상점가를 이루고 있고 기념품 가게가 늘어서 있어서 그 화려한 모습에 멀리 나온 것 같은 기분이 들었다.

입장료를 지불하고 부지 안으로 들어가는 건 처음이었다. 파릇파릇한 잔디가 깔린 널찍한 정원이 내다보였고 그 한가운데에 덩그러니 대불이 서 있었다. 불상을 안치한 받침대도 합쳐서 120미터, 30층짜리 빌딩과 비슷한 높이인 대불은 주변에 높은 건물이 전혀 없는 장소에 서 있어서 이상하리만치 컸다.

햇살은 여름처럼 강했고 하늘에는 구름 한 점 없었다.

겨울에 만났을 때 모피 코트를 입고 이상한 분위기를 풍기던 냥 씨도 오늘은 짙은 남색 티셔츠와 리바이스로 산뜻한 차림을 하고 있었다. 이목구비도 딱히 동남아시아 사람 같지 않고 어디에나 있을 법한 일본인 남자아이처럼 보였다. 미야코는 실컷 망설인 끝에 이제는 멋스러운지 어떤지는 포기하고 적어도 용도에 맞게 깔끔한 옷을 입자고 생각해 평범한 줄무늬 컷앤소를 입고 왔다. 냥 씨의 스타일과 어울리기도 하고 조금 걷기만 했는데 땀을 흘렸기 때문에 정답이다 싶었다.

폭이 널찍한 길이 불상으로 똑바로 향해 있어서 걸어가자 점점 대불이 다가오는 듯해서 현실감이 옅어졌다. 평일인데 관광객이 상당히 많았고 그중에는 외국인의 모습도 많이 보였다. 바로 밑에서 올려다본 대불은 곱슬곱슬한 펀치파마 같은 머리도 부드러운 느낌의 손바닥도 놀랄 만큼 커서 압도당했다. 종교적으로 관심이 없더라도 크다는 것만으로 기분이 고양되었다. 옛날 사람들도 나라나 가마쿠라의 대불을 봤을 때 이렇게 깜짝 놀랐을까.

"크네."

"크네요."

냥 씨와 같은 말을 몇 번이나 서로 했다.

뒤편으로 돌아서 발꿈치 부분에서 몸통 안으로 들어가 엘리베이터로 향했다.

전망대 바로 앞에는 대불 설립 과정을 찍은 사진 패널이나 실물 크기의 엄지발가락 등이 전시되어 있었다. 엄지발가락만 해도 사람보다 훨씬 커서 냥 씨와 수다를 떨며 사진을 서로 찍어주었다.

이 대불은 히가시혼간지라는 절이 세운 것이라는 것, 청동으로 만들어진 세계 최대 불상이며 기네스북에도 등재되었다는 것, 손바닥은 나라에 있는 대불을 그대로 올려놓을 수 있을 만한 크기라는 것 등 패널에 쓰여 있는 것들을 냥 씨에게 읽어주었다.

우시쿠 대불은 이바라키현 안에서 가장 높은 빌딩인 25층짜리 이바라키현 청사보다도 더 높다고 하는, 남한테 들은 깨알 같은 지식을 미야코가 펼치자 냥 씨는 즐겁게 웃었다.

전 세계에 있는 타워와 비교한 일러스트를 흥미진진하게 보고 있던 그에게 미야코는 물었다.

"베트남에도 높은 타워나 빌딩이 있어?"

"그럼요. 최근에 호치민에 세워진 건 분명 68층짜리였어요."

"와, 이바라키현보다 대단하네!"

"네, 완전 도시예요. 빌딩으로 빽빽해요. 공기도 나쁘고 너저분하고요."

냥 씨가 부자라는 사실을 미야코는 갑자기 떠올렸다. 자신보다도 이 사람은 도시 사람일지도 모른다.

"베트남에도 불교 신자가 많아?"

"글쎄요. 그래도 제 주변 사람들은 그렇게 독실하진 않아요. 가끔 절에 가는 건 대부분 노인이나 중국인이에요. 일본이랑 같아서 젊은 사람들은 딱히 종교에 대해 생각 안 해요."

"그렇구나."

"국민 평균 연령이 29세니까 옛 시대에 대해서는 다들 잘 몰라요."

미야코는 입을 떡 벌렸다.

"스물아홉? 평균이?"

"네, 일본은 46세 정도죠?"

"왜 그렇게 차이가 나지?"

"전쟁으로 그만큼 사람이 죽었으니까요."

냥 씨가 덧붙여 말하자 미야코는 말문을 잃었다. 베트남 전쟁에 대해서는 거의 모른다고 해도 무방하다. 한 나라의 평균 연령을 그렇게까지 바꿀 정도로 사람이 죽었다. 그것도 그다지 옛날 일이 아니라는 사실이 갑자기 실감났다.

"……미안."

"왜 사과해요?"

"아는 게 너무 없어서."

냥 씨는 빙긋이 웃더니 미야코의 손을 은근슬쩍 잡았다. 손을 잡은 채 통로를 걸었다. 이 타이밍에서 손을 놓는 것도 난감하다 싶었고 싫지는 않았다. 간이치보다 아담하지만 두툼한 손이었다.

전망대는 생각보다 넓지 않았고 밖을 보기 위한 창도 동서남북에 있었으나 아주 작았다. 창문은 불상 머리가 아니라 가슴 부분에 있어서 지상 85미터 정도인 모양이었다. 그런데도 내려다보자 놀랄 만한 높이였다. 가스미가우라 호수도 잘 보였고 시선 밑에는 늘 일하고 있는 아울렛 매장이 땅에 들러붙다시피 자리하고 있었다.

"멋지네요."

"멋있다, 정말 멋있어. 저쪽에 후지산이 보이나봐."

"후지산요? 어디요?!"

세로로 가늘고 긴 창문에서 바깥을 내다보려고 낭 씨와 어깨를 가까이 가져갔더니 예고도 없이 슬쩍 키스당했다. 놀라서 얼굴을 떼어냈다. 그는 해맑게 웃고 있었다. 웬지 화를 내는 것도 귀찮아져서 미야코는 가만히 쓴웃음을 지었다.

구경도 끝나 부지 안에 있는 아름답게 가꿔진 공원 벤치에 앉았다. 신록으로 가득 차 흘러 넘쳤고 나무 그늘을 빠져나간 바람이 미니 장미 줄기를 살짝 흔들고 있었다.

그러자 낭 씨가 가방에서 보냉병에 담긴 아이스티와 손수 만들었다는 샌드위치를 꺼냈다. 소풍 같았다. 베트남의 반미라는 바게트 샌드위치라고 한다. 고수와 식초 풍미가 잘 배어들어서 무척이나 맛있었다.

"부지런하네."

"그래요? 이 정도는 보통이죠. 저 요리하는 거 좋아하거든요."

"대단하네. 좋은 신랑감이 되겠어."

자신이 서툴기에 요리를 잘하는 사람은 그만큼 존경하게 된다.

"실은 저녁도 같이 먹자고 하고 싶었는데, 오늘 아르바이트가 들어와서요. 미안해요."

"아, 아르바이트 하구나."

이대로 냥 씨의 페이스에 말려드는 게 왠지 두려웠기에 미야코는 내심 안심했다.

"부잔데 왜 아르바이트를 해?"

"경험은 돈으로도 살 수 없으니까요. 전 앞으로 음식점을 경영할 생각이거든요."

질문한 자신이 부끄러워질 만큼 반듯한 대답을 해주어 미야코는 얼굴이 빨개져 고개를 숙였다. 냥 씨는 정말 면목 없다는 듯 "미안해요. 다음에 또 느긋하게 만날 수 있을 때 만나요"라며 애원하는 얼굴로 말했다.

자신보다 어린 남자아이에게 인기가 있다는 사실이 요즘 들어 납작해졌던 자존심을 부풀어오르게 했다. 하지만 그걸 천진난만하게 기뻐할 만큼 미야코는 어리지 않았다.

"저기, 이상해서 말인데 날 정말 좋아해?"

"좋아해요."

선뜻 대답하는 냥 씨를 보자 어째서인지 아픈 곳이 콕 찔려왔다. 의심하는 마음이 고개를 치켜들었다.

"왜? 나에 대해서 잘 모르잖아. 연상이고 외모도 굳이 따지자면 못생겼고."

"못생겼다고요? 미야코 씨는 예뻐요."

"아냐, 나보다 어리고 예쁜 애들은 널렸어."

"그건 그럴지도 모르지만 전 미야코 씨가 예뻐 보여요. 그런 건 논리적으로 설명할 수 없잖아요."

냥 씨가 얼굴을 가까이 가져왔고 다시 키스당할 듯했다. 미야코는 물러섰다.

"나, 간이치랑 사귀는데."

"알아요. 저한테 갈아타요."

"냥 씨는 베트남으로 가잖아?"

"다시 와요. 왔다 갔다 하면서 생활할 것 같아요. 저랑 결혼해서 같이 왔다 갔다 해요. 호치민은 그렇게 안 멀어요. 직행으로 여섯 시간 정도 걸려요. 자는 동안에 도착하죠. 미야코 씨가 좋아할 만한 예쁜 옷도 액세서리도 많이 팔아요. 맛집도 엄청 많고요. 관심 없어요?"

"가보고 싶긴 하지만……. 냥 씨한테 난 외국인이야. 안 무서워?"

"무섭다뇨? 왜요?"

그가 부리부리한 눈을 크게 떴다.

"나라면 가치관이 너무 다른 사람이랑 결혼하는 건 무서울 것 같은데."

"같은 나라 사람이라도 가치관은 한 사람 한 사람 다 다르잖아요."

싱글벙글 웃고 있는 냥 씨가 온전히 진심으로 말하고 있다고는 여겨지지 않아서 미야코는 열이 받았다.

"그래도 잘 모르는 사람이랑 결혼 못해."

"그럼 간이치 씨에 대해선 잘 알아요?"

냥 씨의 질문에 미야코는 대답이 궁해졌다. 바람이 나뭇가지 끝을 흔들며 훅 불어와서 살랑이는 자신의 머리카락에 앞이 보이지 않게 되었다.

냥 씨는 손을 뻗어 미야코의 머리카락을 다정하게 걷어냈다. 그대로 목덜미를 어루만졌다. 그의 손끝은 차가워서 기분이 좋았다. 일본어를 더듬거리며 하니까 순박한 인상을 받았지만,

상당히 여자를 잘 다룰지도 모른다 싶었다.

"나, 엄청 계산적이야."

"흠, 그렇게는 안 보여요."

"아니, 맞아. 저기 말이야, 간이치를 알게 되기 전에 사귀던 사람이랑도 난 엄청 계산적으로 연애 했었어. 그 사람 예전 회사의 인사부 사람이었거든. 연상에 차분한 분위기를 풍기는 사람이었어. 물론 좋아했으니 사귀었지만, 그 사람이 회사 임원의 조카였으니까 결혼하면 일도 가정도 평온할 거라 생각했어. 아이를 낳고 만약 힘들면 일을 관둬도 괜찮겠지, 딱히 고생 안 하고 살아갈 수 있겠지, 행복해질 거라고 생각했어."

냥 씨는 고개를 갸웃거리며 미야코의 눈을 들여다보고 있었다.

"그 사람이 날 딱히 사람으로서 존중해주지 않는다는 걸 점점 알게 됐어. 그래도 내가 할 소린 아니지. 나도 그 사람을 나한테 있어서 유리한 면만 보려고 했으니까. 도호쿠에 큰 지진이 일어났을 때 냥 씨는 아직 일본에 없었지? 그 사람 원자력 발전소 사고가 일어나니 도쿄에도 방사능이 덮칠 거라며 진심으로 벌벌 떨다가 회사를 홀연히 관두고 간사이로 혼자 이사 가버렸어. 놀랐어. 뭐가 두려운지에 대한 감각은 사람마다 제각각이고, 어린아이를 키우는 사람들은 그런 경우가 상당히 많았으니 그건 상관없지만, 나한테 따라갈지 같이 갈지 아무것도 안 묻더라고. 자기가 두려워하는 곳에 가족도 연인도 친구도 전부 내팽개치고 자기만 살겠다고 생각하는 사람이라는 걸 알고 힘이 쭉 빠졌어. 그래도 난 그 사람을 비난할 자격이 있는 사람이 아니지."

냥 씨는 언제부터인가 미소 짓기를 멈추고 진지한 얼굴을 하고 있었다.

"난 순수한 사람이 아니야. 간이치가 백수가 되고서 중졸이라서인지 아니면 다른 이유 때문인지 다음 일이 아직 정해지지 않은 것 같아서 이런저런 생각이 많아. 이 사람과 결혼하면 경제적으로 고생하겠다, 아이도 못 낳을지도 모르겠다, 만약 억지로 아이를 만들어도 나는 쭉 일해야 해서 수면 시간도 노는 시간도 줄여가며 피곤하게 살아가야 하나 생각하게 돼. 간이치와 함께 있는 건 즐겁지만, 마음 어딘가로 그렇게 생각하는 성격이니까 연인한테 버림받는 게 당연할지도 모른다 싶어."

스스로도 무슨 소리를 하는지 알 수 없어졌고, 냥 씨는 미야코가 하는 말을 이해하고 있다고도 생각하지 않았다. 다만 흘러넘치는 말이 멈추지 않았다.

"결혼은 하고 싶어. 요즘 들어 쭉 생각해왔지만, 난 결혼은 하고 싶어. 혼인신고를 하든 사실혼이든 상대와 사정에 달렸지만, 특정 파트너와 함께 살고 싶어. 그런데 그 상대가 간이치라도 괜찮은지 솔직히 모르겠어. 인성에는 문제가 없다 싶지만, 인성만으로 먹고 살아갈 수 있는 것도 아니잖아. 간이치는 아무 말도 안 해줘서 무슨 생각을 하는지 도통 모르겠어. 내 마음에 자신이 없어. 미래를 맹세할 만큼 각오를 못하겠어. 열정도 별로 없고. 외롭다는 이유로 간이치와 사귀고 있을지도 몰라. 연인이 없어도 나한테 일이 있다고 생각할 수 있을 만큼 일이라도 제대로 하고 있으면 좋겠지만 그렇지도 않고."

자신을 좋아한다고 말해주는 남자아이에게 한심한 소리를 하고 있구나 하고 어딘가 남의 일처럼 생각했다.

"그러니, 넌 날 예쁘다고 말해줬지만, 난 네가 생각하는 사람이 아니야."

"미야코 씨, 그런 소리 마요."

"아냐, 난 친부모를 두고서도 마음속 어딘가로 지겹다고 생각해. 일에도 아무 의욕도 없고. 분명 누구를 상대해도 진심으로 다정하게 대할 수 없을 거야. 내가 편해지는 것만 생각해. 꾸미기만 좋아하는 저질이야. 실망스럽지?"

냥 씨의 손가락이 뺨으로 이동해서 미야코의 젖은 뺨을 닦아 냈다.

어느새 해가 저물기 시작해서 오렌지색을 띠는 석양이 등을 뜨겁게 만들고 있었다. 미야코는 냥 씨에게 어깨를 안기면서 멈추지 않는 눈물을 부끄럽게 생각했다.

5월 말 직장의 환영회가 열렸다.

옷가게는 폐점 시각이 늦고 직원이 관두고 새로 들어오는 일이 잦아서 하지 않는 경우도 많지만, 이번에는 사원이 두 사람이 배정되었기에 제대로 환영회를 하게 되었다.

미야코는 계약 사원이라서 볼일이 있다고 하면 결석해도 눈에 띄지 않지만, 점장에게 꼭 출석해달라는 소리를 들었다. 그로부터 점장은 묘하게 미야코를 의지하고 있었다.

그날 폐점 준비를 하고 있던 차에 문의 전화가 걸려오고 정산에 오차가 생기는 등 미야코는 예정보다 꽤 늦게 매장에서 나섰다. 아울렛에서 셔틀버스로 역으로 향했다. 그 철도역 뒤편에 있는 술집에 답답한 마음으로 향했다.

점원에게 안내받은 단체룸을 들여다보자 좁은 다다미방에

생각보다 많은 인원이 앉아 있었다. 정직원뿐만 아니라 아르바이트생들도 와 있었다. 시작한 지 아직 1시간밖에 지나지 않았는데, 모두 꽤 알코올이 들어가서 분위기가 훈훈했다. 구석에 앉으려 하자 안에 있던 점장과 눈이 마주치고 말았다.

"요노 씨, 이쪽. 여기에 앉아."

점장은 일어나서 기분 좋게 미야코를 불렀다. 점장이 있는 안쪽 자리에는 도마가 앉아 있었고 그의 앞에는 모르는 남자가 앉아 있었다. 그 남성의 옆이 비어 있었다. 얼굴 앞에서 손을 내저어 제스처로 거절했지만, 도마도 손짓하는 바람에 미야코는 마지못해 안쪽 자리로 향했다.

생맥주가 바로 와서 점장 쪽 사람들과 형식적으로 건배를 했다. 도마의 정면에 있던 남성은 같은 그룹의 남성 전용 매장 점장이라고 한다. 도마의 대략 3년 후배라고 한다. 턱수염을 기른 모습이 의류 업계에서 흔히 볼 수 있는 타입의 남성이었다.

도마와 그 후배는 꽤 마신 모양이었다. 처음에는 미야코를 배려해서 이야기의 내용을 설명해주기도 했지만, 바로 세 사람밖에 모르는 세상사 이야기를 하게 되었다. 미야코는 적당히 웃어주며 흘려들었다. 배가 고팠지만 안주도 거의 다 먹어서 남은 샐러드를 접시에 덜어 입에 넣었다.

그건 그렇고 도마가 큰 소리로 웃는 걸 처음 본 것 같았다. 성별이 같은 후배가 있어서인지 말투도 평소보다 거칠었고 술기운 때문인지 말끝이 다소 불분명했다. 점장이 남자 두 사람이 하는 말에 일일이 요란한 웃음소리를 내고 있었다. 남자가 있는 술자리 분위기를 오랜만에 접해서 미야코는 피곤했다. 그리고 처음에는 몰랐지만, 허물없는 말투라도 남성 의류 매장의 점장은 도마를 상당히 배려해가며 이야기하고 있다는 사실을 알아차렸다.

남자들 세계도 힘들구나, 하고 생각하던 차에 옆에 앉은 그 남성이 자신의 팔꿈치로 미야코의 팔을 쿡쿡 찔렀다. 어라? 싶어서 얼굴을 쳐다보자 턱으로 도마의 손 언저리를 가리키고 있었다. 도마는 냉주를 마시고 있었고 작은 사기잔이 비어 있었다. 술을 따르라고 재촉하고 있다는 사실을 깨닫고 미야코는 마지못해 냉주 병을 손에 들었다. 그러자 점장이 순간 정색을 하며 미야코를 쳐다보았다. 술을 따르고 싶지도, 따르고 있는 것도 아닌데 내심 진절머리가 났다.

단체룸이 좁아서 숨 막혔다. 미야코는 딱히 가고 싶지 않았지만, 화장실로 갔다. 시간을 벌려고 새삼 고칠 필요도 없는 화장을 손봤다. 거울에 비친 자신의 지친 얼굴을 보고 이제 어떻게 되든 상관없으니 수단과 방법을 가리지 말고 돌아가자 싶었다. 그리 결심하자 마음이 살짝 놓였다.

집에 간다는 사실을 알리기 위해 자리로 돌아가려고 카운터 석 옆을 걸었다. 그러자 끄트머리 쪽에 앉아 있던 남자가 갑자기 돌아보고 팔을 뻗어서 미야코가 가던 길을 막았다. 흠칫해서 멈추자 도마였다.

"저 방 너무 좁아서 숨쉬기 답답하지 않아?"

웃는 얼굴로 물어서 미야코는 말문이 막혔다.

"술 깨려고 나오셨어요?"

"응, 과음했거든. 그리고 담배 피울 수 있는 곳은 카운터뿐이라고 하니까. 요노 씨, 잠시 옆자리에 앉아봐."

그가 옆에 있던 의자를 끌고 오자 미야코는 "괜찮아요"라고 거절했다.

"그러지 말고 잠시만 있다 가. 하고 싶은 말도 있으니까."

양손을 얼굴 앞에 모아 과장되게 애원하듯 그는 고개를 숙였다. 극구 사양하기에도 미안한 기분이 들어서 조심스럽게 앉았다.

"사장님, 여기 하이볼 두 잔 주세요."

카운터 안에서 닭꼬치를 굽고 있던 가게 사람에게 도마가 말했다. 미야코는 서둘러 "아뇨, 차로 할게요. 둘 다 우롱차로 주세요"라고 소리 높여 정정했다.

"왜 그래?"

"술 깨려고 하신다면서요."

"알겠어. 알겠다고."

"도마 씨, 도쿄에 사시죠? 막차 놓치면 집에 못 가세요."

"아, 오늘은 비즈니스호텔에서 묵을 거야. 내일 아침에 쓰쿠바점에 가야 해서."

"그러세요?"

카운터 안에서 가게 사람이 내민 우롱차를 받고서 도마는 담배에 불을 붙였다. 옆에서 봐도 눈가가 벌게진 걸 잘 알 수 있었다. 옆에 자신을 앉혀놓고 담배를 피워도 되는지 묻지도 않네 싶어 미야코는 인상을 찌푸렸다.

"요노 씨는 혼자 살던가?"

"아뇨, 가족들이랑 살아요."

"아, 그래? 여기가 고향이었지? 그런데도 사투리를 전혀 안 쓰네."

"감사합니다."

"점장은 가끔 사투리를 써. 했다 아이가, 라고 해."
"그래요?"
"그 녀석, 날 진심으로 노리는 것 같아."

미야코는 도마의 얼굴을 쳐다보았다. 뺨이 추하게 일그러져 있었다.

"이혼할 거래. 제정신 맞아? 남편이 기획부에 있는데 말이야. 자제 좀 하란 말이지."

두 사람은 정말 바람이 난 걸까. 그건 아무래도 상관없지만, 어째서 자신이 이런 소리를 들어야만 하는지 불쾌한 마음이 솟구쳤다.

"점장님이랑 사귀세요?"
"설마."
"은근히 마음이 있는 척 말하거나 행동한 거 아니세요?"
"내가? 말도 안 돼. 그런 사람한테 손댈 정도라면 요노 씨가 더 낫거든?"

우롱차 잔에 입을 대면서 도마가 말했다. 테이블에 떨어뜨리고 있던 시선을 무심코 들어 그를 보았다.

"요노 씨가 매장에서 제일 예뻐. 처음부터 호감 가는 타입이라고 생각했지."

징그러워. 미야코는 반사적으로 그리 생각했다. 술집 여자에게 던질 법한 경박한 투의 말을 들으니 소름만 돋았다.

"가슴도 크고. 이다음에 방에서 안 마실래?"

미야코는 아연실색해서 도마를 응시했다. 조금도 주눅 드는 기색이 없었다. 놀리듯 한쪽 뺨을 끌어올려 웃고 있었다. 혐오감이 솟구쳐 미야코는 소리를 내며 일어났다. 도마를 내려다보자 목이 메여 말이 제대로 나오지 않았지만 쥐어짜내다시피 말했다.

"그거, 성희롱이에요."

"아, 그렇지? 정말 미안."

도마가 묘하게 선뜻 사과해서 미야코는 순간 어처구니가 없었다.

"취했으니 용서해줘요."

도마도 일어났다. 그 동작이 흐름을 타서 그는 손을 뻗어 미야코의 왼쪽 가슴을 거칠게 움켜잡았다.

예리한 통증에 미야코는 숨을 죽였다. 무슨 일이 벌어졌는지 바로 이해하기 힘들었다. 미야코는 순간적으로 한 걸음 뒤로 펄쩍 물러났지만, 설마 하는 마음이 앞서 그 위치에서 경직되고 말았다. 도마는 싱글벙글대고 있었다. 몸속의 혈액이 역류했다. 고등학생 때 처음으로 전철에서 치한을 만났다. 그때도 이런 느낌이었다. 분노와 공포로 몸이 떨렸다.

그런데도 간신히 오른팔을 치켜 올렸다. 도마의 뺨을 때리려고 한 순간 그의 어깨 너머로 여자의 눈이 보였다. 점장이었다.

팔을 휘두를 타이밍을 놓치고 말았다. 도마는 미야코의 시선을 알아차리고 뒤로 돌아보았다.

유령 같은 안색을 한 점장이 두 사람을 보고 있었다. 도마는 어깨를 으쓱하기만 하더니 점장의 옆을 유유히 빠져나가 단체 룸으로 돌아갔다.

미야코는 아무 말 없이 가게를 나왔다. 점장도 단지 가만히 서 있기만 했다.

역으로 가는 길을 종종걸음으로 더듬어갔다. 역 개찰구를 지나 홈으로 향하는 계단을 올라갔다. 전철 시간표를 보자 때마침 전철이 이제 막 가버린 차였다. 미야코는 아무도 없는 벤치에 앉아 몸을 웅크리고 어깨로 숨을 쉬었다. 도마가 쥐었던 왼쪽 가슴이 욱신거리며 아팠다. 너무 분해서 떨리는 몸이 멈추지 않았다.

분노는 가라앉지 않았지만, 그것과는 별개로 냉정해져야 한다는 생각에 떨리는 손으로 가방에서 스마트폰을 꺼냈다.

메시지 알람 표시가 빛나고 있었다. 매달리는 심정으로 그것을 열었다. 간이치와 소요카 두 사람에게서 온 메시지가 담겨있었다.

어느 쪽을 먼저 열어야 할지 망설였다. 그리고 왜 망설이는가 하고 미야코는 두근거리는 심장을 달래가며 생각했다.

지금 간이치와 연락을 하면 화풀이를 할 것 같았다. 최근에 일어난 꺼림칙한 일이 전부 간이치 탓인 듯한 느낌이 들어서 불합리한 분노를 퍼부을 것 같았다.

미야코는 소요카의 메시지를 열어보았다. 한 시간 정도 전에 와 있던 메시지였다.

'미야코 언니, 잘 지내요? 최근에 얼굴 못 보고 있네요. 이번에 매장에 들를게요. 요즘 작은 오븐을 사서 오븐 요리에 빠져있는데 괜찮다면 우리 집에 식사하러 오세요.'

특별할 것 없는 그 메시지를 미야코는 여러 번이고 읽었다.

자신에게 이렇게 호감을 가져주는 벗이 있고, 부모님도 외동딸인 자신을 예뻐하며 길러주었으며 다정한 연인도 있다. 결단코 괴롭힘을 당해도 되는 사람이 아니라고 자신을 타일렀다.

심호흡을 하고 메시지에 천천히 답을 했다.

'지금 역 플랫폼이야. 이제 돌아가려는 차.'

바로 답이 왔다.

'헉. 이렇게 늦게까지 일했어요?'

'직장 술자리에서 돌아가는 길이야. 상사가 술자리에서 가슴을 만져서 열 받았어.'

'네? 그건 큰일이잖아요?! 괜찮아요?'

괜찮아, 라고 치고 있는데 미야코가 답을 보내기 전에 소요카로부터 메시지가 도착했다.

'지금 역으로 갈게요! 때마침 남자친구가 와 있어서 차가 있으니 데리러 갈게요!'

미야코는 그 메시지를 읽고 스마트폰을 살포시 엎어 무릎 위에 놓았다.

혼자 집으로 돌아가 오늘 있었던 일을 아무에게도 말하지 않고 잠들고서 아무 일도 없었다는 듯 내일 아침에 일어나 일하러 가지 않게 되어서 다행이라고 미야코는 생각했다.

간이치로부터 온 메시지를 열어서 읽었다. 단 한마디 '먼저 잘게'라고만 쓰여 있었다.

데리러 와준 소요카 일행과 그녀의 집으로 갔다.

공동생활 공간이 예쁘고 근사한 아파트였다. 집은 그리 넓지 않았지만, 물건이 적어서 깔끔했고 간접조명으로 따스하고 차분한 분위기를 자아냈다.

미안해하는 미야코를 소요카는 소파에 앉히더니 밀크티를 내주었다. 남자친구는 사진으로 보여줘서 본 적이 있지만, 실물이 사진보다 몇 배나 더 느낌이 좋고, 들었던 나이보다 훨씬 젊어 보였다.

두 사람은 신혼부부처럼 미야코를 배려해주었다. 소요카는 소파에 같이 앉아 무난한 이야기를 하거나 어제 구웠다는 시폰 케이크를 권했다.

"미야코 언니, 괜찮아요? 그 상사, 예전에도 그런 적 있어요? 회사 사람들한테 확실히 말하는 편이 좋지 않을까요?"

소요카가 그렇게 말문을 열었고 미야코는 당황하며 고개를 저었다.

"아냐, 호들갑 떨어서 미안. 딱 한 번 만졌어. 조금 전에는 어쩔 줄 몰라서 그만 라인에 써버렸네. 네가 와줘서 안정도 되찾았고 이제 괜찮아."

웃으며 말하니 두 사람은 얼굴을 마주 보았다. 그리고 소요카가 무언가 말하려는 것을 손으로 저지하더니 그가 먼저 입을 열었다.

"한 번뿐이라고 해도 엄연한 성추행이에요. 누군가 믿을 만한 상사가 있으면 의논해보는 편이 좋을 것 같아요."

"네, 그렇긴 한데……."

"풍파를 일으키고 싶지 않은 심정은 이해해요. 그래도 그냥 참고서 없었던 일로 하면 한참 후에도 미야코 씨의 상처가 아물지 않을 거라 봐요. 괜찮다면 오늘 어떤 상황이었는지 이야기해주실래요? 저한테 말하기 힘들면 전 자리에서 빠질게요. 소요카한테만이라도 말하는 건 어떨까요?"

"아, 괜찮아요."

미야코는 술자리에서 있었던 일을 떠올리며 말했다. 말하기 시작하자 멈출 수 없어 묘하게 상세한 일까지 말하고 말았다. 길고 장황하게 이야기하고 있는데도 두 사람은 말에 끼어들지 않고 가만히 듣고 있었다. 미야코가 다 말하고 나자 그는 부드러운 말투지만 단호하게 말했다.

"너무하는데요. 단순한 성추행이라기보다 엄연한 범죄예요. 계약 직원의 입장인 미야코 씨가 눈치를 보느라 옆에 앉는 걸 거절 못한다는 것도 그 녀석은 아마 자각하고 있지 않았을까요? 게다가 술을 따르게 하다니 요즘 시대가 어떤 시댄데 권력 남용을 하다뇨. 회사에 상담 창구가 있을 테니 거기에 말해보면 어떨까요? 혹시 못하겠다면 회사 외부 창구도 있고 말이죠."

미야코는 멍해졌다.

"우리 회사에도 상담 창구가 있으니 제가 어떤 느낌인지 물어볼게요. 어쨌거나 미야코 씨는 아무 잘못도 없어요. 나랑 소요카한테 상담해도 좋아요. 우리가 협력할게요. 재난이나 다름없는 일이잖아요."

소요카의 남자친구의 얼굴을 미야코는 지그시 보았다. 렌즈가 얇은 고급스러운 안경과 깔끔한 폴로셔츠를 입고 있었다. 차분하고 지적인 말투에 성실함이 눈부시게 느껴졌다. 똑똑하고 배려심이 깊은 게 소요카와 잘 어울렸다.

입술을 깨물며 미야코는 단지 아무 말 없이 고개를 끄덕였다. 울고 싶었지만 울지 않았다. 여기서 울면 너무 비참할 듯했다.

그날 밤 두 사람은 차로 미야코를 집까지 바래다주었다.

자신의 방에 들어가 미야코는 가방을 거칠게 바닥에 내팽개쳤다.

부러워서 폭발할 것 같았다. 저런 남자와 사귀고 있는 소요카가 내심 부러웠다. 고학력에 좋은 회사에서 일하고 있고 자상하고 어른스럽고 차분하게 여자를 지켜준다.

하지만 자신은 저런 사람을 만날 수 있을 것 같지 않았다.

자신이 만난 사람은 간이치였다.

집에 간이치가 찾아온 그날은 아침부터 보슬비가 내리고 있었다.

미야코는 가장 가까운 역으로 우산을 쓰고 나갔다. 간이치는 미야코네 집을 알고 있어서 데리러 갈 필요가 없었고 간다고 해도 비가 오니 차를 몰고 가는 편이 좋았겠지만, 그를 태우고 바로 집에 도착하는 게 겁이 나서 걸어서 역까지 갔다. 보슬보슬 내리는 안개비가 포근하게 느껴졌다.

간이치와는 한동안 만나지 않았다. 오후 근무가 이어지기도 했고 왠지 모르게 만나기 꺼려져서 피하다보니 오늘이 되고 말았다.

역 연결 통로에서 미야코는 간이치를 기다렸다. 비가 조금씩 내리고 있지만, 하지가 가까워져서인지 저녁이 되어도 밖은 여전히 밝았다.

만나지 않는 동안에 여러 가지 일이 있었던 듯하다. 간이치를 보면 어떤 기분이 들지 조금 긴장되었다.

사람들의 흐름 속에서 간이치의 모습이 보였다. 흰 버튼다운 셔츠에 얇은 카키색 면바지를 입고 있었다. 바지는 본 적이 없으니 샀을지도 모른다. 손에는 간소한 선물인지 과자 봉투를 들고 있었다. 미야코가 손을 흔들자 그는 씨익 웃었다.

오랜만에 간이치의 얼굴을 보면 어떤 기분이 들지 몸을 사리고 있었지만 특별한 건 없었다. 익숙한 남자의 얼굴이다.
"어이, 오랜만이야."
"그러게. 오늘 이렇게 오게 해서 미안."
"별 소리를 다 하네."
미야코는 하늘색 칠부 소매 블라우스에 청바지를 입고 있었다. 블라우스는 작년에 자신의 매장에서 산 것으로 고급스러워 보이지만 세탁기로 손쉽게 세탁할 수 있다.
"식사 메뉴가 어쩌다보니 결국 오코노미야키가 돼버렸어."
"와, 오코노미야키."
"엄마가 이것저것 만들겠다고 계획한 모양인데, 간이치가 요리사라는 소리를 듣더니 너무 생각이 많아지는 바람에 엉망진창이 돼서 아빠가 그럴 것 같으면 배달 요리를 시키라고 화를 내서 싸움까지 났어. 결국 핫플레이트로 뭔가 만들어 먹으면 덜 어색해서 좋지 않을까 하고 정하게 됐어."
"하하하. 내가 구울게."
해맑게 웃는 간이치의 얼굴을 미야코는 싸늘한 심정으로 보았다.
딸아이가 집에 남자를 데리고 온다는 것이 평범한 집에는 얼마나 큰 사건인지 그는 제대로 모르는 듯하다.
이 남자는 어쩔 셈인 걸까.
그리고 자신 또한 어쩔 셈인 걸까.
두 사람 다 이제 30댄데 장차 어떻게 살아갈지 어중간한 상태로 부모님을 만나는 건 이상한 일이라는 걸 미야코도 알고는 있었다.

뭔가 꺼림칙한 예감이 들었다. 도마가 자신의 가슴을 만진 그날 밤부터 세상사가 자신이 유리한 쪽으로 절대 굴러가지 않을 것 같은 느낌이 들어서 무거워진 기분이 풀리지 않았다.

"그거, 도라야에서 파는 양갱이야?"

미야코가 간이치가 든 종이봉투를 가리키며 말하자 그는 "어!" 하고 묘하게 놀란 소리를 냈다.

"어떻게 알아? 초능력자야?!"

"종이봉투로 알았지. 유명하잖아."

"와, 대단하네. 선물로 뭘 사야 할지 몰라서 검색해서 상위에 나온 걸 사왔어."

"그랬구나. 신경 써줘서 고마워."

그런 이야기를 간간히 나누는 사이에 집에 도착하고 말았다.

문을 여는 게 겁이 나서 주저하고 있으니 건너편에서 문이 열리고 엄마가 얼굴을 내밀더니 미소로 맞이해주었다. 엄마는 나폴거리는 신상 에이프런을 하고 있었다.

간이치는 예의 바르게 고개를 숙였다.

2층으로 올라가자 아빠가 소파에서 일어났다. 아빠는 격식을 차린 미소를 지었다. 옛 시대의 독불장군 같은 아빠처럼 무뚝뚝하고 말이 없지 않을까 싶었는데 미야코는 당황했다.

아빠는 "어서 와요. 이렇게 찾아와줘서 고마워요"라며 고개를 숙였다. 간이치도 쉬는 날에 찾아뵙게 돼서 죄송합니다 라며 웃었다.

테이블 위에는 간단한 안주와 샐러드가 놓여 있었고 핫플레이트도 준비되어 있었다. 아빠는 간이치에게 맥주를 권했고 그는 잔을 양손으로 들고 술을 받았다.

간이치는 눈치 빠르게 "작년부터 미야코 씨와 잘 지내고 있습니다"라며 인사를 했다. 미야코 말고 다른 세 사람은 미소가 끊이지 않았고 분위기가 다소 어색하기는 해도 온화하게 담소를 나누고 있었다.

와아, 다들 어른스럽다, 고 미야코는 엉뚱한 생각을 했다.

6

딸아이의 남자친구가 집에 왔다. 모모에가 아울렛에서 발견하고 말을 건 그 청년이었다.

그는 모모에의 얼굴을 보고 의미심장한 미소를 띠더니 "처음 뵙겠습니다"라며 고개를 숙였다. 그가 내민 도라야의 양갱 봉투를 받아들고 모모에는 고개를 숙여 그에게 손님용 슬리퍼를 내밀었다. 아울렛에서 이야기를 주고받았던 일은 꺼내지 말아달라고 견제받는 듯해서 살짝 불쾌했다.

넓지 않은 집에서 보기 때문인지 요전번에 이야기를 나누었을 때보다도 그는 키가 커 보였다. 초대한 건 이쪽인데 가족만 있는 아늑한 공간에 침입자가 나타난 듯해서 위화감이 강하게 느껴졌다.

그러고 보니 이사 오고 나서 얼마 지나지 않아 몸 상태가 나빠졌기 때문에 이 집에 손님이 온 적이 없었다. 단지에 살던 무렵에는 이웃이 차를 마시러 오거나 딸아이의 친구가 놀러 오거나 아주 가끔이지만 남편의 동료가 마작을 하러 온 적도 있었다. 어느새 모모에의 집은 쇄국 상태가 되어버렸고 그곳에 서양 배가 찾아온 듯한 느낌이었다.

남편이 격식을 차린 얼굴로 붙임성 있게 대하는 모습을 정말 오랜만에 본 것 같았다. 고집불통인 표정을 짓지 않을까 싶었는데 의외였다. 오히려 딸아이 쪽이 왠지 모르게 불쾌해하고 있었다. 모모에는 경계심을 들키지 않도록 미소를 유지했다.

"미야코가 제멋대로 굴지는 않아요?"

남편이 간이치에게 맥주를 따르면서 묻자 그가 "아니요"라고 고개를 저었다.

"미야코 씨가 자신의 생각을 똑 부러지게 말해줘서 저로서는 다행이에요. 반듯한 사람이라서 제가 더 도움을 받아요."

모범 답안이라고 할까, 보기와 다르게 겉치레를 했다. 그러자 딸이 놀란 얼굴로 그를 보고 있다는 사실을 알아차렸다. 그 표정에서 평소에 그런 소리를 하는 남자가 아닐지도 모른다 싶었다.

대화는 그쯤에서 끊어지고 말았고 남편은 살짝 헛기침을 했다. 모모에는 은근슬쩍 일어나 텔레비전을 켰다. 저녁 무렵에 하는 뉴스쇼에 채널을 맞췄다. 그러자 방 안의 경직된 분위기가 언뜻 누그러드는 것을 느꼈다. 오코노미야키도 어색한 분위기가 흐르는 것 같으면 텔레비전을 켜는 것도 도키코에게 조언을 받은 것이었다.

남편이 스포츠뉴스에 시선을 힐끗 보내더니 야구 이야기를 시작했다. 간이치는 야구를 어느 정도 잘 아는 듯 나름대로 대응하고 있었다. 두 남자가 공통된 화제를 찾고 있는 것을 여자 둘은 요리를 나눠주면서 조마조마한 마음으로 지켜보고 있었다.

"아버님과 어머님은 이바라키분이세요?"

간이치가 그렇게 물었다. 모르는 남자의 입에서 나온 '아버님, 어머님'이라는 단어에 남편의 피부에 전류가 찌르르 흐르는 것이 전해져 왔다. 전기를 띤 상태로 시미치를 떼는 얼굴로 남편은 미소를 유지하고 있었다.

"아내는 우시쿠고, 내 본가는 마쓰도예요. 그래도 이제 이쪽으로 온 지 꽤 오래됐죠. 간이치 씨는요?"

"쓰치우라에서 아버지가 초밥집을 해서 학교를 마칠 때까지 본가에 있었어요."

"오, 쓰치우라. 최근에는 안 가봤지만, 예전에는 직장 동료랑 연회를 했다 하면 쓰치우라였죠."

"옛날에는 번영했다고 하더라고요. 가게 손님들한테서 자주 들었어요."

"그렇군요. 영화도 옛날에는 다들 쓰치우라로 가서 봤는데. 교외형 쇼핑센터랑 쓰쿠바 익스프레스 때문에 유동 인구의 흐름이 완전히 바뀌었죠."

마침내 화제를 찾았다는 듯 남편이 이야기를 하기 시작했다. 간이치는 너무 요란스럽지 않게 맞장구를 치면서 남편의 이야기를 듣고 있었다.

모모에는 내내 간이치의 일거수일투족에 시선을 빼앗겨 있었다.

맥주잔을 입가에 가져간다. 긴 손가락으로 젓가락을 쥐고서 조림을 집는다. 남편이 던진 따분한 농담에 희미하게 웃는다. 미야코 쪽을 가끔 힐끗 쳐다본다.

피부가, 귀에서 어깨에 걸친 라인이, 팔의 근육이, 팽팽하게 뒤덮여 있었다. 젊은 수컷이다, 사바나에 있는 동물 같다고 모모에는 생각했다. 번갈아보니 남편이 얼마나 늙었는지를 알 수 있었다. 젊음이라는 것은 수분과 탄력이다. 갓 캔 채소처럼 싱싱하다.

그리고 소박하고 꾸밈없는 외모치고는 그는 이상하리만치 빈틈없었다. 처음에 남편을 배려해줘서 다행이라고 모모에는 생각했지만, 점점 불안한 마음으로 가슴이 흐려졌다. 차분하게 싹싹한 태도가 단순히 사람을 응대하는 기술처럼 느껴져서 등줄기가 조금 서늘해졌다.

이 아이의 본심은 어디에 있을까, 하고 모모에는 생각했다. 서글서글함 안에 자리한 그의 본연의 모습이 전혀 보이지 않았다. 아들뻘되는 남자아이를 이해할 수 있으리라고는 생각하지 않지만, 딸을 상처주지 않을 상대라는 사실에 대한 확신을 원했다.

모모에는 남편의 이야기를 가로막다시피 하고 말했다.

"슬슬 오코노미야키, 만들까요? 간이치 씨, 요리가 변변치 않아서 미안해요."

"아뇨, 오코노미야키, 정말 좋아해요. 최근에 안 먹어서 기대돼요. 제가 구울까요?"

"어머, 그래도 손님한테 시킬 순 없죠. 미야코, 네가 하도록 해. 멍하니 있지 말고."

"뭐, 나?"

"아, 미야코 씨보다 제가 굽는 편이 더 안전할 거예요. 조리사 면허도 있고요."

간이치의 농담에 다들 웃었다. 속이 뻔히 들여다보이는 웃음이었다.

그는 일어나서 썰어둔 채소와 밀가루와 달걀을 섞어 핫플레이트에 부었다. 재빨리 형태를 잡고 돼지고기를 얹어 뚜껑을 덮었다. 딱히 어려운 일을 하는 건 아니지만, 망설이지 않는 움직임에 모모에는 넋을 놓고 말았다.

"역시 손놀림이 빠르네요."

모모에가 그만 그렇게 말하자 남편이 "핫" 하고 비아냥대듯 웃었다.

"우리 집 여자들은 정말 요리가 꽝이라서 말이죠. 면목 없군요."

정신을 차리고 보니 세 병이나 준비해둔 병맥주가 이미 비어 있었다. 남편은 술이 센 편이지만, 긴장했는지 들이켜는 속도가 꽤 빠른 것처럼 느껴졌다.

"아버지 가게를 이으려고 요리사가 된 건가요?"

"네. 그런데 아버지 일을 도운 적은 거의 없고 중학교를 나와 도내 갓포에 취직했어요. 언젠가 잇는다고 해도 밖에서 실력을 갈고닦아 초밥 말고 다른 기술도 익히는 편이 낫겠다 싶어서요."

간이치의 발언을 들은 모모에는 "어라?" 하고 생각했다. 중학교를 나와 취직했다는 말은 고등학교에 가지 않았다는 건가? 남편도 표정이 조금 굳어 있었다. 딸은 아래를 내려다본 채 잠자코 있었다.

"그 갓포를 관두고 얼마 지나지 않아 회전초밥집에서 일했어요. 아버지 가게는 이미 폐업했거든요."

"갓포를 관뒀다고요?"

"네."

"그건 또 왜요?"

"동일본 대지진 때 기타이바라키에 사는 지인이 재해를 입어서 뒷정리를 도우러 갔어요. 그길로 재해 봉사활동을 하게 됐고요. 직장 일을 오랫동안 쉴 수 없어서 관뒀어요."

모모에도 남편도 이번에야말로 입을 떡 벌렸다.

"……봉사활동이라면?"

모모에가 묻고 간이치가 답했다.

"기타이바라키에 사는 지인의 집이 민박을 하는데 거길 거점으로 삼아 알게 된 봉사활동 그룹 사람들과 후쿠시마로 북상했어요. 깨진 기와 조각 철거나 토목 작업이나 식사 준비라든가 여러 가지를 했죠."

"그렇군요. 힘들었겠네요……."

어떻게 말해야 할지 몰라서 모모에는 간신히 그리 말했다.

"아뇨, 어쩌다 보니 그렇게 됐어요."

간이치는 쑥스럽게 웃더니 핫플레이트 뚜껑을 열었다. 얼마나 구워졌는지를 확인하고 나서 뒤집개로 오코노미야키를 능수능란하게 뒤집었다. 먹음직스러운 냄새가 방 안에 감돌았지만, 그 냄새마저 왠지 어울리지 않는 것 같았다.

"저기, 아빠, 맥주 좀 더 마실래?"

딸이 분위기를 수습하려는 듯 어색하게 밝은 목소리로 말했다. 남편은 딸아이의 얼굴을 보고 멍하니 있다가 그리고 정신이 들었는지 "아, 그러지 뭐"라고 대답했다.

"어라, 아빠, 안색이 좀 안 좋은 것 같아."

미야코가 문득 그리 말했다.

"그래? 기분 탓이겠지. 맥주는 이미 배불리 마신 것 같네. 간이치 군, 소주가 있는데."

"네, 괜찮습니다."

모모에는 허둥지둥 일어났다.

"뭐로 섞을까요? 당신은 따듯한 물을 섞는 게 좋죠? 간이치 씨는요?"

"감사합니다. 저는 그럼 얼음이 있으면 원액으로 마실게요."

모모에는 부엌에 서서 마실거리를 준비했다. 아일랜드식 주방 건너편 테이블에서 남편과 딸과 간이치가 저마다 다른 방향으로 시선을 돌리고 가만히 있었다.

모모에는 간이치에게 의외의 말을 들어 동요하고 있었다. 냉장고에서 꺼낸 얼음을 그릇에 담으려고 하다가 떨어뜨리고 말았다. 주우려고 몸을 숙이다 그대로 주저앉고 말았다.

요리사에 중졸에 재난 봉사활동이라니.

자신의 상상을 뛰어넘어선 사람이라서 어떻게 대해야 좋을지 모모에는 혼란스러워하고 있었다.

모모에가 테이블로 돌아오자 간이치는 일어나서 오코노미야키를 한 번 더 뒤집고 소스와 마요네즈를 발랐다. 그리고 4등분으로 잘라 파래와 가쓰오부시를 뿌려 그것을 접시에 나눠 담았다.

잘 모르는 남자가 구운 오코노미야키는 평소에 모모에가 만드는 것과 재료가 같은데 부드럽게 부풀어올라 놀랄 만큼 맛있었다.

남편이 입을 다물었기에 모모에는 정신을 가다듬고 미야코에게 화제를 돌렸다.

"그래서 미야코는 간이치 씨가 만든 초밥 먹은 적 있어?"

모모에가 그리 묻자 딸아이는 의외의 질문을 받았다는 표정을 지었다.

"없었던가?"

"있잖아. 아울렛에서."

"아, 그러네. 그런데 그건 간이치가 만든 초밥이라고 할 수 있어?"

"그렇긴 하네. 밥도 재료도 내가 고른 게 아니니까."

모모에 앞에서 딸아이와 그는 마침내 스스럼없이 이야기하기 시작했다.

"그래서 맛있었어?"

"응? 평범한 회전초밥집에서 나오는 초밥이야."

"오미야, 그럴 때는 회전초밥이라고 생각할 수 없을 정도로 맛있었다고 해."

"오미야?"

모모에가 말에 끼어들자 간이치는 아차 싶은 얼굴을 했다.

"아, 그러고 보니 너희들 간이치와 오미야구나. 우연이네."

모모에가 무심코 손뼉을 치며 말하자 간이치는 겸연쩍게 웃었다. 딸은 불만스럽게 뾰로통한 표정을 지었다.

"난 오미야라고 불리기 싫은데."

"그래? 초밥집 아들이라서 간이치 씨군요. 지금 알아차렸어요."

"맞아요. 대충 지은 이름이죠."

"어머나, 왜 어때서요."

"미야코 씨는 이름에 뭔가 유래가 있나요?"

"유래라고 할 정도는 아니지만, 이 애의 이름을 저희 엄마랑 생각할 때 엄마 이름이 미쓰코美都子여서 都(도읍 도)라는 글자를 넣는 것도 괜찮겠다는 말이 나왔어요. '정들면 고향'이라는 속담이 있잖아요. 都라는 한자를 이름에 사용하는 건 앞으로 어떤 일이 벌어져도 임기응변으로 대처해나가는 아이가 되어줬으면 하는 의미도 있다고 들어서 괜찮겠다 싶었어요."
"와아, 그랬구나. 엄마, 그런 거라면 나한테도 알려줘."
"그리고 고상하고 아름다운 사람이 되어줬으면 했고요."
"고상이라니."

간이치가 웃어서 딸아이가 들고 있던 오코노미야키 뒤집개로 그를 때리는 시늉을 했다. 두 사람이 아이처럼 티격태격하는 모습에 마침내 그의 본연의 부분이 살짝 엿보인 듯해서 경직되었던 모모에의 마음이 조금 풀렸다. 두 사람이 의외로 궁합이 나쁘지 않을지도 모른다 싶었다.

직업이 회전초밥집 점원이라면 경제적으로 불안할 테고 중졸이라는 것도 신경은 쓰인다. 하지만 봉사활동을 할 정도니까 다정한 사람인 듯하고, 분명 딸아이를 쓸데없이 상처 입히지는 않을 것이다. 만약 이 두 사람이 결혼해서 근처에 살아준다면 여러모로 도와줄 것 같은 느낌도 들었다.

"금색야차라면 어떤 이야기였더라. 그 유명한, 다이아몬드에 눈이 멀었다는 대목밖에 모르는데."
"아, 최근에 저도 읽어봤는데, 그 작품 완결되지 않았어요."
"어머, 그래요?"
"작가가 완결시키기 전에 죽어버렸대요."
"어머나, 몰랐어요."

그쯤에서 미야코가 "간이치는 책을 좋아해"라고 조금 자랑스럽게 말에 끼어들었다.

"그래요?"

왠지 의외라서 모모에는 놀랐다.

"이틀에 한 권 정도는 읽지?"

"그럴걸."

"대단하네요. 미야코는 만화만 읽지?"

그때 갑자기 남편이 소리를 내며 잔을 테이블에 내려놓았다. 세 사람 다 놀라서 남편을 보았다. 무슨 말을 하려나 싶었는데 남편은 아무 말도 없었고 침묵이 흘렀다. 눈이 충혈되어 있었고 취기가 상당히 돈 것 같았다. 과음한 거 아니에요? 라고 모모에가 말하려는데 한 박자 빨리 남편이 입을 열었다.

"그래서 간이치 군은 지금도 회전초밥집에서 일하고 있나요?"

이야기의 흐름과 관계없이 남편이 말했다.

"아뇨. 지금은 새로운 가게를 찾고 있습니다."

"그렇다는 말은?"

"일하던 가게가 폐점하게 돼서 취업준비 중입니다."

남편은 눈을 부릅뜨고 잡아먹을 듯 간이치의 얼굴을 보았다. 그는 그런 남편의 모습은 안중에도 없다는 듯 태연하게 있었다.

"그 말은 지금은 무직이라는 건가요?"

"그러네요."

기껏 온화해진 방 안이 다시 긴박한 분위기를 띠었다. 모모에도 놀라서 간이치와 미야코의 얼굴을 번갈아 보았다. 무직이라면 무직이라고 미야코가 언질해주지 않았다는 사실에 분노가 치밀어 올랐다.

"자네 말이야, 처신을 좀 더 제대로 하는 편이 낫지 않을까?"

"그러네요."

간이치는 동요하지 않고 고개를 끄덕였다.

"그러네요, 라니 기껏 한단 소리가 그거야? 적당히 맞장구만 치고 있는 거 아냐? 조금 전에 재해 봉사활동을 하려고 갓포를 관뒀다고 했지? 난처한 상황에 빠진 사람들을 위해 힘을 쏟는 건 훌륭한 일이라고 봐. 그런데 아무리 그래도 자기 일을 내팽개치면 뭐가 되겠어? 자네, 일에 대한 자세가 너무 무른 거 아냐?"

"여보, 과음했어."

모모에는 상황을 수습하려는 듯 웃었고 남편의 손에서 잔을 빼앗으려고 했다.

"당신은 그냥 가만히 있어!"

남편이 호통을 쳐서 공기가 파르르 떨렸다.

"어머님, 괜찮아요. 아버님께서 하시는 말이 맞으니까요. 죄송합니다. 얼음이 없는데 가져다주실 수 있나요?"

빙긋이 웃으며 간이치가 그리 말했고 온화한 말투인데도 어째서인지 기가 죽은 느낌이 들어 "아, 네" 하고 모모에는 일어났다. 부엌으로 가서 냉장고의 제빙기를 열던 차에 간이치가 도움을 주었다는 사실을 알아차렸다.

"자네, 자네 말이야, 세상이 만만해 보이지? 무직인데 용케도 우리 딸을 얻으려고 했군."

아빠의 말을 듣고 딸이 입을 열었다.

"아빠, 우리가 결혼하겠다는 소린 안 했어."

"그럼 이 녀석은 대체 왜 온 거야?"

"엄마, 오늘 그럴 작정으로 만나러 온 게 아니라고 아빠한테 말해주지 않았어?"

딸아이가 돌아보더니 모모에를 비난하듯 말했다.

"똑똑히 말했어."

"그런데 아빠가."

"시끄러. 너흰 가만히 있어!"

남편이 또다시 호통을 쳤고 위장 밑바닥에서 분노가 밀려올라왔다. 뭐라 대꾸하고 싶었지만 순간적으로 말이 나오지 않았다. 그때 간이치가 급하게 일어났다. 가족 세 사람은 흠칫하며 간이치를 보았다.

"아, 핫플레이트 전원 좀 끄려고요. 오미야, 그쪽 아니야?"

"아, 응."

딸이 허둥대며 핫플레이트 전원을 껐다. 간이치는 일부러 천천히 플레이트에 남아 타고 있던 채소를 뒤집개로 가장가지로 모았다. 그리고 '그래서요?' 하는 얼굴로 세 사람을 보았다. 남편은 머쓱한 듯 고개를 옆으로 돌렸다. 하던 말이 도중에 끊겨서 목소리 톤이 조금 낮아진 남편이 느릿느릿 이야기하기 시작했다.

"조금 전에 하던 이야기를 계속하겠는데, 자네 그래서 중졸이라는 거네?"

"그렇습니다."

"그럼 자넬 고용해줄 곳을 못 찾지 않는가."

간이치는 희미하게 미소 지을 뿐 대답하지 않았다.

"기술을 가지고 있으니 외식산업과 관련된 면접을 닥치는 대로 보는 건 어떤가?"

"그러게요."

"내가 뭣하면 도와줄까? 우리 회사 사원식당은 어떤가? 그런데 거긴 외부업체에 맡기고 있었던가……."

중얼중얼 혼잣말처럼 했다.

"초밥을 만든다고 했으니, 기술이 뭔가 있단 소리가 아닌가."

"그렇다고 뭐든 괜찮은 건 아니라서요."

"그렇겠지. 우리 딸이랑 결혼하려 한다면 좀 더 버젓한 직장을 구하지 않으면 곤란해."

"아빠 좀! 조금 전부터 무슨 소릴 하는 거야? 남이 하는 말도 좀 들어."

눈물을 살짝 글썽이며 딸이 항의했다.

"미야코, 넌 이 녀석이랑 결혼하고 싶은 거냐? 아니면 하기 싫은 거냐?"

남편의 질문에 딸은 말문이 막혀했다.

"진정하세요, 아버님. 이런 자리에서 질문받으면 미야코 씨가 대답하기 힘들어요."

"이런 자리가 아니면 어떤 자리에서 대답할 수 있는 거냐? 어이, 미야코. 결혼 하고 싶은지 아닌지도 모르는데 남자를 집에 데리고 와?! 너, 정신이 나간 거야? 우리 두 사람이 어떤 심정으로 이 녀석을 대하란 거냐?!"

남편은 흥분한 나머지 소리를 내며 일어났다.

"너흰 참 만사태평해서 좋겠네. 책임감 없이 적당히 일하면서 쭉 집에서 지내도 되고 말이지. 난 힘들다고. 휴직하고 회사로 돌아가 미묘한 위치에서 떳떳하지도 못해도 가족을 위해 열심히 일하고 있어. 갱년기장애로 집안일을 전혀 못하는 마누라 팬티까지 빨고 말이지. 자네, 잘 들어. 결혼이라는 건 그런 거야. 결혼하면 좋은 일만 있는 게 아냐. 그래도 결혼해야 하는 건 사회에서 살아가는 데 절대적으로 필요한."

거기까지 정신없이 말하다 남편이 갑자기 말을 끊었다.

테이블에 오른손을 짚고 반대쪽 손으로 이마를 덮었다. 몸이 휘청대면서 흔들리더니 순식간에 쓰러졌다. 한 뭉치로 꽁꽁 묶은 잡지를 떨어뜨린 듯한 소리가 났다.

"아빠!"

딸이 외쳤다. 남편이 쓰러졌다는 건 눈으로 봐서 아는데 모모에는 몸을 움직일 수 없었다. 목소리도 나오지 않았고 머리도 돌아가지 않았다. 눈앞에서 일어나고 있는 일을 그저 믿을 수 없었다. 딸이 남편을 흔드는 것을 녹화한 드라마를 보는 것처럼 멍청하게 보고 있었다.

"오미야, 손 떼. 가만히 두는 게 나아."

간이치가 미야코의 손을 멈추게 하더니 입가에 손바닥을 갖다대거나 맥을 짚고 있었다.

간병이라면 자신의 부모님과 남편의 부모님, 네 사람이나 한 경험이 있는데 모모에는 구급차가 올 때까지 마치 아이처럼 떨며 멀거니 서 있는 수밖에 없었다.

"뭐? 구급차라고? 잠깐잠깐, 큰일이었던 거 아냐? 간 떨어질 뻔했어! 그래서 어떻게 됐어? 남편은 괜찮아?"

도키코에게 저번 달에 있었던 소동을 이야기하자 그녀는 매우 놀란 목소리를 냈다.

"우선 괜찮아. 이제 회사에도 나가고 있고."

"그래? 다행이야. 큰일로 이어지진 않아서. 화내다가 쓰러지

다니 혈압이 올라갔던 건가. 남편, 고혈압이야?"

"그렇게 보이지? 실제로는 발끈하다가 혈관이 터져서 쓰러진 것처럼 보였어. 그런데 검사해보니 굳이 따지자면 저혈압이고 게다가 빈혈이 좀 있었대."

"어머, 젊은 여자애도 아니고."

"그치? 어디 사는 아가씬지 내가 다 궁금하네."

그때 방 안에 인터폰 소리가 울렸다. 도키코는 인터폰 모니터 화면을 들여다보고 "택배네. 잠깐 미안" 하고 거실에서 나갔다.

모모에는 한숨을 쉬고 대접받은 보리차 잔에 입을 댔다.

오늘은 도키코네에 와 있었다. 차를 입에 댈 새도 없이 이야기하고 있어서 얼음이 이미 녹아버렸다.

모모에는 방 안을 천천히 둘러보았다. 도키코네 집에 온 것은 처음이었다. 거실은 그다지 넓지 않지만, 가구나 장식이 적은 탓인지 훤해 보였다. 부모님에게서 물려받은 낡은 집에 쭉 살고 있었지만, 3년쯤 전에 큰맘 먹고 개축했다고 한다. 역에서 거리가 꽤 멀어서 매일 남편을 차로 역까지 바래다주고 배웅하러 나가고 있다고 했다.

도키코는 여전히 떠들썩하지만 모모에는 그녀의 조언이 거친 반면 핵심을 찌르는 경우가 많다는 사실을 깨닫고 최근에는 그녀를 꽤 의지하게 되었다.

그녀는 돌아오더니 단단히 벼르었다는 듯 물었다.

"그래서 남편, 결국 뭐였어? 아, 그런 건 물으면 실렌가?"

"아, 괜찮아. 뭐랄까, 결국엔 기립성 현기증이었나봐."

"기립성 현기증! 뭐야, 아가씨 맞네."

"조례 시간에 쓰러지는 여학생도 아니고."

소리 모아 아하하, 하고 서로 웃었다.

"기립성 저혈압이라고 해서, 갑자기 일어나면 어질할 때가 있잖아? 그게 심했나봐. 병원에 도착했을 땐 이미 정신을 차리고서 구급차를 불러가며 요란법석을 떨었다고 엄청 화를 내고 난리도 아니었어. 일단 하룻밤 병원에서 묵어 간단한 검사는 했어. 그랬더니 피로랑 탈수 증상이랑 빈혈이 겹쳐서 의식을 잃은 것 같다고 하더라고. 연령적으로 여러모로 걱정되는 면도 있어서 이번에 정밀 검사를 받게 됐어."

"맞아. 이런 기회에 꼼꼼하게 검사하는 건 좋을지도 몰라."

"응. 난 비교적 병원 가는 일이 잦지만, 남편은 병원이라면 딱 질색하거든. 이젠 나이도 먹을 만큼 먹었지."

그리 말하고 웃으니 도키코도 마음을 놓은 듯한 표정을 지었다.

도키코 앞에서는 웃어 넘겼지만, 모모에는 그로부터 불안감이 지워지지 않아 마음이 내내 답답했다.

남편이 검사를 받고 있는 사이에 당직인 젊은 의사가 이럴 가능성이 있다며 병명을 줄줄이 늘어놓았고 아무것도 알아들을 수 없어서 다급히 메모를 했다. 그것들을 나중에 검색해보는데 소름이 끼쳤다. 우리 집 환자라고 하면 모모에, 로 통하고 있어서 왠지 모르게 남편이 중병에 걸릴 가능성을 고려한 적이 없었다.

"저기, 그래서 딸애 남자친구는 어떻게 됐어?"

"아, 응. 괜찮은 사람이었어."

도키코는 의외라는 듯 눈이 휘둥그레졌다.

"어머, 그거 다행이네. 그렇게 미심쩍다며 신경이 곤두서 있었잖아."

"여러모로 상담해줘서 정말 고마워. 오코노미야키도 정답이었어. 결국 그 친구가 구워줬지만."

"어머 근사한 사람이네. 그러고 보니 쉐프라고 했지?"

"아니. 일식 요리사야."

"요리 잘하는 사람 괜찮잖아. 앞으로 우리 애들 세대는 맞벌이가 당연시될 테니, 남자니까 집안일을 안 하겠다고 하면 안 되지. 집에 프로 요리사가 있다니 부러워라."

"아직 결혼한다고 정해진 건 아니지만."

"그래? 남편이 반대해?"

"것보다 본인들이 거기까지 아직 생각 안 한 것 같더라고."

"그러고 보니 모모에. 그 남자애한테 뭐라고 했더라?"

"응?"

"아니, 아울렛에서 그 친구 발견했을 때 따끔하게 말해줬잖아. 그거 용기가 대단하다 싶어서 감탄했지 뭐야. 뭐였더라. 우리 딸애랑 결혼할 마음이 없으면 우리 땅에 넘어오지 마! 였지?"

도키코의 말에 모모에는 입을 떡 벌렸다.

"무슨 소리야! 전혀 달라!"

"어머, 그래?"

"우리 애랑 관계를 떳떳하게 이어나갈 생각이라면 현관으로 들어오라고 했어."

"아하하, 그랬나? 의미는 같잖아."

도키코가 웃어서 모모에는 "그런가?" 하고 읊조렸다.

분명 갑자기 사귀고 있는 여자친구의 엄마가 나타나 그런 소리를 한다면 그렇게 받아들일지도 모른다.

그날 아울렛에서 생각할 틈도 없이 그런 말이 입을 뚫고 나오고 말았다. 그가 딸의 모자를 쓰고 그늘에서 딸이 일하는 모습을 들여다보고 있었다. 밤중에 집에 침입한 것도 있어서 경박하고 책임감 없는 청년으로 보였던 것이다.

만약 딸과 가벼운 마음으로 사귀고 있다면 부모에게 그런 소리를 들으면 귀찮아져서 나가떨어지리라 생각했다. 하지만 간이치는 버젓하게 선물까지 사서 우리 집 현관에 나타났다.

간이치를 좋은 사람이라고 생각한 것은 진심이었다. 시종 예의 바르게 싱글벙글 웃고 있었고 남편이 기분 나쁜 소리를 해도 그 자세가 흐트러지지 않았다. 그는 미야코보다 두 살 연하라고 하니 그 자리에 있던 누구보다도 젊었다. 그런데 가장 어른스러운 행동을 보여주고 있었을지도 모른다. 남편이 갑자기 쓰러져서 구급차를 부를 때도 동요하는 모모에와 미야코를 대신해 구급대원을 상대해주었다.

무엇보다도 미야코를 보는 그의 시선이 다정다감해서 간이치가 미야코를 좋아한다는 사실을 확실히 알 수 있었다.

하지만 모모에의 내면에 무언가가 마음에 걸렸다.

그가 중졸에 무직이라서일까, 하고 모모에는 자신에게 물었고, 사람을 그렇게 학력이나 경제적 상황으로 판단해서 안 된다는 자성하는 마음에 사로잡혔으며, 하지만 엄마로서 그건 역시 신경 쓰이는 포인트라고 마음을 고쳐먹었다.

그건 그렇고 간이치의 너무나도 완벽한 태도에 비해 남편의 어른스럽지 못한 태도는 너무했다.

"그 남자애, 괜찮은 것 같지 않아? 딸애, 이제 서른 넘었잖아. 얼른 결혼시켜버리는 게 낫지 않겠어?"

"그게 말처럼 쉬운 게 아니야. 그 애, 지금 무직이래."

"어머, 그래?"

"일하던 초밥집이 폐점하게 돼서."

"흠. 그래도 취업준비는 하고 있겠지."

"찾고 있다고는 하는데. 지금까지 회전초밥집에서 일했다고 하니 뭐랄까, 앞으로 가족을 먹여 살릴 만한 수입이 될지 어떨지는 모르겠네."

아하하하, 하고 도키코는 소란스럽게 웃었다.

"모모에, 의외로 사고방식이 낡았네."

모모에는 발끈했다.

"낡았다니?"

"조금 전에도 말했지만, 요즘은 남편 수입만으로 먹고 살아갈 수 있는 세상이 아니야. 부부가 함께 일해서 부부가 같이 육아를 해나가야지."

"그 정도는 나도 알아. 고수입까지는 아니더라도, 적어도 안정된 편이 낫잖아. 애를 낳는 건 여자고 낳으면 한동안 일도 못할지도 모르잖아."

"뭐 그럴지도 모르지만. 그래도 부모가 걱정한다 해서 해결될 문제도 아니잖아."

"하긴."

모모에는 의기소침해졌다. 확실히 부모가 이것저것 고민한들 해결될 문제는 아니다.

"애 이야기가 나와서 말인데 아무래도 나한테 손주가 생길 것 같아."

"어머나! 축하해!"

"드디어 나도 할머니네. 기뻐해야 할지 슬퍼해야 할지 모르겠어. 그래서 아들네가 우리 집으로 돌아오게 됐어."

"뭐? 같이 산다고?"

"이 집, 원래 두 세대가 사용할 수 있게 지었어. 1층에도 아담하게나마 주방이랑 욕실이 있거든."

"그랬어?"

"아들네가 돌아올지 안 돌아올지는 모르지만, 안 돌아오면 다른 사람한테 세를 주면 된다고 남편이 그러더라고. 며느리가 처음에는 내켜하지 않았나 보던데 역시 애가 생기니 집세를 절약해서 교육비로 사용하고 싶었나봐. 나한테 손주 돌보는 일도 부탁하려는 거겠지."

"그래도 좋겠어. 시끌벅적해지겠네."

"아냐 아냐. 간섭하면 싫어할 거야. 미움받지 않도록 조용히 지내야지. 저기, 것보다 모모에, 네 몸 컨디션은 어때?"

"남편이 쓰러지고 놀라서 내 병은 싹 사라졌어."

"그럼 다행이야. 부부는 그런 법이지."

손주가 생기는구나, 하고 모모에는 생각했다.

지인 중에서도 손주를 안아보는 걸 고대하는 사람도 있지만, 모모에는 옛날부터 그런 마음이 들지 않았다. 있으면 있는 대로 어여쁘게 여기겠지만, 돌봐야 한다면 귀찮겠다는 마음 쪽이 솔직히 더 컸다. 그것보다도 지금은 남편과 자신의 건강 생각으로 머리가 꽉 차 있었다.

8월의 마지막 주, 남편이 검사로 입원했다.

처음에 남편은 검사만이라면 입원하지 않고 통원으로 가능하지 않냐고 고집을 부렸지만, 연세가 지긋한 내과 의사에게 "여름휴가 겸 시원한 병원에서 느긋하게 보내는 건 어떨까요?"라는 소리를 듣고 마지못해 승낙했다.

입원 수속을 마치자 남편은 이튿날 검사를 위해 금식해야 했고 4인실 침대 옆에 마냥 앉아 있는 것도 따분해서 첫날은 일찌감치 집으로 돌아갔다.

이튿날 오후, 면회 시간에 맞춰서 병원으로 향했다. 여름도 끝인가 했는데 다시 더위가 심해져 집에서 나오자마자 땀범벅이 되었다. 버스 정류장에 서 있으니 아스팔트에서 이글이글 열기가 피어올라 발부터 녹아버릴 것 같아 무심코 택시를 멈추게 했다.

병실을 들여다보자 창가 침대에 남편의 모습이 보이지 않았다. 세면실에 있나, 아직 검사 받으러 가 있나. 무료하게 의자에 앉아 있으니 휠체어를 탄 남편이 병실 입구에서 나타나 놀랐다.

"어, 왔어?"

남편은 모모에의 존재를 알아차리고 힘없는 미소를 지어 보였다.

"무슨 일 있어요?"

모모에가 물으니 휠체어를 밀고 있던 젊은 간호사가 "위내시경 때문에 가벼운 진정제를 사용했더니 아직 휘청거리셔서 모시고 왔어요. 잠시 누워 있으시면 가라앉으실 거예요"라고 빙긋이 웃으며 말했다. 익숙한 손놀림으로 남편을 침대로 옮겼다.

"괜찮아?"

"아무렇지도 않아. 그래도 아침부터 종합검진 못지않게 이것저것 검사받느라 지쳤어."

일단 나갔던 간호사가 돌아와서 링거를 세팅하며 말했다.

"선생님께서 이다음에 잠시 하실 말씀이 있으시다고 해요. 부인되시는 분은 시간 괜찮으신가요?"

"아, 네."

"한 시간 정도면 올 것 같으니 돌아가시지 마시고 기다려주세요."

간호사는 그리 말하고 칸막이 커튼을 빙그르 치고 나가버렸다. 밝은 상아색 천에 둘러싸여 좁은 공간에 남편과 둘만 있게 되자 갑자기 자리가 불편하게 느껴졌다.

"이거, 무슨 링거려나?"

"식사가 나오는 게 내일 아침부터니까 영양제나 그런 게 아닐까."

"그러네. 배고프지?"

"그렇지도 않아."

창문이 커서 앞뜰과 국도가 쭉 멀리까지 내다보였다. 기울어지기 시작한 햇살이 신호에 강하게 반사되어 빛나고 있었다.

남편은 병원에서 대여해준 얇은 잠옷을 입고 있었다. 그 잠옷 가슴 언저리가 조금 벌어져서 남편의 맨 가슴이 보였다. 마른 사람이라고 생각했지만 유심히 보니 중년답게 군살이 살짝 붙어 있고 피부도 쳐져 보였다. 그 생생한 육체를 제 눈으로 접하고서 모모에는 동요했다.

남편의 몸을 유심히 본 적이 없었다. 몸은커녕 쭉 함께 살고 있는 동안 얼굴도 제대로 보지 않게 되었다. 자신의 부모님을 떠올렸다. 부모님의 얼굴도 딱히 보지 않고 살았다. 그들이 늙어 앓아눕게 되었을 때 처음으로 제대로 얼굴을 보았다. 누워 있는 그들의 얼굴이 뇌리를 스쳐 더운데도 등줄기가 서늘해졌다.

"미야코도 밤에 온다고 했어."

자신의 감정에서 시선을 돌리듯 모모에는 밝은 목소리로 말했다.

"괜히 오기는."

"그럼 미야코한테 직접 문자 보내는 건 어때?"

"응, 나중에 할게."

묘하게 고분고분했다. 고분고분하지 않은 것도 난처하지만, 이런 남편은 왠지 싫다.

"오늘 미야코 생일이야."

"그랬었나. 그 녀석 몇 살이 되는 거지?"

"서른셋이잖아."

"벌써 그렇게 됐나."

"성인식 날이 엊그제 같은데 말이죠."

"서른셋이면 얼른 결혼해서 애도 낳아야 할 텐데."

"또 그런다. 미야코한테 미움받아. 그렇게 손주 얼굴이 보고 싶어?"

"손주라고 할까, 아이가 없는 여자는 왠지 가엽잖아."

"가여울 게 뭐 있어. 그런 편견, 어떻게 안 하면 젊은 사람들한테 미움 살 거야."

남편은 문득 웃었다. 불쾌해하는 웃음이 아니라 힘없이 인정하는 투였다. 링거 비닐팩 주변을 올려다보고 남편이 말했다.

"생일이면 그거겠지, 남자친구랑 축하 파티 해야 하지 않나. 아빠한테 안 와도 되는데."

"그럼 그렇게 말해줘."

"알겠어. 문자 보낼게."

"그런데 미야코는 착하니까 오지 않을까."

"하긴."

싫지만은 않은 듯 남편이 웃었다. 이렇게 느긋하게 남편과 대화를 나누는 건 오랜만이다.

"그건 그렇고 그 녀석."

"그 녀석?"

누구를 말하는지 알고는 있었지만 모모에는 시치미를 뗐다.

"초밥 요리사라는 녀석."

"아아, 간이치 씨."

"나이도 어린데 꽤 차분했지."

그날의 일을 남편이 말로 꺼낸 것은 이때가 처음이었다. 지금까지 전혀 그런 일이 없었던 듯한 태도여서 굳이 모모에도 그 화제는 건드리지 않았다.

"어째서 그렇게 자신만만했을까. 중졸에 무직인데."

"자신만만했다고만은 할 수 없지 않을까."

남편은 그쯤에서 입을 다물었다. 그리고 "가끔은 입원하는 것도 괜찮네"라고 느닷없이 말했다.

"응? 뜬금없기는."

"어릴 적에 입원했을 때가 어젯밤에 떠올랐어."

"어머, 입원한 적 있어?"

"체육 시간에 다리가 부러졌거든. 그때 집에서 떨어지는 게 묘하게 신선했었어. 아프고 못 움직였지만, 외롭다는 마음보다 잔소리가 심한 아버지한테서 떨어진다는 사실에 해방감이 느껴졌거든. 간호사는 친절하고 친척이 과자랑 멜론을 문병 선물로 가지고 와주기도 했고 말이야. 그때 먹은 멜론, 태어나서 처음 먹었던 거지 싶어."

"어머나."

"그래서 오랜만에 아버지를 생각했어. 그러고 보니 아버지의 말버릇이 세상은 만만치 않다였지 싶더라고."

"그랬어?"

"그래서 나도 딸아이 남자친구한테 세상은 만만하지 않다고 말한 거구나 싶었어."

이 사람이 자신을 반성하는 듯한 소리를 하는 것을 모모에는 처음 들은 듯해 내심 상당히 놀라고 있었다.

"세상은 만만하지 않다며 바로 부정하는 아버지한테 나는 질려서 늙은이가 하는 말에 정면으로 대꾸해도 소용없다며 제대로 반론하지도 않았어. 아버지 입장에서 보면 한심해 보였겠지."

그때 남편은 다시 입을 다물었다. 다음 말을 꺼낼 기미가 없었다.

"간이치 씨가 차분했던 게 비슷한 거라고 생각했어?"

모모에가 말하자 남편은 희미하게 웃었다.

"난 딱히 내 생각을 굽힐 마음은 없어. 미야코가 사회적으로 번듯한 남자와 결혼해줬으면 해. 이 나이가 돼도 세상은 역시 혹독하다고 생각하니까."

"……그러게."

모모에는 창문에 시선을 돌리고 물들기 시작한 서쪽 하늘을 멍하니 쳐다보았다. 남편도 눈을 감고 꾸벅꾸벅 졸기 시작했다.

이윽고 조금 전의 간호사가 와서 선생님이 오셨으니 상담실로 와달라고 했다.

의사의 설명을 듣고 모모에는 병원을 뒤로했다.

냉방이 잘 드는 병원의 자동문이 열리자 뜨거운 공기에 확 휩싸였다. 병원 현관 앞에 택시가 줄지어 있었지만, 탈 마음이 들지 않아서 버스 정류장까지 걸었다. 5분도 걸리지 않는 길인데 블라우스가 땀을 흡수해 살에 들러붙었다.

버스 정류장에 늘어선 사람들의 행렬에 모모에도 합류했다. 석양은 이미 절반이 잠겨 있는데 더위 때문에 숨 막힐 듯했다. 이마에서 흐르는 땀이 턱을 타고 내려와 뚝 떨어졌다.

의사의 말이 머릿속에서 소용돌이 치고 있었다.

위장에 큰 종양이 있다. 악성일 가능성이 높다. 거기에서 출혈이 발생해 빈혈이 일어난 듯하다. 내시경 수술보다 외과 수술을 권한다.

남편은 잠시 가만히 있다가 네, 라고만 답했다.

모모에도 의사에게 고개를 숙였다.

그러고 보니 남편의 부모님은 두 분 다 암으로 돌아가셨다는 걸 떠올렸다.

버스가 좀처럼 오지 않아 앞에 서 있던 모모에보다 나이가 지긋한 여성이 부채로 얼굴을 바쁘게 부치고 있었다. 모모에도 가방에서 부채를 꺼내려고 했지만, 나른해서 그것마저 귀찮았다.

흐르는 땀을 그대로 두고 모모에는 샌들을 신은 자신의 발가락 끝을 응시했다.

모모에의 갱년기장애 증상이 가장 나빴을 때 남편이 어째서 그렇게까지 간호해줬는지 실은 잘 몰랐었다. 하지만 지금 마침내 조금 알 것 같았다.

배우자에게 드리워진 죽음의 그림자는 부모님의 것과는 전혀 별개였다. 자신의 토대를 가차 없이 무너뜨리는 듯한 충격이었다.

저녁 매미가 맴맴 우는 아래에서 이마에서 흐르는 땀이 눈에 들어가 쓰릴 정도로 스며들어도 모모에는 그대로 멀거니 서 있었다.

7

 아빠의 수술은 무사히 끝났다.

 경과가 좋아 당초 예정보다 일찍 퇴원해서 업무에도 복귀했다.

 일시적으로 미야코는 최악의 사태까지 고려했지만, 허무해질 만큼 간단히 아빠는 병이 발견되기 전의 일상을 되찾았다. 미야코도 일을 거의 쉬지 않아도 되었다.

 하지만 그 일들은 눈에 보이지 않는 균열을 미야코의 마음에 만들었다. 언뜻 보면 아무것도 아닌데 꽃병 밑바닥에서부터 물이 서서히 새 듯이 미야코의 내면에서 무언가가 줄어들었다.

 병원의 널찍한 대기실에서 엄마와 단 둘이 수술이 끝나기를 몇 시간이나 기다렸다. 이름이 불려 작은 방에 들어갔더니 수술을 이제 막 마친 의사가 절제했다는 장을 보여주었다. 아무 장식도 없는 무기질적인 방에서 보는 스테인리스에 놓인 생생한 육신의 조각. 인간의 내장을 본 건 처음으로, 그게 슈퍼에서 파는 식용 고기와 겉모습이 별반 다르지 않아 미야코는 빨려들 듯이 주시하고 말았다.

 의사는 장의 일부를 앞에 놓고 간단히 수술 후의 경과를 설명했다.

 엄마는 몰입하는 듯한 표정을 하며 의사의 이야기를 듣고 있었다. 미야코도 집중해서 듣고는 있었지만, 머리 한구석에서 다른 생각을 하고 있었다.

만약 자신이 결혼하지 않고 독신인 채 나이를 먹어 비슷한 수술을 했을 때 누가 이렇게 잘라낸 장기를 봐줄까. 누가 의사의 설명을 들어줄까.

그리 생각하니 자신이라는 그릇에 담겨 있던 어린 시절부터 부모님이 애정을 다해 채워준 물의 수위가 쑥 내려가는 것을 알 수 있었다.

불안해서 소리를 지를 것만 같았다.

물이 이제 사라지고 만다. 채워지지 않으면 죽어버린다.

울고 싶다기보다는 굶주려 쥐어뜯고 싶어 하는 듯한 고독에 미야코는 멍해졌다.

하지만 그런데도 미야코는 태연한 얼굴로 주5일 근무를 소화해냈다. 일하고 있으면 시간이 점점 지나갔다. 지구는 돌고 여름은 끝났다.

9월 마지막 주에 간이치의 생일이 있었다.

한 달 전인 미야코의 생일은 일이 바쁜 데다 아빠가 입원하기도 해서 챙길 경황이 없었지만, 마침내 시간도 마음도 여유가 생겨서 식사라도 하러 갈까, 하고 간이치에게 제안했다. 그러자 때마침 그날 도쿄에 볼일이 있다며 가끔은 도시에서 식사를 하자는 말을 들었다.

그가 지정한 약속 장소는 우에노였다. 도쿄에서 간이치를 만나 식사를 하러 가는 상상은 한 적이 없어서 아오야마나 긴자도 아닌데 미야코는 묘하게 긴장하고 있었다.

중앙 개찰구에 있는 '날개의 상' 아래에서 기다리고 있으니 5

분 정도 늦게 간이치가 나타났다. 그가 슈트 차림을 하고 있어서 미야코는 멍해졌다. 늦더위로 꽤 무더웠는데 상의를 제대로 차려입고 넥타이까지 하고 있었다.

설마 데이트 때문에 멀끔한 차림을 하고 왔나, 하고 미야코는 조금 당황했다. 평소에 가지고 있지 않던 검은 가방도 들고 있어서 영업사원 같았다.

"미안. 기다렸지? 가게 예약했어."

그리 말하더니 간이치는 얼른 걷기 시작했다. 다급히 따라가자 아사쿠사구치 출입구에서 나가 조금 걸어간 곳에 있는 호텔 1층에 자리한 가게로 들어갔다. 파리의 레스토랑 같다고 하면 과언이겠지만, 우에노라고는 생각할 수 없을 만큼 외관이 세련된 음식점이었다. 널찍한 플로어는 80퍼센트 정도 차서 시끌벅적했다.

짙은 갈색을 바탕으로 한 펍 스타일의 인테리어로 격식을 차린 레스토랑은 아니지만 몹시 먹음직스러울 듯한 분위기였다. 메뉴판을 보자 이 레스토랑의 대표 요리는 로스트치킨인 모양이었다. 노릇하게 구워진 닭고기 사진을 보기만 해도 식욕이 자극받았다.

"와, 이거 맛있겠다."

"오미야, 닭고기 좋아하잖아."

"응. 그래서 데리고 와준 거야? 이런 가게를 용케도 알고 있네."

"아니 몰랐어. 그래서 검색했어."

"그렇구나."

그러고 보니 처음 한잔하러 갔을 때 간이치는 가게를 꼼꼼하게 알아보고 예약했다는 사실을 떠올렸다.

주문을 마치고서 간이치는 상의를 벗고 넥타이를 느슨하게 끌러내더니 아이고, 하고 한숨을 쉬었다.

"왜 슈트를 입고 있어? 설마 데이트 때문은 아니지? 면접 봤어?"

"그렇지 뭐. 이 차림을 하고선 부정은 못하겠네."

"어떤 일인지 물어봐도 돼?"

"초밥."

"그렇구나. 가게는 도쿄에 있어?"

"점포가 몇 개 되는데 거의 도쿄야."

"그래? 잘 될 것 같아?"

"글쎄."

간이치는 딱히 질문받고 싶어 하지 않는 표정을 했다. 기껏 맞이한 생일이니 미야코는 더 이상 물어보기를 관뒀다.

오늘 간이치는 슈트 차림이어서인지 버젓한 사회인으로 보였다. 미야코도 매장에서 파는 깔끔한 원피스 차림이라서 분명 주변에 있는 젊은 사회인들과 마찬가지로, 회사 일을 마친 평범한 커플로 보일 것이다.

생맥주잔이 와서 건배했다.

"서른하나 된 거 축하해."

"한 달 늦어졌지만, 서른셋 된 거 축하해."

"내 나이는 언급 안 해도 되거든?"

혀를 차자 간이치는 즐거운 듯 웃었다. 주변에서 감도는 먹음직스러운 냄새와 목을 자극하는 맥주에 한시라도 빨리 짭짤한 닭고기가 먹고 싶어졌다. 닭은 시간이 걸린다고 하니 파네

나 샐러드를 천천히 집어먹었다.

6월에 간이치가 부모님과 만난 날을 경계로 둘 사이의 분위기가 달라졌다. 제자리걸음 상태에서 한 걸음 나아갔다고 느끼고 있었다.

아빠가 쓰러지지 않았더라면 어쩌면 간이치와 어색해졌을지도 모른다. 쓰러진 걸 감사하는 것까지는 아니지만, 아빠의 병으로 흐름이 바뀐 것은 분명했다.

마침내 로스트치킨이 테이블로 왔다. 절반을 주문했는데 놀랄 만큼 컸다. 반질반질한 황금색으로 빛나고 있었다.

"와, 맛있겠다."

"장난 아닌데?"

간이치는 톱날이 달린 스테이크 나이프를 들고 당연한 듯 썰어서 덜어주었다. 먹기 좋은 부분은 미야코의 접시에 덜어주었기에 고기 덩어리를 포크로 찔러 입에 넣었다. 껍데기는 바삭바삭하고 안은 부드럽고 육즙이 풍부했다. 입안이 단숨에 행복해졌다.

"맛있어" "장난 아니게 맛있네" 하고 같은 말을 바보처럼 몇 번이나 반복하면서 두 사람은 닭고기를 먹었다. 다 먹고 물수건으로 손을 닦고 나더니 간이치는 나른한 듯 테이블에 팔꿈치를 괬다. 미야코는 그의 어설픈 넥타이 매듭을, 먹다 지쳐 방심하면서 멍하니 바라보았다.

부자는 되지 못하더라도 이 사람과 있으면 안심하고 살아갈 수 있지 않을까 미야코는 요즘 들어 계속해서 느끼던 것을 재확인했다.

이 사람과 결혼하자.

이것저것 따지지 말고 이 사람과 결혼하자는 마음이 들었다.

아빠의 암은 림프에 전이되지 않아서 상황이 그다지 나쁘지는 않았지만, 의사는 완치되었다고는 하지 않았다. 앞으로 무슨 일이 벌어질지 모른다. 엄마의 갱년기도 나은 게 아니다. 아빠의 수술 전후에는 신경이 곤두서 있어서인지 엄마가 건강해 보였지만, 아빠가 퇴원하고 직장에 나가기 시작하자 긴장이 풀려서인지 축 처져 있었다.

부모의 노화를, 거기에 동반되는 병을, 그리고 앞으로 다가올 죽음을 자기 혼자서 받아들일 수 있을 것 같지 않아서 같이 받아들여줄 사람이 필요했다.

만약 간이치와 결혼하지 않는다면 한시라도 빨리 헤어져서 다른 사람을 찾아야 하는 나이다. 앞으로 마음이 잘 맞는 사람을 찾는 건 분명 지난한 일일 것이다. 만남을 마냥 기다리지만 말고 열심히 맞선에 나가야 한다. 에리에게 맞선의 수고스러운 점을 들었기에 그것을 떠올리자 오싹했다.

하지만 미야코가 결혼할 마음이 든다 해도 간이치는 어떨까.

그는 그로부터 전혀라고 해도 좋을 만큼 태도가 달라지지 않았다. 그렇게나 아빠가 결혼결혼거렸는데도 아무 생각도 없는 건 아니겠지만, 평소에 나누는 대화에서 그런 뉘앙스를 풍기는 언동이 전혀 보이지 않았다. 아빠의 태도에 반감을 가져도 되는데, 딱히 그런 기미도 없어 보인다.

하지만 간이치는 아빠가 쓰러진 후 육체노동 아르바이트를 시작했다. 그리고 면접도 몇 번 본 듯했다. 어쩌면 말로 꺼내지 않더라도 생각하는 바가 있을지도 모른다. 오늘 면접이 끝난 후 자신에게 식사 제안을 한 건 재취업의 전망이 보여서일까.

무직에서 벗어나면 간이치는 프러포즈를 해줄지도 모른다고 미야코는 생각했다. 사실은 그의 생각을 확실히 듣고 싶지만 서두르고 있는 것처럼 보이는 게 내키지 않아 물어보기 힘들었다.

테이블의 그릇이 정리된 후 미야코는 가방에서 꾸러미를 꺼내 간이치에게 내밀었다.

"자, 이거, 생일 선물."

간이치는 어, 하는 얼굴을 했다.

"와아, 열어봐도 돼?"

고개를 끄덕이자 그는 리본을 서슴없이 풀었다.

"오, 지갑이네."

"지금 쓰는 건 너무 낡아 보였거든. 이런 건 취향도 타니까 선물해도 되나 싶긴 했어."

"아니, 너무 기뻐. 지금 쓰는 지갑은 역시 좀 심하지?"

간이치에게 선물을 사줄지 말지 미야코는 상당히 고민했다. 뭔가 사서 건네는 것 자체는 대수롭지 않지만, 그러면 자신도 뭔가 갖고 싶어 하지 않을까 그가 생각할까 싶어서였다. 미야코는 갖고 싶은 건 직접 사는 타입이고, 남자한테 받는 선물은 자신의 취향이 아니라서 솔직히 받기 껄끄러웠다. 게다가 지금의 간이치가 돈을 괜히 쓰게 하고 싶지 않았다.

하지만 그의, 중학생이 가지고 다닐 법한 캔버스천 재질의 지갑이 너덜너덜해서 늘 신경 쓰였다. 사회인이 가지고 다니기에는 너무 유치했다. 그래서 아울렛에서 너무 비싸지 않은 검은 가죽 지갑을 샀다.

디자인이 너무 평범하지만, 이거라면 누가 봐도 이상해 보이지는 않을 것이다.

땡큐, 라고 가볍게 말하더니 간이치는 지갑을 가방에 넣었다. 샐러리맨이 흔히 가지고 다니는 나일론 소재의 가방은 새 것 같아 보였지만 한눈에 저렴한 것이라는 사실을 알 수 있었다. 취업준비를 하려고 샀을지도 모른다. 취업 축하선물로 조금 더 나은 가방을 선물하고 싶다는 생각이 들었다. 넥타이도 너무 싸구려처럼 보여서 좀 더 근사한 걸 골라주고 싶다.

지갑을 넣은 그 손으로 간이치는 가방에서 하늘색의 아담한 종이봉투를 꺼냈다.

"자, 이건 내가 주는 선물."

"어?!"

그 봉투를 보고 미야코는 기겁을 했다. 어딜 어떻게 봐도 티파니 종이봉투였다.

"쑥스러우니까 얼른 받아줘."

"어, 깜짝이야! 진짜 아무것도 기대 안 했는데!"

"날 뭘로 보고."

"진짜 놀랐어! 고마워! 열어봐도 돼?"

아무 기대도 하지 않았는데 그 광택 나는 꾸러미를 손에 들자 자각 없이 억누르고 있던 기대감이 폭발해서 와르르 뿜어져 나왔다.

설마 반지인가? 설마 프러포즈?

내심 두근거리는 마음으로 포장을 풀자 하트 모양의 펜던트가 달린 목걸이가 나왔다. 손가락으로 살짝 들어올리자 희미하게 토로록, 하는 소리가 났다.

"와, 이게 뭐더라? 오픈 하트였나? 엄청 예쁘다! 고마워!"

"마음에 들어 하는 것 같아서 다행이야."
"이거 직접 사러 갔어?"
"응, 적당히 검색해서 긴자까지 갔지."

간이치는 우쭐해하며 웃었다. 용케도 주눅 들지 않고 사러 갔구나 싶어서 감탄했다. 목걸이는 은과 아주 작은 금으로 된 하트 형태 두 개가 연결된 디자인으로 미야코의 취향에도 맞았다. 자신이 아울렛에서 저렴한 지갑을 산 것을 조금 후회했다.

돌아가는 조반선 안에서 배가 너무 불러 두 사람은 서로에게 기대 잠들고 말았다. 잠에서 깨자 전철이 때마침 집 근처 역에 도착해서 미야코는 서둘러 간이치를 흔들어 깨워 다급히 전철에서 뛰어내렸다.

내일은 오후 근무라서 간이치네 집에 묵기로 했다. 엄마가 간이치네 집에 묵는 걸 허락해줬고, 아빠의 속마음은 어떤지 몰라도 딱히 무슨 소리를 하지는 않았다.

결혼하면 이렇게 어딘가로 외출해도 같은 집에 돌아오겠구나, 하고 미야코는 생각하면서 몽롱하게 졸린 상태로 행복을 느끼며 그와 손을 잡고 밤길을 어슬렁어슬렁 걸었다.

간이치가 편의점에 들르겠다고 해서 미야코도 더불어 들어갔다.

조금 소화가 돼서 단 게 먹고 싶어 디저트 선반을 쳐다보았다. 신제품 이벤트 상품인 푸딩이 하나에 백 엔이었다. 조금 전에 레스토랑에서 더치페이로 4천 엔이나 써버렸기에 돈을 아껴야 했지만, 백 엔 정도라면 괜찮겠지 싶은 마음이 들었다. 계산대로 가져가자 때마침 간이치가 계산을 하고 있던 차였다.

그는 "같이 계산할게"라며 푸딩을 가져갔다.

점원은 바구니에서 상품을 하나씩 집어 들어 바코드를 찍었다. 푸딩, 발포주 몇 캔, 안주, 야채빵, 낫토, 잡지. 간이치는 선반을 가리키며 담배를 두 갑 달라고 했다.

물건값이 3천 엔을 조금 넘었다. 계산대에 표시된 숫자에 잠기운이 달아났다.

간이치는 너덜너덜한 지갑에서 5천 엔짜리 지폐를 꺼냈고, 천 엔짜리 지폐와 잔돈으로 거슬러 받았다. 즐거웠던 기분이 단숨에 시들시들해진 채 미야코는 그를 따라 편의점에서 터벅터벅 나왔다.

"저기, 담배는 한 갑에 얼마야?"

"내가 피우는 건 460엔이려나?"

"그렇게나 비싸?"

두 갑을 사면 천 엔에 가까워지지 않는가. 간이치가 담배를 하루에 얼마나 피우는지 모르지만, 만약 사흘에 한 갑을 피운다고 해도 한 달에 5천 엔 가까이 든다는 게 된다. 연봉이 어느 정도 되는 직장인이라면 그렇다 쳐도 그는 간당간당한 생활을 하고 있을 것이다.

"저기, 담배는 돈이 꽤 들지 않아? 건강에도 나쁘니 끊는 건 어때?"

미야코가 말하자 간이치가 음, 하고 신음했다.

"그러게. 조금씩 피우도록 할게."

그런 말이 아니잖아! 밤하늘에다 대고 외치고 싶었다. 하지만 약혼을 한 것도 아닌데 남의 경제 사정을 너무 간섭하는 것도 이상하니 미야코는 입을 다물었다.

집에 도착하자 간이치는 슈트를 벗어던지더니 "피곤하니 먼저 잘게" 하고 이불로 들어가버렸다. 조금 전까지의 행복감은 허무하게 사라지고 형용할 수 없는 불안감이 방에 가득 차 있는 듯해서 숨이 막혔다. 오늘은 집에 돌아갈까 싶었지만, 그만 습관적으로 뭉그적대다 실내복으로 갈아입고 세수를 했다. 싱크대 옆에 놓여 있는 플라스틱 바구니에 세탁물이 쌓여 있다는 사실을 알아차렸다.

세탁기를 사면 될 텐데. 아니, 조금 더 나은, 적어도 욕실이 딸린 집으로 이사하면 될 텐데. 그러면 샤워도 할 수 있는데.

간이치의 곁으로 간다고 해도 바로 잠이 올 것 같지 않아서 미야코는 벽에 기대 스마트폰 전원을 켰다. 어두운 방 안에서 얼굴을 비추는 스마트폰의 불빛에 이끌리듯이 음식점에서 받은 목걸이를 검색했다.

일류 브랜드인데 가격이 적당해서 소소한 선물로는 괜찮다며 거품 경제 시대에 유행한 모양이다. 지금은 촌스러운 선물로 유명하다고 쓰여 있어 미야코는 반발심을 느꼈다. 여자라고 하면 꽃무늬나 하트 모티브를 좋아할 거라고 단순히 생각해서 만들어진 상품을 다들 괜히 싫어한다는 것은 미야코도 잘 알고 있다. 하지만 유서 깊은 브랜드의 스테디셀러인 상품을 받으니 역시 싸구려 제품과는 전혀 다르게 근사했다.

가격을 검색하고서 제품값이 적당하다고 해도 미야코가 간이치에게 사준 지갑보다 비싸서 다시 불안해졌다.

그리고 어떤 사실을 알아차리고 화면을 응시했다.

한 시대를 풍미한 그 목걸이와 미야코가 받은 것은 디자인이 다른 듯했다. 대표적인 오픈 하트는 실버 하트가 하나만 달려 있는데, 미야코가 받은 건 실버와 골드 두 개 다 붙어 있었다.

조심스럽게 가격을 검색했다. 그리고 발견한 가격을 보고 믿을 수 없어서 가방에서 목걸이를 꺼내 비교하며 몇 번이나 그 숫자를 확인했다.

"91,800엔……."

거의 10만 엔이었다.

지금 상황에서 10만 엔이나 하는 목걸이를 받고 기뻐할 만큼 미야코는 만사태평하지 않았다.

받았을 때의 기쁨이 날아가버리고 미야코는 일어나서 무심코 간이치의 등을 "일어나봐!" 하고 세차게 흔들었다. 흔들려도 맞아도 그는 조금 꿈틀거릴 뿐 일어날 기색이 없었다. 예전에도 이런 일이 있었지, 하고 미야코는 생각했다.

쌔근쌔근 자는 간이치를 내려다보며 이 사람은 어쩌면 아무 생각도 없을지 모른다고, 미야코는 불안을 넘어서 왠지 두려운 심정이 들었다.

"좀 일어나보라니까!"

이대로 목걸이를 받고 돌아가버리면 말을 꺼낼 타이밍을 놓치겠다 싶어서 미야코는 계속해 간이치의 등을 때리고 차기도 했다.

천하의 간이치도 눈을 뜨더니 "왜 그래" 하고 졸린 눈으로 돌아보았다.

"이거, 지금 검색해보니 10만 엔이나 하잖아! 제정신이야?!"

"뭐어?"

"이렇게 비싼 걸 어떻게 받아?!"

"……대체 뭐야? 그 이야길 꼭 지금 해야 해?"

"간이치는 내가 무슨 소릴 해도 전혀 진지하게 받아들이질 않잖아!"

미야코의 사나운 표정에 그는 한숨을 크게 쉬고 일어났다. 느릿느릿 이불 위에서 책상다리를 했다. 미야코는 간이치의 무릎을 흔들었다.

"목걸이는 엄청 예뻐. 그런데 이렇게 비싼 걸 지금의 간이치한테 받으면 순수하게 기뻐할 수가 없어!"

그는 눈을 벅벅 비비더니 고개를 숙이고 "선물받은 물건 가격을 바로 알아보는구나" 하고 작게 말했다.

얼굴이 확 뜨거워졌다.

"분명 그건 실례지만, 지금 그런 소릴 할 때가 아니잖아!"

"건설현장 알바비가 나와서 때마침 돈이 있었어."

"그건 몸으로 번 소중한 돈이잖아! 왜 이렇게 비싼 걸 산 거야?"

"……매장에 갔더니 디자인이 다양했는데 이게 왠지 좋아서 샀어."

"가격표를 봤어야지!"

간이치는 머리를 긁적이더니 하품을 크게 했다.

"오미야, 뭐가 그렇게 화가 나는 거야?"

"조금 전부터 말하고 있잖아!"

말이 통하지 않아서 미야코는 화가 나 더욱 흥분했다.

"예전부터 하던 생각인데, 간이치의 돈 씀씀이가 신경 쓰여. 남한테 10만 엔짜리 선물을 할 만한 경제적 상황이 아니잖아."

미야코가 힘을 실어 말해도 그는 여전히 졸린 얼굴을 하고 있었다.

"간이치가 저축을 얼마나 했는지 난 모르지만 이런 목걸이를 살 거라면 세탁기라도 사는 편이 나을 거라는 것 정도는 알아! 동전세탁소는 가끔 이용하는 정도라면 가격이 대수롭지 않을지도 몰라도 한 주에 몇 번이나 이용하면 저렴한 세탁기를 사는 편이 분명 싸게 치일 거야. 목욕탕비도 인터넷 카페 샤워비도 한 달에 얼마나 드는지 계산해본 적 있어? 욕실 딸린 집이 분명 더 경제적이야! 간이치는 돈 씀씀이가 헤퍼!"

그는 여전히 가만히 듣고 있었다. 얼굴에는 아무 감정도 드러나 있지 않았고 흐리멍덩해 보였다. 그게 부아가 치밀어올라 자신이 더 가열되어 가는 것을 느꼈다.

그의 양 어깨를 잡아서 흔들며 미야코는 외치다시피 말했다.

"담배라든가 술에 돈을 너무 많이 써! 10만 엔이면 슈트도 구두도 넥타이도 저렇게 저렴해 보이는 게 아니라 좀 더 나은 걸 살 수 있었을 거야!"

그때 눈앞에 무언가가 짝, 하고 튀어올랐다. 왼쪽 뺨이 서서히 뜨거워졌고 뺨을 맞았다는 사실을 알아차렸다. 강도는 그리 세지 않았고 걸리적거리는 모기를 때리는 정도의 느낌이었지만 미야코는 눈을 부릅떴다.

"거 참 시끄럽네."

간이치는 나른한 듯 말했다.

"그럼 그거 돌려줘."

"뭐?"

"돌려달라고. 환불받을게. 환불 못 받으면 중고시장에 팔면 되겠지. 상자랑 봉투도 줘."

"그래도."

그는 옆에 놓여 있던 하늘색 작은 상자를 집어들었다.

"······그런 의도로 한 말이 아냐."

"그럼 무슨 의돈데?"

비아냥대듯 소리 없이 웃으며 간이치는 봉투도 리본도 집어들어 미야코 앞에 있던 선물한 천 재질의 에코백에 처박아 넣었다.

그리고 방구석에 벗어던져 놓았던 청바지를 입고 후드를 걸쳤다. 발소리를 내며 방을 가로질러갔다.

"이런 시간에 어딜 가려고?"

간이치는 대답하지 않고 문을 열더니 나갔다. 계단을 거칠게 내려가는 소리가 방 안에 울려퍼졌다.

방에 홀로 남겨진 미야코는 그저 울었다. 눈물이 멈추지 않았다.

자고 있던 간이치를 깨워 어째서 그런 소리를 해버렸나 하는 자책하는 마음과 뺨을 맞은 것과 자신의 심정이 그에게 전혀 전해지지 않고 헛수고로 끝났다는 생각에 오열했다.

지금까지도 가벼운 말다툼은 했지만, 간이치가 이렇게 폭발한 적은 없었다.

돌아오려나 싶어서 새벽까지 기다렸지만, 창밖이 밝아져도 간이치는 돌아오지 않았다. 너무 서글퍼서 눈물이 멈추지 않아도 이제 그만 울고 집으로 돌아가야 할 시간이었다. 집으로 돌아가 옷을 갈아입고 화장을 하고 일하러 가야 한다.

미야코는 옷을 입고 그의 집에서 나갔다. 여분의 열쇠는 가지고 있지 않아서 문은 잠그지 않고 그대로 두었다.

새벽의 파르스름한 공기 속을 터벅터벅 걸었다.

사귀는 사람과 싸운 적은 지금까지 얼마든지 있었다.

괜찮다, 별일 아니다. 이런 건 사랑 싸움일 뿐이라고 자신을 타일렀다. 어젯밤, 우에노에서 식사할 때 그렇게나 즐겁고 행복하지 않았던가.

나는 잘못하지 않았다, 아니, 내가 잘못했다.

잘못했다, 잘못하지 않았다, 잘못했다, 잘못하지 않았다, 마치 꽃점을 보는 소녀처럼 반복해서 머릿속으로 읊조리면서 새벽의 동네를 걸었다.

"요노 씨, 좀 더 이렇게, 몸을 비스듬히 해봐."

"아, 이렇게요?"

매장 앞에서 새로운 사원 니시나가 일안반사식 카메라를 미야코에게 갖다대자 미야코는 포즈를 취했다.

"표정이 굳었어. 웃어봐, 스마일."

가을겨울 옷을 입고 인조털 목도리까지 두르고 있어 이마에 땀이 번지기 시작했다.

"이번에는 귀엽게 양손을 들어볼까? 와, 하는 느낌으로."

"창피해요."

"일이잖아, 일. 부끄럽긴."

내내 의류 일을 해왔기에 직원끼리 사진을 찍어 주는 데 익숙하지 않은 건 아니다. 하지만 밖에서 촬영을 하는 일은 거의 없어서 지나가던 사람이 돌아보고 가는 게 부끄러웠다.

지금은 각 매장에서 공식 SNS를 하는 게 필수적이게 되었다. 지금까진 쭉 그런 걸 잘하는 안나에게 완전히 맡겼는데, 그녀가 관두고 나서는 직원 모두가 코디를 고안해 사진을 서로 찍어 올리게 되었다. 다만 그저 평범하게 찍어서는 정식 매장과 다를 바 없기에, 아울렛만의 편안함이나 톡톡 튀는 느낌을 내자고 니시나가 말을 꺼내 밖에서 찍는 걸 시도하게 되었다.

촬영이 끝나자 그길로 니시나와 쇼핑몰 안에 있는 카페로 가서 얼른 점심을 먹기로 했다. 실은 둘 다 오후 근무였는데, 최근에 매상이 예산에 도달하지 못하는 날이 많아서 점장의 심기가 불편해 니시나와 상의해서 일찍 나와 촬영을 했다.

"예쁘게 찍혔어. 한번 봐봐."

니시나가 카메라를 이쪽으로 돌려서 지금 찍은 걸 보여주었다.

"와, 고맙습니다."

"그건 그렇고 요노 씬 동안이네. 스물다섯 정도로밖에 안 보여."

"과찬이세요."

"들었어? 그래도 서른 넘은 것처럼은 안 보여. 뭔가 비결이라도 있어? 나한테도 알려줘."

"글쎄요. 굳이 말하자면 고민을 잘 안 해요."

턱에 검지를 대고 일부러 바보스럽게 미야코는 말했다.

"하하하하, 역시 그런 거였어?"

"앞으로의 일이나 저축 같은 걸 생각하면 주름이 생기니까요."

니시나는 큰 소리로 웃었다. 그녀는 밝고 거만하지 않은 사람으로 무척이나 어울리기 편했다. 매장은 여전히 문제투성이고 간이치와 싸워서 침울했지만 그녀와 이야기를 나누면 기분이 조금 밝아진다.

간이치와 한 싸움은 불완전연소인 채 끝났다. 말다툼이 벌어져 그가 집을 나간 이튿날 밤에 그에게서 때려서 미안하다고 사과하는 라인이 왔다. 미야코도 '말이 지나쳐서 미안해'라고 메시지를 보냈다.

언뜻 화해를 한 것 같은 상황이 되었지만, 지금까지 별다른 용건이 없어도 음식 사진이나 길에서 발견한 고양이 사진을 보내던 간이치로부터 라인이 딱 오지 않게 되었다. 미야코가 눈치를 살피는 듯한 메시지를 보내도 냉담한 이모티콘으로만 대답했다. 목걸이를 정말 환불받았는지 팔았는지 간이치도 말하지 않았고 미야코도 묻지 않았다.

어째서 그렇게 화가 났을까. 미야코가 간이치와 결혼을 구체적으로 생각하기 시작한 순간 그가 무절제하게 쓰는 돈이 자신의 지갑에서 나가고 있는 것처럼 느껴졌다.

만약 정말 결혼해서 경제적인 부분을 함께 부담해나간다면 반드시 이야기를 나눠야겠지만, 미야코는 그게 어딘가 강요하는 듯한 느낌도 들었다. 이대로 관계를 자연소멸시키는 게 서로 상처를 그다지 주고받지 않는 방법일지도 모른다.

점심을 거의 다 먹었을 무렵 카페 문이 열려서 별 생각 없이 고개를 들자 점장이 들어와서 흠칫했다. 뒤에는 도마가 따라 들어오고 있었다. 두 사람 다 표정이 굳어 있었다.

"아, 점장님! 도마 씨!"

니시나는 선뜻 손을 흔들었다. 도마는 약삭빠르게 빙긋이 웃었지만, 점장은 여전히 표정이 어두웠다. 두 사람은 점원의 안내로 안쪽 자리로 갔다. 심장이 불길한 리듬을 새겼고 미야코는 살짝 심호흡을 했다.

빨대를 물고 있던 니시나가 얼굴을 가져다대고 손짓했다. 귀를 가져가자 그녀가 "점장이랑 MD, 갈수록 수상하네"라는 소리를 했다. 그것만으로도 위가 따끔거렸다.

"에이, 설마요." 미야코는 시치미를 뗐다.

"요노 씨 말이야."

"네?"

"점장이랑 사이 안 좋아? 싸우기라도 했어?"

"네? 아뇨. 왜요?"

"이상한 소리해서 미안. 좀 어색해 보였거든."

"그래요? 그럴 일 있겠어요."

또다시 고동이 빨라졌다. 그 술자리 이후로 점장과 미야코는 말을 거의 섞지 않았다. 점장이 뭔가 짓궂게 굴었던 건 아니지만, 업무상 일로 미야코가 말을 걸려고 하면 점장은 휙 피해버렸다. 이러니 다른 사람이 수상쩍게 여기는 게 당연하다.

도마는 한 주에 두 번 정도만 매장에 오지만, 그의 모습을 보면 긴장해서 등이 경직되었다. 분노와 두려움이 솟구쳐서 시간이 지나면 옅어지리라 생각했는데 시간이 아무리 흘러도 그때의 감촉이 되살아나서 혐오감에 소름이 돋았다.

"그런데 두 사람 노골적이네. 나, 원래 저 사람 별로 안 좋아하지만, 정말 눈꼴사나워."

"도마 씨요?"

"아니, 가메자와."

니시나는 점장을 성으로 대놓고 불렀다.

"동기야. 저쪽은 4년제 졸업했고 난 전문대를 나왔으니 점장은 나보다 두 살 많아."

"아, 그래요?"

"왠지 최근에 알바생들을 너무 막 대하는 것 같지 않아? 태도도 거만하고."

그건 미야코도 느끼고 있어서 되도록 아르바이트생들의 일을 거들어주려 하고 있었지만, 정사원과 점장을 함께 욕하는 건 위험하다는 생각에 어중간하게 고개를 갸웃거리기만 했다.

직장을 때려치우고 싶다는 생각이 들었다. 관두고 싶은 마음이 한계치에 도달했다.

간이치의 직장이 도쿄로 정해진다면 그와 둘이서 좀 더 도쿄와 가까운 곳으로 이사해 어딘가 다른 매장으로 옮기고 싶었다.

하지만 간이치와 이제 관계를 이어나갈 수 없을지도 모른다.

의지할 데는 없고 불안해 자신만 반라로 살아가고 있는 듯했다.

일을 마치고 집으로 돌아가자 아빠가 에이프런을 하고 무언가 만들고 있었다.

"뭐 만들어?"

"닭고기 미트볼."

"흐으음. 엄마는?"

"방에서 쉬어."

"몸 안 좋아?"

"나쁘다고 할 정도는 아닌 듯하지만, 한기가 좀 든대. 갑자기 추워져서가 아닐까."

아빠는 볼 안에 담긴 저민 고기를 반죽하면서 돌아보지 않고 말했다. 예전 생활로 완전히 돌아간 것처럼 보이지만, 사실은 아무것도 원래대로 돌아오지 않았다는 걸 미야코는 이미 알고 있었다.

처음 간이치와 한잔하러 갔을 때의 일을 갑자기 떠올렸다. 지구가 도는 속도 이야기를 하고 있을 때였는데, 지구는 단지 태양 주위를 원을 그리며 도는 게 아니라 나선형으로 우주를 달려지나가고 있고 한순간도 같은 궤도로는 되돌아올 수 없다고 했던.

그 이미지를 떠올렸더니 갑자기 눈이 핑그르 돌아서 미야코는 소파에 털썩 앉았다. 앉은 순간 몸이 깜짝 놀랄 만큼 무거워져서 천천히 누웠다.

"이제 밥 다 됐어. 왜 그러고 있어?"

돌아본 아빠가 말했다.

"식욕이 왠지 없어. 나도 요즘 들어 몸이 개운하지가 않거든. 감기 초긴가?"

"미트볼에 생강 많이 넣었으니까 좀만 먹고 얼른 자. 이 집엔 환자뿐이네."

아빠는 웃었지만 미야코는 웃을 수 없었다.

엄마가 자신의 방에서 내려와 셋이서 달리 말없이 냄비요리를 먹었다.

생강이 잘 배어든 미트볼은 맛있었고 딱히 단란한 가족이라고는 생각하지 않지만, 집에서 만든 음식을 다 같이 먹는 건 역시 몸도 마음도 포근하게 만든다는 생각이 들었다. 세 사람 다 닭고기를 좋아하는데 그런 것도 유전인지 아니면 어릴 적부터 길러졌을 뿐인 식습관인지 멍하니 생각했다.

소파에 내팽개친 자신의 가방 안에서 스마트폰이 몇 번인가 진동했지만, 보는 것도 귀찮아서 방치했다.

그날 밤 뜨거운 욕조에 몸을 담그고 나서 갈근탕을 마시고 침대에 들었다.

2층 거실에서는 부모님이 무언가 이야기를 나누고 있는 기척이 들었다. 예전에 엄마는 식사를 마치고 나면 아빠를 피하다시피 하며 바로 자신의 방으로 물러났지만, 최근 들어 두 사람은 매일 밤 무언가 서로 이야기를 나누는 모양이다.

방에 불을 끄고 담요를 덮고 스마트폰을 확인했다.

간이치로부터는 여전히 연락이 없었고 냥 씨와 소요카로부터 라인이 와 있었다.

냥 씨는 베트남에 있는 모양인지 즐거워 보이는 셀카를 많이 보냈다. 내가 오면 데리고 가고 싶은 곳이라며 근사한 카페나 전망대가 있는 고층 빌딩이나 분위기 좋은 거리 사진이 몇 장이나 첨부되어 있었다.

냥 씨의 존재를 까맣게 잊고 있었는데, 간이치와의 관계에 먹구름이 끼자 갑자기 냥 씨를 생각하게 되었다.

다음 달에 일본에 갈 테니 또 데이트해달라는 그가 쓴 한 문장을 몇 번이나 반복해서 읽고 말았다.

보통은 대수롭지 않은 사탕도 배가 고플 때는 엄청 감사히 여겨지는 것처럼 오로지 그뿐인 말에 의지하고 싶은 심정이 들었다. 나도 인기가 마냥 없는 건 아니구나, 하고 큰 의미가 없을 듯한 말을 과도하게 중요하게 생각한다는 자각은 있었다.

소요카는 한잔하러 가자는 제안을 했다. 술자리에서 돌아가는 길에 소요카네에서 이야기를 털어놓은 이후 만나지 못했다. 그녀가 걱정해주는 건 알지만, 두 번씩이나 스케줄을 조정하는 건 힘들 거라며 돌려서 거절했다.

지금은 솔직히 소요카를 만나고 싶지 않았다.

다정한 소요카는 물론 좋아하지만 그녀의 남자친구를 떠올릴 때마다 질투에 휩싸여 괴로웠다. 남자친구뿐만 아니라 좋은 회사에 근무하고 자립한 소요카로부터도 열등감을 자극받았다.

그렇다고 해서 그녀의 권유를 매정하게 계속 거절하는 것도 죄책감이 느껴져서 그건 그것대로 마음이 불편했다.

맞다, 하고 미야코는 눈을 크게 떴다. 에리도 나오라고 해서 셋이서 만나면 어떨까.

내가 떠올렸지만 좋은 아이디어라는 생각에 일어나서 스탠드를 켰다. 프린트해서 벽에 붙여둔 근무 시간표를 확인했다.

근무가 빈 날을 보고 있으니 몸이 묘하게 무거워지고 현기증까지 나서 미야코는 다급히 침대로 돌아갔다. 눈을 감고 있는데 천장이 도는 것 같은 감각이 들었다. 대체 왜 이럴까, 내일 병원에 가는 편이 낫겠다며 불안한 마음이 솟구쳤다.

쉬고 싶다는 생각이 들었다. 사흘이라도 좋으니 모조리 다 차단하고서 머리를 텅 비우고 싶었다. 하지만 그건 현실로 이루어질 것 같지 않았다.

이튿날 아침에 일어나자 몸 상태는 다소 좋아졌다. 일을 쉬고 싶어도 웬만한 사정이 아닌 한 근무 시간표대로 출근해야 하기에 마음을 놓았다.

출근해서 창고 문을 열자 짐이 쌓여 있는 어둑어둑한 곳에서 누군가가 무릎을 끌어안고 웅크리고 있어 흠칫했다.

돌아본 사람은 아르바이트생으로 인상을 구긴 채 노려보고 있었다. 눈이 새빨갰다.

"아, 요노 씨였어요? 요노 씨여서 다행이에요. 점장님인 줄 알았어요."

험악한 시선을 누그러뜨리고 그 아이가 말했다.

"무, 무슨 일 있어요?"

"제 이야기 좀 들어주실래요? 점장님 진짜 너무하는 거 아니에요? 완전 열 받아요."

웅크리고 앉은 채 그녀는 자신의 무릎을 끌어안았다. 미야코는 바닥에 몸을 굽히고 그 아이의 등에 손을 얹었다. 그러자 그녀는 아이처럼 미야코의 어깨에 이마를 갖다대더니 울기 시작했다.

창고는 널찍한 매장 공간과는 반대로 재고 박스나 잡다한 물건이 가득 차서 비좁고 먼지투성이였다. 밖으로 드러난 형광등 불빛조차 쌓아올린 상자가 가로막고 있다시피 한 어둑어둑한 공간으로, 미야코는 띠동갑 아래인 여자아이가 자신을 붙들고 울음을 터뜨리자 어찌해야 할 바를 몰랐다.

그 아이는 근무 시간표에 한 주에 5일 근무로, 사원과 거의 다를 바 없는 일을 소화해내고 있었다. 아직 어린데 일을 잘하고 아르바이트라고는 하나 상당히 믿음직스러운 스태프였다.

"아침부터 쭉 여기서 가격을 매기고 있어요. 저번 주에도 이틀 내내 여기서 작업하게 해서 매장에는 못 나갔고요."

"그, 그랬어요? 점장님이 시켰어요?"

"네. 그 사람 절 싫어해서 분명 일부러 그러는 걸 거예요. 숨 좀 돌리려고 잠시 나가도 작업이 끝날 때까지 나오지 말라면서 혼을 내더라고요. 겨우 끝내고 매장으로 나갔더니 유리에 지문이 묻었으니 닦으라고 명령까지 했고요. 그 이튿날부터 유리가 조금이라도 더럽혀지면 제가 청소를 게을리 한다고 한소리 해요. 그래놓고 제가 점장님이 시킨 작업을 하고 있을 때 자기가 접객한 후 어질러놓은 옷이나 신발 박스를 얼른 정리하라고 호통 치고요. 접객한 건 자기니까 정리하는 것까지 자기가 해야 하잖아요!"

그녀는 단숨에 불만을 호소했다. 그 박력에 미야코는 움찔했다. 미야코도 아르바이트로 옷가게 일을 갓 시작했을 무렵 그런 유의 괴롭힘을 상당히 당했다. 그래서 자신은 그런 행동을 절대로 하지 않겠다고 다짐했다.

"……그랬군요. 너무하네요."

"12월 근무 시간표가 나왔잖아요."

"아, 네."

"제 부탁은 전혀 안 들어주더라고요. 근무날로 넣지 말아달라고 한 일요일이 두 번 있는데, 둘 다 근무 시간표에 들어 있었어요."

쌓이고 쌓인 감정이 일단 터진 탓인지 그녀의 하소연은 멈추지 않았다.

"그런데 점장님은 주말에 휴무가 꽤 들어가 있더라고요. 예전부터 뭔가 이상하다고는 생각했지만, 점장님은 자기 사정만 고려해 근무 시간표를 짜고 있는 거 아니에요?"

미야코도 그건 느끼고 있었다. 점장은 명백하게 주말에 휴무를 슬쩍 끼워 넣고 있었고, 출근해도 갑자기 이유를 대고 돌아가는 일이 늘었다.

"전 본가에 사는 태평한 직업 아르바이트생이고 사정이 있다 해도 데이트나 노는 거지만, 이렇게 제 의견을 무시하는 직장은 처음이에요. 퇴근할 때쯤에 일을 떠안게 되는 일도 늘어서 요전번에는 퇴근하는 찰나에 잡무를 잔뜩 떠안게 돼서 12시쯤에 집에 갔어요. 게다가 휴식시간에도 이거 해라 저거 해라 지시받고요. 잔업은 근무 외 수당이 붙지만, 휴식시간에는 수당도 전혀 못 받는데 말이죠!"

"모, 목소리가 커요. 좀 작게 말해요."

아차, 하는 얼굴로 그녀가 입에 손을 갖다 댔다. 그리고 나지막한 목소리로 이어서 말했다.

"······저뿐만 아니라 알바생한텐 다 그런 식으로 대해요. 점장님이 정직원이나 요노 씨처럼 계약직 사람한테는 그렇게 심하게 안 대하는 걸 보면 분명 알바생은 일회용이라고 생각하나 봐요. 가끔 생글대면서 다가온다 싶으면 팔다 남은 옷을 사라고 하고요. 낮은 시급으로는 도저히 못해먹겠어요."

"어, 상품을 사라고 하세요?"

"매상이 예산과 안 맞으면 너희 시급도 내려갈지 모르고 어쩌면 해고될지도 모르니 협력해야 한다고 해요."

점장이 그런 말까지 하고 있나 싶어서 미야코는 말문이 막혔다.

"재고를 사라니 너무해요. 저는 아르바이트생 중에서도 시즌 초에 꽤 많이 산 편이라고 생각해요. 카탈로그를 보다가 가지고 싶은 상품이 없으면 주문하거나 다른 매장까지 가서 산 적도 있어요. 그야 전 트뤼플 옷을 너무 좋아해서 아르바이트를 시작했으니까요."

"그랬어요?"

"네. 고졸이니 이 회사에 면접을 봐도 불합격일 테고, 우선 트뤼플에 배정될지 안 될지도 모르잖아요. 알바생이라고 해도 이 매장 옷을 입고 일할 수 있다는 게 기뻤는데."

울먹이는 소리를 내며 그녀가 말했다.

"점장님은 우리한테는 거만하게 굴면서 도마 씨한테는 간드러지는 목소리로 치근덕대서 징그러워요. 그렇게까지 사람에 따라 태도를 바꾸는 사람도 있네요. 도마 씨도 우리한테 전혀 관심이 없는 듯한데 가끔 은근슬쩍 몸을 만져서 진짜 짜증나요."

"……몸을 만졌어요?"

"어깨긴 하지만, 그것도 불쾌해요."

머리가 어질어질했다. 다양한 매장에서 일해 왔지만, 이렇게까지 점장과 그 상사가 악질인 건 경험한 적 없었다. 이런 매장인데도 옷이 어느 정도 팔린다는 게 신기할 정도다.

"알겠어요. 제가 점장님한테 말해볼게요."

"아니에요. 괜찮아요. 이제 곧 관둘 거니까요."

"네?"

"알바생들끼리 이야기해서 일제히 관두기로 했어요. 점장님이랑 MD를 거치지 않고 회사에 직접 뭐라 하소연해도 진심을 다해 개선해줄 것 같지도 않으니까 다들 한꺼번에 관두면 그 점장이랑 MD가 이상하다고 회사에서도 조금은 생각하겠죠."

"잠깐만요! 부탁이에요, 잠시만요!"

머릿속에서 핏기가 싹 가셨고 미야코는 그녀의 양팔을 붙잡았다.

"그러면 안 돼요!"

"왜요? 이왕 관두게 됐으니 똑똑히 자각시켜주고 싶어요."

"진정해요. 다른 직원한테는 아직 아무한테도 상담 안 했죠?"

그녀는 불안한 듯 고개를 끄덕였다.

"어쨌든 제가 점장님이랑 한 번 이야기해볼게요. 저기 부탁이에요. 심정은 정말 이해하지만, 만약 알바생들이 일제히 관두면 매장이 정말 난처해져요. 매장이랄까, 제가 곤란해요. 어떻게든 해볼 테니 조금만 기다려줘요. 근무 시간 내에 안 끝날 작업을 떠안게 되면 우선 저한테 말해요."

마지못한 느낌으로 그녀는 우선 고개를 끄덕였다. 그리고 미야코를 들여다보듯 비스듬히 쳐다보았다.

"어쩐지 제가 말을 너무 많이 한 것 같아요."

시선을 한 번 내리깔고 고개를 들었다.

"요노 씨는 저희 편이에요?"

그녀는 몸을 떼어내더니 큰 눈으로 미야코를 지그시 바라보았다.

그 아이를 도와서 오늘 중에 하라고 지시를 받은 작업을 빠른 속도로 정리했다.

오전 근무인 그녀를 먼저 돌려보내고 미야코는 점장을 찾았다. 다른 직원한테 물어보니 "글쎄요, 휴게실에 있지 않을까요" 하고 쌀쌀맞게 대답했다. 점장 정도가 되면 사무일이 많아서 매장이 한가할 때 휴게실에서 컴퓨터 작업을 할 때도 있다. 하지만 최근에 점장은 매장을 너무 자주 비워 다들 어이가 없어 했다.

점장에게 할 말은 산더미였지만, 어떻게 말을 꺼내야 할지 알 수 없었다. 하지만 이제 아르바이트생들의 불만이 폭발 직전이라서 그것만큼은 어떻게든 해결해야겠다 싶었다.

몇 군데나 되는 휴게실을 미야코는 하나하나 돌며 점장을 찾았다. 전부 다 들여다보았지만 그녀의 모습은 보이지 않았다. 내키지 않지만 점장 휴대폰에 연락해봤으나, 최근에는 쭉 업무 때문에 연락할 일이 있어서 전화를 걸거나 라인을 보내도 점장한테 무시당하고 있었다.

푸드 코트나 카페에 있을지도 모른다 싶어서 미야코는 직원용 통로를 나갔다.

아직 폐점 시간까지 여유가 있는데도 가을에는 해가 일찍 저물어 쇼핑몰은 이미 어둠에 덮여 있었고 쇼윈도만이 희미하게 떠 있었다. 크리스마스 일루미네이션이 시작되기 전의 이 계절이 찾아오면 쇼핑몰이 가장 어두운 느낌이 든다. 어떤 매장이든 인테리어도 소박하고 해가 저물면 상당히 싸늘해져서 고객도 드문드문 있을 뿐이다.

쌀쌀한 바람을 맞자 몸이 파르르 떨렸다. 팔을 문지르면서 걸어가고 있는데 조금 앞에 있는 눈에 띄지 않는 벤치에 재떨이가 있었고 그곳에서 담배를 피우는 여성이 있다는 사실을 알아차렸다.

눈을 가늘게 떠서 보자 점장이었다. 미야코는 살며시 다가갔다.

그녀는 얇은 블라우스 한 장만 걸치고 오른손에는 담배를 왼손에는 스마트폰을 들고 있었다. 인상을 험악하게 쓰고 스마트폰을 응시하다가 이윽고 그것을 바지 뒷주머니에 넣었다. 담배를 재떨이에 거칠게 비벼 끄고 하이힐 소리를 내며 종업원 통로 쪽으로 걷기 시작했다.

그 뒤를 쫓아갔다. 모퉁이를 돌아 미야코는 발걸음을 멈추었다.

점장은 벽에 기대 밤하늘을 올려다보고 있었다. 미야코도 덩달아 하늘을 보았다.

조각조각 난 가느다란 구름이 달 앞을 지나가고 있었다.

점장의 옆얼굴은 본 적 없는 표정을 짓고 있었다. 공허하고 텅 빈 눈이었다.

굳이 따지자면 덜렁대는 느낌의 사람인데 근심을 띤 옆얼굴이 아름다웠다. 바람이 그녀의 머리카락을 흔들어 옆얼굴 절반을 가렸다. 그것을 그녀는 천천히 쓸어올렸다. 창백한 뺨에 반짝 빛나는 것이 보였다. 5미터 정도 떨어져 있는데도 색을 잃은 입술이 떨고 있다는 것을 알 수 있었다.

화를 내고 싶었는데 미야코는 목이 메었다.

이 사람은 괴로워하고 있다. 그건 자업자득일지도 모르지만, 괴로워하는 건 사실이다. 지금 이 사람에게 감정적으로 대처해서는 안 된다. 미야코는 그리 생각했다.

"점장님."

미야코는 살며시 말을 걸었다. 그녀는 고개만 천천히 돌려 미야코를 보았다.

눈물을 닦으려고 하지 않았다. 수습하려고도 하지 않았다.

그럴 기력이 없을지도 모른다.

미야코는 걸어가서 그녀의 등에 조심스럽게 손을 얹었다.

"……무슨 일 있으세요?"

잠시 고개를 숙이고 있던 그녀는 조금 전의 스무 살짜리 여자아이처럼 미야코의 어깨에 이마를 갖다대고 울기 시작했다.

울고 싶은 건 이쪽인데 싶었지만 그녀의 야윈 등을 살포시 어루만져주었다.

그다음 금요일은 에리와 소요카와 모이는 날이었다.

어디서 만날지 의논했더니 때마침 남편이 출장을 가서 집이 비게 되었으니 자기 집에서 느긋하게 보내자고 에리가 제안해서 그에 따르기로 했다.

미야코는 일이 끝나자 편의점에서 과자와 마실거리를 사서 에리네 집으로 향했다. 결혼 후 신혼집을 방문하는 건 처음이었다. 아파트 외관은 꽤 오래되어 보였지만, 집 안은 깔끔하게 리모델링되어 널찍했다.

"와아, 넓네!"

안내받아 들어간 미야코는 무심코 그리 말했다. 거실 겸 부엌 옆에 4평쯤 되는 다다미방이 딸려 있어 그것만으로도 미야코가 예전에 가족과 살던 단지보다 넓어 보였다.

"이거 말고 침실도 있지? 방 두 개에 거실 겸 부엌?"

"방 세 개야. 낡았으니까, 넓은 것밖에 장점이 없어."

식탁 앞에 앉아 미야코는 집을 둘러보았다. 큰 소파에 큰 텔레비전. 카펫은 따듯한 계열의 색으로 집을 평온하게 보이게 했다. 동갑내기가 사는 집이라고는 도저히 생각할 수 없었다.

이대로 여기서 아이를 낳고 안정된 환경에서 가정을 꾸려나갈 수 있는 집이라고 생각했다.

"소요카는?"

"잔업이 좀 있어서 지금 오고 있대."

"그렇구나. 아, 뭐 도울 거 없어?"

"샐러드 만드는 거니까 괜찮아. 앉아 있어."

아일랜드식 주방 건너편에서 부지런히 움직이는 에리를 보며 미야코는 테이블에 뺨을 찰싹 붙였다. 부럽고 너무 부러워서 바닥에 나뒹굴며 떼를 쓰고 싶을 정도였다. 에리는 결혼과 동시에 근무하던 회사도 관두고 지금은 파트타임으로 일한다. 이런 집에서 이런 생활을 하는 게 미야코에게 있어서 결혼의 본보기나 마찬가지였다. 그런데 지금의 자신에게는 전혀 손이 닿지 않을 것 같았다.

그때 초인종이 울렸다. 정장 차림으로 소요카가 나타났다. 작년에 재회했을 때도 그랬지만, 멋스럽지 않은 정장이다.

"늦어져서 죄송해요. 집에 한 번 들렀다가, 만들어둔 반찬을 가지고 정신없이 왔어요."

에리는 그녀로부터 건네받은 종이봉투에서 몇 개나 되는 반찬통을 꺼냈다.

"와, 엄청 만들었네. 이게 뭐야, 맛있겠다."

"이건 정어리 토마토 조림이고 이건 쿠스쿠스예요. 냉동돼 있는 이건 소고기 생강 조림이고요. 그리고 스콘도 구워 왔어요."

"대단하다. 덕분에 살았어."

두 사람은 화기애애하게 이야기를 나누고 있었다. 어른이 반찬 이야기를 하며 분위기가 고조된 것을 바라보는 어린아이 같은 기분이 들었다. 자신이 사온 봉지과자가 유치해 보여서 창피해졌다.

테이블에 여러 가지를 늘어놓고 셋이서 건배했다. 가장 애주가일 터인 에리는 지금 알코올을 자제하고 있다며 차를, 소요카와 미야코는 에리가 준비한 맥주를 받았다.

"이 절반 정도도 좋으니 나도 넓은 곳에 이사하고 싶어요."

"소요카 회사 월급 정도면 얼마든지 살 수 있잖아."

"아니, 그런데 혼자 너무 넓은 곳에 사는 것도 좀 그래요."

"대체 어느 쪽이야."

에리는 웃으며 소요카에게 면박을 주었다.

"그 남자친구랑 결혼해서 넓은 곳으로 이사하면 되잖아."

"아뇨, 결혼은 당분간 생각 없어요."

"동거해도 좋고."

"음, 그러게요."

"이 주변은 저렴해서 좋아. 차로 출퇴근할 수 있으면 불편하지는 않을 거야."

두 사람이 하는 이야기를 미야코는 끼어들지 않고 듣고 있었다. 문득 소요카가 미야코 쪽을 보고 "미야코 언니, 기운이 없어 보여요"라고 말했다.

"맞아, 나 기운 없어."

어깨를 들썩이고서 미야코는 답했다.

"어, 괜찮아요?"

심성이 고운 소요카는 얼굴에 먹구름을 드리운 채 몸을 내밀었다.

"혹시 그 이후부터 그런 거예요?"

목소리를 낮추고 소요카가 물었다. 도마가 몸을 더듬은 날을 말하고 있는 듯하다.

"아니, 그건 아냐. 뭐랄까. 이것저것 일이 잘 안 풀려서."

"간이치 씨랑 무슨 일 있었어요?"

"있다고 해야 하나, 본의 아니게 이제 해결됐다고 해야 하나."

에리가 웃으며 "그럼 오늘은 미야코의 고민을 듣는 자리로 하자"라고 말했다.

"괜찮겠어? 그럼 기탄없이 의견을 내주길 바랄게. 나 어떻게 해야 할지 모르겠어."

"그 중졸 회전초밥집 녀석, 지금 무직이라고 했던가? 다음 일자리 정해졌어?"

"면접은 보는 것 같은데 아직 정해지진 않았나봐."

"무직이 된 것도 봄 아니었어? 벌써 반년쯤 지났잖아. 이상하지 않아?"

에리에게 그 말을 듣자 분명 그럴지도 모른다 싶었다.

미야코는 요전번 티파니 목걸이로 싸웠다는 것, 그의 돈 씀씀이가 헤프다고 했더니 뺨을 살짝 맞았다는 것까지 자세히 말했다. 에리와 소요카는 가만히 들어주고 있었다. 잠시 침묵이 흘렀다. 두 사람 다 고개를 살짝 갸웃거리며 미묘한 표정을 짓고 있었다.

"일단 라인으로 저쪽이 먼저 사과해서 나도 사과는 했는데, 그 이후로 서먹해져 만난 적은 없어."

에리는 목덜미를 긁적이고서 "저기 말이야" 하고 말했다.

"정말 기탄없이 말해도 돼?"

"얼마든지 해도 돼."

"먼저 말해두겠지만, 딱히 미야코의 인격을 부정한다든가 내가 더 잘났다고 하는 말도 아니야."

"알고 있어."

"난 그런 남자랑 얼른 헤어지는 편이 낫다고 봐."

에리는 단호히 말했다.

"벌써 서른셋이잖아. 시간이 아깝지 않아?"

에리의 직설적인 말투에 미야코는 눈이 휘둥그레졌다. 아빠에게도 같은 소리를 들었지만, 동갑내기인 친구에게 듣자 그때와 다르게 놀랄 만큼 동요하고 말았다.

"애초에 난 처음부터 그 녀석이 딱히 괜찮아 보이지 않았어. 너는 결혼해서 가정을 꾸리고 싶잖아? 그럼 그렇게 계획 없이 사는 남자랑 사귀어서 어쩌자는 거야. 아이를 낳으려면 이제 여유를 부릴 나이가 아니잖아."

"……그렇지."

"게다가 그 녀석 근로빈곤층은커녕, 가난을 바로 코앞에 두고 있잖아. 가난하다는 건 예를 들어 주머니에 동전세탁소에 갈 돈은 있어도 세탁기는 살 수 없는 사람을 말한다고 생각해. 미야코가 많이 벌어서 남편 수입에 전혀 의존하지 않고, 오히려 내가 벌어올 테니 당신은 집안일이랑 육아를 하라고 말할 수 있을 정도의 배짱이 있으면 괜찮겠지만, 그렇지 않잖아?"

단숨에 하는 말을 듣고 미야코는 할 말을 잃었다.

"얼른 헤어지고 좋은 사람 찾아. 결혼하고 싶다고 그냥 막연히 생각만 하고 구체적으로 아무것도 안 하면 그런 도둑고양이 같은 남자한테 걸린다니까."

"좋은 사람 찾기 힘들잖아."

"힘든 게 당연하지! 이상적인 상대를 쉽게 찾을 수 있으면 아무도 고생 안 하지!"

에리는 주먹으로 테이블을 두드렸다. 그녀는 몇 년에 걸쳐 맞선을 보며 침울해하거나 고민하면서 지금의 남편을 만났다. 그녀가 하는 말이기에 상당히 설득력 있었다.

그때 소요카가 "저기요" 하고 손을 살짝 들었다.

"저는 그렇게 생각 안 해요. 미야코 언니한테 쭉 이런저런 이야기를 듣고서 간이치 씨는 상당히 좋은 분이라고 생각했거든요."

"어머, 무슨 소리야?"

"에리 언니 의견도 이해해요. 그런데 사람은 저마다 사고방식이 다를 수 있지 않을까요?"

"하긴 그렇지."

소요카는 몸을 미야코 쪽으로 돌렸다.

"학력이나 연봉으로밖에 사람을 판단할 요소가 없다고 생각하지 않아요. 반년 동안 직장이 구해지지 않는 건 불안하다고 하면 불안하겠지만……. 전에 미야코 언니가 한 말 중에 간이치 씨가 미야코 언니 아버지한테서 일은 뭐든지 있단 소리를 듣고 아무거나 상관없는 건 아니라고 대답했다고 했잖아요. 그 말을 들었을 때 저, 간이치 씨는 반듯한 사람이라는 생각이 들었어요. 그분은 분명 일자리를 차분하게 찾고 있을 거예요. 봉사활동을 하거나 요양시설에서 지내는 아버지를 돌보기도 하고 미야코 언니 아버지가 쓰러졌을 때도 야무지게 대처했잖아요. 여차할 때 의지할 수 있고 정이 많은 사람이라고 전 생각했어요. 것보다 지금 미야코 언니가 한 말 중에서 제가 신경 쓰이는 건……."

소요카는 시선을 잠시 떨어뜨리더니 말끝을 흐리고 결심한 듯 고개를 들었다.

"간이치 씨가 기껏 근사한 선물을 사줬는데, 미야코 언니가 마음이 좁았던 것 같아요."

"마, 마음?"

"이런 말 해서 죄송해요. 그런데 계속 신경 쓰였어요. 그 10만 엔만 있으면 간이치 씨가 더 나은 넥타이나 가방을 살 수 있었는데 하는 부분에서 저는 마음에 걸렸어요. 예전부터 한 생각인데 미야코 언니는 패션 감각도 좋고 센스가 넘쳐서……."

소요카가 말을 다시 끊어서 미야코는 몸을 사렸다.

"미야코 언니한테만 해당되는 말은 아니지만, 패션 감각이 좋은 사람들은 아량이 좁은 면이 있는 것 같아요."

"아, 아량?"

"간이치 씨가 어떤 넥타이나 가방을 산다고 해도 그걸 별로라고 지적하는 건 좀 그렇다고 봐요. 촌스럽다고 보는 건 그 사람의 자유지만, 남의 소지품을 묻지도 않았는데 그렇게 지적하는 건 어떤가 싶네요. 넥타이라면 넥타이의, 비즈니스 가방이라면 비즈니스 가방의 용도를 다하기만 하면 별로 상관없지 않을까요? 거기에 패션을 더하는 건 여윳돈이 있을 때예요. 없으니까 간소한 걸 고른 걸 거고요. 그래도 그분은 미야코 언니한테 주는 선물에는 용도뿐만 아니라 액세서리로서 가치가 있는 걸 주고 싶었겠죠. 그런데 그걸 무시당해서 간이치 씨는 화가 난 게 아닐까요?"

미야코는 생각지도 못한 말을 듣고 멍해졌다. 자신이 마음이 좁고 배려심이 없다고 생각한 적은 없었다. 오히려 남을 너무 배려해서 하고 싶은 말을 못한 적이 많다고까지 생각했다.

에리도 입을 떡 벌리고 있었지만, 이윽고 풉, 하고 웃더니 "이론적이야"라고 말했다. 소요카가 발끈한 표정을 지었다.

"저한테는 에리 언니의 의견이 더 이론적이랄까, 너무 계산적인 것 같아요."

"왜? 어디가?"

"자신의 인생을 원하는 대로 만들려고 배우자를 물건처럼 조건으로 선택했잖아요. 예를 들어 커튼을 사는 것처럼 이건 싸구려에 얄팍하고, 저건 빛 차단이 잘돼도 너무 비싸고, 가성비가 제일 좋은 게 어느 걸까 하고 말이죠."

"뭐어? 무슨 소릴 하는 거야?"

"사람의 인성은 조건만으로 따질 수 없다고 봐요."

"무슨 잠꼬대 같은 소릴 하는 거야. 연애라면 상관없지만, 아이를 낳고 가정을 꾸려가야 하니 아무리 자상하더라도 사람이 변변치 않으면 이야기가 성립 안 되잖아."

"마음이 자상하면 무슨 일이 있어도 극복해나갈 수 있어요."

"뭐? 머릿속이 꽃밭도 아니고."

미야코는 무심코 일어섰다.

"자, 잠시만! 싸우지 마!"

"싸우는 거 아냐!"

"맞아요. 싸우는 거 아니에요."

험악한 분위기가 흐르는 가운데 미야코는 어쩔 줄 몰라서 선

채로 안절부절못했다. 기탄없이 말해달라고 부탁한 건 미야코지만, 여자들끼리 농담기 없는 단호한 의견을 주고받는 건 처음일지도 모른다. 게다가 상반되는 의견을 들어서 미야코는 곤혹스러웠다. 어쩌면 사이가 좋지 않은 두 사람에게 싸움을 붙인 격일지도 모른다.

에리는 정면에 앉은 소요카를 향해 몸을 내밀고서 말했다.

"그럼 소요카는 미야코가 중졸에 초밥집 녀석이랑 결혼해서 진짜 행복해질 수 있다고 생각해?"

"정확하게 따지자면 그렇게 말하지는 않았어요."

"뭐, 뭐야? 지금 옹호했잖아."

"세간에서 말하는 일반적인 결혼에 너무 얽매여 있지 않아요? 그야 애가 생긴다면 혼인신고를 하는 편이 편리하다는 건 알지만, 아이를 낳기 위해 결혼이 있는 건 아니라고 봐요. 같이 살아갈 상대로서 간이치 씨는 근사하지 않을까 싶어요. 결혼이라는 제도에 얽매여 있어, 간이치 씨란 사람으로서 좋은 점을 이해받지 못하는 것 같았어요. 예를 들어 사실혼도 괜찮잖아요."

"미안하지만, 그건 너무 쉽게 하는 소리야. 사실혼을 부정하지는 않지만, 혼인신고를 한 부부와 완전 동일한 권리가 있다고 생각한다면 큰 오산이니까. 세금도 꽤 다르고 누가 병에 걸렸다든가 갑자기 죽었을 때 어쨌거나 불편하고 다투게 되기도 하니까. 사회적으로도 이해받지 못하는 경우가 많은데 그런데도 혼인신고를 안 하겠다는 주의라면 별 상관없지만 단지 그저 결심이 안 서서 혼인신고를 못 하는 거라면 동거하는 커플과 별다를 바가 없어. 미야코가 동거만으로도 상관없으면 별개의 문제지만."

"호적만 가족의 연은 아니잖아요."

"그건 그렇지만 그런 장점만 쏙쏙 빼가는 파트너십이라면 각오가 부족하단 소리가 아닐까?"

"지금 이야기에서라면 오히려 사실혼 쪽이 각오가 필요할 듯한데요?"

"두 사람 다 자, 잠깐만!"

미야코는 울먹이며 마주한 두 사람 사이를 파고들 듯이 양손을 뻗어 테이블에 푹 엎드렸다.

"미안! 우유부단한 내 잘못이야! 아무것도 못 정하는 내가 잘못한 거야!"

미야코가 고개를 숙인 채 말하자 에리와 소요카는 겸연쩍은 듯 입을 다물었다.

에리는 한숨을 쉬고 일어나더니 "소요카가 만들어온 요리, 데워서 올게"라며 부엌으로 향했다. 고개를 살그머니 들자 소요카가 다정한 표정으로 미소 짓고 있었다. 그 얼굴은 손아랫사람을 보는 듯한 어른스러운 표정이었다.

"미야코 언니, 이런 분위기 거북하죠? 미안해요."

"……이런 분위기?"

"토론이라고 할까."

아아, 하고 미야코는 힘없이 한숨을 쉬었다.

"흥분해서 죄송해요. 미야코 언니 마음도 고려하지 않고."

"아냐, 사과할 거 없어. 진지하게 생각해줘서 기뻐. 그런데 확실히 난 남들이 말다툼하는 걸 보면 조금 힘든 것 같아. 내가 남한테 반론하는 게 서투니까."

"그럼 간이치 씨랑 앞으로의 일에 대해 서로 대화 안 나눠요?"

"그러게. 아마 상대도 뭔가 의견을 내는 게 거북한가봐. 그런 분위기로 이어지질 않아. 구체적인 이야기를 하면 결론을 내야 할 것만 같아서 둘 다 말을 안 꺼낸다고 해야 하나. 불만을 확실히 말한 건 그 목걸이 사건 정도야. 그것도 말했더니 화를 내고 나가버렸고 말이지……."

"자, 다 됐어."

에리가 접시를 가지고 돌아왔다. 정어리 토마토 조림에는 마늘빵이 곁들여져 있어 식욕을 돋우었다. 분위기가 누그러들었고 모두 그 요리를 먹었다.

"저기, 방금 전에 부엌에서 한 생각인데."

에리가 손가락에 묻은 토마토소스를 날름 핥고서 미야코를 보았다.

"너는 그 10만 엔짜리 목걸이, 혹시 반지였더라면 어땠을 것 같아?"

"아, 그러네요. 언니, 어떨 것 같아요?"

미야코는 입안에 음식물이 가득 차 있어서 다급히 삼켰다.

"10만 엔짜리 반지 말이야, 결혼해달라면서 내밀었다면 기뻤을 것 같아? 아니면 화가 났을 것 같아?"

미야코는 음, 하고 신음했다.

"……화는 안 냈을 것 같아."

미야코는 천천히 말했다.

"뭐야, 역시 회전초밥집 녀석이랑 결혼하고 싶은 거네!"

에리가 큰 소리로 말해 미야코는 작게 신음하며 고개를 떨어뜨렸다.

"미야코 언니, 그 거액도 앞으로 결혼을 앞두고 있었다면 낭비라고 생각 안 한다는 거네요?"

소요카에게 그 말을 확실히 듣고 미야코는 가슴이 철렁했다. 그렇게까지 자신을 위주로 한 생각은 아니었지만, 그럴지도 모른다.

"미야코는 역시 순서를 제대로 밟고 앞으로의 일을 꼼꼼하게 고려해서 프러포즈를 해줄 만한 남자를 바라고 있다니까. 회전초밥집 녀석이 그런 남자라면 좋겠지만, 안타깝게도 아니야. 그 녀석은 절대 그렇게 안 해줘."

미야코는 어깨를 축 늘어뜨렸다.

"두 사람이 하고 싶어 하는 말은 잘 알겠어. 우유부단해서 미안해. 나, 진짜 어떻게 하고 싶은지 모르겠거든. 결혼하고 싶긴 한데 아이가 가지고 싶은지 아닌지는 잘 모르겠어. 툭 터놓고 말하자면 경제적으로 여유가 있으면 아이도 낳고 싶어. 여유가 없는데도 낳고 싶다는 마음은 아니야. 간이치를 좋아하지만, 너무 좋아서 죽을 정도도 아니야. 지금 내가 가진 확실한 감정은 나 말고 다른 사람이 부럽다는 거야."

두 사람은 무표정으로 미야코를 보고 있었다.

"나, 조금 전에 에리가 정말 부러웠어. 나도 이런 집에서 이런 생활이 하고 싶다면서. 그런데 이건 에리가 자신의 바람을 노력해서 손에 넣은 거지 굴러들어온 행운이 아니잖아. 그리고 나 솔직히 말하면 소요카도 부러워서 질투했어. 고학력에 똑똑해 보이는 연상의 남자친구가 있고, 그런데도 소요카는 그 사람한테 의존하지 않고 결혼결혼거리면서 요란도 떨지 않고서 자립해서 좋은 관계를 쌓아가고 있잖아. 난 아무것도 안 하면서 좋겠다는 생각만 하는 걸 보니, 진심으로 그렇게 되고 싶은 건 아닌가봐."

그때 소요카가 문득 허무하게 웃었다.

"그건 미야코 언니가 마음대로 그렇게 받아들인 거고 실상은 그렇지 않아요."

소요카가 흔치않게 자포자기하는 말투로 그리 말했다. 이 자리에서만 하는 이야기지만, 하고 그녀는 서론을 꺼냈다.

"남자친구가 돌싱이라고 했잖아요. 전 부인 사이에 자식이 둘 있어서 양육비를 엄청 지불하느라 재혼할 상황이 아니에요."

"뭐어?"

"저, 정말?"

놀랄 만한 이야기를 듣고 미야코와 에리는 큰 소리를 내고 말았다.

"애도 집도 차도 다 부인한테 내주고 나왔어요. 그 집 대출이랑 양육비를 내고 남자친구는 낡은 연립에서 살아요. 보고 싶어도 상대가 자식들을 웬만해선 보여주지도 않고 말이죠. 혼인신고를 하고 이혼하는 건 무서운 일이에요. 그걸 실감했어요."

"아."

"그 말 진짜야? 너무 황당해" 하고 에리가 거리낌 없이 말했다.

"네, 황당하죠? 친구 아무한테도 말 안 했어요. 이해 못 받을 테니까요."

소요카는 자조적으로 웃었다.

"설마 소요카가 원인으로 이혼한 건 아니지?"

미야코가 조심스럽게 묻자 "아니에요. 알게 됐을 땐 이미 이혼한 상태였으니까요"라고 그녀가 답했다.

에리가 몸을 내밀었다.

"물으면 안 되는 건 알지만, 이혼 원인 물어도 될까?"

"짐작하시는 대로 남자친구가 바람을 피웠어요. 술집에서 알게 된 연상녀였고 석 달도 못 사귄 것 같았지만요."

하아, 하고 미야코와 에리는 소리를 모았다.

"잠깐, 그런 남자 괜찮겠어? 바람을 또 안 피운다는 보장이 없잖아."

"그러게요. 그러지 말란 법도 없으니 처음엔 꽤 경계하면서 사귀었어요. 그런데 음식 취향이라든가 책이나 영화 취미가 맞아서 이야기하다 보니 정말 즐겁더라고요. 같이 있으면서 이렇게 마음에 와 닿는 사람은 지금까지 만난 적 없어서 이제 어쩔 수 없어요. 전 반드시 애가 갖고 싶은 것도 아니고 이른바 평범한 가정을 꾸리고 싶어서 안달 난 것도 아니니까요. 많이 일하고, 하고 싶은 공부도 하고, 여행하거나 흥미가 생기는 일에 몰두하거나 하는 그런 인생으로 만들어가겠다고 이제 다짐하는 수밖에 없어요."

"흐음."

미야코는 한 번 만났던 소요카의 남자친구의 얼굴을 떠올렸다. 무척이나 성실해 보이는 사람이었다. 지인도 아닌 미야코를 가족처럼 대해줘서 바람은 피우지 않을 것 같은 사람으로 보였다.

"결심을 다졌다는 사람한테 끈질긴 질문이지만, 소요카는 만약 남자친구한테 그런 금전적인 문제가 없었더라면 결혼하고 싶어?"

미야코가 묻자 소요카는 "으으음" 하고 신음했다.

"일어나지 않은 일은 생각하기 어렵네요. 알게 되었을 때부터 남자친구한테는 그런 배경이 있었고 그걸 알고서 사귀기 시작했으니까요."

"대단해. 주관이 또렷하네."

"미야코도 처음부터 그 녀석이 회전초밥집에서 일하는 거 알고 사귀기 시작했잖아."

에리의 가벼운 말투에 소요카가 끼어들었다.

"조금 전부터 에리 언니, 회전초밥집 회전초밥집이라고 하는데 에리 언니는 회전초밥집에 안 가세요?"

"아니? 가. 오히려 이제 회전 안 하는 초밥집에 안 가지."

"거 봐요. 회전초밥집엔 저도 자주 가요. 저렴하고 간소하고 맛있잖아요. 옷으로 말하자면 유니클로 같은 거잖아요. 요즘 시대에 유니클로를 무시하는 편이 이상하지 않아요?"

"응, 그럴지도."

에리가 마지못해 인정했다. 그리고 "아, 왠지 정색하면서 나오니까 지쳤어"라며 기지개를 켰다.

소요카는 화장실을 잠시 빌리겠다고 하고 일어났다.

둘만 있게 되자 "미야코, 일은 어때?"라고 에리가 물었다.

"이젠 뭐 매장 분위기 최악이야."

"그 MD 때문에?"

"그렇지. 점장이 평정심을 잃는 바람에 아르바이트생들도 울분이 쌓였어. 진짜 때려치우고 싶다니까."

에리가 말했다.

"관둘 거라면 이직을 서두르는 편이 낫지 않아?"

"……."

"괜한 간섭이라는 건 알지만, 만약 앞으로 애를 낳을 마음이 있으면 주말에 쉴 수 있는 일이 아니면 버겁지 않을까? 어머니가 애를 봐주신다면 어떻게든 되겠지만."

"아냐, 우리 부모님은 안 봐줄 거야. 기대하지 말라는 소릴 확실히 들은 적도 있고."

그때 돌아온 소요카에게 에리가 지금 하고 있던 이야기를 대략 설명했다. 그녀가 뭔가 말하고 싶어 하는 표정을 지었다.

"소요카, 이참에 하고 싶은 말이 있으면 뭐든지 해."

"……네. 저기 실례가 될지도 모르지만."

"괜찮아, 괜찮아."

"미야코 언니가 망설이는 근본적인 이유는 자립할 경제력이 없어서가 아닐까요. 오해하실까봐 염려되는데, 전 모두가 하나같이 자기 힘으로 살아갈 돈을 벌어야 한다고 생각하지 않아요. 사람한테는 여러 사정이나 배경이 있고 예를 들어 가족을 간병해야 하거나 하는 여러 상황이 있잖아요. 하지만 미야코 언니의 경우는 간이치 씨에 대해 가지고 있는 불안감은 경제적인 것뿐이죠. 그분과 앞으로 바람직한 관계를 지속해나가고 싶다면 미야코 언니가 그걸 보완할 수 있을 정도로 수입을 늘리는 건 어떨까요? 간이치 씨는 지금 혼자 살고 있으니 원래 문제가 없을 거예요. 미야코 언니가 가지고 있는 불안감은 간이치 씨의 장래가 아니라 자신에 대한 불안이 아닐까요?"

나는 말문이 막혔다.

"그 불안감을 자력으로 해소 못한다면 상대를 바꿔야 한다고 저도 생각해요."

그 말이 백번 옳다고 생각하며 미야코는 아래를 내려다보았다. 간이치와 결혼까지 하지 않더라도 같이 살게 된다면 당연하지만 본가를 나오게 된다. 지금 자신은 본가에 살고 있고 어떻게든 생활을 꾸려나갈 정도의 수입을 벌고 있으니 본가 같은 생활의 뒷배경을 무의식적으로 간이치에게 바라고 있을지도 몰랐다.

그때 이야기가 끊어졌고 방 안에 침묵이 흘렀다. 에리가 테이블을 정리하기 시작했다.

"어쩌다보니 이야기가 진지해졌네. 소요카가 구워온 스콘 먹을까? 둘 다 뭐 마실래? 술이 좋으면 이것저것 많아. 안주로 치즈도 있고."

"에리 언니가 마시는 거 뭐예요? 맛있어 보여요."

"이거 옥수수차야."

"저도 그거 주세요."

"그러고 보니 에리, 오늘은 왜 안 마셔?"

"응, 그렇게 됐네."

소요카가 망설이면서 물었다.

"저기 혹시."

"응, 병원 갔다가 어제 알았어."

"역시! 축하드려요!"

"응? 뭐야 뭐야?"

무슨 일인지 몰라서 미야코는 어리둥절했다.

"임신하셨대요."

"어머! 아기?! 그렇구나!"

"미야코는 한결같이 둔감하네."

두 사람은 웃었다.

"그렇구나. 축하해. 진즉에 말하지 그랬어."

"응, 확인한 바로 다음 날이기도 해서. 안정기에 접어들 때까지 말 안 하려고 했어. 한 번 유산 했어서."

"그랬어?"

"응, 그래도 괜찮아. 조심하고 있으니까. 너무 신경 쓰지 마."

드디어 에리도 엄마가 되는구나, 하고 미야코는 생각했다. 친구가 임신해서 다행이라고 생각하는 반면, 결혼보다 훨씬, 그 사람이 멀어진 듯한 외로움이 들었다.

"미야코는? 술 마실래?"

"아니, 나도 차 마실게. 최근에 몸이 별로 안 좋아서. 오늘은 컨디션이 상당히 좋긴 한데, 현기증이 나고 미열이 어지간해서 내려가질 않아."

부엌에 서 있던 에리가 돌아보았다. 소요카도 미야코를 보았다.

"근데 너, 생리 언제 했어?"

"……어라, 언제더라."

고요해졌다.

에리는 슬리퍼 소리를 내며 방을 가로질러 텔레비전 옆의 서랍장 서랍을 열었다. 그리고 무언가 꺼내서 돌아왔다.

"지금 당장 이거 가지고 화장실에 다녀와!"

가늘고 긴 상자는 임신테스트기였다.

8

 에리네 집 화장실에서 조마조마한 심정으로 테스트기를 사용해보자 양성을 가리키는 굵은 줄은 나타나지 않았다. 하지만 눈을 가늘게 뜨자 희미하게 세로선이 보이지 않는 것도 아니라서 미야코는 당황했다. 소요카와 에리는 작게 신음했다.

 동요하는 미야코를 달래듯이 에리가 "임신일 때는 이렇게 흐리지 않고 선이 또렷하게 나와"라고 했고 소요카는 재빨리 스마트폰을 검색해서 "이건 증발선이라는 것 같은데 양성이 아닌가 봐요"라고 했다.

 하지만 명확하게 음성이라고 나오지 않아서 미야코는 창백해졌다. 어찌됐거나 생리가 평소와 다르게 늦어지고 있는 건 확실해서 병원에 가야 한다고 두 사람은 강하게 말했다.

 "내가 다니는 병원, 선생님이 할아버지기긴 해도 평이 꽤 좋으니 가봐."

 그리 말하는 에리에게 미야코는 고개를 격렬하게 저었다.

 "못 가겠어! 도저히 못 가겠어!"

 "못 간다니. 유명한 선생님이셔."

 "나, 그, 산부인과 진찰대에 올라가는 그거, 해본 적 없어! 남자선생님이라니 못 가!"

 두 사람은 얼굴을 마주보았다.

 "너 말이야, 그분은 의사야"라며 어처구니가 없어하는 에리를 막고서 소요카가 아이를 어르듯이 말했다.

"불안한 것도 이해하고 그런 건 몇 번을 해도 익숙해질 수 없는 법이에요. 그래도 미야코 언니, 앞으로도 검사해야 할 때가 있을 거예요."

"그래도……."

"제가 대학 시절에 생리불순으로 잠시 다니던 병원은 여자 선생님이시고 친절하세요. 도쿄지만 가보실래요?"

미야코는 눈물이 그렁그렁해진 채 입술을 깨물었다. 두 사람이 하는 말은 틀린 게 없었다.

걱정이 된 소요카는 같이 가겠다고까지 말해주었지만, 역시 그러면 너무 한심해 보일 듯해 미야코는 직접 예약을 잡았다.

생각하는 게 두려워서 되도록 생각하지 않도록 예약날까지 보냈다. 하지만 잠시 틈만 생기면 만약 임신했다면 하는 생각이 스쳐지나 매장에서 옷을 개는 손이 떨리는 것을 자각했다.

만약 임신했다면 모든 게 어쩔 수 없이 달라지고 만다.

자신이 초래한 결과라는 건 알지만, 왠지 부조리하게 인생이 뒤틀려버린 듯한 느낌이 들어 공포심에 찌부러질 것 같았다.

만약 임신이라면 간이치라는 사람은 결혼해줄 가능성이 높다고 생각한다. 하지만 간이치와 함께 정말로 아이를 길러나갈 수 있을까. 아니, 소요카가 한 말처럼 이 불안감은 자신에 대한 불안감이었다. 자신이 지금의 상황에서 아이를 낳아 기를 수 있다고는 도무지 생각할 수 없었다. 누군가의 인생을 지탱하기는커녕 자신은 실은 타인으로부터 여전히 보호받기를 원했다.

그렇다고 해서 만약 지금 뱃속에 있을지도 모를 아이를 낳지 않는다는 선택을 했을 경우, 자신은 아무 일도 없었다는 양 간이치와 계속해서 사귀어나갈 수 있을까. 그건 아마 무리일 듯했다. 어딘가로 '간이치의 아이를 낳지 않았다'는 떳떳지 못한 마음이나 '간이치에게 경제력이 더 있었더라면 낳았을 텐데' 하는 비난하는 마음을 나중에까지 질질 끌고 갈 것 같아서 더 이상 그와 해맑게 웃을 수 없을 듯했다.

물론 피임은 하고 있다. 간이치와 그런 행위를 한 건 생각해보면 상당히 전이고, 테스트기의 결과도 소요카가 알아봐준 기사대로라면 양성이라고는 생각하기 힘들다.

그런데도 공포심이 물러나지 않았다.

미야코는 자신이 아무 각오도 하지 않았다는 사실을 깨달았다.

이 거대한 불안의 한쪽을 누군가가 들어줬으면 했고 그건 아무리 생각해도 간이치로 그래서 실은 그에게 연락하고 싶었다. 하지만 결과가 확실하지 않은 상태에서 감정을 퍼붓는 건 너무 응석을 부리는 것 같아서 어금니를 악물다시피 하며 견뎠다.

그렇게 끙끙대다 예약날이 찾아왔고 미야코는 거의 처형대에 올라가는 기분으로 도쿄에 있는 병원으로 향했다.

소요카가 친절하다고 했던 여의사는 미야코의 눈에는 심기가 불편해 보이는 나이가 지긋한 여성으로 보였다. 산부인과 내진은 너무 긴장해서 다리가 떨렸고 가랑이 사이에서 느껴지는 견디기 힘든 위화감은 그야말로 무언가의 처형 같다고 생각했다.

"임신은 아닌 듯합니다."

그래서 여의사가 그리 말했을 때 말릴 새도 없이 눈물이 왈

칵 쏟아져 나왔다. 이런 데서 울면 안 된다, 나이도 먹을 만큼 먹어서 무슨 추태람, 하고 자신을 타일렀지만 아무리 애써도 눈물이 멎지 않았다. 흐느끼는 미야코에게 여의사는 가만히 티슈 상자를 내밀었다.

"폭행당했어요?"

"네?"

"원치 않은 관계였어요?"

성폭행당했냐고 묻고 있다는 사실을 깨닫고 미야코는 다급히 고개를 저었다.

"아뇨! 아니에요. 상대는 남자친구예요."

"남자친구한테 억지로 당했어요?"

"아니에요. 평범하게 했어요."

"그럼 다행이지만요."

미야코는 오열을 삼키려고 어금니를 깨물었다. 자신이 꽤 철면피처럼 느껴졌다.

"환자분, 괜찮아요?"

여의사는 시종일관 무표정이었다.

"……괜찮아요. 너무 초조했거든요. 죄송해요."

"괜찮아요."

그녀의 음색이 살짝 자상해졌다. 훌쩍대는 코를 조심스럽게 풀었다. 여의사는 차트에 눈길을 떨어뜨리더니 "멀리서 오셨네요"라고 읊조렸다.

"저흰 산부인과니까 심료내과(정신과와 내과가 결합된 형태의 진료과)나 정신과를 소개시켜드릴 수 있어요."

미야코는 고개를 들고 여의사를 쳐다보았다. 자신이 그렇게 위태로워 보였나 하고 충격을 받았다. 엄마가 다니던 심료내과를 떠올렸다. 자신과는 무관한 곳이라고 생각했다.

"안색이 많이 안 좋네요."

"……그런가요?"

"환자분 자신의 안색을 알아차리지 못할 정도로 힘든가요? 일 때문에요? 연애 때문에요?"

"……둘 다요. 힘들다고 할까, 어떻게 해야 좋을지 모르는 일들이 많아서요."

바로 정면에서 본 그 여의사는 머리가 나는 곳에 여기저기 하얀 게 보였다. 엄마와 비슷한 연배일까. 하지만 피곤한 기색이 없다. 피부에는 윤기가 나고 백의가 감싼 몸은 자세가 바르고 건강해 보인다. 의류 계통의 일을 하다 보면 옷 위로도 그 사람의 근육의 강도를 알 수 있다.

"혈액검사 결과를 봐야지 자세한 걸 알 수 있겠지만, 탈수 기미가 꽤 보이네요."

"탈수요?"

"수분이 부족한 건 분명한 듯하네요. 카페인이 안 들어간 마실거리를 꼬박꼬박 챙겨 마시나요?"

"딱히 안 챙겨 마시는 것 같네요."

최근에 업무 중에 휴식다운 휴식을 취하지 못하고 있고, 아주 잠깐 있는 휴식 시간에도 뭔가 마셨다 하면 커피나 홍차였다.

"일은 판매일을 하신다고 하셨죠? 자유롭지 않은 일을 하시는 분은 수분이 부족한 경우가 많아요. 현기증이나 권태감이 거기서 올 가능성도 크고요. 힘들겠지만, 부지런히 수분을 챙겨 드세요. 방심하면 낫는 데 몇 년이나 걸리기도 하니까요."

그런 말까지 들을 줄 몰라서 미야코는 어안이 벙벙했다. 수분 부족이라니 생각해본 적도 없었다.

"생리불순은 경과를 좀 더 지켜보죠. 스트레스도 큰 것 같으니 호르몬도 불균형할지도 모르겠네요. 수분과 수면을 듬뿍 취하고 규칙적인 생활을 하는 데 유의하세요. 그날의 피로는 그날 바로 풀 수 있도록 하고요. 당연한 말을 듣고 있다고 생각할지도 모르지만, 그게 불가능하면 건강을 해치게 되거든요."

"······네."

"불면증도 없고 식욕은 있는 듯하니 괜찮을 것 같지만, 조금 우울 증상이 보이는 것 같아 신경 쓰이네요."

"우울이라면⋯⋯ 우울증 말인가요?"

"네. 과감하게 쉬는 방법도 있어요. 일도 연애도."

"연애도요?"

미야코는 의외의 말을 듣고 되물었다.

"연애는 쉬운 게 아니잖아요. 인간끼리 감정을 주고받는 거니까."

여의사는 재미도 뭣도 없다는 표정으로 그리 말했다.

안심해서인지 밤에 생리가 시작됐다.

시작된 건 다행이지만, 평소와 달리 생리통이 심해서 미야코는 이튿날 아침에 출근해 한 시간도 채 지나지 않아 창고에서 지쳐 주저앉았다.

오후 근무를 서는 직원이 나올 때까지 매장은 미야코와 먼젓번에 불만을 털어놓은 아르바이트생 여자아이 단 둘이서 지켰다. 하지만 도무지 서 있을 수 없어서 그녀에게 사정을 말하고 조금 이른 시간에 점심 휴식을 취하기로 했다. 앞으로 한 시간만 지나면 오후 근무를 서는 직원이 출근할 테고, 그사이에 무슨 일이 생기면 전화를 주면 얼른 돌아오겠다고 하자 그녀는 굳은 표정으로 고개를 끄덕였다. 말로는 "오늘은 이만 돌아가는 편이 낫지 않겠어요?"라고 하면서 미간 주변에 불평불만의 기색이 역력했다.

이런 타이밍에 그녀 한 사람에게 매장을 떠맡기게 되어 난감하다는 생각을 하면서도 이마에 비지땀이 번질 만큼 통증이 심해서 다른 직원에게 조금 일찍 출근해달라고 문자를 보내는 게 고작이었다.

진통제를 먹고 휴게실 테이블에 엎드렸다. 하지만 점점 몸 상태가 나빠져서 의자 위에 몸을 웅크리고 있었더니 다른 매장 사람이 알아차리고서 말을 걸어왔다. 몸을 펴고 눕는 편이 나을 거라며 의무실에 데리고 가주었다. 미야코는 쇼핑몰에 그런 장소가 있다는 것도 몰랐다.

의무실이라고 해도 단지 창문이 없는 작은 방으로 간호사 같은 사람의 모습도 보이지 않았다. 비닐 소재의 간이침대와 유아 기저귀 교환대 두 개가 있었다. 커튼을 닫고 앉을 수 있는 공간이 있는 걸 보아 수유실도 겸하고 있는 모양이었다.

간이침대 옆에 담요가 개인 채 놓여 있어서 그걸 몸에 두르고 누웠다.

눈을 감자 순식간에 의식이 흐려졌다.

절반은 의식을 놓으면서도 다른 절반이 묘하게 각성하고 있어서 스타킹 발끝이 싸늘했다.
태아 포즈로 자신을 끌어안듯이 웅크렸다. 몸이 점점 식어서 굳어갔다. 죽을 때 이런 느낌이 드려나 하고 머리 한편으로 생각했다.
눈을 감고 있는데 눈이 핑핑 돌아서 물 위에 콜타르가 흐르는 듯한 묵직한 어둠에 휩싸였다. 최근에 만났던 사람들의 얼굴이나 정경이 그 검은 흐름에 떴다가 사라졌다.
아르바이트생들의 불만스러운 입술, 산부인과 여의사의 어처구니가 없다는 표정, 에리의 행복해 보이는 뺨, 소요카가 스마트폰을 손끝으로 재빠르게 다루던 모습.
수술할 때 아빠가 입고 있던 추워 보이던 수술복, 엄마의 우는 얼굴.
냥 씨의 모피, 거무스름한 피부와 하얗고 가지런한 치열.
간이치의 낡은 운동화, 먼지투성이인 자전거, 벽에 걸어놓은 슈트.
나는 정말 구제불능이다! 라고 갑자기 외치고 싶었다.
너무 유치하다. 말할 거리도 못된다.
아무것도 정하지 못하는 겁 많은 아이다. 자신의 인생인데 누군가가 어떻게든 해준다고 생각하고 있다.
나라는 인간은 아무에게도 도움이 되지 않는다.
단지 소비하고 무절제하게 물건을 쌓아놓고서는 어리석게 버린다.
생각해보면 간이치와 결혼했을 때 생기는 이득만 따지고 있었는데, 그의 입장에서 보면 자신과 결혼했을 때 오는 이득도 딱히 없다.

나는 단순한 짐덩어리다.

단순한 짐덩어리가 누군가가 주워가주기를 바라며 애교를 부리고 있다.

나한테는 가치가 없다.

그래서 기세등등한 남자가 가슴을 만진 것이다.

가치가 없다.

죽고 싶다.

늪 아래에 푹 파묻혀 있는데 어딘가에서 무언가가 울리는 소리가 들려 가라앉아 있던 의식이 떠오르기 시작했다.

고양이라고 생각했다.

뜰에 길고양이가 찾아왔나, 하고 미야코는 멍하니 생각했다.

고양이는 앙증맞게 울지 않고 교미할 때의 큰 소리로 크앙크앙, 하고 울고 있었다. 아빠는 길고양이가 정원에 대소변을 지리고 가는 게 화가 나서 다음번에 오면 물을 끼얹어버릴 거라고 했으니 발각되기 전에 내쫓는 편이 나을지도 모른다. 하지만 고양이를 쓰다듬고 싶다. 저 폭신폭신한 머리와 뾰족하게 삼각형으로 펴고 있는 귀를 어루만지고 싶다. 실은 고양이를 기르고 싶다. 어릴 적 단지에 살아서 안 된다고 엄마가 말했다. 작고 보드라운 생명을 끌어안고 싶다.

아직 각성되지 않은 머리로 미야코는 그런 생각을 했다.

조금 전까지 얼음 같았던 발끝이 지금은 따끈따끈해서 좀 더 잠의 세계에 젖어 있고 싶었다. 하지만 고양이가 보고 싶어서 무거운 눈꺼풀을 가까스로 들어올리자 삭막한 흰 천장이 보였다. 그래서 지금 어디에 있는지 갑자기 떠올랐다.

미야코는 고개를 들었다.

어느새 같은 공간 안에 여자가 있었고 미야코를 등지고 서 있었다. 구석에 놓여 있는 받침대를 향해 무언가를 하고 있었다. 유심히 보자 그 사람은 아기의 기저귀를 갈고 있었다. 고양이 울음소리라고 생각했던 것은 아기가 우는 소리였다는 사실을 이해했다. 그다지 넓지 않은 공간 안에 아기가 보채는 소리가 울렸다.

"죄송해요. 저희 때문에 깨셨죠?"

그 사람이 돌아보고 웃었다. 거의 금발에 가까운 갈색머리를 높다란 위치에서 포니테일로 묶고 있었다. 고향에서 흔히 볼 수 있는 전형적인 불량한 여자아이였다.

"아, 아뇨. 전혀요. 괜찮아요."

다급히 몸을 일으키다 빌린 담요 말고도 핑크색과 흰색의 앙증맞은 무릎담요가 하반신에 덮여 있다는 사실을 깨달았다.

"아, 그거, 추워 보이셔서 조금 전에 제가 덮어드렸어요."

"아, 감사합니다!"

"괜찮으세요?"

"네, 괜찮아요."

"가위에 엄청 눌리시던데요."

"어, 그랬어요? 죄송해요."

말하면서 일어났다. 진통제가 효과가 있는지 통증은 사라져 있었다.

자아, 엉덩이 깨끗이 깨끗이 하자, 라고 그 여자아이는 노래하듯이 아기에게 말을 걸었다. 그녀는 디즈니 캐릭터가 들어간 헐렁한 맨투맨 티셔츠에 청바지 차림이었지만 가느다란 목덜미와 군살 없는 등은 아직 아이 같았다. 아기를 데리고 있는데 가느다란 뮬 하이힐을 신고 있었다. 화장은 짙었지만 어찌 보면 10대로도 보일 만큼 명랑했다.

미야코는 다가가 아기를 들여다보았다.

"아기가 너무 예쁘네요. 몇 살이에요?"

"고맙습니다. 9개월이에요."

"여자아인가요?"

"아, 핑크색 옷을 입고 있긴 해도 남자애예요. 이건 다른 엄마한테서 물려받은 거고요."

아기를 가까이에서 보는 건 오랜만이었다. 생각보다 크고 생기가 넘쳤다. 왠지 이상한 냄새가 났다. 눈물에 젖어 있는 눈동자는 흰자위가 푸르러 인형 눈 같았다. 손도 발도 거짓말처럼 작았다. 하지만 손톱은 어엿하게 자라고 있어서 이상한 느낌이 들었다.

에리는 앞으로 이렇게 큰 걸 낳겠지. 자신의 배에서 사람 하나가 나오다니 생각해보면 대단한 일이다. 미야코는 반려동물조차 기른 적 없어서 아무것도 할 수 없는 이런 작은 생명체를 돌볼 자신이 없었다.

하지만 눈앞의 젊은 엄마는 속마음은 알 수 없지만 애를 쓰는 기색은 보이지 않았다.

"여길 자주 애용해요. 애를 데리고 오기도 좋고요."

아기의 기저귀 커버를 덮고 나서 갑자기 그녀가 그리 말했다.

"그래요?"

"주차장이 넓으니 차도 주차하기 좋고요."

"그렇죠? 아이를 동반해서 오시는 분들, 평일에도 많아요."
"공원은 호들갑스러운 엄마뿐이라서 시끄러워요."
깔깔대며 웃더니 그 아이가 말했다. 미야코는 대답하기 곤란했다. 뱃속 밑바닥이 묵직하게 아팠다.
"저기, 언니. 몸이 어디 안 좋아요? 괜찮아요?"
"아, 그냥 생리통이에요. 약 먹고 자고 나니 꽤 나아졌네요."
그 아이는 아기를 끌어안더니 큰 유모차에 뉘었다. 유모차에는 짐이 한가득 걸려 있었다. 미야코는 그녀가 덮어준 무릎담요를 개서 돌려주었다. 만약 그녀가 가기 전에 자신이 깨지 않았더라면 분명 그녀는 담요를 덮어준 채 살며시 나가지 않았을까 싶었다.
"정말 감사합니다."
"아니에요. 아, 언니, 전화 울리네요."
어머, 하고 다급히 주머니를 뒤지는 사이에 그녀는 공간에서 훌쩍 나가버렸다.
매장에서 온 전화라는 생각에 서둘러 스마트폰을 보니 착신 화면에 간이치라고 떠 있어 흠칫했다.
라인이 아니라 전화가 와서 미야코는 동요했다. 받을까 말까 망설였다. 망설이는 동안에 전화가 순간 끊어졌다.
아차, 싶었다. 역시 받았어야 했다. 스스로도 당황할 만큼 큰 후회가 덮쳐왔다. 그 순간 한 번 더 스마트폰이 빛나기 시작했다. 간이치라는 글자가 또렷하게 떠 있었다. 미야코는 숨을 죽이고 통화 버튼을 눌렀다.
"어, 받았네. 오미야, 나야, 나."
"아, 응."

"전화 받아도 돼? 일하던 중?"

"지금은 휴식 중이야. 왜?"

"오랜만이네."

"그러게."

간이치는 아무 일도 없었던 양 말했다. 미야코는 간이침대에 쭈뼛대며 앉았다.

"나 일 구했어."

"아, 그래?"

그래서 기뻐서 연락한 걸까. 그래도 다행이다. 아무거나 상관없는 건 아니라고 했던 간이치가 정했으니까 나름대로 납득할 만한 직장이겠지.

"11월부터 일해. 처음 석 달은 수습 기간이고."

축하한다고 해야 하나, 그런데 축하한다는 말은 이상하지 않나, 하고 미야코는 이리저리 어지럽게 생각했다.

"⋯⋯다행이야. 초밥이랑 관련된 일?"

"응, 서서 먹는 초밥집이야."

"아, 서서 먹는."

서서 먹는 초밥집이라는 게 존재한다는 사실을 미야코는 처음 알았다.

"요새 유행하나봐. 원래 에도시대 전에는 초밥을 서서 먹었다고 하지만. 체인점이고 아직 어느 가게로 배정될지 모르지만 멀어지면 이사할지도 몰라."

말투가 무뚝뚝했지만, 기쁨이 번져 나오고 있었다. 그러고 보니 이 사람은 말수는 적지만, 감정은 비교적 솔직하게 드러낸다는 사실을 떠올렸다.

"흐으음."

"반응이 밋밋하네?"

그는 그리 말하고 웃었다.

"뭐 아무렴 어때. 오미야, 10월에 이틀 연달아 쉬는 날 있어? 일 시작하기 전에 1박으로 온천이라도 갈까 싶어서."

"응? 간이치랑 나랑?"

"그럼 누구랑 누구겠어?"

"어, 그래도."

목걸이 사건 이후로 연락이 끊어져 분명 간이치가 화가 나서 미야코에 대한 마음도 퇴색되지 않았을까 생각했기에 아무 일도 없었다는 양 1박 여행을 가자는 제안에 놀랐다.

"숙박비, 내가 낼게."

"왜?"

"아, 그거, 목걸이, 환불받았거든."

"응? 진짜?"

"샀던 매장으로 가서 접객해준 아가씨한테 사정사정했더니 환불해줬어. 제대로 된 브랜드는 역시 뭐가 달라도 다르네."

천하의 간이치가 도심에 있는 일류 브랜드 매장에 가서 구입한 상품을 환불해달라고 사정사정하는 모습을 상상했더니 미야코는 소리치고 싶어졌다. 아무리 간이치가 둔감하다고 해도 기분이 내키지는 않았을 듯하고 용기가 필요했을 것이다. 미야코는 새삼스럽게 크나큰 죄책감에 휩싸여 얼굴이 새파래져갔다.

"꺼림칙한 일을 겪게 만들어서 정말 미안. 내가 쓸데없는 소리 하는 바람에."

"다 지난 일인데 뭐. 그 돈으로 온천에 가자."

"아냐. 내 경비는 내가 낼게. 아니, 요전번에도 말했지만, 그 돈 되도록 쓰지 말고 모아둬."

어라, 놀러 가는 분위기로 흘러가고 있네, 하고 미야코는 알아차렸다.

"알겠다니까. 것보다 쉴 수 있는 날 언제야?"

"아, 잠시만. 분명 마지막 주 월, 화가 휴무일이었던 것 같아."

"오, 그럼 내가 예약할게."

"예약이라니 대체 어딜 가려고?"

"아타미는 어때? 난 아타미에 가본 적이 없거든. 간이치랑 오미야 동상이라도 보자."

"뭐어?"

"정해진 거다. 그럼 그런 걸로."

전화가 뚝 끊겨 미야코는 스마트폰을 쥔 채 멍해졌다.

목이 칼칼할 만큼 말랐다는 사실을 깨달았다. 여의사에게 수분이 부족하다는 소리를 들었다는 걸 떠올리고 우선 뭐라도 마셔야겠다 싶어 지갑을 가지고 일어났다.

그리고 어라? 하고 고개를 갸웃거렸다. 몸이 가벼웠다.

가만히 뒤를 돌아보았지만, 그곳에는 자신이 사용해서 구겨진 담요만 있었다.

아직 아랫배가 살짝 묵직했지만, 날카로운 통증은 가셨다. 꽤 오래 잔 것 같았는데 시계를 보자 아직 한 시간도 지나지 않아 놀랐다. 서둘러 매장으로 돌아가자 오후 근무를 서는 직원은 아직 나오지 않았고 아르바이트생에게 물어보자 손님도 없었다고 한다.

왠지 몸이 나른했다. 긴 거리를 헤엄쳐온 것 같은 포근한 권태감이었다.

늘 보는 매장 내부가 묘하게 또렷이 보여 미야코는 무심코 눈을 가늘게 떴다.

집을 정리할 때 사진으로 찍어놓으면 좋다고 전에 잡지에서 읽은 적이 있다. 시험 삼아 해보니 나름대로 정리되어 있다고 생각했던 자신의 방이 사진으로 보니 놀랄 만큼 난잡했다.

그때처럼 눈에 비치는 모든 것이 또렷이 보였다. 옷걸이에 걸려 있는 스웨터가 흘러 떨어지려 하는 것도, 플로어 구석에 먼지가 쌓여 있는 것도 보였다. 걸어가서 옷을 다시 걸고 바닥용 밀대로 먼지를 닦았다. 쇼윈도도 유심히 보자 아랫부분이 더러워져 있었다.

밀대를 집어넣으려고 하자 계산대 옆 공간에 문구류가 흩어져 있는 게 보였다. 지금까지 쭉 봐왔을 텐데 눈이라고 할까 뇌가 무시해왔다. 볼펜이나 가위를 연필꽂이에 넣자 이번에는 본체에 딸린 무선 전화기가 묘하게 더럽다는 사실을 깨달았다. 우선 비품인 물티슈로 닦아보았다.

눈뿐만 아니라 귀도 잘 들렸다. 아르바이트생이 굽으로 내는 불만스러운 소리나 귀가 늘 그냥 지나치는 BGM도 닿았다. 유명한 영화음악인데 뭔지는 모르겠다. 영화는 언제부터 안 보게 되었는지 기억나지 않는다.

기분이 묘하게 차분했다. 꽤 오랜만에 '나로 돌아온' 느낌이 들었다.

간이치에게 연락이 와서 기뻤다. 화해를 했다는 사실에 마음이 놓였다. 하지만 그뿐 아니라 뭔가 바닥을 치고 올라오기 시작한 것처럼 느꼈다.

이윽고 오후 근무자가 잇따라 출근했고 마지막에 니시나가 나타났을 때 미야코는 '아, 왜 이 사람한테 상담해보자는 생각을 안 했을까' 싶었다. 직장에서 일어나는 문제를 어째서 혼자 끌어안으려 했을까.

미야코는 니시나에게 다가가 할 말이 있으니 시간을 내달라고 했다. 그녀는 조금 놀라는 것 같았지만, 매장을 지키는 인원이 충분하다는 사실을 확인하고 바로 응해주었다.

휴게실 구석자리에서 미야코는 니시나에게 최근 매장에서 일어난 일을 전부 말했다.

아르바이트생들이 품은, 점장과 도마에 대한 불신감이 폭발하기 일보 직전까지 와 있다는 것, 점장이 재고를 아르바이트생들에게 사라고 압박한 것. 미야코 자신이 도마에게 성추행을 당한 것도 털어놓았다. 다른 사람의 몸도 건드린 적이 있는 듯하다고 말하자 니시나는 입술을 깨물며 입을 다물었다.

그길로 침묵이 이어졌고 미야코는 문득 불안해졌다.

한동안 상황을 살펴보겠다며 얼버무리면 어떡할까. 정사원도 아닌데 성가신 소리를 한다고 생각되면 어쩌지.

하지만 미야코는 니시나의 난해한 표정을 보면서 고요한 결심이 솟구치는 것을 느꼈다. 만약 그렇다면 이제 이곳에서 일할 가치가 전혀 없다. 직장을 옮기자고 홀가분하게 생각했다.

이윽고 니시나가 조용히 일어났다. 그리고 고개를 깊이 숙였다.

"계약 직원인 요노 씨한테 그렇게까지 부담을 줘서 미안해요. 말해줘서 고마워요. 서둘러 대처할게요. 당장 점장이랑 말해볼게요."

미야코는 니시나의 어깨 아래로 드리워진 머리카락을, 어깨에서 힘이 빠져나가는 것을 느끼며 바라보았다. 자연스레 취한 행동이라고는 하지만 역시 긴장하고 있었던 것이다. 다행이다 싶어서 콧등이 시큰해졌지만, 빠져나간 힘을 다시 쑥 집어넣고 눈물을 참았다.

탈피한 듯한 묘한 기분으로 밤에 운전해서 집으로 돌아갔다. 밤길도 두렵지 않았고 서툴렀던 차고 주차도 한 번에 완벽히 해냈다.

왠지 OS 버전이 갱신된 것 같았다. 지금까지 삐걱대던 일들이 성큼성큼 진행되었다.

기분 좋게 현관을 열고 신발을 벗고서 짧은 복도 모퉁이를 꺾었더니 어둠속에 평소에는 없었던 큰 물건이 놓여 있어서 발을 세게 찧었다.

"아야!"

무심코 주저앉았다. 새끼발가락이 심상치 않게 아파서 눈물이 나왔다.

큰일이다, 새끼발가락이 부러졌을지도 모른다고 생각하며 웅크린 채 통증을 참았다. 몇 분 끙끙대며 앓고 있으니 통증이 점점 가셨고 미야코는 벽을 더듬어 복도 불을 켰다.

그곳에는 엄마 방에 있었을 터인 소녀 감성의 장식장이 놓여 있었다. 유심히 보자 구석에 대형 쓰레기 회수 스티커가 붙어 있었다.

"아, 정말! 이게 뭐야?!"

이런 곳에 놔두다니 생각이 있는지 없는지. 여전히 욱신대는 새끼발가락을 문지르면서 쳐다보자 아빠의 골프 가방과 최근에는 창고에서 꺼내지 않았던 고타쓰도 있었다. 미니멀리즘을 추구하기로 했나.

자신의 방으로 들어가 불을 켜자 오랫동안 청소하지 않았던 어질러진 방이 눈에 띄어 미야코는 혀를 찼다. 모든 게 그리 간단히 술술 풀릴 리가 없지, 하고 신에게 충고받은 느낌이었다.

이튿날 밤 일을 마치고서 미야코와 니시나는 길가에 있는 패밀리 레스토랑에 와 있었다.

이미 시각은 밤 아홉시 반에 가까워졌다. 웨이트리스가 와서 두 사람이 먹은 함박 정식의 묵직한 철판을 치웠다. 테이블 위에 아무것도 없게 되자 갑자기 무료한 분위기가 흘렀다.

"늦어지네. 그 녀석 대체 뭐 하는 거지."

니시나는 테이블에 팔꿈치를 괴고 말했다.

"문자 보내볼까요?"

"음, 좀 더 기다려볼까? 요노 씨, 뭐 단 거라도 먹을래? 실은 한잔하고 싶은 기분인데 차를 몰아야 해서."

그리 말하며 니시나는 메뉴판을 넘겨주었다. 거대한 파르페 사진에 정신이 팔렸지만, 어제의 격심한 생리통을 떠올리고서 배를 차갑게 만들지 않는 편이 낫겠다고 생각을 고쳐먹었다.

"전, 이 와플로 할게요."

"자, 그럼 나는 이 가을 스페셜 파르페를 먹어볼까."

니시나는 어제 미야코의 말을 들은 후 휴무일을 보내던 점장에게 바로 전화해서 오늘 모임을 마련했다. 중대한 사안인 만큼 휴게실에서 이야기를 나눌 수 없어서 일을 마치고 밖에서 대화를 나누기로 했다. 점장은 저녁에 반드시 처리해야 할 용건이 있다고 해서 나중에 합류하게 되었지만, 여덟 시 반에는 온다고 했는데 여태 나타나지 않았다.

"요노 씨, 몸은 어때? 좋아졌어?"

"네, 이제 괜찮아요."

왠지 자신에 대한 이야기가 하고 싶어져서 미야코는 말을 꺼냈다.

"요즘에 생리가 늦어졌거든요."

니시나는 조금 당혹스러운 표정을 지었다.

"사귀는 사람 사이에 애가 생긴 게 아닌가 싶어서 불안했어요."

"그랬구나."

그녀는 눈을 자상하게 가늘게 떴다.

"그야 불안하지. 그 심정 이해해. 난 남자친구랑 오랫동안 동거하고 있으니 애가 생긴 게 아닌가 하고 불안해질 때가 있거든."

"그러세요? 저기 이런 질문 드리면 실례일지도 모르지만……, 오래 동거해도 결혼하는 쪽으로는 흐름이 이어지진 않나요?"

"음, 덜컥 애라도 생기면 다급히 혼인신고를 할지도 모르지만, 딱히 적극적으로 결혼하고 싶은 생각은 없어. 지금까지 불편한 점도 없었고 말이지. 요노 씨는 결혼 생각 있어? 그 상대랑 말이야."

"음, 둘 다 워킹푸어라서요."

"그렇구나. 결혼하려면 돈이 들지."

"맞아요."

두 사람은 메마른 웃음소리를 냈다.

"요노 씨 남자친구, 어떤 사람이야?"

"음, 요리를 잘해요."

"와, 요리 잘하는 남자, 점수가 높지. 그럼 같이 살면서 요리는 전반적으로 남자친구한테 맡기고, 요노 씨가 돈을 더 버는 일을 해도 되지 않아?"

그녀는 아주 자연스러운 말투로 그리 말했다. 비꼬는 건 아닌 듯했다.

"그 말 친구한테도 들었어요."

"그래? 요노 씨가 계약직인 건 너무 아깝잖아."

"그런가요?"

"배려심도 깊고 감각도 좋고 성실하잖아. 게다가 점장을 한 경험도 있지?"

"……감사합니다."

"근데 지금 요노 씨가 관두면 우리 매장 정말 곤란해질 거야."

그때 와플과 파르페가 서빙되었다. 두 메뉴 다 생크림이 듬뿍 올라가 있어서 정말 달아 보였다.

"전에 일한 데는 어디였어?"

미야코는 브랜드 이름을 말했다.

"모리걸이네! 와, 딱 잘 어울려."

니시나는 웃었다.

"고등학교를 졸업하고 알바생으로 들어가 도쿄 여기저기 매장을 돌았어요. 정사원이 되고서 마지막에는 아오야마 로드숍 점장을 맡았어요. 그 무렵에는 모리걸이라기보다 무난한 내추럴 계열이었지만요."

"대단하네. 모리걸 때 사진 없어?"

니시나가 흥미진진한 듯 말했다. 미야코는 스마트폰 갤러리를 열어 그녀에게 보여주었다.

"와아, 요정 같아! 옛날이야기에 나오는 여자아이 같잖아! 진짜 귀여워!"

"기적적으로 건진 한 장이에요."

"이거 프로 사진가가 찍어줬어?"

"네, 스물다섯쯤이었던가?"

더 이상 지금은 없는 모리걸을 주제로 한 패션지에서 멋쟁이 점장 특집이라는 게 편성돼 여섯 명 정도가 취재 대상이 되었다. 그때까지 길거리 캐스팅으로 잡지에 실린 적은 있었지만 헤어메이크업을 받고 스튜디오에서 사진을 찍은 건 처음이라서 들떠 있었다.

"청춘시절의 추억이죠."

"무슨 소리야. 지금도 아직 젊거든?"

"그럴까요?"

"내추럴 스타일 옷은 이제 안 입어?"

"음, 저 원래 이런 차림을 하기 시작한 게 가슴이 커서 그걸 숨기려고 해서였어요."

"그랬어?"

"그 시절에는 품이 넉넉한 옷은 별로 안 팔았거든요. 우연히 발견한 모리걸 매장에서 입어봤더니 완전 딱이더라고요. 가슴이 부각되지도 않아서 이거야말로 내가 찾던 옷이다! 생각했어요."

"그렇구나. 근사한 경험이네. 이거야말로 내가 찾던 옷이라고 생각하게 되는 일은 거의 없잖아."

"맞아요. 그래서 돈을 거침없이 쏟아 부었어요. 지금은 그 무렵보다 말랐고 가슴이 작아 보이게 하는 브래지어가 있으니 지금 매장의 옷도 간신히 입고 있긴 한데. 그래도 셔츠 같은 건 단추가 잠기지 않을 때도 있어요."

"그렇구나. 그런 고민도 있구나."

"게다가 어째선지 이젠 안 어울려요. 깔끔한 옷을 일하면서 입다 보니 마 소재의 옷은 느낌이 확 오질 않더라고요."

"음, 연령뿐만 아니라 상황이 달라지면 어울리는 복장도 바뀌는 법이지."

니시나는 고개를 끄덕였다. 파르페는 먹던 도중에 식욕이 사라졌는지 이제 스푼을 팽개치고 있었다.

"요노 씨, 우리 브랜드에서 정직원으로 쓰겠다는 이야기는 안 나왔어?"

갑자기 지금의 직장 이야기가 나와서 미야코는 순간 할 말을 잃었다.

"……음, 점장님이 추천해주겠다는 소리를 언뜻 하신 적이 있는데, 다른 사람한테 우리 회사는 매상을 엄청 올려야 하고 의욕이 없으면 불가능하다는 말을 들었어요."

"그러게. 대외적으로는 사원등용제도가 있지만, 점장이나 MD의 지지가 없으면 어려운 일이지. 그래서 그 두 사람이 이 모양이지."

미야코는 쓴웃음을 지으며 와플을 입으로 옮겼다.

"요노 씨가 관두면 우리가 곤란해진다는 소리를 이제 막 한 차에 모순된 말이지만, 사원등용을 더 적극적으로 하는 곳으로 이직하는 방법도 있지 않아?"

"그렇긴 해요……."

"무슨 문제라도 있어?"

음, 하고 미야코는 신음했다.

"제가 자신이 없는 게 문제라고 봐요. 실은 점장으로 일할 때 저 다른 직원들한테 엄청 미움받았거든요."

"뭐어?"

"가메자와 점장님 못지않게 인망이 두텁지 않아서요."

"정말? 요노 씨를 싫어하는 사람도 있어? 깐깐하지도 않고 그 자리의 분위기도 잘 파악하는데."

"그건 지금은 애써서 그렇게 하고 있기 때문이에요."

어머나, 하고 니시나는 입을 열었다.

"아르바이트생들이 불만을 가지고 있다는 소릴 듣고 정말 섬뜩했어요. 제가 점장이었을 때 직원에게 보이콧당한 적이 있어서요."

"뭐어?"

"황금연휴 첫날에 준사원이랑 아르바이트생 모두가 출근을 안 했어요. 정사원은 저랑 다른 한 사람만 출근해서 울면서 회사에 전화해 지원을 부탁했어요."

니시나는 여전히 입을 떡 벌리고 있었다.

"본사에서 온 상품 박스를 열지도 못해서 계산대 옆에 쌓아

두고 일했어요. 물론 휴식 시간도 없었고, 회사 경리인 여자아이까지 달려오고 오키나와에 가려 했던 직원도 캐리어에 여행 용품을 담은 채 매장에 와서 정말 가시방석이었어요."

"정말 지옥 같았겠네."

"머릿속이 새하얘지더라고요. 호감을 사지 못하고 있다는 건 알고 있었지만, 그런 일까지 당할 줄은 몰랐거든요."

"어쩌다 그렇게 된 거야?"

미야코는 자조적으로 웃으며 고개를 갸웃거렸다.

"지금 생각해보면 어쨌거나 제 리더 자질이랑 각오가 빵점이었던 것 같아요. 밑에 있으면서 윗사람한테 이것저것 불만을 토로하는 건 잘해도 제가 막상 윗사람이 되니 직원한테 무슨 소리를 들어도 전혀 중재를 못하겠더라고요. 회사의 의향과 매장을 소통시키는 능력이 엉망진창이고, 이렇게 하고 저렇게 하라고 남한테 지시하는 것도 서툴고 전부 제가 다 끌어안고 있다가 결국 사달이 난 거죠. 근무 시간표를 짜는 것도 어설펐고, 직원 사이의 인간관계가 꼬인 것도 이야기를 들어주지 않았다든가 일이 좀 많았어요. 점장으로서 최악인데 회사 인사부 사람이랑 사귄 것도 인상을 나쁘게 만들었던 것 같고요."

"아, 그런 일이 있었구나."

"의류 업계에서 매장 일을 하면, 우선 점장이 되지 않으면 앞날이 보장되지 않잖아요. 그런데 다시 점장이 되는 게 두렵다는 것이 솔직한 제 심정이에요."

"그렇구나."

"가메자와 점장님 편을 드는 건 아니지만, 괴로운 심정은 조금 이해가 가긴 해요."

그래그래, 하고 니시나가 고개를 끄덕였다.

"그런데 말이야, 또 실패할 거라곤 생각하지 마. 한 번 실패했으니 다음에는 같은 실패를 하지 않을 거라 생각하면 어떨까?"

"……그러게요."

"그래그래."

미야코가 이 이야기를 다른 사람에게 한 건 처음이었다.

부모님에게도 친한 친구에게도 간이치에게도 말하지 못했다. 그때의 일을 이야기하면 아마 눈물이 날 테고 무엇보다 자신이 무능하고 동료들에게 그렇게까지 미움받다가 그 결과 본가로 도망치다시피 돌아왔다는 생각에 내심 창피했다. 같은 성별인 사람에게 미움받는 건 버거운 법이다. 연인에게 차이는 편이 훨씬 더 낫다. 미야코는 사실 엄마의 병이 나이스 타이밍이라는 양 회사를 관뒀던 것이다. 씁쓸한 마음에 이 일을 떠올리고 싶지 않았다. 그런데 이렇게나 평온한 기분으로 그때의 일을 직장 선배에게 할 수 있는 날이 올 줄은 몰랐다.

그때 점장한테서 온 라인 알람이 떴다.

"아, 점장님 이제 10분 정도면 도착한다고 해요."

니시나는 한숨을 크게 쉬었다. 웨이트리스를 불러 세워 먹다 남은 파르페를 치워달라고 했다.

"아, 그건 그렇고 가메자와는 이 사태를 알고 있으려나. 대체 도마 씨랑 무슨 관계인 거지? 묻기 어렵지만 물어봐야겠어."

혼잣말처럼 니시나는 말했다.

점장과 도마에 대한 이야기를 미야코는 얼마 전에 본인으로부터 들었다.

역시 점장과 도마는 한동안 사귀었다고 한다. 하지만 그의 사정이 괜찮을 때만 호텔로 불려가는 관계였던 모양이다.

들뜬 점장은 그가 부르면 한밤중이라도 언제든 나갔고 남편에게 곧바로 낌새가 수상하다며 들켰다. 추궁당해 애인이 생겼다고 자백하고 말았다지만, 역시 상대가 같은 회사에 근무하는 도마라는 사실은 말하지 않았다. 그런데도 충격을 받은 남편은 집을 나가버렸다.

그때까지는 본사 근무라서 토일에 쉬는 남편이 주말에 아이들을 거의 돌봐주고 있었다. 하지만 그러지 못하게 되자 주말에 점장이 일할 때는 한 건물에 사는 부모님이 아이들을 돌봐주었는데, 부모님이 사태를 알고서 크게 노했다고 한다. 점장 남편은 지금 도쿄의 위클리맨션에서 지내며 출근하고 있다고 한다.

아이들은 아빠가 나가버리고 조부모는 심기가 불편해하고 무슨 일로 이렇게 되어버렸는지 잘 몰라, 불안정한 상태에 있는 모양이었다. 점장도 그로인해 난감하여 도마에게 상담했지만 그는 처음부터 점장에게 최선을 다할 마음이 없었고, 그보다도 매장 매상이 목표치에 도달하지 않았다는 일로 혼이 났다고 한다.

미야코는 그 이야기를 듣고 어처구니도 없었고 불쾌감도 느꼈다. 물론 도마가 나쁘지만 그런 남자에게 낚여서 가정도 일도 소홀히 한 점장이 어른으로서 괜찮은가 싶었다.

하지만 속이 시원할 만큼 자업자득인 상황에, 주변의 시선을 아랑곳하지 않았던 것과 어리석은 행동이 남의 일 같지 않아서 점장을 온전히 싫어할 수만은 없었다.

하지만 역시 이 이야기를 미야코가 니시나에게 전할 순 없었다. 본인의 입으로 말하게 해야 했다.

니시나와 나누던 대화가 끊어졌고 이다음 이야기도 평온하게 이어질 것 같지 않아 미야코는 조금 긴장하고서 가게 출입구를 보고 있었다. 이윽고 유리문이 열리고 점장이 나타났다.

미야코는 곧바로 손을 들었다. 점장은 바로 알아차리고 두 사람을 향해 걸어왔다.

점장은 얼굴이 상기되어 있었고 머리카락도 헝클어져 있었다. 주차장에서 뛰어온 걸까.

"늦어져서 미안."

털썩 주저앉았다. 그리고 숨을 골랐다. 니시나는 아무 말 없이 팔짱을 끼고 점장을 바라보고 있었다.

"두 사람은 식사했어?"

점장은 입고 있던 재킷을 벗을 새도 없이 그리 물었다.

"응, 먹었어. 넌?"

니시나의 답에 점장은 고개를 저었다.

"난 괜찮아. 그것보다."

그녀는 초조한 기색으로 가방을 뒤졌다. 옆자리에 있던 고등학생으로 보이는 4인조가 무언가로 웃음을 확 터뜨렸고 점장은 불안한 듯 그쪽으로 시선을 보냈다.

"기다리게 해놓고 미안한데, 좀 더 조용한 곳으로 가도 될까?"

"아, 자리를 옮길까요?"

미야코는 점원을 부르는 버튼에 손을 뻗었다. 그 손을 점장이 멈추게 했다.

"여기가 아니라 밖으로 나가자."

"왜? 안쪽 자리로 옮기면 되지 않아?"

니시나가 그리 말했지만, 점장은 이미 자리에서 일어나고 있었다.

"좌우지간 좀 더 조용한 곳으로 가자."

홀더에 꽂혀 있던 계산표를 빼더니 그녀는 얼른 계산대로 가 버렸다.

미야코와 니시나는 얼굴을 마주보았다. 원래부터 산만한 사람이기는 하지만, 어딘가 낌새가 이상했다. 니시나도 그리 느끼는지 고개를 갸웃거리고 있었다.

가게 앞에서 이다음 행선지를 의논하는데 문을 열더니 점장이 나왔다. 잘 먹었다고 미야코가 고개를 숙이자 그녀는 고개를 가로저었다.

"내 차 안에서 이야기할래?"

"응?"

두 사람의 대답을 듣지 않고 점장은 재빨리 걸어가고 말았다. 그 일방적인 태도에 당황하면서 따라갔다.

그녀는 주차장 구석에 세워둔 SUV 앞에 멈춰 서서 잠긴 문을 열었다. 점장은 늘 경차로 출퇴근하니 이건 분명 가족끼리 외출할 때 쓰는 차인 모양이다. 슬라이드식 문을 열고 점장이 올라탔다. 세 열로 된 시트 한가운데를 회전시켜 마주보게 했다.

"어지럽혀져 있어 미안하지만 어서 타."

집에 초대하는 듯한 말투로 점장이 두 사람을 재촉했다. 미야코와 니시나는 우물쭈물대며 차에 탔다. 차가 있는 장소는 가게에서도 가로등에서도 멀었고, 작은 실내등만 켜져 있어서 꽤 어두웠다. 분명 밀담을 나누기에는 최적이라는 느낌이 들었다.

인형, 운전석 뒤에 걸려 있는 티슈커버나 우산꽂이 등 생활감이 묻어나는 소품들이 눈길을 끌었다. 가족용 차는 움직이는 거실이라는 생각이 들었다. 그런 점에서 미야코의 차는 움직이는 원룸이다.

"마실 거라도 사올까요?"

일단 앉았지만, 미야코는 엉덩이를 살짝 들고서 그리 말했다.

"요노 씨, 고마워. 그런데 우선 먼저 들어줬으면 하는 게 있어."

점장이 미야코를 막았다. 그러고서 가방을 뒤져 아담한 은색 물건을 꺼냈다. IC레코더였다.

"이게 뭐야?"

니시나가 물었다.

"지난 5월의 환영회를 했던 술집 있잖아. 거기 점장인 요시오카 씨라는 사람한테 부탁해서 녹취를 받아냈어."

점장이 재생 버튼을 눌렀다. 어두운 차 안에서 미야코와 니시나는 얼굴을 가까이 하고 귀를 쫑긋 세웠다.

부스럭대며 무언가 움직이는 소리가 들린 후 갑자기 점장의 목소리가 들렸다.

"그럼 요시오카 씨는 두 사람의 모습을 쭉 보셨나요?"

뜸을 들이더니 남성의 목소리가 들렸다. 쉰 목소리였다.

"네. 봤습니다. 그 남자, 혼자 카운터에 앉아 있을 때부터 왠지 위화감이 들었어요. 초조해하는 느낌으로 다리를 심하게 떨고 뭔가 중얼대면서 말하기도 했고요. 다른 손님들한테 민폐를 끼치면 곤란하니 작업하면서 힐끔거리며 봤지요."

"그 후에 여성분이 옆으로 왔나요?"

"왔다고 할까 뒤로 지나가던 여성분을 못 지나가게 하겠다는 양 막아 앉으라고 남자가 말하더군요. 분위기상 부하구나 싶었어요. 두 사람은 잠시 이야기를 나눴고, 전 일을 해야 하니 쭉 주의를 기울인 건 아니지만 여자분이 계속 난감한 표정을 짓고 있었죠. 그래, 뭐랄까, 껄끄러워하고 있었다고 할까, 난처해하는 것 같았어요."

그때 그가 말을 멈추고 가볍게 헛기침을 했다.

"두 사람이 일어나기에 아, 이제 드디어 여자분이 저 주정뱅이한테서 해방되는구나 싶었어요. 그러던 차에 그 남자가 손을 뻗어서 여자분의 가슴을 잡았어요."

"잡았나요?"

"네, 만진 게 아니라 힘을 꽉 실어서 비트는 듯한 느낌이었어요. 어이, 하는 말이 목구멍까지 나오려고 했죠."

3초 정도 침묵이 이어졌다.

"지금도 왜 그때 소리를 내 주의를 주지 않았는지 속상하네요. 그 녀석 히죽거리며 웃고 있던데 분명 미친놈이지 싶어요! 아, 실례했습니다⋯⋯. 저 예전에 만취한 손님한테 주의를 주다 싸움이 벌어진 적이 있어서 그래서 사장한테 혼나고 난리도 아니었어요. 저한텐 어린 자식이 있어 지금 실직하면 곤란하거든요. 그래서 그만 말을 삼켰죠."

그 사람의 목소리가 감정적으로 변했다.

"여성분은 가게를 뛰쳐나갔고 남자는 태연한 얼굴로 단체룸에 어슬렁대며 돌아가더라고요. 저는 진짜 후회해요. 저한테도 딸이 있으니 진짜 그런 녀석은 때려죽이고 싶어요. 술기운에 한 행동을 예전에는 그럴 수도 있지 싶었는데, 최근에 통감하는 건 사람은 취하면 본성이 나온다는 거예요. 술이 나쁜 게 아니라 술이 그 녀석이 원래 가지고 있던 자질을 폭로하는 거예요. 그 녀석 그것 말고도 나쁜 짓 많이 했죠? 저는 얼마든지 협력할게요. 회사에 가서 증언도 할 수 있고요."

그쯤에서 점장이 재생하던 걸 멈췄다. 녹음기 전원의 작은 불빛이 사라지자 차 안은 잠시 정적에 휩싸였다.

"가메자와, 이거 오늘 녹음해온 거야?"

니시나가 놀란 기색으로 입을 열었다. 미야코는 예상치도 못했던 일에 생각이 따라가지 못해 멍하니 있었다.

"응, 조금 전에 부탁해서 이야기를 듣고 왔어. 내 증언만으로는 회사가 믿어주지 않을지도 모르겠다 싶어서. 도마가 한 짓 회사에 보고하자."

점장은 그리 대답하고 나서 미야코 쪽으로 몸을 돌렸다.

"요노 씨, 그때 나도 보고 있었는데 아무 것도 못해줘서 정말 미안해. 이 일 말고도 여러모로 민폐를 끼쳐서 정말 미안할 따름이야. 성추행 사건을 보고해서 되도록 빨리 MD를 다른 사람으로 바꿔달라고 하자."

점장은 고개를 깊이 숙였다. 미야코는 이윽고 눈에 뜨거운 것이 서서히 솟구치는 것을 느꼈다. 마침내 누군가가 자신을 이해해주었다. 미야코는 다급히 손수건으로 흘러넘치는 것을 닦아냈다. 니시나는 다독이듯 미야코의 등을 어루만지며 고개를 끄덕였다.

"그래, 녹음 잘해왔어. 가메자와 고마워."

니시나가 말했다.

"그런데 이걸로 다 해결되는 건 아니니까."

거듭 확인하듯 그리 말한 니시나에게 점장은 "나도 알아"라고 고개를 끄덕였다.

"직원 모두가 불만을 가지고 있다는 건 알고 있었고 신용이 회복되는 건 힘든 일이라고 생각해."

"재고를 사도록 아르바이트생한테 말했다던데 그거 큰 문제야."

"알아."

"진짜 알긴 해?"

어두운 차내에 긴박한 공기가 흐르기 시작했다. 니시나가 예전부터 점장을 탐탁지 않아했다는 사실을 들었기에, 말에 끼어들어도 될지 안 될지 미야코는 망설였다.

"어쨌거나 빠른 시일 내에 아르바이트생들한테 직접 사과할 거야."

"그렇게 해. 나도 모두한테 설명할 테니까. 그리고 사적인 일이다 싶어서 지금까지 안 물었는데 도마 씨랑은 어떤 관계야?"

점장은 입술을 깨물며 고개를 숙이더니 잠시 후 고개를 흔들며 들었다.

"……사귀었는데 이제 다 틀렸다고 봐. 아니 처음부터 잘못된 일이었지만."

"헤어졌어?"

"헤어진 게 아니라 내가 이혼해서 함께 하고 싶다는 뉘앙스를 풍겼더니 장난 하냐는 듯한 느낌으로 상대도 안 해주더라고."

"남편은 알아?"

"우리 남편, 상대가 누군지는 모르지만 집을 나간 후에 연락도 거의 없어. 내가 출근할 때는 애들을 만나러 몰래 오는 것 같아. 이대로라면 정말 이혼하게 될 가능성도 있어. 원래 부부 사이가 그다지 원만하지 않아 도마 같은 사람한테 낚였으니까."

점장은 무릎 위로 양손을 쥐고 자신에게 말하듯 이야기했다.

"원래 매장이 이렇게 되면 상담하거나 의지할 수 있는 상대가 MD인데 그게 도마니까 난 정말 어리석었던 것 같아."

점장은 이어나갔다.

"이혼하게 되면 남편은 자식이라면 끔찍이 여기는 사람이니 어쩌면 친권을 다투게 될지도 몰라. 우리 부모님이랑 같은 건물에 살고 있으니 이쪽이 유리하겠지만, 저쪽 부모도 재산이 어느 정도 있는 집안이니, 잘못한 건 나니까 어떻게 될지 몰라. 그래도 애들은 절대로 보내고 싶지 않아. 그래서 나 지금 업무에 온전히 몰두할 수가 없어."

잠자코 듣고 있던 니시나는 "왠지 말이야" 하고 중얼거렸다.

"가메자와는 결국 자기만 생각하지 않아? 요노 씨는 아무 잘못도 없는데 성추행을 당한 사람이라는 시선으로 비칠 위험부담을 지는 거야. 요노 씨는 아무 잘못도 없어. 그런데 세상에는 문제를 일으킨 쪽에도 뭔가 원인이 있다고 생각하는 이상한 사람들이 많아. 요노 씨만 위험부담을 짊어지고 가메자와는 어떻게 하려고? 아르바이트생들한테 팔다 남은 옷을 사도록 지시한 건 도마 씨한테 그런 소리를 들어서가 아니야? 도마 씨랑 사귀고 있으니 주말에 바쁠 때 쉬거나 여러 직원들한테 민폐를 끼쳤다는 건 회사에 보고 안 하려는 셈이야? 남편한테 알려지면 안 되니까? 그거 너무 제멋대로 처신하는 거 아냐?"

점장은 "그건" 하고 말을 하다가 그 후 할 말을 잃은 듯 고개를 숙였다.

"니시나 씨, 그건 괜찮아요. 점장님 남편분 귀에 들어가면, 원만하게 끝날지 모르는 일도 잘못될지 모르고요."

미야코는 무심코 말했다.

"아니, 이건 요노 씨만의 문제가 아냐. 가메자와가 전부 다 회사에 보고해야 한다고 생각해. 없었던 일로 삼으려는 건 좀 그렇지 않아?"

미야코는 점장의 옆얼굴을 몰래 쳐다보았다. 그녀는 시선을 떨어뜨린 채 고개를 천천히 끄덕였다.

오늘은 일단 해산하게 되어 점장과 니시나가 돌아간 후 미야코는 그길로 패밀리 레스토랑 주차장에 세워둔 차 안에 있었다.

정체되어 있던 일들이 갑자기 움직이기 시작해 몸이 피곤해도 흥분해서인지 머리가 맑았다.

이대로 바로 집으로 돌아가고 싶지 않았다. 간이치에게 연락을 할까 싶어 스마트폰을 꺼냈지만, 라인 화면을 열자 그건 왠지 아닌 것 같다는 생각이 들었다. 오늘 밤에는 혼자서 조금 더 생각하고 싶었다. 가능하면 한잔하고 싶은 기분이었다.

하지만 고향으로 돌아오고 나서 혼자 술을 마시러 간 적이 없었다. 역시 스타벅스에서 차를 마시는 게 고작이겠다 싶었을 때 점장이 오늘 증언을 녹음해온 가게가 떠올랐다. 그 가게는 역 근처에 있었고 카운터도 길었다. 차도 역 주차장에 세워놓으면 내일 퇴근하고서 가지러 갈 수 있다. 널찍한 가게라서 오히려 편안해 좋을지도 모른다. 분명 꽤 심야까지 영업을 하고 있을 것이다. 도마 사건도 있어서 두 번 다시 가고 싶지 않았지만, 증언을 해준 남자가 있으면 감사 인사를 해야겠다 싶었다. 그리 정하고서 미야코는 차를 몰아 가게로 향했다.

조금 긴장하고서 포렴을 가르고 들어서자 어서 오세요, 하는 말을 바로 걸어왔다. 혼자라고 하자 카운터로 안내받았다.

긴 카운터에는 한가운데에 쉰 전후의 부부로 보이는 두 사람만 있었다. 안내받은 건 L자로 꺾인 카운터의 짧은 쪽 끄트머리로, 앉아보니 묘하게 아늑했다.

물수건을 가지고 온 여직원에게 레몬사와와 흑판에 적혀 있는 오늘의 추천 메뉴를 위에서 두 가지 주문했다. 조금 전에 함박 정식과 와플을 먹었어도, 놀라는 데 에너지를 사용했기에 또다시 허기가 졌다.

카운터 안에서 뭔가 담고 있던, 얼굴도 몸도 둥그스름한 남성은 도마와 있었을 때 눈앞에 있던 사람이 아닌 것 같았다. 사와와 기본 안주를 그 남성이 카운터 안에서 미야코에게 건넸다. 점원은 아직 어려 보였지만, 빙긋이 웃으며 싹싹했다. 그래서 "저기 점장님은요?"라고 물었다.

"요시오카 씨 말인가요? 오늘은 휴무예요."

"아, 그래요?"

"용건이 있으신가요? 전화해볼까요?"

적극적으로 물어서 미야코는 다급히 고개를 저었다.

"아니요. 용건이 있는 건 아니에요. 인사를 좀 하고 싶었어요. 또 올게요."

미야코는 휴, 하고 한숨을 쉬고 사와에 입을 갖다 댔다. 캔에 들어 있는 것보다 탄산도 레몬도 강해서 알싸했다.

미야코는 팔꿈치를 세워 손으로 턱을 괴고 주변을 바라보았다. 가게 안은 상당히 와글거렸고 조명도 너무 밝지 않고 너무 어둡지도 않아 딱 좋았다. 오랜만에 혼자 차분한 시간에 잠겨 있는 듯한 기분이 들었다.

기본 안주를 입에 넣으며 미야코는 사색에 잠겼다.

부모님 일도, 간이치의 일도, 직장 일도 앞으로 여러모로 힘들어질 것이다. 특히 직장 일은 앞으로 성추행 사건으로 회사에서 조사를 받게 될 테니 불쾌한 상황도 벌어질 것이다. 지금의 매장을 포기하고 재취업해야 할 가능성이 생길지도 모른다. 하지만 지금은 기분이 차분했다.

나는 앞으로 어떻게 될까. 어떻게 된다기보다 어떤 결과에 휩쓸리게 될까, 하고 미야코는 멍하니 생각했다.

바로 근처에 있던 4인용 테이블의 손님이 집에 가려고 일어나 상의를 걸치는 것을 우연히 보았다. 세련된 젊은 여자와 말쑥한 남자 둘로 쇼핑몰 직원일지도 모른다. 다른 매장 사람과 친해질 기회가 없어서 몇 년을 일해도 지인이 늘지 않았다.

바라보고 있다가 남자 한 명과 눈이 마주쳤다. 그러자 그가 "아" 하고 목소리를 냈다.

동그란 안경을 보고 미야코도 "아" 하고 소리를 냈다. 작년에 태풍이 불던 밤에 차 시동을 걸어준, 간이치와 동급생이라고 했던 사람이다.

"예전에 주차장에서 봤었지? 저기 간이치의?"

"아, 네. 그때는 고마웠어요."

미야코는 다급히 고개를 숙였다. 둥근 안경은 살갑게 웃었다. 그때의 인상 그대로 가벼워 보이는 사람이다.

"혼자 마셔?"

"네, 좀."

그는 가게를 나가던 일행이 말을 걸자 "지인이 있어서 이야기 좀 하다 갈게"라고 대답했다.

"간이치는 잘 지내?"

"잘 지내요."

"쇼핑몰 회전초밥집 없어졌지? 지금 그 녀석 뭐 하고 지내?"

"저기 그게, 다음 가게가 정해진 것 같아요."

"초밥집?"

"서서 먹는 초밥이라고 하더라고요."

"흐음, 서서 먹는 초밥이라."

둥근 안경은 선 채 싱글벙글 웃고 있었다. 취한 걸까. 하지만 말을 또박또박하고 있어서 그렇게는 보이지 않았다.

"같이 있던 사람은 블루십 사람인가요?"

"맞아. 저기 내가 매장 이름을 말했던가?"

"작년에 말했어요. 그러고 보니 우리 매장에서 나카이 안나라는 아이가 그쪽으로 옮겨갔는데."

"아, 안나 말이지? 그러고 보니 트뤼플에서 왔다고 했었네.

근데 그 애 이미 관뒀어."

"네?"

"반년도 안 있었지?"

"네에에?"

"그렇게 금방금방 때려치우는 애들이 있어. 지금은 스포츠용품점에 있어."

"쇼핑몰에요?"

"응."

"대단하네요. 감탄할 지경이에요."

"감탄하게 되지."

두 사람은 웃었다. 그는 계속해서 서 있었고, 곁에 앉으려는 기미는 보이지 않았다. 의외로 반듯한 사람일지도 모른다. 그리 생각해 그만 "괜찮으시다면 앉으실래요?" 하고 미야코는 말하고 말았다.

그는 손목시계를 보고 "그럼 전철 시간까지 20분 정도 남았으니 잠시만 앉았다 갈게"라며 미야코 곁의 의자를 움직여 앉았다. 그의 왼팔이 미야코의 오른팔에 닿았다. 팔이 딱 붙을 정도로 접근해서 앉아 미야코는 흠칫했다. 미야코의 왼쪽은 벽이라서 도망칠 곳이 막힌 것 같은 느낌마저 들었다. 벽으로 몸을 가까이 해서 그로부터 힘껏 떨어지도록 하여 "오늘은 차 안 끌고 오셨나봐요?"라고 물었다.

"응. 오늘은 동생한테 빌려줬거든."

조금 전의 점원이 다가와서 그에게 "주문하시겠어요?"라고 물었다. 그는 빙긋 웃으며 "콜라 주세요"라고 말했다.

"아, 난 술이 약해. 조금 전에 오랜만에 맥주를 좀 마셔서 두통이 있네"라며 머리를 긁적였다.

당당한 태도에다 술에 취한 것도 아니다. 그렇다면 이 사람은 단순히 사람과의 거리감이 조금 이상한 걸지도 모른다고 미야코는 생각했다. 15분 정도만 있으면 그가 일어난다는 게 큰 구원이었다.

"간이치랑 사귀어?"

"네, 그렇게 됐어요."

"와아."

서빙된 콜라를 그가 마셨다.

"누가 먼저 사귀자고 했어?"

"누가 먼저랄 것도 없었어요."

"흠, 즐거워?"

"네, 뭐."

"결혼할 거야?"

역시 불쾌한 사람이라고 미야코는 생각했다. 왜 곁에 앉게 했는지 후회했다. 주변 상황이 어떻게 돌아가는지 잘 보인다고 생각한 건 착각이었을지도 모른다.

"그걸 당신한테 알려줘야 하나요?"

미야코가 강하게 나가자 그가 "오" 하더니 웃었다.

"그냥 세상 돌아가는 이야기를 하자는 거지. 그런데 간이치랑 결혼까지 고려하는 건 생각하기 힘들지."

"조금만 떨어져 주세요."

"아, 미안 미안. 그런 녀석이랑 계속 사귀어봤자 좋을 거 없어."

"왜요?"

"그야 중졸이잖아."

간이치의 학력은 미야코도 솔직히 신경 쓰이기는 했다. 하지만 남한테 그런 소리를 듣자 열이 받았다.

"그런 건 마음에 안 걸려요. 간이치는 나보다 머리도 좋으니까요."

"머리가 좋아?"

"책도 많이 읽고요."

"내가 여자였다면 그런 경솔한 인간은 싫을 거야. 머리가 좋고 나쁜 건 성적이랑 상관없잖아. 인간으로서 덜떨어졌으니 고등학교도 못 간 거지."

이 사람, 대체 무슨 소리를 지껄이는 거지 싶었다.

"아무 생각도 없으니 주변에 휩쓸리지. 눈앞의 일밖에 안 보이는 거야. 지능이 낮다고 할까, 변변치 못하다고 해야 할까."

"조금 전부터 무슨 소리가 하고 싶은 건데요?"

둥근 안경은 미야코를 빤히 보았다. 안경 안에 자리한 검은자가 아무것도 보고 있지 않은 듯해서 갑자기 오싹했다.

"왜 고등학교에 안 갔는지 녀석한테 들었어?"

"갓포에 취직했잖아요. 아버지 가게를 장차 잇기 위해서였다고 했어요."

"그렇게 돼 있긴 한데 실은 평범하게 고등학교 시험을 보기로 돼 있었어. 고등학교 수험 전날에 체포돼서 시험을 못 봤지."

"체포요?"

"일진 친구가 강간 사건을 일으켰는데. 간이치가 망보는 역할이었대. 아무것도 몰랐던 모양이라서 추궁받진 않았나 보던데 본인은 찝찝했겠지."

미야코는 문득 웃었다. 이 사람은 자신을 상처 주려고 거짓말을 하고 있다.

"그런 어처구니없는 소리를 내가 믿을 것 같아요?"

"그렇겠지. 단순한 소문이긴 하니까. 어디까지가 진짜인지 나도 잘 몰라."

그는 묘하게 즐겁게 웃었다.

"그런데 그 녀석이 잘못한 건 진짜야. 나도 몇 번인가 얻어맞거나 협박받은 적이 있거든. 시골 양아치는 야만적이야. 너도 이쪽 사람이니 잘 알고 있잖아? 나한테도 너를 두고 가슴 큰 여자가 있는데 실컷 하고 싶다고 난리도 아니었어. 진짜 하다니 역시 간이치네. 거짓말 같으면 그렇게 생각해. 남자는 대부분 네 얼굴보다 가슴을 보거든. 저기 자각하고 있지 않아? 설마 그걸 인기가 좋다고 생각하는 건 아니지?"

미야코는 눈을 부릅떴다. 뭐라 되받아쳐야 한다고 생각했지만 말이 떠오르지 않았다. 둥근 안경은 웃으며 자리에서 일어났다. 지갑에서 500엔짜리 동전을 꺼내 미야코 앞에 놓았다.

그가 마시다 만 콜라를 미야코는 응시했다.

눈에 비치는 것이 색을 잃어가고 있었다.

도마에게 당한 성추행과 똑같이 폭력을 당한 것 같았다.

그 후 직장에서는 점장과 니시나가 바로 도마 사건을 회사에 보고하기 위해 움직였고 아르바이트생 여자아이들에게도 개개인 면담에서 사과했다. 하지만 그녀들의 불신감은 상상했던 것보다 훨씬 깊어서 결국 매장 스태프는 절반 정도가 일제히 관두게 되었다.

10월의 마지막 토요일, 오후 근무인 미야코가 알람을 듣고 일어났지만 여전히 졸려서 침대 안에서 웅크리고 있을 때 전화가 울렸다. 받아보니 니시나의 경직된 목소리가 들렸다. 이른 아침에 아르바이트생이 점장에게 문자를 보내 어젯밤에 아르바이트생 모두가 모여 의논해서 전원이 이제 출근하지 않기로 했다고 선언했다고 한다.

샤워도 하지 않고 미야코는 서둘러 채비를 해서 매장으로 향했다.

주말에는 상품도 대량으로 들어온다. 원래는 휴무일인데 불려온 스태프와 서둘러 상자를 열어 개점 준비를 했다.

보이콧과 마찬가지로 그만둔 것은 아르바이트생뿐만 아니라 파견회사에 등록해서 일하던 몇몇 직원도 있었다. 파견회사에서 '점장으로부터 상품을 사도록 강요받았다'고 본사에 정식으로 클레임을 걸었다고 한다.

점장도 말했지만 이런 비상사태에 재빨리 움직여 회사와 매장의 중개 역할을 해서 태세를 정비하는 게 MD가 하는 중요한 업무다. 미야코가 예전 매장에서 직원들에게 보이콧당했을 때도 망연자실해하는 미야코를 대신해 MD가 대부분의 뒤처리를 떠맡아주었다. 하지만 이번 문제의 가장 큰 원인은 그 MD이다.

도마는 매장에 그 후로 딱 모습을 드러내지 않게 되었고 그를 대신하는 MD가 와 있었지만, 대리 MD는 그 주일의 매장을 꾸리는 데도 벅차하며 그 이상의 일은 하지 못했다. 점장은 매일같이 본사에 불려가서 매장에 좀처럼 나오지 않았고, 이튿날에 몇 사람이 매장에 나오는지도 알 수 없는 사태가 이어졌다.

본사 사람이 번갈아 지원하러 왔지만, 접객 일을 전혀 모르는 총무부 여자가 오거나 해서 큰 전력이 되지 않았다. 기껏 찾아온 주말에 일손이 부족해서 고객을 화나게 만들거나 상품을 진열할 시간도 없어서 선반은 흐트러진 채 매장은 엉망진창이었다. 개점 전부터 폐점 후까지 작업이 산더미 같아서 계속 서 있는 바람에 다리가 퉁퉁 붓고 체중이 눈 깜짝할 사이에 2킬로그램이 빠졌다. 계획을 잡아 놓았던 간이치와 가는 1박 여행도 당연히 갈 수 없어졌다.

"요노 씬 대단하네."

손님이 끊어진 틈에 좁은 창고에서 상품 비닐을 묵묵히 벗기고 있으니 갑자기 뒤에서 그런 소리가 들렸다. 돌아보자 니시나가 서 있었다. 늘 씩씩한 그녀도 연일 이어지는 장시간 근무 때문에 역시 눈 밑에 다크서클이 생겨 있었다.

"네? 뭐가요?"

"아니, 다들 불안해하고 심기가 불편한데 요노 씬 담담해하니까."

"그렇지만도 않아요."

웃으며 답하자 니시나는 벽에 기대 한숨을 쉬었다.

"그렇게 웃기도 잘하고 말이야. 다들 신경이 곤두서 있는데 요노 씨만 손님한테도 직원한테도 웃는 얼굴로 대하잖아. 이번에 나 정말 요노 씰 다시 봤잖아. 인내심도 강하고 마음도 넓고. 못해먹을 짓이라며 제일 먼저 나서도 되는 사람이 요노 씬데."

미야코는 얼굴을 가린 머리카락을 귀에 꽂고 고개를 갸웃거렸다.

"전 한 번 보이콧당했으니까요. 두 번째라서 그렇게 놀라지 않았을 뿐이에요."

니시나는 손을 뻗어서 미야코로부터 비닐을 벗긴 상품을 받아들었다.

"여긴 내가 할 테니 쉬다 와. 아침부터 계속 서 있기만 하고 아무것도 못 먹었잖아."

"……네. 그럼 부탁드릴게요."

지갑이 들어 있는 파우치를 가지고 미야코는 매장을 나왔다. 종업원용 통로를 나가자 벌써 해가 기울고 있었다. 어느새 놀랄 만큼 낮이 짧아지고 있었다.

너무 바쁘면 허기도 느껴지지 않지만, 조금이라도 뭔가 먹어두지 않으면 밤에 속이 따끔거린다. 최근에는 도시락은커녕 편의점에서 점심을 조달해올 시간도 없어서 미야코는 휴게실 자판기 앞에 섰다. 저번에 간이치가 사서 먹었던 다코야키 버튼을 눌렀다.

창문에 접한 자리에 앉아 기계적으로 다코야키를 입에 넣었다. 처음 먹었을 때는 소스 맛이 짙다 싶었는데 맛이 점점 느껴지지 않았다. 절반 정도 먹고 질려서 테이블 옆에 밀쳐놓았다.

우울했다. 주말에는 도심에 있는 본사에 가야 한다. 도마에게 당한 성추행에 대해 취조를 받는 것이다.

도마는 임원에게 예쁨받고 있어서 출세는 따 놓은 당상이라고 한다. 자신 같은 계약사원이 번거로운 일을 일으켰다고 인사부 사람들이 여길지도 모른다. 이렇게 우울할 줄 알았다면 고발하지 않을 걸 그랬다는 심정마저 들었다.

조금 전에 니시나가 마음이 넓다고 했던 것을 떠올리고 미야코는 쓴웃음을 지었다. 그녀가 비꼬려고 한 소리가 아니라는 건 알고 있지만, 평소와 다를 바 없어 보였다면 그건 인내심이 강해서가 아니라 '아무래도 상관없다. 나랑 관계없다'고 속으로 생각해서였다.

이런 사태에 도달하지 않도록 아르바이트생을 가능한 한 거들었다고 본다. 그래서 맥이 빠지긴 했지만 어딘가 코웃음 치게 되는 차가운 마음도 솔직히 있었다.

스태프가 절반 관둔 건 미야코에게 딱히 책임이 없다. 계약사원인 처지로는 월급이 오르는 일이 거의 없는 대신 내려가지도 않는다. 매장도 개인이 경영하는 작은 부티크가 아니라 대기업 의류 회사가 꾸려가고 있으니 미야코가 이런저런 걱정을 하지 않더라도 머지않아 사람이 배치되어 통상적인 상태로 돌아갈 것이다.

그렇게 애정이 느껴지지 않는 회사에 상사에게 당한 성추행을 고발한들 뭐가 소용이 있겠는가.

자신도 조만간 관둬도 된다고 생각했다. 하지만 예전 직장에서 점장 시절에 이런 보이콧을 겪었기에 역시 지금은 도망칠 마음이 없다. 게다가 눈앞에 닥친 일로 바쁘게 지내느라 머릿속을 텅 비울 수 있다는 게 지금의 미야코에게는 구원이기도 했다. 그날 밤 둥근 안경에게 들은 말을 바쁜 와중에는 생각하지 않아도 되었다.

하지만 이렇게 휴식시간이면 그날 밤의 일이 문득 떠올라 가슴이 답답했다.

둥근 안경이 한 말을 전부 곧이곧대로 받아들이지는 않는다. 오히려 며칠은 자신에게 악의를 퍼부었다는 반발심으로 분노가 가라앉지 않았다. 하지만 시간이 지나가면서 그가 한 말이 꺼림칙한 느낌으로 서서히 기분을 억눌러왔다.

간이치가 중학생 시절 미야코가 상상했던 것보다 불량했다는 사실은 진짜일지도 모른다. 하지만 그건 이미 과거의 일이다. 과거를 덧칠할 수 없고 어쩔 수도 없다.

그 일보다도 미야코의 몸을 남성이 어떻게 생각하는지 그만큼 직설적으로 들은 건 충격이었다. 자신에게 더러운 것을 냅다 던진 것 같아 분노와 동시에 좌절할 것 같았다.

이성이 자신의 얼굴보다 가슴을 본다는 생각은 어렴풋이 하기도 했다.

10대부터 20대에 걸쳐 모리걸이라고 불리는 옷을 입었던 건 그런 옷이 가지는 세계관이 좋았다는 이유가 제일 컸지만, 동시에 섹시한 것과는 대척 지점에 있는 옷이어서였다. 또렷이 자각한 건 아니지만, 되도록 성적 대상으로 보이지 않고 싶다는 마음이 있었다. 예전 연인은 미야코의 그런 점을 좋아해주었기에 관계가 잘 풀렸다고 본다.

30대가 되니 젊은 여자가 자아내는 싱그러움이 옅어져간다고 스스로도 느꼈고, 세상에는 그런 남자만 있다는 게 아니라는 사실도 알게 되어 몸 윤곽이 드러나는 옷을 입어도 괜찮다고 생각했다.

스스로는 그렇게 생각했는데 간이치는 어땠을까.

제일 처음에는 초밥집에서 미야코가 클레임을 걸었다. 그때 열 받게 하는 여자라고 생각했을 것이다. 그리고 그 후에는? 미야코는 테이블에 팔꿈치를 괴고 간이치와 친해진 과정을 회상했다.

브래지어가 비쳐 보여서 섹시하다든가, 자연스레 집에 갔을 때도 하고 싶다고 했지만 그의 멋쩍은 기분이 던지게 한 농담이라고 해석했다. 하지만 어쩌면 자신을 언제든지 할 수 있는 가슴 큰 여자 정도로밖에 여기지 않았던 건 아닐까. 자신은 간이치를 자신이 유리한 대로 보고 있었을지도 모른다. 여러 위화감에서 시선을 돌리고 싶어서 희망적인 관측으로 그를 보고 있었을지도 모른다.

미야코는 혼자서 고개를 저었다.

아니, 그럴 리가 없다.

간이치는 늘 자상하지 않았는가. 미야코를 오로지 하고 싶을 뿐인 여자로 대한 적은 없었다. 오로지 하고 싶을 뿐인 남자가 몇 번이나 저녁을 차려주고 10만 엔이나 하는 목걸이를 사줄 리가 없다.

그렇게 부정하려고 하자 도마가 비웃으며 자신의 가슴을 비틀었던 그때의 일이 머리를 스쳤다.

오싹해서 닭살이 돋았다.

간이치가 자신에게 욕정을 품고 있었다고 해서 그걸 기뻐해야 할지, 더럽다고 생각해야 할지는 이쪽의 기분에 달려 있다. 도마의 욕정도 간이치의 욕정도 그렇게 다를 바 없다.

그리고 자신에게도 물론 욕정은 있다.

자신은 사소한 일에 너무 집착하는 걸까.

간이치에게 너무 속 좁게 구는 걸까.

전에 소요카에게 멋을 부리는 사람은 속이 좁다는 소리를 들었던 걸 떠올렸다.

멋이란 사람마다 다르니 그 말이 맞다 싶었다. 그러고 보니 예전 연인은 엄청난 미식가여서 깐깐했다. 들어간 가게에서 맛없는 요리가 나오면 사람이 딴판이 되어 거칠게 매도했다.

무언가에 구애받으면 받을수록 사람은 속이 좁아져간다.

행복에 집착하면 할수록 사람은 관용을 잃어간다.

자문자답을 이어나가다 지쳐 미야코는 한숨을 쉬었다. 더 이상 생각하고 싶지 않아, 아직 이르지만 일터로 돌아가기로 했다.

립스틱을 고쳐 바르려고 파우치에서 작은 거울을 꺼냈다. 그걸 들여다보고 왼쪽 뺨에 생긴 여드름이 빨갛게 익었다는 사실을 알아차리고서 인상을 찡그렸다. 상당히 눈에 띄었다. 이마에도 여기저기 뾰루지가 생겼다. 바빠서 어쩔 수 없지만 왠지 지저분해 보였다.

최근에 수면도 부족하고 제대로 된 음식을 먹은 적도 없다. 미래의 행복이 이러쿵저러쿵하기에 앞서 원하는 만큼 자고 욕조에 느긋하게 몸을 담그고 피부를 꼼꼼하게 관리하고 새옷을 사서 멋을 부리고 싶었다. 그렇게 절실히 생각했다.

어차피 오늘도 늦게까지 돌아갈 수 없으니 저녁용으로 쇼핑몰에 있는 카페에서 샐러드라도 사두자며 일어났다.

쇼핑몰 안 카페로 향해 걸어가자 작업복 차림을 한 사람들이 사다리를 세우고 일루미네이션을 준비하고 있었다. 11월이 되면 연말까지 눈 깜짝할 사이에 지나간다. 아무것도 정하지 못한 채 시간만 점점 흘러가는 듯한 마음이 들어 초조했다. 통로 끝에는 석양에 비친 우시쿠 대불이 보였다. 여전히 태연한 얼굴로 동네를 내려다보고 있었다.

대불을 멍하니 보면서 걸어가고 있는데 앞을 가로질러 가는 가족 동반 손님 건너편에서 혼자 걸어오는 남자의 존재를 알아차렸다.

키가 크고 멀리서도 스타일이 근사하다는 걸 알 수 있었다. 진녹색 스웨이드 재킷을 입고 있었다.

미야코는 발걸음을 딱 멈추었다. 도마였다.

순간적으로 발길을 되돌리려고 했지만 어째서 자신이 숨어야 하는가, 하고 마음을 고쳐먹고 그대로 쭉 걸어갔다.

도마와의 거리가 점점 좁혀져왔지만, 그는 아직 미야코를 알아차리지 못했다.

그가 한 손에 가방을, 다른 한 손은 바지 주머니에 집어넣고 어슬렁어슬렁 걸어왔다. 과시하고자 꾸민 것은 아니지만 전체 실루엣이나 절묘한 소매 길이와 바지 길이, 소재와 색감, 구두나 가방까지 꼼꼼하게 따진 차림새였다. 그는 자신의 체형이나 분위기에 무엇이 잘 어울리는지 아는 사람이다.

그만큼 빈틈없이 멋을 부린다는 것은, 그가 남의 복장에도 눈을 밝히고 있다는 뜻일 것이다. 그리 생각하자 등줄기가 서늘해졌다.

도마는 조금 수척해 보였다. 뺨에 그림자가 떨어져 있었고 마구잡이로 자란 수염도 보였다. 그런 나른한 분위기가 그를 더욱 매력적으로 보이게 하고 있었다. 타인의 심정을 이해 못 하는 사람인데 외양만큼은 훌륭하다. 무엇을 위해 사람은 멋을 부리는 걸까, 하고 미야코는 혼란스러워졌다.

이윽고 도마와 눈이 마주쳤다. 그도 미야코를 알아차리고 입술을 살짝 일그러뜨렸다. 웃고 있는 것처럼도 혀를 차는 것처럼도 보였다.

미야코가 그에게 당한 성추행을 회사에 보고한 건 이미 그의 귀에도 들어갔을 것이다.

무슨 말을 걸어올까. 고동이 점점 빨라졌다.

도마의 시선이 미야코의 얼굴에서 발 언저리로 이동했다. 분명 미야코의 몸과 그 위에 걸친 옷을 평가하고 있는 게 틀림없다.

이제 그리 젊지 않은 가슴 큰 여자가 저렴한 옷을 입고 있다. 피부가 거칠고 머리카락도 퍼석하고 촌스럽다. 그렇게 생각하고 있을지도 모른다.

시선을 떨어뜨리고 달려가고 싶은 마음을 견뎌냈다. 시선을 돌리면 그의 모욕을 인정하게 되는 듯해서 그의 얼굴을 빤히 바라보면서 나아갔다.

도마도 시선을 피하지 않았다. 눈가를 누그러뜨리고 희미하게 미소 짓고 있는 것처럼도 보였다.

두 사람의 거리가 좁혀졌고 너무나도 가까운 거리에서 바라보다가 스쳐지나갔다.

"수고하십니다."

도마는 미야코의 귓가에 작게 조롱하듯 그리 말했다. 미야코는 발걸음을 멈추고 그의 얼굴을 보았다.

그대로 속도를 늦추지 않고 도마는 성큼성큼 걸어갔다.

돌층계를 걷어차 그에게 돌진해서 도움닫기를 하여 그의 허리 부근에 힘껏 돌려차기를 먹이는 망상이 머릿속에서 폭주했다.

실제로는 아무것도 할 수 없었다. 도마는 발걸음을 늦추는 기미조차 없다. 미야코를 귀찮은 벌레 정도로밖에 느끼지 않을지도 모른다.

분하다.

굴욕감에 온몸의 피가 끓어오르는 듯했다.

뭐라도 무술을 배워둘 걸 그랬다. 고등학생 때 탁구부가 아니라 가라테나 유도부에 들어갔어야 했다. 그랬다면 지금 저 남자에게 발길질 정도는 할 수 있었을 텐데.

미야코는 거기에 우두커니 서 있었다. 그는 한 번도 돌아보지 않고 쇼핑몰을 즐겁게 걸어다니는 고객들 건너편으로 사라져 보이지 않게 되었다.

멈춰 서 있던 미야코를 나이가 지긋한 여성이 의아한 듯 쳐다봐서 정신이 들었다.

가야겠다 싶어 고개를 들자 우시쿠 대불이 눈에 들어왔다.

그 부드러운 곡선과 살포시 든 오른손을 본 순간 '아니다' 싶었다. 폭력에 폭력으로 되갚아봤자 무슨 소용이 있겠는가. 자신이 할 수 있는 일이 있다면 도마에게 당한 일을 당당하게 고발하는 것이다. MD가 매장을 혼란스럽게 만들었다고 보고하는 것이다.

미야코는 쇼핑몰을 향해 천천히 걸어가기 시작했다. 작았던 보폭은 이윽고 커졌고 구두굽 소리를 내며 미야코는 걸었다.

며칠 후 오랜만에 휴무일을 얻어 졸린 눈으로 2층 거실로 올라가자 엄마가 할 말이 있다며 그곳에 앉으라고 했다.

"무슨 이야기?"

"우선 앉아봐. 커피라도 마실래?"

"……응. 고마워."

여전히 잠옷 차림인 미야코는 식탁 의자에 앉았다. 엄마가 물을 끓이고 드리퍼를 사용해 커피를 내리는 것을 바라보았다.

"커피메이커, 어쨌어?"

"버렸어. 이렇게 손으로 내리는 편이 자리도 안 차지하니까."

엄마의 말에 미야코는 위화감을 느꼈다. 인생을 너무 빨리 정리하는 게 아닌가 하고 미심쩍게 여겼다.

"흐음…… 요새 몸은 어때?"

"요새는 괜찮아. 미야코는 어때? 바쁜 건 조금 나아졌어?"

"여전히 바빠. 이대로 올해가 끝날 때까지 정신없을 거야."

"힘들겠네."

미야코는 하품을 크게 하고 머리를 쓸어올렸다. 여러 가지 점에서 부모님마저 쓰러지면 도저히 혼자서는 감당하지 못하기에 건강하다면 무엇보다 다행이다.

머그컵을 두 개 들고 엄마가 정면에 앉았다. 등줄기를 펴고 "그게 말이지" 하고 읊조렸다.

"분위기가 왜 이래. 어 설마 아빠 일이야? 또 상태가 나빠졌다고는 하지 말아줘."

"아냐. 실은 이 집을 팔고 이사하게 됐어."

"뭐?"

"내년 일찌감치 이사하게 됐거든. 다음 집은 아마 방 두 개짜리라서 미야코 방은 없을 테니 너도 다른 데 집을 구해봐."

컵을 쥔 채 미야코는 엄마의 얼굴을 뚫어져라 보았다.

"이 집을 판다고?"

"응, 방금 전에 말했잖아."

"왜?"

"아빠랑 이야기해서 정했어. 지금이라면 꽤 괜찮은 가격에 팔 수 있으니까."

"어, 어째서?"

"어째서라니. 은행 빚도 갚기 버겁잖아. 부부 둘이라면 이런 번듯한 집까진 필요 없지 않을까 싶기도 하고."

"뭐어?"

무슨 소릴 하는지 전혀 이해할 수 없어서 미야코는 입을 떡 벌렸다.

엄마는 새침하게 커피를 홀짝이고 있었다. 그 얼굴은 대불처럼 나 몰라라 하는 얼굴이었다.

9

 모모에가 '이 집을 팔기로 했다'고 말하자 딸아이는 전혀 받아들이지 못하는 기색으로 "어째서, 어째서냐고?"라고 되풀이했다.
 "어째서 상의도 안 한 거야?"
 "그야 미야코는 바빠서 집에 거의 없었잖아. 말을 걸어도 건성이었고."
 "그랬을지도 몰라도 제대로 말해주면 이야기 정도는 들었을 거야!"
 테이블에 몸을 내밀다시피 하며 미야코는 거친 소리를 냈다. 상당히 충격을 받은 모양이다.
 "미야코는 반대야? 이 집에서 살고 싶어?"
 모모에가 묻자 딸아이는 말문을 잃었다.
 "이런 소릴 갑자기 들으면 놀라는 게 당연하겠지. 미안해."
 "놀라지 그럼! 이미 정해진 일이야?"
 "파는 건 정했는데, 이사할 집은 아직 몇 군데 대충 둘러보기만 했어. 미야코가 같이 살고 싶어 하면 넓은 곳으로 정하겠지만."
 딸아이는 다시 할 말을 잃고 테이블에 엎드렸다. 그대로 가느다란 목소리가 들려왔다.
 "왜 이렇게 된 거야? 아파트라도 사려고?"

"아니, 월세로 갈 거야."

딸아이는 고개를 퍼뜩 들었다.

"응? 왜? 나이 들어서 월세 내는 거 힘들지 않을까? 오히려 반대여야 하는 거 아냐? 나이 들면 자가가 더 안심되잖아."

"바로 그 점이야."

모모에는 빙긋이 웃었다. 웃는 엄마를 딸은 입을 벌리고서 보고 있었다.

"나도 쭉 그렇게 생각했어. 무슨 일이 있어도 살 집만 있으면 어떻게든 된다고."

"그렇잖아. 게다가 엄마가 이 집을 마음에 들어 해서 살고 싶다고 했고."

"맞아. 그때는 그리 생각했고 번듯한 단독에 살아서 좋았는데 점점 아닌 것 같아."

딸아이는 의아한 얼굴을 하고 있었다.

"아빠도 그렇게 생각해서 처음에는 상대해주지도 않았어. 그런데 내가 매일 끈질기게 이야기를 했더니 점점 들어주더라고. 이야기해가는 동안에 아빠도 아이디어를 내줘서 아직 체력이 남아 있는 동안 새로운 생활을 시작해보기로 했어."

딸은 얼굴에 먹구름을 드리운 채 말했다.

"이 집에선 그게 안 돼? 은행 빚 갚는 게 그렇게 버거워? 내가 생활비를 좀 더 내는 편이 나아?"

"그런 문제가 아냐. 음. 어디서부터 이야기해야 좋을지 모르겠지만."

"응."

"아빠도 엄마도 병을 앓다 보니 나이를 먹어가는 게 실감난다고 해야 할까……. 앞으로 나이를 더 먹어서, 예를 들어서 말이지, 다리를 못 쓰게 된다면 우리 집처럼 가파른 계단은 힘들 잖아. 거실에도 못 올라갈지도 몰라."

"아, 그렇긴 하네."

미야코는 고개를 끄덕였다.

"그럼 이 집을 판 돈으로 배리어프리(장애인과 고령자 등 사회적 약자가 생활을 하는 데 지장이 되는 물리적 장벽을 없애고자 하는 것) 아파트라도 사는 건 어때?"

"……글쎄. 그럴 마음이 들면 그럴지도 모르겠네."

"아, 깜짝 놀랐어. 그래서 물건 정리를 한 거구나."

미야코는 머리를 마구 헝클이며 마음이 조금 놓였는지 팔을 들고 기지개를 켰다. 점심 전의 거실에는 햇살이 비스듬히 비쳐들고 있었다. 잠옷 차림의 딸아이가 편안하게 지내는 이 한가로운 광경이 조만간 이제 사라지게 된다. 자신이 결정한 일인데 그 사실이 가슴에 먹먹하게 밀려왔다.

그건 그렇고 이 정도 설명으로도 딸은 납득한 모양이다. 이 결론에 도달하기까지 이제껏 이렇게나 무언가를 생각해본 적이 없을 정도로 생각하고 결혼 이후 이렇게 남편과 이야기를 나눈 적이 없을 만큼 의견을 주고받고서 가까스로 내린 결론인데 간단히 납득해주어 김이 샜다.

"그러니 미야코도 어떻게 할지 생각해봐."

"……응."

"간이치 씨랑 결혼하자는 이야기는 안 나왔어?"

미야코는 여전히 뾰로통한 표정을 짓고 있었다. 아무래도 결혼 이야기는 구체적으로 진행되지 않은 모양이다.

"것보다 아빠엄만 괜찮아?"

"뭐가?"

"그야."

미야코가 얼버무렸다.

"난 엄마 건강이 나빠져서 아빠한테 부탁받아 두 사람을 도우려고 본가로 돌아왔잖아. 내가 없어도 돼?"

당혹스러운 표정으로 딸은 그리 말했다.

"그랬지. 그것도 아빠랑 이야기 나눴어. 딸을 간병인 삼아 의지해도 될까 하고."

"응?"

"네가 외동이 아니었으면 조금 달랐을지도 몰라. 그런데 그건 이제 어쩔 수 없는 일이지. 엄마도 아빠도 병을 앓으면서 미야코가 있어주는 고마움은 알지만, 생각해보면 미야코는 혼자 아빠랑 엄마 두 사람을 짊어져야 한다는 생각이 들었어. 물론 무슨 일이 있을 때 있어주는 건 버팀목이 되지만, 네 중압감을 헤아려주지 못했어. 아빠는 자식이니 부모를 돌보는 건 당연하다고 생각하는 모양이지만, 부모를 돌보느라 일이나 결혼 중에서 뭔가 포기하게 되는 건 나는 바람직하지 않다고 봐."

미야코는 모모에의 말을 듣고 눈이 휘둥그레졌다.

"예를 들어 병원에 바래다주고 데리고 오는 거 늘 미야코한테 부탁하지 않고 돈을 내고 부탁하는 서비스도 있어. 병이 깊어져 간호 보험을 쓸 수 있게 되면 저렴하게 이용할 수 있고 말이지. 간호 보험을 사용하는 건 고령자뿐만이 아니라는 걸 나는 지금까지 몰랐더라. 그런 생각을 하는 동안에 맞다, 큰 병원 근처에 사는 방법도 있겠구나 싶더라고."

"……그래도."

"이제 육아는 끝났다, 자식의 손을 놓자고 아빠한테 말했어. 되도록 아빠랑 둘이서 해나가려고 해. 도쿄에서 독립해 살았는데 돌아오게 해서 미안. 고마워."

미야코는 잠시 입을 다물었다. 식은 커피가 담긴 머그컵을 만지작거리며 무언가 생각에 잠겨 있었다.

"하려는 이야기는 대강 알겠는데……. 그럼 내가 누구와 결혼하든 마음대로 해도 된다는 뜻이야? 나 여차 싫을 때도 안 돌아올지도 몰라. 만약 내가 외국에서 살고 싶다고 하면 그래도 돼?"

미야코는 갑자기 그런 소리를 꺼냈다.

"외국? 가고 싶어?"

"예를 들어서 하는 소리지."

"그런 거야?"

부모가 반대하면 이 아이는 뭐든 포기할 작정인 걸까, 하고 모모에는 문득 두려운 생각이 들었다.

"미야코는 하고 싶은 거 있어?"

"응? 하고 싶은 거?"

"이런 일이 하고 싶다든가, 간이치 씨랑 꼭 결혼하고 싶다든가, 애를 낳고 싶다든가, 또는 낳고 싶지 않다든가, 좋은 집에서 살고 싶다든가, 멀리 가버리고 싶다든가, 반대로 고향에 쭉 살고 싶다든가."

미야코는 잠시 생각하다 한숨을 작게 쉬었다.

"……그렇다면 이야기는 간단할지도 몰라. 욕구가 강한 사람이 부러워. 난 딱히 그런 게 없어서."

"그것도 괜찮지 않아? 과잉되지 않았다는 건 균형을 잘 맞추고 있다는 소리니까."
"그런가?"
딸이 작게 읊조렸다.
"나, 모리걸 때 행복했어."
"응?"
"갖고 싶은 옷이 산더미 같았고 월급을 쏟아 부어서 옷을 연달아 사고, 돈이 아깝다든가 장래가 불안하다든가 전혀 생각 안 했거든."
"지금은 모리걸이 아니야?"
절반은 놀리는 셈으로 웃으며 물어보자 딸은 울음을 터뜨릴 것 같은 얼굴로 고개를 끄덕였다.
"지금은 이제 모리걸이 아냐."

11월, 도키코와 같이 모모에는 쓰쿠바산에 와 있었다.
얼마 전에 전화를 해서 도키코에게도 집을 팔고 이사를 하기로 했다고 전했다.
그녀는 무척이나 놀라며 이사로 바빠지기 전에 어딘가 놀러 가자, 맞다, 때마침 산에 단풍이 질 무렵인데 쓰쿠바산에라도 갈래? 하고 여전히 느닷없이 제안했다.
그리 멀리 이사 갈 생각은 없었지만 권유를 받지 않으면 쓰쿠바산에 이제 갈 일도 없을지도 모른다고 생각해 모모에는 승낙했다.
우선 산초역에서 뇨타이산 쪽으로 가기로 했다. 15분 정도 걸린다고 도키코가 말했다. 경사진 면에 통나무를 줄지어 늘어놓은 산길 계단을 머리 위에 빨강과 노랑으로 물든 나뭇가지 끝을 바라보면서 천천히 걸었다. 햇빛은 강렬했지만 공기는 서늘해서 기분이 좋았다. 가을 산은 어딘가 달콤하고 신기한 내음이 났다.

앞을 걸어가던 도키코는 발걸음이 다부졌고 준비도 본격적으로 해왔다.

"도키코, 등산 자주 해?"

모모에가 묻자 그녀가 어깨를 들썩였다.

"등산 정도는 아니지만 지인이 운영하는 하이킹 서클에 참가하고 있어서 가끔은 해. 피곤하니 낮은 산밖에 안 가지만."

"하이킹 서클······."

"유행이잖아. 등산녀. 우린 등산 아줌마지만."

점점 숨이 차서 발밑에만 집중해 비탈길을 올라갔다. 문득 고개를 들자 눈앞에 온통 바위인 급경사가 나타나 흠칫했다. 도키코는 멈춰 서지 않고 그 바위를 올라가려 하고 있었다.

"자, 잠깐만. 이거 올라갈 거야?"

그녀가 돌아보고 웃었다.

"당연하지. 와본 적 없어?"

"이런 곳에 오른 기억은 없어. 난 못해. 못 올라가."

"괜찮다니까. 이것만 올라가면 이제 곧 도착하니까."

도키코는 애원하는 모모에를 개의치 않고 바위 밭을 성큼성큼 올라갔다.

큰일이다, 난 못해, 집에 가고 싶어, 라고 생각하면서도 모모에는 마지못해 도키코의 뒤를 따라갔다.

한 걸음 한 걸음 미끄러지지 않도록 하며 바위를 올라갔다.

이마에 땀이 쏟아졌다. 5분 정도 정신없이 올라가 뒤를 돌아보자 오싹할 만큼 높아서 기겁할 뻔했다. 양손 양다리를 사용해 열심히 바위를 올랐다. 만약 상대가 남편이었다면 "그냥 갈래"라며 되돌아갔을 것이다. 친구라서 우는소리를 하는 것도 그리 쉽지 않다.

간신히 바위를 다 올라가 기진맥진한 채 산 정산에 도착했다.

정상에서는 아무것도 가로막는 게 없어서 광대한 간토 평야가 한눈에 보였다. 하늘이 놀랄 만큼 컸다. 모모에는 입을 벌린 채 그 광경에 넋을 놓았다. 상쾌했다.

"풍경 정말 근사하지?! 몇 번을 와도 좋은 곳이야!"

"대단해, 간토 평야는 정말 평평하네."

후지산이 보일 때도 있는 모양이지만, 멀리 안개가 자욱해서 보이지 않았다. 하지만 도키코가 "스카이트리가 보여" 하고 가리킨 머나먼 저편에 이쑤시개처럼 타워가 보였다. 반대 방향에는 가스미가우라 호수가 내다보였고 수면이 햇살을 받아 빛나고 있었다. 그 건너편에는 태평양도 보였다.

벤치에 나란히 앉아서 물을 마셨다.

"아, 모모에가 이사 간다니 서운하네."

도키코가 갑자기 그리 말했다. 그런 말을 직접 듣자 모모에는 낯간지러운 기분이 들었다.

"이사한다 해도 그리 멀리는 안 가. 도리데나 가시와 그 부근일 거야. 괜찮으면 종종 놀러와."

"그래, 그러면 되겠네. 모모에도 하이킹 서클에 들어올래?"

"음, 민폐만 끼치지 않을까? 체력이 달리니까."

"우리보다 연배가 있는 사람도 많으니까 괜찮아. 편할 때만 참가하면 돼."

"그래? 그럼 가입해볼까?"

"다행이야. 모모에, 정말 건강해졌구나."

"응, 네 덕분이야. 도키코, 고마워."

억지로 하는 빈말이 아니라 정신적으로 회복된 것은 도키코의 존재가 컸다고 모모에는 감사하는 마음으로 가득했다.

최근에는 예전에 비하면 갱년기 증상이 꽤 나아졌다. 상열감도 여전히 가끔 있고, 갑자기 컨디션이 나빠져서 앓아누울 때도 있다. 하지만 끙끙 앓아누워도 초조하지 않았다.

"그건 그렇고 집을 팔다니 과감하네."

"응, 처음에 그 생각을 떠올렸을 때 나도 무슨 뚱딴지같은 생각을 하냐며 웃음이 나올 정도로 현실감이 없었지만."

얼마 전까지만 해도 지금 살고 있는 집을 팔겠다는 생각은 눈곱만큼도 하지 않았다. 그래서 일이 이렇게 흘러가자 모모에 자신도 무척이나 놀라고 있었다.

남편의 입원이 계기가 되었다. 엄밀히 말하자면 딸아이의 남자친구가 집에 온 날 남편이 쓰러지기 직전에 했던 말이 그 후에 모모에의 마음가짐에 생각지도 못한 작용을 초래했다.

'너흰 참 만사태평해서 좋겠네. 책임감 없이 적당히 일하면서 쭉 집에서 지내도 되고 말이지. 난 힘들다고. 휴직하고 회사로 돌아가 미묘한 위치에서 떳떳하지도 못해도 가족을 위해 열심히 일하고 있어.'

들었을 때는 웬 거만한 소리를 하냐고 반발심을 크게 느꼈지만, 그 후 남편에게서 암이 발견돼 수술을 받게 되자 다른 마음가짐으로 남편의 말을 떠올리게 되었다.

남편은 자신이 생각한 것보다 훨씬 애를 썼던 게 아닐까. 모모에는 그 사실을 지금까지 생각해본 적이 없었다.

모모에가 자란 시절에는 아직 남자는 밖에서 일하고 여자는 가정을 지킨다는 풍조가 남아 있었다. 남녀고용평등법이 도입되고서부터는 그런 구시대적 사고방식을 가진 사람이 줄어든 경향이 있지만, 모모에는 부모님의 가치관을 끌어안고 어른이 되었고 또한 남편도 그런 사고방식을 가지고 있었기에 딱히 의문을 가지지 않고 전업주부가 되었다.

전업주부가 되었지만, 한가하거나 편했던 건 아니다. 딸아이인 미야코는 어릴 때부터 몸이 약해서 손이 많이 갔고 지금은 남편이 집안일을 꽤 하게 되었지만, 예전에는 설거지라면 손 하나 까딱하지 않았고 옷도 전부 모모에가 골라서 샀다.

밖에서 일하는 수고는 알고 있었지만, 남자는 그게 당연하다고 생각했기에 남편이 쓰러졌어도 딱히 별 생각이 없었다. 그래서 그가 피폐해지고 한계에 도달할 줄은 상상지도 못했다.

단지에서 이사하기로 정했을 때 젊은 건축가가 디자인했다는 세련된 집을 발견하고 모모에는 한눈에 반했다. 예산을 크게 넘어섰지만, 어떻게든 되겠지 싶었다.

어떻게든 되겠지만 어떻게든 되게 만드는 것은 남편이었다. 그가 짊어진 짐이 무거웠던 게 아닐까. 본인도 짐이 무겁다는 사실을 알아차리지 못할 정도로 지쳐서 감각이 마비되었던 게 아닐까.

남편이 모모에에게 파트타임으로 일해 달라고 말한 적이 있다. 모모에는 그걸 진심으로 받아들이지 않았다.

모모에는 하루하루 나가는 생활비는 관리하고 있었지만, 저축이나 보험이나 은행 빚을 지불하는 건 남편이 관리했다. 게다가 간섭하는 건 전업주부로서 해서는 안 되는 일이라고 생각했다. 아니, 안 된다기보다 어려운 일은 남편에게 맡기면 된다 싶었다.

남편과 세간으로부터 받는 압박만 신경 쓰고 있었는데 자신이 주는 압박감은 자각하지 못했다.

남편에게 암이 발견되었을 때 모모에는 순간 도망치고 싶었다. 하지만 설령 달아나게 해주는 사람이 있다고 해도 도망간 곳에서 남편을 잊을 수 있을 리가 없어 포기했다.

포기하니 결심이 섰다. 남편이 수술하고 퇴원한 후 모모에는 과감히 남편에게 집에 드는 돈에 대해 자세히 알려달라고 부탁했다. 처음에는 "당신은 몰라도 돼"라며 상대해주지 않았지만, 당신의 병이 갑자기 악화되면 곤란해진다, 가계에 대해 아무것도 모르고 있다가 여차할 때 감당하기 힘들어질 수 있다고 물고 늘어지자 남편이 마지못해 가계부와 통장을 보여주었다.

남편이 기록하던 몇 십 권이나 되는 가계부를 며칠에 걸쳐 차분하게 보고 모모에는 놀랐다.

저축은 상상보다 훨씬 적었고 생명보험은 다달이 놀랄 만큼 거액을 지불하고 있었다. 요 10년 정도 남편의 월급은 거의 변동이 없었고 보너스는 한 달 월급에도 미치지 않았다. 모모에는 월급과 보너스가 해마다 순조롭게 오르고 있다고 생각했는데 멍해졌다. 남편은 매달 정해진 액수를 모모에에게 건네주었고, 그 액수는 경기가 가장 좋았을 무렵부터 달라지지 않았기에 당연히 저축이 줄어들었다.

모모에가 가장 놀란 것은 은행 빚 이자였다. 이자를 이렇게 많이 내야 하나 싶어서 경악했다. 집을 샀을 때 은행에서 작성한 변제 계획표를 보니 1천만 엔 가까이 이자를 내게 되어 있었다.

세상 물정 모르는 자신의 모습에 모모에는 기가 찼다. 예를 들어 4천만 엔짜리 부동산을 사려면 4천만 엔을 지불하면 된다고 단순히 생각했다. 이자는 아주 적은 줄 알았다.

그로부터 매일 밤마다 가계부와 통장을 테이블에 펼쳐놓고 모모에는 남편과 이야기를 주고받았다.

처음에는 5분쯤 지나면 "그냥 됐어"라며 남편이 자리에서 일어났지만, 점점 오래 테이블에 머물게 되었다.

남편도 적은 저축 액수를 불안하게 여기고 있었는지 정년퇴직을 하고서도 일을 찾아다 일흔쯤까지 일을 해야 한다고 심각한 얼굴로 말했다. 당신도 나도 언제 다시 병에 걸려 앓아누울지 모른다. 딸아이도 앞으로 어떻게 될지 모른다. 외동딸이니 집 정도는 남겨줘야 한다. 하지만 늙어서 일할 수 없게 되었을 때 딸이 반드시 간호해준다고는 단정 지을 수 없다는 것 정도는 나도 알고 있다. 시설에 들어가야 할지도 모른다. 죽을 때까지 얼마나 돈이 들지 모른다. 그렇게 어두운 얼굴로 남편은 말했다.

일흔 정도까지는 일하겠다고 말하는 남편의 얼굴에 생기가 없었다. 일흔이든 여든이든 건강한 동안에는 쭉 일하고 싶다는 열정적인 느낌이 아니었다. 지칠 대로 지쳤지만 지금의 생활을 유지하기 위해 계속 일해야 한다는 생각에 집착하는 비참한 표정이었다.

그때 처음으로 이 집을 파는 편이 낫지 않을까 모모에는 생각했다.

아직 새것이라 이 집을 어느 정도 되는 가격에 팔 수 있다면 은행 빚과 이자가 사라져 거액의 현금이 모일 것이다, 그러면 정신적으로 홀가분해지지 않을까, 모모에는 말했다. 딸에게 집을 남겨주고 싶은 마음이 없지는 않지만 심신이 더불어 지쳐 쓰러져 딸에게 간병시키는 쪽이 더 딸에게는 큰 짐이 될지도 모른다 싶었다.

남편에게 그리 말하자 코웃음을 치며 상대해주지 않았다.

모모에는 생각했다. 지금까지 전혀 생각지도 않았던 것을 생각했다.

하루가 멀다 하고 거실에 놓아둔 컴퓨터로 조사를 하고 도서관에 가서 사서에게 부탁해 이해하기 쉬운 책을 추천받았다.

모모에는 상의도 없이 부동산에 연락해서 집 심사를 받았고 그리 나쁘지 않은 시세로 팔 수 있을 듯하다는 사실을 알았다.

모모에는 매일 밤마다 남편과 대화했다.

남편은 상의도 하지 않고 집 시세를 알아본 것에 화를 냈고 당신은 세상 물정을 몰라도 너무 모른다며 냉소를 지었지만, 조금씩 모모에의 이야기에 귀를 기울이게 되었다.

은행 빚을 없애고 월세가 저렴한 곳으로 이사해서 집안 경제를 축소시키자고 반복해서 모모에는 말했다.

거액의 보험은 해약하고 차도 팔고 고정비를 전부 재검토하자, 한 번 원점으로 돌아가 노후 계획을 다시 세우자고 했다. 우리는 어쩌면 아흔까지 살지도 모른다, 아직 살아갈 날은 길다,

무리하지 말고 살자고 애원했다.

이윽고 남편이 모모에가 하는 말에 토를 달지 않았다.

그리고 그날 밤 그런 것도 한 가지 방법일지도 모르겠다며 읊조렸다.

그리고 이튿날에는 "우리가 나이를 먹고 있긴 하지. 그러니 부드럽게 착륙할 수 있도록 고도를 조금씩 낮춰가는 편이 나을지도 모르겠네"라고 했다.

험악한 분위기를 풍기던 남편의 표정이 조금 누그러든 것을 보고 모모에는 큰 안도감에 휩싸였다.

남편은 힘들었던 게 분명하다. 더 이상 힘들어하지 않기를 바랐다.

"모모에, 대단하네. 난 그렇게 생각해본 적도 없는데."

모모에가 집을 팔기로 결정하기까지의 과정을 대략 설명하자 도키코는 놀란 소리를 냈다.

"이 나이에 자가를 팔다니 솔직히 말해서 이해를 잘 못했는데 이제 납득이 가네."

"부끄러운 이야기지 뭐."

"부끄러울 게 뭐 있어. 멋져."

도키코는 모모에게 미소를 보냈다.

"그래서 딸은 뭐래?"

"딱히 실감이 안 나나봐."

"그야 그렇겠지. 그래도 자식한테 그런 소릴 할 수 있다니 대단해. 존경스러워. 나는 생각해보면 벌써부터 아들네랑 살다니 너무 의존적인가?"

"그건 아닌 것 같아. 사람마다 사정이 다르잖아. 같이 사는 것도 한 가지 선택이라고 봐."

"그렇지. 사정이야 다 다른 법이지."

딸 미야코는 아직 경제적으로도 정신적으로도 자립하고 있다고 안심할 수 있을 만큼 어른이 아니라고 모모에는 생각한다. 딸이 걱정돼 안절부절못하는 심정도 컸다. 게다가 가까이에 살면서 도움을 받고 싶은 마음이 전혀 없다고는 할 수 없었다. 하지만 걱정하는 건 속박하는 것과 종이 한 장 차이이다.

"그래서 나도 일할까 싶어."

"어머나."

도키코는 깜짝 놀란 소리를 냈다.

"그렇게 한꺼번에 시작했다간 너무 힘들어서 쓰러질지도 몰라."

"그러게. 그럴지도 몰라. 그래도 한 주에 사흘 정도라도 괜찮으니 아르바이트를 해볼까 싶어서."

"진취적이네."

"그렇진 않아. 도키코는 파트타임 일 해본 적 있어?"

"난 꽤 했지. 마트 계산원이라든가 반찬가게에서 판매원 일도 했었고."

"힘드려나?"

"괜찮아. 나 같은 아줌마가 당신 가게를 돕는다 정도의 마음가짐으로 가면 별거 아냐."

"아하하하."

"그런데 모모에는 복식 할 수 있지 않아? 그런 일을 하는 건 어때?"

"그러게. 우선 시치고산이나 성인식 때 할 수 있는 단기 아르바이트를 찾아보려고."

"그건 어때? 요전번에 텔레비전에서 봤는데 관광 온 외국인한테 기모노를 입혀주는 게 유행이라잖아. 그건 도쿄라면 있지 않을까?"

"도쿄나 가마쿠라겠지?"

"이 부근에는 없을 것 같긴 해."

점심을 먹어치우고 난타이산 쪽으로 올라가려고 두 사람은 일어났다. 새소리에 고개를 들자 머리 위에는 까만 우주가 비쳐 보일 듯한 너무나도 파란 하늘이 크게 펼쳐져 있었다.

10

 미야코는 어제 이 집 매각처가 정식으로 정해졌다고 엄마에게 들었다. 연말에는 정식으로 매매계약을 하고 늦어도 2월 초순에는 이 집을 비워줘야 한다고 했다.
 그리하여 싫든 좋든 독립해야만 했다.
 엄마에게 집을 팔겠다는 소리를 들었을 때 미야코는 늘 집에서 나가고 싶다고 생각했는데도 스스로 놀랄 만큼 당황하고 말았다. 부모님이 언젠가 나이가 들어 돌아가신 후 이곳에 살지 말지는 별개로 치고 유산으로 이 집과 땅을 상속받을 생각이었던 것도 자각하고 있지는 않았지만, 꽤 크게 기대하고 있어서 그게 사라졌다는 사실에 낙담하기도 했다.
 미야코는 앉은 채 방을 둘러보았다.
 본래라면 부부 침실로 정해진 이 방은 5평 이상이나 되고 커다란 옷장 안에는 한 번 정리했는데도 미야코의 옷이 가득 차 있었다. 본가에 돌아왔을 때는 텅 비어 있었는데 저렴한 가구를 사서 채워 넣다 보니 어느새 방이 꽉 차 있었다.
 짐을 확 줄여야만 한다. 자력으로 구할 수 있는 집은 원룸이나 넓어도 투베이 정도일 듯하다. 사복과 업무복이라며 취향이 다양한 옷을 가지고 있었는데, 그런 사치는 더 이상 부릴 수 없다.
 미야코는 다리를 뻗으며 침대에 기댔다. 스마트폰을 들고 요즘 매일같이 보고 있는 부동산 월세 정보 사이트를 열었다. 몰두해서 보고 있던 중에 정신을 차리고 보니 대략 한 시간이 지나버렸다. 미야코는 한숨을 푹 쉬고 뭉친 목을 돌려서 풀었다.

집은 얼마든지 있었다. 미야코처럼 1인 가구용 집은 공급 과다일 정도로 많았고 집 구조도 집세도 크게 차이가 없어서 다 괜찮다고 하면 다 괜찮았다. 어느 쇼핑몰이든 팔고 있는 유행하는 옷과 비슷한 법이다.

그래서 집을 고르기 난감해하는 이유는 그 점이 아니었다. 맨 처음의 대전제가 미야코 내면에서 정해지지 못했다.

이걸 기회 삼아 간이치와 함께 살까 말까.

매물을 찾기에 앞서, 우선 간이치를 만나 그에 대해 의논을 하는 것이다. 하지만 미야코는 그걸 미루고 있었다.

그 이야기를 하고 나면 두 사람의 관계는 다음 단계로 진행될 것이다. 질질 끌고 있던 간이치와의 관계를 끝내야만 하는 가능성도 있어서 미야코는 매일 밤마다 그에게 연락을 하려다가도 망설이고 있었다.

하지만 이제 타임리미트가 눈앞까지 다가왔다.

시각은 밤 10시가 되기 직전이었다. 아침형 인간인 간이치가 슬슬 잠이 들 무렵일 것이다.

라인 앱을 열어서 잠시 생각하다 미야코는 앱을 껐다. 간이치의 전화번호를 찾아서 에잇, 하고 통화 버튼을 눌렀다.

신호가 한 번 가고서 그는 바로 "어이" 하고 전화를 받았다.

"전화를 다 하다니 별일이네. 무슨 일 있어?"

조금 졸린 듯한 목소리로 간이치는 말했다.

이튿날 출근하자 미야코는 니시나에게 근무 시간표를 상담하고 싶다고 전했다. 그러자 그녀도 때마침 할 말이 있다고 해서 함께 점심 휴식을 가졌다.

저번 주쯤부터 매장은 비상사태에서 벗어난 감이 들었다. 연말 판매 전쟁을 앞두고 본사에서 지원해준 사람도 다음 인사이동 때까지로 기간이 한정되어 있기는 하지만 매장 경험이 있는 사람이 풀타임으로 들어오게 되었다. 일손이 부족한 건 우선 해결되어 가까스로 휴식을 제대로 취할 수 있었다.

쇼핑몰 안에 새로 생긴, 도심에 본점이 있는 인기 만점의 중화요리점에서 매운 탄탄면을 먹기로 했다.

서빙해온 탄탄면은 사진으로 본 것보다 더욱 빨갰지만 조심스럽게 호로록 빨아들이자 확실히 맵긴 해도 다양한 감칠맛이 나서 젓가락이 멈추지 않았다. 이제 곧 12월인데 다 먹고 나니 두 사람 모두 이마에 땀이 번져서 왠지 운동한 후처럼 상쾌했다.

입가심으로 망고푸딩을 주문해 그걸 먹으며 한숨 돌렸다.

미야코는 쭈뼛대며 조만간 한 번 주말에 휴무를 얻고 싶다고 니시나에게 말했다. 그 대신 크리스마스 연말연시에는 다 출근하겠다고, 하자 니시나가 웃으며 "물론 괜찮아"라고 흔쾌히 허락해주었다.

"제일 힘들 때 요노 씨가 12일 연속으로 출근했잖아. 사흘 연달아 쉬어도 돼. 크리스마스랑 연말연시에 쉬고 싶은 사람이 많을 테니 출근해준다면 정말 고맙고."

미야코가 마음을 놓고 고개를 숙이자 니시나는 "이쪽 이야기도 들어줄래?" 하고 말을 꺼냈다.

"MD는 지금 대신 오는 사람이 정식으로 담당하게 됐어."
"그래요?"

그럴 것 같았다. 듬직하다고는 말하기 어렵지만, 까다롭지 않은 여성이라 도마보다는 100배 나았다.

"도마 씬 영업으로 돌아가나봐. 위에서 그 녀석을 예뻐해 주니까 좌천되지 않아 안타깝지만."

미야코는 본사에서 실시된 성추행 심문 조사를 떠올렸다. 나이가 지긋한 총무부 여성과 일대일로 마주하고 사건의 경위를 설명했다. 업무라서인지 정말 아무 생각도 없어서인지 그 사람에게 배려의 한마디도 듣지 못한 채 사무적으로 끝났다.

"그러게요. 어쩔 수 없네요. 우선 그래도 다행이에요."

맞아, 하고 니시나가 몸을 내밀고 목소리를 죽였다.

"점장도 연말에 바뀌게 됐어."

미야코는 니시나의 얼굴을 보고 살짝 주저하고서 고개를 끄덕였다. 점장은 최근에 거의 출근하지 않았고 매장 일은 부점장인 니시나에게 돌아왔다.

"가메자와는 사표를 냈대."
"네?"

이혼할 가능성도 고려해 절대 일을 관두지 않을 거라고 했는데 미야코는 놀랐다.

"그 말씀은 해고당했다는 소린가요?"
"그래도 회사에서 그렇게까지는 안 시킬 거야. 가메자와, 다른 의류 브랜드로 옮기나봐. 자세한 건 못 들었지만, 역시 있기 힘들겠다고 판단하지 않았을까."

"……도마 씨가 훨씬 더 있기 불편하다고 생각해줬음 하는

데요."

"그렇게 낯짝이 두꺼운 인간이 더 출세할지도 모르지."

니시나는 인상을 찡그리며 스푼으로 푸딩을 떠서 입에 넣었다.

"그래서 다음 점장은 우선 나인가봐."

"아, 그렇군요. 그렇게 되네요!"

"믿음직스럽지 않아도 잘 부탁해."

"아뇨, 니시나 씨라면 전혀 안 불안해요. 저, 너무 기뻐요."

이제 매장 분위기가 좋아지겠다 싶어서 진심으로 기뻤다.

"그래서 말인데, 요노 씨, 정사원이 되고 싶으면 이번 기회에 추천할게."

"네?"

"시험이랑 면접이 있고 반드시 될 수 있다는 보장도 없지만, 이번에 정말 혹독한 국면에서 애써줘서 그 사실을 위에 어필했으니 타이밍이 괜찮을 거야."

생각지도 못한 말을 듣고 미야코는 멍해졌다.

"정사원이 되었다고 한들 그다지 좋은 점이 없을지도 모르지만. 우리 그룹은 분야가 광범위하니까 다른 매장이나 다른 부서로 옮기고 싶다는 지원서도 낼 수 있고."

미야코는 그 소리를 듣고도 실감이 나지 않아 어색하게 고개를 끄덕였다.

"요노 씨가 이젠 질릴 대로 질려서 직장을 옮기고 싶은 심정도 있을 거라고 봐. 하지만 이직한다고 해도 일단 정사원이 되고 나서 하는 편이 좋지 않겠어?"

미야코가 어떻게 대답해야 하나 생각하는데 갑자기 니시나가 양손으로 머리카락을 마구 헝클이더니 테이블에 엎드렸다.

"왜 그러세요? 어디 안 좋으세요?"

그녀가 양손으로 머리를 끌어안은 채 "미안!" 하고 말했다.

"지금 나 내 실속만 챙기는 소릴 했지?"

"아니요. 그렇진 않아요."

"요노 씨를 위해서 생각해봤으면 좋겠다는 말투였잖아."

"……그렇게 받아들이진 않았어요."

"아냐, 난 그랬어."

니시나는 얼굴을 번쩍 들었다.

"사실대로 말할게. 지금 요노 씨가 관두면 내가 곤란해."

"네?"

"저기, 우리 매장, 이렇게 엉망진창이 됐는데도 본사가 딱히 별다른 소리 없이 연달아 사람을 보내주는 게 왜인 것 같아?"

단단히 벼렸다는 듯 묻는 니시나를 미야코는 당황한 채 응시했다.

"매출이 좋아서야. 모르는 사람은 아울렛에서 일하는 게 주류가 아니라고 생각할지도 모르지만, 우리 매장은 직영점 가운데 1위인 매장이랑 인터넷 쇼핑몰 다음 정도로 매상을 내고 있어. 그래서 힘을 더 실어주려고 도마 씨가 온 거야. 뭐, 그러다 완전 실패했지만."

니시나는 검지를 세우더니 "그래서 말이지" 하고 미야코를 가리켰다.

"나, 그냥 임시 점장이 아니라 여기서 매상을 확 올려서 MD로 승진해 앞으로 본사로 돌아가고 싶어. 우리 회사는 여성관리직원이 너무 적어서 내가 그렇게 되고 싶어. 쉽게 말하자면 난 얼른 출세하고 싶어. 그래서 우수한 직원이 필요하고."

미야코는 눈이 휘둥그레졌다.

"요노 씨, 지금은 관두지 마. 정사원이 돼서 남아줘."

미야코는 니시나의 돌풍 같은 말을 듣고 그것을 잠시 음미했다.

"잘 알겠어요. 지금 니시나 씨의 야망을 듣고 갑자기 결심이 섰어요. 꼭 정사원으로 추천해주세요."

"응?"

"정사원이 될 수 있으면 되고 싶어요. 언젠가 이직한다고 해도 한동안은 여기서 일할게요."

"정말?"

"기대에 부응할 수 있도록 노력할게요."

니시나는 미야코의 빠른 대답에 살짝 당황하고 있는 모양이었다.

"실은 저 본가에서 나와야 해서요."

"아, 그래?"

"앞으론 제 힘으로 생활을 꾸려나가야 하니 역시 제대로 커리어를 쌓을 수 있는 일을 하고 싶어요. 게다가 이렇게 누군가에게 확실히 믿음을 산 건 처음이라 기뻐요. 저 우리 매장 옷을 좋아하지는 않지만, 제 취향이 아니더라도 우리 제품의 장점은 잘 알고 있어요. 그러니 팔 수 있을 거라 봐요."

니시나의 얼굴이 순식간에 빛났다.

"요노 씨가 그리 말해줘서 나 너무 기뻐. 그럼 얼른 여러모로 움직여볼게. 내일 MD가 오니까 셋이서 이야기해보자. 디스플레이도 몇 가지 아이디어가 있는데 가메자와가 있을 땐 제안하기가 껄끄러웠어. 아, 왠지 의욕이 팍팍 생기네."

"저도 힘낼게요."

슬슬 시간이 다 되어 일어나서 니시나와 나란히 쇼핑몰을 걸었다. 평소에 보던 쇼핑몰의 경치가 왠지 달라 보였다. 여기서 일하는 동안 앞으로도 열심히 해나가야겠다고 밝은 기분으로 생각한 적은 처음이었다.

12월의 두 번째 주 토요일, 아타미로 짧은 여행을 가려고 미야코는 간이치와 만났다.

요전번에 간이치에게 전화했을 때 만나서 하고 싶은 이야기가 있다고 하니, 그럼 얼마 전에 취소했던 아타미에 가자고 그가 말을 꺼냈다. 간이치가 일하는 가게는 연중무휴지만, 요쓰야의 업무시설지구에 있어 주말은 비교적 한가해 휴무를 얻기 쉽다고 했다. 미야코는 간이치네 집이나 가까운 가게에서 이야기하려고 했지만, 그 말을 듣자 최근에 일만 죽어라 해서 아무 데도 외출한 적이 없었기에 일상에서 거리를 두고 재충전하며 이야기하는 편이 나을지도 모른다고 생각해 승낙했다.

미야코는 전철로 갈 마음이었지만, 주말이라 아타미역에서 먼 숙박업소밖에 예약을 잡을 수 없어 그쪽까지 이동할 것을 고려해 차로 가기로 했다.

오랜만에 만난 간이치는 상당히 사나워 보였다. 역시 무직일 때는 어딘가 윤곽이 흐릿했다.

"오미야, 살 빠졌네?"

간이치는 미야코가 기껏 예쁘게 세팅한 머리를 마구 헝클였다.

조반도로는 미야코가 운전하고 수도고속도로에 가까워지자 간이치가 운전을 대신해주었다. 수도고속도로를 빠져나가 도메이고속도로에 진입했다. 계속 기분이 들떠 이런저런 수다를 떨다가, 그가 운전을 대신해줘서 마음이 놓여 미야코는 잠시 잠이 들었다. 10분 정도 지나 깼는데, 오랜만에 만난 긴장감도 사라져 미야코는 몽롱한 기분으로 운전하는 간이치의 옆모습을 보았다. 그는 겉보기와 달리 상당히 안전운전을 하며 과속하지 않고 주행차선을 담담히 달리고 있었다.

도중에 허기를 채우려고 간이치는 휴게소에 들렀다.

기타간토에 살고 있으면 가나가와현에는 거의 올 일이 없어서 축제처럼 아주 혼잡한 휴게소에 진입하자 여행 온 감각이 솟구쳤다. 명물이라고 하는 전갱이 튀김이나 멜론빵을 사서 먹었다.

휴게소에서는 그가 "좀 졸리니까 운전 대신해줘"라고 해서 운전석에 앉았다. 모르는 장소에서 운전하는 게 다소 두려웠지만, 무슨 일이 생기면 옆에 간이치가 있어서 도와주리라고 생각하자 듬직한 기분이 들었다.

오다와라아쓰기 도로에서 세이쇼 우회도로로 나오자 바다가 보여서 둘은 "바다다!!"라고 어린아이처럼 소리를 질렀다. 라디오 볼륨을 높여 아는 곡도 모르는 곡도 어설프게 입을 맞춰 노래를 불렀다.

시간이 얼마 지나지 않아 아타미에 도착해 바다 가까운 곳에 있는 시영 주차장에 차를 세웠다.

눈앞에는 바다가 펼쳐져 있었고 처음 본 아타미 풍경에 미야코는 "와아" 하고 소리를 질렀다. 12월이라서 공기는 싸늘했지만 파란하늘이 탁 트여 있었다.

아타미 해안은 넓은 만으로, 미야코와 간이치는 호 모양의 해변 한가운데에 있었다. 오른쪽에는 큼직한 항만이 있었고 왼쪽에는 모래사장이 펼쳐져 있었다.

바닷가 도로는 정비되어 있었고, 널찍해서 그곳을 수많은 관광객들이 걷고 있었다. 야자수가 늘어서 있었고 철책에는 갈매기가 쪼르르 나란히 앉아 있어 풍경만 보면 일본이 아닌 것 같았다.

오른쪽 곶은 산으로 되어 있고 성 같은 것이 보였다. 왼쪽 곶에도 해안가에도 호텔이나 리조트 등 건물로 빼곡하게 채워져 있었다. 만 건너편에는 작은 섬이 보였고 바로 앞에는 제방이 몇 개나 가로놓여 있어서 미니어처 가든 같은 아름다움이 느껴졌다.

"이바라키 바다랑은 다르네."

"그러게. 꽤 아담하네."

"이바라키 바다는 그냥 넓기만 하잖아."

그리 말하며 미야코는 간이치와 나란히 모래사장 쪽으로 걸어가기 시작했다.

간이치는 청바지 주머니에 손을 집어넣었고, 미야코는 점퍼를 입은 그의 팔을 가볍게 팔짱끼고 어슬렁어슬렁 해변을 걸었다.

흰 모래사장을 파도가 밀려오는 곳까지 걸었다. 아담한 바다라도 가까이 다가가자 파도소리가 컸고 갯바람이 냄새를 확 풍겼다. 얼굴 전체에 바닷바람을 맞았다. 간이치도 마찬가지로 눈을 가늘게 뜨고 있었다. 그리고 그는 하품을 크게 했다.

"졸리나 보네?"

"그러게. 역시 매일 요쓰야까지 출퇴근하기 힘들어."

"하긴."

"집에 못 갈 땐 가게 의자에서 자게 해주거든. 역시 이사를 고려해봐야겠어."

같이 살래? 하고 목까지 말이 나오려는데 "아, 저거야. 간이치랑 오미야 동상" 하고 그가 앞쪽을 가리켰다.

"와아, 이거구나."

둘이서 동상 앞에 섰다. 받침대가 높아서인지 커 보였다. 오랜 세월에 노출되어 있어서인지 꽤 녹이 슬어서 변색되어 있었다. 인터넷에서 본 대로 교복에 망토를 걸친 간이치가 다리를 들고 오미야를 걷어차려 하고 있었다. 오미야는 땅에 한 손을 짚고서 비틀거리고 있었다.

별다른 감흥 없이 미야코는 그 동상을 올려다보았다.

"데이트 폭력이야."

"왠지 이 동상이 폭력을 긍정하는 듯해서 바람직하지 않으니 철거하자는 운동도 있었대. 아, 이거 이거."

간이치가 가리킨 작은 플레이트에는 '이야기를 충실히 재현한 것으로 결코 폭력을 긍정하거나 조장하는 건 아닙니다'라고 쓰여 있었다.

연달아 커플이나 가족 동반 일행이 동상 앞에서 기념사진을 찍고 갔다. 장난스럽게 동상을 흉내 내 사진을 찍는 사람도 많았는데, 반드시 남성이 걷어차여 비틀거리는 포즈를 찍으며 웃고 있었다.

그런 광경을 미야코는 잠시 멍하니 바라보고서 말했다.

"이 간이치는 오미야가 부자랑 바람이 나서 화가 난 거야?"
"소설 안 봤어?"
"읽으려고 했는데 도중에 그냥 덮었어."
"간이치는 말이지, 실은 오미야한테 그렇게 화가 난 게 아니었대."
"그래?"
"오미야도 간이치가 싫어진 게 아니고."
"그렇구나. 그럼 왜 다투는 거야?"
"돈 때문이야, 돈. 배금주의가 두 사람을 갈라놓은 거지."
간이치의 연기 톤 말투에 미야코는 "정말?" 하고 웃었다.
"배고파. 뭐라도 먹고 기념품숍에서 구경이나 하고 숙소로 가자."
그리 말하고 간이치는 걸어가기 시작했다.

숙소는 아타미에서 차로 15분 정도 국도를 타고 내려간 곳에 있었다.
나스에 갔을 때는 커다란 가족용 온천 호텔이어서 이번에도 그다지 기대하지 않았는데 그곳은 바닷가에 세워진 근사한 료칸이었다. 로비에는 현대적인 꽃꽂이가 장식되어 있었고 소파나 테이블도 모던해서 청결한 느낌이 들었다. 마음에 드는 유카타를 고를 수 있는 서비스가 있어서 간이치가 체크인 수속을 밟는 사이에 미야코는 알록달록한 유카타를 들고 고민했다.
방으로 안내받자 큼직한 창문에서 바다가 한눈에 보였다. 방 자체도 둘이서 쓰기에는 넓었다.
"멋지다!"

미야코는 무심코 소리를 지르고 말았다. 와아, 바다다! 우와 노천탕이다! 와아, 평상이다! 하고 방 여기저기를 열어보고서 일일이 소란을 떠는 미야코에게 "그렇지? 그렇지?" 하고 간이치는 만족스럽게 고개를 끄덕였다.

"방이 근사해. 안 비쌌어? 좀 더 무난한 곳도 괜찮은데."

"여기만 비어 있었어. 그래도 10만 엔 있으니 괜찮아."

"뭐야, 전부 다 쓰면 안 되잖아."

"괜찮아. 절반 정도는 남아 있어. 피곤하니 탕에 들어가볼까."

"아, 응."

"오미야도 계속 운전해서 피곤하지? 그 테라스에 있는 노천탕에 갈래?"

"아, 난 이 전망탕이라는 곳에 가볼까 싶어. 간이치는 방에 있는 욕조 써."

미야코는 일어나서 얼른 탕에 갈 준비를 했다.

최고층에 있는 탕은 문이 전부 열어젖혀진 방보다도, 바로 바다를 내다볼 수 있었다. 커브를 그리는 해안선이나 고깃배나 제방, 멀리서는 아타미의 호텔들이 보여 한 장의 웅장한 그림 같았다. 탕에 몸을 담그자 피로가 탕으로 녹아내려 미야코는 직성이 풀릴 때까지 들어가 있었다.

방으로 돌아오니 유카타 차림의 간이치가 다다미에 데굴거리며 자고 있었다. 옆에는 방 냉장고에서 꺼낸 듯한 맥주캔이 놓여 있었다. 그럴 것 같아서 미야코는 한숨을 작게 쉬고 빈 캔을 주워다 쓰레기통에 넣었다. 벽장에서 담요를 꺼내 간이치를 덮어주었다. 반으로 접은 방석에 옆얼굴을 파묻고 그는 작게 코를 골고 있었다. 그도 분명 피곤하겠다 싶었다.

몸이 차가워지지 않도록 두꺼운 실내 외투인 한텐을 걸치고, 갖춰져 있던 일본풍 양말을 신었다. 잠시 바다를 바라보고 있다가 질려, 세면대에서 거울을 들여다보며, 화장을 살짝 하고 머리를 대강 땋아 올렸다. 창밖은 점점 어두워져갔고 바다도 하늘도 새까매졌다.

큰 좌탁에 엎드리다시피 해서 미야코도 꾸벅꾸벅 졸고 있는데 갑자기 고풍스러운 전화벨이 울렸다. 바닥 사이의 구석에 설치된 전화를 집어들자 "식사가 준비되었으니 어서 오세요"라고 했다.

"아, 잘 잤다."

돌아보자 간이치가 몸을 일으키더니 기지개를 크게 켜고 있었다.

"진짜 잘 자더라. 저녁 먹으러 오래."

"아, 배가 적당히 고프네. 가자."

"이거 입어. 유카타 하나면 감기 걸려."

한텐을 건네주자 간이치는 땡큐, 하고 가볍게 말하더니 그것을 걸쳤다. 분하지만 유카타뿐만 아니라 그는 한텐도 어울렸다. 전통 의상이 어울리는 남자인 것이다. 만약 이 사람과 결혼식을 올린다면 전통 혼례가 나을지도 모르겠다고 미야코는 멍하니 생각했다. 웨딩드레스도 입고 싶지만, 간이치의 문장이 들어간 몬쓰키하카마 차림이 보고 싶으니 위아래로 하얀 시로무쿠라도 괜찮을지 모른다. 드레스는 피로연에서 입으면 되겠다며 식사 장소로 향하는 복도를 걸으면서 미야코는 생각했다.

아, 난 역시 이 사람과 결혼하고 싶은 거구나, 하고 미야코는 간이치의 뾰족한 어깻죽지를 바라보면서 생각했다.

식당 테이블은 예쁘게 세팅되어 있어서 아담한 레스토랑 같았다. 난방이 강했지만 그런 것치고는 발밑이 서늘해서 미야코는 한텐을 벗어 무릎에 걸쳤다. 그러자 간이치가 "어" 하고 목소리를 냈다.

"유카타 예쁘네?"

황금색 유카타는 센스가 탁월하다고 할 수 없고 연령적으로도 어중간하다 싶지만, 온천에서 빌리기에는 그나마 괜찮다 싶어서 고른 것이었다.

"이거 조금 전에 로비에서 빌렸어."

"엄청 잘 어울려. 왠지 오늘 예쁜 것 같네. 오미야."

그런 소리를 선뜻 하자 미야코는 그만 발그레해졌다. 간이치도 유카타 잘 어울려, 조금 전에 몬쓰키하카마를 입혀보고 싶더라고, 그리 말하려 했지만 말하지 못했다. 단지 자그맣게 "고마워"라고 중얼거렸다.

생맥주와 안주가 나와서 가볍게 건배를 하고 한 모금 마신 차에 미야코가 말했다.

"저기 말이야, 부탁이 있는데."

"응?"

"오늘은 할 말이 있으니 더 이상 마시지 마. 모처럼 진수성찬을 먹는데 미안하지만, 간이치는 마시면 자잖아."

어떤 반응을 보일까 싶었지만, 그는 "응" 하고 애매하게 중얼거렸다.

"이야기 끝나고 마시자."

"알겠어."

정갈한 코스풍 요리가 나란히 놓이자 두 사람은 말수를 줄이고 그것을 먹었다.

"실은 나 본가에서 나오게 됐거든."

미야코는 이야기를 꺼내기 시작했다.

"나오다니?"

"그 집 팔게 됐어. 우리 부모님 월세로 옮기신대. 그런데 거기엔 내 방이 없대."

간이치는 묵묵히 미야코의 얼굴을 보고 있었다.

"그래서 나 집을 구해야 하는데 저기 같이 살면 어떨까 해서."

"응? 나랑?"

"간이치 말고 누가 있겠어. 얼버무리지 마. 간이치네 가게가 요쓰야라서 좀 더 가까운 곳으로 이사 가고 싶다고 했잖아. 나는 아울렛으로 출퇴근도 해야 하니 조반선 노선에서 좀 더 도쿄와 가까운 집을 구하면 어떨까?"

간이치는 표정을 바꾸지 않고 젓가락으로 회를 집어서 입에 넣었다. 대답을 좀처럼 하지 않았다.

"안 내켜?"

"아니, 놀라서."

"놀랄 게 뭐 있어? 난 쭉 생각한 건데."

"그건 결혼하자는 뜻이야?"

"결혼인지 아닌지는 모르겠어."

"모른다고?"

표정이 굳어 있던 간이치가 웃음을 터뜨렸다. 그리고 고개를 끄덕였다.

"알겠어. 같이 살자."

"어, 그렇게 즉답해도 돼?"

"뭐야, 싫어?"

"왜 더 생각 안 해?"

"생각해도 답은 같잖아."

간이치는 이미 마셔버린 맥주잔을 치켜들고 비어 있다는 사실을 확인하더니 인상을 찌푸렸다.

"나, 간이치랑 같이 살고 싶긴 한데 여러모로 망설이게 되기도 해."

그는 의자에 등을 기대 눈을 가늘게 뜨고 미야코를 보고 있었다.

"같이 집을 구한다 해도 간이치가 돈을 얼마나 낼 수 있는지도 모르잖아."

간이치는 고개를 살짝 끄덕였다. 지나가던 여성 종업원에게 "죄송한데요"라고 말을 걸더니 우롱차 두 잔을 부탁했다.

"그 연립은 월세가 얼마야?"

"3만 엔."

싸다, 하고 미야코는 입 밖으로 내지 않고 생각했다.

"그럼 단순히 생각해서 둘이 돈을 똑같이 낸다면 6만 엔인 곳을 구할 수 있단 거네? 그런데 방 두 개는 있었으면 하니까……. 음, 5천 엔은 낼 수 있어?"

"응."

미야코는 살짝 안심했다. 그 정도 있으면 욕실과 세탁실이 버젓하게 딸린 집을 구할 수 있을 것이다.

"오미야네 부모님은 동거하는 거 허락하셔?"

"뭐, 이제 상관없잖아."

"그런가?"

왠지 조금 서운한 듯 간이치는 웃었다.

"오미야는 결혼하고 싶어?"

"어, 그러니까 그건 잘 모르겠다니까."

"그 나이에 결혼하고 싶은지 아닌지도 모르는 남자랑 동거해도 되겠어?"

"하긴 그렇긴 하지."

뺨을 괴고 있던 미야코가 한숨을 쉬자 간이치가 웃으며 "곰곰이 생각하는 편이 나을 거야"라고 웃었다.

미야코는 발끈해서 입술을 삐죽거렸다.

"난 너무 과할 정도로 생각했는데도 아직 생각이 부족하다 싶어. 그래도 이 이상은 판단 재료가 없으니까. 간이치는 자기에 대해서 말을 안 하니까."

"뭐가 듣고 싶은데?"

"여러모로 많지. 경제적인 사정에 대해서 물으면 안 된다 싶지만, 그래도 같이 산다면 어느 정도는 알아두고 싶어. 예를 들어 아버지 요양비용이라든가 어떻게 하고 있어?"

간이치는 "아아" 하고 희미하게 웃었다.

"입소비는 집을 판 돈으로 냈고 매달 나가는 돈은 누나랑 합쳐서 내고 있어."

"간이치는 얼마 내고 있어?"

"지금은 한 달에 6만 엔 정도였던가?"

한 달에 6만 엔은 상당한 금액이기에 미야코는 생각 이상으로 충격을 받았다. 지금 간이치가 사는 집의 두 배다. 간이치의 월급이 얼마인지 모르지만, 20만 엔 이상 받고 있는 것 같지는 않다. 그는 미야코처럼 옷에 돈이 들지 않지만, 그런데도 안락하게 살고 있지 않다. 그 6만 엔을 저축할 수 있다면 1년이면 상당한 금액이 된다. 아버지 요양비로 내는 거니 어쩔 수 없지만, 그 돈을 계속 내는 한 예를 들어 아이를 만드는 건 버거울 듯했다.

조금 전에 느낀 안도감이 거짓말처럼 불안으로 덧칠되었다.

그때 다음 요리가 나왔다. 이 료칸의 명물인 금눈돔 샤브샤브라고 서빙하던 여성이 말했다. 옅은 복숭아색 생선살을 작은 냄비에 담긴 뜨거운 물에 담갔다가 입에 넣었다.

"부드럽네."

그런데도 미야코는 평정심을 가장해 그리 말했다. 그러자 간이치가 문득 웃었다.

"오미야 무리하지 마."

"응? 무리라니?"

"나 말이야, 오미야랑 있으면 즐거워. 여자랑 사귄 경험이 그렇게 많지는 않지만, 그중에서도 오미야는 같이 있으면 재미있는 사람이야."

"나도 마찬가지야."

"그런데도 불안하지? 이해해."

마치 미야코를 위로하는 듯한 말투로 그가 말했다.

"나, 나란 사람 정도는 잘 알고 있어. 오미야 집에 인사하러 갔을 때도 어차피 반대하실 거란 거 알고 있었고, 오미야는 부모님이 반대하면 돌아서지 않을까 싶었어. 그래서 차라리 홀가분했고. 오미야네 아버지를 가게에 오는 손님이라 생각하니 아무렇지도 않았어. 그것보다 오미야랑 언제 만나더라도 이게 마지막일지도 모른다고 마음속 어딘가로 생각하고 있었어."

"간이치……?"

술에 취한 것도 아닌데 왠지 하는 말이 미묘하게 이상하게 느껴졌다.

"난, 중졸이니까."

"그런 건 관계없어."

"응, 오미야가 그걸로 차별할 만한 사람이 아니란 것 정도는 알고 있어. 하지만, 그래도 불안하지? 불안한 거 견디기 힘들지? 잘 자랐다는 건 그런 거라고 난 생각해."

"무슨 소리야?"

간이치는 지금까지 본 적 없는 표정을 짓고 있었다. 시니컬한 느낌의 옅은 미소 건너편으로, 눈앞에 있는 작은 냄비 밑의 고체연료처럼 푸른 불꽃이 비쳐 보이는 듯했다. 그게 단념인지 분노인지 미야코는 알 수 없었다.

"나, 봉사활동 하러 갔다고 했잖아. 처음에는 마사루네 집을 정리하고 그 후 그곳에 모인 무리랑 근처 집을 정리하고 옆 동네 소방단 리더가 급조한 봉사활동 그룹에 섞여서 조금씩 북상했어. 북상할수록 상황이 심각했어. 어쩌다 이 지경이 됐나 싶을 만큼 차도 집도 망가지고 썩은 물고기 냄새가 지독해서 뭘 먹어도 토했어. 그래도 바로 얼마 전까지 사용하던 가재도구가 부서져서 진흙투성이가 된 걸 보니 왠지 이상한 스위치가 들어오더라고. 진흙을 파내고 기와를 정리하고 며칠이나 이불에서 잠을 못 잤어. 밤중에 여진이 오면 파도가 밀려오지 않을까 내심 졸아서 위축돼 있었고. 그래도 그 지역 사람들이 눈물을 흘리면서 감사해주더라고. 그 때문에 한 일은 아니었지만, 아 다행이다 싶었어. 그래서 그 부근에 사는 아저씨랑 친해져서 밤에 한잔하게 됐는데."

간이치가 갑자기 그런 이야기를 시작해 미야코는 당황했다.

"자넨 평소에 뭘 하나 하는 이야기 나와서, 난 질문 받은 대로 중졸에 갓포에 들어갔고 지금은 출근하지 않는다고 했더니 그럼 안 된다고 갑자기 그러더라고. 적어도 고등학교 졸업장 정도는 따라고, 내일 그냥 집에 가서 가게에 출근하라며, 불안한 듯이 말하더라. 조금 전까지만 해도 그렇게 감사하며 울었으면서. 웃음이 다 나더라고."

"간이치?"

"모르는 아저씨야. 무슨 상관이냔 말이지. 그런데 그게 보통 사람들의 의견이야. 나는 모르는 아저씨까지 불안하게 만드는구나 싶더라. 모르는 아저씨뿐만 아니라 마사루네 아버지도 마찬가지고. 마사루 누나랑 둘이서 엉망진창이 된 식기를 씻고 있으니 어이, 간이치, 우리 딸한테 손대지 마, 넌 괜찮은 녀석이지만 우리 딸한테는 더 나은 삶을 살게 해주고 싶으니까, 라며 웃으면서 말하더라고. 농담처럼 말했지만 본심이겠지. 그래도 나 그거 이해가 가. 내가 누군가의 부모라면 분명 나 같은 남자랑 결혼시키는 건."

그쯤에서 갑자기 간이치는 말을 끊었다. 숨을 크게 들이쉬고 뱉었다. "만약 오미야가 언젠가 결혼해서 애를 낳고 싶고 불안감 없이 살고 싶다면 나랑은 관두는 편이 좋지 않을까?"

간이치가 차가운 미소를 띠고 말했다. 미야코는 무슨 말을 해야 좋을지 할 말을 찾지 못했다.

그때 메인인 일본풍 스테이크가 날라져왔다. 서빙하던 여성이 눈앞에서 와사비를 갈아주는 것을 미야코는 그저 보고 있었다.

미야코와 간이치는 잠자코 그것을 먹었다. 맛있을 터인 요리가 입안에서 점토 같은 맛만 났다.

"저기 그 말은 나랑은 결혼하기 싫단 소리야?"

그는 대답하지 않았다.

식당에서 나가 간이치는 담배를 사야 하니 잔돈을 빌려달라고 했다. 미야코가 천 엔짜리 한 장을 건네자 한 장 더 달라고 했다.

"천 엔이면 살 수 있잖아."

"콘돔도 사올 거야."

그렇게 선뜻 말해서 미야코는 말문이 막혔다. 얼굴이 발그스름해진 채 지갑에서 지폐를 한 장 더 꺼내 건네자 그는 로비 쪽으로 가볍게 걸어갔다.

그러고 보니 오늘 만나고서 간이치는 담배를 한 번도 피우지 않았다. 고속도로 휴게소에서도 점심을 먹은 후에도 재떨이를 찾지 않았다.

혼자 방으로 돌아오자 큰 좌탁은 방 가장자리에 치워져 있고 이불이 깔려 있었다. 딱 붙여서 나란히 놓인 이불 두 채를 곁눈질하고서 미야코는 방에 있는 냉장고를 열었다.

왠지 가슴이 술렁이며 가라앉지 않았고 식당에서 난방이 너무 셌던 탓에 목이 말랐다. 츄하이 캔을 보니 마시고 싶어졌지만 이제부터 제대로 이야기를 나눠야 한다는 생각에 옛날 느낌이 나는 콜라병을 손에 들었다.

넓은 툇마루에 놓여 있는 등나무 의자에 무릎을 접어서 구부려 자신을 끌어안듯이 몸을 말았다.

나는 모르는 아저씨까지 불안하게 만드는구나 싶더라, 라고 간이치는 옅은 미소를 띠고 말했다.

그의 입에서 나약한 소리를 들은 건 생각해보니 처음이었고 나는 앞으로도 간이치의 곁에 있을 테고 함께 살아가면서 행복해지자, 아니 내가 간이치를 행복하게 만들어줄 테니 안심해! 라고 말해주고 싶은 마음도 들었지만, 그건 미야코의 본심과는 미묘하게 달랐다.

잠시 무릎을 끌어안고 얼굴을 파묻고 있었지만, 간이치가 좀처럼 돌아오지 않아서 스마트폰을 들고 시간을 봤다. 벌써 30분 이상 지나 있었다. 유카타 차림으로 지갑도 없이 어디로 간 걸까, 하고 미야코는 간이치에게 라인을 보냈다. 그러자 방구석에서 알람이 울렸다. 일어나서 소리가 나는 쪽을 들여다보자 간이치가 벗어서 적당히 개어놓은 청바지 위에 그의 휴대전화가 내버려져 있는 걸 발견하고 무심코 혀를 찼다.

걱정과 초조함이 뒤섞여 로비 층까지 내려가 흡연 코너와 기념품숍을 둘러보았지만, 그의 모습은 보이지 않았다. 방으로 돌아와 앉았다가 서기를 반복하고 있으니 갑자기 문이 열렸다. "미안, 미안" 하고 웃는 간이치에게서 담배와 희미하지만 알코올 냄새가 났다.

"어디까지 갔다 온 거야?"

"한잔하고 왔어."

"뭐?"

담배를 사려고 편의점을 찾으며 걷다가 꼬치구이집 앞을 지나가게 되었고, 때마침 쉬러 나온 점원에게 물어보니 쭉 앞에까지 편의점이 없다는 소리를 들었다. 세븐스타라도 괜찮으면 우리 가게에 있어요, 라는 말을 듣고 그 가게로 들어간 김에 한잔하고 왔다고 한다.

"말도 안 돼! 걱정하면서 기다렸는데!"

"아니, 정말 딱 한잔만 했어. 2천 엔밖에 없어서 사와 한잔."

"마시면 잠들면서! 오늘은 진지하게 이야기를 나눠보고 싶었는데!"

"안 잘게. 안 자면 되잖아."

전혀 주눅 드는 기색 없이 간이치는 입가로 웃었다. 그리고 아이고, 하고 조금 전까지 미야코가 앉아 있던 툇마루의 의자에 앉았다. 미야코는 불만을 더 부리고 싶은 마음을 꾹 참고 그의 건너편에 앉았다.

"이야기 아직 이어지는 거였어? 그래서 뭔데?"

"얼버무리지 마. 간이치는 나랑 같이 사는 게 내키지 않아?"

"설마. 오미야랑 같이 살면 즐겁겠지."

"그럼 왜 관두는 편이 낫다고 했어?"

"나중에 이러쿵저러쿵 소릴 듣기 싫으니까."

그 말을 듣고 미야코는 어처구니가 없었다.

"이러쿵저러쿵이라니 그게 뭐야?! 내가 나중에 혼인신고라든가 애가 가지고 싶다고 말 안 꺼내게 선 긋는 거야?"

"그렇겐 말 안 했어."

"그럼 뭐야?! 너무 약은 거 아냐? 네가 그렇게 말한다면 같이 살아주겠지만, 그 뒤에는 아무것도 기대하지 마란 소리야? 이런 남자라도 괜찮다고 그쪽이 말했으니까, 라고 못을 박아두는 거야? 결국 가볍게 하고 싶은 것뿐이었어? 기둥서방이야? 쓰레기야?"

무심코 거친 소리를 내자 그는 나른한 듯 목 언저리를 긁적였다.

"그렇게 생각한다면 관두는 편이 낫지 않냐는 소리야."

간이치는 의자에 기대 조금 전과 마찬가지로 옅고 차가운 미소를 짓고 있었다.

밤의 료칸, 희미한 등불 아래에서 유카타 차림으로 다리를 꼬고 있던 간이치는 이런 순간에도 어딘가 매력적인 색기를 띠고 있었다. 조금 전 식당에서 살짝 엿보였던 노골적으로 떠는 듯한 나약함은 이제 전혀 보이지 않아서 파고들 틈이 없었다.

"나, 그거 말고도 묻고 싶은 게 있어."

"응, 이 기회에 뭐든지 물어봐."

"요전번에 나 술집에서 간이치 중학교 동창이라는 남자를 딱 마주쳤다가 들었는데."

"응? 누구?"

"그러고 보니 이름도 모르네. 사귀기 전에 차가 안 움직여서 내가 곤란했을 때 차 시동 걸어줬잖아. 그때 같이 있던 이상한 둥근 안경을 낀 사람 말이야. 쇼핑몰 매장에서 일하는 멋쟁이 남자."

"아, 히라이 말이구나."

"이름이 그거구나. 뭐 그건 아무래도 상관없지만."

"그 녀석을 만났어?"

"혼자 한잔할 때 건너편에서 단체로 마시고 있었는데 돌아가는 길에 말을 걸더라고."

간이치가 인상을 찌푸렸다.

"오미야, 혼자 마시러 가기도 해?"

"가끔은 가. 그것보다 둥근 안경이 이상한 소릴 했거든."

미야코는 입술을 깨물며 잠시 망설였다. 이런 이야기는 하지 않는 편이 좋을 듯했지만, 더 이상 아무 일도 없었던 척하는 것도 한계였다.

"간이치가 중학교 때 꽤 불량했다는 소릴 들었어. 그 녀석 간이치한테 맞거나 협박당한 적도 있다고 했고. 그리고 간이치가 고등학교에 안 간 건 갓포 일이 정해져서가 아니라 고등학교 수험 전날에 체포돼서라고 했어. 사실이야?"

그는 미동도 하지 않고 미야코를 보고 있었다.

"그 원인도 들었어. 친구가 여학생한테, 그러니까, 난폭하게 굴어서 간이치도 의심받았다고……."

"사실이야."

선뜻 인정해서 미야코는 자신이 생각했던 것보다도 충격을 받았다. 부정해주기를 바란 건 아니지만, 간이치가 조금은 동요하는 모습을 보여주지 않을까 싶었는데 그의 표정은 변하지 않았다. 간이치는 테이블에 놓아둔 콜라를 천천히 들어 병을 입에다 대고 한 모금 마셨다.

"나 그 무렵에 제일 난폭했으니까."

병을 놓고 간이치는 나른한 듯 의자에 기댔다.

"질렸어? 내가 무서워졌어?"

미야코는 고개를 숙이고 말을 쥐어짜내듯이 했다.

"간이치가 불량했다는 건 외양이나 언동에서 어렴풋이 알고 있었어. 그건 과거 일이니까 지금은 상관없지만, 이야기는 그뿐만이 아니었어. 둥근 안경이 이런 말도 했어."

"응?"

"간이치가 날 보고 가슴이 커서 한 번 하고 싶다고 했다고. 간이치뿐만 아니라 남자는 다들 그런 얼굴을 하지 않고서도 가슴을 본다고. 그걸 잘나간다고 착각하고 있는 거 아니냐고 했어."

그 말을 듣고 간이치는 역시 표정이 굳어졌다. 혀를 크게 차더니 고개를 옆으로 돌리고 "그 자식 죽여버릴 거야"라고 으르렁대듯이 말했다.

"가슴이 크니까 한 번 하고 싶다고 그 사람한테 말한 거 사실이야? 날 그런 눈으로 봤어?"

그는 시선을 피한 채 입을 다물었다. 그리고 한숨을 쉬었다.

"말했을지도 몰라."

"……그렇구나. 말했구나."

"변명일지도 모르지만, 내가 오미야를 좋아했던 건 그런 이유 때문만은 아냐."

"그건 100퍼센트 변명이네."

노골적으로 욱한 모습으로 간이치는 목소리를 낮추었다.

"애초에 여자 혼자서 한잔하러 가니까 이상한 녀석이 꼬이잖아."

"뭐어?"

반사적으로 큰 소리가 나왔다.

"내가 혼자 마시러 가든 말든 간이치한테 일일이 잔소리 들기 싫거든?"

"그럼 나도 잠깐 한잔하고 온 걸로 앙칼진 잔소리 듣기 싫어."

"그거랑 이건 이야기가 전혀 다르잖아. 전혀 다르다고!"

휴우, 하고 간이치는 보란 듯이 한숨을 쉬었다.

"어쨌거나! 가슴이 커서 하고 싶다고 했을지도 몰라도 그건 남자들끼리 던지는 농담이야. 아니, 조금은 진심이 담겨 있었겠지만, 그뿐만이 아니라는 것 정도는 알아줘!"

억누르고 있던 그의 목소리가 화가 더해졌는지 강해졌다. 그리고 한 박자 두고 소리를 죽이고서 이렇게 말했다.

"남자는 다들 네 얼굴보다 가슴을 본다고 난 그렇게 생각 안 해. 그런 저질스러운 말을 곧이곧대로 받아들이지 마."

미야코는 아래를 내려다본 채 황금색 유타카의 무릎을 응시했다. 바로 조금 전 간이치가 유카타 차림을 칭찬해준 일이 먼 옛날의 일처럼 느껴졌다. 분위기가 어쩌다 이렇게 돼버린 걸까. 함께 살고 싶다고 말을 꺼내지 않았더라면 분위기가 여전히 훈훈했을 텐데 싶었지만, 미야코는 고개를 살짝 저었다. 아무것도 정해지지 않은 상태로 질질 끌어가며 사귀는 것은 더 이상 불가능할 듯했다.

"……알아. 간이치는 나한테 늘 다정하게 대해줬잖아. 그냥 하고 싶었을 뿐이라면 그렇게 자상할 리가 없겠지. 발단은 아무리 그렇다 해도."

"뭐어? 발단? 그렇게 발단이 중요해? 아아, 우연히 길에서 부딪쳐서 서로 한눈에 반하는 소녀 취향이 좋은가보네. 퇴물 양아치에 중졸에 저질이라서 미안하게 됐어."

간이치는 무뚝뚝하게 말을 내뱉었다. 반항적인 옆모습에 기시감이 들었다. 간이치는 무뚝뚝하기는 하지만 이런 표정은 그다지 지은 적이 없었기에 미야코는 놀라면서도 고개를 갸웃거렸다. 맞다, 처음 대면했을 때, 회전초밥집 카운터 안에서 그가 이런 표정을 짓고 있었던 것을 떠올렸다.

"나, 직장에서 성추행 당했어."

"뭐어?"

미야코가 갑자기 그런 이야기를 꺼냈기에 다른 쪽으로 고개를 돌리고 있던 간이치가 시선을 되돌렸다.

"둥근 안경이 한 불쾌한 이야기를 꺼낸 건 이 이야기가 하고 싶어서야. 반년 정도 전이었던가. 직장 환영회 송별회 때 남자 상사가 가슴을 만졌어."

입술을 살짝 뗀 채 멍한 얼굴로 그는 미야코를 보고 있었다.

"만진 게 아니라 꽉 쥐는 바람에 나중에 멍도 심하게 들었어. 원래 그 상사, 남의 가슴을 유심히 보거나 은근슬쩍 건드리거나 점장한테까지도 손대는 최악의 인간이었어. 그걸 회사에 겨우 고발해서 그 녀석 이동하게 됐어."

"왜."

쭉 의자에 몸을 젖히다시피 하고 있던 간이치가 몸을 내밀더니 주먹으로 테이블을 쳤다.

"왜 지금까지 아무 말 안 한 거야?"

"말한들 어떻게 되겠어? 네가 할 수 있는 게 있어?"

허를 찔린 듯 그는 움직임을 멈추었다.

"그 성추행 상사랑 간이치가 여자들의 큰 가슴에 흥미가 있어서 만져보고 싶다고 생각한 점이 같다고까지는 말 안 할게.

그런데 그 차이점을 따져서 선악을 판단하는 것도 여자인 내 역할이야?"

테이블 위의 주먹이 가늘게 떨리기 시작한 것을 보면서 어쩌면 한 대 맞을지도 모른다고 남의 일처럼 생각했다. 간이치의 자존심에 상처를 주고 있다는 의식은 있었다.

"조금 전에 간이치는 자길 중졸이라고 했는데 중졸로 사회에 나가서 수많은 편견을 맞닥뜨려 고생했을 거야. 나도 솔직히 처음에 간이치가 중졸이라는 말을 들었을 때 놀랐고 불안해지기도 했어."

이제 될 대로 되라는 심정으로 미야코는 이어서 말했다.

"근데 그건 내가 여자로서 평균보다 가슴이 크다는 조건에서 생기는 거랑 별반 다르지 않지 않아? 여자이고 가슴이 커서 나도 불편하거나 불쾌한 일을 많이 겪어왔지만, 그렇다고 가슴을 꽁꽁 싸매고 새우등을 하고서 소심하게 살고 싶진 않아. 헐렁한 옷이 아니라도 가슴이 부각되더라도 내 사이즈에 맞는 옷을 입고 싶어. 간이치도 그러면 되잖아. 게다가 그렇게까지 신경 쓰이면 지금부터 검정고시를 봐. 내 가슴은 작게 만들 수 없지만, 간이치의 콤플렉스는 하고자 마음먹으면 조금은 개선되잖아. 내가 도울게."

주먹을 테이블에서 떼어내더니 간이치는 잠시 고개를 숙이고 있었다. 이윽고 머리를 벅벅 긁는다 싶더니 갑자기 일어나 "담배 좀 피우고 올게"라고 말했다.

"도망치지 마."

"뭘 도망친다는 거야. 담배 피우러 가는 것뿐이야."

"그걸 도망이라고 하는 거야."

일어나서 걸어가는 그의 앞을 미야코는 가로막아 섰다. 그리고 한텐의 옷깃을 양손으로 붙잡고 흔들었다.

"불안한 건 나보다 간이치 아냐? 우리 부모님이 반대한다든가 언제 만나든 마지막일지도 모른다고 생각한다든가, 그게 자신한테 가치가 없다고 생각하니까 언제 내쳐질지 몰라서 벌벌 떠는 거지? 나중에 이러쿵저러쿵 잔소리를 듣고 싶지 않다는 것도 기대하게 하고 실망시키는 게 두려워서가 아니야? 내일 일 따윈 전혀 걱정하지 않는다는 얼굴을 하고 있지만, 실은 아닌 거지?"

"너 무슨 소릴 하는 거야?"

간이치는 시끄럽다는 듯 매달린 미야코를 오른손으로 뿌리쳤다. 큰 힘은 아니었지만, 그러는 바람에 다다미 모서리에 미끄러져서 균형을 잃고 툇마루 쪽으로 몸이 크게 기울었다. 아차 싶었던 순간에 의자와 함께 요란한 소리를 내며 넘어져 있었다. 테이블 위에 놓인 콜라가 쓰러져 순식간에 바닥에 퍼졌다.

"아, 미안. 괜찮아?"

미야코가 심하게 넘어지는 모습에 초조해진 간이치는 다급히 몸을 구부렸다. 그가 내민 손을 이번에는 미야코가 뿌리쳤다.

노려보았지만 눈앞이 눈물로 일렁였다.

"불안하다고! 내가 불안하다고!"

그의 눈빛에서 기가 죽은 것을 보고 미야코는 감정이 폭발한 것을 자각했다. 간이치에게 매달려 하소연했다.

"생리가 늦어서 임신한 줄 알았던 적도 있었어. 그때 엄청 무서웠어. 간이치랑 나 사이에 애가 생기면 키워나갈 수 있을지 두려웠어. 친구한테도 상담했어. 그랬더니 행복해질 수 있을지 없을지 다들 의견이 달라서 더 알 수 없어졌었어. 불안해! 정하지 못하겠다고!"

"……"

"아빠가 암에 걸리고 엄마가 언제 어떻게 될지 몰라. 나도 간이치도 언제 병에 걸릴지 몰라. 일할 수 없으면 생활을 어떻게 꾸려나가야 해? 연금도 어떻게 될지 모르는 세상에서 쉽게 생활보조를 받을 수도 없을 거야. 둘 다 저금을 할 수 있는 생활이 아니잖아. 얼마나 저축해야 안심할 수 있을까? 불안하다고! 불안하지 않은 척 못 하겠어!"

하염없이 쏟아지는 눈물을 미야코는 멈추지 않았다. 간이치는 미야코의 얼굴을 양손으로 감싸더니 천천히 엄지로 눈물을 닦아주었다.

"요즘 일본인 가운데 두 사람 중 한 사람은 암에 걸린대."

조용한 목소리로 간이치가 그리 말했다. 미야코는 눈을 크게 떴다.

"사인이 80년대부터 쭉 암이 가장 많이 늘어난 반면, 연간 자살 인구는 2만 명 이상. 선진국 중에서 톱클래스. 교통사고 사망자 약 여섯 배. 저출산고령화 비율도 세계에서 단연코 선두. 사회보장비는 엄청 늘고 연금수령 연령은 갈수록 올라가고 지급액은 확 내려가겠지. 불안하지 않은 일본인은 없지 않을까."

간이치는 아이를 어르는 듯한 얼굴로 그리 말했다.

미야코는 바들거리며 다다미에 손을 짚었다. 몸 깊숙한 곳에서 떨려왔다. 간이치는 갑자기 일어나더니 방을 가로질러갔다.

문을 여는 소리가 들렸다. 이윽고 돌아오더니 미야코의 옷을 다다미에 내려놓았다.

"오미야, 옷 갈아입어. 잠시 바깥 공기 쐬러 가자."

내일 아침까지 입지 않을 터였던 블라우스와 카디건을 걸치고서 기껏 온 여행을 망쳤다는 생각이 들어 미야코는 심하게 침울해졌다.

코트를 느릿느릿하게 걸치자 얼른 옷을 다 갈아입은 간이치가 "왠지 그거 추워 보이는데"라고 중얼대며 자신의 점퍼를 벗어서 미야코에게 건네주었다. 거절할 기력도 없어서 좋아하는 흰 코트를 벗고 그의 검은 점퍼를 입었다. 그건 크고 따스하고 먼지 냄새가 났다.

그의 손에 이끌려 료칸 밖으로 나갔다. 점심때는 비교적 따스했는데 역시 밤에는 공기가 싸늘하고 차가웠다. 간이치는 트레이닝복 위에 료칸 한텐을 입고 미야코가 하고 온 빨간 체크무늬 머플러를 두르고 있었다.

차가 드문드문 지나다니는 국도를 해안가 도로를 향해 건넜다. 가로등 간격이 넓어서 주변이 어두웠다. 바다는 새까맣고 고기잡이배의 등불조차 보이지 않아서 블록에 부딪히는 하얀 파도만 떠올라 있었다.

큰 파도소리와 코를 찌르는 바닷물 냄새, 오른손으로 느껴지는 간이치의 손의 감촉. 주변이 어두운 만큼 시각 말고 다른 감각이 두드러졌다. 방에서 불안했던 감정을 전부 쏟아내서인지 기분은 꽤 차분해져왔다.

간이치는 갑자기 일어나 미야코가 입고 있던 점퍼 주머니에 손을 집어넣더니 담배를 꺼냈다. 낡은 성냥으로 불을 붙였다.
"저기 혹시 담배 끊었었어?"
"응, 뭐."
"끊은 담배를 다시 피우고 싶어질 만한 이야기였긴 하지."
연기를 내뿜는 옆얼굴에 표정이 없었다.
"……오미야는 행복해지고 싶지?"
"그야 그렇지. 친구한테도 상담하기도 했고, 어떻게 하면 행복해질 수 있을지 이렇게 저렇게 생각도 해보고."
"행복 원리주의구나."
간이치가 한쪽 뺨으로만 웃었다.
"결혼해서 안정을 찾고 아이를 낳는 게 오미야가 행복을 달성하는 길이야?"
"그런 소린 안 했어."
"그런데?"
"그 가능성을 나한테서 없애려고는 안 하고 있어."
그는 대답하지 않고 담배를 발밑으로 떨어뜨려 발로 비비더니 미야코의 손을 다시 잡고 걷기 시작했다. 콘크리트와 블록으로 다져진 해안선은 쭉 앞까지 이어지고 있었다. 그에 따라 어슬렁어슬렁 걸었다.

입김이 하얗다. 아무리 걸어도 몸은 따뜻해질 기미가 없었고 발밑에서 냉기가 쑥쑥 올라왔다.

간이치가 너무 말이 없어서 미야코는 입을 열었다.
"나는 간이치가 운명의 사람인지 아닌지 내내 생각하고 있어. 간이치는 그런 생각 전혀 안 해?"
"운명?"

그가 갑자기 일어나 미야코의 얼굴을 들여다보았다. "운명?"이라고 한 번 더 물었다.

"오미야, 운명을 믿어?"

별 생각 없이 말한 운명이라는 단어에 그가 묘하게 반응하자 미야코는 불쾌해서 인상을 찡그렸다.

"라플라스의 악마를 믿어?"

"뭐어?"

"라플라스의 악마. 몰라?"

"몰라. 그게 뭔데?"

"라플라스의 악마라는 건 19세기 프랑스 수학자 라플라스 경이라는 사람이 고안한 이론인데 인류의 시나리오는 모두 사전에 정해져 있다는 개념이야. 세상에 존재하는 모든 원자의 위치와 운동량을 파악할 수 있는 지성이 존재한다고 하지. 뭐 신이라고 생각하면 돼. 그 신은 원자의 시간 발전을 계산할 수 있으니까 미래 세상이 어떻게 되는지 완벽하게 알 수 있을 거라고 생각한 거야. 그런데 세상 모든 일이 돌아가는 형세를 알다니 신이라기보다 오싹한 악마 같지 않아? 그래서 어느새 라플라스의 악마라고 불리게 됐지. 20세기에 들어 양자역학이 등장하고 모든 원자의 위치와 운동량을 알 수 없다는 사실이 상식이 될 때까지 물리학자는 진심으로 고민했고."

"그만 됐어!"

미야코는 잡고 있던 손을 흔들어 뿌리쳐 간이치의 유창한 설명을 가로막았다. 그는 어리둥절해했다.

"오미야가 운명이라는 소릴 하니까."

하아, 하고 웃더니 미야코에게 등을 돌리고 간이치는 걷기 시작했다. 점점 멀어져가는 그의 등을 미야코는 쥐고 있던 주먹을 부들부들 떨면서 바라보았다.

뱃속에서 분노 덩어리가 치밀어 올랐다.

미야코는 아스팔트를 걷어차고 5미터 정도 앞서 걸어가던 간이치를 쫓아가서 달려간 속도로 자신의 오른다리로 그의 무릎 뒤편을 힘껏 걷어찼다.

"아야!"

간이치는 목소리를 높이고서 맥없이 그 자리에 쓰러졌다. 무슨 일이 일어났는지 모르는 얼굴로 고개를 돌려 미야코를 쳐다보았다. 미야코는 사람을 걷어찬 적이 태어나서 처음이라 그게 의외로 명중했다는 사실에 내심 놀라고 있었다.

예전에 도마와 쇼핑몰에서 스쳐지나갈 때는 폭력적인 행동을 참아낼 수 있었는데 연인에게 폭발할 줄은 몰랐다. 이게 바로 데이트 폭력이라고 생각하면서도 어딘가 기분 좋게 흥분하는 자신의 존재를 느꼈다.

"완전 재수 없어."

미야코가 말하자 간이치는 인상을 찌푸렸다. 뭐야, 하고 중얼거리며 일어나려고 했다. 미야코는 생각하기보다 앞서 일어나려고 하는 그의 어깨를 세게 밀쳤다. 전혀 방어 태세를 갖추지 않았던 간이치는 다시 도로에 털썩 주저앉았다.

"너 왜 이러는 거야?!"

발밑에서 엉덩방아를 찧은 간이치를 미야코는 내려다보았다. 그가 고함을 질러서 괜히 난폭해진 기분에 불이 붙었다.

"자기가 곤란해지는 상황이 펼쳐지면 어물쩍 넘어가는 게 재수 없다고!"

한쪽 팔꿈치로 몸을 지탱하고 다리를 벌린 채 도로에 자빠져 있는 간이치의 앞에 미야코는 오른발을 턱 내딛었다. 그리고 간이치의 옆에 담뱃갑이 떨어져 있다는 사실을 알아차리고 반대쪽 발로 그것을 힘차게 밟아 뭉갰다. 얼굴 바로 옆을 미야코가 앵클부츠를 신은 발로 내리찍으려 하자 그는 흠칫 떨었다.

"나도 운명이 없다는 건 안다고!"

미야코는 목이 메는 것을 느꼈다. 숨 막혔다. 진짜로 하던 생각을 말로 할 때는 늘 폐가 압박받는 느낌이 든다.

"난 같이 살고 싶다고 했어. 이대로는 변화도 없고 그래선 고민하는 내용도 달라지지 않아. 결과가 어떻든 앞으로 나아가고 싶어서 제안하는 거야. 불안감이나 고민을 없애고 싶은 게 아니라 종류를 바꾸고 싶다는 거야."

간이치는 미야코가 풍기는 험악한 분위기에 입을 떡 벌리고 있었다.

"답은 예스나 노, 두 가지 중 하나야! 간이치가 옛날에 불량했던 것도 중졸인 것도 경제적으로 든든하지 못한 것도 실컷 봐와서 알고 있는데, 생각하고 생각한 끝에 그리 제안하고 있는 거야. 그런데도 나는 간이치가 좋은데 왜 그렇게 어물쩍 돌리려는 거야? 그건 무슨 태도야?"

간이치는 놀라서 말을 하지 못하고 있었다.

"그렇게 미적지근하게 대처하려면 지금 여기서 노, 라고 하면 되잖아. 나랑 헤어진다고 하면 되잖아."

"……그렇게는 말 안 했어."

"아니거든? 변화가 두려운 건 너잖아! 겁쟁이는 너잖아! 간이치는 나랑 같이 살고 싶지 않고, 결혼도 하고 싶지 않고, 더구나 애는 더 낳기 싫잖아. 그렇게 말하면 난 떠날 거야. 그런데 둘 다 싫으니까 불평만 부리는 거잖아!"

미야코는 또다시 발을 동동 구르며 분통을 터뜨렸다.

"같이 못 산다고 거절하면 포기할 거야. 홀가분하게 포기하고 일이랑 새로운 연인을 찾는 데 힘을 쏟을 수 있겠지. 결혼하고 싶은지 아닌지 잘 모르겠지만, 난 역시 누군가와 연대해서 살아가고 싶어. 그런 상대를 찾을래!"

머리로 생각하기보다 앞서 감정이 흘러넘쳐 그리 단숨에 단언했다.

그 순간 의아한 일이 벌어졌다. 무언가가 몸속에서 불꽃이 튀어 터졌다. 단순히 간이치에게 정나미가 뚝 떨어져 폭발했을 뿐일지도 모른다. 하지만 예전에 쇼핑몰 의무실에서 푹 잠이 들었다가 깼을 때처럼 후련한 마음이 쫙 갈라진 내면에서 솟구쳤다.

이 사람이 없다 해도 살아갈 수 있다고 신의 계시를 받은 것처럼 또렷하게 생각했다. 그뿐 아니라 앞으로 마음이 잘 맞는 사람을 만나지 못하더라도 혼자라도 딱히 상관없다, 마음이 안 맞는 사람과 불안을 해소하기 위해서만 함께 있을 필요는 전혀 없다고 처음 느꼈다. 지금까지 자신은 뭐가 그리 두려웠는지 의아한 기분마저 들었다.

"핑계는 이제 됐어. 헤어지자고 해. 간이치는 본심을 알아차리지 못했어. 그렇게 어물쩍 넘기는 건 역시 달아나고 싶단 뜻이야."

간이치는 아스팔트에 엉덩방아를 찧은 채 입을 오물거리고 있었다. 미야코는 그의 앞에 웅크리고 앉았다.

늘 여유로운 표정을 짓던 간이치가 창백해져 있었다. 침묵이 흘렀고 밤중에 파도 소리가 크게 울렸다.

"난 헤어지겠다고 말 못해. 말하면 넌 자신은 어쩔 수 없이 이별을 받아들였다며, 차였다며 달아날 테니까. 중졸에 벌이가 시원찮으니 버림받았다며 달아나서 뻔뻔스럽게 지낼 게 뻔하니까."

간이치는 겁에 질린 눈으로 미야코를 응시하고 있었다.

"말 못하겠어?"

그는 무언가 열심히 할 말을 찾고 있는 것처럼 보였다.

"난 그래도 상관없어. 지금까지 즐거웠거든. 간이치랑 시시하고 아무래도 좋을 이야기를 하는 게 즐거웠어. 헤어져도 잊지 않을 거야. 몹쓸 일을 겪었다고도 생각 안 해. 잘 사귄 것 같아. 이제 만나는 일은 없어도 행복했던 마음이랑 자상하게 대해준 거에 대한 고마운 감정은 잊지 않을게."

그쯤에서 간이치가 고개를 저었다. 맨 처음엔 느릿느릿했던 움직임이 서서히 커졌다.

"싫어."

쥐어짜내다시피 하는 목소리로 간이치가 말했다.

"싫다니 뭐가?"

"헤어지기 싫어."

정말? 정말? 정말이야? 그리 말하며 매달리고 싶은 충동을 견뎌냈다. 그러면 분명 또 주도권이 상대한테로 넘어갈 것이라 직감했다. 미야코는 그의 얼굴을 시간을 들여 빤히 바라보았다.

"그럼 같이 살래?"

그가 고개를 희미하게 끄덕였다.

미야코는 한숨을 쉬었다. 급속도로 힘이 빠졌다. 웅크린 채 무릎을 끌어안고 거기에 얼굴을 파묻었다.

간이치의 손이 뻗어와 미야코의 머리를 조심스럽게 끌어안았다.

미야코도 그의 등에 팔을 둘렀다. 따스한 몸이 드디어 자신의 품에 내려왔다. 그의 등이 파르르 떨고 있었다. 너무나도 좋아하는 간이치의 몸. 걷어차거나 들이받는 게 아니라 쭉 이렇게 닿고 싶었다고 미야코는 생각했다.

방으로 돌아와 조금 쑥스러운 기분으로 두 사람은 옷을 벗고 가까스로 이불에 파고들었다.

오늘은 대체 몇 번이나 옷을 입었다 벗었다 하는 거람, 바보같아, 하고 미야코가 말하자 간이치가 동감이야, 라며 웃었다.

풀을 잘 먹인 료칸 시트가 너무 싸늘하게 느껴졌지만, 서로의 몸을 이제 한시라도 놓지 않겠다는 양 꼬옥 끌어안고 있으니 어느새 더울 정도가 되었다.

미야코는 황홀한 기분으로 눈을 감았다.

간이치의 알몸 살결은 고급스러운 담요에도 비할 바가 되지 않을 만큼 매끄럽고 따스했다. 그의 팔과 다리의 근육은 단단하면서도 보들보들해서 팔도 다리도 입술도 어딜 닿아도 들러붙어 떨어지지 않을 것 같았다.

지금 이 순간이 찾아오기까지 길었다고 미야코는 마침내 손에 넣은 감미로운 기분을 실컷 맛보았다.

그의 움직임은 한없이 자상했고 결코 미야코를 상처주지 않겠다고 안심시켰다. 이렇게 안심한 적은 어릴 적 이후로 처음이지 않을까 싶었다.

더 이상 말을 하지 않아도 된다는 사실이 이렇게 마음이 푹 놓이는 것이라는 사실을 몰랐다.

그의 튀어나온 골반을 아랫배로 느끼면서 미야코는 달콤한 행복에 젖었다. 이따금 눈이 마주치면 한창 관계를 나누고 있는데도 너무 웃겨서 둘 다 웃음이 멈추지 않았다.

둘만의 생활이 드디어 시작된다. 밖에서 열심히 일하고 때로는 부당한 일을 당하더라도 매일 이렇게 안전하고 안심되는 잠자리로 돌아올 수 있다면 노력할 수 있다고 생각했다.

숨결이 잦아들자 간이치는 미야코의 머리를 한동안 쓰다듬어주고 있다가 팔을 살포시 빼서 이불에서 나갔다. 속옷도 입지 않은 채 유카타를 걸치고 미닫이문을 열어서 방에서 나갔다.

복도 안쪽에서 화장실 물이 흐르는 소리가 나는 것을 미야코는 꾸벅꾸벅 졸면서 들었다. 함께 산다면 이런 생활음이 일상이 되겠구나 멍하니 생각했다. 눈을 감은 채 그가 방으로 돌아오는 발소리를 듣고 있는데 간이치가 냉장고를 여는 소리가 들렸다.

"오미야, 자?"

간이치가 작은 소리로 물었다. "응?" 하고 눈을 감은 채 건성으로 답하자 "한잔해도 될까?"라며 조심스럽게 물었다.

"술이 엄청 당기나 보네."

돌아보고 어처구니가 없다는 소리를 내자 "알겠어. 안 마시면 되잖아"라며 그는 냉장고를 닫았다. 목소리가 너무 풀이 죽어 있어서 미야코는 알몸인 가슴을 가리며 몸을 일으켰다.

"장난이야. 마시고 싶으면 마셔. 저녁 때 참았잖아. 그 후에 마시긴 했지만."

"미안. 나 그때 어떻게 해야 좋을지 몰라서 도피했었어."

간이치는 병맥주를 꺼내더니 벽에 갖다붙인 좌탁 위에 놓았다.

"오미야도 마실래?"

"음, 나는 됐어. 몸이 식잖아."

"그럼 차라도 타줄까?"

미야코는 유카타와 단젠(솜이 들어가 있고 소매가 넓은 실내복)을 입고 좌탁 앞에 앉았다. 잔과 사기로 된 찻주전자를 들고 온 간이치가 비스듬히 앞에 앉았다. 맨발의 발톱 끝이 서로 닿아, 그럴 행위를 할 만한 상황이 아니었는데도 이제 막 했는데 미야코는 허둥댔다.

맥주를 따른 잔과 뜨거운 차가 담긴 찻잔을 가볍게 짠 하고 건배했다.

"돌아가면 집을 구해야겠네. 오미야, 언제까지 이사해야 해?"

"1월 중에는 나가는 편이 나을 거라고 부모님이 그러셨어."

"그럼 올해 안이나 초에 정하는 편이 낫겠네."

"꽤 많이 찾아봐서 대강 찜해놓은 곳은 있으니 나만 믿어."

그렇구나, 하고 간이치는 눈을 가늘게 떴다.

"미안해. 나 장황하게 떠들어만 대서."

미야코는 양손으로 뜨거운 찻잔을 들고 웃었다.

"내가 억지로 같이 살자고 한 거야?"

"아니, 아냐. 고마워."

묘하게 차분히 말해줘서 미야코는 간이치 쪽을 보았다. 방의 불빛은 화선지로 된 조명등뿐이라서 그의 옆얼굴에 그림자가 져 있었다.

"중졸이라는 거에 집착하고 있었던 건 오미야가 한 말이 맞아."

"……."

"고등학교 검정고시를 치는 방법은 나도 알아본 적 있어. 그런데 난 간당간당한 생활을 하고 있으니 무리라고 생각했고 무엇보다 의욕이 없었어."

"응."

"그래도 지금 일하는 가겐 근무 시간표도 조정할 수 있고 회사도 비교적 의견을 반영해주는 듯하니 시도해볼게."

그의 입에서 그렇게나 선뜻 긍정적인 말이 나올 줄 몰라서 미야코는 내심 놀라고 있었다.

"오미야, 조금 전에 연대라고 했지? 나 그 말이 비교적 확 와닿더라고. 결혼이라는 단어에는 여러 가지가 지나치게 들러붙어 있어서 나 솔직히 조금 전에 오미야가 한 말처럼 소극적인 자세를 취하게 돼. 그래도 연대라면 이해해."

"전직 양아치는 연대 책임이라는 소리를 주로 들으니 익숙해서인가?"

낯간지러워서 그만 농담을 하고 말았다. 그러자 간이치는 개의치 않고 고개를 젓더니 "뭐랄까, 노동조합 같은 느낌이랄까" 하고 중얼거렸다.

"뭐?"

"폴란드 민주화 운동의……."

간이치는 말하다가 문득 입을 다물었다.

"아차, 또 지식을 늘어놓을 뻔했네."

"하하하."

"나, 남한테 도와달라는 말을 못해왔는데, 해도 된다는 생각이 조금 전에 들었어."

"당연히 해도 되지."

간이치는 맥주를 마셨다.

"나, 조금 전에 한 생각인데."

"응."

"간이치랑 난 다른 것 같아. 그런데 결혼…… 말고 연대해서 살아간다면 장단점이 같은 사람이 함께 살아봤자 뭐가 되겠어. 각자 잘하는 게 다르니 서로 보완해나갈 수 있다고 해야 할까."

그는 감탄한 듯 눈을 동그랗게 뜨고 나서 웃었다.

"그거 오래된 속담도 있어. 짚신도 짝이 있다고 하지."

"아, 그래? 들은 적 있어."

"가끔은 책 좀 읽어."

"그냥 지식 쪽은 간이치한테 맡길게."

미야코는 고개를 갸웃거리며 밑에서 그를 들여다보았다.

"그런데 운명은 없잖아? 신도 악마도 없고 말이지."

"그런데?"

"운명이 없다는 건 정답이 없다는 거잖아. 정답이 없다는 건 오답도 없다, 즉 실패도 없다."

"오, 오미야, 똑똑한데?"

두 사람은 손을 들어 소리를 내며 하이파이브를 했다.

얼마나 잠들었을까, 나지막한 진동을 느끼고 미야코는 잠에서 깼다. 귀에 익은 스마트폰의 진동 소리다. 머리맡을 더듬어 자신의 전화를 들었지만, 아무 알람도 오지 않았다. 시간은 새벽 세 시가 되던 차였다.

미야코를 뒤에서 끌어안다시피 해서 간이치는 쌔근쌔근 숨소리를 내고 있었다. 한 번 멈췄던 진동이 다시 울리기 시작해서 주변을 둘러보다 간이치의 스마트폰을 찾았다. 머릿속을 얼른 스친 것은 시설에 입소한 그의 아버지였다. 방석 위에서 그의 스마트폰이 깜박이는 것을 알아차리고 미야코는 간이치의 팔을 풀어 이불에서 기어나왔다. 전화를 들자 '유'라고 표시되어 있었다.

전화를 들고 미야코는 간이치를 흔들었다.

"전화 왔어! 조금 전부터 몇 번이나 울리는 걸 보니 받는 편이 낫지 않아?"

졸린 눈으로 휴대전화를 손에 든 간이치는 화면을 보고 의아한지 인상을 찌푸렸다.

"어, 이 시간에 웬일이야?"

전화를 받으면서 그는 일어나 앞가슴이 벌어진 유카타 차림으로 미닫이문을 열고 세면대로 나갔다.

'유'는 누굴까. 그의 누나일까. 미닫이 건너편에서 이야기하는 소리가 소곤소곤 들렸지만 내용은 알 수 없었다.

통화가 바로 끝나지 않아 미야코는 초조해하면서 미닫이를 바라보았다. 10분 정도 지나자 목소리가 끊어졌지만 간이치가 좀처럼 돌아오지 않아서 미야코는 안달이 나서 일어났다. 미닫이를 열자 노천탕으로 이어지는 문 앞 어두운 곳에서 간이치가 주저앉아 고개를 푹 숙이고 있었다.

"무슨 일 있어?"

그는 미야코를 힐끗 쳐다봤지만, 아무 말도 하지 않고 고개를 떨어뜨렸다. 미야코는 그의 앞에 살며시 쪼그려 앉았다.

"무슨 일이야? 누구한테서 온 전화야?"

"마사루."

그게 누구더라, 하고 미야코는 기억을 더듬었다.

"나스 호텔에서 일하던 녀석."

갈라진 목소리로 간이치가 말했고 그를 잘 따르던 치열이 고르지 못한 남자아이를 떠올렸다.

"마사루네 아버지가 쓰러져서 지금 응급실이래."

"아……."

그의 아버지가 아니라는 사실에 내심 마음을 놓았지만, 눈앞의 간이치는 마치 부모님이 위독하다는 소리를 들은 듯한 심각한 표정을 짓고 있었다.

"마사루가 동요하는 바람에 알아듣기 힘들어서 도중에 그 녀석 누나가 전화를 바꿔 받아 이야기를 들어보니 급성심근경색으로 아무래도 위독한가봐."

"……병원은 어디야?"

"기타이바라키."

이래서는 서둘러 갈 수도 없을 듯했다. 미야코는 어떻게 해야 좋을지 몰라서 우선 충격을 받은 듯한 간이치의 머리를 끌어당겨 안아주었다.

"나, 지금 가보려고."

흐릿한 소리가 품에서 들렸다. 그의 머리가 품에서 멀어져 미야코 앞으로 되돌아갔다.

"지금부터라니……, 아직 한밤중이야."

"술 마셨으니 운전은 못 하고 택시 타고 갈 수 있는 데까지 가서 다음엔 전철로 갈 거야."

"자, 잠깐만."

이 사람이 대체 무슨 소릴 하는 거지, 하고 미야코는 당황했다.

"두세 시간만 있으면 첫차 다니지 않아?"

"그때까지 못 기다려. 가능하면 살아 계시는 동안에 얼굴을 뵙고 싶어."

단호한 소리를 듣고 미야코는 어처구니가 없었다.

"마리코도 동요하고 있는 것 같아서 가주고 싶어."

왠지 모르게 초점이 맞지 않은 눈으로 간이치는 말했다. 그가 그만 입에 올린 마리코라는 이름이 생생하게 와 닿았다. 하지만 실수로 말해버렸다는 자각조차 간이치에게는 없는 듯했다. 미야코는 간이치가 그 마리코라는 여자와 과거에 무언가 있었다고 직감했다.

이게 다 뭐야, 하고 미야코는 입술을 반쯤 벌린 채 생각했다.

요령껏 달아나기만 하던 간이치를 가까스로 붙들었고, 두 사람의 친밀한 밤은 아직 저물지도 않았는데 예상치 못한 침입자에게 방해받은 듯한 느낌이 들었다.

"마사루네 식구들은 날 정말 가족처럼 대해줬어. 내가 난폭하게 살아가고 있을 때도 자상하게 대해줬고. 아버지는 시골

아저씬데 학력은 없지만 책을 좋아해서 내가 좋아할 만한 책을 계속 사다줬어. 도서관에서 책을 빌리는 방법도 알려주셨고. 갓포 일자리도 아버지가 지인한테 말해줘서 들어갔어. 오미야, 여행 중에 미안하지만, 신세 진 건 갚아야 해."

어느새 간이치는 미야코의 양쪽 어깨를 붙잡고 흔들며 설득하고 있었다.

이게 정말 뭐야, 하고 미야코는 다시 한 번 생각했다.

그분이 부모나 마찬가지라는 건 알겠다. 자신의 부모가 무심하게 여긴 애정이나 교육을 그 사람들은 간이치에게 제공해주었다. 하지만 그 사람에게 내 딸은 건드리지 말라는 소리를 들었다고 저녁식사 자리에서 이야기하지 않았던가. 하지만 미야코는 그것을 다시 문제 삼기를 관뒀다.

"알겠어."

미야코는 한숨을 쉬면서 말했다.

친아버지도 아닌데 진짜, 이런 밤중에 무리해서까지 나가는 건 좀 그렇지 않나 싶지만, 그걸 받아들이는 게 '연대하는 것'이라고 미야코는 생각했다. 사람의 사고방식은 다양하고 간이치가 그 사람의 죽음을 지켜보고 싶어 한다면 부정해서는 안 된다고 생각했다.

"택시로 가면 얼마나 나올지 몰라. 내가 운전해서 갈게."

"아냐, 그건 아무리 그래도 미안하니 괜찮아."

"기타이바라키까지는 가기 힘들지만, 도쿄까지라면 차로 바래다줄게. 그 무렵에는 전철도 다닐 테니까 도쿄에서 급행으로 가는 게 어떨까?"

간이치는 미야코의 얼굴을 뚫어지게 바라보았다. 그리고

"미안해"라며 고개를 숙였다.

어쩔 수 없다. 미야코는 유카타를 벗고서 다시 옷을 입었다. 벗었다가 입었다가 정말 왜 이러고 있나 싶지만, 조금 전과 달리 전혀 웃을 기분은 아니었다.

숙소 당직인 직원에게 다급히 숙박비를 계산하고 두 사람은 출발했다.

미야코는 한밤중에 차를 몰았다. 어제 달려온 길인데 거리가 생각보다 어두워, 길에 커브가 조금만 있어도 긴장되었다. 동이 트기 전이라서 길이 비어 있는 게 다행이었다.

하지만 아타미를 벗어나 오다와라아쓰기 도로에 진입할 무렵에는 차가 점차 늘어났다. 게다가 대형 트럭이 많았다. 백미러를 보자 뒤따라오던 트럭이 미야코가 운전이 느려 속이 터져 하는 것이 훤히 보여 단숨에 식은땀이 줄줄 나기 시작했다.

트럭이나 큰 SUV가 연달아 오른쪽을 지나갔다. 미야코의 경차는 살짝 닿으면 눌려서 납작해질 듯해서 핸들을 쥔 양손에 힘이 들어갔다. 디젤차의 검은 연기가 들어왔는지 차 안의 공기가 매캐해졌다.

"오미야, 왼쪽으로 천천히 달리면 괜찮아."

내내 가만히 있던 간이치가 보다 못해 말했다.

"……응."

"운전 못 해줘서 미안."

간이치가 그리 말하며 고개를 숙여서 미야코는 살짝 화가 났다. 지금까지 그를 조수석에 태우고 꽤 운전해왔지만, 이렇게 직접적으로 사과를 받은 것은 처음이었다.

"아냐. 어쩔 수 없잖아."

"안 마실 걸 그랬어."

자신이 너무 한심스러웠는지 간이치는 혀를 차더니 거듭 말했다.

"에비나까지 가면 교대하자. 이제 술 깼으니까."

미야코는 "괜찮다니까"라며 웃어 보이면서도 속으로 크게 안도하고 있었다. 원래 밤길 운전이 서툰 미야코는 처음 운전하는 밤의 고속도로가 너무나도 공포스러웠다. 사실은 지금 당장이라도 운전을 교대하고 싶었다.

등줄기를 꼿꼿하게 세우고 점점 좁아지는 시야의 한가운데와 속도계만 보고 액셀을 밟았다.

미야코는 규정 속도대로 달리고 있었지만 주변의 차는 엄청난 속도로 내달리고 있었다. 몇 대나 되는 큰 차가 굉음을 내며 미야코의 작은 경차 바로 옆을 아슬아슬하게 추월했다. 상대가 경적을 울리자 그게 자신을 향한 것인지 아닌지는 몰라도 심장이 쪼그라들었다.

미야코 머릿속에 자신의 차가 파열되는 상상이 점점 커져갔다. 두렵다. 정말 싫다. 이런 곳에서 왜 이러고 있는 걸까.

료칸에서 간이치가 택시로 간다고 했을 때 그렇게 하게 내버려둘 걸 그랬나. 몇 만 엔이 들든 그건 간이치의 것이지 미야코의 돈이 아니다. 어째서 허세를 부리고 만 걸까.

"경트럭, 저 경트럭 뒤에서 쭉 달려."

갑자기 간이치가 말했다. 제정신으로 돌아와 다시 앞으로 시선을 응시하자 합류차선에서 들어온 작은 경트럭이 보였다. 짐을 꽤 많이 실어서인지 속도가 다른 차에 비해 느렸다.

"저 경트럭 후미등만 보고 따라가. 그러면 괜찮아."

아이를 어르는 듯한 목소리로 간이치가 말해 미야코는 고개를 살짝 끄덕였다. 더 이상 소리를 내 대답할 수조차 없었.

겨우 휴게소에 도착해 주차장에 차를 세우자 긴장하고 있던 마음이 누그러들며 미야코는 얼굴을 덮고 눈물을 터뜨렸다.

가는 길은 그렇게 즐거웠던 장소에 이렇게나 초췌해져서 들르게 될 줄은 상상도 못했다.

"오미야, 미안."

그렇게 몇 번이나 말하며 간이치는 미야코를 끌어안았다.

간이치가 운전을 대신하자 미야코는 진심으로 마음을 놓았다.

지금까지 따라잡힌 만큼 되돌리려는 듯이 그는 오른쪽으로 왼쪽으로 차선을 이동해서 큰 트럭을 연달아 추월해나갔다. 자신의 작은 차가 이렇게 빨리 달릴 수 있는지 놀랄 만한 속도로 그는 앞질러 달렸다. 평소에 안전운전을 하는 간이치가 난폭운전을 한다는 사실에 다시 사고에 대한 공포심이 솟구쳤다.

처음에는 그 속도에 몸이 굳어들었지만, 마음과는 정반대로 졸음이 덮쳐왔다. 생각해보면 두 시간 정도밖에 자지 못했다. 미야코는 어느새 잠에 빠져들었다.

중간에 한 번 깨서 때마침 눈에 들어온 초록색 안내표지를 올려다보니 이제 도내를 빠져나간다는 사실을 알 수 있었다. 나는 내려달라고 말하려 했지만, 졸음을 이기지 못해 말이 나오지 않았다. 미야코는 다시 잠이 들었다.

다음에 잠이 깼을 때 차는 자동차 전용 도로에 들어서 있었고, 이제 곧 쓰쿠바 우시쿠 인터체인지였다. 밤이 새서 푸르스름한 하늘이 펼쳐져 있었다.

"오미야네까지 바래다주고 갈게. 거기서부터 난 전철을 타고 갈 테니까."

눈이 충혈된 간이치가 말했다.

"집이 아니라 역까지 가도 돼."

"그래? 고마워."

"아냐, 차 빌려줄 테니까 이대로 타고 가도 되고."

그는 잠시 생각하는 표정을 지었다.

"아니, 전철 타고 갈게. 나도 졸리니까."

차는 속도를 늦춰 인터체인지 출구로 향했다. 요금소를 빠져나가 일반도로로 나가자 익숙한 길가 경치가 눈에 들어왔다. 아, 드디어 우리 동네로 돌아왔구나, 하고 미야코는 안도했다.

길가 상점의 간판이 뒤로 날아갔다. 고속도로에서 빠져나왔는데 속도를 너무 내는 게 아닌가 싶었다.

"간이치, 마음이 급한 건 알겠는데 속도 좀 줄이는 게 어때?"

그러네, 하고 그가 건성으로 답했다. 말하던 차에 눈앞의 신호가 노란색에서 빨간색으로 바뀌기 직전에 액셀을 밟아 교차로를 빠져나갔다.

잠시 가더니 간이치는 백미러를 힐끔힐끔 보고 액셀에서 발을 살짝 들었다. 다행이다, 이해해줬구나, 하고 생각한 순간 "앞에 가는 경차!" 하고 확성기 특유의 갈라진 소리가 들려 미야코는 흠칫했다. 고개를 꺾어서 뒤를 보았다. 빨간 등을 켠 경찰차가 바로 뒤에 있다는 사실을 깨닫고 가슴이 철렁했다.

앞에 가는 경차! 차 세우세요! 이번에는 또렷하게 그리 들렸다.

간이치는 아무 말 없이 속도를 줄였고 비상등을 켜서 차를 좌측으로 갖다 세웠다.

"응? 왜? 우리 차야?"

놀라서 무슨 일이 벌어졌는지 파악하지 못하는 미야코를 그는 천천히 보았다. 그 얼굴은 울면서 웃는 듯한 의아한 표정이었다. 미야코는 그때 마침내 과속으로 걸렸다는 걸 깨달았다.

"설명하면 괜찮을 거야!"

무심코 크게 말했다.

"친한 사람이 위독해서 서두르고 있었다고 하면 괜찮을 거라니까!"

간이치는 완전 포기한 기색으로 고개를 가로저었다. 미야코는 더 격하게 말했다.

"딱지 떼는 데 시간이 좀 걸릴지 몰라도 그 후에 내가 운전해줄게. 기타이바라키까지 내가 데리고 가줄게!"

"오미야, 됐어."

"사고를 낸 것도 아니니까 괜찮다니까! 그런 표정 짓지 마."

"미야코."

쑥스럼쟁이라서 눈을 그다지 맞춰주지 않는 그가 미야코의 눈을 똑바로 들여다보고 뺨에 손을 살포시 갖다댔다. 오미야가 아니라 미야코라고 불리는 것은 드문 일로 꺼림칙한 예감이 솟구쳤다.

"즐거웠어. 나 같은 사람한테 잘 해줘서 고마워."

"그게 무슨 소리야. 이번 생에서 헤어지는 것 같은 그런 소릴 하는 거야. 오버하지 마!"

미야코는 꺼림칙한 분위기를 부정하듯이 억지로 웃었다. 그때 운전석 쪽 창문을 경찰이 똑똑 두드렸다. 간이치는 미야코에게서 손을 떼어내더니 창문을 내렸다.

"속도를 너무 내시더군요. 면허증 좀 보여주세요."

경찰은 정중하게 그리 말했다. 경찰모에 가려져 표정은 알 수 없었다. 간이치는 청바지 엉덩이주머니에서 천천히 지갑을 꺼내 거기서 면허증을 꺼내서 건넸다.

면허증에 시선을 떨어뜨린 경찰은 간이치의 얼굴을 보고 또다시 시선을 떨어뜨리더니 그쯤에서 움직이다 멈추었다. 고개를 뻗어서 조수석에 앉은 미야코의 얼굴을 보고 돌아보더니 뒤에 있던 동료를 손짓해서 불렀다.

"두 분 다 잠시 내려주시겠습니까?"

간이치는 순순히 안전벨트를 풀고서 미야코를 보더니 턱으로 너도 내리라고 지시했다. 어쩔 수 없이 미야코도 차 밖으로 나왔다.

"죄송하지만 이쪽으로 오시죠."

또 다른 경찰이 얼른 와서 미야코를 경찰차 쪽으로 유도했다.

"네? 왜 그러세요?"

"뒷좌석에 타주시죠."

"저기, 저희 급한 용건이 있는데요."

"안에서 들을게요. 부탁드립니다."

경찰은 경찰차 뒷좌석 문을 열어서 이유불문하는 느낌으로 안에 타게 했다. 경찰은 들어오지 않고 문을 탁, 하고 닫았다.

경찰차에 탄 건 처음으로 미야코는 차 안을 둘러보았다. 당연한 사실이겠지만 평범한 승용차와 별반 다르지 않았다. 하지만 먼지가 가득해 구석구석 청소가 잘 되어 있다고는 할 수 없었다. 창문에서 자기 차를 보자 간이치가 미야코 차를 등지고 경찰 둘에 둘러싸이다시피 하며 서 있었다.

무언가 검사를 하는 듯했다. 음주측정일까. 간이치가 밤중에 맥주를 마시고서 몇 시간이 지났더라? 하고 미야코는 머릿속으로 바삐 계산했다. 12시 정도였던가. 그러면 여섯 시간 정도 지났다. 미야코가 봤을 때 간이치는 료칸을 나올 때 취기가 남아 있는 것처럼은 보이지 않았다. 하지만 체내에 남은 알코올이 운전에 문제없는 수치가 되려면 몇 시간이 필요한지 미야코는 전혀 알 수 없었다.

미야코는 설명해야겠다고 생각했다. 간이치는 음주운전을 할 사람이 아니고 평소에는 완벽하게 안전운전을 하며 지금은 긴급 상황이어서 속도를 조금 더 냈을 뿐이라고 경찰에게 이야기해야 한다며 미야코는 초조했다.

차 문을 열려고 했지만 열리지 않았고 잠금 장치를 풀려고 여기저기 건드렸지만 알 수 없었다.

그사이에 경찰이 돌아와서 뒷좌석에 탔다.

조금 전에도 덩치가 크다고 생각했지만, 가까이에서 보니 마치 곰이 눈앞에 있는 것 같은 위압감이 들었다. 경찰복도 이렇게 투박했던가 하고 새삼스레 놀랐다. 튼튼해 보이는 조끼에 걸고 있는 무전기나 허리에 찬 경봉은 든든하다기보다 삼엄하게 느껴졌다.

"운전하신 분은 남편분인가요?"

날카롭게 물어서 미야코는 고개를 가로저었다.

"남자친구?"

목소리가 나오지 않았다. 미야코는 고개만 끄덕였다.

"저 차는 당신 거고요?"

"……네."

"당신은 술 안 드셨어요?"

힐문하듯이 물어서 미야코는 욱하는 기분이 들었다.

"안 마셨어요. 저기, 저 사람도 마신 건 어젯밤이고 이미 술 다 깼을 거예요. 그런데도 걱정돼서 중간까지는 제가 운전했고요. 그리고 아타미에서 돌아오는 길이었는데 저 사람 취기가 완전히 가신 걸로 알고 운전을 대신해준 거예요. 저기, 남자친구의 친척이 위독해서 그래서 서두르고 있었고요."

"당신 면허증 좀 보여줘요."

횡설수설 설명하는 미야코를 가로막고 경찰이 말했다. 미야코는 초조해하면서 가방에서 면허증을 꺼내 건넸다.

"급한 일 때문에 속도를 좀 더 냈을지도 몰라요. 딱지를 끊는 건 상관없어요. 그런데 되도록 빨리 처리해주세요. 남자친구가 급하거든요."

경찰은 경찰모 밑으로 미야코의 눈을 뚫어져라 보았다. 몸도 투박하지만 얼굴도 험상궂었다. 그에겐 미소란 게 갖춰져 있지 않을 듯 보였다.

"당신, 남자친구가 무면허인 거 알고 있었어요?"

"네?"

"남자친구 면허 말이에요, 6년 전에 취소됐어요."

경찰에게 들은 말의 뜻을 알 수 없어서 미야코는 어리둥절했다.

"모르셨어요?"

경찰이 강하게 말하자 미야코는 침을 꿀꺽 삼켰다. 혼란스러워서 말이 나오지 않았다.

"알고 있으면서 운전을 시켰으면 무면허 방조죄예요!"

마치 미야코를 처음부터 의심해서 달려드는 듯한 말투였다.

"몰랐어요!"

"지금까지 몇 번이나 운전시켰어요?"

답을 할 수 없었다.

어째서 어쩌다가 일이 이렇게 된 걸까.

꿈이 아닐까 싶었다.

조금 전에 아타미 료칸에서 녹아내릴 듯한 행복 속에서 서로 끌어안고 있었다. 그대로 잠들어버렸고 이건 꿈속에서 벌어진 일이 아닐까 싶었다.

"경찰서까지 동행해주세요."

경찰은 단호하게 말했다.

미야코는 그길로 간이치와는 따로 경찰서로 끌려가 취조를 받았다.

손가락에 직접 인주를 묻혀 모든 손가락의 지문을 찍었다.

간이치와 알게 되고 나서 그에게 몇 번 운전을 시켰는지 전부 떠올리라는 소리를 들었다. 기진맥진해 있어도 용납해주지 않았다. 텔레비전이나 만화에서 본 것처럼 배달 음식을 시켜주지도 않았다. 다정한 말을 걸어주는 사람도 아무도 없었다. 물론 간이치를 만날 수 없었고 지금 어디에 있고 무슨 말을 하고 있는지도 알려주지 않았다.

경찰은 미야코가 간이치가 무면허라는 사실을 알고 있었다고 의심했기에 아무리 부정해도 좀처럼 납득해주지 않았다. 자신이 오히려 묻고 싶을 정도였다. 어째서 간이치는 면허가 정지된 채 미야코 차를 잠자코 운전했는지.

하지만 경찰에게 과거의 일을 들으면 들을수록 짐작 가는 바가 많이 드러났다.

그는 미야코가 운전하기 어렵다고 판단되지 않는 한 운전하려고 하지 않았다. 조수석에서 술을 마신 적도 있었다. 아타미에 갔을 때도 수도고속도로에서는 운전해주었지만, 그 후에는 미야코에게 운전을 시켰다. 그는 최대한 운전을 하지 않도록 하고 있었던 것이다.

어째서 솔직히 말하지 않았을까.

분노가 치밀어올라 눈물이 되어 흘러넘쳤다.

해가 저물 때까지 미야코는 경찰에 붙들려 있었고 밤늦게 아빠가 미야코를 데리러 올 때까지 집으로 돌아갈 수 없었다.

아빠는 경찰에게 사정을 대강 들은 듯 아무 말도 하지 않았다. 초췌한 미야코를 잠자코 집으로 데리고 돌아갔다. 울먹이는 얼굴로 기다리고 있던 엄마에게 "미안해"라고 말하는 게 고작이었고 공복인데도 아무것도 먹고 싶지 않아서 자신의 침대에 쓰러지다시피 잠들었다.

이튿날 아침에 눈을 떴을 때 자신이 처한 상황을 바로 떠올릴 수 없었다. 잠시 침대 위에서 멍하니 있으니 어제 일들이 서서히 떠올랐다.

그런데도 어쨌거나 직장에 가야 하기에 일어났다. 오늘은 어떤 옷을 입고 가야 하나 싶었지만, 계절이 뭔지조차도 순간 생각나지 않았다.

  습관처럼 스마트폰을 들었다.

  착신도 문자도 라인 알람도 없었다.

  미야코는 샤워를 하고 머리를 말리고서 자신의 방으로 돌아와 옷장을 열어 귀찮은 듯 검은 하이넥 스웨터를 입었다.

  스마트폰을 들고 간이치의 라인을 차단했다. 전화번호는 삭제했다.

  이번에는 진심으로 실망했다.

  다 끝났다고 생각했다.

11

그해 겨울은 어쨌거나 추웠다.

이사한 원룸은 언뜻 깔끔했지만, 냉난방기도 안 좋고 밖으로 노출된 창문 새시가 오래된 탓인지 몹시 냉기가 들었다. 견딜 수 없어서 미야코는 창문 아래 절반에 이사할 때 쓴 박스를 붙이고 도톰한 커튼으로 가려 창문을 꽁꽁 닫은 채 지냈다.

그렇게나 간절히 하고 싶었던 독립인데 전혀 기쁘지 않았다. 근사하게 인테리어를 해서 친구를 초대해 집에서 한잔하고 싶다는 꿈에 부풀어 올라 있었을 때도 있었는데, 자신이 먹을 식사조차 차릴 기분이 들지 않아 밤에는 편의점에서 산 것을 먹고 인터넷에서 한국 드라마나 아이돌 영상을 보면서 지냈다. 휴무일에는 부모님 집에 가서 고타쓰에서 데굴거렸다. 사정을 아는 부모님은 그런 미야코를 별말 없이 대해주었다.

그 겨울 아무 생각도 하지 않고 지내고 있다는 사실을 느꼈다. 왠지 이제 웃음만 나는 경지에 이르러 미야코는 차라리 밝았다.

겨울의 끝자락에 봄부터 정사원이 되는 게 정해졌다. 니시나뿐만 아니라 직원 모두 기뻐해주었다. 미야코도 기뻤다. 오랜만에 정사원이 된다는 사실이 의외일 만큼 와 닿았다. 매장도 자신의 가게처럼 여겨졌다.

봄은 느리게 찾아왔다.

전기장판이 점점 뜨겁게 느껴지게 되어 어느 휴무일에는 창문에 붙인 박스를 떼어냈다. 햇빛이 비쳐드는 방에 청소기를 꼼꼼하게 돌렸다. 정리 스위치가 들어와 물청소부터 시작해 옷장 안까지 걸레로 닦아냈다.

겨울 코트나 스웨터를 세탁소에 맡기고 다음 겨울까지 보관을 부탁했다.

깔끔해진 옷장에 봄옷인 얇은 옷이 걸려 있다. 열어젖혀놓은 창문에서 바람이 불어 들어와 목덜미가 시원했다.

그렇게 추운 겨울이었는데 감기 한 번 걸리지 않았다. 자신은 비교적 건강하다는 생각이 들어 미야코는 문득 웃었다.

간이치와 헤어지자는 말조차 하지 않았다. 전화번호는 삭제했지만, 착신 거부까지는 하지 않았다. 하지만 전화는 한 번도 걸려오지 않았다. 간이치니까 라인을 차단당한 것에 미야코가 헤어지자는 의사를 표현한 것으로 받아들였으리라고 상상했다.

아담한 베란다에 빨아놓은 걸레를 널면서 미야코는 벚꽃 필 무렵의 흐린 하늘을 올려다보았다.

수없이 나누었던 말, 괴로웠던 다툼, 가까스로 도달한 결론. 그것들이 전부 소용없어졌다.

어째서 간이치는 면허를 갱신하지 않았을까.

6년 전이라고 경찰이 말했으니 지진 재해 봉사활동으로 그럴 경황이 없었을지도 모른다. 또는 단순히 딜렁대서 깜박했을지도 모른다. 그렇게 상상했지만, 실상은 어떤지 확인해보려고 하지 않았다.

그것보다도 맨 처음 말을 섞었던 태풍이 불던 그날 밤, 무면허라는 사실을 미야코에게 털어놓지 않았던 간이치가 애초에 잘못했고 그때부터 이미 힘든 관계였구나, 하는 생각이 들었다. 지식을 늘어놓아도 정작 중요한 사실은 말하지 못하는 남자였다. 그 사실을 알았다.

간이치가 없어도 살아갈 수 있다. 그도 미야코가 없어도 살아갈 수 있을 것이다.

그것만으로 이제 충분했다.

황금연휴에 바쁜 건 아무것도 생각하고 싶지 않은 미야코에게 고마운 일이었다.

정직원이 되어 책임도 할당량도 져야 했지만, 매상을 올리기 위해 거침없이 대책을 세울 수 있는 건 오히려 편했다.

미야코가 일하는 매장은 널찍한 아울렛 안에서 위치도 좋지 않고 입구도 넓지 않다. 하지만 직영점과 비슷할 만큼 매출을 올리고 있다는 사실을 듣고 생각이 바뀌었다. 여행을 겸해 왔다가 일부러 찾아오는 매장이 아닌, 동네 손님이 많은 곳이라서 직영점 못지않게 재방문 고객을 중요하게 여기기로 했다. 예전보다도 빈번히 블로그를 갱신했고 고객 등록을 해준 분에게는 부지런히 DM을 보냈다. 평일의 한가로운 날에는 고객과 적극적으로 이야기를 나눠 얼굴과 이름을 외우려고 했다. 아르바이트생도 즐겁게 일할 수 있도록 미야코는 신경을 썼다.

지금은 일이 구세주가 되어 지쳐 주저앉을 것 같은 자신을 설 수 있게 해주고 있는 것은 사실이었다.

하지만, 미야코의 미소 뒷면의 경치는 황량했다.

연휴 중에는 연일 밤중에 귀가를 해서 시름이 잊혔지만, 그게 끝나자 미야코는 또다시 밤의 시간을 주체하지 못했다.

그날 밤도 미야코는 꼬치구이집에서 소요카와 마주하고 있었다.

그곳은 지역 안에서 운영하는 체인점으로 저렴하다는 것과 심야까지 영업을 하는 것밖에 장점이 없는 가게였지만, 개인실 스타일로 좌석이 구획을 나누고 있어 다른 고객의 시선을 신경 쓰지 않아도 되었다. 다른 선택지가 없어서 편하다며 타성에 젖어 몇 번이나 오는 사이에 언제부터인가 소요카와는 그 가게에서 만나는 게 당연시되었다.

맨 처음에는 서로의 일이나 다른 잡담을 하더라도 취기가 돌면 미야코는 같은 불평을 맴돌며 반복했다.

간이치와 같이 살기로 결심하고 나서부터 얼마나 에너지를 쏟아 부어 그를 설득했는지. 요리조리 회피하던 간이치가 지금 생각해보면 얼마나 비겁한 사람이었는지. 성의와 노력을 헛수고로 만들어서 정말 열 받는다고 미야코는 기본 안주가 담긴 작은 사발을 아무 의미 없이 노려보면서 점점 격하게 말했다.

미야코는 문득 소요카가 내내 반응이 없다는 사실을 알아차리고 시선을 들었다. 그녀는 미야코를 보지 않고 엉뚱한 쪽으로 시선을 돌린 채 사와에 입을 대고 있었다. 아, 또 자신이 똑같은 소릴 하고 말았구나, 하고 미야코는 자각했다. 늘 다정한 그녀도 역시 질릴 대로 질렸을 것이다.

소요카의 기분을 맞춰주려고 미야코는 더욱더 밝은 목소리로 말을 이어나갔다.

멀뚱히 있지 말고 얼른 다음 사람을 찾아야겠다고 최근에 진심으로 생각한다. 지금의 매장에서 일하는 한 만남의 기회가 없으니 소개팅 앱을 이용해보려고 한다. 직원 중에서 하는 애들이 몇 명 있다. 좀 무섭긴 한데 다들 하니까 괜찮지 않을까 싶다.

그때 소요카가 맥주잔을 테이블에 탕 소리를 내면서 내려놓아 미야코는 깜짝 놀랐다.

"미야코 언니, 미련을 전혀 못 떨쳐냈네요."

"응?"

"간이치 씨를 이제 포기하는 게 어때요?"

차가운 소리를 듣고 미야코는 할 말을 잃었다.

"포기고 뭐고 미련은 없는데."

"그렇게 안 보여요."

소요카가 지친 듯 대답해서 미야코는 발끈했지만, 그 감정을 억누르고 미소 지었다.

"알겠어. 이제 불평 안 부릴게. 늘 같은 소리만 늘어놓는 내가 나빴어. 미안해. 같은 이야길 몇 번이나 들어서 질렸지?"

"미야코 언니, 자신한테 좀 더 솔직해지세요."

"뭐야, 기분 나쁘게."

화를 부추기는 것 같았지만, 미야코는 분노를 삭이고 농담으로 돌렸다.

"저, 오늘은 할 말을 좀 해야 할 것 같아요."

하지만 소요카는 경직된 표정으로 말했다. 그렇다, 그녀는 평소에는 무척이나 다정하지만 여차할 때는 의외로 가식 없는 말을 하는 사람이었다는 사실을 떠올렸다.

"간이치 씨가 그렇게 나쁜 짓을 했어요?"

소요카는 무표정으로 이어서 말했다.

"무면허 운전을 잘했다는 건 아니에요. 그건 그래요. 간이치 씨, 맨 처음에 폼을 잡고 운전해서 말을 꺼낼 수가 없었겠죠. 그런데 언니, 사귀는 동안에 이 사람과 연대해서 살아가자고 생각할 만큼 인간성의 장점을 느낀 거잖아요. 그런데 그의 약점은 인정 못해주는 건가요? 간이치 씨, 고등학교 검정고시를 보겠다고 했죠? 그랬다면 면허도 분명 고려하고 있었을 거예요. 그런데 타이밍이 나빠서 간이치 씨가 의지하던 그 기타이바라키에 사는 아저씨가 쓰러지는 바람에 되도록 하지 않도록 자제하던 운전을 하다가 잡혔어요. 여러모로 불운이 겹친 거라고요. 그분께 해명할 기회조차 주지 않은 건 어떤가 싶네요. 간이치 씨와 한 번 더 연락을 해서 이야기를 나눠보는 건 어떨까요?"

"말도 안 돼. 그 녀석이 말을 걸어온다면 그렇다 쳐도 내가 왜?"

"그렇게 확실히 말도 안 된다고 생각되면 딱 잘라내는 게 어때요? 미야코 언니, 계속 내내 간이치 씨 이야기만 해요. 그렇게 미련이 남으면 각오를 다져서 제대로 헤어지자는 말을 하고 오는 게 어떨까요?"

"이미 헤어졌어."

"아뇨. 미야코 언닌 간이치 씨한테서 연락이 오기를 애타게 기다리고 있어요. 그런데 연락은 오지 않고 있죠. 게다가 실망해서 슬픈 거예요. 그걸 인정해요."

두 사람은 서로 노려보았다. 소요카와 이렇게 험악한 분위기가 조성된 건 처음이었다.

"정론이네."

미야코가 중얼거렸다.

"네, 정론이에요."

태연한 얼굴로 소요카가 말했다.

"저, 남자친구한테 그런 소리 종종 들어요. 넌 정론만 들이댄다고. 입바른 소리만 하는 사람은 자신을 완벽하고 모순적이지 않은 존재라고 여기며 우쭐해한다고 요전번에도 주의받았어요. 그런데 제 남자친구, 황금연휴에 애랑 여행을 갔었는데 나중에 전 부인도 같이 있었다는 걸 알게 됐어요. 그건 바로 가족여행이잖아요. 쩔려서 저한테는 거짓말을 한 거죠. 그 일에 화를 내는 것도 정론을 내세운 오만한 인간이라서일까요?"

눈가가 붉게 물든 그녀가 말했다. 갑자기 나온 그녀의 남자친구 이야기에 미야코는 놀라서 눈이 커졌다.

"……아, 그런 일이 있었어?"

"미안해요. 지금은 화풀이하는 거예요."

입술을 깨물고 나서 그녀는 서글프게 웃었다.

올해 들어서 소요카가 자주 어울려주게 된 것은 그녀가 남자친구와 관계가 원만하지 않아서라고 어렴풋이 느끼고 있었다. 하지만 소요카는 미야코와 달리 불평을 거의 부리지 않아서 자기 일로 머릿속이 가득 찬 미야코는 유념하지 않았다.

"어이, 아가씨들, 같이 한잔 어때?"

그때 미야코네 테이블 옆을 지나가던 남자가 들여다보다시피 하며 말을 걸어왔다. 갈색 머리에 눈썹을 가늘게 민 전형적인 양아치였다. 술과 헤어왁스가 뒤섞인 냄새를 팍 풍겼다. 두 사람이 말문이 막혀하고 있는데 바로 일행 두 사람이 달려와서

"죄송합니다. 이 녀석 많이 취해서요"라며 남자를 자신들의 자리로 끌고 갔다.

남자가 사라지자 둘은 어색하게 한숨을 쉬었다.

미야코는 갑자기 심야에 이런 초라한 술집에서 둘이 서로 으르렁대는 게 허무하게 느껴졌다. 흡연실에서 담배 냄새가 흘러나왔고 아르바이트생들은 목소리를 죽이지도 않고 잡담을 나누고 있었다. 저렴한 술과 불쾌한 기름 냄새가 충만한, 건강과는 거리가 먼 공간이었다.

미야코는 예전에 소요카와 갔던 스튜 가게를 떠올렸다. 꿈처럼 앙증맞은 가게로 서로 이제 막 시작한 연애담을 나누며 신이 나 있었다. 갓 산 옷이 담긴 빳빳한 쇼핑백을 들고 예쁘다며 귀엽다며 다정한 연인 이야기를 나누며 반짝반짝 빛나는 시간을 만끽했다. 그게 어느새 이렇게 혼탁한 장소에서 서로 불평을 부리게 되었다.

"……미안해, 소요카. 나 내 일로 너무 벅차서."

"저야말로 미안해요. 저 내숭 떨면서 남을 열 받게 하는 거 알고 있어요."

"그런 말 마. 쭉 내 길고긴 불평을 들어줘서 고마워하고 있어. 괜찮다면 남자친구 이야기 들어줄게."

소요카는 잠시 생각하고 나서 고개를 젓더니 "오늘은 관둘래요. 다음번에 들어주세요"라고 말했다.

음료도 비어 있어 두 사람은 식어버린 꼬치구이를 집었다.

"언니, 더 마실래요?"

"음, 저기 단 거라도 시킬까?"

소요카는 순간 멍하니 "그럴까요?" 하고 미소 지었다.

패밀리 레스토랑처럼 커다란 메뉴판 제일 뒤에는 디저트가 몇 종류나 실려 있었고 그걸 고르고 있으니 기분이 조금은 유쾌해졌다. 소요카는 표정을 살짝 누그러뜨리고 말했다.
"언니, 다음에는 점심 모임 해요."
소요카가 말했다.
"몸을 확 움직여보는 건 어때요? 탁구든 테니스든 볼링이든 좋아요. 당일치기로 온천을 가도 괜찮겠네요."
"그러고 보니 최근에 우리 엄마 등산에 빠졌어."
"어머, 그거 괜찮네요. 쓰쿠바산은 어때요?"
"응, 그거 괜찮네."
"제 이야긴 그때 들어주세요. 이 가게에서 말고요."
"그럼. 물론이지."
큼직한 파르페가 와서 미야코는 더욱 요란하게 환호성을 질렀다. 걱정거리 따윈 없다는 얼굴을 하고 스푼으로 생크림을 듬뿍 떠서 입에 넣었다.

미야코는 친구뿐만 아니라 부모님에게도 상당히 어리광을 부리고 있다는 자각을 가지고 있었다. 기껏 독립했는데 한 주에 이틀 있는 휴무일 중 하루는 부모님 집으로 가는 게 이미 완전히 습관이 되어버렸다.
겨울에는 자신의 원룸이 너무 추워서 감기에 걸릴 것 같다는 이유를 댔지만, 이제 코앞에 여름이 닥쳐와서 그럴싸한 이유도 없이 가는 게 마음에 켕겼지만, 그날은 다량으로 얻은 매실이 있어서 매실장아찌를 만드는 데 도와줬으면 한다고 엄마한테 부탁을 받아 조금 홀가분한 기분으로 향했다.

부모님이 이사한 곳은 미야코 집보다도 더 도쿄에 가까운, 한참 전에 지어진 큰 단지였다. 방 안은 예쁘게 리모델링해서 현대적이지만, 전체적인 분위기는 미야코가 나고 자란 곳과 무척이나 비슷해서 타임슬립한 것 같았다.

그 단지 입구에서 미야코는 엄마와 딱 마주쳤다. 엄마는 화장을 하고 단정한 흰 블라우스를 입고 있었다.

"아, 미야코, 때마침 잘됐어."

"뭐야? 외출해?"

"갑자기 일 때문에 불려가는 거야. 직원이 갑자기 아파 못 나온다고 해 가게가 난리도 아니래."

불만스럽게 입술을 삐죽거리면서도 엄마는 어딘가 즐거워 보였다.

"아빠가 혼자서 매실 손질하고 있으니까 도와줄래?"

"응? 평일인데 아빠 있어?"

"요전번에 휴일에 출근한 게 있어서 대체 휴일이래. 그럼 부탁할게."

핸드백을 어깨에 메고 통통 튀는 발걸음으로 가는 엄마의 등을 미야코는 배웅했다. 엄마는 이사와 동시에 아사쿠사에 있는 외국인 관광객에게 기모노를 입히는 가게에서 파트타임 아르바이트를 시작했다. 복식 소질을 살린 일을 찾아 다행이었지만, 갱년기장애 증상이 완전히 사라진 게 아닌데 그런 일을 할 수 있을지 걱정했다. 하지만 지금으로서는 아직 이어가고 있는 모양이다.

아빠와 단 둘이 있는 건 마음이 무겁게 느껴졌지만, 여기까지 와서 돌아갈 수도 없는 노릇이니 미야코는 낡은 엘리베이터에 탔다. 5층에 있는 부모님의 집으로 갔더니 거실 테이블을 치우고 신문지를 펼치고서 아빠가 매실을 하나하나 늘어놓고 있던 차였다.

"어, 왔어?"

"밑에서 엄마 만났어."

"와줘서 다행이네. 혼자 전부 다 해야 하나 싶어서 치가 떨리던 차야."

에이프런을 걸친 아빠는 그리 말했다. 바닥 한 면에 나란히 놓인 싱싱한 매실에서는 청결한 내음이 피어오르고 있었다. 열어젖힌 창문에서는 어린아이가 우는 소리가 멀리서 들려왔다.

"어마어마하네. 이렇게 많이 어디서 났어?"

"그게 말이지, 가시야마 씨한테서 받은 게 있었는데 옆집에 사는 할머니한테서도 또 얻었지 뭐야."

"그렇구나."

이런 걸 주거니 받거니 하는 건 아줌마들만의 특유의 사교 방식 같다는 생각이 들었다. 미야코가 어릴 적에 살았던 단지에서는 일상적으로 그런 일이 반복되었다. 엄마한테는 단독 주택에 틀어박혀 사는 것보다 이 편이 더 잘 맞을지도 모른다.

"엄마 옛날엔 매실장아찌 자주 만들었었지?"

"쭉 귀찮아하더니 이런 것도 할 의욕이 생겼나봐."

"그런데 이거 어떻게 해?"

"나도 잘 몰라."

아빠는 한쪽에 놓여 있는 스마트폰을 들고 "음, 씻고서 하나하나 물기를 잘 닦아내고"라고 읽어나갔다.

"어, 아빠, 스마트폰으로 바꿨어?"

"응, 저번 주에 샀어. 사용법을 몰라서 짜증나."

그리 말하면서도 얼굴은 웃고 있었다.

"네가 계속해서 읽어줘."

건네받은 스마트폰을 들고 매실 밑준비라고 제목이 붙은 페이지를 읽었다.

"음, 물기를 닦아내고 대꼬챙이로 꼭지 심을 정성스럽게 떼어냅니다."

"심이라니?"

"심지를 말하는 거 아냐? 거기 배꼽 부분."

엄마가 준비해둔 대꼬챙이를 손에 들고 미야코와 아빠는 바닥에 앉아 조심스럽게 매실 꼭지를 따기 시작했다. 꼭지를 네 개 정도 따자 벌써부터 어깨가 뭉쳐서 미야코는 손을 멈추고 아빠에게 물었다.

"엄마, 일 때문에 갑자기 불려나가는 경우 자주 있어?"

"그렇게 자주는 아니지만 가끔 있어."

"흐음, 대단하네."

"피곤해서 녹초가 될 때도 있는 것 같던데 생활에 활력이 생기는지 다행이야."

그리 말하는 아빠도 작년에는 상상할 수 없을 만큼 혈색이 좋아졌고 이야기도 태도도 부드러워졌다. 흰머리가 늘어서 나이가 들어 보였지만, 얼굴에서 험악한 분위기가 사라졌다.

아빠는 차를 두고 전철로 출퇴근을 한다고 했다. 출근길은 지방행, 퇴근길은 도쿄행 열차를 타기에 자리가 비어 있어 스트레스는 없는 모양이다. 튼튼한 폴더폰을 쓰고 있었는데 스마트폰으로 바꾸다니 사람은 나이가 얼마가 됐든 바뀔 수 있는 법이구나, 하고 미야코는 생각했다.

부모님은 생존 전략을 새롭게 짠 것이다. 오랫동안 함께 있으면 막다른 곳에 다다를 때도 있다. 하지만 변화하면 어떻게든 돌파구를 찾을 수 있을지도 모른다. 자신과 간이치도 그랬으면 좋았을까. 미야코는 조금 서글픈 기분에 그리 생각했다.

둘이서 묵묵히 작업하고 있다가 아빠가 갑자기 입을 열었다.

"미야코는 어때?"

"뭐가?"

"일이라든가 생활이라든가."

자신을 배려해주는구나 싶어서 미야코는 쓴웃음을 지었다.

"일은 그럭저럭 잘되고 있어. 정사원이 되니 여러모로 하고 싶은 일도 할 수 있게 됐고, 요샌 직장 인간관계도 원만하니까 일 자체는 힘들어도 버겁지는 않아. 생활하는 건 보통이야. 독립한 게 딱히 처음도 아니기도 하고. 나름대로 쾌적해."

미야코는 담담하게 그리 대답했다.

"미야코, 억지로 결혼 안 해도 돼."

그 말을 듣고 미야코는 눈이 휘둥그레졌다.

"뭐? 그게 무슨 소리야?"

"만약 결혼할 만한 사람이 없으면 우리랑 다시 살면 돼. 여긴 좀 좁으니까 조금 더 널찍한 곳으로 이사하면 되니까."

고개를 숙이고 작업을 하면서 아빠가 말했다.

자신을 가엽게 여기는구나. 어리광을 받아주고 있다. 그건 고마운 일일지도 모른다.

"싫어."

미야코가 말했다.

"엄마아빠 둘 다 쇠약해졌을 때 같이 사는 건 괜찮지만, 그렇지 않을 동안에는 자유롭게 살고 싶어."

미야코는 허세를 부리며 말했지만, 내심 눈물이 날 것 같았다.

의지해도 된다는 소리를 듣는 건 의지하지 말라는 소리를 듣는 것보다 버거웠다.

바로 얼마 전까지 추위에 떨었는데 정신을 차리고 보니 섬뜩할 만큼 더운 여름이 시작되었다. 연일 최고기온이 갱신되었고 나른한 더위가 이어졌다.

그런 7월의 어느 날, 마침내 태양이 구름에 가려져 비가 조금 내렸고 더위가 한결 가셨다. 가셨다고 해도 에어컨을 켜지 않을 수 없는 기온으로 미야코는 좁은 원룸 에어컨 설정 온도를 가장 낮게 맞추고 거울 앞에 서 있었다.

큰 전신거울은 도쿄에서 처음 독립해서 살기 시작했을 때 큰 맘 먹고 구입했던 화려한 것으로 미야코는 젖은 머리를 빗거나 메이크업이나 매일 옷을 코디할 때 몇 년이나 그 거울에다 대고 자신을 가꿔왔다.

오늘은 뭘 입고 나가면 좋을까.

같은 거울에 대고 지금까지 셀 수 없을 만큼 질문을 던졌다. 오늘은 바로 이거다, 라고 선뜻 정해지는 일이 더 드물었고 거의 왠지 모르게 자신이 없었다.

오늘은 휴무일이며 지금부터 소개팅 앱에서 알게 된 남성과 만난다. 어제 밤에는 샤워가 아니라 욕조에 몸을 담그고 몸에도 얼굴에도 보습을 주고 마사지를 했다.

저녁 무렵에 만날 그 남성은 헤어디자이너라는 직업과 앱 사진과 프로필, 몇 번 주고받은 라인으로만 대화를 나누어 어떤 사람인지 거의 알 수 없었다. 따라서 어떤 옷을 입고 가면 정답일지 알 수 없었다. 나다운 복장으로 가면 좋겠다 싶지만 무엇이 나다운 것인지 지금으로선 잘 모르겠다.

앱에서 매칭된 사람과 만나는 건 이번이 처음이 아니다. 6월 중순부터 시작해 이미 두 사람과 만났고 오늘이 세 번째다.

매장의 젊은 직원에게 앱을 사용하는 방법이나 엮여서는 안 되는 상대는 어떤 사람인지 꼼꼼하게 기초를 배웠다. 인터넷에서 알게 된 사람을 만나도 괜찮을지 처음에는 긴장했지만 적어도 미야코가 만난 두 남성은 딱히 위험하지 않은 평범한 사람이었다. 생각해보면 간이치와도 쇼핑몰 초밥집에서 일하고 있다는 정보 말고는 거의 모르고 사귀기 시작했으니 비슷할지도 모른다 싶었다.

맨 처음에는 연상과 만났고 다음에는 연하를 만났다. 오늘은 동갑을 만날 예정이다.

예전에 만난 두 사람 다 프로필 사진과 인상이 꽤 달랐다. 하지만 미야코는 얼굴을 밝히지 않아서 이야기하기에 편하면 그걸로 충분하다고 생각했다.

비슷한 가게로 가서 비슷한 대화를 나눴다. 자신을 속여 봤자 소용없으니 되도록 무난한 이야기를 했다. 하지만 만날 때는 즐거워도 귀가하면 피로가 확 밀려왔다. 연상은 결혼상대를 찾고 있다고 분명히 말했고 나쁜 사람은 아닌 듯했지만, 처음부터 그런 소리를 들으니 미야코로서는 부담스러웠다. 연하는 가게에서는 신이 나서 대화를 나누었는데 귀가할 무렵에는 알기 쉽게 라인을 차단당했다.

만남이란 힘들다. 하지만 기가 꺾이기에는 아직 이르다고 자신을 타일렀다.

미야코는 오늘 밤을 위해 공을 들여 내추럴 메이크업을 했다. 너무 더워 옷은 정성을 들일 새가 없어서 올해 자사에서 출시해 대히트를 친 냉감 소재의 민소매 원피스를 입었다. 민트 크림색의 줄무늬로 이제 옅은 파스텔 색상은 연령상 소화해내기 힘들지 않을까 싶었지만, 입으니 의외로 잘 어울렸다. 처음 대면하는 사람과 오늘 밤에 이러쿵저러쿵 되겠다는 마음은 없었지만, 기합을 바짝 넣으려고 속옷도 새것으로 입었다.

온몸을 완전 새것으로 두르고 신나게 집을 나섰는데 몇 걸음 걸었을 뿐인데 맹렬한 습기에 땀이 솟구쳤다. 거의 수행한다는 마음가짐으로 역까지 걸어가 그곳에서 전철을 탔다.

어중간한 시간대의 조반선은 비어 있었고 미야코는 한가로워서 권태감을 느끼며 소개팅앱을 켜서 차례대로 남성의 얼굴을 가로로 슬라이드해나갔다.

대형 쇼핑몰 사이트처럼 이보다 더 많을 수 없을 정도로 수없이 줄지은 얼굴 사진을 양복을 고르는 듯한 시선으로 이어서 살펴나갔다. 눈길을 끄는 얼굴에서 손길을 멈추고 프로필을 읽어보았다.

키나 체중이나 취미나 다양한 스펙이 쓰여 있었다. 흠, 하고 생각했다. 이 사람 괜찮아 보이네, 싶은 사람에게는 좋아요를 눌렀다. 그것을 끝없이 반복했다.

앱을 보다 질려서 미야코는 한숨을 쉬었다. 스마트폰을 무릎 위에 엎어놓고 눈을 감았다. 각 역을 정차하는 전철의 규칙적인 바퀴 소리를 들으면서 미야코는 자신도 모르게 또다시 간이치를 생각하고 있었다.

소요카는 단호하게 포기하든지 간이치를 만나서 매듭을 짓는 편이 좋다고 했지만, 미야코는 그 어느 쪽도 불가능했다.

소요카의 말을 떠올렸다. 미야코 언닌 간이치 씨한테서 연락이 오기를 애타게 기다리고 있어요. 그런데 연락은 오지 않고 있죠. 게다가 실망해서 슬픈 거예요.

그럴까. 아닌 것 같기도 하고, 그럴지도 모른다고도 생각했다.

간이치와 사귀면서 좋았던 점이나 즐거웠던 점을 떠올리려고 하자 그걸 저지하듯 머릿속에 떠오른 것은 경찰서에서의 기억이었다.

시간이 반년 이상 지나 여러 기억이 애매모호해졌어도 미야코의 내면에서 전혀 녹아내리지 않고 응어리져 있는 게 바로 그것이었다.

경찰서에서 범죄자 취급을 받은 일이 미야코에게는 충격이었고 굴욕이었다. 자신은 특별히 품행단정하지는 않다. 다만 그런 대우를 받을 만한 삶은 살아오지 않았다. 지문을 찍어야 하고 행동을 제한받고 거의 협박받다시피 질문을 받았다. 도마에게 성추행을 받았을 때도 사람 취급을 못 받는 듯해서 분했는데, 그것과 가까운 짓을 당한 것 같았다.

소요카는 간이치가 무면허 운전을 한 것은 무언가 사정이 있어서가 아닌지 관대한 모습이었지만, 미야코는 아무래도 그렇게는 생각되지 않았다. 간이치는 운전을 안정적으로 하고 무척이나 능숙해서 분명 운전 경력은 길 것이다. 하지만 무면허로

운전하는 것은 미야코에게는 어떤 사정에서든지 넘어서는 안 되는 선을 넘은 것이었다. 그건 음주운전과 동급으로 죄질이 나쁘다. 마음속 어딘가로 '걸리지만 않으면 된다'고 생각한 그의 안이한 생각이 미야코 내면에서는 용서하기 힘든 일이었다.

선한 사람이란 어떤 사람일까. 미야코는 멍하니 생각했다.

법률을 잘 지키는 것만이 선하다고는 미야코는 생각하지 않는다.

미야코는 지금까지 자신의 일로 벅차서 법률을 위반하지는 않았지만, 딱히 선행도 베풀어오지 않았다. 선행도 베풀지 않았지만, 악행도 저지르지 않은 채 살아왔다.

간이치는 곤란한 상황에 처한 사람을 위해 자신의 시간을 쏟아부어 선행을 베푸는 반면, 무면허운전이라는 명백하게 나쁜 짓을 저질러왔다.

간이치는 그 뒤 어떻게 됐을까. 체포되었을까. 어떤 벌을 받았을까. 일하던 가게에서 해고되었을까.

미야코는 스마트폰을 켜서 검색창에 무면허운전, 처벌이라고 쳤다. 몇 번이나 검색해보려고 했지만 두려워서 하지 않았다. 처음 검색을 하고 창에 뜬 기사를 머릿속으로 읽기 시작했다.

그때 스마트폰이 진동하며 라인 메시지가 왔다.

'갑자기 죄송합니다. 오늘 못 갈 것 같습니다. 본가인 히로시마에 심한 호우가 내려 집이 침수됐다는 연락이 와서 지금 바로 본가로 가게 되었습니다. 갑작스레 약속을 깨서 죄송합니다! 이 실례는 반드시 갚겠습니다!'

손이 닳도록 비는 이모티콘이 연달아 와서 누구한테서 온 메시지인지 순간 알 수 없어 미야코는 멍해졌다. 몇 초 지나서 그게 오늘 지금부터 만날 예정이던 앱에서 알게 된 남성이 보낸 것이라는 사실을 깨달았다.

호우? 하고 기상 정보를 검색해보자 확실히 서일본에 꽤 많은 양의 비가 내리고 있는 듯했다. 상대가 거짓말을 하는 건 아닌 듯했다. 하지만 사실이든 변명이든 바람을 맞았다는 것은 변함없었다.

기껏 차려입었는데.

기운이 쭉 빠져서 미야코는 스마트폰을 가방에 처박아넣었다. 차창으로 흘러가는 경치에 시선을 멍하니 보내면서 이대로 돌아가기엔 너무 아깝다며 기분 전환으로 혼자서 어슬렁거릴까 하고 나른한 기분으로 생각했다.

그때 가방 안에서 스마트폰이 진동했다. 꺼내보자 문자가 와 있었다. 열어보자 냥 씨이었다.

'저번 주부터 일본에 와 있어요. 잠시 머무는데 괜찮다면 밥 먹으러 가요!'

미야코는 메시지를 뚫어져라 보았다.

솔직히 냥 씨의 존재를 잊고 있었다. 작년까지는 가끔 연락을 주고받았지만, 그것도 어느새 끊어져버렸다.

오랜만에 온 냥 씨의 연락에 미야코는 잠시 생각하다 '갑작스럽게도 다른 사람과 한 약속이 취소돼서 오늘 밤이라면 아주 한가해'라고 솔직한 답장을 보냈다. 2분도 지나지 않아 여덟 시 정도에 괜찮으면 보고 싶어요, 라고 대답이 왔다.

냥 씨가 지정한 약속 장소는 도쿄역에 근접한 호텔 라운지였다. 그때까지 시간을 때우려고 거의 가본 적 없던 니혼바시 다리 주변의 패션 상가 빌딩을 구경하며 다녔다.

그 호텔에는 들어가 본 적은 없지만, 역 옆에 위치한 호텔이라면 그다지 문턱도 높지 않으리라 생각해 당당하게 들어갔다. 하지만 고층에 있는 라운지로 발을 내딛자 카펫이 놀랄 만큼 폭신폭신하고 천장에서 복잡한 형태의 큼직한 조명이 반짝여서 흠칫했다.

검은 옷을 입은 안내 직원에게 일행이 있다고 말하자 카운터 바로 안내받았다. 오랫동안 고급 가게와 연이 없었기에 긴장했다. 웨이터가 정중하게 메뉴판을 건네주었고 미야코는 들뜬 마음에 기간 한정이라며 추천하는 2천 엔에 가까운 복숭아 칵테일을 허둥대며 시켰다.

큼직한 유리 건너편에는 도쿄 야경이 펼쳐져 있었다. 평소에는 접하지 못하는 눈부신 야경에 시선을 빼앗긴 동안에 칵테일이 왔다. 한 모금 마시자 놀랄 만큼 맛있었다. 그제야 겨우 기분이 차분해졌고 미야코는 카운터에 가볍게 팔꿈치를 세워 손으로 턱을 괴었다. 멋을 부린 날이라 정말 다행이었다. 대충 차려입었다면 주눅이 들어 돌아가버리고 싶어졌을 것이다.

앱 상대에게는 바람을 맞았지만, 우연히 냥 씨와 연락이 되어 윈도쇼핑도 하고 근사한 호텔 라운지에서 맛있는 칵테일을 마시고 있어 오늘은 예상 밖으로 알찼다. 왠지 이제 이대로 돌아가도 될 것 같은 기분마저 들었다.

그때 누군가 어깨를 두드려서 돌아보자 냥 씨가 서 있었다.

"미야코 씨, 오랜만이에요!"

그리 말하며 그는 활짝 웃어 보였다. 미야코는 놀라서 무심코 "어" 하고 소리를 내고 말았다. 예전에 만났을 때는 앞머리를 내리고 있었는데 지금은 시원하게 스포츠머리를 해서 인상이 달라져 있었다. 단정한 재킷을 입고 있었고 귀에 작지만 몹시 빛나는 피어싱을 하고 있었다. 살이 조금 찐 것 같았다. 미야코의 옆에 앉고서 그가 재킷을 벗었다. 안에 입은 검은 티셔츠는 광택이 나는 것으로 보아 명백하게 고급 소재다. 가슴이나 팔에는 근육이 붙어서 살이 찐 게 아니라 덩치가 커졌다는 사실을 깨달았다.

다가온 바텐더에게 상냥하게 흑맥주를 주문하더니 냥 씨는 즐거운 듯 미야코의 얼굴을 쳐다보았다.

"얼마 만에 보는 거죠? 우시쿠 대불에 간 이후인가? 만나서 기뻐요."

더듬대던 일본어도 놀랄 만큼 매끄럽게 구사하고 있어서 미야코는 더더욱 당황했다.

"……냥 씨, 왠지 엄청 어른스러워졌네."

"어, 그래요?"

"냥 씨는 몇 살이었지?"

"스물둘이요."

띠동갑 연하였구나! 하고 속으로 놀라면서 미야코는 그가 옆의 스툴에 얹어둔 가방에 눈길을 주었다. 그건 가죽 서류 케이스로 분명하지는 않지만 명품이었다. 신발은 덱 슈즈지만 가죽 소재로 캐주얼한 면에서는 실용성이 낮다. 전혀 학생의 옷차림으로는 보이지 않았다.

"냥 씨는 벌써부터 일해?"

결국 물어보았더니 그가 고개를 끄덕였다.

"형 사업이 예정보다 빨리 진행돼서 저도 여러 가지를 담당하고 있어요. 오늘은 회의를 하고 왔고요."

"그렇구나."

"내년 봄에는 도쿄에 베트남요리 카페를 차리는데, 잡화나 의류 공간도 넓어요. 미야코 씨가 거기서 일해주면 좋을 텐데."

"에이, 또 그런다."

"진심이에요."

진지한 표정으로 그가 대답하자 미야코는 갈팡질팡하며 고개를 떨어뜨렸다. 다이아몬드로 보이는 자그마한 피어싱이 샹들리에에서 빛을 받아 반짝이고 있었다. 왠지 현실과 동떨어져 있는 것 같았다.

"미야코 씨, 저녁은요? 배 안 고파요?"

"아, 실은 점심 이후로 아무것도 안 먹었네. 뭐라도 좀 먹어도 될까?"

"그럼요."

냥 씨는 세련된 동작으로 오른손을 살짝 들었다. 다가온 웨이터에게 식사를 하고 싶으니 테이블로 이동해도 될지 상냥하게 말하자 바로 창가 테이블석으로 안내받았다. 카운터에 비해 조명은 어슴푸레하고 비스듬히 앞쪽에 앉은 냥 씨의 옆얼굴이 캔들 불빛에 비춰져서 듬직해 보였다.

미야코가 앉은 자리에서는 때마침 스카이트리가 우뚝 서 있는 모습이 보였다. 거기에 시선을 빼앗긴 사이에 냥 씨는 웨이터에게 이것저것 주문하기 시작했다. 갑자기 맨 처음에 마신 칵테일 가격을 떠올리고 미야코는 계산이 걱정되었다. 아마 그가 내려고 하겠지만, 나이를 생각하면 천진난만하게 얻어먹기만 해서 될 것 같지 않았다.

웨이터와 요리에 대해 환담을 나누고 있는 냥 씨를 보고 순박해 보이면서도 그는 무척이나 세상물정에 밝다는 생각이 들었다. 처음에 만났을 때부터 느낀 그의 대범한 모습은 유복한 삶을 살아와서일지도 모른다.

그게 편하다고 하면 편했다. 이런 가게에 익숙한 남성에게 이것저것 배려받고 공주님이 된 기분에 젖을 수 있는 건 역시 기쁘다. 게다가 당연한 말이지만, 앱에서 만나 처음 대면한 남성과 이야기하는 것보다 냥 씨는 친숙해서 안심할 수 있다. 그가 자신에게 호감을 가지고 있다는 사실에 자존심이 충만해졌다.

"간이치 씨는 잘 지내요?"

그가 자연스레 물어와서 미야코는 잔을 들려다 손길을 멈추었다.

"음, 실은 헤어졌어. 벌써 반년쯤 됐지."

"어!"

그는 깜짝 놀란 얼굴을 했다.

"왜요?"

"왜냐니, 음, 이런저런 일이 좀 있어서."

"아, 정말 놀랐어요!"

"그렇게 놀랄 일이야?"

"왠지 모르게 두 사람은 결혼하겠다 싶었거든요."

"나도 그럴 줄 알았어."

냥 씨는 놀란 마음이 진정되자 미야코의 얼굴을 들여다보고 빙긋이 웃었다. 거무스름한 피부에서 예쁘고 가지런한 하얀 이가 들여다보였다.

"그럼 저한테도 기회가 생긴 거네요."

"또 그런다. 말은 참 잘해요. 것보다 일본어 엄청 늘었네."

"그래요? 아, 전 언어 공부가 특기라서요."

"하긴, 뭐든 잘할 것 같아."

"음, 잘하긴 잘하지만. 그래서 저 같은 사람을 팔방미인(팔방미인이라는 말이 긍정적으로 쓰이는 한국과 다르게, 일본에서는 잔재주는 많으나 실력이 얕은 사람을 뜻한다)이라고 하잖아요."

그가 지나가던 웨이터를 불러 세워 아직 음료가 남아 있는데 글라스 샴페인 두 잔을 주문했다.

"어? 왜 시켰어?"

"축하의 뜻으로 건배해요. 애인과 헤어져 마음이 고달프겠지만, 미야코 씨는 그 결과 또다시 새로운 사랑을 하겠죠. 그에 대한 축하예요."

"와아! 그런 말은 어디서 배웠어?"

미야코는 웃음을 터뜨렸다. 얼마 전까지 푹 빠져서 보던 한국 드라마 대사처럼 등이 근질거렸다. 하지만 주변에서 흔히 볼 수 있는 남자가 말했다면 이상해 보일 수 있는 말도 외국인인 그가 하자 그럴싸해 보인다고 머리 한구석으로 문득 생각했다.

정말 샴페인이 와서 웃으며 건배를 하고 미야코는 냥 씨의 질문에 간이치와 헤어지게 된 경위를 이야기하기 시작했다. 잔이 비자 그는 미야코 몫의 칵테일을 주문했고 미야코는 그만 빠른 속도로 술을 입에 옮겼다. 티파니 목걸이로 싸웠던 것도 간이치의 성장배경이나 시설에 들어간 아버지에 대해서도 질문받은 대로 말했다. 그리고 아타미의 밤부터 이튿날에 걸쳐서 벌어진 일을 털어놓을 무렵, 미야코는 꽤 취기가 돌고 있었다.

"그랬군요. 힘들었겠어요."

무면허 운전으로 경찰에 잡혔다는 말까지 하자 냥 씨는 인상을 찌푸리고 고개를 끄덕였다.

"나쁜 남자지?"

"음, 간이치 씨답다고 해야 할까요."

"어머, 편드는 거야?"

미야코가 트집을 잡는 말투로 뾰로통해하자 냥 씨는 다리를 꼬고 의자 등받이에 기대더니 갑자기 시크한 미소를 지었다.

"간이치 씨는 아직 젊은데 옛날 시대의 일본남자라는 느낌이 들어요. 그냥 제가 받은 인상이지만, 지방에 사는 사람은 젊어도 사고방식이 조금 낡은 사람이 많잖아요. 그건 베트남에서도 마찬가지예요. 일본남자들의 자살률이 높은 건 일본남자들은 남에게 자신의 상황을 상담해서는 안 된다는 사고방식에 얽매여 있어서가 아닌가요?"

지금까지와 다른, 낮은 온도를 띠는 목소리에 미야코는 할 말을 잃었다.

"여자가 아니니 불평을 부리거나 친구들끼리 공감을 주고받아서도 안 된다. 남자는 자신의 능력으로 모든 문제를 해결할 수 있다는 근거 없는 자존심이 있어서, 예를 들어 난처한 일이 벌어져도 그 자존심이 방해해 아무한테도 상담할 수 없는 거죠. 그래서 자멸하는 거고요. 그런 식이 아닐까요?"

미야코가 아무 대답도 못하고 있자 그는 다시 오른손을 들었다. 마법처럼 웨이터가 소리 없이 다가왔다. 술을 또 시키나 싶었지만 냥 씨는 커피를 시켰다.

미야코는 그리하여 들떠 있던 기분이 단숨에 식었다. 손목시계를 보자 벌써 열한 시에 가까워져 있었다.

"시간이 벌써 이렇게 됐네! 나 가야 해. 막차 놓치겠어."

냥 씨는 다리를 꼰 채 전혀 동요하지 않고 미소 짓고 있었다.

"커피, 금방 와요. 마시는 편이 나을 거예요."

"그래도 전철 타야 하는데."

그리 말하면서도 부모님 집이라면 조반선 막차를 타고 갈 수 있다는 생각이 들었다. 스마트폰으로 검색하려고 하자 냥 씨가 팔을 뻗어서 검지로 미야코의 손등을 살짝 찔렀다.

"나 여기서 묵고 있어요. 내 방에서 자고 가는 건 어때요?"

미야코는 그의 얼굴을 멍하니 보았다. "또 이런다" 하고 농담으로 치부하려 했지만, 때마침 그때 커피가 와서 미야코는 웃을 타이밍을 놓쳤다.

"침대가 두 개 있으니 안심하고 아침까지 자요."

놀리는 듯한 표정으로 냥 씨가 말했다.

냥 씨의 방은 널찍한 트윈룸이었다.

침대는 두 개 있었다. 그렇다 해서 아무 일도 없으리라고는 역시 미야코도 생각하지 않았다. 입구에 멈춰 선 미야코의 옆을 스쳐지나 냥 씨는 창가까지 걸어가더니 닫아 놓았던 커튼을 열었다. 창은 컸고 레스토랑과 다른 방향으로 향해 있는지 이번에는 도쿄타워가 보였다.

야경에 시선을 빼앗겨 있는데 그가 미야코가 있는 곳으로 돌아와 당연한 듯 살며시 키스했다. 무심코 몸을 빼자 그가 쓴웃음을 지었다.

"그렇게 무서워할 거 없잖아요. 미야코 씨가 싫어하면 안 하니까 안심해요."

창가 소파에 앉으라고 권해서 미야코는 쭈뼛거리며 앉았다.

"아, 오늘은 땀 엄청 흘렸네요. 호치민에 비하면 도쿄는 시원하지만, 티셔츠 한 장만 입고 다닐 수 없으니까요. 나 땀 냄새 나죠? 먼저 샤워하고 와도 돼요?"

"으, 응. 하고 와."

"냉장고 안에 있는 거 아무거나 마시면서 느긋하게 있어요."

그 말을 남기고 냥 씨는 욕실로 사라졌다. 홀로 남은 미야코는 한숨을 살짝 쉬었다.

방은 스위트룸은 아니지만 큰 소파가 세트로 구성되어 있어 확실히 미야코가 지내는 원룸보다 배 이상 넓었다. 책상 위에는 자료 같은 것이 펼쳐져 있었고 그의 옷이 너저분하게 의자에 걸쳐져 있어서 이미 며칠 묵은 흔적이 있었다. 냥 씨는 정말 부자구나, 라고 생각했다.

부자니까 방까지 태연하게 따라온 걸까, 하고 미야코는 안절부절못한 기분으로 생각했다. 공주 대접을 받아서 기뻐서였을까. 그러면 자신을 소중히 여겨줄 거란 생각이 들어서일까.

아니면 이거야말로 운명일까. 아니 아니, 그렇게 대수롭지 않은 단순한 성욕일지도 모른다. 술기운이 도는 머리로 미야코는 혼란스럽게 생각했다.

조금 전에도 생각했지만 솔직히 냥 씨를 잊고 지냈다. 그도 최근 들어서는 자신에게 연락하는 일이 없었으니 마찬가지일 것이다.

도무지 진정이 되지 않아서 소파에 앉았다가 다시 일어나는 사이에 냥 씨가 욕실 가운 차림으로 나왔다.

"아, 있었네요."

"응?"

"샤워하는 사이에 갔을 줄 알았거든요."

그는 미야코를 끌어안았다. 온몸에서 피어오르는 김과 샴푸 향기에 휩싸였다. 그리고 조금 전과 다른 진한 키스를 해주었다. 혐오감은 들지 않았지만, 머리 한구석이 냉정함을 유지하고 있어서 황홀함과는 거리가 멀었다. 그의 젖은 머리카락이 닿았고 어색하게 키스에 응했다. 얼굴의 위치가 바뀌었을 때 그의 피어싱 원석이 뺨을 스쳤다. 그 차가운 감촉에 흠칫해서 미야코는 그의 가슴을 밀치고 뒤로 물러났다.

"날 좋아해?"

미야코가 묻자 그가 "좋아해요"라고 즉답했다.

"쭉 좋아했던 건 아니잖아."

"음, 미야코 씨가 간이치 씨랑 결혼할 거라고 생각했고 저 역시 바빴으니까요. 쭉 잊을 수 없었던 건 아니에요. 하지만 오랜만에 다시 만나니 역시 난 이 사람이 좋구나 싶더라고요. 결혼해줄래요?"

"결혼이라니……. 잊고 지내던 사람이랑 갑자기 결혼을 고려하는 게 보통 가능해?"

"전 일본인이 아니니 일본의 평범한 사고방식은 몰라요."

싱긋 웃으며 하는 말에 "단순히 하고 싶어서 그런 거 아냐?"라고 목구멍까지 말이 나오려고 했다. 한 번 하고 싶으니 맘에도 없는 결혼이란 소릴 꺼내는 게 아닌가, 하고 어두운 감정이 밀려왔다.

이건 저주인가, 하고 미야코는 놀랐다.

그 둥근 안경에게 들었던 '남자는 대부분 네 얼굴보다 가슴을 본다, 설마 그걸 잘나간다고 생각하진 않겠지?'라고 했던 꺼림칙한 말이 되살아났다.

미야코가 할 말을 못 찾고 있으니 냥 씨는 엄지로 미야코의 입술을 살며시 어루만졌다.

"저, 가능하면 일본여자랑 결혼하고 싶어요."

"……어."

"저희 형처럼요. 그게 일본에서 사업하는 데 최적의 상황이니까요."

그의 본심을 처음 듣는 것 같아서 미야코는 숨이 멎었다.

"일본인이면 누구든 상관없어?"

"그럴 리가 없잖아요. 미야코 씨처럼 센스 있고 예쁜 여자가 당연히 좋죠."

미야코가 뭐라 하기 전에 입술이 뒤덮였다. 그리고 눈 깜짝할 사이에 그가 자신을 안아 올려 침대에 쓰러뜨렸다. 근육이 붙은 묵직한 몸에서 욕망이 피어올랐다. 미야코는 저항할 마음을 서서히 잃었고 아무렴 어때 하는 기분이 들었다. 그런데도 그가 익숙한 손놀림으로 원피스 지퍼를 내리자 미야코는 그의 손을 멈추게 했다.

"잠깐만. 샤워 좀 하고 올게."

"안 해도 돼요."

"땀도 엄청 흘렸으니 하고 올게."

할 수 없다는 듯 냥 씨는 손에 들어간 힘을 누그러뜨렸다. 그의 몸 아래에서 기어 나와 미야코는 흐트러진 옷자락을 서둘러

다듬고 욕실로 향했다. 술기운이 남아 있어서인지 다리가 휘청거렸고 부딪치다시피 하며 문을 열었다. 문득 돌아보자 냥 씨는 쑥스러워서인지 엎드린 채 침대에 뒹굴고 있었다. 그 등을 보고 처음으로 사랑스러움이 솟구쳤다. 살며시 말을 걸었다.

"저기, 나 꽤 연상인데 진짜 괜찮겠어?"

고개를 천천히 들고 그가 웃었다.

"네. 연상인 건 알아요."

"아마 너보다 띠동갑 연상일 텐데."

"띠동갑?"

냥 씨는 어리둥절해했다.

"……띠동갑이면 간지를 말하는 건가요?"

"응, 간지를 한 바퀴 돌았다는 거지. 베트남에도 12간지 있지?"

그는 멍한 표정으로 대답하지 않았다.

"즉 그 말은 열두 살 차이라는 건데……."

"어!"

그는 몸을 벌떡 일으켰다.

"그럼 미야코 씨는 지금 몇 살이에요?"

"이제 곧 서른넷이야."

"네에에에?!"

그는 상당히 순수하게 놀란 소리를 냈다. 조금 전 가게에서 미야코와 간이치가 헤어진 이야기를 들을 때보다 더 놀란 모양이었다.

연령을 두고 상대가 상당히 놀라자 미야코는 살짝 발끈했다. 그는 침대에서 일어나더니 파고들 듯 미야코를 쳐다보았다. 목욕 가운은 앞가슴이 벌어져 있었고 털이 적어서 매끈한 다리가 보였다.

"그 말 진짜예요?"

미야코가 고개를 끄덕이자 그는 한손으로 입을 덮었다.

"미야코 씨, 잠깐만요."

그가 너무나도 놀라워해서 미야코는 당황했다. 그는 고개를 숙이고 난처한 표정으로 무언가 이런저런 생각을 하는 듯했다.

"미야코 씨, 미안해요."

그리고 나온 말은 그것이었다. 미야코는 욕실 문에 손을 갖다 댄 채 "응?" 하고 되물었다.

"그렇게 연상인 줄 몰랐어요."

"응? 뭐?"

"미안해요. 좀 무리일 것 같아요."

무슨 소리를 하는지 미야코는 여전히 알 수 없었다.

"미안해요. 정말 미안해요. 저기, 다섯 살 정도 연상인가 싶었는데 그렇게 연상이면 좀 곤란해요. 우리 누나보다도 연상인 게 되는데, 그건 좀."

계속해서 어른스럽고 세련된 태도를 취하던 그가 거짓말처럼 어쩔 줄 몰라 했다. 미야코는 예상 밖의 일에 입을 벌리고만 있었다. 족히 1분 정도 침묵이 흐르고 마침내 그가 무슨 소리를 하는지 이해했다.

상황급변이라고 미야코는 생각했다. 그렇게 생각한 순간 웃음이 솟구쳤다.

아하하하하, 하고 헛웃음이 나왔다. 웃으면서 아줌마는 이렇게 웃는구나, 하고 머릿속 한구석으로 생각했다. 무언가 실패했을 때 중년여성은 상황을 수습하려고 폭소한다.

"미야코 씨."

"하하하하. 아니, 나야말로 미안."

허리를 부여잡고 미야코는 소파로 종종걸음으로 가 자신의 짐을 허둥지둥 챙겨서 문으로 향했다.

"저기, 나 집에 갈게! 아직 조반선 다니거든!"

"미야코 씨! 아니 저기."

"됐어! 신경 쓰지 마! 잘 먹었어!"

미야코는 복도로 나와 엘리베이터로 달렸다. 바로 온 엘리베이터에 타서 호텔을 뛰쳐나와 역으로 달렸다. 그길로 플랫폼 계단을 달려 올라갔다.

일이 그렇게 술술 잘 풀릴 리가 없다. 잘 풀리면 오히려 이상하고 무섭다.

밤의 전철 창문에 손잡이를 잡고 어째서인지 웃음을 참고 있는 자신의 얼굴이 비쳤다.

상처를 입지도, 슬프지도 않았다.

별 의미 없이 천장을 올려다보자 밤의 전철 안을 비추는 형광등이 눈부셨다.

헬스클럽 러닝머신 위에서 미야코는 열심히 발을 움직이고 있었다.

뛰는 건 고등학생 이후로 처음이다. 오랜만에 달리자 자신의 몸이 예상보다 훨씬 무거워서 깜짝 놀랐다.

헬스장이라는 곳은 처음이라 회전하는 검은 벨트 위를 달리는 기계를 사용하는 것도 미야코는 처음이었다. 처음에는 다리에 쥐가 날 것 같았지만, 5분 정도 지나자 주위를 둘러볼 여유도 생겼다.

운동기구가 있는 벽에는 한 면이 모두 거울로 덮여 있었고 그 앞에 러닝머신이 나란히 놓여 있어서 싫어도 자신이나 양옆의 사람의 모습이 눈에 들어왔다. 아울렛에서 급하게 구입한 트레이닝복에서 뻗어 나온 자신의 팔다리는 집에 있는 전신거울을 볼 때보다도 탄력이 없었다. 나이를 서서히 먹어가고 있다는 사실을 새삼스레 들여다본 것 같았다.

오늘은 유급 휴가를 받은 소요카의 제안으로 근처에 이제 막 생긴 이 헬스장에 무료체험을 하러 왔다.

소요카는 헬스장 어딘가에 등록하려고 여기저기 둘러보고 있다고 한다. 미야코는 그저 흥미만 가지고 따라왔는데, 자신도 등록해도 좋을지 모르겠다는 마음이 점점 들었다.

처음에 수영장과 샤워실을 안내받았다. 욕탕은 꽤 넓고 사우나도 딸려 있었으며 휴식 공간에는 안마의자도 있었다. 이른 아침부터 저녁 늦게까지 영업하고 있어서 샤워만 하러 오는 회원도 많다고 설명 들었다. 회비는 평일 회원이라면 미야코도 어떻게든 낼 수 있을 만한 금액이었다. 의외로 괜찮은, 시간 때우기 방법일지도 모른다고 미야코는 생각하기 시작했다.

요전번 서른네 살 생일날에는 반차를 써서 3년 사용한 스마트폰을 새로 바꾸었다. 저장되어 있던 수많은 사진은 새로운 스마트폰에 옮기지 않았다. 간이치와 찍은 사진도, 찍어 보관해둔 코디 사진도 삭제하는 건 용기가 필요했지만, 하고 나니 홀가분한 기분이 들었다. 소개팅 앱도 삭제했고 앱에서 알게 된 사람의 연락처도 지웠다.

냥 씨를 만난 그날 밤부터 홀가분해진 듯한 불가사의한 기분이 들었다. 얼른 행복해져야 한다는 강박관념 같은 것이 사르르 벗겨진 것 같았다.

자신이 띠동갑 연상이라는 사실을 안 순간, 냥 씨가 허무하게 물러선 건 화를 내도 될 만한 일일지도 모른다. 하지만 낙담하거나 분노하는 감정이 이상하게 생기지 않았고 무언가 속이 시원한 기분이 들었다.

이튿날 그에게서 전화가 왔고 진심어린 사과를 받았다. 사과를 받는 것도 번지수가 잘못된 기분이지만, 수습해야겠다 싶어서 "또 언제 한 턱 쏴"라며 웃었다.

냥 씨는 그래도 자신의 매장에서 일해달라는 건 진심이니 고려해달라고 했다. "말은 참 잘해요"라며 털털하게 웃어 넘겼다.

그의 이야기를 미야코는 진심으로 받아들이지는 않았지만, 어학 공부를 하는 것도 좋을지도 모르겠다 싶었다. 쇼핑몰에도 최근에는 중국 등 아시아 고객이 늘고 있다. 영어나 중국어나 또는 냥 씨에게 베트남어를 배우는 것도 좋을지도 모른다고 멍하니 생각했다. 시간이 있을 때 장래를 위해 자격증을 따는 것도 좋을지도 모른다. 니시나가 상품장식전시기능사라는 국가자격증 시험을 이번에 본다고 했다. 나도 공부나 해볼까.

그렇게 지금까지 생각지도 않았던 것을 떠올린 차에 소요카의 제안에 헬스장에 왔다. 우선 몸을 움직여보는 건 좋을지도 모른다. 옷을 예쁘게 소화해내려면 몸매가 중요하다. 반년 정도라도 좋으니 다녀볼까, 하고 미야코는 달리면서 생각했다. 설정했던 시간을 다 달리고 나니 상상했던 것보다 훨씬 보람이 느껴졌다.

미야코는 벽 쪽 벤치에 앉아 목에 걸친 타월로 얼굴에 흐르는 땀을 닦았다. 운동한 후의 상쾌함과 나른함을 느끼면서 운동 공간에서 근력 운동을 하는 사람들을 바라보았다.

창가에 놓인 큼직한 기계에서 소요카의 모습을 발견했다. 계단을 오르듯 양발을 교대로 움직이는 기구로 권유받아 러닝머신을 뛰기 전에 미야코도 했지만, 너무 버거워서 바로 포기했다.

소요카는 이마에 맺힌 땀을 빛내며 묵묵히 몸을 움직이고 있었다. 옆얼굴이 무서우리만치 진지했다. 빡센 운동을 하고 있으니 표정이 즐거울 리 없겠지만, 그녀가 무척이나 괴로워 보였다.

이윽고 그녀는 운동을 멈추고 기구에서 내려왔다. 잠시 몸을 구부려 숨을 고르고 있다가 땀을 닦으며 미야코 쪽을 돌아보았다. 손을 흔들자 소요카는 환하게 웃었다.

"소요카, 대단하네!"
"보고 계셨어요? 창피해라."
"난 벌써 지쳐서 끝냈어. 소요카는 운동이 잘 맞나봐."
그녀는 키도 커서 운동하는 모습이 탄력 있고 힘차 보였다.
"그러게요. 밤에 술 마시러 다니는 것보다는 훨씬 잘 맞는 것 같아요."

빙긋이 웃으며 그녀가 말했다.
"등록할 거지?"
"음, 우선 여긴 보류하려고요."
"응? 그래?"
"생각보다 수영장이 작아서요. 평일은 못 오니 그러면 일반

회원이잖아요. 좀 비싼 것 같아요."

"난 평일에 올 수 있어서 등록할까 싶어. 우리 집 원룸은 욕조가 좁고 낡기도 했으니 탕에만 들어가도 본전은 뽑을 것 같아."

"그 큰 목욕탕, 매력 있는 것 같아요."

사람들이 운동하는 모습을 바라보면서 둘은 무난한 대화를 나누었다. 짧은 바지에 운동화를 신고 다리를 내놓고 있자 고등학교 때 동아리 활동을 하는 것 같아서 그것만으로도 왠지 즐거웠다.

"나 헬스장에 살짝 반감을 가지고 있었는데 나쁘지 않네?"

"살짝 반감이라뇨?"

소요카가 웃으며 물었다.

"음, 그야 굳이 돈까지 내가면서 몸을 가꾼다는 게 왠지 신선놀음 같다고 할까."

"신선놀음이라니요! 그렇지 않아요!"

소요카는 웃음을 터뜨렸지만, 미야코는 농담이 아니라 진심으로 그리 생각했다. 간이치였다면 만약 경제적으로 여유가 있다고 해도 굳이 헬스장에 가입까지 해가면서 몸을 가꾸지 않을 것이다.

"최근에 시간이 남아돌아서 말이지."

미야코가 불쑥 말하자 소요카가 미소를 머금은 채 얼굴을 보았다.

"연애를 안 하니 시간이 남아도네."

"그러게요. 저도 최근 들어 남자친구를 안 만나니 예전보다 시간에 여유가 생기더라고요."

"그렇구나. 안 만나구나."
"헤어지는 건 아니지만, 거리를 좀 두려고요."
"그래."

둘은 벤치에 앉아 큰 창문 건너편의 햇살에 빛나는 가로수를 한동안 멍하니 바라보았다. 밖은 무더워 보였다.

"슬슬 샤워하고 에리 언니 집으로 갈까요?"
"응."

둘은 일어나 로커로 향했다. 저녁에는 에리네 집에 아기를 보러 갈 예정이었다. 로커룸에서 땀을 흡수한 옷을 벗으며 미야코는 후훗, 하고 웃었다.

"시간이 남아돈다는 소릴 에리가 들으면 화내겠지?"
"그렇겠죠? 그거야말로 신선놀음이죠."

속옷 차림을 한 소요카도 장난스럽게 웃었다.

에리의 아기는 거실에 놓은 큼직한 등나무 재질의 요람 안에 있었다. 눈을 똘망똘망하게 뜨고서 무표정으로 미야코의 얼굴을 빤히 보고 있었다.

미야코는 당황스러워하며 아기의 시선을 받아들였다. 뒤에서는 소요카가 에리와 그 남편에게 축하 인사를 하고 선물을 건네며 활기차게 웃고 있었다.

"……아기는 원래 표정이 진지해?"

미야코가 중얼거리는 소리가 들리지 않는지 아무도 대답하지 않았다. 아기의 눈은 어른의 눈과 전혀 달랐고 매우 맑고 조금 푸른 기를 띠고 있었다. 인형처럼 앙증맞은 손에는 손톱이 어엿하게 나 있었고 귀도 엄연히 복잡한 형태를 하고 있었다.

머리카락은 의외로 풍성하고 까맸다.

"안녕, 나는 미야코야. 먀라고 불러."

손끝으로 아담한 손등을 살며시 찌르며 읊조렸다. 아기는 반응하지 않고 미야코를 가만히 보고 있었다.

"기분은 어때? 쾌적해? 행복해?"

"별걸 다 묻네."

에리가 뒤에서 등을 두드렸다.

"아니, 무표정이라서."

"아직 잘 안 보일 거야."

"그렇구나."

그때 에리의 남편이 부엌에서 "미야코 씨도 아이스커피 괜찮으세요?"라고 물었다. 다급히 "네!" 하고 돌아보며 대답하자 갑자기 아기의 표정이 일그러지며 응애응애 울기 시작했다.

"아, 미, 미안. 놀랐지?"

"괜찮아."

에리가 웃으며 아기를 끌어안고 좌우로 살짝 흔들면서 기저귀로 두툼해진 엉덩이를 가볍게 토닥였다. 그녀는 부엌에 있는 남편에게 "난 호지차 마실래. 그리고 어제 엄마가 가져온 과자도 내줘"라며 부하에게 말하듯 지시했다.

역시 에리는 조금 수척해져 있었다. 화장을 하지 않아서이기도 했지만, 잠을 푹 자지 못한 안색이었다. 하지만 억지로 웃고 있는 것도 아니었다. 충만한 표정이었다.

전에 왔을 때보다 집에 살림이 늘어 생활감이 묻어나고 있었다. 깜짝 놀랄 만큼 채도가 높은 아기용품이 여기저기 흩어져 있었다.

좋겠다 싶었다. 행복해 보여서 좋겠다 싶었다.

부럽다는 마음은 예전에는 가슴을 답답하게 만드는 느낌이었다면, 이제 그건 통증이 아니라 동경에 가까웠다.

옆에 서서 울다 그친 아기의 얼굴을 들여다보는데 "안아볼래?"라는 말을 들었다.

아기는 묵직하고 뜨거웠다. 사랑스러웠지만 갖고 싶다든가 낳고 싶다는 감정은 딱히 생기지 않았다.

또다시 징징대며 울기 시작한 아기를 에리가 떠안더니 소파에 앉아 젖을 주기 시작했다. 앞이 잘 벌어지게 만들어진 수유용 티셔츠를 입고 있었다. 에리의 남편이 4인분의 마실거리를 가지고 왔고 에리는 젖을 주면서 모두와 평범하게 잡담을 나누었다.

헬스장에 체험 수업을 듣고 와서 등록할지 말지 고민하고 있다는 이야기를 미야코가 했다. 신선놀음 이야기를 소요카가 덧붙이자 "그거 정말 신선놀음 맞네! 신선으로 있을 수 있는 동안에 실컷 즐겨!"라고 에리가 폭소했다.

저녁을 먹고 가라는 에리 남편의 말에 민폐 아닌가, 하고 소요카가 답했다. 에리가 설마 그럴 리가, 친구랑 대화하는 게 오랜만이라서 너무 좋다고 즉각 말했다.

파스타라도 만들까? 하고 남편이 말해서 에리가 피자라도 시켜먹자고 답했다. 그럼 둘 다 먹자며 파스타는 자기가 만들겠다며 소요카가 손을 들었다. 소요카와 에리 남편이 주방으로 갔고 미야코는 건네받은 태블릿으로 피자 배달 사이트를 켰다.

"내일도 더우려나? 태풍이 오고 있다지?"

에리가 그리 말하며 리모컨으로 텔레비전을 켰다.

주문한 피자는 눈 깜짝할 사이에 왔고 소요카가 재빨리 만든 페페론치노와 냉장고 안에 있는 반찬을 테이블에 적당히 내놓고 시끌벅적하게 식사를 했다.

텔레비전에서는 일기예보가 끝나고 뉴스가 나오고 있었고 미야코는 문득 화면에 시선을 주었다.

7월에 일어난 호우에 관한 뉴스였다. 서일본 각지에 일어난 토사 붕괴와 침수로 큰 피해가 생겼다. 두 달이 지난 지금도 복구에는 진척이 없고 봉사활동자의 손길이 여전히 필요하다고 앵커가 말했다.

미야코는 그 뉴스를 뚫어져라 보았다.

화면에서 자원봉사 센터 접수대에 늘어선 사람들의 행렬에서 검은 배낭을 짊어진 남자에게 시선이 멈추었다.

어라? 이 사람 간이치를 닮았네. 뒷모습이 상당히 닮았다. 혹시 이 사람 간이치가 아닐까? 하고 숨을 죽이고 눈을 크게 떴다. 카메라가 돌아서 그 사람의 옆얼굴을 비추었고 그리고 화면이 바뀌었다.

간이치가 아니었다. 전혀 모르는 남자였다.

"미야코?"

고개를 꺾어서 혼자만 진지하게 텔레비전을 보고 있는 미야코의 존재를 깨닫고 에리가 말을 걸었다.

"왜 그래?"

미야코는 고개를 천천히 되돌렸다. 세 사람의 시선이 미야코의 얼굴에 모였다.

테이블에 물방울이 뚝뚝 떨어졌다. 자신이 왜 우는지 미야코도 알 수 없었다.

12

 그다음 주에 미야코는 서쪽으로 가는 신칸센을 탔다.
 도쿄역에서 산 도시락을 다 먹고도 여전히 신요코하마여서 책을 읽거나 음악을 듣는 습관이 없는 미야코는 목적지인 히로시마까지 약 네 시간, 무엇을 하며 시간을 보내야 할지 잠시 망연자실하고 있었다.
 저번 주 에리네 집에서 울고 말았을 때 미야코는 그 이유를 그녀들에게 전혀 설명하지 못하고 "뉴스 내용이 슬퍼서"라며 얼버무렸다.
 귀가해서 혼란스러운 심정을 마주하고 싶지 않아서 샤워만 하고 얼른 침대에 들었다.
 하지만 시간이 지나도 잠들지 못했고 수없이 몸부림을 친 끝에 미야코는 "아!" 하고 외치며 새벽에 일어났다. 냉장고에서 츄하이 캔을 꺼내, 서서 절반 정도 단숨에 마셨다.
 그리고 침대 가장자리에 기대 앉아 무릎을 끌어안았다.
 간이치의 존재를 겨우겨우 작게 접어서 서랍 안쪽에 넣어두었는데 머릿속이 또 그의 생각으로 가득 차 버렸다.
 하지만 그건 간이치가 그립다든가 보고 싶다든가 하는 그런 단순한 마음과는 달랐다. 대체 이게 뭘까, 하고 미야코는 생각했다. 열고 싶지 않았던 마음의 뚜껑을 용기를 내 열어서, 안에 들어 있는 것을 직시해야 한다며 미야코는 숨을 죽였다.

무릎을 끌어안고 몸을 둥글게 말고서 생각한 지 약 10분.

미야코는 옆에 놓여 있던 스마트폰을 들고 열심히 검색하기 시작했다.

두 시간 후에는 히로시마역에서 출발하는 자원봉사자 버스 임시 예약, 히로시마시 내의 비즈니스호텔과 신칸센 예약을 마쳤다. 그 순간 졸음이 덮쳐 와서 기절하다시피 잠들었다.

출근해서 유급 휴가를 신청하자 매장이 한가한 시기라서 간단히 수리되었다. 만약 점장인 니시나가 "어디 가?"라고 물으면 미야코는 자신 같은 사람이 재해 자원봉사를 가도 될지 상담하려고 했지만, 그녀가 아무것도 묻지 않아서 이야기를 꺼내지 못했다.

미야코는 결국 소요카에게도 에리에게도 부모님에게도 간사이에 봉사활동을 하러 간다는 사실을 털어놓지 못했다. 자기답지 않은 행동을 하는 이유를 타인에게 설명할 수도 없을 듯했고, 사람을 돕고 싶다는 순수한 마음으로 가는 것도 아니었기에 감탄한다든가 대단하다는 말을 듣고 싶지 않았다.

미야코는 차창을 흐르는 경치를 바라보며 자신이 상당히 긴장했다는 사실을 자각했다.

자신처럼 도움도 안 되는 사람이 봉사활동을 하러 가면 민폐만 끼치게 되지 않을까, 역시 관두는 편이 나을까, 하고 미야코는 거센 후회에 휩싸였다. 나고야에 도착해서 되돌아갈까 생각하기 시작했을 때 차내에 간식수레가 지나가서 커피와 초콜릿을 샀다. 그것들을 입에 넣자 기분이 살짝 차분해졌다.

나도 재난 봉사활동을 해보자. 그 생각은 혼란스러운 마음 밑바닥에서부터 문득 거품이 일듯이 나타났다.

에리네 집 텔레비전에서 자원봉사 센터에 줄지어선 간이치를 닮은 사람의 모습을 보고 놀랄 만큼 가슴이 술렁였다.

미야코는 텔레비전 뉴스를 딱히 보지 않으며, 본가에 있을 때도 식탁에 늘 놓여 있는 신문조차도 대강 훑어보지 않았다. 인터넷에 뜨는 뉴스 항목 정도는 보기도 하지만 자신의 생활에 직접 영향을 주지 않는 일에 대해서는 흥미를 가지지 않았다.

자신의 좁은 시야, 유치한 사고방식도 한몫 거든다고 생각한다. 하지만 그와 동시에 큰 사회문제에 흥미를 가지게 되면 결국 아무것도 할 수 없는 자신의 무력함을 직시해야 한다는 사실을 알아서 절반은 의식적으로 피했다.

평소에 건드리지 않도록 조심하던 그 부분을 건드리고 말아 가슴이 몹시 술렁였던 적이 있다. 그건 간이치가 동일본 대지진 때 일을 관두고서까지 봉사활동에 몰두했다는 이야기를 들었을 때였다. 미야코는 감탄했다기보다 기가 막혔다.

그 지진 때 미야코의 전 남자친구는 혼자 달아났기에, 그것과는 정반대로 대단한 사람이라고 생각했지만, 그와 동시에 미야코는 '넌 한 게 아무것도 없었지' 하고 비난받는 듯한 기분이 들었다. 물론 간이치가 그런 말을 할 사람이 아니라는 사실을 알고 있지만, 제멋대로 품고 만 죄책감을 지울 수 없었다.

자신은 사회에서 곤란해하는 사람에게 아무 도움도 주지 않았다. 돈도 시간도 전부 자신이 즐기기 위해서만 사용한다. 그건 엄마의 갱년기장애 때도 속이 쓰릴 만큼 절실히 느낀 적이 있다. 그래서 간이치를 두고서도 어딘가 뒷걸음질치고 말았다. 자신의 아버지가 들어간 시설에 돈을 지불하고 나이 들어가는 아버지의 입에 한 숟가락 한 숟가락 음식을 옮겨주던 간이치에게 미야코는 큰 열등감을 가졌다.

앱에서 알게 되어 만나기로 했던 남자가 히로시마 본가가 침수되었다는 연락을 했을 때도 '아 그렇구나'라고만 생각했다. 그길로 냥 씨와 만나기로 해서 호화로운 호텔에서 식사를 하며 즐겼다. 그리고 이튿날 뉴스를 통해 피해가 크다는 사실을 듣고 놀랐지만, 그 사람을 떠올리지도 않았다. 역시 자신에게는 남의 고통에 다가설 수 있는 마음가짐이 결여되어 있을지도 모른다며 미야코는 등줄기가 서늘해졌다.

간이치는 지금 어디서 뭘 하고 있을까.

무면허 운전으로 잡히는 바람에 만약 일자리를 잃었다면 이번에는 서일본에서 봉사활동을 하고 있을 가능성도 없지는 않다.

미야코는 가만히 생각했다.

간이치는 미야코의 마음의 균형을 무너뜨렸다. 그의 선행도 악행도 미야코를 흩뜨려놓았다. 자신은 하지 않는 일을 그는 쉽게 해낸다. 그는 미야코에게 있어서 이해 불가능하고 인정하고 싶지 않은 존재이자 동경의 대상이었다.

간이치가 할 만한 일을 자신도 해보고 싶었다. 그의 심정을 조금은 이해할 수 있을지도 모른다. 자신의 체력과 시간과 돈을 사용해 올바른 일을 해보고 싶었다. 때마침 미야코에게는 헬스장에 다닐 시간과 돈과 체력이 있어서 그걸 아주 조금 봉사활동에 나눠 쓰면 된다. 그 행동이 결국 신선놀음의 일종일지도 몰라도 이 기회를 놓치면 다음은 없을 것 같았다.

이해할 수 없는 간이치를 이해하고 싶었다. 가능하다고는 생각하지 않지만, 아주 조금이라도 좋으니 그에게 다가서고 싶었다.

　내려선 히로시마역은 상상보다 커서 역 앞의 몇 차선이나 되는 철로 양쪽에 빌딩이 나란히 서 있었다. 생각했던 것보다 훨씬 도시여서 미야코는 조금 주눅이 들었다.
　해 질 무렵 수많은 사람들이 오가는 가운데 시영 노면전차 승강장을 찾았다. 세 량이 이어져 있는 차량이 왔고, 노면전차를 타본 적 없는 미야코는 신기해서 두근거렸다.
　차창에 모르는 거리가 흘러갔다. 두 달 전에 내린 호우의 영향은 거리에서는 찾아볼 수 없었고 청결한 지방도시 풍경이었다. 보는 동안에 긴장된 마음에서 즐거운 기분이 솟구쳤다. 그리고 곧바로 놀러 온 게 아니니 즐기고 있을 때가 아니라고 표정을 굳혔다.
　세 정거장을 지나서 내렸다. 열기가 확 덮쳤다. 스마트폰 앱으로 검색할 필요도 없이 눈앞에 예약한 호텔 간판이 나타났다. 호텔까지 걷는 동안에 편의점이나 음식점이 몇 군데나 있었다. 나중에 잠시 밖을 걸어볼까. 오코노미야키라도 먹어볼까 싶었다.
　체크인을 마치고 미야코는 방으로 들어갔다. 딱히 특별할 것 없는 싱글룸이지만, 생각보다 넓었다. 문을 닫자 힘이 빠져 한숨을 쉬고 침대 위에서 뒹굴었다.
　그저 신칸센을 탔을 뿐인데 무척이나 피곤했다. 낯선 거리를 모험할 의욕도 상실했다. 방의 흰 천장과 벽을 바라보면서 좀 더 저렴한 호텔로 고를 걸 그랬다고 생각했다. 그만 불안해서 숙박료가 어느 정도 하는 호텔을 예약하고 말았다. 호텔 이틀 숙박료와 신칸센 왕복비용을 고려하면 그걸 직접 성금하는 편이 낫지 않았을까 하는 생각이 스쳐지나갔다.

결국 미야코는 호텔에서 가장 가까운 편의점으로 가서 도시락을 사와 방에서 저녁을 먹었다.

내일 일을 생각하자 다시 긴장이 되었다. 아침 일찍 일어나야 해서 불을 끄고 침대에 파고들어가 눈을 꾹 감았다.

이윽고 아침이 찾아왔고 미야코는 비즈니스맨들에 섞여 아침을 간단히 먹고 히로시마역으로 향했다.

집합 장소를 찾을 수 있을지 없을지 불안해하면서 가고 있는데 통근하는 사람들이 오가는 가운데 단출한 옷차림으로 줄지어 있는 사람들이 있어서 바로 알 수 있었다. 자원봉사활동 버스 집합장소라는 종이를 든 남성에게 미야코는 자신의 이름을 말하고 줄 뒤에 섰다.

미야코 앞에는 열 명 정도 되는 사람이 줄지어 앉아 있었고, 모두 혼자 참가하는지 이야기를 나누는 사람은 없었다. 맨바닥에 앉는 건 어릴 적 이후 처음이라서 미야코는 그것만으로도 일상에서 동떨어져 있는 듯해 불안했다.

대부분 남성이었지만 여성도 보였다. 여럿 있는 스태프 중에서도 여성이 있어 가슴을 쓸어내렸다. 모인 사람은 모두 색감이 없는 옷에 손때가 묻을 만큼 오래 쓴 배낭을 옆에 두고 있었다. 미야코는 옷도 모자도 가방도 신상이어서 갑자기 그게 부끄러워졌다.

이 봉사활동 버스는 인터넷에서 검색하다 알게 되었다. 이 지방의 민간조직이 만든 것으로 인터넷에서 가예약을 할 수 있었고 왕복거리나 소지품 등도 명시되어 있었으며 Q&A까지 만들어 참가자의 질문에 정중히 대답하고 있었기에 신청했다. 어쨌거나 태어나서 처음 하는 경험이라서 주최자 측이 경험이 풍부한 곳에 신청해서 지시받은 대로 하려고 했다.

미야코의 가방 안에는 그 사이트에 적혀 있던 물건이 들어 있었다. 음료와 점심식사와 긴 안전장화, 타월이나 목장갑도 가지고 왔다. 화장은 최소한으로 하고 머리를 뒤로 넘겨 하나로 묶었다.

이윽고 시간이 다 되어 줄줄이 차가 주차된 곳으로 향했다. 대형 관광버스 앞에서 스태프가 멈춰 섰다.

"오늘은 이 버스에 타시면 됩니다. 평일이라서 인원이 적으니 붙어 앉지 않으셔도 됩니다."

그 말을 듣고 미야코는 안심하며 뒤쪽 좌석에 앉았다. 통로를 사이에 두고 옆에 조금 연상으로 보이는 여성이 앉았다. 미야코가 가볍게 인사하자 그 사람은 빙긋이 웃어주었다.

"자, 그럼 출발합니다. 평일인데도 불구하고 모여 주셔서 감사합니다. 오늘은 제가 통솔하게 되었습니다. 잘 부탁드립니다."

마이크를 사용해 남성이 인사하기 시작했다. 미야코와 또래로 보이는 사람으로 목소리가 밝고 시원시원했다.

지금부터 구레 방면으로 두 시간 정도 이동한 다음, 버스에서 내리면 현지에서는 걸어서 가기로 되어 있다는 것. 일기예보에서 낮 기온이 상당히 오른다고 했으니 열사병에 걸리거나 다치지 않도록 안전을 최우선으로 해서 작업해달라는 것. 자기소개 같은 게 있으면 어쩌나 긴장했지만 그런 건 없었고 지금부터 갈 동네의 피해상황에 대한 설명이 조금 이어졌을 뿐이다.

버스는 시가지를 벗어났고 녹음이 점점 늘어났다. 논밭이나 잡목림, 드문드문 자리한 민가나 작은 공장이 보였다. 일본 전국 어디에나 있을 법한 평범한 지방 풍경이었다. 도로가에는 피해의 흔적이 딱히 보이지 않았다. 버스 안은 고요했고 긴장했을 터인 미야코는 졸려왔다. 어젯밤에 잠을 얕게 자서인지 눈꺼풀이 흐리멍덩하게 묵직해졌다.

얼마나 꾸벅거리고 있었을까 문득 눈을 뜨니 창밖 풍경이 180도 달라져서 미야코는 흠칫했다.

도로가에 끝없이 기와가 쌓여 있었던 것이다. 놀란 미야코는 몸을 내밀어 창에 들러붙었다. 부러진 베니어판 같은 것, 자동차, 장롱, 의자, 선풍기나 책가방, 그리고 뭔지 모를 파괴된 대량의 물건이 사람 키 정도 되는 높이로 쌓여 있었다. 그게 계속해서 한없이 이어지고 있었다. 고개를 쭉 뺀어서 반대편을 보자 반대쪽 길가도 마찬가지로 부서진 물건이 난잡하게 쌓여 있었다.

차 안에 있던 사람들은 모두 인상을 쓰고서 그 광경을 보고 있었다.

동일본 대지진 때 뉴스에서 이런 영상을 봤다. 하지만 지진이 아니라 폭우로도 이렇게 된다는 사실에 경악했다. 게다가 이미 두 달이나 지났는데 이렇게 대량의 기와 조각이 여전히 철거되지 않은 채 있으리라고는 생각지 못해서 미야코는 할 말을 잃었다.

맞은편 차선에서 모래먼지를 일으키며 덤프트럭이 몇 대나 달려갔다. 몇 킬로미터나 걸쳐서 그런 광경이 이어졌다.

이윽고 차는 간선도로를 벗어났다. 완만한 언덕으로 향하자 경치는 또다시 평온해졌다. 하지만 유심히 보자 여기저기에 볼록거울이 쓰러져 있거나 크레인이 건물을 무너뜨리기도 하고 있었다.

입안이 빠짝 타서 미야코는 배낭에서 물통을 꺼내 물을 한 모금 마셨다. 빨라진 고동은 좀처럼 가라앉지 않았다.

드문드문 있던 주택이 다시 조금씩 늘어났고 버스는 마을회관 같은 곳에서 멈췄다.

버스에서 줄지어 내리자 그 건물에서 작업복을 입고 서류 바인더를 든 남성이 나와 자원봉사 스태프들과 회의를 하기 시작했다. 그곳은 지역 집합소인지 부흥센터라고 손글씨로 쓴 종이가 붙어 있었다.

보고 있으니 진흙투성이인 작업복을 입은 사람이 어수선하게 드나들고 있었다. 건물 옆에는 지원물품으로 보이는 박스가 쌓여 있었고 그곳에서 몇몇 여성들이 무언가 작업을 하고 있었다.

이윽고 리더가 "여기서부터 걸어서 현장으로 갑니다. 이쪽 건물에서 화장실을 쓰면 되니 모두 순서대로 다녀와 주세요"라고 말했다.

그 말에 현지에 가면 자유롭게 사용할 수 있는 화장실이 없다는 사실을 깨달았다. 여전히 단수나 정전이 되어 있을지도 모르고 애초에 재난을 입은 장소에서 화장실을 쓸 수 있을 리가 없었다. 이곳에 오기 전까지 나름대로 조사했을 때 봉사활동지에서는 현지 물품을 빌리거나 받아서는 안 된다는 걸 읽었다는 사실을 떠올렸다. 미야코는 물을 되도록 많이 마시지 않도록 해야겠다 싶었다.

자원봉사자용 빨간 조끼를 받았고 남자들은 빌린 것으로 보이는 큰 삽 등을 들고 출발하게 되었다.

햇볕이 내리쬐고 기온도 쑥 올라간 와중에 줄지어 걸었다. 논밭과 주택이 혼재하는 지역으로 깔끔하게 정리된 집과 여전히 마당 앞에 더러운 흙무더기가 쌓여 있는 집이 있었다. 모래먼지가 엄청나서 마스크를 깜박한 것을 후회했다.

이윽고 길은 오르막이 되었다. 20분 정도라고 했는데 경사가 쭉 이어지면 어쩌나, 하고 미야코는 내심 초조해하고 있었다. 평소에 서서 일을 하니 체력이 딱히 없는 건 아니지만, 땀이 이마에서 줄줄 흘러내려 불안해져왔다.

집이 끊어지고 잡목림과 같은 곳을 빠져나가자 또다시 주택지가 나타났다. 거기서 봉사활동자들은 무심코 발걸음을 멈추고서 눈앞의 참상에 숨을 죽였다.

길 양쪽에 기와 조각이 쌓여 있어서 차가 아슬아슬하게 한 대 정도 지나갈 폭밖에 되지 않았다. 비탈 위에서 탁류가 흘러내렸는지 진흙과 유목으로 보이는 것이 민가에 떠 내려와 있거나 전복된 채 진흙투성이가 된 경차도 있었다. 언뜻 피해를 입지 않은 것처럼 보인 집도 유심히 살펴보면 창문이 전부 빠져 있고 사람이 사는 기척이 없었다. 기와는 떨어지고 외벽에는 마른 진흙이 들러붙어 있고 마당에는 소파 등 가재도구가 밖으로 나와 쌓여 있었다. 왠지 맡아본 적 없는 냄새가 났다. 이 부근은 큰 차가 진입할 수 없고 고령자가 많이 사는 지역이라서 복구가 늦어지고 있다고 리더가 설명했다.

파괴된 평범한 생활을 직접 접하자 미야코는 동요하고 있었다.

만약 자신의 신변에 똑같은 일이 벌어졌다고 상상하자 목이 메어 숨이 막혔다. 호우나 지진의 위험에서 안전한 지역은 일본 전국 어디에도 없다. 아니 재해가 일어나지 않는 장소는 세계 어디에도 없다. 어제까지 이어지던 일상이 눈 깜짝할 사이에 파괴될 가능성은 예외 없이 누구에게나 있다. 내일도 모레도 쭉 안심하고 살아갈 수 있다는 보장은 전혀 없다.

오싹했다. 인간은 어째서 이렇게 하잘 것 없을까 싶었다.

"심하네."

옆에서 들리는 소리에 미야코는 흠칫했다.

버스에서 가볍게 인사를 나눈 여성이 얼굴에 먹구름을 드리운 채 중얼거리고 있었다. 네, 하고 미야코가 진지하게 고개를 끄덕였다. 이야기를 걸어줘서 기뻤다.

키가 꽤 크고 체격이 다부진 사람이었다. 화장기는 없었고 얼굴에 주근깨가 흩어져 있었다.

"저기, 전 요노라고 해요. 전 봉사활동 자체가 처음이라서 이런 광경을 처음 접해요. 재해 봉사활동, 늘 하세요?"

큰맘 먹고 말하는 미야코에게 그 사람은 눈이 휘둥그레져서 "늘 참가하는 건 아니지만" 하고 당혹스러운 기색으로 답했다.

"난 곤도라고 해요. 평소엔 해외에 살고 있는데 히로시마에 본가가 있어서 어쩌다 귀성한 차에 참가하게 됐죠."

"아, 그래요?"

"지금은 로스앤젤레스에서 살아요. 요노 씨는요?"

"전 이바라키현이요."

"그렇게 멀리서 왔어요?"

"멀긴요. 로스앤젤레스가 더 멀죠."

"그렇긴 하네요."

그때 바람이 불어와서 모래먼지를 그대로 들이마시고 만 미야코는 무심코 콜록거렸다. 그 사람은 배낭에서 마스크를 꺼내서 썼다.

"당신도 필요해요?"

"어, 받아도 되나요?"

"써요."

미야코에게도 마스크를 하나 건네주더니 그녀는 문득 옆을 보고 먼저 걷기 시작했다. 미야코는 여전히 대화가 충분하지 않았지만, 그 사람은 성큼성큼 언덕을 올라가버렸다. 너무 친한 척했나, 하고 미야코는 의기소침해졌다.

그 사람을 쫓다시피 해서 미야코도 비탈을 올랐다. 갈수록 경사가 심해져 숨이 찼다. 더위도 심해서 얼굴이 끓어오르는 듯했다. 물을 마시려고 하다가 맞다, 자제하지 않으면 화장실이 급해질지도 모르겠다는 사실을 떠올려 마시는 걸 참았다.

오늘 활동은 재해를 입은 집 정리를 하는 것으로 얼마 지나지 않아 그 집에 도착했다. 나온 것은 미야코 아빠보다 꽤 고령인 남성이었다.

리더가 인사를 하자 남성은 활짝 미소 지어 보였다. 자원봉사자들에게도 고개를 깊이 숙여 자신도 부인도 호우 후에 건강이 나빠져 쭉 대피소에 누워 지내고 있었고 더위가 누그러들어서 집을 슬슬 어떻게든 해야겠다 싶어 나섰지만 혼자서는 옮기지 못하는 물건도 많던 차에 도와주러 와줘 정말 다행이라며 남자는 끊이지 않는 미소로 말했다.

하지만 목이 늘어난 티셔츠에서 보이는 그의 가슴 언저리에 미처 감출 수 없는 초췌한 기색에 미야코는 마음이 미어졌다.

2층짜리 집은 밖에서는 딱히 피해를 입지 않은 것처럼 보였지만, 안으로 들어가서 미야코는 그 참상에 우두커니 서 있었다.

바닥은 진흙투성이였고 큰 소파가 방구석에 비스듬히 자리하고 있었고 그 위를 덮치다시피 불단이 쓰러져 있었다. 거대한 지진이 일어난 후처럼 다양한 생활도구가 흩어져 있었고 미닫이는 무자비하게 찢겨 있었다.

이걸 집주인 혼자서 정리하기란 불가능하다고 미야코는 생각했다. 남성은 여전히 대피소에서 생활한다고 했다. 이 무더운 와중에 밤에 느긋하게 쉴 수 있는 장소도 없이 파괴된 자택을 정리해야만 하다니 이렇게 몸도 마음도 괴로운 일이 있을까 하고 미야코는 멍해졌다.

알고 있으면서도 아무것도 몰랐다. 정말 일손이 필요하다는 사실을 실감했다. 오늘 온 자원봉사자들 모두가 작업해도 하루만에 다 정리될 것 같지 않았다. 오늘 밤에도 호텔을 예약했기에 내일도 반드시 오자고 생각했다.

스태프는 집주인과 집 상태를 둘러보더니 의논을 하고 자원봉사자들에게 작업을 배정하기 시작했다. 남성 일행이 1층 거실 주변을, 여성 일행이 2층을 정리하게 되었다. 여성은 조금 전에 마스크를 건네준 사람 말고 60대 중반으로 보이는 사람이

한 명 더 있어 스태프 여성을 포함해 총 네 명이었다.

2층에는 방이 두 개 있었고, 둘 다 창문이 빠져 있었다. 창 아래에는 유리 파편도 몇 개 보였다. 한쪽은 조금 널찍한 다다미방이고 다른 하나는 책상이 놓여 있는 걸 보아 아이가 사용하는 방인 듯했다.

스태프 여성이 다다미방에 들어가 미닫이가 열려 있는 벽장을 들여다보았다. 아랫단에 플라스틱 의류 케이스가 나란히 놓여 있었고, 그것을 잡아당기자 검은 물이 팍 튀어서 흠칫했다.

"창문에서 물이 흘러들어왔을지도 모르겠네요."

여성 스태프가 혼잣말처럼 했고 다른 셋은 할 말을 잃었다. 이미 호우가 쏟아진 날부터 두 달이 지났는데 아직 물이 남아 있다는 사실이 충격이었다. 케이스 안의 옷은 축축했고 위 칸에 개어져 있는 이불도 온통 얼룩이 들어 있었다. 미야코는 창문에 시선을 보냈고 그곳에서 탁류가 유리창을 깨고서 흘러들어오는 모습을 상상하니 오싹했다.

스태프의 지시로 미야코와 중년 여성이 아이 방을 정리하게 되었다. 집주인에 따르면 귀중품이나 중요한 물건은 이미 바깥으로 실어냈기 때문에 방에 남아 있는 건 모두 처분한다고 했다.

우선 창가에 떨어져 있던 유리 조각을 조심스럽게 주웠고 다음으로 쓰러져 있는 자그마한 책장을 일으켰다. 젖은 후에 말라서 애처롭게 우그러든 책을 쌓아 비닐 끈으로 묶어나갔다. 그림책이나 어린이용 도감이 많아서 가슴이 아팠다.

하지만 책은 꽤 오래된 것 같았고 벽에 붙어 있던 포스터는 옛 아이돌로 지금은 배우로 활약하는 사람이었다. 이 집 아이는 분명 이미 어른이 되어 독립했을 것이다. 이마에 맺힌 땀을 타월로 닦아내면서 그 아이는 도와주러 오지 않았나, 하고 미야코는 생각했다. 아니 아니, 평범한 사회인이라면 처리해야 할 업무가 있으니 그리 쉽게 오지 못하겠다고 생각을 고쳐먹었다.

간신히 책장 주변을 정리하고 다음은 책상에 달려들었다. 서랍을 열자 책상 안은 그다지 젖지 않았는지 여전히 멀끔한 물건이 많았다. 옛 우편물이나 사진도 있었다.

"저기, 이거 버려도 돼요? 연하장이랑 사진도 있는데."

중년 여성은 옷장 안을 정리하다가 미야코의 질문에 돌아보았다.

"글쎄요. 중요한 물건은 없다고 했으니 버려도 되지 않을까요? 우리 애도 그런 건 이제 안 가지고 있으니까요."

쌀쌀맞은 대답을 듣고 고개를 끄덕였다. 그렇다, 미야코도 어릴 적 우편물은 이미 옛날에 처분했다.

서랍에 들어 있던 엽서나 편지를 과감하게 쓰레기통에 넣었다. 하지만 아무래도 인화된 사진을 버리는 건 거부감이 들어 미야코는 그걸 바지 뒷주머니에 집어넣었다.

잠시 정신없이 작업을 했다. 맨 처음에는 목장갑을 끼고 있었지만, 자잘한 작업을 할 수 없어서 벗었고 정신을 차리고 보니 양손이 새까매져 있었다.

눈 깜짝할 사이에 묵직한 쓰레기봉투가 몇 개나 생겼다. 스태프 여성으로부터 책상이나 책장 등의 가구는 남성들이 내릴 테니 그것 말고 다른 물건을 마당에 내려놓으라는 말을 들었다. 우선 쓰레기봉투를 여러 번 왕복해서 2층에서 계단 아래로 내렸다. 무더운 와중에 익숙하지 않은 작업을 하고 계단을 오르내리느라 숨이 찼지만, 기분은 고양되어 있었다. 드디어 제대로 누군가의 도움이 되고 있다는 실감이 들었다.

"아야야야야."

목소리가 들려서 돌아보자 같이 작업하던 중년 여성이 허리를 부여잡고 웅크리고 있었다.

"괜찮으세요?"

"이걸 들어올리려고 하다 허리를 삐끗했네요."

그녀의 발 언저리에는 고타쓰의 상판이 있었다.

"무리하지 마세요. 큰 건 제가 들게요. 좀 쉬는 편이 나을 것 같아요."

주저앉은 여성 앞에 미야코도 쭈그렸다. 자세가 꼿꼿해서 몰랐지만 얼굴을 유심히 보니 나이가 상당히 있어 보이는 사람이었다. 일흔이 넘었을지도 몰랐다.

"아, 역시 나이는 못 속이네. 난 농가에서 자란 딸내미라서 옛날에는 이런 작업도 거뜬히 해냈는데."

"별 말씀을요. 조금 전부터 저보다 훨씬 빠릿하게 움직이시던데요?"

"아하하하. 그랬나요? 아가씨도 애쓰고 있네요."

"아니에요. 전 이런 일을 해본 적이 없어서 기진맥진했어요. 더위에도 익숙하지 않고요."

"그런가요? 회사원이에요?"

"아뇨. 의류 매장에서 일해요. 서서 하는 일인데 하루 종일 에어컨을 틀어놓은 곳에 있으니 더위에는 약해요."

그녀는 눈을 동그랗게 뜨고 미야코를 들여다보았다.

"어머, 예쁘고 멋쟁이다 싶더니 역시. 어디서 왔어요?"

"이바라키요."

"어, 오사카요?"

"아, 그건 아마 이바라키시일 테고, 저는 간토 지방에 있는 이바라키현이에요. 쓰쿠바산이랑 가스미가우라 호수가 있는 곳이요."

"어머나, 그렇게 멀리서 오다니 대단하네요. 난 히코네에서 왔어요."

"아, 히코냥(히코네시를 대표하는 고양이 캐릭터)이 있는 곳이죠?"

"맞아요. 히코냥 덕분에 유명해졌죠."

로스앤젤레스에서 온 여성에게 친한 척 이야기를 걸었다가 상대가 거북해하는 인상을 받아서 미야코는 이 중년 여성에게는 필요 이상으로 말을 걸지 않도록 하고 있었다. 하지만 이야기하다 보니 분위기가 누그러들어서 마음이 놓였다.

여성 스태프가 상황을 살피러 왔기에 그 히코네 여성이 허리를 삐었다고 하자 조금만 있으면 점심시간이니 먼저 1층에서 쉬라며 그녀를 부축해서 계단을 내려갔다.

휴식 시간까지 힘내자며 미야코도 일어나 고타쓰 상판을 끌어안고 계단을 내려왔다. 마당에는 엉망이 된 가재도구가 잔뜩 나와 있었다. 문 밖에 경트럭이 주차되어 있었고 남자들이 짐칸에 망가진 가구 등을 쌓고 있었다.

또다시 계단을 올라가다 발이 휘청대는 바람에 다급히 난간을 잡았다. 지쳤구나, 하고 미야코는 자각했다. 조심스럽게 계단을 올라가서 구석에 놓여 있던 배낭에서 물을 꺼내 한 모금 마셨다.

얼굴이 벌게졌고 머리도 무거워졌다. 배 부근도 조금 이상했다.

기분 탓이다, 그냥 지쳤을 뿐이라며 자신을 타이르는 동안에 계단 아래에서 "휴식하세요"라는 말이 들려왔다.

1층 거실은 이미 다다미를 전부 걷어서 판자로만 되어 있었다. 그 위에 비닐시트를 깔아 몇 사람이 앉아서 각자 가져온 것을 먹기 시작했다. 젊은 남성이 미야코 쪽을 힐끗 쳐다보았다. 여성 스태프가 미야코의 존재를 알아차리고 여기 앉으라며 옆을 가리켰다. 앉아서 배낭에서 빵을 꺼내 봉지를 찢었다.

조금 먹다가 입안이 퍼석해져 식욕이 일지 않아 좀 더 수분이 있는 걸 사올 걸 그랬다며 후회했다. 절반 정도 남기고서 배낭에 넣고 "잠시 바람 좀 쐬고 올게요" 하고 건물 밖으로 나갔다.

사람의 시야에서 벗어나고 싶어서 집 뒤편으로 돌아 덜 지저분해 보이는 콘크리트 위에 앉았다. 두통이 심했고 아랫배가 콕콕 찌르듯이 아팠다. 무릎을 끌어안고 몸을 말았다.

이래선 곤란하지 않을까 생각하고 있는데 "아가씨 왜 그래?" 하는 목소리가 떨어졌다. 놀라서 고개를 들자 집주인 남성이 미야코를 들여다보고 있었다.

"배 아파?"

"괜찮아요"라며 웃으려고 했지만 뜻대로 되지 않아 갈라진 목소리가 나오고 말았다.

집주인은 잠시 골몰하는 표정을 짓고 나서 "좀 내려간 곳에 있는 친척 집에선 화장실도 쓸 수 있어. 따라오게나"라고 말했다.

"그런데 스태프에게 물어봐야 할 것 같아요."

"나중에 내가 말할게. 어쨌거나 따라와."

집주인은 걷기 시작했고 당혹스러워서 경직된 미야코를 돌아보고 손짓을 했기에 뭉그적대며 일어났다. 화장실을 쓸 수 있는 건 솔직히 너무 다행이었다.

그를 따라 비탈을 내려갔다. 태양이 내리쬐고 있어서 어질어질했다. 경사 도중에 횡단보도가 있는 조금 널찍한 도로가 있었고 그곳을 건너니 이미 정리가 다 끝난 듯한 집이 늘어났다.

큼직한 돌 문기둥이 있는 집에 집주인이 들어가더니 초인종도 누르지 않고 현관을 열었다.

"어이, 후유 씨. 상태가 안 좋아 보이는 아가씨가 있는데 화장실 좀 쓸게."

네, 라며 앞치마를 두른 흰머리의 여성이 나왔다.

"우리 집에 자원봉사하러 온 아가씨야. 잠시 쉬게 해줘. 우리 집에선 누워 있을 수도 없잖아."

어머어머, 하고 몸집이 아담한 할머니가 눈을 동그랗게 떴다. 어서 들어오라고 해서 미야코는 송구스러운 마음이 들었다.

"실례하겠습니다. 들어가도 되나요?"

"그럼요. 이 부근은 수도도 전기도 복구됐으니 사양 말고 들어와요."

안내받은 화장실은 오래된 화변기였지만 청결했다.

미야코는 휘청거리면서 볼일을 봤다. 화장실 안에 있는 수도 꼭지를 틀자 물이 힘차게 나왔고 차가운 물로 손을 씻으니 되살아난 기분이 들었다.

화장실 안은 당연하지만 홀로 있을 수 있어서 미야코는 진심으로 마음을 놓았다. 모르는 지역에 와서 모르는 사람과 말을 섞고 익숙하지 않은 노동을 하니 지치지 않을 리가 없었다.

화장실에서 나와 복도를 천천히 걸었다. 오래됐지만 잘 손질된 나무 복도는 윤이 났고 절 안에 있는 것처럼 서늘하고 어둡고 고요했다. 이곳에 좀 더 있고 싶다, 이곳에서 쉬고 싶다는 마음을 떨치고 현관으로 가서 더럽혀진 운동화를 신었다.

"어머, 아가씨, 괜찮아요?"

조금 전의 할머니가 안에서 나와 미야코를 걱정스럽게 올려다보았다. 하얀 깃을 열어젖힌 셔츠에 작은 꽃무늬 앞치마, 오래되어 보였지만 빳빳하게 잘 다려 입어서 어울렸다. 자신도 나이를 먹으면 이런 차림을 하고 싶다고 이런 상황에서도 생각했다.

"안 쉬어도 돼요?"

"네. 화장실 빌려주셔서 정말 감사드려요. 덕분에 살았어요."

"별소리를 다 하네요. 다른 자원봉사자분들한테도 쓰고 싶으면 오라고 해요."

미야코는 몇 번이나 고개를 숙여 감사 인사를 하고 그 집에서 나왔다.

밖은 여전히 무더워서 기껏 가신 땀이 눈 깜짝할 사이에 온몸에서 뿜어져 나왔다. 미야코는 묵직한 다리를 한 걸음 한 걸음 내딛으며 비탈을 올라갔다.

기와 조각을 대량으로 쌓아올린 경트럭이 달그락거리며 내려오는 것을 피하느라 멈추었다. 다른 집에서도 정리를 하고 있는 모양인지 온몸이 땀투성이인 남자 두 사람이 큰 마사지 의자를 끌어안고 나오는 것을 곁눈질로 봤다. 목에 걸친 타월로 입 언저리를 막고서 미야코는 눈을 감았다.

 화장실을 빌려 살짝 상쾌해져서 이걸로 이제 괜찮겠다 싶었는데, 아직 배에 둔통이 느껴졌다. 머리도 무거웠고 구역질도 났다. 스태프에게 말하는 편이 낫지 않을까 미야코는 망설였다. 하지만 여기서 컨디션이 나쁘다고 말을 꺼내면 민폐를 끼치게 된다. 오후 네 시에 오늘 작업이 끝난다고 했으니 조금 더 참아볼까. 아니, 그래도 이 상태로 작업을 할 수 있을까.

 미야코는 이런저런 생각을 하며 망설였다. 망설이면서도 걸어가는 동안에 현장인 집에 돌아왔다.

 집 앞에는 진흙투성이인 찻장 위에 작은 좌식 책상, 또 그 위에는 어딘가에서 떼어낸 베니어판이 높다랗게 쌓여 있었다. 위험하다 싶어서 조금 돌아서 부지로 들어가려고 하자 현관 부근에서 몇 사람이 담소를 나누고 있는 목소리가 들렸다.

 "그 귀여운 애 없네? 어디 갔나?"

 남자 목소리가 들려서 미야코는 발걸음을 멈추고 순간적으로 쌓여 있던 가구 그늘에 숨었다.

 "화장실 빌려 쓰러 아래쪽 집으로 갔대. 조금 전에 누가 그러던데?"

 "어, 화장실 빌려 쓸 수 있었어? 나도 가고 싶네."

 "남자들은 뒤에 있는 공터에서 해결하래."

 들어가기 껄끄러워서 미야코는 거기서 상황을 살폈다.

"리더한테 물어봐. 아무데서나 그러면 집 주인한테 미안하잖아."

그때 조금 나지막한 여성의 목소리가 들렸다. 말투에서 보건대 그 로스앤젤레스에서 온 여성인 듯했다.

"구멍 파서 볼일 보고서 덮으면 되지 않나? 난 동일본 자원봉사할 때 그렇게 했는데. 화장실 같은 건 없었으니까."

"비상사태일 때는 어쩔 수 없지만, 여긴 그렇지 않잖아. 어쨌거나 물어봐."

"네에 네에, 알겠습니다. 그럼 그 귀여운 애가 오면 물어봐야겠네."

미야코 말고 다른 젊은 여성은 없었기 때문에 귀여운 애라는 건 분명 자신을 뜻한다고 미야코는 생각했다. 이런 때에도 그런 소리를 듣는 게 썩 기분 나쁘지 않았다.

"그 애 어디서 왔을까? 그런 애도 자원봉사를 하러 오는구나."

"외모랑 자원봉사랑 관계없잖아."

"그렇긴 하지. 그래도 드물잖아."

"양장점 직원이라고 조금 전에 히코네 할머니가 말하셨어."

"양장점이라니! 오랜만에 듣는 단어네!"

남자들은 와, 하고 웃었다.

"그렇게 귀여웠어? 난 얼굴 잘 못 봤어."

"미인은 아니지만 얼굴이 동그랗고 눈도 동글동글해서 말이지. 난 그 정도 약간 못생긴 게 좋더라."

"흐음."

"연락처나 물어볼까."

그때 로스앤젤레스에서 온 여성이 "그렇게 안 귀여워. 화장으로 속이고 있는 거지"라고 말에 끼어들었다.

"봉사활동 하러 오는데 화장도 짙게 하고 꾸미고나 오고. 수다만 떨고 농땡이만 치고 대체 뭘 하러 온 건지 모르겠어."

그녀의 강한 어조에 남자들은 잠잠해졌다.

"화장실도 스태프한테 묻지도 않고 마음대로 가버리고. 반쯤은 놀러 와서 자기만족이나 하려는 거겠지. 그런 애들은 진짜 민폐야."

"……말이 좀 심하지 않아?"

"그런 사람이 있으니 자원봉사자들이 민폐라는 소릴 듣는 거야. 너희도 번호 따려고 온 거야?"

"뭐? 무슨 소릴 그렇게 해."

머릿속에서 핏기가 가셔서 미야코는 바들바들 떨며 그 자리에 쭈그려 앉았다. 다투기 시작한 사람들의 목소리가 멀리 울려 퍼졌다. 험담을 못 들은 걸로 하고 싶었다. 당장이라도 뛰어서 달아나고 싶었다.

어쨌거나 일어나야겠다 싶어서 뭔가를 붙잡으려고 하다가 팔로 허공을 허우적댔다. 하지만 다리가 휘청거리고 몸이 기우뚱 흔들려 단단한 것이 팔에 닿았다.

아차, 싶었을 때 장롱이 이쪽으로 쓰러져 미야코는 땅에 허리를 박았다. 무언가가 낙하하는 소리와 더불어 모래먼지가 날렸고 무심코 눈을 감았다. 그 순간 얼굴 오른쪽이 확 뜨거워졌다.

"어이! 괜찮아?!"

"움직이게 하지 마! 머릴 박았을지도 몰라!"

사람들이 소란을 떠는 목소리를 들으며 미야코는 정신이 아득해지는 것을 느꼈다.

 얼굴에 살랑살랑 기분 좋은 바람이 닿았다. 눈을 가늘게 뜨자 누군가가 곁에 앉아 부채로 부쳐주고 있다는 사실을 알았다.
"일어났어?"
 묻는 말에 이번에는 눈을 번쩍 떴다. 어떤 남자가 자신을 들여다보고 있었다. 그 남자의 어깨 너머로 둥근 형광등이 있어서 역광이 되어 얼굴이 잘 보이지 않았다.
 어? 간이치? 라고 순간 생각했다. 재차 응시하자 그곳에는 전혀 모르는 남자가 있었다. 짧은 머리를 노랗게 염색한 젊은 남자였다.
"와!"
 미야코는 흠칫 놀라서 뒤로 물러났다.
"할머니! 일어났어!"
 그 젊은이는 고개를 돌리고서 큰 소리로 누군가를 불렀다. 미야코는 자신이 어딘가의 다다미방에서 이불 위에 누워 있다는 사실을 깨달았다. 얼마 지나지 않아 미닫이 건너편에서 앞치마를 한 백발의 여성이 나타났다. 남자는 미야코에게서 떨어져 방구석에 다리를 아무렇게나 뻗고 앉았다.
"아가씨, 괜찮아요?"
 아, 아까 만났던 고상한 할머니라고 생각한 순간 기억이 줄줄이 되살아났다.
 조금 전에 집 앞에 쌓여 있던 가구를 쓰러뜨리는 바람에 부딪쳤다. 누군가가 업어 옮겨서 어딘가에 뉘어준 것까지는 기억한다.
"얼굴 아파요? 응급처치는 했는데."
"아, 그게."
"널빤지 모퉁이가 얼굴에 부딪쳤는지 피가 나더라고요."
손으로 만져보자 오른쪽 뺨에 거즈가 붙어 있었다. 할머니가 손거울을 건네주어 들여다보자 거즈 가장자리에도 긁힌 듯한 상처가 보였다. 떨리는 손으로 거즈를 살짝 벗겨내 보자 피로 번진 상처가 몇 개나 비스듬히 가로지르고 있었다. 상처는 그리 깊지 않은 듯하지만 얼굴을 다쳤다는 충격이 순간 솟구쳐서 손끝이 순식간에 얼어붙었다.
페트병 생수를 마시라고 건네받았다. 마시고서 처음으로 목이 칼칼했다는 사실을 깨닫고 멈출 수 없게 되어 패트병 절반 정도를 단숨에 마셨다.
그때 스태프 여성이 나타나 걱정스러운 듯 머리나 몸 가운데 아픈 곳이 없냐고 물었다. 미야코는 일어나서 살짝 걸어보거나 그 자리에서 뛰어보기도 했지만, 허리와 팔이 조금 욱신거리는 정도로 움직이는 데는 문제가 없는 듯했다. 푹 자서인지 두통도 사라졌다.
민폐를 끼쳤다며 미야코는 고개를 숙였다.
"아니에요. 그렇게 대충 가구를 쌓아놓은 이쪽 잘못이죠. 미안해요. 오늘은 이제 이대로 돌아가세요."
"네? 그래도……"
"이 집 손주가 히로시마 시내에 살고 있는데 때마침 지금 돌아가려던 차였어요. 그 사람 차를 얻어 타기로 했어요."

미야코가 잠든 사이에 이미 자신을 돌려보낼 수단을 마련한 듯했다. 중요한 일은 모두 어른에 의해 정해지는 무력한 아이가 된 듯해서 미야코는 창피해 입술을 깨물었다.

"몸은 이제 괜찮아요. 모두와 같이 시간이 다 될 때까지 작업할 수 있어요."

"그렇게 말해줘서 고맙지만, 무슨 일이 생기면 책임 문제로 번지니까요."

그녀에게 그런 말을 듣고 미야코는 할 말을 잃었다. 반대 입장이라면 그건 맞는 말이라고 자신도 그렇게 말했을 듯하다.

"……그럼 제가 알아서 돌아갈게요."

"버스정류장까지 꽤 멀고 버스도 제시간에 안 와요. 노선도 복구되지 않았고요."

스태프 여성의 말에서 희미하게나마 짜증이 느껴졌다. 더 이상 번거롭게 해서는 안 되겠다고 가늠해서 미야코는 "네" 하고 고개를 떨어뜨렸다.

"저기, 나, 오늘 밤에도 히로시마에서 묵을 거라 내일 또 오고 싶어요."

"괜찮아요. 멀리서 오셨잖아요. 무리하지 말고 집으로 가요. 저기 시간이 늦지 않으면 오늘 안에 병원에 가봤으면 해요. 아마 가벼운 열사병도 걸린 게 아닐까 싶네요. 자원봉사자 보험이 적용될 테니 병원에서 받은 영수증을 나중에 보내줘요."

"보험요?"

"네, 참가비에 포함돼 있어요. 이번에는 아마 적용될 거예요. 요노 씨, 보험증서 가지고 왔죠?"

신분증이라고 생각해 면허증은 가지고 왔지만, 보험증서까지는 지참하지 않았다. 그렇게나 자신은 무능력하고 남에게 민폐를 끼칠지도 모른다고 걱정했는데 병원 신세를 질 가능성까지는 생각이 미치지 않았다.

미야코는 고개를 숙였다. 울지 마, 여기서 울면 더 민폐만 끼치게 되잖아, 라고 생각했는데 어이없이 눈물이 떨어졌다. 철없고 한심하고 자신이 유치해서 창피했다.

"울지 마요. 울지 마."

곁에서 이야기를 듣고 있던 할머니가 쪼글쪼글한 손으로 미야코의 등을 살며시 어루만져주었다.

그 할머니의 손주는 조금 전에 미야코를 들여다보고 있던 노란머리 청년이었다.

아직 장난기가 남아 있는데 이마 라인과 눈썹을 밀어 귀뿐만 아니라 콧방울에까지 피어싱을 하고 있었고, 더럽혀진 바짓단이 펑퍼짐한 작업복을 입고 있었다. 미야코 고향에서도 찾아보기 힘든, 유행이 지난 양아치 스타일이었다. 할머니가 "이래 보여도 착한 애니 안심해요"라고 말하자 불쾌한 듯 다른 쪽을 쳐다보았다.

그의 차는 네모난 경차로 여기저기 흠집투성이에 먼지가 잔뜩 앉아 있었다. 뒷좌석을 평평하게 만들어서 담요를 깔고 여기에 누우라고 했다. 당황하자 그가 "얼른!" 하고 혼쭐을 냈다.

인사를 할 겨를도 없이 출발한 미야코는 빌린 타월 담요를 돌돌 말고 몸을 웅크렸다.

울퉁불퉁한 길을 달리고 있는지 차는 덜컹덜컹 흔들렸지만, 핸들을 잡는 것도 브레이크를 밟는 타이밍도 양아치치고는 부드럽게 느껴졌다. 배려해주고 있을지도 모른다.

마음이 차분해지자 오늘 일어난 일을 떠올리고서 다시 눈물이 번졌다.

자신은 대체 뭘 하러 왔을까. 역시 자원봉사를 하러 오는 게 아니었다. 자기답지 않은 행동을 하는 바람에 결국 타인에게 민폐를 끼쳤다.

로스앤젤레스에서 온 여성이 한 말을 떠올리자 마음속이 시꺼멓게 빽빽이 칠해지는 듯한 느낌이 들었다. 그녀의 말에 화풀이가 담겨 있다는 건 미야코도 알고 있다. 하지만 내용은 딱히 틀리지 않았다. 미야코가 휴식을 취하러 가는 듯한 신상품 차림으로 고급 호텔에 묵고 여행 기분으로 온 건 사실이었다.

자신은 나약하다. 몸도 마음도 나약하다. 선행을 베풀 때는 분명 강인함이 필요하다. 나약한 자는 나약한 대로 적어도 자신의 생활에 머물러 남들에게 민폐를 끼치지 않도록 꼼짝 않고 있는 게 낫다. 모르는 남자에게 귀엽다는 소리를 듣고 한순간 우쭐해졌고 그 뒤에 조금 못생겼다는 소리를 들어 의외로 타격을 입었다.

감정이 북받쳐서 자신도 모르게 훌쩍거리고 있으니 차 안에 틀려 있던 음악이 갑자기 커졌다.

유행하는 J-POP이 폭발적인 음으로 차내에 흘렀다. 그에 맞춰 운전석의 양아치가 콧노래를 흥얼대며 큰 소리로 노래를 부르기 시작했다. 분명 나이도 먹을 만큼 먹은 여자가 울고 있어 짜증이 난 것 같았다.

타월로 입을 틀어막아 오열을 참으며 미야코는 눈을 꼭 감았다.

어느새 살짝 꾸벅꾸벅 졸다가 문득 눈을 뜨고 몸을 일으키자 창밖은 이미 거리였다.

"이제 곧 도착해."

운전석에서 앞을 본 채 양아치가 말했다.

"어? 벌써요?"

올 때는 꽤 먼 곳이라고 느꼈는데 돌아오는 길은 놀랄 만큼 빨랐다.

"어디서 내릴래?"

그가 무뚝뚝하게 물어서 미야코는 "어디든 상관없어요"라고 답했다. 그는 운전석에서 돌아보더니 미야코를 노려보았다.

"어디든 상관없다면 어딘지 몰라."

"아, 그럼 히로시마역에서 내릴게요."

"누님, 병원에 안 가도 되겠어?"

"……의료보험증이 없어서요."

"현금으로 내고 나중에 신청하면 환급받아."

서슴없는 말에 미야코는 대답할 타이밍을 놓쳤다.

"우리 집 근처에 있는 외과에 데리고 가줄까?"

"그게……."

"가자……."

"……네, 고맙습니다."

핸들을 잡은 그는 주택가로 차를 몰았다. 우측으로 좌측으로 꺾어서 편의점 앞의 넓은 주차장에 차를 세웠다. 차에서 내리자 그는 편의점에는 들어가지 않고 턱으로 "이쪽" 하고 가리키며 걷기 시작했다. 하늘이 희미하게 붉은 기를 띠고 있고 더위도 한풀 꺾여 기분 좋은 바람이 불고 있었다. 미야코는 모르는 동네의 모르는 길을 모르는 남자를 따라서 걸었다. 양아치는 어째서 팔자걸음으로 걸을까 생각하며 그의 가느다란 어깨를 쫓아갔다.

곧바로 오래된 상점가로 나가 그 귀퉁이에 있는 작은 병원 문을 그가 밀었다. 그는 "안녕하세요" 하고 접수처 직원에게 말을 걸었다. 흰 블라우스를 입은 여성이 "어머, 어서 와요" 하고 미소로 답했다.

"저기 다친 사람을 데리고 왔는데, 어이, 네가 직접 설명해."

"아, 안녕하세요."

"어머 어머, 얼굴을 어쩌다가."

미야코는 접수처 여성에게 자원봉사활동을 하던 곳에서 다친 일과 의료보험증을 가지고 있지 않다는 사실을 설명했다. 여기에 기입하며 잠시 기다려달라고 용지를 건네받았다. 그러자 그가 뒤에서 얼굴을 쑥 내밀고 말했다.

"나, 잠깐 뭐 좀 사가지고 올게. 기다려."

"저기, 전 이제 괜찮아요."

"됐으니 기다려. 끝나면 역까지 바래다줄게."

여원 등이 문 밖으로 나갔다. 대기실 벤치에 앉아 미야코는 한숨을 쉬었다. 말은 반말에 거칠지만 느낌이 간이치와 비슷해 미야코는 그에게 그다지 반감을 가지지 않았다. 자신은 의외로 이런 유의 사람을 좋아하는지도 모른다고 마지못해 인정하는 기분이 들었다.

10분도 채 지나지 않아 그가 돌아왔다. 손에는 아담한 흰 상자를 들고 있었고 어딜 어떻게 봐도 그건 케이크 상자였다.

"저기서 푸딩 사 왔어."

"네? 푸딩이요?"

옆에 털썩 앉더니 그는 상자를 열어 병에 담긴 푸딩을 꺼냈다. 하나를 집어 미야코에게 내밀었다. 당황해서 눈이 휘둥그레졌다. 어째서 푸딩을 사온 걸까.

"싫어?"

"좋아하는데요."

그는 아무 말 없이 푸딩을 먹기 시작했다. 어쩔 수 없이 미야코도 작은 플라스틱 스푼을 사용해 푸딩을 먹었다. 옛날 스타일의 탱탱한 푸딩으로 혀에 달달함이 스며들어 번졌다.

그는 눈 깜짝할 사이에 다 먹더니 종이상자에 들어 있던 보냉제를 미야코의 무릎에 던졌다.

"얼굴 부었잖아."

"어."

"상처 말이야. 어디에 박았잖아. 내일 부을지도 모르니 이걸로 붓기를 가라앉히는 편이 나을 거야. 일부러 큰 거 받아왔으니까 몇 시간은 갈 거야. 공사 일 시작했을 무렵에 산만한 성격이라 다치기만 해서 자주 부었거든."

미야코는 입을 떡 벌리고 그가 보냉제를 위해 푸딩을 사왔다는 사실을 이해했다.

"……여러모로 고마워요."

미야코는 뭉클해하며 고개를 숙였다.

"됐어. 도쿄에서 왔어?"

"이바라키현에서 왔어요."

"흠, 거긴 어디야?"

"지바현이랑 사이타마현 뒤쪽이요."

"아, 몰라. 꼬맹이일 적에 디즈니랜드에 갔는데 거기밖에 몰라."

왠지 우스워서 미야코는 웃었다. 의외로 대화를 좋아하는 아이일지도 몰랐다.

"공사 현장 일은 얼마나 했어요?"

"중학교 졸업하고 나서부터니 4년쯤 됐네."

아, 중졸이구나, 라고 미야코는 생각했다.

"지루하고 때려치우고 싶을 때도 종종 있지만, 지금 태풍이랑 그다음에 내린 호우로 이쪽이 난리잖아. 나 같은 어중간한 인간도 찾을 정도니까 말이지. 쉬는 날에는 할머니네 집 정리를 도와주고 있어. 노인은 비닐시트 한 장으로 못 버티니까."

그가 의외의 말을 했다.

"……저도 도와줘서 고마워요."

그는 "훗" 하고 웃었다. 그리고 별일 아니라는 느낌으로 답했다.

"딱히 신경 쓸 거 없어. 멀리서 우릴 도와주러 왔잖아. 아무도 민폐라고 생각 안 해. 어이, 또 우는 거야? 일일이 울지 마, 짜증나잖아!"

미야코는 무심코 웃음을 내뿜고 흘러내린 눈물을 서둘러 닦았다. 오지 않을 걸 그랬다고 생각한 걸 후회했다.

호텔 숙박을 취소하고 미야코는 집으로 가는 신칸센을 탔다.

그에게 받은 보냉제를 타월에 말아서 뺨에 살며시 갖다댔다. 병원에서 받은 약도 먹은 탓인지 신칸센이 움직이기 시작하자 바로 잠이 들었다.

도중에 몇 번인가 잠에서 깼지만 바로 졸음이 덮쳤다. 처음에 비어 있던 좌석도 눈을 뜰 때마다 채워져 갔고 신오사카에서는 출장을 마치고 돌아가는 듯한 회사원으로 만석에 가까워졌다. 얼굴에 붙인 큰 거즈를 노골적으로 보는 사람은 있었지만, 창피하다고 생각할 만한 기력도 없었다. 갈 때는 그렇게나 생각이 빙글빙글 맴돌았지만, 피로해서인지 돌아갈 때는 머릿속에 아무것도 떠오르지 않았다.

도쿄역에 도착해 미야코는 배낭을 메고 플랫폼에 섰다.

우뚝 선 빌딩 무리가 어둠 속에서 반짝이는 것을 보고 꿈에서 아직 완전히 깨지 않은 기분으로 멍해졌다.

터벅터벅 걷기 시작해 구내 화장실로 들어갔다. 그리고 큰 거울에 비친 자신의 모습을 기나긴 하루였다며 힘이 쭉 빠진 채 바라보았다. 얼굴에 붙인 큰 거즈도 눈길을 끌었지만 머리도 부스스했고 옷이나 배낭이 너무 더럽혀져 있다는 사실에 놀랐다. 티셔츠 목 언저리에는 피 얼룩이 묻어 있었다. 팔을 들어 코에 가까이 가져가자 그을린 냄새가 났다.

시간은 8시 반을 지나던 차였다. 푹 자서인지 강한 허기가 덮쳐왔다. 다행히 상처가 아프지 않아 뭐라도 먹고 가자고 생각했다. 뭔가 담백한 게 먹고 싶었다. 메밀 소바나 초밥이나.

손수건을 꺼내려 하다 엉덩이주머니에 무언가 들어 있다는 사실을 깨달았다. 꺼내보자 오늘 정리한 집에서 가지고 온 사진이었다.

가장자리가 노래진 오래된 사진이었다. 모르는 아이, 모르는 가족이 찍혀 있었다.

최근에는 어지간한 일이 아니고서는 더 이상 인화한 사진을 접할 수 없기에 그 탓인지 예전에 간이치의 웃옷에 들어 있던, 그가 자원봉사자 동료들과 찍은 사진을 떠올렸다.

간이치의 심정을 이해하고 싶어서 갔던 봉사활동이지만, 오늘 보낸 긴 하루 속에서 그 양아치 남자아이를 만나기 전까지 간이치를 전혀 떠올리지 않았다. 그럴 경황이 없었다.

여러 사람을 만나 여러 이야기를 나누었다. 다치고 민폐를 끼치고 말았지만, 미야코는 마침내 충만감에 휩싸였다.

다시 휴무일을 잡아 이 사진을 돌려주러 가자. 그리고 감사 인사를 하고 뭐라도 할 수 있는 일이 있으면 하자. 허세를 버린 자연스러운 마음가짐으로 그리 생각했다.

오늘 겪었던 여러 경험을, 본 것을, 들은 말을 전하고 싶은 사람은 한 사람밖에 없었다. 그리고 자신보다 몇 십 배나 되는 굵직한 경험을 했을 그의 이야기를 들어보고 싶었다.

간이치가 일하는 요쓰야의 서서 먹는 초밥집 장소는 전에 들어서 확인했다. 중앙선을 타고서 요쓰야에서 내려 지도를 보며 도시의 길을 걸었다. 그는 이제 일하고 있지 않을지도 모르지만, 그래도 괜찮았다.

가게는 바로 찾았다. 정면 폭은 좁았지만, 긴 카운터가 쭉 이어져 있었다. 의자는 없었고 정말 손님이 선 채 초밥을 집어들거나 술을 마시고 있었다.

카운터 안에는 초밥 장인들이 쭉 나란히 서 있었지만, 간이치의 모습은 보이지 않았다. 역시 해고됐을지도 모른다. 빈 공간이 없나 하고 발돋움을 해서 안쪽을 보았다.

"어서 오세요. 제일 안쪽이 비었으니 들어오세요."

바로 앞에 있던 요리사가 말을 걸어 L자로 굽은 카운터 안쪽으로 손님 뒤를 통과해 들어갔다.

문득 고개를 들자 요리사 한 사람과 눈이 마주쳤다. 간이치였다.

그는 입을 떡 벌리고 미야코를 응시하고 있었다.

"손님, 혼자가요? 이쪽으로 오세요."

간이치 옆에 있던 나이가 지긋한 요리사가 말을 걸어 미야코는 쭈뼛대며 고개를 끄덕이고 카운터 제일 안쪽에 섰다. 짐을 내려 발밑에 두었다. 백목 카운터에 재료가 들어간 냉장 케이스, 의자는 없지만 보통 초밥집과 다르지 않았다. 식초 냄새가 식욕을 자아냈다.

"음료는요?"

"차…… 아니 생맥주 주세요. 제일 작은 걸로요."

"네, 좋아하는 걸로 드릴게요. 세트도 있어요. 메뉴판 드릴 테니 천천히 보세요."

메뉴판을 대충 보고 나서 미야코는 간이치의 옆모습을 들여다보았다. 그도 미야코를 힐끗힐끗 보고 있었지만, 바쁜지 말을 걸어올 기척은 없었다.

조금 야위었는지 아니면 오랜만에 봐서 그런 느낌이 드는 것뿐인지 알 수 없었다.

아무래도 요리사 한 사람이 서너 명의 손님을 상대하고 있는 듯했다. 간이치 앞에는 꽤 취한 모습의 회사원들이 있었다. 그는 그 사람들을 상대로 이따금 미소를 지어 보이며 초밥을 만들어 내놓고 있었다. 어떤 이야기를 하는지는 미야코의 위치에서는 들리지 않았다.

잘리지 않고 건강하게 일하고 있는 그의 모습을 보고 가슴속이 따스한 것으로 채워졌다. 다행이다 싶었다. 간이치를 만나면 어떤 기분이 들지 전혀 예상할 수 없었지만, 그저 살아서 건강하게 지내줘서 좋다는 단순한 느낌밖에 들지 않았다.

뭘 주문할지 물어서 미야코는 제철 세트라는 것을 주문했다. 미야코의 옆에는 일행 셋인 회사원 느낌의 사람들이 있었다. 둘은 40대 후반으로 보이는 여성으로 두 사람 다 회색의 수수한 바지 정장 차림이었다. 다른 한 사람은 남자 상사 같은 분위기로 검은 정장에 검은 넥타이를 하고 있었다. 장례식에 들렀다 가는 길일까.

"어라, 아가씨, 얼굴이 왜 그래?"

그 삼인조 중 남성이 갑자기 알아차린 듯한 기색으로 미야코의 얼굴을 들여다보았다.

"오후에 좀 넘어져서요."

미야코는 웃으며 답했다.

"좀이 아니잖아? 괜찮아? 젊은 아가씨가 얼굴을 다치면 큰일이지."

"스즈키 씨, 좀, 관둬요. 아가씨가 곤란해하잖아요."

그때 일행인 여성이 말리러 나섰다.

"미안해요. 이 사람이 좀 취해서요."

"아뇨. 괜찮아요"라며 미야코가 웃어 보였다.

다른 한 여성도 빙긋이 웃으며 "시끄러워서 미안해요"라고 말해주었다. "이 녀석들이 더 시끄럽지!"라며 상사도 웃었다. 그래서 긴장이 풀려 미야코는 마음이 놓였다.

카운터 안의 파릇파릇한 조릿대 위에 초밥 하나가 오도카니 놓여서 미야코는 재빨리 입으로 옮겼다.

초밥을 씹자 뺨에 난 상처가 욱신거렸지만 그것은 꿈결처럼 맛있었다. 밥은 적고 신선한 날 생선이 올라간 초밥의 감촉과 적게 넣은 와사비의 풍미가 입안에 퍼졌다. 먹으면 먹을수록 더 먹고 싶어져서 미야코는 연달아 놓인 초밥을 별다른 생각 없이 입에 넣었다.

먹으면서 미야코는 간이치의 옆얼굴을 바라보았다. 그도 작업을 하면서 가끔 곁눈질로 이쪽을 보았다. 갑자기 왔다는 사실에 화가 났는지 노려보는 듯한 시선이다.

"이걸로 세트는 끝났습니다."

붕장어가 사뿐히 놓였고 미야코는 "그럼 추가 주문할게요"라며 칠판에 쓰여 있는 추천 메뉴를 위에서 두 가지 주문했다.

"진짜 언제 죽어도 이상하지 않은 나이가 됐어, 나 말이야."

미야코 옆에 선 검은 넥타이 남성이 한층 더 큰 목소리로 한탄했다.

"무슨 소릴 그렇게 해요. 아직 50대면서."

"맞아요. 우리랑 세 살 정도밖에 차이 안 나잖아요."

"아니 아니. 이제 장례식만 가게 되니까. 다음은 난가 싶어서 치가 떨려."

무심코 듣고 있자니 아무래도 세 사람의 공통 지인이 갑자기 세상을 뜬 이야기를 하고 있는 모양이었다.

"재해도 많이 일어나잖아. 난카이 대지진도 언제 찾아올지 모르고."

"그렇죠."

"그래도 내가 젊을 땐 여든쯤 인생이 끝나지 않을까 싶었는데, 지금은 다들 거뜬히 아흔이나 백 살까지 살잖아요."

"맞아 맞아. 나 요전번에 죽을 때까지 얼마나 드는지 노후 자금을 계산해보려고 했는데. 그런데 몇 살까지 살지? 라고 생각하다가 멈췄잖아."

"꼭 그렇지 않아도 백 살까지 살 자금이 없잖아. 연금만으로는 부족하고."

"내 말이 그거야!" 하고 상사는 취해서 혀가 잘 돌아가지 않는 말투로 크게 말했다.

"내일 죽어도 후회 없도록, 백 살까지 살아도 괜찮도록, 두 쪽 다 노력해야 한다는 거지!"

그 말에 미야코는 무심코 남자를 보았다.

"그렇게 생각해도 어렵다니까. 내일 죽을지도 모른다 싶으면 성게든 참치뱃살이든 먹고 싶은 대로 먹자는 기분이 드는데, 백 살까지 살지도 모르면 그런 돈을 써가며 콜레스테롤 수치가 높은 걸 먹어서도 안 된다 싶잖아."

"그런 모순을 받아들여야 진정한 어른인 거지!"

"큰 소리로 떠든다고 되는 게 아니라니까요!"

그때 세 사람은 와, 하고 웃었다.

그들은 이윽고 계산을 마치더니 미야코에게 "조금 전엔 미안했어요" "잘 먹다 가세요"라고 말하며 가게를 나갔다. 미야코 앞에 있던 요리사가 그 셋을 배웅하러 나가서 미야코는 홀로 우두커니 남았다.

시간은 벌써 10시를 지나고 있었다. 맥주도 비었고 초밥도 배불리 먹었다.

문득 그림자가 비쳐서 고개를 들자 간이치가 눈앞에 서 있었다. 긴 팔을 뻗어 큰 물 잔을 미야코 앞에 턱 내려놓았다. 근육이 팽팽한 팔은 기억보다 하얬다.

미야코와 간이치는 서로 바라보았다.

"마지막 주문 받습니다."

심기가 불편해 보이는 간이치가 그리 말했다. 눈가가 빨갰다.

"……마지막으로 하나만 더 먹고 싶은데 추천하는 게 있나요?"

"전어 드셨어요?"

"아뇨."

간이치는 날카롭게 은색으로 빛나는 칼로 생선을 가늘게 베어내서 재빨리 초밥을 만들어 미야코 앞에 놓았다.

그것을 집어서 입에 넣었다. 그가 만든 초밥은 조금 전의 요리사보다 밥이 적고 내용물이 실해서 입안에서 녹아내렸다. 씹어서 삼켰다. "맛있어요"라고 미야코가 말했다.

"어쩐 일이야?"

떨리는 목소리로 간이치가 말했다.

"얼굴은 왜 그래?"

"좀 넘어졌어."

"넘어진 거 아니잖아."

작은 목소리로 그가 말했다. 고개를 숙이고 있어서 표정은 보이지 않았다.

"넘어진 이야기, 들어줄래?"

간이치는 고개를 숙인 채 답하지 않았다.

미야코는 그를 어루만지려고 손을 뻗었다. 내일 죽어도 백년을 살아도 어루만지고 싶은 건 그뿐이었다.

Epilogue

예식을 끝낸 우리가 회장에 도착하니 파티는 이미 시작되어, 고요하고 엄숙했던 교회와는 180도 달리 왁자지껄해 나는 살짝 주눅이 들었다.

회장은 사이공강에 정박된, 낡은 범선을 본뜬 대형 크루즈였다. 보통은 외국인에게 고급 디너 크루즈로 이용되지만, 오늘은 부두에 정박되어 있었다.

결혼 파티라고 해도 일본과는 달라 연설이나 무대 공연이 있는 게 아니라 밴드의 연주 정도만 있었다. 사람들은 원하는 시간에 와서 산더미처럼 쌓인 진수성찬과 알코올을 입에 대고 마음대로 돌아갔다.

남편은 1분도 앉아 있지 못하고 친구에게 불려, 온 회장을 웃는 얼굴로 돌아다녔다.

작은 스테이지에서는 피아니스트가 연주하고 있었다. 음악에 귀를 기울이는 사람은 보이지 않았고, 하객들은 저마다 큰 소리로 수다를 떨거나 웃고 있었다.

내 옆에 앉아 있던 엄마는 깜짝 놀란 모습으로 읊조렸다.

"대단하네."

"옛날에는 이걸 집에서 한 모양이더라고."

"이걸?" 하고 엄마가 눈이 휘둥그레졌다. 입 밖으로 내지는 않았지만 믿을 수 없어, 나는 절대로 싫다고 얼굴에 쓰여 있었다.

그때 흰 폴로셔츠를 입은 젊은 남성이 나에게 인사하러 왔다. 남편의 학창시절 친구라고 자기소개를 했다. 빠른 영어로 결혼 축하 인사와 내 드레스와 엄마가 입고 있는 베트남 민속 의상인 아오자이를 칭찬하며 그 이상은 딱히 대화를 나누지 않고 물러났다.

"지금 온 사람은 사업 관계자야?"

"무슨 소리야. 남편이 다니던 대학교 동창이래."

"그야 폴로셔츠랑 면바지를 입고 있었으니까."

다른 나라 사람 TPO까지 신경 쓰냐고 나는 내심 넌더리가 났다.

"엄마가 입은 옷 엄청 근사하다고 했어."

"어머나."

"우리 엄마라고 하니 엄마로는 안 보인대. 언닌 줄 알았다며 놀라더라."

"어머, 립서비스가 좋네."

그리 말하면서도 엄마는 썩 나쁘지 않다는 표정을 지었다.

정말이지 엄마는 못 말린다니까, 하고 나는 쓴웃음을 지었다. 어쨌거나 꾸미는 걸 좋아하고 근사한 옷만 걸치면, 그리고 그걸 칭찬받으면 만족하며 기뻐한다.

확실히 엄마는 이상하리만치 젊어 보이고 일본에 있을 때도 나이차가 나는 자매로 오해받을 때도 많았다. 나이치고 체형이 망가지지 않았고 피부도 머릿결도 윤기가 났다.

이 파티에 엄마는 구로토메소데를 그대로 입고 참석할 예정이었다. 하지만 그의 작은아버지인 냥 씨에게 "일본에서 아오자이를 맞춰놓을 테니 파티에서 꼭 입어달라"는 소리를 듣고 입으로는 창피하다고 하면서 너무나도 화려한 천을 골라 베트남 전통의상인 아오자이를 맞춰 태연하게 그것을 입고 있는 것이었다. 냥 씨는 나한테도 맞춰주겠다고 했지만, 그와 상의해서 정하고 싶다고 하며 완곡하게 거절했다.

"미야코 씨!"

큰 소리로 불려서 우리는 고개를 들었다. 검은 슈트를 입은 냥 씨가 환히 웃으며 다가왔다.

"근사해요! 예뻐요!"

"어머, 정말?"

"기모노 차림인 미야코 씨도 물론 근사하지만, 아오자이를 입은 미야코 씨를 볼 수 있다니 저 정말 기쁘네요."

"그래? 나이도 먹을 만큼 먹어서 창피한데."

"뒤는 어떤 느낌이에요? 좀 돌아봐요."

엄마는 수줍은 미소를 띠면서 빙그르 돌아 보였다. 아주 짙은 색의 꽃이 새겨진 실크 천은 일본에서는 우선 볼 수 없는 색깔이었다.

아오자이는 양옆으로 트인 곳이 허리 조금 윗부분까지 깊게 파여 있어서, 밑에 입은 흰 바지 위로 옆구리가 슬쩍 보였다. 엄마 허리는 전혀 굵지 않았지만, 역시 육감적인 느낌이 생생하게 전해졌다.

"와, 사이즈도 색도 미야코 씨한테 딱이에요."

하지만 냥 씨는 아부로 보이지 않는 말투로 그리 말했다.

"미안하지만 고급 천을 골랐어. 미안해."

"무슨 섭섭한 소릴 하세요. 아오자이는 천이 생명이죠."

두 사람은 즐겁게 마주 웃었다. 그때 냥 씨는 내 시선을 알아차렸는지 흠칫하며 내 쪽으로 돌아섰다.

"결혼 축하해요. 식에 늦어서 미안해요."

맘에도 없는 소릴 하긴. 엄마 말고는 안중에도 없으면서.

목구멍까지 나오려던 그 말을 나는 꾹 삼켰다.

오랜만에 만났지만 냥 씨는 여전히 옛날 시대의 홍콩영화 스타와 착각할 정도로 남자다웠고 한쪽 귀에 뚫은 작은 피어싱도 보기 나쁘지 않았다.

냥 씨는 식자재나 인테리어 잡화 수출입을 하는 회사를 경영하고 있으며 일본과 베트남에 의류 회사를 병설한 카페·레스토랑 점포를 여러 개 가지고 있다. 옛날부터 있던 이 크루즈 선박 회사도 몇 년 전에 사들였다고 한다.

그 회사 의류 부문의 일본지사에서 엄마는 일하고 있다. 나도 고등학교 때부터 그가 경영하는 레스토랑에서 아르바이트를 하다가 그곳의 주방 스태프로 정사원으로서 채용되었다. 그는 우리 집 경제를 지탱해주는 은인이라고도 할 수 있다.

하지만 나는 냥 씨에게 여전히 경계심을 완전히 버리지 못했다.

처음 엄마에게 냥 씨를 소개받았을 때 두 사람이 너무나도 사이가 좋아, 생각에 앞서 혐오감부터 가지고 말았다. 이 두 사람이 바람을 피우고 있는 게 아닐까, 어쩌면 나는 아빠 딸이 아니라 냥 씨의 자식이 아닐까 의심했다.

하지만 곧바로 역시 그건 아니라고 생각을 고쳐먹었다. 나는 동안에 귀염상인 엄마의 얼굴을 전혀 물려받지 않았고 갸름한 윤곽도 홑꺼풀에 흐리멍덩한 눈도 아빠를 많이 닮았다. 가슴도 엉덩이도 납작하고, 가느다랗고 약한 작대기 같은 몸매까지 아빠를 닮았다. 그리고 패션보다 요리에 관심이 많다는 점도 아빠에게 물려받았다.

게다가 만약 엄마와 냥 씨에게 한두 번 무슨 일이 있었더라도 내가 나설 일이 아니다 싶었다. 나는 그렇게까지 결벽증은 아니었다. 다만 그들의 사이가 아빠를 상처주고 불쾌하게 만든다면 이야기는 달라진다. 그리 생각했지만 내 결혼이 정해지고 부모님과 나와 남자친구, 그리고 냥 씨 다섯이서 식사를 할 때 아빠는 냥 씨와 서슴없이 대화를 나누었다. 두 사람은 오랜 지인 사이인지 옛날이야기에 꽃을 피우고 있었다. 아빠가 엄마와 냥 씨의 사이를 의심하는 기색은 조금도 없었다.

그런데도 나는 냥 씨에게 마음 깊숙한 곳에서부터 경계심을 풀지 않았다.

즐거워하는 엄마와 냥 씨로부터 시선을 돌려 나는 파티 회장으로 눈길을 주었다. 그 한 모서리에서 아빠가 초밥을 만들고 있었다.

흰 요리사 복장을 하고 묵묵하게 손을 움직이고 있었다. 이 회장에 온 절반 이상의 사람이 그가 신부의 아버지라는 사실을 알아차리지 못했을 것이다.

베트남에도 초밥집은 얼마든지 있지만 역시 그리 저렴하지 않다. 그래서 아빠 앞에는 수많은 사람들이 줄을 서서 초밥이 나오기를 기다리고 있었다. 아빠는 오늘 아침에 냥 씨의 가게에서 일하는 요리사와 시장에 가서 생선을 사들였다고 한다. 보기 드문 흰살 생선을 구했다고 기뻐하고 있었다.

수다를 떨면서 초밥을 입에 넣은 사람들이 그때 순간 멈추는 것이 보였다. 모두가 놀란 표정을 지었다. 맛있어! 라고 모두의 얼굴에 쓰여 있었다.

그 모습을 나는 멀리서 지켜보았다.

아빠는 아마 솜씨 좋은 초밥 장인일 테지만, 자신의 가게를 차리지 않았고 고급 초밥집에서 일하지도 않았다.

이건 돌아가신 외할머니에게 들은 이야기다.

내가 태어났을 때 부모님은 무척이나 가난했다. 두 사람은 일하고 일했지만 삶은 나아지지 않았다. 나를 어린이집에 맡기는 것도 한계가 있어서 어린 나는 우리집보다 외가에서 밤을 보내는 일이 더 많았다.

내가 초등학교에 들어갔을 무렵, 엄마는 실직해서 돈이 궁해 냥 씨에게 그가 경영하는 의류 회사에서 일하게 해주지 않겠냐고 부탁했다. 냥 씨는 흔쾌히 승낙했고 엄마에게 파격적인 월급을 지불했다고 한다.

엄마 월급이 올라서 아빠는 일하던 초밥집을 관뒀다. 그 무렵 외할아버지가 병으로 쓰러져 외할머니가 간호하느라 벅차 나를 돌보는 일까지 손이 닿지 않아서였다. 어릴 적 나는 천식과 알레르기가 있어서 고열이 날 때도 많아, 외할머니의 도움을 받을 수 없으면 월급이 적은 아빠가 전업주부가 되는 편이 집안의 경제 상황이 돌아가겠다고 판단했다고 한다.

외할머니는 아빠에게 사내 주제에 마누라 수입에 의존한다며 반감을 가졌다고 한다. 내가 그 이야기를 들었던 건 고등학생이 되었을 즈음이었고 외할머니의 반감은 솔직히 시대착오적이라고 느꼈다.

나에게 있어서 아빠는 유쾌하고 너그러운 사람으로 외할머니가 말하는 듯한 남자가 아니었다. 정신적으로 안정적이고 늘 기분이 좋은 반면 엄격할 때도 있었다. 게임도 인터넷도 시간을 정해서 그 이상은 못 하게 했고 성적도 상위권을 유지하기를 바랐다. 자신은 학력 때문에 고생했으니 가능하면 대학에 가도록 하라고 늘 말했다.

하지만 학교에 가지 않는 날이면 아빠는 나와 실컷 놀아주었다. 처음 간 해수욕도 캠핑도 디즈니랜드도 아빠와 둘이었다. 밤에는 부엌에 나란히 서서 요리를 했다. 칼을 쥐는 법도 채소 자투리를 활용하는 방법도 아빠가 가르쳐주었다. 아빠와 보내는 시간을 나는 아주 좋아했다.

게다가 오히려 엄마는 딸인 나에게 딱히 관여하려고 하지 않았다. 한 집에 세 사람이 쓰는 생활비를 혼자 벌어다줘서 피곤한 건 알지만, 스트레스가 쌓인다며 옷이나 액세서리나 불필요한 잡화를 마구 사들이며 집을 어지럽혔다. 그리고 나한테도 자신의 취향인 옷을 입히고 싶어 했다. 나는 엄마가 마음대로 사다준 유행만 좇는 옷이 싫었는데 초등학생일 때는 참고 입었지만 중학생이 되자 엄마가 골라준 옷을 절대 입지 않겠다고 선언했다.

고등학교에 진학할 무렵에는 내 천식과 알레르기가 거의 개선되었고 체력도 붙었다. 나한테 손이 가지 않게 되자 아빠는 혼자 출장 초밥을 시작했다.

연회나 파티나 행사에 불려가 그 자리에서 초밥을 만드는 것이다. 주문받은 만큼 시장에서 사면 되기에 재료를 쓸데없게 만드는 일도 없고 가게를 차리는 것보다 자유롭다고 아빠는 즐거워했다.

처음에는 한 달에 두 번 정도밖에 없었던 주문도 점점 호평을 받아 예약이 많이 들어오기 시작했다. 하지만 아빠는 딱히 일하고 싶어 하지 않았다. 먹고 살 수 있을 만큼만 벌면 된다며 한 주에 세 번 정도밖에 일을 받지 않았다.

그때까지 엄마는 아빠에 대한 불만을 풍기기는 해도 말로 하지 않았지만, 아빠가 일을 별로 받지 않는 것을 보더니 그것을 확실히 말로 표현하게 되었다. 기껏 주문이 들어왔으니 더 일하면 될 텐데, 나만 돈을 벌어야 하다니 약았다며 불평을 반복해서 부리게 되었다. 결국 엄마의 본심은 외할머니의 시대착오적 사고방식과 같구나, 하고 나는 엄마에 대한 실망이 깊어졌다.

엄마는 외적으로는 아주 그럴싸하다. 밖에서는 친절하고 까다롭지 않고 아무래도 일도 상당히 유능하게 해내는지 딱히 미움받지 않는 타입의 사람이다.

하지만 내가 보는 엄마는 요즘 시대에 흔치 않은 맥시멈리스트로 새로운 옷만 찾고 사고방식은 낡았고 비합리적이고 보수적이었다. 아빠는 겉보기보다 훨씬 진보적이고 현실적이며 적은 돈으로도 풍족하게 생활하는 방법을 아는 사람이다.

하지만 나는 그런 엄마가 가끔 식사나 쇼핑을 제안하면 인정하고 싶지는 않지만 꽤 기뻤다. 스스로도 모순되었다는 사실은 알지만, 어쩔 도리가 없는 감정이었다.

아빠가 근사한 가게에는 그다지 가고 싶어 하지 않아 해서 엄마는 가고 싶은 카페나 레스토랑이 생기면 나한테 가자고 했다. 또한 아빠에 대한 불평을 듣게 된다는 걸 알더라도 엄마가 나와의 관계를 어떻게든 개선하려고 하는 것은 느끼고 있었다.

그렇게 엄마에게 이끌려 냥 씨의 가게에 간 것은 열여섯 살

때였다. 그게 내 인생을 바꿀 계기가 되었으니 세상일은 참 알 수 없다.

냥 씨는 도쿄에 이미 점포를 여러 개 가지고 있었는데, 그곳은 스미다가와의 재개발 지역에 생긴 베트남 요리를 중심으로 동남아시아 요리를 내놓는 가게였다.

그곳에서 나는 태어나서 처음으로 아시아 계열의 에스닉 요리를 먹고 미지의 맛에 충격을 받았다. 아빠는 일식이나 아주 일반적인 가정식만 요리했기 때문에 아시아 조미료도 쌀가루로 만들어진 면도 처음 먹는 것이라 말문을 잃을 정도로 맛있었다.

한 번 더 먹고 싶어서 레시피를 검색해 요리를 재현해보았다. 아빠에게 조심스럽게 내놓자 맛있다, 맛있다며 깨끗이 먹어치웠다. 딱히 아시아 요리를 싫어하는 게 아니구나 싶어서 마음을 놓았다.

맛에 더 도전하고 싶어서 검색한 베트남이나 타이나 인도네시아 요리를 닥치는 대로 만들어보았지만, 구할 수 없는 재료도 있었고 먹은 적이 없는 것들뿐이라 요리가 잘 재현되었는지도 알 수 없었다. 맛집 탐방을 갈 수 있을 만한 용돈을 받고 있지도 않았기에 나는 한 가지 아이디어를 떠올렸다.

자신이 그 가게에서 아르바이트를 하면 되겠다였다. 그러면 맛을 배우는 데다 돈도 벌 수 있다.

엄마에게 부탁하기 꺼려지기도 했지만 하고 싶은 마음을 주체할 수 없어서 나는 엄마에게 냥 씨를 만나게 해달라고 해서 그 가게에서 아르바이트를 시작했다.

설거지부터 시작해 주방 어시스턴트가 되었다. 웨이트리스를 해보는 건 어떠냐 제안받았지만, 요리를 배우고 싶다며 주방을 희망했다. 학교 성적이 떨어지면 아르바이트를 관두기로 아빠와 약속을 해서 공부도 필사적으로 했다.

나는 빠져들었다. 베트남 요리는 알면 알수록 심오했다. 중국과 프랑스 식민지 시대의 영향이 커서 각각의 음식 문화가 도입되어 있어 복잡하고 고도로 세련된 요리였다. 요리 그 자체에도 마음을 빼앗겼지만, 다양한 국적의 사람이 일하는 그 직장에도 나는 빠져들었다. 집과 학교 말고 다른 장소를 몰랐던 어린 내가 처음으로 알게 된 어른들의 세계였다. 실수하는 바람에 혼날 때도 많았고 인간관계 트러블로 운 적도 있었다.

하지만 괴로운 일도 포함해 모든 게 알차게 빛나고 있었다. 가정이라는 보호받는 울타리 안에서 벗어난 나는 신선하고 자극적인 그 세계를 사랑하듯이 빠져들었다.

아빠는 대학교에 가기를 권했지만, 나는 더 이상 그럴 마음이 없어서 그 레스토랑에 취직하기로 정했다.

그리고 나는 남편이 될 남성을 만났다. 그는 냥 씨의 조카로 호치민 점포에서 일하고 있었는데, 연수를 받으러 내가 일하는 도쿄 가게에 왔다. 2년간 매니저 보좌를 하면서 일본어 공부도 한다고 했다. 그 사람과 나는 자연스럽게 사귀기 시작했고 오늘 결혼했다.

그가 호치민 교외에서 냥 씨의 새 가게를 담당하게 되었기에 결혼해서 나도 같이 그 가게에서 일하기로 했다고 알렸을 때 엄마의 창백한 얼굴은 지금도 잊히지 않는다.

엄마는 엄청 반대했다. 외국인과 결혼하는 것도, 20대 초반에 결혼하기로 한 것도, 엄마는 전혀 이해가 안 된다며 하소연했다. 그가 내 첫 남자친구라는 사실도 엄마를 경악하게 만들었다.

어째서 그렇게 서두르냐는 둥. 처음 사귄 사람과 불타올라 결혼해봤자 실패할 게 뻔하다는 둥. 동반자라는 건 시간을 더 들여 경험을 쌓아 고르는 거라고 엄마는 거칠게 말했다.

엄마는 몇 시간을 울었고 결혼하려 하는 나를 말리려고 했다. 왜 그렇게 실패를 두려워하는지 물어도 엄마는 한탄만 했다. 이윽고 엄마가 결국엔 나와 떨어지고 싶지 않을 뿐일지도 모른다는 생각에 도달했다.

갑자기 엄마가 어린 소녀처럼, 쪼그라든 노파처럼 보였다.

나는 부드러운 목소리로 어깨를 떨고 있는 엄마에게 말했다.

호치민은 멀지 않다. 최첨단 초음속여객기를 타면 불과 세 시간 거리다. 그게 비싸서 못 타더라도 일반 비행기로도 여섯 시간이다. 언제든 돌아올 수 있고 엄마도 올 수 있다고 말했다.

엄마는 고개를 격렬하게 가로저었다.

"왜 느닷없이 결혼하려는 거야? 요즘 애들은 두고 보는 시간을 가지고서 급하게 결혼 안 하지 않아?"

그 질문에 나는 말문이 막혔다.

왜 결혼하는지 나도 정확하게는 내 심정을 파악하지 못했다.

내가 젊고 어리석다는 자각은 있다. 그리고 물론 남자친구가 너무 좋아서인 것도 있다. 국적이 다르니까 정식 혼인 관계로 맺어지는 편이 뭐든 편리하기도 하다. 건너편에서 일하는 데 있어서 주위 사람에게 자신의 각오를 인정받고 싶은 마음도 있었다. 정식으로 결혼해도 아니다 싶으면 헤어져도 된다고 마음속 어딘가로 생각하는 면도 솔직히 말해서 있다.

하지만 그것보다도 고요히 시들어 색을 잃어가는 이 나라에 있는 것보다 하늘로 향하는 거센 회오리 같은 나라로 뛰어들고 싶다는 마음이 제일 컸을지도 모른다.

2년 전 2040년, 베트남 인구는 드디어 일본을 웃돌았다. 내가 네 살 때는 일본 사람 세 명 가운데 하나가 예순다섯 이상인 초고령화 사회가 되었다. 그 후 변혁이 일어나 지방자치단체의 대부분이 파탄되었고 양로원도 병원도 부족해져 세계적으로 봐도 복지 악화가 문제시되었다. 뉴스는 산업의 과소화, 황폐해진 지방, 일손 부족이라는 말을 반복했다.

우리 세대는 학교를 졸업하면 해외로 나가 일할 작정인 사람이 학급의 절반 이상이었다. 중국이나 인도에서 일하는 게 살아가는 수단으로 타당하다고 생각하는 사람이 많았다. 나도 베트남 요리를 만나기 전까지는 어렴풋이 어딘가의 나라로 일하러 가야겠다고 생각했다. 일본에서는 엘리트가 아닌 이상, 버젓한 일자리를 구할 수 없다. 임금은 낮고 사회복지비는 높고, 그야말로 아이를 가지는 일은 환상일 뿐인 삶을 살아야 한다.

더 반대한다면 두 번 다시 만나러 오지 않겠다고 단호히 말하자 엄마는 마침내 숙였다.

아빠는 내 이야기를 듣고 조용히 고개를 끄덕였다.

가고 싶은 곳이 있는 동안에는 어디든지 가라고 했다.

파티도 끝나갈 시간이 다가오고 있었다.

재즈밴드는 이미 물러났고 스테이지에는 전통 의상을 두른 노인 한 사람이 호궁을 닮은 현악기를 느긋하게 연주하고 있었다.

 나와 남편은 출구에 서서 돌아가는 사람들에게 감사 인사를 했다. 대부분의 사람들은 돌아갔지만, 그의 형제와 친척들은 자리 잡고서 술을 마시고 있었다. 아침까지 이곳에서 보낼 작정일지도 모른다. 한숨을 쉬고 주변을 둘러보자 부모님의 모습이 보이지 않았다.

 아무 말 없이 돌아갈 리는 없지만, 왠지 모르게 불안해져 나는 그들을 찾으러 갑판으로 나갔다.

 이제는 도쿄보다도 눈부시게 아름다워진 빌딩 무리의 야경을 등지고 아빠와 냥 씨가 서서 이야기를 나누는 것을 발견했다.

 손잡이에 기대 두 사람 다 전자담배가 아닌 종이담배를 피우며 웃고 있었다. 일본에서는 담배를 피우기만 해도 냉담한 시선을 받아야 하지만, 아직 이 나라에는 야외라면 어디에든 재떨이가 있다.

 말을 걸자 냥 씨가 팔을 크게 펼쳐 나를 맞이했고 몇 번이나 했던 축하 인사를 또다시 반복했다. 그리고 "아빠랑 오붓한 시간 보내요"라며 물러났다.

 점심 때 40도를 넘었던 기온도 밤이 깊어지자 마침내 겨우 조금 떨어졌고 사이공강을 건너오는 바람이 포근하게 뺨을 어루만졌다.

 아빠는 눈을 가늘게 뜨고 강가에 나란히 선 고층 빌딩 야경을 바라보고 있었다. 옥상 네 모퉁이에 빨갛게 반짝이는 등불이나 강의 커브길을 따라 늘어선 거대한 크레인 가장자리를 두른 금색의 빛의 입자. 그것들을 보는 아빠의 옆얼굴은 무엇을 생각하는지 알 수 없었다.

"엄마는?"

"옷 갈아입고 있어. 이제 올 거야."

손목시계를 힐끗 보고 아빠가 말했다.

"하루 자고 가면 좋을 텐데."

"고양이들이 걱정돼. 또 올게."

아빠는 눈가에 주름을 새기며 웃었다.

부모님은 오늘 심야 비행편으로 일본으로 돌아간다. 고양이 세 마리가 기다리는, 월세가 저렴한 것만이 장점인 낡은 독채로 돌아가는 것이다.

"아빠."

"응?"

"아빠는 냥 씨랑 엄마를 의심한 적 없어?"

아빠의 눈이 휘둥그레졌다.

"뭘 물으려나 했더니."

"그야."

"엄마가 그런 사람으로 보여?"

나는 말문이 막혀 아래를 내려다보았다. 그리고 고개를 가로저었다.

엄마와 나는 마음이 잘 맞지 않을지는 몰라도 엄마가 가족을 얼마나 소중히 여기는지 그건 잘 알고 있다.

"게다가 연애 관계만이 남녀관계인 건 아냐."

나는 아빠의 말에 놀라서 고개를 들었다.

"나랑 네 엄마도 엄밀히 말하자면 연애가 아니었던 것 같기도 하니까."

"그래?"

투박한 아빠한테서 '연애'라는 단어가 나온 것 자체에 당황해, 나는 뭐라 대답해야 좋을지 몰랐다. 연애가 아니었던 것 같다니, 무슨 뜻일까. 물으려 하자 아빠가 이어서 말했다.

"엄마한테는 낭 씨가 소중한 사람이야. 너한테도 그렇잖아?"

나는 고개를 끄덕였다. 그리고 물었다.

"그럼 아빠한테는?"

아빠는 잠시 생각했다.

"괜찮은 녀석이야. 좀 마음에 안 들긴 해도."

아빠의 말에 나는 웃음을 터뜨렸다. 그렇구나, 역시 어쩐지 마음에 안 들긴 했구나.

그때 "미도리" 하고 누군가 말을 걸어서 나는 돌아보았다.

엄마가 큰 캐리어를 한 손으로 끌며 환하게 웃으며 다가왔다. 엄마로서는 보기 드물게 티셔츠와 청바지 차림이었다. 그럴 작정은 아니었을 테지만, 아빠도 흰 티셔츠를 입고 있어서 마치 젊은 연인사이 같았다.

난 화장실에 좀, 이라며 아빠는 걸어가기 시작했다. 아빠의 마른 등이 문 안으로 사라져가는 것을 둘이서 별 생각 없이 배웅했다.

"슬슬 차를 불러다 공항으로 가야겠네."

엄마가 혼잣말처럼 했다. 그 얼굴은 피곤해서인지, 아니면 내가 보려고 하지 않아서인지 평소와 다르게 주름과 기미가 눈에 띄었다. 늙어가는 여자의 얼굴이었다.

"……하루 자고 가면 좋을 텐데."

"그러게. 그런데 고양이가 걱정되니까."

엄마는 아빠와 같은 말을 했다.

"휴우, 밤이 돼도 덥네."

"저기 엄마."

"응?"

"엄마는 아빠랑 결혼해서 행복해?"

"뭐어?"

웬 엉뚱한 질문을 하냐는 듯 엄마는 이상한 소리를 냈다.

그리고 내 질문에 답하지 않고 이런 말을 했다.

"그렇게 너무 애써 행복해지려고 안 해도 돼. 행복해지겠다고 기를 쓰면 약간의 불행도 용납할 수 없어지니까. 조금은 불행해도 돼. 내 마음처럼 안 되는 게 인생인 법이니까."

엄마는 바람에 흐트러진 머리를 누르며 웃었다. 오가는 화물선이 경적을 울렸고 강 표면에는 알록달록한 네온사인이 비치며 일렁이고 있었다.

"근사한 결혼식이었어. 정말 즐거웠고. 미도리는 예뻤고 모두 자상했고 네 아빠가 만든 초밥은 호평 일색이었고 말이지."

"……또 와줄 거야?"

"글쎄. 이쪽이 더 저렴하고 근사한 옷을 팔고 있을 것 같긴 한데 비행기 티켓값이 들잖아. 게다가 덥기도 하고."

내가 울먹이며 물었는데 묘하게 현실적인 대답만 돌아왔다.

엄마의 눈에는 이미 감상적인 기색은 띠지 않았고 반짝이는 야경이 비치고 있었다.

〈끝〉

옮긴이의 말

행복도 자전하며 공전한다

 이 작품의 마지막 페이지를 덮고《자전하면서 공전한다》의 의미를 곰곰이 생각해보았다. 우리는 늘 같은 자리에 있는 것 같지만 단 한 번도 같은 자리에 있었던 적이 없으며 앞으로도 그럴 것이라는 의미를 담고 있지 않을까? 즉 행복의 의미-행복이 자리한 곳-가 매일매일 달라진다는 뜻을 담고 있는 게 아닌지 문득 생각해본다. 그래서 우리는 행복을 찾아 헤매는 걸지도 모른다. 그리고 그게 바로 인간다운 모습이 아닐까 생각한다. '매스컴'과 '주변 사람'을 기준으로 한 행복에 집착했던 30대의 미야코가 있었기에, 그 집착에서 벗어난 지금의 미야코가 있다고 생각한다. 그렇다면 그 방황은 우리가 반드시 거쳐야 할 과정이 아닐까.
 사람은 늘 똑같은 모습으로 행복할 수 없다. 하지만 간혹 '어제의 행복'에 집착해서 똑같은 행복을 찾으려고 한다. '예전엔 이렇지 않았는데'라며 지나간 행복을 돌이켜본다. 허나 우리의 행복은 자전과 공전을 하기에 똑같은 자리에 두 번 존재한 적 없으며 앞으로도 그럴 것이다. 그렇다면 우리는 새로운 모습의 행복을 찾아야 하지 않을까? 과거라는 틀에 맞춘 행복은 오히려 불행에 가깝다. 자전과 공전으로 우리도 시시각각 변하는데 행복에만 한결같은 모습을 요구하는 건 아이러니한 일일 수 있다.

이 작품을 읽으며 독자님들은 미야코의 이야기에서 자신과 닮은 점과 다른 점을 찾아나갈 것이다. 어쩌면 미야코의 삶이 자신의 삶과 똑같아서 깜짝 놀라 흥분하며 읽고 있을지도 모르고, 전혀 다르다는 생각에 무심히 읽고 있을지도 모른다. 하지만 미야코가 그녀의 딸에게 해준 한마디에서는 우리 모두는 '반드시' 시선을 멈출 것이다. 우리가 꼭 듣고 싶은 한마디일 테니 말이다.

> 그렇게 너무 애써 행복해지려고 안 해도 돼.
> 행복해지겠다고 기를 쓰면 약간의 불행도 용납할 수 없어지니까.
> 조금은 불행해도 돼.
> 내 마음처럼 안 되는 게 인생인 법이니까

나는 이 문장을 본 순간, 저명한 작가나 소설가는 어떤 한마디를 하기 위해 긴 이야기를 시작할 때가 있다고 말한 순간을 떠올렸다. 결혼하는 딸에게 이런 말을 건네줄 수 있는 엄마. 벌이도 시원찮고 평범하지 않은 남자친구를 택해 결혼한 미야코를 에필로그에서 다시 만날 수 있어서 너무 반갑기도 했고, 그녀가 이런 멋진 말을 해주는 엄마가 되었다는 사실에 뭉클하기도 했다.

20대의 나는 행복할 때마다 많이 불안했다. 지금의 행복이 영원하지 않을 거라는 생각에서였다. 그래서 그 행복을 마음 편히 즐길 수 없었다. 솔직히 말하자면 행복할 때마다 이 행복이 지나간 미래의 모습을 상상하며 오히려 불행을 느꼈다. 하지만 30대가 지나 올해 딱 마흔이 된 나는 더 이상 불안하지 않다. 지금의 행복이 똑같은 모습으로 영원한 것 자체가 애초에 불가능한 일이라는 걸 깨달았기 때문이다. 그래서 나는 지금의 행복을 즐기고 있다. 그리고 아주 행복하지 않아도 그 순간에 만족한다. 혹시 나와 같은 20대를 보내는 한국의 미야코가 있을까 하는 마음에 남겨두는 내 솔직한 마음이다. 야마모토 후미오 작가님께서 서른의 끝자락에 있던 나에게 전해준 메시지 덕분에 행복한 마흔을 보내고 있는 것처럼, 행복을 마음 편히 받아들이지 못하는 이들에게 나도 이 말을 꼭 전하고 싶다.

그리고, 마지막으로 2021년 10월, 암으로 타계하신 '야마모토 후미오' 작가님의 삼가 명복을 빕니다.

마음의 계절에 따라 오늘도 역시 옷을 갈아입는
김현화 올림

자전하며 공전한다

1판 1쇄 발행 2022년 10월 16일

지은이 야마모토 후미오
옮긴이 김현화

디자인 남서우 천선미
제작 AREST 곽민주
경영지원 김미애

펴낸이 이동훈
펴낸곳 도서출판 직선과곡선
출판등록 2016년 9월 28일 제2016-000280호
주소 [06153] 서울특별시 강남구 봉은사로 418, 5층
전화 02) 555-8105   **팩스** 02) 564-0757
이메일 snc-p@naver.com

ISBN 979-11-90187-24-4 03830

· 책 값은 뒤표지에 있습니다.
· 잘못 만들어진 책은 구입하신 곳에서 교환해 드립니다.